이노센스 프로젝트

Innocence Project

지 은 이 | 양하림
펴 낸 이 | 김원중

기　　획 | 김재운
편　　집 | 심성경, 송보경
디 자 인 | 박선경, 황혜선
제　　작 | 허석기
관　　리 | 차정심
마 케 팅 | 박혜경

초판인쇄 | 2015년 11월 2일
초판발행 | 2015년 11월 10일

출판등록 | 제313-2007-000172(2007. 08. 29)

펴 낸 곳 | 상상예찬 주식회사
　　　　　도서출판 상상나무
주　　소 | 경기도 고양시 행주산성로 5-10(행주내동)
전　　화 | (031) 973-5191
팩　　스 | (031) 973-5020
홈페이지 | http://www.smbooks.com

ISBN　979-11-86172-17-9 (03810)

값 14,500원

이노센스 프로젝트
Innocence Project

양하림 옥중소설

상상나무

　한 재소자가 있었습니다. 그는 교도소에서 독학으로 익힌 일본어로 "한국인 친구와 펜팔을 원한다"는 (잡지에 실린) 일본의 어느 중학교 여교사에게 편지를 썼고 약 3주여 후 "당신의 앞날에 행운을…" 이라는 여교사의 가슴찡한 답신을 받습니다.

　현해탄을 건넌 수인과 여선생의 러브레터는 그가 원주교도소를 떠날 때 까지 계속되었고 뭔가 특별했던 출소자는 또 다시 어떤 연예인을 납치한 죄명으로 새로이 구속되어 징역 7년에 보호감호 7년을 선고 받게 됩니다.

　청소년기에 아버지를 여의며 범죄의 길로 빠졌던 그였지만 심기일전, 목표를 세우고 '학사고시'에 도전하여 4단계를 거쳐야만 하는 학사고시 〈경영학과〉를 패스하였고 이어 재차 문을 두드린 〈국문학과〉 '전국수석'을 차지하면서

　서초구 교육문화회관으로 호송돼와(교도관의 계호아래) '교육과학기술부장관상'을 당당하게 목에 걸친 채 한때 '인권의 무덤'으로까

4

지 불렸던 청송감호소를 8년 4개월 만에 탈출하게 됩니다.(2009년)

"세계를 무대로 무역업을 하고 싶다" 던 평소의 소망과 바람대로 일단 비용이 적게 들면서 보완해야 할 글로벌언어의 최종완수를 위해 필리핀으로 떠났던 그가— 제가 가장 좋아했으며 사랑했던 동생이— 이 옥중소설 'Innocence Project'(결백프로젝트)의 마지막 승부사요 종결자인 주인공 김칠한(박ㅇ훈)입니다.

'Innocence Project' 즉 소설 『결백프로젝트』는 그가, 주인공이 실제 부딪쳤던 감옥여정과 수 많은 인간군상들의 막장공간이자 참담한 징역의 모티브를, 선악의 형틀퍼즐을, 누명을 쓰고 '무기징역'을 선고받았지만 분연히 이를 떨쳐 낸 채 비감어린 인간승리의 드라마를 연출하는 펼쳐가는 한 젊은이의 표상과 도전사를 스토리로 옮긴 것입니다.

양 하 림

| 차 례 |

※ 편집자주
    편집(어법 · 문법 · 맞춤법)은 작가의 요청대로 표기했음을 밝힙니다.

1. 척사대회

'형설교도소' 마종기소장의 고민은 깊어져만 갔다.

전국 최우수교정기관으로 선정되어 장관의 격려와 10박 11일의 해외교정기관 탐방과 견학, 그가 지휘하고 있는 모범교정기관의 승진과 각계의 축하전문과 화환이 쇄도하고 있는 가운데도 소장의 직권으로 단한명의 재소자를, 그것도 형기와 죄질에 상관없이 '가출소'의 형태로 석방시켜도 좋다는 「공문」을 법무부로부터 전달받았으나, 다른 건 차치하고서라도 누굴, 어느 재소자를, 뉘우쳤거나 흉폭한 수용자를 추리고 조합하며 걸러내서 대한민국 교정기관 역사상 전무후무 할 '재수좋고 운트 인' 인간을 (쥐도새도 모르게) 석방·출소시켜야 할지 보수적인 사고로 30여년을 근무했으며 그러나 재소자의 권익향상과 출소후의 취업과 재범율을 낮추면서 줄이는데 온몸을 던져 헌신하였던 마종기소장으로서도 여간 걱정이 되는 게 아니었다.

'쥐도 새도 모르게' 란 표현은 만약 이 프로젝트의 하달과 지침이 사전에 새어나가기라도 하거나 누설되어 소내에 퍼지게 된다면 그러잖아도 평생을 갇혀 지내면서 '징역' 이라는 단어에 경기(驚氣)를 느끼는 장기 기결수용자들의 패닉과, '범털' 로만 행세하려는 '군상' 들의 제어할 수 없는 혼돈과 혼란으로 인해 어떠한 '사단' 이 벌어지게 될지는 자칫 그 '사태' 후의 역풍과 광풍을 쉽게 유추하고 상상하며 재단하면서 떠올릴수 없었다.

"에~ 그래서 오늘 공식회의는 어느 모범 수용자를 단 한사람 선택해서 조건없이 석방시키느냐는 것입니다. 보안문제 때문에 과장들만 모이라고 했지만 장관님의 '공문' 에 대해서 좋은 의견이 있다면 허심탄회하게 개진해 주십시오."

마종기소장은 자못 진지하게, 그러나 심각한 표정으로 오늘 회의에 참석한 용도과장, 서무과장, 의무과장, 교무과장, 보안과장, 분류과장, 부소장, 작업과장 등 소내의 간부급 인사들을 한번 씩 쳐다 보았다.

"........"
"........"
"........"
"........"

"아니 왜 다들 꿀 먹은 벙어립니까? 생각들이 있을게 아닙니까?! 합리적인 묘안이라면 무엇이든 좋아요... 용도과장의 뜻은 어떤가요?"

마종기소장은 바로 옆 테이블에서 내심 끙끙 땀을 흘리며 이마를 닦고 있는 '용도과장' 을 가리켰다.

"글쎄요. 저희 소가 7년 연속 전국최우수교정기관으로 선택되었다는 사실에는 무한한 자긍심을 느낍니다만... 장관님의 특명으로 누구한사람을 출소시켜야 한다면... 그래야 된다면... 아무래도 취사장에서 밤낮으로 고생하고 있는 '취장'의 재소자를 밀어야 할 것 같습니다."

용도과장은 자신의 직책상 기왕이라면 일과 관련된 재소자가 좋다는 의견을 피력했다.

"서무과장의 생각은 어떻습니까!"

"참... 그게 그렇습니다 소장님... 매년 있는 가석방도 아니고... 교정사고도 없이 타교도소에 비해 세입(稅入)이 월등하면서 출소후의 취업과 재범율이 현저히 낮다는 통계의 따라 저희 소가 영예를 안게 되었는데... 최종 누구 한사람을 추려내어 내보내야 한다는 점에서는... 사실 저도 많은 고민이 입니다... 이걸 어떻게 풀어가야 할지... 그렇지만 꼭 한명을 찍어야 한다면 '무기명비밀투표'라도 해야 하지 않을까 사료됩니다."

무기명 비밀투표라? 비밀투표까지 거쳐야 하나?!

소장은 잠시 의자 뒤로 머리를 젖혔다가 이내 자세를 바로 고쳐 앉은 다음 이번에는 축 맥 빠진 표정으로 의무과장을 슬그머니 훑어지게 올려다 보았다. 그의 눈빛엔 분명 좋은 일이지만 왠 '골치아픈 지침'을 내려 보내서 오장육부를 흔들고 머리를 쥐어짜게 만드느냐는 다분히 윗선과 상부에 대한 원망섞인 기운도 사실 서려있는 듯 했다.

"제가 하는 일이란 게 아픈 재소자를 치료하는 건데... 의무과는 가석방 심사때마다 긴장상태를 늦출 수가 없습니다. 멀쩡한 수용자들이 구속만 되면 환자행세를 하면서 치료를 핑계삼아 병보석과 형집행정지를 요구하곤 했으니까요. 모르긴 해도 '공문' 의 기밀은 틀림없이 새나가고 말 것이며 의무과는 또 한바탕 커다란 홍역을 치르지 않을까 걱정됩니다. 당장 외래병원에 입원해야 된다는 '나이롱환자' 만도 100명이 넘는 게 현재 실정입니다. 게다가 소위 자칭타칭 '잘 나갔다' 는 인간들이 무턱대고 들이밀 읍소와 로비도 무섭고요..."

수개월 전 국내굴지의 대기업을 운영하던 모그룹회장이 '형집행정지' 를 위한 '작업' 때문에 의무과장에게 현금 2억원을 건네려다 미수에 그친 사건이 있었다. 자택으로 찾아온 회장의 비서실직원을 완강하게 뿌리치고 거부하면서 돈 봉투를 돌려 주었으나 의무과장은 이 일로 큰 충격을 받게 되었고 다행히 언론에 포착되지 않은 채 가슴을 쓸어 내리면서 쉬쉬하며 그 순간의 아찔했던 황당한 급커브 상태를 겨우 모면할수 있었는데...

공직자의 수뢰란 과거처럼 돈이 오가는 '나' 와 상대의 '손' 에서 끝나는 것만이 아닌, 그 자신 의무과장이 한순간에 '피의자' 로 전락해서 포승으로 묶인채 어제까지 근무하던 삶의 터전인 교정기관을 '재소자' 의 신분으로 뒤바뀐채 구속돼 들어가 버리는 것이 오늘날의 공인의 어려움과 태도와 자세였다.

익히 그 사건 역시 인지하고 있던 소장이었다.

"교무과장입니다... 그런 문제라면 우리 교무과가 목소리 높일 필요가 있어요. 각종 종교집회와 서신, 자매행사, 적어도 우리 소 재소자만큼은 '컴맹' 이 전무합니다. 교육에 그만큼 열성을 기울인 결과지요. 그리고 근 10여년 동안 형설교도소의 최고 명예를 높인 것은 '검정고시'와 '학사고시생'의 배출숫자에 있습니다. 외국어 습득역시 우리소의 자랑이지요. 언론에 등장할 때 마다 형설교도소의 이미지는 비록 수감생활을 하고 있지만 모두들 과거를 털어버리고 새출발을 할 수 있다는 '자신감을 심어준' 교육에 있었습니다. 그런 점 때문이라 도 소장님께 저는 정규교육을 받지 못 한채 고졸 검정고시 합격에 이 어 '학사고시'를 두차례나 패스한 수번 864번 김칠한을 추천하고자 합니다."

864번 김칠한은 형설교도소의 자랑이었다. 그의 인간승리가 보도 된 '신문기사'를 들고 소장실을 무턱대고 두드린 외부인사만 여럿이 었다. 그렇지만 그는 무기수에다 재판기간 중 법정에서 벌인 '난동사 건'의 주범으로 낙인찍혀 아직까지도 '요시찰자'로 분류, 등록되어 있었다.

"…"

"…"

"보안과장의 의견은 어떻소?"

업무분담에서 소장과는 가장 밀접한 관계에 놓였으면서도 사적인 자리에서는 허물없이 친구처럼 지내던 둥근 뿔테안경을 걸친 보안과 장에게 이번엔 소장이 물었다.

"…보안과장의 입장은 간단하지요. 사고치지 않고 묵묵히 남은 형 기를 까나가는 성실한 수용자를 전 좋아합니다. 착한 재소자들이 출 소 후에도 열심히 사는 걸 많이 봐왔으니까요… 그런 부문에서는 아 무래도 보안과의 입장을 밝히는 것 보다는 분류과장이 '처우'와 '생 활점수'에서 확실한 기준을 가지고 있을 것입니다… 그렇지요 분류과장님!"

"아... 네 네"

"분류과장의 생각은 어떻습니까?"

가만히 서류철을 들여다보던 분류과장이 보안과장과 마종기소장의 채근에 드디어 입을 열었다.

"흐음... 음... 매달 '가출옥' 자들을 선별하고 개개인의 분류심사를 진행하면서 가산점수를 부여하고 있지만 이번 '건'은 매우 특별한 사항으로써 분류과로서도 사실 좀 걱정스럽습니다. 누구는 내보내고 누구는 탈락시켰던 게 순전히 법령에 정해진 룰과 규정, 지시에 따라서 일을 했던 것이지만 최초로 우리 소에게만 주신 장관님의 특명을 거역할 수는 없고... 그렇다고 어떤 재소자를... 죄명과 형기에 상관없이 집으로 돌려 보내야 할지 대책이 서질 않아요... 어느 한쪽에 치우치지 않는, 편협하거나 편향됨이 없이, 누가 보더라도 공정하고 공평한, 뒷얘기가 있을 수 없는, 합리적 방안이 무엇일지 그걸 오늘 회의에서 찾아 내는 게 우선일 것 같습니다. 난감하기도 하지만..."

"잠깐...! 제가 한마디 하겠습니다."

그때 묵묵하게 경청하면서 끝자리에 앉아있던 '작업과장'이 힘차게 손바닥을 들어올렸다.

"오 작업과장도 의견을 말씀해 보세요."

"소장님... 저희 형설교도소의 위상과 표창은 작업과 만의 '준비된 결과'라고 해도 틀린 허언이 아닙니다... 휴일마다 작업과 직원들은 쉬지도 않으면서 중소기업을 방문하고 있습니다. 출소자의 재범율을 낮추면서 새인간으로 변모시키고 개조하는 데는 뭐니뭐니 해도 안정된 취업과 직장이 제일입니다. 대학을 나오고 모든 조건에서 뒤떨어짐이 없는 요즘의 젊은이들도 취업을 하지 못해 아우성인 현실을 각 과장님들도 눈으로 보고 계시지 않습니까? 그런데 어떻게 된 사윤지 저희 소의 출소자를 고용했던 업체들마다 사람 더 보내달라고 아우성이며 성화입니다. 이건 왜 그럴까요? 또한 3년 연속 '교정 작품전'에서 〈대상〉을 수상했던 게 '목공', '양재', '철공' 등 저희 작업과 소관에서 직업훈련생들이 출품했던 〈교정 작품〉들이었지요. 그만큼 열심히 일하고 땀흘려 노력했다는 방증입니다. 아울러 우리 작업과가 관장하고 있는 소내의 공장들과 직업훈련생은 많은 세입을 올리고 있으며 거의 100%로 자격증 취득에서 이탈됨이 없는 희망찬 비전들을 보이고 있어요. 일등을 놓치지않았던 '건축'과 '자동차정비', '화훼재배' 등은 타교도소의 직업훈련을 압도하고 있습니다. 물론 장관님도 초도순시때 감탄하셨던 훈련생들의 구슬땀이 '작업과'의 지원과 전폭적인 배려로 인해 결실을 맺는다고 볼 때, 이번 법무부의 '1인특별가석방' 출소자는 당연히 작업과가 관장하는 우리 공장이나 직업훈련생의 누군가로부터 나와야한다는 점을 직업훈련과 공장별 작업책임자로서 전 무척 강조하고 싶습니다."

작업과장의 설명이 끝이 나자 아예 부소장은 눈을 감았고 교무과장은 반쯤 남아있는 물컵의 냉수를 벌컥벌컥 들이켰다.

"거... 참... 어렵군요... 좋습니다 좋아요."

아무래도 이젠 소장이 회의의 결론을 도출할 차례였다.

"우선 각 부서 과장들의 의견을 참고하겠습니다. 그러나 이 '별건'은 기존의 우리 소가 해오던 가출옥, 가석방의 형태와는 완전히 다른,

판이한 지침이며 주문입니다. 어느 교정기관에서도 행한 적이 없었던 형설교도소내 3000명의 재소자 모두가 인정하고 수용하면서 승복할 수 있는 말 그대로 민주적인 방식으로 '단 한명'을 선택해서 출소시켜야 한다는 것이 솔직한 소장의 생각입니다. 만약 그렇게 하지 않고 과장들의 일부 의견만 반영해서 누구를 내보냈다가는 그 후폭풍과 후유증을 감당하지 못할 것입니다. 혹이라도 심사에 실수를 해서 폭동이라도 발생하면 누가 책임질 건가요?"

마소장의 '폭동'이라는 핏대가 솟을 단어에 작업과장의 미간이 순간 오므라 들었다.

"출소를 바라는 재소자의 심정은 1년이 남은 자나 10년이 남은 자나 기약없는 무기수 모두가 똑같이 절박할 것입니다. 부모나 자식이 구속돼 있더라도 그 가족들은 눈이 빠지게 수형자를 기다릴텐데 제가 교도소를 책임지고 있지만, '어느 누구'를 어떻게 쉽사리 선택해서 석방시키겠습니까? 그래서 심지뽑기를 하더라도 3000명 모두가 참여해서 2999명이 깨끗하게 승복한다면 그땐 운이고 뭐고 빽과 로비를 거론할 필요도 없이 수용자나 가족들이 인정할 수밖에 없어서 우리 소도 그만큼 걱정과 고민을 덜고 줄일 수가 있어요. 그게 소장이 구상하는 특별가석방자의 대상이며 오늘 회의의 주제인데... 각 부서별 입장을 충분히 감안하더라도 전 재소자가 참여해서 빠른 시일 안에, 스포츠경기의 결승처럼 토너먼트라도 벌여서 '출소자'를 가리거나 찾아낼 방법은 없는 것인가요?... 부소장도 한마디 하십시오!"

마종기소장은 말이 나온 김에 아예 끝장을 봐야겠다는 굳은 투로 팔짱을 꼈고 각 과장들의 턱선은 부소장에게로 자연스럽게 향하면서 모아졌다.

"부소장입니다... 제가 질문을 먼저 하나 드리지요... 소장님은 그렇다면 '가석방자'를 공개로 뽑아내자는 말씀입니까?"

"무슨 뜻인가요 그건?"

"저역시도 이 기밀에 대해 언제까지 보안이 지켜질지 장담할 수 없습니다. 워낙 눈치가 백단이고 헛기침에도 원인을 밝혀내는 귀신같은 수용자들 몰래 '단한사람'을 후려 낸 다 는게 참으로 불가능에 가깝다면... 그렇다면 아예 '공개'를 해버리고 '대상자'를 선정하는 것은 어떻겠습니까 소장님!"

"공개... 공개를... 정 상황이 어렵다면... 공개적으로 못할 이유도 없지만 그런데 좋은 아이디어라도 있습니까 부소장!"

"이것도 저것도 어렵다면... 후폭풍이 걸리신다면 아예 '공고'를 해서 수용자들에게 알리고 그들의 참여에 의해 '가석방자'를 뽑아낼수 있습니다."

"오~호 어떻게요?"

회의 참석 과장들의 시선이 더욱 부소장에게로 집중되었다.

"민주적인 방식이라고 소장님께서 말씀하셨지만 그렇다고 이 문제를 투표로 할 수도 없고 제가 생각하는 바는 '가석방자'를 마치 잔치를 벌이듯 신명나게 뽑아서 재소자간의 화합과 친목도 도모하며 교정사고도 방지하는, 그래서 열심히 수용생활을 한다면 장관님의 '배려'가 또 우리 소에 올수도 있다는 희망과 낙관적인 메시지를 동시에 수용자들에게 심어주는 것입니다. 다만 그렇게 하기 위해선 관규를 위반한채 징벌방에 갇혀있는 '징벌자'만 제외시키면 '1인 특별가석방'

의 성과를 무리없이 진행시킬수 있습니다.”

“그게?”

마종기소장의 표정과 과장들의 얼굴색깔이 순간 붉게 상기되었다.

“놀이입니다 소장님!”

“놀이라니요 부소장?”

“…우리 민족은 예로부터 놀이문화에 흠뻑 젖어 있었습니다. 그 놀이 속에서 협동하고 단결하며 어려움을 딛고 일어 설 수 있었지요. 바꾸어 말하자면 ‘놀이’가 바로 여흥을 가져다 주는 축제면서 자연스럽게 ‘민주적방식’을 재현하고 접목하는 가장 최선의 ‘합리적방안’으로 대체 될 수 있습니다.”

“그게 뭡니까?”

“윷놀입니다.”

“예~엣?”

부소장의 ‘아이디어’와 ‘놀이문화’라는 첨삭까지에는 궁금도 하고 뭘까 해서 귀를 기울였지만 그의 입에서 다른 멋진 제안도 아닌, ‘윷놀이’라는 최종 낱말이 튀어나오자 소장도 그렇고 각 부서 과장들도 아연실색하는 경악의 표정이 역력했다.

“사실 저도 부소장의 직책으로서 어떻게든 무리없고 나쁘지 않은 의견을 제시할수 있을까 고민을 참 많이 했습니다… 교정기관에 처음 제가 발을 들였던 곳이 ‘소년원’이었지요.”

“그랬지요… 서울 소년원!”

“…당시를 회상해보자면 어느 수녀님이 초코파이를 가져 오셨는데 몇박스로는 전체 소년범에게 나눠줄 수 없었지만 누군가의 제안으로

'척사대회' 즉 윷놀이 판을 즉석에서 만들어 모두를 참여시켰습니다. 그런데 나중 보니 윷놀이로 이긴 애나 진 애들 모두가 즐거워하면서 '초코파이' 쟁탈전을 벌이는걸 보았어요. 전 장관님의 '특별1인가석 방자' 공문이 도착했다고 들었을 때 이미 저 개인적 생각으로 '윷놀이'를 머리속에 그려넣고 있었습니다. 만약에 1명의 가석방자를 선발하기 위해 '퀴즈대회'를 연다거나 바둑, 장기, 제기차기, 심지어 100m 달리기를 해서라도 '단한명'을 걸러내야 한다면, 퀴즈문제만 해도 교육과 지능이 떨어지는 재소자를 그렇지 않은 인간들과 어떻게 구분하고 똑같이 참여시킬 수 있으며, 1급과 18급의 바둑 수 싸움에서 '하수'는 절대 '고수'를 이길수가 없습니다. 장기역시 박보장기라도 둬봤다는 재소자를 심심풀이로 장군멍군을 외쳐본 재소자는 애초 게임이 될 수 없을 테고, 건강한 젊은 사람들의 '제기차기'에 나이 먹은 수형자는 상대가 되지 않을 것이며, 출소시켜 준다는데 죽기살기로라도 뜀박질을 해서 100m 달리기를 설령 마쳤다고 한들 아마절반의 수형자는 심장마비를 각오해야 할 것입니다. 이런 저런 사유가 있고 이유가 존재하면서 문제가 발생한다면 어찌보면 가장 원시적일수도 있으나 특별한 재능이나 전략없이 누구라도, 모든 재소자가참여할수 있는 오로지 자신이 던진 행운과 주어진 하늘의 복에 따라 승부가 결정되는 '윷놀이'야 말로 장관님의 배려를 뒤끝없이 충족시킬 수 있는, 전국 최우수교정기관으로 표창을 받은 저희 '형설교도소'의 고민을 단숨에 해결하는 동시에, 각종 구설수로 떠오를 의혹과형평성을 불식시키면서 미래와 재소자 상호간의 친목과 교정사고 예방에도 분명 크게 일조할 수 있다고 저는 분명히 확신합니다. 그래서 윷놀이로 '석방자'를 가리는 걸 강력하게 주장하면서 이 '의제'를 제안하고자 합니다."

가만히 듣고 보니 부소장의 주장도 일리는 있었다.

윷대회를 열어 누구를 출소시켰다고 하면 얼마나 세상의 조롱과 질타를 감내해야 할 것인가? 그러나 한편으로 부소장의 생각처럼 전 재소자가 참여해서 이러쿵저러쿵 소곤소곤 쑥덕일 그 말 많고 탈 많은 '입방아'들을 잠재우기 위해선 '윷놀이'가 아니라 그 무엇이라도 시도해봐야 할 판이었다. 이미 낌새를 눈치 챈 일부 거물급 수용자의 '비선라인'들로부터 마종기소장도 결코 자유롭지 못했던 것이 장관의 '문건'이 하달된 이후였다. 교도소가 좋다는 소문이 돌아, 어떻게 '이감'의 과정들을 거쳤는지 한때 이나라를 쥐락펴락했던 날개 꺾인 유력 정치인과 고위공무원, 대그룹총수와 마약을 들이킨 연예인과 다단계의 황제로까지 불렸던 군상과 조폭두목에 이르기까지, 3000명의 기결수형자 중 600여명이 무기수로 복역 중인 이곳에서 소장의 의지대로, 지시대로 과장들의 요청과 입김대로 '억세게 운 좋을' 한명을 턱하니 찍어서 내보냈다가는 제명대로 다리뻗고 숨을 쉴 수 있을지가 실제 교정현장에서 많은 수용자와 가석방자를 달래며 몸으로 부딪쳤던 소장의 야전경험과 체험이었다. 아울러 일부 법무부출입기자들로부터 "어떻게된거냐?"는 질문과 확답을 회의 조금전까지 요구받은 터라 까닭 손을 놓고 있다가는 '시기와 때'마저 놓치게 되는, 돌이킬 수 없는 재앙과 우를 생성할 수 도 있었다.

그렇지만 윷놀이라니...

참석자들의 얼굴빛은 시큰둥하고도 떨떠름해 보였다.

"좋아요 부소장!... 우리가 취해야 할 방법들이 사실 많거나 마땅치가 않습니다. 시간두 없구... 그래서 결론을 내야할 것 같은데... 근데 만약 공개로 하되 '윷놀이'로 가석방자를 결정하게 된다면 그 구체적인 프로그램과 실무적인 준비계획서 등이 차질없이 마련될수 있습니까?"

마종기소장의 결심이 어느틈엔가 찍히면서 읽히는게 엿보였다.

"그렇습니다... 공지를 하고 우승자를 출소시켜 주겠다는데 못하겠다고 악을 쓸 재소자는 아무도 없을 것입니다. 혹 그런 수용자는 탈락시키면 되구요. 저희 교도소의 구조상 각 공장별로 우선 두사람씩 담당근무자의 계호와 심사아래 '척사대회'를 열고 병사와 미징역, 독거수용자, 고시반, 관용부, 공장, 직업훈련생, 외부통근 별로 게임을 신속하게 진행하면 됩니다. 각 관구에서 일단 예비우승자를 가린다음 공장별, 병사, 미징역, 독거수용자, 고시반, 관용부의 승리자가 차례대로 모여서 토너먼트를 벌여 한사람을 추려내야 합니다. 16강을 해도 되고 32강으로 붙어도 상관없지만 제 생각엔 무슨 짓을 벌일지도 모르는 재소자들이라 '대강당'에서 최종 16강을 가리는 게 좋을 것 같습니다. 전 기결수용자가 지켜보는 가운데 우승자를 '가석방자'로 소장님이 지목하시고, 장관님의 특명으로 척사대회를 열게 되었지만 교정사고 없이 무난하게 오늘처럼만 해줄 수 있다면 제2회, 제3회의 특별가석방자도 나올 수 있으므로 다음 기회에 행운을 찾아보자 고 설득을 하듯 마무리 발언을 하시면 아무 뒤탈없이 이 사안의 목적달성을 한 채 행사를 마칠수가 있습니다."

"햐 과연... 과연 부소장 다운, 지략가 다운 명쾌한 해석과 발상입니다. 학교다닐 때 삼국지를 열 번도 더 읽었다고 자랑하더니 부소장의 얘기가 어느 한군데라도 틀린 곳이 없어 보여요... 그런데 부소장!"

"예 소장님"

"제가 알기로 징역생활이 무료해서 재소자들이 장난삼아 '우표따먹기' 같은 윷놀이를 벌인다고 들었지만 말(馬)을 사용하는 방법이나 '윷판' 이 사회에서 통용되는 그것과는 많이 다르면서 틀리다고 보고를 받았던 기억이 있는데... 그건 어떻게 된 겁니까?"

"그래서 제가 재소자들이 사용하는 윷판을 한 장 가지고 나왔습니다."

형설교도소의 책임을 맡고 있는 각 부서 과장들과 마종기소장은 부소장이 펼쳐드는 라면박스를 찢어 대충 조악하게 그린, 그렇지만 왠지 심상찮아 보이는 '윷판' 으로 시선을 고정했다.

"보십시오. 이게 저희 교도소가 행할 '척사대회' 의 윷판 그림입니다."

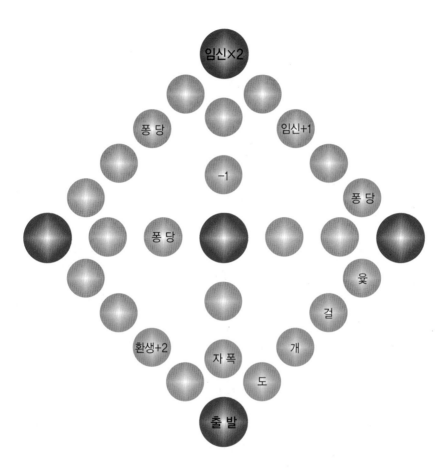

마종기소장의 입과 과장들의 이빨사이가 동시에 벌어졌다.

"오랫동안 수감생활을 하게 되면 비행기라도 만들어서 탈출을 감행한다던게 초창기 제가 교정공무원으로 발을 들였을 적 어느 선배가 일러준 교훈입니다만 수감자들의 머리는 기발하다 못해 엽기적이면서도 빼어난 천재들입니다. 윷놀이도 그냥 하면 재미없다고 이것저것 '함정'도 파고 '보너스'라는 것도 넣었어요. 이 윷판은 특별할 것도 없이 어제 오후 관구 순시때 '미징역'에서 압수해 참고 할 겸 척사대회의 모델도 할 겸 해서 제가 가지고 온 것입니다.

도(豚) 개(犬) 걸(羊) 윷(牛) 모(馬) 로 말이 올라가다가 〈퐁당〉에 걸리면 더 이상 그 말을 사용할 수 없고 처음부터 다시 시작해야 합니다. 〈+1임신〉은 '말'을 하나 더 얹을 수 있는 권리이며 〈임신×2〉는 그 말에 곱한 숫자이고, 〈-1〉 칸에 들어갔다가는 말 1동을 빼야 합니다. 〈환생+2〉로 간 말이 〈환생〉에 걸리면 기존의 끝난 말 2동을 다시 처음부터 도, 개, 걸로 출발시켜야 하고 〈자폭〉의 구멍은 상대의 패를 읽듯 불리한 '말'이 언제든 구멍에 뛰어들어 상대와 함께 '자살'을 기도·감행한다는 설정이지요.

그래서 '말'은 '여덟개'를 가지고 시작합니다. 재소자들의 윷놀이에서 모나 윷보다도 더욱 유용하게 사용하는 규칙이 있는데 그게 일명 빽도, '빠꾸도'입니다. 윷을 던져서 이게 나오면 거꾸로 한 칸을 돌아가야 하지만 자신의 말이 어디에서도 없을 때 '빽도'가 나오면 바로 '출발칸'(끝나는)에 말을 올릴 수 있는 특별한 특권이 '빽도'에는 있습니다. 다소 제 설명이 이해하기 어려울 수도 있지만 징역을 사는 수형자라면 누구라도 이의제기를 하지 않을 만큼 그들의 윷놀이와

24

나름의 계산법은 생활의 일부분처럼 아주 쉽게 발전되어 왔고 아무 때라도 그 누구와도 통쾌히 판을 벌이지요. 한가지 우려스러운 부문이라면 '윷놀이대회'가 석방을 시켜주는 것이기 때문에 아예 수형자들이 '목숨'을 걸수도 있습니다.

그때 만약 게임에 진 자들이 승복하지 않고 소란을 피운다면 '1인 가석방'이 아닌, 달 가출옥과 삼일절, 부처님오신날, 광복절, 개천절, 성탄절특사 같은 모든 가석방 대상 기간에서 제외시킨채 탈락시킬 것을 고지하셔야 하며, 분류상 처우심사에서 당연히 불이익을 감수하게 되고 자신이 지은 죄가에서 국가가 주는 감형이나 혜택을 받지 못 한 채 만기출소를 할 수밖에 없다는 원칙과 실익을 명확하게 분명하게 수용자들에게 심어줘야만 합니다. 이게 저희 교도소가 실시할 장관님의 배려에 부응하고 한바탕 잔치처럼 웃을 수도 있는 1인가석방자를 선별하는 '척사대회'의 대략적인 개요와 구상과 프로그램입니다."

"좋습니다 좋아요... 그렇게 하기로 합시다. 다들 괜찮지요..."

짝짝짝짝 짝짝짝짝 짝짝짝짝 짝짝짝짝

마종기소장의 흡족한 박수소리와 이어서 터져 나오는 손뼉의 성원과 호탕한 웃음에 각 부서 과장들도 어쩔수없이 뒤따르지 않을 수 없었다.

어딘지 찝찝하기는 했으나 그렇다고 별다른 대책과 방안이 있는 것도 아니고 시간이 없으며 빨리 이 문제를 수습, 해결, 마무리짓고서는 '골머리 아픈' 그 무슨 '1인가석방자'의 굴레와 멍에에서 벗어 난 채 어서 어서 편히 심적으로 육체적으로 해방되고 싶었다. 그저 그렇게...

짝짝짝짝

짝짝짝짝

짝짝짝짝

짝짝짝짝

* * *

"각방 배식 ~"

비스듬히 팔베개를 하고 누 운채 마룻바닥을 주먹으로 힘껏 내리쳤던 복태오는 소지의 배식소리에 식구통을 열고 밥그릇을 올려 놓았다. 징역을 사는 것도 서러운데 복태오는 징벌위원회로부터 2달간 일체의 서신과 접견, 신문구독과 TV시청에 운동까지 금지당하는 '가중처벌' 을 하명받고 '징벌생활' 보름여를 마악 넘겨 '벌점' 이 어서 해제 되기만을 기다리고 있었다. 형설교도소내 거의 모든 재소자가 두려워하는 뼉다귀 있고 어떤 경우에든 족보로 위 아래를 구분했던 '삿갓파' 두목이었으나 조폭의 이미지가 훼손될 별 꼴 같잖은 잡범하나를 건어찼다가 그만 '장기파열' 에다 성추행(?)의 여죄까지 불거 진채 그를 폭행한 혐의로 독방에 수감되어 이제 곧 '추가사건' 으로 검찰과 법원에 기소될 운명에 처해진 엎친데 덮친 격의 지지리도 운 나쁜 재소자가 복태오였다.

삿갓파.

복태오가 꿈꾸었던 어깨들의 '천하통일' 은 그의 구속으로 하루아침에 모래성처럼 허물어지고 말았다. 복태오를 타깃으로 했던 제2차

'범죄와의 전쟁'이 '삿갓파'를 겨냥했다면 이땅 대한민국 내에서 어디로 내 뺄수 있단 말인가! 결국 변호사를 대동하고 자수라는 형식을 취하기는 했으나 '범죄단체조직 및 그 수괴'의 죄명 등으로 병합되어 복태오는 20년 징역형을 선고받고 만다.

4년을 복역했지만 남은 형기를 생각한다면 머리털이 온전할 수 없었고 이것저것 밖의 일까지 연관 짓는다면 심장이 터질 것 같은 화병으로 근근히 하루하루를 힘들게 어렵게 버텨내고 있었다.

"형님... 힘을 좀 내시랑께요 형님!"

"그려 오늘 반찬은 뭣이냐?"

"근대국하고 무말랭이... 배추김칩니다 형님!"

"에그 반찬이라곤..."

"근디요 형님, 소문 들으셨습니까 형님?"

복태오의 사기그릇에 근대국을 퍼 담으며 사동소지(청소)가 철창너머로 얼굴을 들이 밀었다.

"뭔 소문?"

"아따 형님... 법무부장관 성님께서 그랑께 우리 교도소 재소자 한 명을 내보내라고 했답니다요 형님!"

"고것이 뭔 놈의 봉창 두드리는 소리여?"

"아유 거 뭐시냐... 그랑께 우리 형설교도소가 전국 최우수 교정 뭐하는 기관으로 선발되었는디 법무부장관 성님께서 딱 한명 지목해서 재소자 1명을 출소시키라고 공문이 내려왔단 말이어유 형님... 취장 애들이 리어카 끌고 오면서 어찌나 시끌 대던지 조금 있다 각 관구실과 사동별로 '내용'을 벽보처럼 붙인 답니다요 형님... 윷놀인가 뭣인가로 가린담시롱..."

"뭣이라고? 그게 참말이여... 아이고 아이고... ..."

복태오의 두다리가 휘청거렸다.

이게 뭔 놈의 잠자다 남의 뒷다리 두들겨 패는 소리 다야... 그런 말은 교도소를 내집처럼 드나들었던 복태오도 일찍이 들어 본적이 없었던, 그야말로 개벽같은 환청이었고 꿈에서나 있을 법 한 빅뉴스였다.

"근디요 태오형님... 징벌자들은 안된다고 하던 디요."

소지가 무말랭이를 식구통으로 밀어 넣으면서 측은하다는 투로 복태오의 눈치를 살폈다.

"가만... 그게 아니여 그게... 이게 사실이라면 다 방법이 있제... 소지야 시간이 없다 너 볼펜과 메모지 한장 넣어주고 배식 끝나고 이리 와라"

"알것습니다 형님!"

어제 저녁도 귀찮아서 사실 건너뛰었지만 지금 밥이 문제인가!

그는 소지가 교도관의 눈을 피해 던져준 볼펜을 집어 종이 위에 뭐라고 급히 갈긴 후 작게 몇 차례 접어서 눈치 빠른 사동소지에게 다시 건넸다.

"취장반장 영철이에게 이 쪽지를 전해주고 넌 또 다른 소식이 있으면 바로 알려라... 알것어 모르것어"

"잘알겠습니다 형님!"

원체 호기심과 궁금증이라면 도저히 참질 못했던 소지가 취장에서 짬밥과 배식통을 걷으러 오기 전에 주위를 조심스럽게 두리번거리면서 살짝 펼쳐본 복태오의 '밀서' 에는 영철아!
애들한테 징벌자들도 윷놀이에 참가시키라고
선동하고 소에서 안들어 주면 너도 그렇고
우리 애들 전부 작업거부에다 단식에 들어가
바로 시행혀라
– 태오 –

* * *

수번 864번 김칠한은 아침을 먹고 개방신호에 따라 동료들과 함께 '위탁공장'으로 출역했지만 이미 소장의 「공고문」을 확인한 일부 수형자들에 의해 형설교도소 사상, 아니 대한민국 교정사 모두를 통틀어, 나아가 전세계적인 역사와 행형기록을 낱낱이 훑어보더라도 도저히 있을 수 없을 것 같은 '척사대회' 우승자를 가려 '1인 가석방자'로 선정, 내보낸다는 삼류코미디 신파와 축제가 곧 벌어질 것이라는 현실을 좀처럼 받아들이기 어려웠다.

그가 선배들과 어울렸던 볼링게임과 저녁식사, 그리고 주점으로 이어졌던 몇시간의 여흥과 동행이 결국 사람을 죽였다는 '살인사건'의 끔찍한 '범행'으로 되돌아와 '무기징역'이라는 상상조차 할 수 없는 혐의를 고스란히 덮어쓰게 되지만— 절규처럼 억울한 '누명'임을 항변하다가 재판과정에서 판사에게 대들었으며— 꽁꽁 묶인채 격리수용의 과정을 거쳐서 '검정고시'와 '학사고시'에 까지 도전,

그것도 두차례의 정상정복에서 전국 최우수 수석의 영광과 영예를

탈환하기까지에는— 말이나 글로 표현하기 어려운, 초인적인 극기와 인내를 넘어선— 고통스러웠던 절망의 탄식과 회한이, 땀과 눈물이, 그의 구속으로 인해 충격과 쇼크를 받은 채 뇌사상태에서 결국 저세상 하늘나라로 가고 말았던 어머니에 대한 그리움과 보고픔이, 사랑이, 죄의식이, 자식의 도리를 다하지 못했던 불효가 겹쳐지고 포개어져 도저히 포기할 수 없었던 한스런 독기(毒氣)가 그를 864번 무기수 김칠한을 하루 3시간 수면에 나머지 분초단위 모두를 쪼개고 올 인케한 완전한 집중으로 유도했고, 섬뜩할 만치 책으로 파고 들게 매진케해서 그를 급기야 "화제의 역경을 딛고 일어선 철창의 주인공!" 으로 변모시켰다.

검정고시로 고등학교 졸업장을 획득한 사건도 분명 대단한 일이지만 더 나아가 학사고시에 차례대로 응시하여 4단계를 거친 '경영학과' 와 '국문학과' 전국수석을 차지했을때는 형설교도소는 말 그대로 축제분위기에 빠져들었으며 3000여 재소자 모두가 진정으로 영웅의 탄생을 축하하였다.

그날 9시뉴스에 김칠한의 인터뷰와 영웅탄생을 다룬 '수석졸업' 의 에피소드가 방송되자 특히 사회는 물론이려니와 청주여자교도소 수용자들이 셀수도 없을 만큼의 '러브레터' 를 김칠한 앞으로 보내왔다. 그를 돕고 싶다거나 인간승리에 감동해서 후원을 하게 해달라는 각계각층의 고마운 사람들에게 마종기소장이 형설교도소 대표자로서 해줄 수 있었던 답변은 "그러나 864번은 무기수입니다" 뿐이었다.

엄연한 법치국가에서 '무기수' 인 김칠한에게 구원의 손길을 펼 수 있는 방법은 누구도 할 수 없었고 어느 곳에서도 불가능하였던 '죄와 벌'의 응징과 당연한 징벌뿐이었다.

그가 9년째 복역중이라는 사실만이 기대가, 모든 가능성을 열어두고 김칠한의 〈신분장〉을 수없이 뜯어보고 검토했으며 펼쳐보았던 마종기소장의 한계와 역부족으로— 그때마다 제자리로 돌아왔지만— 그러나 그렇더라도 분명히 최고의 권리와 자격을 땀흘리며 스스로 노력해서 취득, 획득하였음에도— 설령 그 이상의 찬탄과 성원이 쏟아지는 뉴스메이커 신분일지라도— '1인가석방자'의 명단과 행운을 소장도 864번 김칠한 혼자에게 줄 수는 없었다. 둘이나 셋만 됐더라도 까짓거 한사람을 그의 직권으로 소장의 권한으로 같이 우겨넣어서 석방시킬수 있었지만 아무리 장관의 공문이 "당신 마음대로 하라"였다고 하지만 이 일은 '1인 가석방자'를 추리고 걸러내는 사안은 참으로 힘든 과정인 동시에 마종기소장과 간부진, 교도소직원 모두의 딜레마로서 골머리를 앓게 하였고, 드디어 어느 곳에서도 들어보지 못했던 〈척사대회〉라는 망측하고도 기괴한 방법을 동원해서 '우승자'에게 석방을 시키겠다는 참으로 흠잡을데 없는 '민주적인' 전원 참여방식이 그리해서 채택된 것이었다.

"칠한아 드디어 네게도 기회가 왔다 너의 도전은 지금부터고 진정한 영웅의 탄생은 윷놀이대회 우승자로 가려지는 거야 한번 힘껏 해보자!"

그와 같이 '학사고시'에 응시하였으나 아쉽게도 낙점의 폭이 커서 떨어지고 말았던— 김칠한과 고시반을 함께 다녔지만— 지금은 '위탁 3공장'으로 꼭 붙어서 출역중인 징역 15년을 선고받았던 '정용진'이 뭔가의 깊은 상념에 잠겨있는 김칠한의 옆구리를 쿡 찔렀다.

"할 수 있지?"

"……"

* * *

한때 나는 새도 떨어뜨렸다는 정권실세 6선의원 최우열은 원예하우스 난로불 위에서 설탕과 밀가루 반죽을 대충 풀어 짓이긴채 징역에서는 둘이 먹다 하나가 죽어도 모른다는 '호떡'을 열심히 구워대고 있었다. 그나마 소내에서는 다른 수용자들과 대면할 일이 없는, 워낙 막강파워를 자랑하는 권력자의 신분이었기 때문에 소장과 과장들도 그저 "예 예 의원님!"으로 알아서 배려하고 눈치만 볼 뿐 누구도 그의 심기를 건드릴 수는 없었다.

그가 이러쿵저러쿵 기업인과 지인들로부터 받아 챙긴 '뇌물액수'는 재판으로 밝혀진 것만 900억원이 넘었는데 당재정위원장도 겸하고 있던 터라 총선의 막후 책임자와 실력자로 충분히 뒷 배경을 넘겨짚는다고 하더라도 상대 야당의 '선거법위반' 고소로 불거진 검찰수사가 한 건설업자의 자금추적계좌에서 차명으로 오고간 돈의 흐름이 최우열의원과 '관계'된 것을 검찰은 밝혀냈다. 그것도 최의원의 능력과 파워로 충분히 봉쇄하면서 막아 낼 수 있었지만 누군가 국회출입기자에게 흘린 '말 한마디'가 기사로 대서특필되었으며, 여론과 시민단체의 불같은 역풍과 성난 민심 때문에 '중수부'가 수사에 나선지 5개월 만에 결국 정권 실세로 까지 불렸던 최우열의원은 법정구속되었고, 8년의 실형과 함께 150억원의 추징금을 같이 선고받게 된다.

대통령의 '사면'이 남발되는 여건에 대해서 어느 이 보다 반대의 목소리를 높였던 의원 최우열이고 보면, 막상 수인의 신분으로 뒤바뀐채 상황이 역전되어 8년을 견뎌내야 한다는 현실을 도저히 받아들이기 힘들었으나, 애초 그를 수사 의뢰했던 진영의 야당후보가 최의원의 지역구 보궐선거에서 당선되어 연일 '정치신인'으로 떵떵거리는 꼴과— 신문기사를 미친사람처럼 재소자들 몰래 북북 찢어버리면서도— 교도소의, 감옥의, 온통 회색으로 칠해진 철창의 담벼락이 가져 다 주는 두렵고도 소름끼치는 중압감만은 그 역시도 사람인지라 피해갈수가 없었다.

이제 겨우 복역기간 7개월째를 쬐끔 넘겼는데 몇 년을 설령 감형받아 가석방으로 자유의 몸이 될 수 도 있다고 해도 그 몇 년을 충족시킬 수인의, 기결수용자의 복역자격을 또 어떻게 채워 만들어서 '출소자격'을 획득할 수 있을까?

더욱 엄격해진 사면위원회의 규칙과 복역기간을 조합한다면 최우열은 앞으로도 최소 6년은 더 징역생활을 견뎌내야만 자유와 평화를, 잠잘 때 마다 식은 땀을 줄줄 흘리면서 조여오는 공포로부터 두려움으로부터 탈출할 수 있는, 해방될 수 있는 착각을 꿈이나 꿔볼 수 있었다.

그런데 그런데 척사대회라니... 윷놀이로 승부를 가려서 재소자를 출소시켜 준다니... 어느나라 형법과 행형체계가 교정운용과 방침이, 해괴한 발상이, 그런 어처구니 없는 '연구'를 계획하고 추인하고 있단 말인가?

틀림없이 그의 지역구와 의원회관이라면, 국회재정위원장 자리라면 근엄하게 포스를 취한채 장관에게 전화를 걸어 호통이라도 쳐볼 위엄의 그였을 테지만 이건 이건 수번 3206번 최우열이 축 처진 허리를 곧추 세우며, 혹시라도 윷놀이대회 우승자로 선정되어 상상조차 못하였던, 당장의 '출소'가 가능할 수도 있는 격변(激變)이— 물러설 수 없는 기회가— 정계로 다시금 돌아 갈수도 있는 복귀의 야심찬 프로젝트와 일성(一聲)이 시리즈가 어쩌면 펼쳐지고 몽환처럼 연출될 수도 있었다. 체면과 가우도 차릴때가 따로 있고 눈치줄게 따로 있지 징역 8년을 밥상처럼 받아놓고 찬밥이 따로 있고 더운 밥에 투정부릴 때가 분명 아니었다.

넌지시 관의 의중을 떠보았지만 분류과장부터 손사래를 쳐대며 "큰일날 소리 마십시오 소장님부터 죽을 지경입니다. 이유가 없습니다. 3000명 모두가 붙어서 단 한명을 가려내야 해요... 의원님의 사정은 잘알겠지만 우리 소가 무기수만 600명입니다. 봐 줄수가 없어요."

그러면서 매몰차게 돌아서는 분류과장에게 헛기침과 마른침을 쩝쩝 삼키던 최우열은 결전의 순간마다 선거라는 위기의 국면마다 기회마다 진흙탕같았던 제도권 정치의 중앙무대에서 그때마다 화려하게 음모와 술수를 걷어내면서 잠재우고 왕관을, 의원뱃지를 가슴에 척하니 걸 수있었던 임기응변의 달인다운 지난날을, 과거를 관록을 추억하고 기억해보려고 애를 쓰지만 뾰족한 뚜렷한 대책이 대안이 묘수가 도대체 떠오르지 않았다.

"의원님... 호떡 타요."

"오호 그렇군, 하나가 완전히 검뎅이 숯이 되었네 그려. 그렇지만 이놈의 시커멓게 오징어뒷다리처럼 굳어버린 호떡이 미끌어지고 흙탕물에 처박힌 내 심장보다 더 새카맣게 탈까? 어이구 내 팔자야...”

최우열은 그래도 오늘 당번으로 나서서 호떡을 굽겠다고 자원한 마당에 원예식구 11명이 간식으로 맛있게 뱃속에 채워 넣을 국회의원이 만든 ‘최우열표 호떡’을 적당히 구워 낼 수는 없었다.

열심히 해야 혀 선거도 그렇고 윷놀이대회도 호떡도... 기럼 기럼...

* * *

3000여 수인 모두가 곧 벌어질 ‘척사대회’ 결승을 나름대로 제각각 노리고 있었지만 그중에서도 ‘주가조작’과 ‘업무상횡령’ 등의 혐의로 10년을 선고받았던 EPM엔터테인먼트 대표 ‘노상서’의 출소욕망과 석방갈망은 그 어떤 재소자보다도 깊었으며 컸다.

EPM엔터테인먼트.

그곳은 모든 연예종사자와 연예계를 목표로 했던 젊은 피플들의 로망이었다. 수많은 걸그룹과 아이돌뮤지션, 동남아시장을 주름잡으며 한류스타의 열풍을 몰고 왔던 대한민국 최고의 연예기획사가 바로 노상서가 일궈낸 ‘EPM엔터테인먼트’이고 보면 그의 구속은 어쩌면 연예계를 쑥밭으로 만들었던 핵폭탄의 위력으로 EPM 주가를 하루아침에 종이장으로 퇴색시켰으며, 오랜 시간과 돈을 투자해서 공들여 키워 놓았던 EPM 소속 영화배우와 탤런트, 모델과 가수들이 노상서의 몰락과 함께 절대 해가 꺼지지 않을 것 같은 EPM왕국에 하나같이 등을 돌리고 만다.

무엇보다 더욱 그를, 수번 133번 노상서의 면상에 침을 뱉고 억장을 무너뜨린 사건은 재판이 끝난 지 가 언제라고 "당신을 기다릴게!"라면서 눈물콧물을 찍으며 면회장을 빠져나간, 한때 국내영화계를 수차례나 평정했던 은막의 여왕이자 뇌쇄적 관능미의 여신! 팜므파탈 아내가 도쿄의 중심부 지하 나이트클럽에서 춤을 추는 장면과 마침 그 시기에 일체의 스케줄을 펑크낸채 어딘가로 사라졌던 바로 노상서의 분신이라고 불렸던 EPM을 대표한 슈퍼스타 가수와 최고급 호텔에서 다정하게 프랜치키스를 나눈 후 어깨동무를 하고 걸어나오는 사진이 일부 연예지와 스포츠신문에 특종으로 실렸다.

둘다 검은 선글라스를 꼈기에 아니라고 아니라고 내 아내, 영화배우 채인옥이 아니라고 애써 잘못된 기사임을 부인하려고 했지만, 아이돌을 거쳐 대형가수의 입지로까지 올라섰던, 노상서의 손때를 묻히고 자란 슈퍼스타 '그놈' 천기보와 그의 두 핏줄을 순산한 아내 채인옥은 이미 노상서가 해외시장 개척을 위해 EPM사무실을 비울 때 부터 장소를 옮겨 다니면서 노상서 몰래 걷잡을 수 없는 불륜을 저질러 온 것이 집요한 기자의 추적기사로 밝혀졌다.

과연 누구를 믿고 누구를 가슴에 안을 수 있단 말인가?

내 이 두 년 놈을 갈기갈기 찢어 죽여버리고 노상서 자신도 덧없는 인생을 종칠 것이라며 쇠창살에 머리를 들이 박았지만 도저히 도저히 터져 오르는, 용솟음치는 분노와 증오를, 무서울 만치 점화하는 살기를 인내하거나 잠재울 수는 없었다. 법을 어긴 자들을 나쁘게 보았고 이곳 교도소의 수인 다섯명 중 한명이 인명을 해친 무기수들이지만 왜 인간이 극도로 포악해 질수 있으며 승냥이와 하이에나처럼 앞뒤 생각없이 광기와 짐승으로 돌변해 그 모든 인과 관계를 정리한채 스스로 인간세계와 고립되면서 괴리의 상처와 아픔을 토하는지 함몰되고 있는지 이젠 이해할수 있을 것 같았다.

이 나라가 어느 잘사는 나라처럼 '총기소지'의 자유가 있다면 이놈빵 저놈빵 자고나면 빵빵빵으로 강력사건이 요동 칠 것이라고 그 자신 평소 입버릇처럼 되뇌이지 않았던가!

아무리 회사대표가 구속되었다고 한들 뿔뿔이 제 살길들 찾는다며 일방적으로 전속계약 해지를 주장하면서 EPM의 마스코트를 집어던지고 있었던 미꾸라지 시절 '올챙이'들과 지난날과 어제를 망각하고 있는 철부지 '우물안개구리'들도 저녁마다 TV화면에서 들여 다 보기가 정말 싫었다.

잠시 기획사 운영에서 위기가 있어 증시와 금융계 브로커 역할을 하며 기생하고 살던 '선수'들에게 자문을 구했던 게 '주가조작사건'으로까지 이어지고 말았지만, 어쨌든 노상서는 그래도 자신을 배신하지 않고 끝까지 사장님 칭호를 갖다 붙이는 빅스타의 무대까지는 오르지 못한, 그래도 됨됨이는 썩지 않은 무명과 조연급의 연예인들로부터 지지와 성원을 다짐받고 있었다.

그렇지만 노상서 역시 3년의 복역기간을 겨우 넘기고 말았는데— 뭔놈의 척사대횐가 하는 '특종'의 환청과 판타지가 어떻게 귓전을 때렸기에— 그 무슨 희생과 댓가를 치르고서라도 최종고지인 결승까지 올라 이 지긋지긋한 악인들의 소굴 교도소를 하루빨리 어서빨리 지금당장 훌훌 벗어나며 날리듯 털고 도망가고 싶었다. 비록 법을 어기기는 했으나 그가 이룩했던, 노상서가 개척하고 말았던 세계의 '한

류시장'에 자유만 찾을 수 있다면, 어떡하든 다시금 동참하고 싶었지만 그 자유는 노상서의 의지와 그 자신의 사죄와 용서와 참회가 아무리 첨부된다고 한들, 그냥 만들어 지는 게 아니었다. 과거의 영화(榮華)가 그 무엇과도 비교할 수 없이 지대하다고 한들, 자유를 찾기 위해서는 뼈를 깎는 자성의 '복역기간'이 틀림없이 동반되고 수반되어야 했는데... 그래야 교도소를 벗어날 수 있다고 했는데... 척사대회라니... 윷놀이라니...

노상서의 두 주먹은 어느틈엔가 부르르 떨렸고 철창너머 저 먼 곳에서는 천기보와 아내 채인옥의 깔깔거리는 욕정의 흥건한 살 냄새와 검은 선글라스를 낀 미칠 것 같은 환영(幻影)이, 모자이크가 나타났다가는 이내 구름처럼 사라졌다.

그는 다시한번 우승자는 석방시켜준다는 '윷놀이대회' 규칙과 규정으로 〈공고문〉에 바짝 돋보기 안경을 들이민채 그 세부내용을 처음부터 자세히, 천천히 읽어 내려 갔다.

「공 고」

'1인특별가석방자'를 선발하기 위한 '제1회 형설교도소장배 척사대
회'를 개최합니다.

본 '척사대회' 경기는 장관님의 특명에 부응하고 우리 소 전체 수형
자의 화합과 친선을 도모키 위한 방안으로서 징벌수용자를 제외한 모든
기결수가 참여해서 우승자를 '특별가석방'으로 석방하고자 합니다.

대회요강

● 각 관구별, 공장별로 관계직원의 감시와 지휘아래 2명씩 '척사대
  회'에 참가하게 되고
● 병사, 미징역, 독거수용자, 고시반, 컴퓨터반
● 관용부 : 세탁, 재리, 취사장, 사동 청소, 악대, 원예, 내청, 영선
● 공장 : 목공, 양재, 철공, 1위탁, 2위탁, 3위탁, 4위탁, 직조, 인쇄,
  양화
● 직업훈련 : 제빵, 자동차정비, 조리, 화훼재배, 용접, 창호, 건축
● 외부통근 : 가구제작, 면도기제조

소속 관구, 공장별 우승자를 선발한 다음 소내 전 재소자가 지켜보는
가운데 최종 16강 진출자(대강당)를 가려 토너먼트로서 단 1명의 《특별
가석방자》를 교도소장의 직권으로 출소시킬 예정입니다.

◇ 윷놀이 판의 기준과 말(馬)은 소에서 지급합니다.

◇ 단 징벌자는 '척사대회'에 참가할 수 없습니다.

△ 경기가 과열된 나머지 승패에 굴복하지 않거나 소란을 벌일 경우, 상대를 회유·협박·공갈·기망해서 금품 등의 제공 등으로 원만한 경기진행을 방해하거나 불미스런 사고로 이어질 경우 각 관구별, 공장별 감독자의 책임 아래 관련 당사자 모두를 탈락시킬 것임.

△ 아울러 우승자(석방)에게는 '우승 트로피'와 함께 형설교도소 직원이 십시일반으로 모금한 작은 '사회복귀' 성금을 지급할 예정임.

⊙ 본 '척사대회'는 우리나라 교정역사상 전례가 없는 사건으로서 전국 최우수 교정기관으로 선정된 형설교도소의 이미지를 재고하고 전 재소자가 참여할 수 있는 민주적 방식을 거듭 고심한 끝에 '윷놀이대회'라는 우리 민족의 민속적인 경기와 절차를 도입한 것이므로 기쁜 마음으로 축제처럼 즐기고 우승의 행운을 차지하길 진심으로 기원합니다.

형설교도소장 마종기

마침내 일부 징벌자를 뺀 3000여 전 재소자가 참여하는 형설교도소장배 '1인가석방자'를 선발하기 위한 윷놀이대회 즉 '척사대회'가 시작되는 아침이었다.

마종기소장이 출근과 동시에 받았던 첫 보고는 취사장에서 "재소자 모두에게 먹일 아침밥을 만들지 못했다"는 어처구니 없는 난(亂)이었고, 전혀 예상치 못했던 관(官)을 대상으로 한, 취장 출역자들의 반란이었으며 용서할 수 없는 스트라이크였다.

밥을 만들지 못했다니...

이게 이게 그 무슨 언어도단인가?

과연 교도소에서, 죄값을 치르면서 법의 무서움과 두려움을 살갗으로 의심의 여지없이 체험하고 순응하는 재소자들이, 오직 정해진 관규와 지시에 의해서만 한 발자국이라도 발걸음을 이동할 수 있는 재소자들이, 기결수들이, 명령에 의해 움직이고 기라면 길 수밖에 없는 그것들이, 전 수용자의 식사당번 취사장 작업자들이 파업이라니... 그 무슨 회사의 단체교섭과 임금인상도 아니고 이 인간들을 내 그냥 콱 하고 마종기소장이 그렇다면 어디 해보자는 불 같은 노여움을 막 표출하려는 찰나

"그런데 소장님... 내청, 영선, 양재, 직조, 건축, 창호 등이 작업거부를 선언했습니다!"

아니 요건 또 무슨 개뼉다귀 같은 조짐인가? '작업거부'라니

하고 싶다고 하고 하기 싫다며 방구들 바닥에 마음대로 드러눕는 사회의 편리와는 영 합치될 수 없는 오직 '삐딱선을 타다간 사망'의 공식이 등식이 존재하는 '딴세상'의 권력구조가 적나라 한 힘의 균

형이, 죄값의 서글픔과 비참함이, 비애가 예외없이 통용되고 적용되는 협곡이, 마(魔)의 노역장이 곧 우리가 익히 알고 있는 교도소의 실체와 존재였다.

죽고 싶다면 뭔 짓 인들 못할까?

그러나 수인들은 그 자신의 육체를 스스로 내팽개쳐서도 안되었고 자기 목숨이라고 함부로 옆 사람 몰래 목을 맬 수도 없었다. 발각되는 순간 또 그만큼의 고통과 치욕과 굴욕과 형벌의 되갚음이 고스란히 돌아오는 곤욕을 감수해야만 했던 것이 수형자의 업보요 과보였고 주홍글씨였는데... 행형법을 우습게 알며, 관규에 벗어난 행동을 할 때는 어쩔수가 없지... 내 이놈들을 그냥...

"그~래 이유는?"

부글부글 끓어오르는 감정을 억지로 인내하면서 소장이 어제 밤 당직대표였던 서무과장에게 경위를 물었다.

"척사대회에 징벌자들도 참여시켜 달라는 게 이들의 요구입니다. 소장님!"

"징벌자를?"

"그렇습니다."

"분명 그런 주문이 있을 땐 배후 주동자가 있을 텐데... 그건 파악이 됐는가?"

마종기소장의 말투는 공식직원회의에서는 상대의 직급에 상관없이 존칭을 표했다가도 조금 급박하다 싶을 땐 곧 바로 군의 야전사령관처럼 쉽게 전투모드로 표현이 바뀌곤 하였다.

"각 사동과 관구별, 공장별 담당직원들의 보고를 취합하면 아무래도 얼마 전 소내 재소자를 폭행하고 징벌 수용된 '복태오'의 배후가 의심스러우며 실제로도 취사장과 내청, 영선, 양재, 직조, 건축, 창호 등은 폭력으로 들어온 조폭들에 의해 장악되고 있습니다. 복태오의 남은 형기가 16년인데 척사대회 우승자를 출소시켜 주겠다고 하니 어렵잖게 이들의 단체행동을 들여다 볼 수 있지 않습니까? 일단 그래서 공장별로 몇 놈씩을 조사방에 처넣기는 했지만 나머지 수용자들의 '작업거부' 결의가 자못 심각합니다... 그래서 의견인데... 소장님!"

서무과장이 말 끝을 흐리면서 마종기소장의 눈치를 살폈다.

"말해보시오."

"어차피 척사대회가 전 수용자가 참여하는 모양새라면 '징벌'이라는 위반딱지 때문에 석방을 시켜준다는 경기에 낄 수 없다는 것도 어찌보면 부당한 일면도 있습니다... 그래서 징벌자에게도 척사대회 참가의 기회를 주시는 게 어떨지를 묻는 일부 개별 직원들의 요청이 있었습니다. 단 징벌해제는 아니고요. 대회참가만 허락하시는..."

"......"

서무과장의 의견처럼 그걸, 징벌자에게도 기회를 줘야 한다는 대승적 판단을 하지 못한 마종기소장이 아니었지만 여러가지 소의 방침과 사정상, 내부규정 때문에, 또한 무엇보다 징벌자 중에서도 조폭 복태오처럼 검찰과 법원에 추가사건이 접수된 재소자에 한해서 이것저것 자비와 관용과 배려를 무턱대고 베풀어 줄 수만은 없었다.

검찰에 의해, 법원에 의해 판결되는 몇 십만원, 몇 백만원의 '벌금 선고'라도 그것은 또 법무부장관이 입김을 불수도, 관장할 수 없는, 관여할 수 없는, 관여해서도 안되고 설령 누가 척사경기대회의 우승자로 낙점되어 석방의 환호를 내뱉게 되는 순간일지라도 또 그것은 별개의 '기소' 와 '형벌' 의 형태였기에 마종기소장도 이 점을, 예외의 상황 때문에 망설이지 않을 수 없었다.

그냥 "소장 마음대로 하라" 는 장관의 지시를 지침대로 수용했다면 웬 골치 아픈 척사대회가 무엇이고, 간단하게 평소 봐둔 이쁜 놈이나 아니면 체면과 염치도 불구 한 채 "소장님! 나좀 나좀" 하는 돈 있고 권세있고 떵떵거리는, 다만 감옥에 갇힌 신분이었기에 머리를 조아리며 비굴하게 무릎을 꿇어대는 군상들을 그의 입맛대로 한명을 찍던 걷어차든 자비와 은전이라는 미사여구로 포장해 출소시키든, 자빠 뜨리든 그건 어디까지나 책임자인 마소장의 권한 일 수 있었다.

간단할 전결요건을 아예 거절하고 거부하면서도 오로지 전 재소자에게 공평한 룰과 출소의 기회가 돌아가는 '척사대회' 를 열어 우승자에게 석방의 메달을 걸어주려고 했는데... 좋은 일도 의도조차도 맘대로 뜻대로 되지 않는 현실에 통솔력에, 재소자를 이끌 장악력과 지도력에 비애감마저 가슴을 치고 올라왔지만 좀 더 낮추고 좀 더 주위를 둘러보면서 좀 더 내가 겸손하고 지혜로울 때 마다 수인들이 마음을 열면서 가까이 다가왔던, 매시간 매초가 살 얼음 판인 교정의 현장에서 온갖 범죄꾼과 마주하며 오늘을 지켜온, 내공을 다져온 마소장이 아니었었나!

"만약 징벌자들도 참가를 허락하면 지금의 아수라장이 진정될 수 있겠소?"

"...그렇게 생각합니다. 소장님... 각서를 받아 놓고 경기에 참여를 시키면 문제 없을 듯 합니다."

"좋아요... 내가 저들에게 굴복하는 건 아니고 가만 생각해보니 비록 관규를 위반해 징벌을 먹었지만 '출소'를 할 수 있는 전체의 경기대회에 이들을 누락시킨다는 것도 분명히 도리는 아닌 것 같소. 좋아요... 징벌자들도 척사대회에 참가시키도록 하시오."

"잘알겠습니다. 소장님!"

마종기소장은 서무과장이 들고 온 '결제서류'에 몇가지 더 첨가된 글귀를 집어 넣은 채 '대회참가'의 범위를 뛰어넘는, 폭 넓은 '혜택'의 사인을 하였고, 이로써 애초 계획에서 배제되었던 '징벌자'들도 '척사대회'에 참가 할 길이 열리게 된다. 아울러 소장의 친필사인은 단순한 대회참가만의 승낙이 아닌, 전 재소자가 참여하는 '축제의 장'에 낙오된 자 없이 빠짐없이 다들 기쁜 마음으로 동참하고 이후부터는 다시는 폭력이라든가 성추행, 마약, 담배, 술제조, 현금이나 수표반입과 같은 불미스런 사건등으로 행형법을 위반하지 않은 채 교정사고 없이 원만한 수형생활과 수용자의 본 모습으로 돌아오라는 교도소 최고책임자의 통 큰 배려가 충분히 녹아있는, 담겨있는, 소장의 의도와 의중이 거짓없이 읽힐 수 있는 '징벌해제'의 감응(感應)이었고 자비며 은혜였다.

다만 '추가사건'으로 앞으로 기소될 운명의 재소자들은 그들이 행한 죄의 성격에 대해 설령 '1인특별가석방자'로 선발되더라도 그 규정에 의해 추가 '건'만은 당사자들이 당연히 법의 제재와 심판을 어김없이 받아야 할 것이었다.

그건 분명 마종기소장의 권한 밖의 일이었으니...

　　　　　　　　　　＊＊＊

　그리하여 ‘척사대회’는 단 한명의 예외자없이 말 그대로 모든 재
소자가 ‘석방’의 자웅을 겨루게 되는 ‘대결과 전투’의 전장으로 승
화되기 시작했는데 그 놈의 징벌때문데 하마터면 하늘이 내린 천신만
고(千辛萬苦)의 기회를 잃어버릴뻔 하였던 복태오와 이런 저런 꺼림
칙한 규율위반으로 독방에 수감되었던 59명의 징벌자들이 그 높은 천
장까지 뛰어오르며 미친 듯이 포효한 환호와 기쁨은 실로 당사자가
아니면 절대 ‘눈물 흘릴 수 없는’ 그야말로 감사했으며 고맙고 누군
가를 만나더라도 우선 넓죽 큰절부터 들이밀며 허리를 굽히고 자세를
낮추었던 오열과 절규의 목 메인 광명(光明)이었다.

　척사대회의 우승자를 출소시켜 준다는데 징벌 때문에 그마저도 참
여할수 없다면 이 무슨 돌아버릴 팔자의 허수아비 같은 운명인가?

　복태오는 태어나서 이렇게 기쁘고 감사하면서 참으로 고마운 ‘징벌
해제’와 윷놀이 참가의 희비가 갈린 하룻 밤 사이가, 그 간격들이, 지
옥에서 천당을 하염없이 뜀뛰기 한, 형편 없는, 낙오 될 뻔 한 소설의
주인공이 틀림없이 자신일거라고 생각했다. 시간도 없고 자격도 안되
며, 어쩔도리 없이 다소 무모한 조폭 두목의 위력을 발휘하고 말았지
만 그렇더라도 폭 넓은 은전과 기쁨을, 참가의 기회를 준 교도소직원
들에게 그는 진심으로 머리 숙여 고마움을 표시한다.

　더불어 긴급 공수된 건빵하나로 아침을 때우게 만들었던 3천여 동
료들에게 미안한 마음도 있고 해서 실질적인 대표는 그였지만 바깥에
서 나이트클럽을 전국적으로 12곳이나 운영하고 있는 삿갓파의 수하

였던 부하 조직원에게 일러 아무도 모르게 협찬과 기증의 형식을 빌어서 한우 3마리와 돼지고기 2톤, 찬조금으로 2억원을 형설교도소에 기부하도록 지시한다.

재소자에게 헌신적이며 전국 최우수 교정기관으로 선정된 형설교도소의 무한한 발전(?)을 바란다는 명분과 '이유'를 들이대면서…

어쨌든 난(亂)을 잠재우고 '난리'의 팡파레는 시작되었다.

3000명 모두가 한자리에 모여서 '윷'을 던진다면 어떻게 될까?

모르긴 해도 이 왁자지껄한 시장바닥이야 말로 '난장판'이 자명할 것이었다.

그러나 교도소의 인력배치와 구조를 익히 이해한다면 그것은 큰 소동없이 '결과'를 곧 바로 확인할 수 있는 어렵잖은 시스템으로 목표했던 소득을 올릴 수 있다. 그리고 3000명이 윷놀이 한판으로 1500의 숫자로 절반이 줄어들면서 다시 두 번째 말을 사용하는 장면에서 750명으로, 세 번째 윷판에 375명의 경감한 소수로 점차 간격이 좁혀지게 되는데 기결수들은 공장별로 관구별로 관용부와 출역환경에 따라 자신들이 소속된 노역장에서 우선 함께 일을 하는 동료 수인들과 선의의 대결을 벌인다는 점에서 어렵지 않게 3000여 재소자중에서 16강에 오를, 그나마 행운의 자격을 획득하게 되는, 어깨 들썩일 운 좋은 수형자를 찍어 낼 수 있었다.

척사대회 기간은 이틀이었으며 하루 동안 결전을 벌여 16명으로 압축한 뒤, 다음날 오후 전 재소자가 강당에 운집한 가운데 우승자를 뽑는다는 발상이었지만, 이미 대회 시작과 함께 '가족접견'을 다녀온 일부 기결수들의 들뜬 '비둘기홍보'로 인해 면회실은 그야말로 인산인해를 이룬 수형자가족의 집결지로 변해 버렸으며, 담 안에 갇혀있는 그들보다도 오히려 밖의 가족들이 더 난리가 난 사단과 소용돌이의 회오리와 태풍이 쓰나미처럼 형설교도소로 밀려오고 있었다. 어떤 동작 빠른 수형자의 지인은 면회가 끝나자 말자 교도소 가까이에 자리한 '간판집'으로 달려가

『518번 백순철 홧팅‼ 우승은 네꺼! 이제 출소만 남았지?』
라는 플래카드를 제작해 교도소 입구 건너편에다 재빨리 내걸었고,

『은지아빠 사랑해요 우승을, 석방을 기원합니다』

『일준아 엄마가 응원왔다 꼭 이겨야 해 내 아들 1914번 사랑한다』

『자기야 뱃속의 아가가 응원하고 있잖아 보고 싶어』

『내 새끼 징역내공이 얼만데 기가 꺾이노 승리를 의심치 않는다!』

『동환아 이기고 돌아오면 장가 보내 줄께!』

『사장님! 꼭 이기셔야 합니다』

『태오형님 기다리고 있겠습니다-식구들』

『위원장님 어서빨리 출소하세요-당원일동』

『992번 전순권씨 사랑합니다 이제 당신의 품에 안길수 있는 거죠?』

　라는 가족들의 각양각색 응원문구를,

　귀신과 첩보라면 절대 놓칠 리 없는 방송국카메라와 신문사 기자들이 어느틈엔가 수형자 가족들과 뒤섞여 인터뷰까지 벌이는 촌각의 순간이 희한한 광경이 형설교도소 면회장에서 '척사대회'로 인해 만들어지고 있었다.

　오로지 한명을 위해, 혹 내 아들, 누구 아빠, 회사사장님과 선배 후배, 얽히고 설킨 인간세상의 연결고리가 '1인가석방자' 쟁탈을 위한 '타이틀매치'로 요란하게 시끌벅적 담 안과 담 밖에서 손에 손에 승리를 기원한 간절한 염원으로 소망으로 기원으로 바람으로 분명 모르는 자들까지도 가벼운 포옹과 악수를 하게 만들었고, 추운 날 수능시험 학교 정문에서나 재연될 법 한 가족들의 합장과 묵주기도에 형설교도소 근처를 지나가던 행인들은 무슨 일인가 하고 고개를, 머리를 갸웃갸웃 흔 들 거린다.

　"저 놈의 교도소 뭘 난리라도 났나?!

＊ ＊ ＊

왜 애 애 앵 ～ ～ ～

직원들의 아침조회와 재소자 점검이 끝난 직후 부터 교도소 내부 방송스피커를 통해 울려 퍼진 사이렌 소리를 신호로 각 공장과 관구별, 취역장 별로 '척사대회' 가 시작되었다. 과연 행운의 여신이 누구, 어느 재소자의 손 끝을 움켜 잡을지는 그 누구도 예측조차 할 수 없었지만, 잔형기가 많이 남은 수형자일수록 잠을 설쳤으며 흥분을 억누르지 못한 채 아침배식을 입에 넣는 둥 마는 둥 대충 그릇을 씻고 출역한 모습들이었다.

　이미 소에서 윷판과 말을 지급했지만 그래도 노련한 빵잽이일수록 '말' 을 어떻게 효율적으로 사용해 허를 찌르듯 경기를 쉽게 끝내 버릴까 하는 나름의 비책들을 연구 중 이었는데 윷놀이라는 게 윷이나 모, 〈사리〉 만 그저 많이 나오게 던진다고 해서 꼭 이긴다는 승리의 보장은 없었다. 다만 '말' 을 얼마나 적재적소로 운용하면서 한꺼번에 여러 개 '말' 을 합친 다음, 함정을 빠져나와 속전속결로 경기를 끝내 버리는 것이 무엇보다 승패를 결정 짓는 가장 중요한 포인트였다. 홈런 한 두방으로 이길 것 같지만 약고 끈질기게 주자를 마운드에 계속해서 내보 낸 다음 결정적인 찬스에서 안타 하나를 후려쳐 역전에 성공하거나 상대팀의 추격의지를 완전히 봉쇄해 버리는 야구경기의 묘미를, 감독과 코치의 '두뇌싸움' 을 우리가 어디 한 두번 지켜보았던가!

　그런 점에서 '퐁당' 이 있고 '임신' (보너스)이 있으며, '마이너스' 와 '자폭' 과 '환생' 이 공존하며 얽혀있는 척사대회의 공식 '윷놀이판' 은 더더욱 난해함과 혼돈의 극치를 내재했으면서도 끌려만 가는 패자가 일거에 '수싸움' 으로 전세를 역전시킬 수도 있는 경기의 '재

미’까지 갖췄다는 점에서 일반적인 사회에서 통용되는 윷놀이 와는
그 성격과 의미와 구도가 완전히 달랐다.

마종기소장은 각 부서 과장들을 대동하고 대회진행을 점검하기 위
해 소내 순시를 나선다.

* * *

아직 이 소설의 주인공은 정해지지 않았다. 개 개인의 과보와 운명
이 다르듯이 ‘제1회 척사대회’ 우승으로 바늘구멍이 아닌, 도대체 성
립될 수 없는 ‘공식’ 의 탄생으로 형설교도소 ‘옥문’ 을 빠져나가는
인물이 재소자가, 억세게 하늘의 복을 타고 태어난 자가, 전생에 쬐끔
이라도 선(善)이나 자비를 베풀었던 자가, 그 가족의 지극정성인 기도
가 염원이 혹시라도 남달랐던 수인(囚人)이, 참회와 반성으로 3000배
의 실제 뉘우침을 표한 빵잽이가 아마도— 어쩌면— 행운의 큐피트
화살을 맞출 수 있을 것이었다. 비록 그가 수렁에 빠지고만, 법에 의
해 단죄된 범죄자였더라도 이후의 삶은 인생역정은 행운의 자격을 획
득함과 동시에 또 어떻게 흘러갈지, 변해갈지 그것은 어느 이도 예단
할 수 없었고 예측이나 내다 볼수 도 없었다.

그자가 「결백프로젝트」 의 주연(主演)이며 이야기의 스토리는 자연,
배역을 꿰찬 ‘주연배우’ 에게 돌아가고 맞춰 질 것이었다.

* * *

'석방'을 최종 목표로 한 경기답게 형설교도소 각 공장과 사동별, 척사대회장은 그야말로 '피'가 튀기는 유혈내공의 무림(武林)으로 결투장으로 어느덧 혼전(混戰)과 일전(一戰)을 거듭하고 있었다. 철저하게 직원들에게 교육을 시켰고 관리감독과 경기진행에서 반항·불응하거나 타 수용자의 대회 참가에 부적절한 방해공작과 언행과 계기를 제공했을때는 이유불문 한 채 탈락시킬 것을 고지했지만 워낙 '석방'의 금메달이 우승자에게 걸려 있는 통에 곳곳의 대회장에서 '사고'와 '사건'이 속속 속출하면서 〈상황실〉에 접수 된다.

소장이 경기가 벌어지고 있는 척사대회장에 간부들을 대동하고 나타난다면 아무래도 대회진행에 차질이 생길 수 있다고 판단한 마소장이 발걸음을 바꿔 현재의 경기진행 분위기만 체감하고자 운동장 계단을 가로 질러서 외곽의 좁은 모서리 언덕을 건너 뛰어 오를 때였다. 그를 양쪽에서 호위하고 있는 '기동타격대' 무전으로 '미징역'에서 사고가 터졌다는 보고가 1착으로 마소장에게 전달된다. 미징역이란 형이 확정된 기결수가 아직 자신의 출역부서가 정해지지 않은, 또는 공장등에서 노역작업을 하다가 사고를 치거나 문제가 발생하였을 때, 몸이 아파 당분간 좀 쉬어야겠다는 핑계와 이유등으로 대체적으로 운동과 접견, 목욕과 종교행사 등을 제외한 모든 시간을 '미징역사동'에서 갇혀 지내는 재소자들을 일 컫는다. 티격태격 할 일이 아무래도 다른 출역자 들 보다도 많은 게 미징역 재소자들이었다.

"7사상 8방 2439번 송종찬이 척사대회에서 지자 상대선수에게 회유와 협박을 가했다고 합니다. 난동과 소란을 벌이고 있다고 하는데 어떻게 할까요 소장님!"

마종기소장은 무전으로 상황을 보고 받고 있는 타격대주임의 눈초리를 뚫어져라 무섭게 쏘아 보았다. 만약 그 다음 동작을 알아서 취하거나 해결하지 못 할 때는 정강이라도 사정없이 걷어차 버리겠다는 일찍이 본적이 없었던 마소장의 굳은 표정과 얼굴이었다.

"아… 지침대로 송종찬을 탈락시키고 1차 경고에서도 불응한다면 조사방에 넣으세요 오바!"

타격대주임의 답변이 끝나자 말자 이번에는 소내에서 잡일을 도맡아 노역하고 있는 '내청'의 담당보고가 불이 난다.

"44명의 내청 인원 중 지금 현재 11명으로 척사대회가 좁혀졌는데 윷놀이에서 탈락한 215번 한정술이 상대선수의 형기가 2달 남았다고 3년 남은 징역을 참을 수 없다면서 1556번 이경호를 폭행해 코가 내려 앉았으며 이빨도 흔들거린다고 합니다."

"한정술에게 수갑을 채워서 조사방에 집어 넣으세요."

"양화 근무잡니다. 3052번 무기수 오성규가 지금 막 끝난 양화공장 윷놀이대회의 탈락을 인정하지 않고 난동을 부리고 있습니다."

타격대주임의 이마가 순간 급하게 골짜기를 만들었다가 다시 서서히 풀렸다.

"5분 대기조 타격대 출동시키고 경교대 지원바람 오바!"

"용접입니다. 20년 뺑이 꼴통 궁성일이, 우리 용접 윷놀이 우승자 2853번 나철주에게 자기가 이긴 걸로 바꿔주면 나철주의 가족에게 3천만원을 입금시켜 주기로 했답니다. 나철주가 거부하자 궁성일이 배를 긋고 난리를 죽이고 있습니다."

수번 725번 궁성일은 형설교도소 직원 모두가 혀를 내두르는 꼴통

중의 꼴통이었다. 동료재소자가 보기 싫다고 바늘로 자신의 눈을 꿰매는 엽기적인 독종이었으며, 담당근무자가 궁성일의 말을 무시했다는 트집을 잡아 칫솔을 치약이 묻은 그대로 목구멍속으로 밀어넣었던 혀를 찰 위인이 재소자가 궁성일이었다.

"궁성일을 끌고 가서 아까징끼 처발라 가지고 독방에 집어 넣으세요!"

"외통, 가구제작입니다. 지금 막 끝난 윷놀이에서 우승자는 3331번 김복건이지만 복건이 형기가 5개월 남았다며 본인이 한사코 1616번 권용해에게 가구제작 우승을 넘겨 주려고 하고 있습니다. 나 참 어떡할까요? 권용해는 12년을 받아서 7년째 복역중입니다."

기동대주임이 어쩔수 없이 마종기소장을 다시 한번 올려다 보았다. 그렇지만 꿈쩍도 하지 않는 마소장.

"아 오바... 그건 가구제작 담당자가 잘 알아서 판단하세요. 평양감사도 지가 싫다면 못하는 거고 어쨌든 가구제작에서 최종 1명을 후보로 내면 됩니다."

"인쇄인데요... 무기수 3872번 지동원이 윷놀이에 떨어진 다음 통곡을 하고 있습니다. 애들과 마누라가 기다린다며 다시 한번 던질 기회를 달라고 매달리는데 나 참..."

"그렇게는 안됩니다. 오바"

"병사담당입니다. 이곳 환자 중에 최고령자가 올해 여든 넷인 420번 박진석인데 다짜고짜 윷놀이는 못하겠으니 본인을 가석방 시켜 달라고 떼를 쓰고 있습니다. 어떡해야 합니까?"

"......"

"……"

무전기를 바짝 귀에다 갖다 댄 타격대주임은 그걸 보고라며 하고 있느냐는 투로 병사근무자에게 도리어 면박을 주듯 악센트를 힘껏 넣어 한마디 던진다.

"탈락 시키세요."

이것 저것— 이사람 저사람— 이 인간과 저 인간의 사정을 다 들어주고 편리를 봐주면 조직이 흐트러질 수밖에 없다. 3000명 모두에게 왜 개개인의 억장 무너지는 아픔이 없을 것이며, 출소를 보증해주는 윷놀이대회 우승이 그야말로 이들에게 그 얼마나 절박하고 절실할까?

그렇지만 그럴수록 그렇더라도 경기진행은 척사대회는 더욱 공정해야만 했다.

말도 많고 탈도 많은 '1인특별가석방자'를 그래도 조금은 촌스럽고 어딘지 비과학적 일 수도 있는, 누가 들어도 코웃음 칠 '척사경기대회'를 열어 단 한명에게 영광을 얹어주자는 발상도 다 그러한 구상과 후유증까지도— 뒷 말을, 피로감을 최소화하면서 잔치를 벌이듯 축제로 승화시켜 화합과 교정사고를 줄이겠다는 숙고 끝에서— 가부(可否)를 내린 순수한 취지였고 마음을 비운 '아이디어'에서 출발한 것이었다.

그러한 독려와 더 넓은 이해와 결론이 없었다면 '척사대회'는 애시당초 무대에 올려 지지 못 했을 것이다.

＊ ＊ ＊

이런 저런 우여곡절 끝에 시계가 정오를 가리킬 무렵 각 관구와 취업장 별로 우승자가 일단 가려졌으며 이들 우승자 32명이 일합(一合)을 겨뤄 다음날 16강의 자웅과 물러설 수 없는 혈전에 돌입해야 만 했다. 오후 식사를 마치고 잠시 휴식을 취한다음 32명의 전사들은 각 관구별 공장별 동료 수형자의 응원과 지지와 탄식과 아쉬움과 부러움을 동시에 받고 챙기면서 교무과 2층 소강당에 집결해서 보안계장의 지도와 감독아래 그나마 출소의 희망과 싹이 보이는 내일의 결전에 참가할 16강 진출 최종 선발전을 치른다.

* * *

사람들에겐 때론 양보도 필요하고 일보전진을 위한 이보후퇴가 있을 수도 있다. 축구팬이라면 그저 미칠 수밖에 없는 월드컵쟁패 역시 단 한번 패했다고 16강 진출이 좌절되는 것은 아니었다. 슈퍼스타가 버티고 있는 아르헨티나에는 골을 먹었지만 나머지 예선 두 팀 그리스와 나이지리아의 벽을 넘는다면 원정 16강 진출의 쾌거는 분명히 이룩할 수가 있는 것이었다. 설령 내가 다니는 회사에서 실직을 강요받았더라도 다른 직장에 입사원서를 넣을 수 있고, 뜨거운 사랑의 열병을 앓게 만든 노처녀에게 버림을 받았을 지언정 눈 높이만 바꾼다면 여자는 아가씨는 매력있고 섹시한 커리어우먼은 사방에 넘쳐 흐르면서 깔려 있는 것이 이 세상의, 이 사회의 이치와 조화와 순리요 섭리였다.

그러나 그러나 죄를 짓고 교도소에 구금된 재소자들은, 이들의 단

하나 소원인 소망인 희망과 바람과 빛은 오로지 '출소'인데, 자격과 죄질을, 형기까지도 무시한채 단 한명을 선택해서 석방시켜준다는〈공고문〉은 도대체 애초— 아니 태초로부터 아마도 지구가 멸망할 때까지도— 경찰과 검찰과 법원과 교도소가 버티고 있는 한은 존재하고 있는 한은 시나리오라도, 만들어 질수 가 없는, 불가능한, 나비족의 전설과 슈렉이 등장하는 만화와 애니메이션의 코메디 해피엔딩으로 남을 것이 틀림없이 자명했는데, 이미 '목숨을 걸고' 싸움터와 전쟁에서 부족의 승리자로 낙점된 32명의 수형자들은 먹고 먹히는, 오직 승리만이 목표인, 살육의 피비린내 전투에서 상대에게 양보하거나 이보전진을 위한 일보의 후퇴를 결단코 생각할 수 없었다.

패배는 곧 이들에게 죽음이며 헤어날 수 없는 비극적 낭떠러지였으니... 죽느냐 사느냐의 명제는 적어도 감옥을 교도소를 온통 흰빛의 회색이 시야를 가로막고 시각을 멈추게 만드는 시정(時停)의 족쇄가 두려움과 공포로 이들의 뇌리에, 그들의 어깨와 피부와 전신과 육체에 잔존하는 한 3000여 재소자 모두, 아니 16강을 향한 그나마의 행운을 차지했던 32전사들의 명암과 승패는 그래서 필사적이며 결사적이지 않을 수 없었다.

교도소에서 암묵적으로 통용되면서 정설로 믿어 의심치 않는 하나의 섭리가 있는데 그것은 '빵잽이'일수록 전과자일수록, 오랜 기간을 감옥에서 썩은 인간일수록 형기가 무겁거나 높거나 많은 재소자일수록 그들의 내공을 이기거나 따라 잡을 수 없다는 인식을 거의 교도소에 수용된 모든 재소자들은 대체적으로 인정하고 있다.

'보호감호'가 인정사정없이 남획(濫獲)되던 시절 사회보호법에 의

한 '녹색딱지'를 가슴짝에 붙였던 감호자들에겐 일반 수형자에선 볼 수 없었던 광채가 빛을 발한다. 그 무슨 여래가 깨달음을 얻어 우주의 빛으로 승화한 것이 아닌 보통의 수형자들에게선 절대 발견할 수 없는 참담하였던, 이제 악마의 지옥굴로 끌려가게 되었다는, 내일과 미래를 가늠할 수 없는 절망의 아픔과 고통이 신내림의 가슴통증이, 심장박동이 반딧불이의 결정체로 응고되어 눈에 어깨에 머리와 가슴과 다리와 팔에 손등에 그렇게 나타났던 것이었다.

형설교도소의 축제!

3000명 수형자가 대결을 펼칠 이곳에서도 과연 기가 센, 징역의 한과 교도소의 잡풀속에서 썩고 쌓은, 내공이 많거나 높거나 오래된 '묵은지' 같은 수형자에게 '1인 특별가석방자'의 행운이 그래서 찾아올까?

한바탕 시끌벅적하게 떠들썩하게 희비가 갈리면서 최종 16명을 선발했지만 패배하고만 또 다른 열 여섯명의 전사들 안면은, 표정과 얼굴들은, 눈물은 그치지 않고 형설교도소 소강당에 쉴새없이 흘러내리고 있었다.

냉혹한 승부의 세계에서 패배자가 취할 수 있는 격정의 탈출구는 오직 오열과 핏빛 탄식뿐이었다.

* * *

마침내 '1인 특별가석방자'를 뽑는 최종 형설교도소장배 척사대회 16강의 팡파레가 막을 올린다.

전 재소자가 **빽빽**하게 대강당을 메운 가운데 16강 진출자들이 보무도 당당하게 경기대회장으로 입장하고 있었다. 오늘따라 풍악을 더욱 씩씩하게 내뿜고 있는 브라스밴드의 반주에 맞춰 마종기소장과 각 부서 간부들이 일제히 자리에서 일어났고 출전자를 배출한 공장과 취역장마다 런닝과 팬티등을 잘라 플래카드로 대용한『이겨라 ○ ○ ○』같은 응원문구가 쉴새없이 강당을 메아리 친다.

그리고 특별한 경기답게 전날 메인뉴스로 지상파의 전파를 탔던 척사대회 우승자를 취재하기 위해서 몇몇 케이블방송이 '내부촬영' 허락을 받아 구도가 잘 잡히는 곳마다 카메라를 장전하고 있었다. 이제 소장의 팔이 아래로 떨어지게 되면 물러설 수 없는, 참으로 목숨을 건, 승부의 진검대결이, 전쟁이 시작되는 것이었다.

마소장이 발을 딛고 있는 무대 오른쪽 벽면엔 8강과 4강, 결승으로 치달을 '16전사들' 의 수번과 이름이 〈대진표〉 에 적혀 휘황찬란하게 반짝이며 걸려 있었지만 간부들이 따로 왼손에 한 장씩 들고 있는 프린트된 종이에는 수번과 이름만으로도 소속 취업장과 나이와 죄명과 형기가 첨부된 선수들의 간략한 이력이 '참고자료' 처럼 더 작은 활자로 인쇄되어 있었다.

○ 3708 여상길(31세) 17년(강도강간) 직조 (회사원)
○ 1686 장치호(41세) 무기(살인) 철공 (은행원)
○ 497 박기성(62세) 15년(특경법) 1위탁 (유동그룹 회장)
○ 864 김칠한(29세) 무기(살인) 3위탁 (종업원)

○ 772 이 준(39세) 15년(마약밀매) 미징역 (무역업)

○ 3648 구병조(49세) 6년(폭력, 업무상횡령, 배임) 양재 (노조위원장)

○ 133 노상서(54세) 10년(주가조작) 재리 (EPM엔터테인먼트대표)

○ 2809 김승환(27세) 5년(특가법 절도) 외통 (무직)

○ 2074 정태충(55세) 무기(살인교사) 목공 (건축업)

○ 552 이인배(43세) 7년(절도, 사기, 도박 등) 직조 (주유소경영)

○ 1919 허경구(38세) 5년(사기, 배임) 영선 (교사)

○ 2028 차철수(44세) 무기(살인) 자동차정비 (대리점대표)

○ 2135 복태오(48세) 20년(범죄단체조직) 창호 (삿갓파두목)

○ 657 황영돌(23세) 3년(향정신성의약품위반) 악대 (가수)

○ 3206 최우열(67세) 10년(뇌물수수) 원예 (정치인)

○ 443 심형준(35세) 20년(성폭력법 위반) 세탁 (대리운전)

〈척사대회 16강 대진표〉

결 승

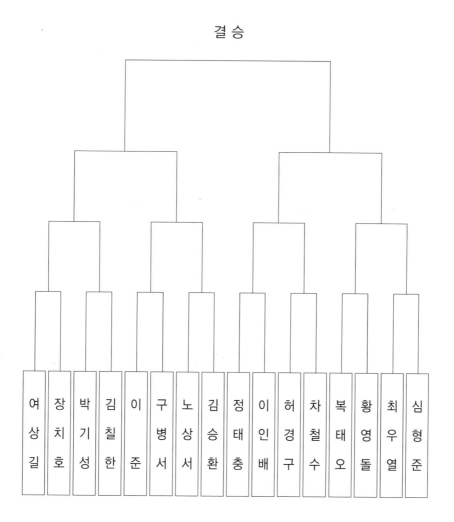

여상길 장치호 박기성 김칠한 이준 구병서 노상서 김승환 정태충 이인배 허경구 차철수 복태오 황영돌 최우열 심형준

마종기소장이 다시 한 번 열여섯 출전자명단과 익히 대략적으로 윤곽을 알고 있는 16명의 전사들을 이리저리 살펴보면서 비교한다. 과연 과연 감옥의 내공(內功)은 이리도 확연한 가!

박기성, 김칠한, 이준, 구병조, 노상서, 차철수, 복태오, 최우열 등은 그 죄질을 떠나 형설교도소를 대표하는 죄수들이었다. 분명 치열할 수밖에 없는 예선을 거쳐 최종 16강에 오른 전사들은 애간장을 태우면서 기도와 합장과 성호(聖號)까지 그려가며 긴장감으로 누구보다도 더 발을 굴려대면서 초조해 할 수밖에 없었다.

그렇다면 앞에서 소개된 수인의 '인물평' 을 짚어 보았다면 김칠한과 노상서, 복태오와 최우열을 제외한 여상길, 박기성, 장치호, 이준, 구병조, 김승환, 정태충, 이인배, 허경구, 차철수, 황영돌, 심형준까지 아직 검증되지 않은, 나열되지 않은 12선수들이 누구인지, 이 들 중에서 혹이라도 '1인가석방자' 로 최고의 영예를 안을 출소자가 배출될지, 무엇 때문에 그들이 구속되었고 어느 이나 마찬가지겠지만 그 어떤 사연과 업보에 의해 죄질에 의해 삶의 소용돌이로, 철창안이라는 형틀에 갇혀 16강 진출자로 서게 되었는지 를 간략하게 살펴보는 것도 어디 괜찮을 듯 싶다.

2. 선수들

여상길(31) 평범한 직장인이었던 여상길이 '강도강간'이라는 죄목으로 17년 형을 선고 받았을 때 그는 모든 것을 체념하고 자살까지 생각한다. 살 가치가 없는 자가 왜 목숨을 부지하기 위해 버둥거릴까가 당시 여상길의 복잡했던 심경이었는데... 퇴근 후 동료들과 어울리면서 일명 '텐프로클럽'을 뻔질나게 드나들었던 결과 그에게는 카드마저 이제는 자유롭게 사용할 수 없는 신용불량자의 빨간딱지가 붙게된다. 그때 역시 분수를 망각하며 여상길과 같은 '유흥문화'에 젖어들었던 친구로부터 어느날 "멋지게 한탕을 하자"는 귀가 솔깃한 범죄의 제안을 받게 되는데... 나중 공범으로 엮여 12년을 선고받았던 친구는 이미 사채까지 끌어 쓴 돈을 도박과 텐프로에 정신없이 쏟아넣고 있었다.

이들이 범죄를 한 적은 없었지만 그래도 나름대로 계획을 세우고 목표물을 정했던 '먹잇감'은 명동에서 금은방을 운영하고 있었던 귀금속 상점의 대표였다.

백수로 당구장 출입이나 하던 공범 둘을 더 불러 마침 장대비가 쏟아지던 어느 날 귀금속 가게를 정리하고 007가방을 왼손에 든 채 승용차에 오르는 사장을 뒤쫓기 시작했는데... 차에서 내려 대문을 열고 집으로 들어가는 사장의 목에 날이 선 시퍼런 과도를 들이댄 이가 여상길이었다.

사전에 계획한대로 그를 노끈에 묶어 다시 방안으로 끌고 간 다음 "소리치면 죽이겠다"는 위협을 가하면서 이불을 몇 겹으로 뒤집어 씌워 사장의 몸을 덮었다. 대략 6천만원의 현금과 수억에 이르는 보석과 값나가는 시계류가 이들 떼강도의 손에 들어왔지만 그러나 여상길은 이쯤에서 크나큰 실수를 자행하고 마는데...

돈이 목적이라면 그것만 쟁취하면 그만일테지만 큰 집안을 한번 구경이라도 해보겠다는 심산으로 상길이 2층으로 올라갔을 때 스무살 초입으로 보이는 미끈한 아가씨가 팬티만 걸친채 새근새근 침대에 누워 잠을 자고 있었다.

무용을 전공하고 있는 사장의 딸이었지만 풍만한 가슴을 그대로 노출한채 S라인에 균형잡힌 비너스의 나신을 보고 그는 참으로 표현하기 힘든 성욕에 사로잡히고 만다. 침이 꿀꺽하고 넘어왔지만 일단 밑으로 다시 내려온 여상길은 냉장고에서 와인과 위스키를 꺼내 함께 마시고 천천히 나갈 것을 제의한다. 뭐 임무완수를 다한 뒤고 돈이 들어왔고 거칠게 없었으니 상길의 주장에 반대할 사람은 아무도 없었다. 그렇게 4명이 슬금슬금 술을 입에 댄 것 같았지만 2층에 걸린 그림을 좀더 감상하겠다는 핑계를 대고 상길 혼자 다시 위층으로 올라가 곤히 잠든 여대생에게 다가갔다.

어디서 이러한 무서운 욕심이 팽배했을까?

모든 범죄사건은 욕망과 욕심에서 과욕의 화가 제어되지 않을 때에 발생한다. 몇잔 마신 위스키의 효력까지 업고서 여상길은 그날 짐승처럼 사장의 딸을 유린했다. 법정에서 비록 위력에 의한 강압으로 성관계를 했지만 그녀도, 귀금속사장의 딸도 내가 싫지 않아서 신음소리를 냈고 사정을 했을 때는 "저를 힘껏 끌어 당겼다"는 말 같잖은 최후진술로 재판부를 능멸하는 변명으로 일관했으나 "피고 여상길에게 강도강간죄를 적용, 징역 17년에 처한다"고 전례없이 큰 목소리로 재판장은 판결문을 읽어 내려 갔다.

교도소로 넘어와서 소위 빵잽이 들로부터 들었던, 어리석고 미련스럽다는 충고는 강간만 하지 않았어도 7년이면 딱 일텐데 그놈의 펌퍼질을 잘못해서 10년을 더 선고받고 말았다는 놀림 아닌 놀림이었다. 섹스는 여상길이 출입했던 '텐프로'나 안마시술소, 사창가, 심지어 집근처의 모텔이나 휴게텔 같은 이발소만 노크해도 1~2십만원으로 해결할 수 있는 남성전유물 '코드'인데 왜 굳이 욕심을 부려서 화를 자초 했느냐는 힐난과 질책이었다.

결국 4명이 똑 같이 배분한 귀금속을 가지고 잘못 '장물'을 처분했던 공범들에 의해 경찰에 검거되고 말았지만 여상길은 그때 2층에서 벌어진 '스릴넘쳤던' 성폭행 후기를 털어 놓을 때마다 섬뜩하게 그 자신에게 날아오는 17년 징역의 위력적인 폭탄에 언제나 피범벅이 되고 마는 꿈자리 후의 그를 발견하고 만다.

"아무리 그때 좋았더라도 17년은 못 견디겠어"

여상길이 재판을 마치고 호송버스로 돌아오면서 공범에게 털어 놓은 소회였다.

장치호(41) 사건이 벌어지기 전 까지는 장치호의 직업이 은행원이었다. 수도권에 위치한 모 저축은행 대리로서 주로 상담과 주택자금 대출을 책임 진 그였지만 근무시간 중 알게 된 염미령과의 잦은 데이트와 불장난이 결국 돌이킬 수 없는 사건으로까지 비화, 확대되고 만다. 둘 다 가정이 있는 몸이었지만 염미령은 장치호를 단지 불륜 상대로만 이용하지 않았다. '주택자금 대출대리' 라는 직급을 최대한 활용해 몸으로 장치호의 넋을 빼앗고 그 반대급부가 될 수도 있는 신규 대출을 끊임없이 요구한다.

어느날 장치호는 중요한 고객의 부름으로 어느 고급 일식당에 들렸다가 그곳에서 깔깔대며 한남자의 품에서 떨어지지 않고 술을 털어 넣고 있는 염미령을 발견한다. 그 남자는 장치호도 잘 알고 있는, 한때 잘나가는 벤처기업을 운영했던 전도유망한 사업자였지만 몰락과 쇠락을 거듭하다가 그의 은행에도 이미 수십억의 손실을 입히고 잠적한 경찰에 수배된 인간이었다. 그의 대출자금 역시 장치호의 손으로 꺼내 준 것인데 당장 달려가서 닭의 목을 비틀 듯 경찰서로 끌고 가고 싶었지만 그 인간의 주위에는 검은 양복을 걸친 건장한 체구의 경호원으로 보이는 젊은이 둘이 적당한 거리를 두고 염미령과 남자의 주변을 호위하고 있었다.

인천과 수원, 안산에서 큰 레스토랑을 운영하고 있는 염미령이 시도 때도 없이 담보도 제출하지 않는 서류를 들이밀면서 "돈 내놓으라"고 할 때 마다 이상하다는 의심이 들었지만, 그러고도 기둥서방처럼 보이는 인간과 수없이 호텔을 이용하고 있다는 소문까지 까짓거 하면서 어쩔수 없이 듣고는 있었으나 막상 외나무다리를 건너는 원수처럼 우연히 마주치고 보니 철저하게 그 자신이 염미령과 수배중인 벤처창업가 기둥에게 조롱당하고 있다는 확증과 분노가 불 같이 일어났다. 보디가드도 있고 해서 급히 일식당 화장실로 걸음을 옮긴 장치호가 휴대폰을 눌러 112 지령실로 전화를 걸 찰나 이를 눈치 챈 보디가드들이 화장실로 달려와 장치호를 폭행하고 휴대폰을 짓밟아 버렸다.

장치호가 피를 흘리면서 화장실에서 뛰쳐 나왔을 땐 이미 그 녀석들은 염미령과 같이 사라지고 없었고 은행으로 가지도 못한 채 근처 병원에 입원해 응급치료를 받고서 귀가했던 장치호였다. 다음날 퉁퉁 부은 얼굴을 하고 지점장에게 며칠 쉬겠다는 허락을 받은 장치호는 염미령에게 전화를 걸어 안산에 소재한 대부도 방파제와 인접한 횟집 앞에서 만나기로 약속한다.

이미 그로부터 40억에 달하는 돈을 '대출'이라는 형태로 손에 넣은 염미령이었지만 그녀가 장치호를 두려워하거나 언제까지 돈을 갚겠다고 한 적은 한 번도 없었다. 그저 미인계로서 돈을 빼낼 수 있는 '가지고 놀 대상'으로만 장치호에게 접근했던 것이었다.

아무리 색정 때문에 이성을 잃고 그 자신의 돈도 아닌 은행자산을 아예 지 예금통장 쯤으로 여기고 있는 이용을 당했던 염미령에게 따끔한 충격을 가하고 싶었지만 요염하면서도 남자를 다루는 솜씨가 남달랐던 염미령은 그때마다 특별한 '육체의 서비스'로 장치호의 혼과 얼을 빼곤 했다. 그렇지만 은행에 손실을 입히고 대출담당자로서 곤욕을 치루고 있는데 그녀석과 백주 대낮에 술을 퍼마시면서 신고는 커녕 그놈들에게 두드려 맞았던 테러를 도리어 당하고 만 이 치욕을 장치호는 절대로 용서할 수 없었다. 전후 사정을 이해가 가도록 설명하면서 그래도 대출해간 돈을 갚겠다거나 잘못을 인정하는, 용서라도 비는 시늉을 보였다면 또 마음 약한 장치호는 한 걸음 물러 설수 도 있었다. 그러나 약속장소에 나타난 염미령은 "흥!" 하고 콧방귀를 뀌면서 장치호의 분노를 자극만 할뿐 도도한 태도를 누그러 뜨리지 않았다. 드라이브나 하자며 차로 이동을 하면서도 염미령은 어제의 '그자', 은행에 손실을 입히고 장치호를 폭행했던 "서일수를 진정으로 사랑한다"고 말한다.

남편과 애들이 있지만 "서일수의 복근과 정력이 너무 너무 좋다"면서 "대출한 돈은 레스토랑이 잘되 면 다 갚을 테니 앞으로 당신도 내게 연락하지 말라"고 염미령은 어렵지 않게 술술 입에서 나오는 대로 말을 지껄여 댔다.

그녀가 고객으로 처음 은행 문을 노크했을 때부터, 첫 대출을 성사시켜주고 밥이나 함께 하자는 전화를 받았을 때부터, 라이브음악이 흐르는 분위기 있는 스카이라운지에 함께 앉아 술잔을 부딪치면서 그날 밤 몸을 섞을 때 까지, 철저하게 계획되고 프로그램처럼 짜여진 각본과 실험에 따라 장치호는 이용되고 조종되고 있었다는 사실을 깨닫는다.

남녀의 교제는 그렇다. 뭔가 느끼거나 깨달을 때부터, 상대 연인으로부터 미심쩍은 낌새가 나타날 때부터, 배신을 당했다고 의구심을 가질 때 부터 비극은 잉태되고 시작되는 것이다. 장치호는 일부러 차의 핸들을 꺾어 국도로 진입하였으며 캄캄한 어둠에 잠겨있는 어느 시골 인적이 드문 둑길 옆 도로에서 요녀 염미령의 목을 사정없이 비틀었다.

그런 다음 숨이 끊어진 그녀를 거센 물살이 흐르고 있는 다리위에서 아래 바닥으로 내던지듯 떨어 뜨렸다. 나중 실종 신고된 염미령의 주변인물을 수사하던 경찰이 하의가 벗겨 진 채로 발견된 염미령의 사체를 확인하면서 탐문수사의 포위망을 좁히고 좁혀 장치호를 체포하게 된다.

아!

장치호가 경찰차에 끌려 가면서 내뱉었던 탄식이었다.

박기성(62) 유동그룹 박기성회장이 구속되었을 때 박회장으로부터 피해를 입었다고 주장하는 피해자만 줄 잡아 수만명에 이르렀다. 대한민국 최대의 다단계회사를 운영했던 그 답게 재판이 열리는 날이면 법원 앞은 그야말로 콩가루시장이 따로 없을 만큼 인산인해 피해군중으로 너도나도 박기성을 처벌하라며 법원으로 몰려 든다.

"박기성, 맨 손으로 신화를 일군 사나이!"

"서민의 영웅이요 희망을 준 플러스 CEO 박기성!"

"당신은 영원한 우리의 로망입니다."

그에게 쏟아지던 찬사는 언론이 앞을 다투어 기적으로 포장되었으며 그로부터 꼭 3년후 기적을 격찬했던 신문·방송의 폭격과 난타(亂打)에 의해 "희대의 사기꾼!" "교묘한 다단계 운영으로 서민을 등친 철면피!!" 라는 극단적인 평가속에 하루아침에 그는 파렴치범으로 전락하면서 헤드라인 뉴스를 점령한다. 전기장판처럼 생긴 보온매트 한 장으로 수조원의 매출을 올리면서 순식간에 15곳의 계열사를 포진시킨 '유동그룹' 을 출발시켰으나, 애초 그것은 사막의 신기루같았던 무모한 박기성의 도전과 발상이었으며 미증유의 실험으로 3년천하는 어렵지 않게 막을 내린다.

취업에 목을 매는 젊은이들을 무작위로 끌어 모아 결국 그들의 가족과 친지와 학연과 연고가 될 만한 모든 인적대상을 자산의 척도로 굴린 피라미드식 다단계 함정으로 서민들을 끌어 들인 폐해는 실로 엄청나게 컸다.

시장좌판을 하면서 평생을 모았던 전 재산을 '유동' 에 쏟아 넣었던 할머니와 그 손녀는 자살했고, 환경미화원으로 일을 해 번 돈 모두를 다단계에 투자한 투자자 역시 강원도 오대산 깊은 산속에서 유서를 주머니에 남기고 자살한다. 처음 투자한 돈의 흐름이 '유동' 의 교묘한 '돌려막기' 로 큰 이윤을 본 듯 좋아했던 사람들이 몇 단계를 거치면서 헤어 나올 수 없을 만큼 올인했을 때는 이미 발을 뺄수도 없이 시기가 지나 버린 후였다.

게다가 언론 추적으로 박회장이 어느 사이비종교에 심취해서 몇백억을 그곳 재단에 몰래 헌납하였다는 확인되지 않은 소문까지 겹치면서 15개 계열사를 거느리며 화려하게 비상하던 유동그룹과 박기성회장은 "서민의 가정을 파탄시킨 원흉!" 으로 까지 손가락질의 대상이

되고 만다.

1·2심 재판을 끝내고 대법까지 갔던 피고인 '박기성'의 판결은 "무모하고도 황당한 기업이념으로 피해자들에게 씻을 수 없는 고통과 상처를 준 점" 등을 가중(加重)해서 "징역 15년에 처 한다"로 귀결되었다.

이준, 데이빗리(39) 이준-데이빗리의 정체는 아직도 검찰이 햇갈려 하는 부분이다. 그에게 마약밀매의 죄명을 적용, 징역 20년 구형에 15년의 실형으로 가두긴 했으나 여전히 이준의 베일을 벗기는 데는 실패하고 말았다.

한국인 어머니와 독일인 아버지 사이에서 태어난 이준, 데이빗리는 미국 하버드대와 중국 북경대학에서 공부하였고 캐나다로 건너가 무역상을 하면서 영국인 아내와 자식을 둔 현대판 홍길동과도 같은 인물이었다. 왜냐하면 미군의 아프가니스탄 일제 공습당시 아프리카 케냐로 비즈니스여행을 간 줄 알고 있었던 데이빗리의 모습이 찍힌 동영상이 총탄이 빗발치고 있는 아프칸 산악지대에서 미군의 초정밀 카메라에 찍혀 전세계인이 시청하는 CNN으로 방송되었기 때문이다.

그날 그의 아내는 남편 데이빗리의 사진을 확인하면서 결국 앓고 있던 심장병을 억제하지 못한 채 병원에 입원을 해야 만 했다. 이준이 언제부터 마약에 손을 댔는지는 분명치가 않다. 그러나 부산항을 기착지로 했던 헤로인과 필로폰을 마약수사관들이 발견하고 냉동된 참다랑어의 가죽을 벗겨 냈을 때는 5kg의 헤로인과 27kg의 필로폰이

식도락가들이 즐겨 먹는 냉동참치 살점 속에 깊이 박혀 있었다.

그들 마약 수사관들이 오랫동안 마약사범을 검거하고서도 기껏해야 몇그램에서 1~2kg 선에서 끝나 버리던 제한적인 밀매의 수법이 아닌, 32kg이라는 거대하고도 엄청난 '장물'을 앞에 놓고서 수사관들은 한동안 멍한 상태로 벌어진 입을 닫지 못한다. 엄청난 물량의 마약이 부산을 향하고 있다는 첩보를 검찰이 접수했을 때 '혹시나' 했지만 그 정보는 데이빗리로 부터 살해위협까지 받게 된 오래된 '마약고객'이 데이빗리를 간단히 제거하기 위해 인터폴에 알린 정보가 우리 수사기관에 넘어온 결과였다.

경찰은 첩보를 토대로 참다랑어 수입상을 탐문하고 일부는 한국의 참치 가공업자들에게 넘긴 다음, 나머지 참다랑어의 최종 도착지가 일본 규슈를 거쳐 나가사끼 까지 연결되는 자못 흥미로운 참치의 '동선'을 파악하고 밝혀내게 되는데... 결국 냄새를 맡고 만 검찰지휘로 인해 부산의 수입물량을 적당하게 내려놓고자 김해공항으로 혼자 입국하던 이준, 데이빗리를 공항검색대 앞에서 전격적으로 체포하게 된다.

검찰에 불려간 데이빗리는 처음에는 완강하게 혐의를 부인하며 결백을 입증할 국제변호사 동원까지 암시하고 엄포를 놓았지만, 아프칸 현지의 헤로인 제조공장 순찰과 분명 국제범죄조직과 연관이 분명한 추가사진이 공개되자 발을 구르면서 머리를 싸매고 괴성을 지르고 만다. 국제범죄조직이란 중국의 '흑사회'일 수도 있었고, 일본 내 야쿠자의 계보를 잇는 '야마구치구미'의 수괴 일수도 있었으며, 이제는 전 세계 어디서나 조직되고 준동하는 '마피아'의 하수인과 지령일수도 있었다.

워낙 신출귀몰하게 세계를 내 집 안방처럼 종횡무진 오가며 마약을 공급하고 치밀하게 배후에서 돈을 끌어 담고 있던 이준, 데이빗리는 결국 한국인의 특성상 남다를 수밖에 없는 후각과 촉각을 보유한 수사관들에 의해 '마약밀매' 등의 죄명으로 어머니의 나라 코리안법정에 서게 되는 최후를 맞이 하고야 만다.

그가 참다랑어에서 나온 마약말고는 일체의 유도심문과 플리바게닝 효과 조차도 거부하면서 그저 단독 범행으로만 15년을 묻고 가려는 사실에 검찰의 고민도 배가 되었다. 필시 저 인간 데이빗리는 15년을 다 살고 출소하더라도 또 신출귀몰한 마약밀매에 가담 할 것이라는 한 설(說)과, 만약 뒷 배후를 검찰에 불었을 때 감당할 수 없는 모종의 '신변위협'과 '위기국면'을 그래도 슬기롭게 극복하기 위해 "입을 닫는다"는 가정이, 가설이 검찰 안팎에 돌았지만 어쨌든 데이빗리도 척사대회 우승과 석방을 위해 16강의 여정(旅程)을 헤치고 당당히 입성한, 윷놀이대회 일원으로 모인, 출소가 간절했던 수인임이 분명했다.

구병조(49) 「노동의 땀방울보다 값진 보석은 없다」

이 표어는 예전 서대문형무소 취사장 가운데 벽에 높이 걸렸던 글귀였다. 신성한 노동의 행위야 말로 숭고하고 거룩하며 그 무엇과도 비교할 수 없는 존경의 가치를 지닌다. 청계천을 걸어 가면서도 바닥에 촘촘하게 박힌 '이름들'을 발견하면서 잠시 숙연하게 옷매무새를 가다듬는 사실도 노동과 노동자의 숭고함과 거룩함을 익히 사람들이 알고 있기 때문이다. 그러나 만약 노동의 존귀함이 이념에, 사상에 전염되거나 전이되어 정치투쟁과 파업으로 일관한다면 그것은 존경의 대상이 아닌 질타와 '때려죽일 인간들'로 곧 바로 평가가 절하, 전도(顚倒)되면서 주문은 변질되고 만다. 숭고함이 역겨움으로 바뀌는 데는 그리 오랜 시간이 소요될 수 없다.

수번 3648 구병조, 올해 나이 49세 직업: 노조위원장

14억원대 투쟁기금을 횡령하고 오피스텔 3채를 보유했으며 주식투자와 도박에 빠져 들다 검거.

그가 횡령한 장기투쟁 대책기금은 대규모 구조조정 등에 맞서 파업을 벌이다가 실직한 조합원의 생계를 지원하기 위해 노조원들이 조합비 중 일정액을 떼어내 마련한 기금이었다. 그가 노사갈등의 후유증으로 회사가 직장폐쇄를 단행하고 조합원들이 전원해고를 당했다는 소식을 접한 것은 '항소심' 재판 중 일 때였다.

'노조위원장'이라는 막강한 권한과 직위를 이용해 대다수 조합원의 순수한 복지처우와 임금인상을 무리하게 '파업'으로 유도하고, 결국 정치투쟁으로 짜맞춘 노동전략으로 상급단체의 '유혈투쟁'만 갖다 옮기는 충실한 하수인과 '복습'에 이끌리던 회사는 결국 문을 닫게 되었고, 1500명 근로자들은 하루아침에 삶의 터전을 잃게 된다.

구병조가 1500명 노조원과 그 가족들을 먹여 살릴 수 있는 능력과 대책이 있다면야 구병조의 활동에 얼마든지 면죄부를 줄 수가 있었지만, 회사에는 일획의 플러스요인과 보탬도 없이 선동과 음모로만 일관하는 상급단체 노총과 이를 정치적으로 활용하고 선거에 이용하고 있는 정신나간 '의원님들'과 필시 핏줄을 나눈 형제도 아니면서 동

지처럼 행동하고 행세하는 결연을 맺다 보니 자연 회사의 사정은 어려워질 수밖에 없었으며 결국 '직장폐쇄' 라는 최악의 상황이 만들어지고 만다.

노동자를 위한다고? 정치투쟁에 열불을 내는 노총과 이를 적절하게 투쟁동력으로 편승했던 정치인들이...

여기에, 이들의 속삭임에 부르짖음에 말에 혀에 꼬드김에 장단을 맞추면서 현혹되어 이마에 붉은띠를 둘렀다면 이야 말로 미친 인간들이며 용서할 수 없는 사회와 기업과 회사와 나라파괴의 공범자가 된다. 산업현장을 마비시키고 내 가족을 거리로 내몰았으며, 가장의 책임을 부끄럽게 만들면서도 김일성과 김정일 미친 짐승들에게는 꾸벅꾸벅 그들의 입장을 대변하고 변호하면서 두둔의 차원을 넘어 열렬한 찬양과 지지의 속내가 힐끗 보이게 준동하고 있는 '정신나간자' 들이 과연 성스럽고 숭고하며 거룩한 노동자와 노동의 이름을 빌린, 상급단체나 국가를 위해 일한다는 정치인이 될 수 있는 가 말이다.

이런 인간들은 말 그대로 쓸어버려야 했다.

구병조는 또 형설교도소 '양재' 공장에서 노역을 하면서 '쌍용자동차' 파업사태를 뉴스로 지켜보았다.

사회주의 원전(原典)엔, 레닌과 마르크스의 학설엔, 모택동과 김일성·김정일의 교시에도 모두 다 노동자, 농민을 우선적으로 언급한다. 마치 지들이 어찌보면 가엾고 순박하며 열심히 땀 흘려 일만 하는 노동자, 농민의 수호천사라도, 대변자라도, 그들을 구원하기 위해 하늘나라에서 밧줄이라도 타고 내려온 선녀나 메시아임을, 처지를 바꿔줄 지혜로운 스승과 멘토임을 감추지 않는다.

아니 애초부터 감출 기색이 없었다. 이들의 무기가 곧 "너희들을 탄압하고 일만 시키면서 노임을 착취하고 있는 지주계급과 자본가 그룹"이기에, 그리해서 "이들을, 나쁜 부르조아를 깨버리고 우리 노동자, 농민의 천국을 만들자"며 가래침과 피똥을 토했던 인간들이 레닌이요 마르크스였으며 모택동과 김일성과 그 아들 분신 김정일이 아니었나?

노동자, 농민의 고혈을 빨아먹고 그들의 지탱할수도 없는 능멸과 등짐에 의해 제국(帝國)을 건설해온 '도적놈'들이, 노동자 농민을 읊조렸다니…

이들의 사기수법을 도용하고 윤색하면서 지금까지도 어쩌고저쩌고 노동자 운운 세상을 바꾸자며 허리띠를 후려치고 있는 인간들이 못된 데모꾼들이 파업의 주동자가, 조합비를 횡령하고 가로채며 성추문에 휩싸였으면서 주식투자와 도박으로 검거된 수번 3648 구병조였다.

살긴 살아야 겠고, 죽어도 징역생활은 못하겠으며 "어서빨리 나를 꺼내줘?"라면서 주문을 외고 기도를 반복하고 있는 그도, 왕년의 '잘나가신' 노조위원장 구병조도 죽기살기로 예선을 거쳐 어쨌든 당당하게 척사대회 16강에 이름을 올리고 말았다.

김승환(27) 부산과 경남일대, 대구와 광주를 섭렵하고도 때로는 여행을 구실삼아 제주도까지 날아가 '빈집털이'를 전문으로 해온 김승환이 제주도 올레언덕에서 검거되었을 때 그를 체포했던 부산지방경찰청 명모 강력반장은 김승환의 턱을 향해 솥뚜껑같은 라이트 스트레이트를 연속해서 날린다.

"이 개자슥아 니놈 잡을라꼬 내 얼마나 애썼는지 아나?"

그 자리에서 그만 폭싹 꼬꾸라진 김승환을 다시한번 구둣발로 걷어 내차며 "근데 니는 왜 많고 많은 델 놔두고 하필 우리집을 털었노?" 하면서 명반장은 혹이 튀어나올 만큼의 강력한 원투펀치를 쉬지 않고 퍼붓는다.

형사생활 20년만에 겨우 내집 장만이라고 아파트를 한 채 분양받아 이제 좀 사는 가 했는데 강원도 인제에 살고 있던 장인어른이 돌아가 셨다는 연락을 받은 명반장이 아내와 방학중인 두딸을 데리고 장인의 장례절차를 무사히 마친채 집으로 돌아와 방문을 열었지만, 이건 직 업상 어느 집이 도난을 당한 후에 신고를 받고 출동했을 때 늘 보던 피해광경이 그의 아파트에서 벌어졌다.

아예 금품만 없어져도 덜 속이 상했을 테지만 '형사' 가 살고 있다 는 걸 눈치라도 챘는지 범인은 주방과 옷장, 책상과 아내의 화장대까 지도 "엿먹어" 라는 낙서를 갈겨 놓은 채 난장판을 만들어 놨는데...

"이 개자슥을?" 하면서 명반장이 도난 피해품을 확인해본 결과 평 소 사진을 즐겨찍던 그를 위해 후배들이 선물로 사준 고가의 일제카 메라와 없는 돈을 털어 결혼식때 아내에게 해준 목걸이와 반지, 서울 에서 공부중인 큰딸의 전세금을 현금으로 찾아 보관중이었는데 그걸 몽땅 잃어버린 것이었다.

평소 도난신고를 받고 출동할 때 마다 "문단속을 철저히 해야 한 다" 는 점을 주지시켰던 명반장이 막상 새로 이사 온 아파트에서 장인 의 장례절차까지 치르고 기진맥진해 집으로 돌아 왔건만 아예 쓰레기장이 따로 없을 만큼 집안을 '박살' 로 만들어 놓은 이자슥을 내 가만 안둘거라고 민완형사의 감과 추리를 종합해서 다음날부터 부산일대 카메라점과 전당포, 귀금속점과 CC-TV에 흔적만 겨우 남아있는, 도대체 윤곽을 알 수가 없는 범인의 흐릿한 필름을 들고 이리저리 뛰어 다닌지 가 6개월여.

마침내 명반장 아파트를 훑고 지나갔던 비슷한 유형의 사건이 대구와 광주에서도 간혹 발견되면서 그 사고현장을 명반장이 꼭 찾게 된다. 특이한 사항은 피해자가 공직자일수록 내부집안의 훼손상태가 심했다는 사실이었다. 아무래도 절도범이 빈집임을 알고 침입해서 집주인의 사진이나 책, 기록물을 대충 훑어보고는 그 나름대로 공무원의 집이라고 판단되면 아예 쑥밭으로 만들고 사라지는 특이한 사이코의 행태를 보여주고 있었다.

그러던 어느날. 대구경찰청 소속 장모총경의 관사에 도둑이 들어 금품을 털어갔다는 신고가 112지령실로 접수되었다. 부산 소속인 명반장이 대구까지 자원을 할 필요는 없었지만 그리고 그쪽에도 전문수사요원들이 엄연히 존재하였지만 사정을 설명하고 도둑이 침입했던 관사의 '현장감식팀' 의 일원으로 1시간만 억지 허락을 받아 사방팔방으로 촉을 세우면서 경험을 살려 뭔가를 찾을 때 였다.

역시 벽에 걸려있는 거울에 "엿먹어" 라는 눈에 익은 글씨와 함께 범인이 실수라도 한 것인지 네 번째 손가락지문이 거의 돋보기로만 보일 만큼 아주 작고 희미하게 찍혀 있었다. 흔적조차 남기지 않던 범인이 지문을... 이 자슥 약 먹었나? 명반장은 신대륙이라도 발견해버린 탐험가처럼 흥분했으나 그러나 이내 표시나지 않게 꾹꾹 눌러 참으면서 곧 바로 부산으로 내려왔다.

공직자만 골라 털고 있는, 그것도 경찰관의 피해가 가장 많이 접수되고 있는 대담한 범인의 '지문' 을 확보했으니 '그놈' 은 이미 잡힌 것이나 마찬가지 였다. 명반장이 대구까지 올라가 사정사정 해가면서 지문을 채취해 본격적인 범인의 체포에 '완결' 을 꾀하려는 시각.

김승환은 룸싸롱에 다니면서 승환의 돈 씀씀이에 홀딱 반했던 여자 친구 '은미주' 와 함께 제주도 '올레' 길을 마악 숨 가쁘게 넘어가고 있었다.

"요즘 사람들 걷는 것 좀 봐... 미주야 우리도 걷자"

지문의 주인공이 그 나이에 어울리지 않게 절도전과만 7범인 '김승환' 으로 밝혀 낸 명반장이 그의 집주소와 휴대폰번호까지 입수, 김승환이 애인과 지금 제주도에 있다는 걸 최종 확인하고 날렵한 부하 둘과 함께 제주도로 날아갔다.

"자기야 김치!" 하는 소리에 이폼 저폼을 잡았지만 이내 움찔하면서 김승환의 손목에 어느틈엔가 명반장이 철컥하고 내려치는 은팔찌가 채워지고 있었는데...

"니는 변호사를 선임할 수 있고 묵비권을 행사할수도 있으며... 이 자슥아"

어쨌든 보통의 내공이라면 3000명 수형자중에서 쉽게 뽑힐 수 없을 척사대회 예선통과자 중 한명의 이름에 김승환이 끼게 되었다는 사실만으로도 그는 이미 행운아였고, 최종 우승을 향해 주사위를 굴려 볼수도 있었다.

"자슥아 근데 '엿먹어' 는 와 꼭 써 놓노?"

명반장의 붉으락 푸르락했던 취조당시 김승환은 이렇게 대답한다.

"아무 생각없이 썼어요."

"뭐라꼬?... 내 이자슥을 그냥"

정태충(55) 지리산 능선과 연결된 어느 골짜기 아래에서 험상궂게 생긴 사내 셋이 삽과 곡괭이를 이용해 다급하게 구덩이를 파고 있었다. 얼굴이 사색이다 못해 눈자위가 하얗게 풀린 사채업자 이윤기의 두팔을 등 뒤로 결박하고 한사람이 들어갈 만한 공간을 사내들은 1.5m 정도 만들었다.

"할 말이 있나 없나."

"사... 살려 주십시오."

"살려 달라꼬... 살곤 싶은 가 보네... 만약 내가 살려주면 닌 나한테 뭘해 줄 낀데..."

"다... 다 드리겠습니다."

"뭘 다줘... 니 마누라 삼삼하던데 그 년도 줄 거야?"

"...드... 드릴수도 있습니다."

"뭐라꼬... 이놈 보소... 완전 저질이네... 아가리에서 나오는 데로 씨부려쌓구만... 사람은 주는대로 받고 쌓는 만큼 그 업이 되 돌아 오는 거여... 니가 못되게 고리대금을 해서 서민 등쳤으니 이젠 저승길로 직행해도 상관없어... 우린 철저하게 심부름으로 널 처단하는 거니까 너무 원망은 마라."

이윤기는 바지에 똥과 오줌을 질금질금 싸고 있었다. 그 순간 삽자

루를 든 사내의 팔이 하늘로 치솟으며 이윤기의 목을 여지없이 내리쳤고 단 한번의 가격으로 이윤기는 그 자리에서 즉사하고 만다. 경찰은 이윤기의 아내로부터 운전을 하던 남편이 주차장에서 괴한들에 의해 납치되었으며 그녀도 폭행당한채 혼자 차에서 끌려나와 신고를 하는 것이라며 횡설수설 어서빨리 남편을 구해내라고 울부짖는다.

정태충과 이윤기는 사실 오랜 비즈니스관계를 유지 해 온 동업자와도 같은 인연으로 얽혔지만 그 놈의 '돈' 때문에 이윤기는 저승으로, 정태충은 결국 '살인교사'의 죄명으로 구속되어 '무기형'을 언도받고 만다.

그리 크지 않은 건설회사를 운영했던 정태충에게 '급전'과 회사운영자금을 융통하고 돈을 빌려준 이가 이윤기였으나 이윤기는 사채업자 특유의 독기와 강단으로 빌려 준 돈의 3배를 이자로 거둬들이는 '악덕사채업자'의 고전과 전형에서 늘 우등생이었는데...

정태충에게 사업상 일생에 한번 오기 힘든 대박의 기회가 찾아온다. 도급순위에서도 밀려 늘 대형건설사의 하청업체로만 전전하던 그의 건설사 '창민건업'이 아파트 8백여채를 공급할 수 있는 정부 토지용지를 불하받아 이에 뼈대를 갖추고 분양만 성공한다면 '창민건업'의 미래는 건설시장에서 확실한 주도권을 점할 수 있었는데 문제는 '돈'이었다. 보통의 프로젝트의 경우 시행사가 저축은행에서 급전을 빌려 부지계약을 맺고 나머지 잔금과 건축비용은 시공건설회사의 지급보증을 받아 은행대출로 해결한다.

사업에 성공하면 시행사는 자기돈 들이지 않고 황금노다지를 꿈꿀 수 있지만 은행은 사업성을 따지지 않고 대출해줘도 실패에 대한 부담없이 건설업체에 모두 떠넘길 수 있기에 그런 함수관계에서 건설사는 공사비를 부풀려서 이익을 채워가는 적절치 못한 방식이 국내 건설시장에 적용되고 있었다.

하지만 정태충의 '창민건업' 은 신용등급이 낮아 일반은행은 물론 제 3의 금융기관에서도 돈을 마련할 길이 없었다.

평소 잘잘한 돈거래는 물론, 경우에 따라서는 명동 사채업계의 큰손에게서도 '큰돈' 을 끌어 올수 있다고 큰소리 치던 이윤기를 찾아간 정태충은 '창민건업' 이 도약할 수 있는 자금으로 우선 토지용지의 선수금으로 예치시켜야 할 80억을 급히 융통해 줄 것을 요구했고, 이윤기는 전주(錢主)를 설득해 자신이 책임질테니 돈을 내달라고 말한다. 이때까지만 해도 이윤기와 정태충의 관계는 밀월무드였다고 볼수 있다. 적어도 사업이 순풍에 돛단 듯 할 때는 말이다. 그러나 어느사이에 결코 흔들릴 수 없을 것 같았던 국내 부동산시장은 미분양사태가 점증·속출하면서 건설업체의 부도사태가 도미노현상처럼 끊임없이 신문의 지면을 채우고 만다.

집을 짓고 팔아야 만 돈이 생겨 더 사업을 확장하거나 빚을 갚을 수있지 너도나도 '부동산한방' 으로 환상을 쫓던 과거의 향수를 기대할수 없는 지금, 창민건업은 진퇴양난에 빠지지 않을 수 없었다. 사업을더 밀어 붙일 수 도 없이 자금난에 시달렸지만 이윤기에게서 빌린 80억 돈을 그 짧은 기간에 100억으로 되갚았음에도, 어쩔 수 없이 새로조달한 130억의 사채에 이제는 이자도 갚지 못할 만큼 회사는 어려워졌고 이윤기는 이윤기대로 "그건 당신 사정이며 내 돈을 갚으라" 면서 밀고 나온다.

상황이, 여건이 어려워 이자가 연체될 수도 있고 약속날짜를 넘길 수 있는 게 자금의 흐름과 시장인데 그걸 또 능히 배포도 크게 포용하거나 관용을 베푼다면, 이야말로 '사채업자' 특유의 악바리를 '직무유기' 하는 것이었다.

이윤기는 '전주' 의 독촉을 핑계대면서 돈을 갚을 수 없다면 창민건업의 경영권이라도 내놓으라는 최후통고를 정태충에게 가하게 되며,

"개자식!" 하면서 정태충은 건설현장이라면 어디서나 출몰하던 몇 번 사업상 비밀리에 '작업' 을 부탁했던 '조폭들' 에게 이윤기를 제거할 것을 지시하면서 현금 3억원을 건넨다. 다만 소리소문없이 그를 납치해서 절대 흔적을 남기지 않는 제대로 된 '마무리' 를 주문했지만 이 나라 경찰의 수사속도가 세계 어느 나라에 뒤지던가?

끈질기게 이윤기와 정태충의 행적과 사건의 연결고리를 추적하던 경찰에 의해 이윤기를 납치, 살해하여 지리산 골짜기에 파묻었던 사내 셋과 이를 교사, 사주하였던 정태충이 차례로 검거되었고 '창민건업' 이 야심차게 준비하던 아파트 건설현장은 그가 정태충이 척사대회 16강에 안착할 때 까지도 흉물스런 폐허의 잔재를 남기며 그대로 벌판에 버려져 있었다.

이인배(43) 천둥번개가 심하게 몰아쳤던 다음날, 오노인은 '간밤에 별일은 없었는지' 마늘밭을 확인하기 위해 창(唱)을 흥얼거리면서 집에서 500m 나 떨어진 농사현장을 찾았다가 소스라치게 놀라고 만다. 오노인이 자식처럼 애지중지 정성을 다해 키우고 파종했던 마늘

밭 절반이상이 시커먼 기름에 덮혀 대부분의 순이 죽어버렸기 때문이 었다.

　이럴수가 있나?

　억장이 무너지는 비통함을 겨우겨우 진정하면서 주위를 둘러 보았으나 예전부터 폐가처럼 밭 옆에 자리해 있던 길 다란 창고만이 의심이 갈 뿐 평소 수상쩍다고 생각한 폐가 외에는 달리 특이한 의심과 이상과 동향을 발견하지 못했다. 급히 집으로 한 달음에 달려 온 오노인은 이를 경찰에 신고했고 순찰차가 마늘밭에 도착했을 때는 처음 발견당시 보다도 더 기름에 오염된 마늘밭의 면적이 넓게 퍼져 나가고 있었다. 순찰차에서 내린 노택이 순경이 빠루를 이용해 굳게 잠겨있는 폐가의 자물쇠를 내리치자 그 안에서는 참으로 경악스런 광경이 펼쳐진다. 휘발유 제조공장에서나 볼 수 있을 법 한 드럼통들이 나뒹굴고 있었고 지하로 연결된 파이프를 통해 기름이 쉴새없이 솟구치면서 올라오고 있었기 때문이었다.

　우선 당장 급했던 일이 기름유출과 확산을 막는 거였지만 어떻게 손을 쓸수가 없었기에 관내 경찰서를 통해 긴급히 전문기술요원이 투입되어 다행히 파이프를 통해 콸콸 치솟던 기름을 중단 시킬수가 있었다.

　강력2팀 기석기반장이 팀원을 이끌고 사건현장에 도착했을 때는 가관이 아니었다. 시골 마늘밭이 기름에 오염되었다는 사실만으로도 충격적이었지만 어떻게 폐가가 자리한 지하에 기름 연결 파이프가 묻혀 있었는지, 그걸 알고 범인들이 훔쳐갈 생각을 했는지, 일기가 좋지 않은 날마다 트럭이 폐가쪽으로 수시로 사라졌다는 마을 주민들의 증언 등을 종합할 때 벼락과 폭우가 쏟아지던 전날 밤 범인들이 평소 기름 도둑질을 할 때처럼 그들이 구멍을 뚫어 밸브로 차단시켜 놓았던 '유입'과 '주입'의 절도과정에서 실수가 일어나 뿜어져 나오는 기름을 차단하지 못하고 그대로 도망친 것으로 최종 결론 내려졌다.

분명 기름 도둑질이니 주유소와 기름 도매상들이 관련되었을 것이고 시간이 걸리더라도 범인을 잡아내는 것은 그리 어렵지 않은 일이었다. 그것은 사건현장에 출동해서 여러 정황을 살펴 본 강력계 수사형사들의 감(感)이나 마찬가지 였다.

'이인배'는 모처럼 공범들과 함께 필드에 나갔다가 장거리 드라이브샷을 호쾌하게 날린다. 공범이라고 했지만 그들 다섯명의 골프회원들은 엄연히 당국에 허가를 받고 '주유소'를 경영하고 있는 대표자요 사장들이었다. 며칠 전 '현장'에서 실수가 있어 곧 자리를 떴으나 주유소 운영이라는 떳떳한 직업을 갖고 있었기에 '실수'는 그냥 머리속에서 지워버리면 되었고 더 이상의 걱정은 없었다.

벌써 오래전의 일이 되고 말았지만 이들 다섯멤버의 인연은 과거 천안소년교도소 시절로 올라가야만 좀 더 이해가 될 법 하다. 그렇지만 과거는 과거이며 지금은 누가 뭐래도 자수성가(?)해 의욕을 보이면서 설립했던 주유소 대표였다. 이 기름사건에 대해서 '묻어둔게 아닌' 드러나지 않게 탐문을 계속하고 있었던 기반장 강력2팀에 곳곳에서 정보를 주던 '정보원'으로부터 입수된 '정보'는 아주 생뚱한 장소에서부터 출발했다.

그 날도 이인배를 포함, 다섯멤버들은 골프를 했지만 이번에는 돈을 걸었던 '도박골프'가 오후 내내 이어졌고 장타와 정교한 아이언에 자신있었던 이인배가 각 1억씩 걸었던 내기골프에서 4억을 싹쓸이

하고 만다.

돈을 잃은 자들이 뭔가 억울했는지 돌아오는 차안에서 그렇다면 '스크린골프'로 2차전 승부를 겨루자고 제의하는 통에 제법 격조있는 시내 스크린골프장으로 장소를 옮겨 다시 1억씩을 걸었으나 이번에도 행운이 이인배에게로 왔는지 그가 또 4억을 냉큼 삼키게 되었고, 낮의 우승수당을 합해 8억을 팔목을 휘젓는 운동으로 취득하고 만다. 술을 내가 사겠다면서 오늘 가게 문을 닫으라고 요구한 이인배는 미끈한 미녀 다섯을 불러서 술과 함께 들여 보내라며 지배인에게 기분째지는 주문을 늘어 놓는데... 거나하게 한잔 두잔 위스키를 입으로 가져갔지만 워낙 골프실력이 뛰어난 이인배의 벽을 당연히 뛰어넘을 수 없었던 나머지 멤버들은 2천만원도 아닌 2억을 두 번이나 갑절로 곱해 8억씩이나 갖다 바친 어이없는 꼴이 영 그 자신들이 보기에도 못마땅했고 탐탁하지가 않았다.

"옛날에는 내 꼬붕이었잖아?"로 시작해서 "언제부터 골프공을 잡았다고 모션을 취하나"에다가 지난날 "빵에서 카드를 돌릴 때 도 니가 속임수를 잘 썼다"는 뻥카 얘기까지는 너그럽게 아량으로 흘려 버릴 수 있었지만 "아주 오랫동안 해먹을 수 있었던 기름탈취가 너 때문에 스톱됐다"고 일갈하는 부분에서 이인배와 나머지 네사람의 피튀기는 싸움과 설전이 시작됐다.

술잔이 깨어지고 재떨이가 씽씽하고 날아가자 다섯 남자에게 각자 붙었던 아가씨들이 일단 자리를 피했는데 그 중에서 그 짬에도, 애인과 전화통화를 시도하던 하필 이인배의 파트너 여종업원이 애인에게 "오늘 진상이 걸린 것 같다"고 운을 떼면서 "내 손님이 기름이 어쩌고저쩌고 하면서 더 이상 장사 못하게 밸브를 잘못 막아 유출된 기름 때문에 지금 일행들과 싸움을 벌이고 있다"고 "재수 없는 놈팽이들!"이라며 넋두리 한다.

여종업원의 애인은 그녀와 마찬가지로 단란주점에서 웨이터 일을 하면서 기팀장으로부터 정보원 노릇도 겸하고 있던 경찰의 끄나풀이었다. 즉시 웨이터가 강력2팀에 연락했고 다섯 우정의 주유소 사장님들은 "이것들이 우리가 누군 줄 알고 까부느냐"며 "그래 일단 경찰서에 가서 보자"면서 호기있게 씩씩거리면서 투덜투덜 스크린골프장을 빠져 나온다.

천하를 호령하고자 의형제를 맺은 '도원결의'도 아닌, 예전 철없던 시절 감방에서 만난 인연으로 개개인의 단점과 장점을 살려나간 분업화에 성공하여 용케 기름이 흘러가는 송유관까지 발견하고 장악(?)했지만, 그러고도 주유소를 경영하면서 고기를 구워먹고 이빨을 쑤셔대면서 필드에 나가 한판에 1억의 도박골프까지 벌이게 되는 간 크고 멋진 상류생활을 이어갔지만, 이들을 한명 한명 분리해 신문을 하고 취조를 하면서 범죄혐의를 찾아내는 것은 경찰의 전문용어로는 '식은 죽 먹기'였다.

왜냐하면 범죄란, 범인이란, 그리고 그 범행의 공모자가 다수거나 많을수록 이들은 자기자신이 처한 상황을 현실을, 위기를 극복하고 탈출하기 위해 우선 먼저 살기위해, 경찰의 회유와 노련한 취조기술에 어김없이 아낌없이 당연하게도 순응하면서 "예 예"로 반응하기 때문이다. 그렇기때문에 기세좋게 고압적인 태도로 "어디 해보자"면서 나서던 인간들이 경찰과 검찰에만 가면 진술의 '어'가 다르고

'아' 로 바뀌면서 표현의 강도가 상이하며 서로를 의심하면서 눈치를 보고 자기는 "아무것도 모른다" 고 대답했다며 얼버무린다.

이미 "당신은 가담정도가 가벼우니까 협조만 하면 기소 때 빼줄 것" 이라든가 "집행유예가 가능하다" 는 '자비' 를 슬쩍 내비치면 백이면 백 모든 '공범자' 들의 서열이 그 순간 폭탄주가 돌 듯 혼합되고 헝클어져 버린다. 당연하게도 이인배가 '수' 를 쓴 사기행각처럼 의혹이 자꾸 연상되는 '도박골프' 로 8억의 돈을 갈취해 갔고 실제 기름 탈취의 주범이기도 했으니 나머지 네 사람이 아무리 머리를 굴리고 혐의에서 빠져 나가기 위해 용을 써도 이미 진행중인 조서에는

"다섯명이 공모해 폐가가 있는 땅을 사들였으며, 그 땅 밑에 흐르고 있는 송유관에 접근해서 구멍을 뚫고 3년여에 걸쳐서 합계 440억에 달하는 기름을 절취하였으며... 특히 주모자인 이인배는 수십차례에 걸쳐 사기골프를 쳐 이들 공범으로부터 78억을 갈취하였고 세금계산서를 허위로 작성, 대략 65억원에 이르는 주유세금을 편취하였으며..." 등등등

같은 죄를 짓고도 이인배에게 만은 유독 더 많은 구형과 선고와 벌금과 빼돌렸던 기름세금의 징수요금이 병합되어 추징되었고, 이인배는 "그래도 지구는 돈다" 면서 열심히 체력단련을 한 덕분인지 가뿐하게 척사대회 16강 대진표에 나머지 공범 네명이 보면 분명 부러워할 수번 552번 '이인배' 의 이름을 떡하니 올린다.

허경구(38) 수갑을 차기 전 까지만 해도 중학교 국어 선생님이었

던 수번 1919 허경구가 이감을 오자 그가 알 수 없는 이상한 '사건'들이 꼬리를 물고 그의 주변에서 발생되었고 알지도 못하는 재소자들로부터 4차례나 테러와도 같은 집단폭행을 당하고 보니 공장에 출역하기가 겁이 났으며 교도소에서도 위탁 2공장 출역자였던 그의 '돌발피습'을 방지하기 위해 일반수용자들과 는 거리를 둔 관용부 '영선'으로 급기야 허경구를 전업(轉業)시킨다.

허경구가 구속되었을 때 그의 '동정란'을 꼼꼼하게 살펴보던 '어느 누구'는 "이새끼 어여 오너라" 면서 주먹을 움켜 쥐는데 아예 놈의 사지를 부러뜨려 놓겠다는 무서운 '실습'을 대충 조잡하게 기워서 샌드백처럼 기둥에 묶어놓은 헝겊 덩어리에 화풀이 하듯 삼단 올려차기로 성깔을 대신하는 '자'가 있었다. 죄목은 '사기와 배임'이었지만 허경구가 피해를 입힌 수형자들도 아닌데 왜 깡패가 분명했을 그들이 집단으로 허경구를 사정보지 않고 때리며 짓밟았을까?

문제는 그가 구속에 이른 '사건'에 있는 것이 아닌, 바로 허경구가 학교에서 부르짖었던 잘못된 교육의 '역사관'과 어긋난 '이념관'에 있었다.

노조위원장이었던 3648 구병조가 그나마 이러한 역설에서 벗어 난 채 무사할 수 있었던 이유는 그래도 일을 했던 노동자출신이었기에 용서가 가능했지만,

스승이 선생님이 어린학생들에게, 미래의 재목과 나라의 기둥과 주인공으로 커갈 어린 싹들에게, 어디까지나 사실적이고 편향되지 않는 꿈나무로 무럭무럭 키워내는 가르침과 은사의 역할과 지위는 그 누구도 재단하거나 넘볼 수 없다. 늘 고맙고 언제나 감사하면서 열정으로

또는 사랑으로 아이들의 교육에 매진하는 선생님을 누가 감히 비판할 것인가!

그런 자가 있다면 천벌을 받을 것이었다.

그러나 이 나라는 대한민국은 언제부터인가 절반의 사람들로 갈려왔다.

특히 그 무슨 좌파정부 10년동안 '보수' 와 '진보' 로 나뉘어 돗자리 쟁탈전을 심화시켰던 사상과 이념의 난립과 홍수와 주입으로 어느 놈이 애국자이고 어느 인간이 때려죽일 몹쓸 꼴통들이며, 누가 진정 대한민국을 위해 일했으며 땀을 흘렸는지 당최 분간키 어려운 디스토피아의 시커먼 매연 연기를 우리 사회에 집중적으로 호스로 뿌렸기에 혼란과 혼돈은 더욱 가중될 수밖에 없었다.

당신의 생각도 그러한가?

허경구가 소속되어 있는 전국적인 교직원 단체의 조직에서 홍보위원으로 맹렬하게 일을 할 때 그의 모습은 너무도 자주 언론에 오르 내린다.

그는 "이 나라는 아직도 미제의 식민지고 주한미군은 철수해야 하며 국가보안법을 철폐하라" 고 독립선언서를 외치는 사람처럼 쩌렁쩌렁한 목소리로 기자들과 쉽게 어울렸다. 언젠가는 인천 자유공원에서 수백명의 시민단체 회원들과 함께 줄을 지어 맨 앞쪽에 자리했던 허경구는 맥아더장군 동상 목에 밧줄을 걸어 당기는 퍼포먼스를 벌였으며,

"인천상륙작전만 아니었다면 남북은 통일이 되었 을 것이며 우리 민족은 다함께 손을 잡고 만세를 불렀을 것이다" 는 감격에 겨워 꺽꺽

대고 낑낑대며 깽깽대는 목메임이 제까닥 그 다음날 일부 인터넷매체와 신문의 정치, 사회면을 장식한다.

어떻게 된 일인지 그가 담임을 맡고 있는 3학년 5반 학생전체가 "6·25는 우리가 먼저 저지른 북침"이라며 교육청에서 파견한 장학사앞에서 허경구와 똑 같은 '신념'을 굽히지 않았고, 또 빨치산의 유훈과 위업을 기리고 계승해야 한다면서 그것도 현충일에 「빨치산 헌시」라는 괴상한 시를 지어와 반장에게 구슬프게 읽게 하였다. 허경구의 폭발할 것 같았던 자체적인 발광(發光)의 다이오드 '혁명'의 함성은 광우병사태가 절정으로 치닫던 광화문사거리에서 비로소 만개와 점화의 특별한 불을 당긴다.

허경구는 미리 준비한 수천장 '인쇄물'을 길거리에 뿌려대며 "독재와 압제에 시달리던 우리 민중은 분연히 일어서서 저 민족 역도들을 처단하고 '우리끼리' 통일을 하루빨리 달성해야 한다"고 마침내 고결한 학교선생의 탈과 가면을 벗어 던지는 희열과 투쟁과 혁명의 전사로 변신한 활극의 주인공으로 그 스스로의 정체를 마각을 공개적으로 대내외적으로 천명하고 표출시킨다.

이상한 점이라면 이승만과 박정희와 전두환을 깔아 뭉개면서도 김일성과 김정일에 대해서는, 못된 빨갱이들에 대해서는 찬사일색으로 "인민을 먹여 살리고 선군정치의 주체적 역량으로 민족통일의 이바지에 기여한 희망을 주는 우리의 지도자!"라는 남한 놈 인지 북한 놈 인지 알 수 없을 낯 간지러운 표현을 거침없이 사용하였다는 점이었다. 이승만과 박정희와 전두환은 동네 축구공처럼 가지고 놀아도 되지만 김일성이나 김정일의 존엄에는 신격화에는 함부로 이름과 실명과 통

성명과 인격권에 침해가 될 만한 언질이라든가 언급만 했다가는 그저 큰일 날 뻔 한 사회!

이게 오늘 지금 현재 이 시각, 대한민국에서 나타나는 벌어지는 절반과 절반의 또한 갈린 모습이었다.

뉘집 쇄키들인지 절반의 갈린 잘난 인간들은 또 김정일의 지령에 의해 결과적으로 '천안함' 이 침몰되고 장병들이 전사했음에도 절반의 뭉친 조직적 힘으로 극구 우리 내부의 '공작' 으로 몰아가려고 발버둥을 쳤다.

허경구는 맞장구를 쳤고 적어도 3학년 5반 학생전부는 한점 흐트러짐이 없는 스승의 세뇌와 사상과 이념의 주입식 정치교육에 누구라도 토를 달거나 저항할 수 없었다.

그런 그가,

"민중이여 떨쳐 일어나라!" 면서 마빡에 붉은 천을 둘렀던 교직원단체 홍보위원이, 촌지도 아닌 이런저런 명목으로 학부형을 사기쳐 8억2천만원을 땡겼고, 맡겨진 '혁명' 과 '민중' 의 과업을 수행·진행하기도 바쁜 양반이 틈날 때 마다 강원도 정선으로 뭘하러 가는지 머리를 식히겠다는 여행을 떠났지만 돌아 올 땐 언제나 지갑 가득 수표를 넣고 갔던 그가 헐렁한 빈 쇠가죽 지갑만을 들고 축 늘어뜨린 귀향을 한다. 복태오는 허경구가 형설교도소로 오면 어떻게 대접을 해줄까 고민하다가 그래도 가우가 있지 전국 최고 건달의 조폭이미지가 선생하나에 흐려지는 걸 사실 바라지 않았다. 다만 힘이 넘치다 못해 뻗쳐서 하루 '팔굽혀 펴기' 만 2천개씩 해대는 동생과 아우들에게 한마디만 하면 그가 가우를 손상시킬 장면은 어디에도 없었다.

비록 어느때 쯤 인지 건달로, 모두가 두려워하는 주먹의 세계로 방향과 길을 잘못 틀었으나 복태오는 정말로 뼈대 있는, 진국이 틀림없는 뻑다귀의 영광스럽고 자랑스런 후손이었다. 그의 할아버지는 일제에 항거해 젊은시절 모두를 독립운동에 바쳤던 훌륭한 독립유공자였고, 건강만은 남달랐던 오늘의 복태오를 있게 한 아버지는 월남전에 참전해서 수백명의 베트콩과 맨주먹으로 치고 박고 싸웠던 자랑스러운 국가유공자였다.

아버지와 할아버지의 인품과 명성에 그림자를 드리우고 늘 깡패의 길로 걸어가고 만 잘못과 죄의식 속에서 징역 20년을 선고받아 지금까지 어깨를 늘어뜨리며 살아왔는데 '학교선생' 이라는 작자가 거의 빨갱이 수준이 아닌,

완전한 빨갱이의 원전을 불을 뿜듯 읊조리고 있는 사실을, 비록 죄를 짓고 수감된 복태오라도 도저히 도저히 용서할 수가 없었다.

감옥과 차별될 수 밖에 없는 이념과 정치철학은 철저하게도 별개였다. 특히 협객의 정신으로 무장했던 배달민족의 자손이요 일제에 대항하고 빨갱이라면 치를 떨었던 '장군의 아들' 김두한의 발자취와 노정(路程)과 전설은 그의 롤모델이었으며 좌표였고 기준이었다.

야쿠자라는 깡패들도 삼합회의 조직원들도 마피아의 거물들도 범죄와 폭력의 일상사 속에서도 분명 지탄의 대상이 될지언정 국가에 대한 충성과 기여에는 그들 일반국민의 열정과 성원을 능가하는, 따라잡을 수 없는 정말 아이러니 하고도 '역설적인' 애국심이, 나라와 국가와 조직에 대한 사랑이 그들 '갱단' 에게는 틀림없이 있었다.

비록 범죄자라고 손가락질을 당할 지언정...

그런 복태오였기에 누굴 패고 독방에 들어 갔어도 출소를 할 수도 있는 '윷놀이대회' 참가의 기회를 준 교도소 측에 통 크게 돼지를 선물했고, 재소자를 위해 써달라며 후원금을 기탁한다. 자신이 지은 죄가와 업보를 겸허히 수용했기 때문에 징역 20년 선고에도 동요됨이 없이 팔자와 운명으로 받아들였던 그였으나,

왠지 노역을 끝내고 입방하는 순간 그날 배달된 신문의 정치, 사회면과 사설을 빠지지 않고 정독하는, 뉴스시간이면 일체의 흐트러짐이 없이 TV화면으로 시선을 집중하는 큰 형님, 보스 복태오의 바깥생활과는 조금 다른 경청과 시청과 독서태도와 진지한 변화의 자세에 그를 따르는 '동생' 들과 '아우' 들은 적잖게 놀라지 않을 수 없었다. 언젠가 상대 조폭과의 '전쟁' 이 시작되었지만 태연하게 삿갓을 쓰고 뒷골목에 나타난 복태오를 보고 상대진영은 기겁을 하고 만다. 삿갓이라니... 김삿갓도 아니면서...

그 사건이 복태오의 조직과 계보를 '삿갓파' 로 놀림처럼 부르게 된 조직 탄생의 비밀이었다. 복태오는 그를 따르는 형설교도소 아우들에게 절대 눈치 채지 못하게 허경구를 손볼 것을 지시했고 영문을 알 수 없는 '동생' 들은 그래도 보스의 명령인지라 일단 허경구가 혼자 다 싶을때면 우르르 달려들어 징역 말로 스트레스 해소엔 최고인 '다구리' 를 놓는다.

"죽여... 죽여" 하면서 허경구를 혼 줄을 빼듯 구타하고 폭행했지만 허경구는 자신이 왜 이들에게 맞아야 하는지, 뭘 잘못 했는지 도대체 알수가 없었다. 그런데 쌍코피가 터지고 이빨이 흔들거리는 린치와 테러를 당한 뒤에야 "빨갱이 새끼!" 라는 소름끼치는 저주의 단어를

'다구리' 무리들로부터 번쩍하고 번개를 맞듯 청각으로 들으며 느끼고 체감한다.

밖이었다면, 사회였다면, 어제의 허경구요 국어선생에다 그들 교원 단체의 홍보위원이었다면 그깟 깡패 놈들, 깡패새끼들이 무섭고 두려울까?

그러나 그가, 허경구가 이유도 없이 두드려 맞고 있는 장소는 공간은 주위는 하얀 담벼락이 사방을 가로 막고 있었던 감옥이요 교도소였다. 누가 그를 구원해 줄 것인가?

설령 그들의 무지한 폭력에 의해 질기디 질긴 목숨이 끊어지더라도 쉬쉬하고 자체적으로 해결해 버린다면 끽소리 할 수 없는, 그대로 이승을 떠날 수밖에 없는 철저히 세상과 차단되고 격리된 구금시설이 교도소가 아닌가?

허경구는 울고 또 목 놓아 슬피 울었다.

이제는 두렵고 공포와 소름이 가위눌린 귀신의 혼령들이 밤마다 그의 내장과 등짝과 온몸을 짓누른다. 그제서야 사방팔방으로 날뛰면서 공권력을 향해 대한민국을 향해 거꾸로 된 역사를 신화를 전설을 잘도 주절주절 무차별적으로 토해 내었던 그의 사고와 사상이 신념이, 사유와 사색의 일침과 초점이, 이기적이고도 한낱 사사로운, 참으로 가볍고도 대수롭잖은, 뭔가의 여우와 이데올로기에 홀려 '그동안 내가 잘못한 건 아닌가?', '잘못 살아 온 건 아닌가?', '잘못 인식했던 것은 아닌가?' 하는 숙고와 회개와 반성의 고찰과 가부좌가 조짐이 슬금슬금 보여지고 나타나기 시작했는데…

논리적으로 이론적으로 하나 뒤떨어짐이 없었던 진보의 '트레이드

마크' 허경구였으나 막상 죽음의 여정과 길목까지 갈 지도 모른다는 두려움을 접하고서야 그간 자신이 행하고 걸어온 길을 되돌아 보기라도 한다는 동기부여가 사실이 비애(悲哀)가 참으로 안타까운 에필로그의 결말로 공포처럼 한 재소자에게 엄습하며 공습하고 다가 오는 것 같았지만 어찌됐건 허경구 역시 복태오와 함께 16강의 등정에 성공했던 행운아 중 한명이 분명했다.

그러면서도 복태오와 눈이 마주치는 걸 극도로 꺼리면서 무조건 피하고 보는 수번 1919 허경구. 글쎄 그도 자유가 그리운 건지... 행복한 빵을 와락 삼키고 싶은지... 만약 그렇다면 분명 그러한 인간이라면 자유도 빵도 없는 김일성 · 김정일 · 김정은까지 삼대(三代)가 암약하는 독재자의 감옥에서 교도소에서 수탈당하며 겁탈당하고 또 절반의 한민족에게 절대 '용서가 될 수 없는' 세습체제의 살 오른 돼지껍질이 유황불에 지져지고 있는 저들의 왕국(王國)과 초상이야 말로 진보적이면서 민주를 뇌까리고 통일에 목숨을 건,

바로 그들 허경구와 같은 '떠벌이' 들이 '독버섯' 들이 가면(假面)의 탈을 쓴 '위선자' 들이 단죄하고 정의와 양심의 가래침으로 육체를 닦고 묻어야 할 능지처참의 댓가이고 실상이었다.

틀림없이...

차철수(44) 가전업체 대리점을 경영하던 2028 차철수의 표정에서 다른 기운과 활기와 엷은 미소가 찾아온 것은 한 사람을 석방시켜 준다는 '척사대회' 일정이 가까이 다가오면서 부터 였다.

'자동차정비' 훈련생으로 엔진분해나 조립외에는 일체의 잡담없이 묵언기도를 하듯 침묵으로 일관하며 쉬는 시간이면 철창너머 뭉개구름만 멍하니 바라보던 그가 비로소 동료들과도 어울리며 밥을 먹는 숟갈의 속도와 양이 빨라지고 많아지고 있었다는 사실에서 그를 알고 있는 담당교도관과 재소자들은 우선 환영하고 격려하면서 한시름을 놓는다. 번듯한 사업체가 있었고 고등학교에 다니는 공부잘하며 속썩이지 않는 아들을 둔, 무엇보다 이세상에서 가장 예쁘고 청순가련형이었던 사랑하는 아내와 함께 단란한 가정을 꾸렸던 차철수에게 악몽이 도래한 것은 그리 오래된 과거와 어제의 지난 일이 아니었다.

목포시내 중심가에서 오랫동안 가전업체를 운영했지만 아들의 학업성취도에 유독 민감하게 반응을 하던 아내의 요구와 의견에 따라 차철수의 부인은 고 3이었던 단 하나 자식의 수능시험 뒷바라지를 위해 이미 서울에서 학교를 다니고 있는 아들에게로 올라 간다.

토요일이나 공휴일을 택해 그의 아내가 목포로 내려오고 얼굴이라도 마주칠 수 있었던 주말부부 내지는 날갯짓하는 기러기 가족의 패밀리 서곡이 여행이 시작 된 것이었다. 사업의 성격상 추석이라든가 설날 등을 제외하고는 대리점 문을 닫을 수 없었기에 그래도 고 3 아이의 밥과 국을 직접 챙겨 먹이면서 수능때까지 만이라도 당분간 떨어져 지내야 하는 현실을 아내에게 차철수는 늘 미안해 했다.

그런데 차철수가 누구보다도 그의 아내를 믿고 신뢰하면서 '내조의 여왕' 이라는 팔불출 같은 덕담을 주변에 풀어놓았던 착하기만 한 그의 아내 신이경이 무슨 일인지 대리점으로 향하는 발길과 횟수가 갈수록 줄어들었고 전화통화와 문자메시지 마저 특별한 이유없이 급감

한다. 아무리 바쁜 일이 있어도 그렇지 어떤 때는 아예 휴대폰을 받지도 않았으며 몇시간이고 꺼둔채 그냥 여고시절 동창을 만나 수다를 떨다보니 전화가 걸려온 줄도 몰랐다면서 얼버무리곤 했다.

한번은 대리점 직원들과 점심식사를 마친 다음 아내에게 전화를 걸었으나 그 순간 뭘하고 있었는지 아내의 목소리가 매우 떨리면서도 흥분된 듯 보였고 나중 통화를 하자면서 그녀가 먼저 전화를 끊는다. 차철수는 그 순간 아내가 아들의 공부 때문에 서울로 가야겠다고 말했을 당시 조언을 구했던 선배의 한마디가 자꾸 켕겨왔고 비수처럼 심장을 파고 들었다.

"자고로 무슨 이유가 됐든 떨어지면 안돼, 일 난다고, 기러기? 애들 교육?! 마누라 미국있고 서방 돈 번다고 한국에서 뺑이치는데 그 옆구리 시린걸 어떻게 해결할거야... 옆길로 새는 건 시간문제야 차사장 잘 판단하라구"

선배는 자신이 겪었던 경험과 주위에서 보고 들은 여러 정황들을 차철수에게 설명했지만 차철수는 아들의 수능 때문에 잠시 떨어져 지내야하는 착하고 예쁜, 사랑하는 아내에게 설마 무슨 일이야 있을까 도리어 반문 할 뿐이었다.

차철수의 아들 차현준을 위해 임시 전세로 마련해 얻었던 서울강남의 아파트로 거처를 옮긴 차철수의 아내 신이경은 아들 현준이 내로라 하는 서울의 톱클래스 대학에 합격해서 부모의 소망을 이뤄주고 외교관을 희망했던 미래에 대한 설계가 충족되기만을 기도했지만 그러나 그러나 그 선배의 우려대로 외국에 가 있지도 않은 차철수의 아내는 서울에서 단 한번 여고동창과 함께 '재밌는 곳' 이라는 델 들렀다가 그만 헤어나올 수 없는 깊은 뻘과 늪속으로, 수렁속으로 돌이킬 수 없는 '파국'을 결국 연출하고야 만다.

신이경이 호기심이 발동한다면서 친구와 함께 문을 열고 들어간 곳은 '호빠'였다.

평범한 주부가, 클럽이라는 곳 조차도 결혼을 하고 아이를 낳은 이후부터는 근처에도 가보지 아니한 순수한 미시족이, 온갖 일탈과 유희와 무도와 탐욕스런 광기와 욕망이 환락이 이글거리며 넘실대고 춤을 추는, 환상의 룸서비스가 기다리고 있는 '여성전용술집'을 찾은 것 부터가 큰 잘못이었다.

신이경은 술을 마셨고 남편의 느낌과는 완전히 다를 수밖에 없는 술시중 '몸종'들과 쉼 없이 격정을 나눈다. 마치 굴레를 벗어던지고 자유로운 4차원 하늘을 훨훨 날고 있는 일탈의 기분이란... 분명 육체와 육체의 엉김이 밀착되고 부딪쳐야 만 얻을 수 있었던 잊지 못할 쾌감이었으며 숨막히는 오르가슴의 연속이었다.

사람이 이렇게 달라 질 수 있을까?

지금 당장은 아들의 시험이고 뭐고 멀리 목포에서 가게문을 열고 있을 그 누구를 생각할 필요도 없었다. 알콜이 뇌를 움직여 뇌가 마음과 육체의 자물쇠를 열어 버렸는데 무엇을 사고하고 고뇌하며 머리 아플 수 있단 말인가? 즐길 수 있는 만큼 최대의 기쁨을 누리고 가면 그뿐이었다.

첫 '호빠' 출입에서 새로운 세계를 경험한 신이경은 현준에게 따뜻한 밥을 해먹이며 학교에 등교를 시켰지만 시간이 지날수록 며칠전의 '황홀한 기억'을 결코 떨쳐 버릴수 가 없었다. 더욱이 그녀의 육체를 아이스크림을 발라 먹듯 감미로운 혀끝으로 온몸을 구석구석 애무해 주며 영화배우가 주눅들 생김새를 가진 '몸종'에게 당장이라도 달려가 또 한번 뜨겁게 그의 가슴에 안기면서 파묻히고 싶었다.

단한번의 외도에서 신이경은 그렇게 이미 일탈의 카타르시스와 성의 유희에 중독이 돼 버린 것이었다. 그렇게 만들어버리는 기술과 비법이 바로 여자를 다루는, 중독에 이르게 한, 가능케 한, 근접시키는 비기(秘技)임을 어찌 평범한 주부들이 알겠는가!

사람들은 다른 세상 다른 세계를 알게 되었을 때, 절대 가보지 못했거나 경험할수 없었던 격정의 환희를 맛보았을 때 남자고 여자고 주부고 집안의 대장이요 가장을 떠나 또 다시 감미로웠던 블랙홀을 스스로 빠져 나오거나 걷어 차버리기 란 정말 어려운 일 일 수밖에 없었다.

신이경이 그러한 경우였다.

이제는 달콤했던 꿈길을 걷게 해준 '몸종'을 하루라도 보지 않으면 미칠 것 같은 초조함과 조급함이 그녀의 뇌를 정신세계를 육체의 움직임을 끊임없이 장악하고 지배한다. 이런 저런 구실로 '몸종'에게 건넨 '돈' 만도 이미 5억을 넘어섰다. 부부가 곁에 붙어 있었을 때는 결코 일어날 수 없었던 '사건'이 오로지 '자식교육'을 핑계대는 떨어짐으로 해서 발생되고 만 이 엄청난 '사태'를 어찌 할 것인가?

호빠의 '몸종'과 신이경은 현준이 학교에 있을 시각이면 아예 아파트에서 함께 뒹굴었으며, 22살 인간과 30대 후반의 여자가 너무도 자연스럽게 "여보, 당신!"으로 호칭까지 살 갖게 바꿔 부르면서 엉키고 만다.

분명 아내의 주변에서 심상치 않은 '조짐'을 발견한 차철수는 대리점직원들에게 급한 일이 있어 다녀 올 곳이 있다는 언질만을 던지고 고속도로로 가속페달을 힘껏 밟는다. 그리고 아들의 학업 때문에 전세로 얻었던 아파트 거실 침대에서 그 시간에도 함께 미친 듯이 섹스에 열중하고 있는 놈팽이와 아내를 발견한다.

　다른 말이 필요없었다. 다른 생각조차 가질 필요가 없었다. 상상하지 못했던, 누구보다 예쁘고 착한 아내라고 떠벌리며 주책을 떨었던 현준이의 엄마 차철수의 마누라가 신이경, 아들이 학교에 간 틈을 이용해 뭘하는 놈팽이 인지, 년 놈이 그저 찰싹 달라 붙어서 떨어질 줄 모른채 '그짓'을 하고 있었던 '현장드라마'는, 정말 착한 남편이었던 화낼줄도 몰랐던 차철수의 안구를 완전히 돌아가게 했고, 이성을 상실하고 말았던 차철수는 주방에 꽂혀있는 과도를 집어들고 놈팽이와 신이경을 정신없이 사정없이 있는 힘을 다해 마치 공포영화나 스릴러에서나 봄직한 혈흔의 장면을 결국 무섭게 재현하고 만다.

　둘을 그 자리에서 죽이고 경찰에 직접 전화를 걸었던 차철수의 '현장검증'과 '사체부검' 당시 국과수 자료에는 "호빠종업원 '위창희'의 전신에 42번의 칼질"이, 그의 아내 신이경의 직접적 사망원인은 "폐를 꿰뚫고 강타해 들어가 치명상을 입힌 가슴부위의 심각했던 자상(刺傷)과 출혈"이 사인으로 차철수의 '공소장'에 첨부 된다.

　충격을 받고 대학이고 뭐고 때려 친채 잠적하고 말았던 사랑하는 아내 신이경의 늠름한 아들 차현준은 아직까지도 아빠 차철수가 '자동차정비' 훈련생으로 구슬땀을 흘리면서 '척사대회'에 참가한 사실도 모른채 그와 연락을 끊은 지가 오래였다.

황영돌(23) 영화배우와 탤런트, 가수와 모델이 줄줄이 쇠고랑을 찼던「연예인 마약사건」이 터졌을 때 '공돌' 이라는 예명으로 최고의 아이돌스타로 부상중이었던 5인조 그룹 '히든파이브' 의 리더싱어 공돌 '황영돌' 은 멤버들과 함께 동남아 투어 공연 중이었다. 일본을 거쳐 태국과 필리핀, 말레이시아와 인도네시아를 우회 한 다음 홍콩공연을 마치고 마지막 월드투어의 공연지로 북경을 택했지만 그는 '자카르타' 에서 체포돼 공연중이었던 멤버들과 분리된채 혼자 귀국길에 오르고 만다.

사안의 성격상 공연을 중지시킬수 는 없었고 소속사의 걸그룹 두팀을 투어에 추가 투입시킨다는 조건으로 그나마 '히든파이브' 최고의 빅스타 본명 황영돌을 빼내 올수 있었다. 공연은 이미 도시별로 예고된 약속이었지만 국내연예계는 한 둘이 연루 된 것도 아닌 모델출신의 마약뚜쟁이가 공급을 맡고 이를 사들여 '환각파티' 에 이용한 필로폰 마약복용사건으로 벌집을 쑤셔놓은 듯 시끄러웠다. 모델과 황영돌은 이미 연습생시절부터 서로에 대해 너무나 잘 알고 있었던 친구사이였다. 결국 황영돌이 평소의 바람대로 회사가 짝 지어준 히든파이브 멤버들과 함께 앨범을 발표하며 가요순위를 석권하면서 최고의 전성기를 구가하고 있었지만,

특별나게도 키가 컸던 '설여진' 은 걸그룹에 합류하지 못 한채 화보촬영과 패션모델로 방향을 전환하면서 주어진 계약 일을 하고 있었으나 아무래도 노래 몇 곡을 립싱크 하듯 주절대고 스타로 각광 받고 있는 어제의 연습생시절 동료들을 볼 때면 은근히 부아가 치밀어 오르는 것도 감출 수 없었던 본능이었고 비애였다.

회사로부터 받게 된 전속금과 수입역시 턱없이 부족하게 느껴졌으며 초라한 입금내역서를 손에 들고서 그녀도 이해할 수 없을 만큼 술과 담배를 가까이 하고 마는데... 어느날, 기운이 빠질때나 또는 우울증이라고 생각될때는 그저 '최고'라는 단골 술집 바텐더의 귀가 솔깃한 제안에 뭔가를 받아서 처음 입에 갖다 댔던 것이 마리화나 즉 대마초였고,

한때 동남아 등지에서 선풍적인 인기 속에 마약두목 '쿤사'가 개발했다는 야바(Yaba) 소량을 받아 든채 거리가 캄캄한 골목 뒷길의 술집을 빠져 나온다.

환각효과가 다른 마약에 비해 몇 배나 강했던 야바를 몸속에 흡입했지만, 그리고 며칠후에 다시 바텐더를 찾아가 이번에는 히로뽕(필로폰)이라면서 0.03g만 꼭 사용해야 한다는 전담 바텐더의 주의에 그렇게 하겠다고 고개를 끄덕였던 설여진이 히로뽕을 주입했을 때 처음 내뱉었던 찬사는 "세상에? 이런 게 '약' 이었냐"는 찬탄을 넘어 아예 눈물을 쏟을 만큼의 초절정 감사와 감격을 설여진은 감추지 않고 나오는 대로 지껄여 댔다.

그녀의 체질에 야바보다는 히로뽕이 너무나 잘 들어 맞았기 때문이었다. 서서히 히로뽕의 의존증이 심화되면서 단번에 무너져 간 여진이 환각과 환락의 세계를 알게 해준 일곱 번째 '백색가루'를 공급 받기 위해 술집을 찾았을 땐 바텐더는 이미 다른 마약공급라인들과 함께 경찰에 체포되어 구치소에 수감중이었다. 그녀를 불지 않은 것 만도 고마워해야 할 판이었지만 이제 히로뽕없이는 단 하루도 살아갈수가 없을 것 같은데 어디를 가서 누구를 수소문 해 그저 세상만사가 골

치 아플 때 최고의 환각제요 최음제인 히로뽕을 공급받을 것인가?

일주일을 버텨 보았지만 마치 금단증상과도 같은 정신분열이 허무와 공허가, 입안이 타들어가는 초조함과 아쉬움이 해일처럼 밀려 왔다. 더불어 몇시간이고 쉼없이 멀티오르가슴을 느끼면서 침대를 흠뻑 적시게 해준 열락(悅樂)의 감흥과 정염의 맥박을 끊임없이 맛보게 해준 섹스의 참맛이 감정이 필이 살아나지 않아 그저 그런 무의미한 체위나 재미없는 피스톤운동을 계속해야 한다고 생각하자 아주 미쳐 버릴 것 만 같았다.

공돌과 설여진이 친구라고 했지만 마약의 세계에서 '친구사이'란 없다.

오로지 마약에 의한 마약을 위한, 마약을 같이 공유하고 이를 나누면서 투약할 상대만이, 대상과 파트너만이 존재 할 뿐이었다. 허파가 바짝 타들어가던 설여진은 급기야 '상하이패션쇼' 참관을 핑계대고 중국을 찾게 되며 그렇게도 원했던 히로뽕 600g을 마약상으로 부터 쉽게 구입한채 지체없이 다음날 인천공항으로 귀국을 한다.

돈이면 무엇이라도 얻을 수 있다는 차이나민족의 병리(病理)를 설여진은 몸소 그 나라로 날아가서 목표물을 나눠 챘채 무사히 성공하고 귀환한 것이었다. 그것도 만일에 대비해서 200g은 비닐로 몇 겹을 밀봉한채 트랩에 오르기 전과 비행기가 인천에 도착할 무렵 기내 화장실에서 기를 쓰고 음부에 밀어 넣어서 발각되지 않았고 400g은 '건강식품' 이라는 딱지를 붙여 말린 건어물과 함께 '특송화물' 로 깨끗하게 친구의 주소로 택배처럼 넘겨 받아 접수할 수 있었던 설여진의 대담하고도 냉철한 머리가 총 동원된 마약입수와 구매였다.

그녀는 평소 중국내에서 거래되던 '물건값' 의 3배를 더 쳐주고 히로뽕을 안전하게 국내로 밀반입시켰지만, 히든파이브 스케줄 상 자주 연락을 하지 못했던 '공돌' 과 우연히 강남의 한 나이트클럽에서 마주치게 되는데... 그날 함께 술을 마시고 설여진과 공돌은 옛정을 확인한다며 합석하면서 뜨거운 딥키스를 주고 받은 후 먼저 여진의 "너무 좋다" 는 유혹에 아무런 거부감없이 히로뽕을 꺼내 같이 팔뚝에 투약하게 된다.

어떤 경우가 됐든 히로뽕이 그 누구의 몸속이라도 침범하게 되면 그 이후부터는 '이것' 을 그 '누구' 라도 절대 거부할 수가 없다. 그게 마약이고 메스암페타민의 자존심이며 생리인 것을 그들은 투약자들은 한결같이 경이로운 목메임과 구걸로 찬탄으로 그렇게 엄지손가락을 치켜 세우는 확신으로 최고를 외치며 "다시한번 더!" 를 애걸하며 주문하는 것이다.

과연 그게 뭐라고...

한번의 투약으로 히로뽕의 효능을 체감했던 공돌은 이제 스케줄이 빌때마다, 심지어는 TV생방송을 앞두고도 대기실에서 여진에게 문자를 보내는데 하루는 여진이 찍은 문자에서 '경기도 가평의 모 리조트에서 특별한 파티가 있다' 는 사실을 접한다.

특별한 파티? 그게 뭐지?! 혹시라도 마약이 동원되는 파티는 아닐까? 나름대로 추리하고 마음의 정리를 한 공돌이 급기야 파티가 벌어지는 그날, 그 바쁜 일정들을 빠짐없이 소화시킨 채 가평으로 달려갔으나 그곳에는 리조트에는 공돌과도 이미 여러차례 밥도 먹고 친분이 있었던 영화배우와 탤런트, 다른 가수와 모델들이 20명도 넘게 모여 있었다.

파티의 주최자는 놀랍게도 설여진이었고 그녀보다도 왠지 연예계 관록이 높았던 선배들도 고분고분 여진에게 예의를 갖추는 걸로 봐서 히로뽕을 가지고 있었던 여진에게 자연스레 모여든 부나방 같은 마약 중독자들 임이 분명했다.

그날 공돌도 다른 참가회원들과 함께 히로뽕을 주입하였고 여진을 포함 22명의 파티참가자들은 참으로 질퍽하고도 화끈한 뜨거운, 영원히 기억에서 지울 수 없는, 잊을 수 없었던 환락의 밤을 만끽한다.

물론 참가자 1인당 3백만원의 '회비'를 징수했던 설여진이었다. 목숨을 걸고 상하이까지 날아 가 육체의 가장 민감한 부분에 히로뽕을 감춘채 너희들의 '기쁨'을 위해 그걸 푸는데 마치 "3백만원은 돈도 아니며 적자이고 껌값!"이라는 그녀의 간 큰 행동과 언행이 조소가 얼핏얼핏 설여진의 얇은 핑크빛 드레스사이로 적잖이 내비친다.

경찰이 이날의 '환각파티'를 주목하게 된 것은 한 포털사이트에 올라 온 익명이 전제되었던 리조트 영업부서팀의 제보에 의한 두줄짜리 글을 발견하면서 부터였다.

군의, 장군들의 집합과 이동도 아닌데

"수많은 '별'들이 모여 파티를 벌였고 그날 밤하늘의 '별'은 더욱 반짝거렸다"로 시작되는 별들의 랩소디 '광시곡'이 이를 놓칠 리가 없는 연예 전문기자들에 의해 기사화되면서, 기사가 기사를 낳고 마는, 게다가 네티즌의 집요한 설전과 추측과 추적과 비판과 옹호가 오랫동안 넷상에서 이뤄진다.

몇사람이 모여 정말 쥐도새도 모르게 마약을 들이켰다면 들이킨다면, 그것은 들키지 않은 채 마냥 축제로 이어 갈 수가 있지만, 워낙 걸출한 별들이 스타들이 또한 그들을 쫓는 팬과 여론이 기자가 존재하는 한 설여진의 '환각의 파티'도 이쯤에서 종말을 고하지 않을 수 없었다.

마침내 마약전담 수사팀에 의해 '별'들은 그들은 영화배우와 탤런트 가수와 모델, 남녀 각 11명씩 모두 22명은 월드투어를 한답시고 인도네시아 자카르타까지 날아갔던 환각파티의 일원이며 분명한 모임 참가자였던 히든파이브 보컬 공돌 황영돌은, 명백한 증인들과 증거로 인해 경찰의 수사망을 빠져 나갈 수 없었다. 체포즉시 한국의 검찰로 끌려와 징역 3년을 선고받고 형설교도소에 짐을 내려놓은 수번 657 황영돌은 그래도 음악을 했다는 전력이 참작되어 '악대'로 배치되었으며, 운좋게도 16강의 대진표에 이름을 올린 채 과연 마지막 히든카드에서 역전에 성공할 수 있을 지...

공돌도, 황영돌도 한 '쾌'를 상상하는 '1인특별가석방자'를 어느 틈엔가 꿈꾸며 노려보고 있었다.

심형준(35) 김민주는 밤새 힘들게 일했던 직장에서 나와 근처 꽃게탕 집에서 재숙언니와 함께 소주 2병을 나눠 마신 후 그녀가 혼자 살고 있는 원룸으로 돌아가 그대로 곯아 떨어졌다. 많은 손님들에게 시달렸기 때문에 게다가 잘 마시지도 못하는 술을 들이켰기 때문에 그녀의 뒤를 누가 따라오고 있다는 끔찍한 생각은 추호도 가질수가 없었다.

올해 만 21세였던 김민주가 다니는 직장은 솔로건 아니건 남자들이 즐겨 찾았던 '키스방' 이었고 그녀는 '리라' 라는 가명을 사용하며 '매니저' 라는 그럴듯한 직급으로 일을 한다.

평일은 물론이고 주말엔 아예 예약손님이 줄을 설 정도로 '키스방' 을 찾는 손님들이 넘쳐나다 보니 일일이 그 많은 인간들과 입술을 갖다 댈 수도 없었고 뻔히 그렇고 그런 '이유' 때문에, 한 두번 안면을 익힌 지명손님들이 특히 키스방을 추종하는 업소영업의 특성상, 리라는 다른 아가씨들과는 차별화된 특별한 서비스로 손님을 유혹한다.

키스방이란게 대체적으로 입장에서 볼일을 마치고 나갈때까지 '35분' 이라는 시간제한을 두고 있었는데 물론 손님과 종업원사이의 부적절한 도킹과 사고를 예방하면서 빨리빨리 룸을 회전시켜 더 많은 수익을 얻겠다는 업소측의 여러 계산이 종합되었기에 가글로 입안을 행군다음 '키스타임' 을 갖는게 일반적인 '키스방' 의 영업행태였다.

그렇지만 리라는 가글로 입안을 행군 다음 바로 손님의 바지를 내려 간단하게 오럴로 입안사정을 유도했다. '그게' 목적인 손님들의 '그것' 을 충실히 이행하면서 튕기지 않고 쉽게 감미로운 혓바닥으로 정액을 분출시키는 것이다. 팁을 더 줘야만 뭘 해주겠다는 식상할 돈타령은 대다수 남성들로부터 외면을 받기 쉽지만 스스로 알아서 그 역할을 대신해 줄때는 우직한 호르몬을 지닌 단순한 남자들은 고마움과 함께 무한한 신뢰를 보낸다.

덤으로 팁이란 것도 손에 짚이는 대로 꺼내 주는 게 남성들의 의식이며 심리세계였다. 나이는 어렸지만 일찍 부모를 여의고 시골에서 학교에 다니고 있는 어린동생들을 생각할 때면 더 몸을 희생해서라도 악착같이 돈을 벌어서 큰 목돈이라도 손에 쥐어야만 이 지긋지긋한 '배설구'의 막장 종착역을 벗어 날수 가 있었다.

민주는 깊이 잠들었다. 냇가가 보이고 그곳에서 물장구를 치면서 어린시절을 보냈던 고향의 전경이 소담스럽게 펼쳐진다. 그녀가 한때 짝사랑했던 잘 생긴 옆 동네 석호오빠의 웃는 모습이 나타나는가 싶더니 이내 민주를 쓰러뜨리고 가슴을 덮쳐 온다.

'아 오빠 오빠, 안돼 안돼 오빠 오빠!...'

그렇지만 석호오빠는 그녀의 몸 속에 질겅한 뭔가를 쏟아 놓았고 민주는 그래도 그가 짝사랑했던 석호오빠가 찜해준 사실이 고마워 더욱 오빠를 끌어 안는다.

그녀가 눈을 떴을 때— 그러니까 민주의 탐스런 젖봉우리를 그때 무지막지하게 헤집으면서 억세게 누르고 있었던 사내는— 석호오빠가 아니었다.

그제서야 술에 취한 채 곯아 떨어졌고 꿈속에서 '키스방'에서 늘 하던 서비스 패턴과 배설과는 다른, 모르는 이의 강제력이 동원된 성관계였음을 그녀는 깨닫는다. 사내가 "쉿!" 하는 소리와 시퍼런 뭔가를 번쩍이면서 들이대는 통에 잘못 대처했다 간 황천길로 갈수도 있겠다는 두려움과 공포가 그 순간 민주에게 엄습한다.

"그대로 있어?" 라는 사내의 위압적인 한마디에 꼼짝하지 못한 채 이불을 뒤집어 쓰고 벌벌 떨기만 했던 민주가 범인이 나간 걸 확인하고 전등을 켜자 핸드백 주위로 화장품 샘플 병 등이 어지럽게 널려 있었다.

큰일났다 싶었던 민주가 핸드백을 열자 다음날 시골동생에게 보내

주려고 따로 보관해두었던 현금 400만원이 감쪽같이 사라지고 없었다.

'어떡해 어떡해'

그녀는 발을 동동 굴렸다.

차라리 몸만을 원 한 것이었다면 지금 나가고 있는 키스방이라고 자위해버리면 머리 아플 일도 없었는데 400만원의 돈은 그녀가 아끼고 구걸하면서 할 짓 못할 짓의 서비스를 총 동원해 동생들 학비로 보내주기 위해 모아두었던 잃어버려서는 안되는 귀중한 땀의 결실과 흔적이었다.

"나쁜시키!"

민주는 앞뒤 잴 것도 없이 경찰에 신고를 했으며 강력 5팀 안재형 팀장은 감식팀의 증거자료를 토대로 현장물증을 취합해 표적을 좁혀간다. 아울러 그녀를 병원에 데려가 범인의 DNA를 확보하였고, 민주의 몸속에 정액을 뿌리고 달아난 용의자가 수도권 경기지역 일부와 서울 서남부 외곽에서 수십차례 발생했던 일명 '원룸강간사건'의 범인과 동일한 '발발이'임을 밝혀내는데... 문제는 발발이가 여간해서는 경찰의 촘촘한 수사망과 그물에 걸려 들지 않는다는 사실에 있었다.

거의 광역지방 수사인원 팀을 발발이 사건에 투입시키면서 잠복근무를 밥먹듯이 했지만 범인은 보란 듯이 동서를 횡단하며 남북을 가로 지르면서 경찰을 조롱하고 우롱했다.

안재형팀장이 보관하고 있는 발발이의 범죄행각은 상상을 초월하는 사이코패스의 전형을 보여주고 있었다. 대략 늦은 밤 혼자 귀가하는 여성을 집까지 뒤따라가 성폭행을 하고, 허술한 원룸정도는 배관을 타고 올라가 피해자를 유린했다. 자매가 함께 당한 성폭행사건이 접수되었고, 결혼을 앞둔 예비신랑을 꽁꽁 묶어 결박 한 채 애인을 덮쳤으며 임신 7개월째로 접어든 임산부가 그로부터 성폭행을 당했는가 하면 모녀가 저항한번 하지 못한 채 발발이의 희생양이 되고 만다.

민중의 지팡이가 된다면서 경찰학교에 입교, 우수한 성적으로 졸업했던, 결국 경찰관의 '뺏지'를 달게 된 미모의 후배 여경까지 발발이의 먹잇감이 되고만 현실에 안팀장은 "발발이는 꼭 내손으로 잡겠다"는 결의를 벌써 여러차례 공언하고 있는 중이었다.

그런데 사건의 실마리는 의외로 우습게도 발바리의 피해자중 한사람이었던 키스방매니저 김민주로부터 신고되고 만다.

대리운전기사였던 심형준은 요즘 들어 활황세처럼 번져가고 있었던 '키스방' 이라는 명칭에 묘한 호기심이 일었고 '언젠가는 한번 가봐야겠다' 는 생각을 줄곧 가지고 있다가 마침내 얼마전 현금 400만원의 '쌩돈' 이 생겼던 수입도 있고 해서, 향수까지 셔츠에 칙칙 뿌린 채 '매니저' 라는 명칭으로 아가씨들이 우글거리는 〈클레오파트라 키스방〉을 위풍도 당당하게 들어 선다.

그리고 그에게 그때 배정된 아가씨가 매니저 '김민주' 리라였고, 리라는 여느 손님들처럼 혓바닥으로 남자의 혼쭐을 빼다가 심형준의 바지를 내리고 오럴에 돌입한다. 그가 어느 아가씨의 뒤를 따라가 불을 끈채 원룸에서 누군가를 성폭행했지만 그 아가씨가 김민주라고는 상상할수도 없었으며, 지금 '리라' 라는 매니저는 진하게 화장을 한 채 짧은 핫팬츠만을 걸치고 머리까지 길게 늘어 뜨려서 당시의 피해자라고는 또한 조금도 생각할 수 없었다.

리라는 리라대로 빨리 35분을 끝내고 오럴을 마치면 대개 손님들이 팁을 쥐어주기 때문에 평소의 연습과 실전대로 '물' 만 나오게 하고 룸을 빠져나오면 임무가 끝나게 되지만 여자의 여성의, 아담의 갈비뼈를 빼내 또 하나 영혼을 만들었다는 이브의 감별과 느낌은 과연 무서웠다. 아무리 술에 취해 잠이 든 채 성폭행을 당했다지만 그때 그녀의 육체를 짓누르던 '나쁜시키' 의 몸에서 아주 쬐끔이라도 뿜어져 나오던 고약한, 그리고 맡아 버렸던 향기가 체취가 체액이, 아무래도 향수의 냄새인 듯 보이는 사내의 구린내가, 키스방 매니저 리라에게 배정된 오늘 이 손님에게서 또 뿜어져 나왔다.

누구라도 외출시 귀밑이나 겨드랑이라도 뿌리고 다니는 향수이고 그 냄새 또한 그게 그것처럼 같을 수 있으나, 400만원의 돈을 훔쳐간 범인을 알 수 없었던 김민주는 그녀의 머릿결과 젖가슴과 음부까지에도 그득하게 퍼지며 남겨져 있었던 범인의 '냄새' 를 잊지 않았고 기억하고 있었으며, 그 나쁜 기억때문에라도 더욱 냄새와 향기를 떨쳐버리지 못하고 틈만 나면 비누로 몸을 박박 씻어내면서 돈을 훔쳐간 나쁜 놈을 원망하던 그녀였다.

하필 그런 '감' 을 발견하고 인식하면서 느끼게 되자 심형준의 윤곽과 키와 얼굴형태와 목소리까지 더욱 그 날밤 자신을 공포로 몰아넣었던 '나쁜시키' 범인으로 보이는 건 또 웬일인가?

침착하게 심형준의 정액을 입으로 받아 낸 김민주는 "오빠! 매너가 너무좋다... 나중에 밖에서 우리 연애할래?" 라는 '손님 물관리' 차원의 멘트를 날렸으며 심형준이야 뭐 더 바랄게 없는 미녀의 황송하고도 황공무지로소인 요구에 핸드폰으로 리라의 전화번호를 찍고 누른다.

안재형팀장이 김민주로부터 급히 연락을 받고 그녀의 휴대폰에 찍힌 심형준을 체포했을 때 심형준은 완강하게 범행을 부인했지만 국과수에 보낸 DNA자료가 도착하기도 전에 이미 경기지역과 서울 서남부 골목골목에서 찍혀 확대·복사되어 있는 심형준의 CC-TV 형체만으로도 꼼짝할 수 없이, 빠져나갈 수 없는 물증으로 확실한 동태와 정황으로 구속과 '기소증거'로 채택될 수 있었다.

그리하여 심형준이 원룸을 따라 들어가 성폭행을 했던 피해자 김민주의 침착한 대응과 신고 덕분에, 모든 여성들을 공포에 떨게 만들었던 일명 '발발이사건'은 대단원의 막을 내리며 종료되었지만, 피해자 조서를 이유로 다시한번 경찰에 출두했던 김민주는 "돈만 가져가지 않았다면 신고도 하지 않았을 것"이라는, 일반적인 여자가 할 수 있는 말과는 정반대의 분노를 심형준에게 쏘아 붙인다.

실상 심형준이 김민주로부터 절취해 간 돈은 그녀가 몸을 팔아, 몸을 희생해 마련한 금덩이 같은 것이었기에 그때 돈만 가져가지 않았다면 이 사건은 발바리는 아직도 자유롭게 골목골목을 누비면서 안반장과 수사팀을 애태우게 했을지도 몰랐다.

그런 심형준도 마침내 척사대회 16강에 마지막 주자로 이름을 올렸으니 더욱 '1인가석방자'를 뽑기 위한 〈타이틀매치〉 쟁탈전은 그래서 사정을 봐 줄수가 없었고 봐줘서도 안되는— 피튀기는 전쟁으로— 전선(戰線)을 형성하면서 다들 올인하는 분위기였다.

3. 출소

마종기소장의 팔이 아래로 떨어졌다.

여상길과 장치호, 박기성과 김칠한, 이준과 구병조, 노상서와 김승환, 정태충과 이인배, 허경구와 차철수, 복태오와 황영돌, 최우열과 심형준 등 모두 16명의 전사들은 〈대진표〉에 따라 여덟곳의 윷놀이판 앞에 가서 멈춰 섰고, 선수들은 각자 종교의식처럼 나름대로의 주문들을 읊조린다.

그들에겐 물러설 수 없다는, 이겨야 한다는, 오직 승리와 우승만이 쟁취해야 할 마지막 목표임을 마지노선 임을 각오하는 긴장감 만이 팽배하였고 의지와 결심이 결의가 비장하게 내비친다. 실시간 중계를 위해 카메라를 설치했던 방송국의 대형화면으로 강당에 모인 3천여 재소자들은 숨을 죽인 채 누구의 손이 8강으로 도약할 것인지를 또한 추리하고 성원하지만 결과는 알 수 없었다.

윷이 수차례 허공을 맴돌면서 행운의 '사리'와 함께 '말'을 지혜롭게 이용하고 응용한, 운용한 8강 진출자가 10분이 채 못 되어 금방 가려졌다.

〈여상길〉〈김칠한〉〈이 준〉〈노상서〉
〈이인배〉〈차철수〉〈복태오〉〈최우열〉

드디어 8강자 명단이 화면을 가득 채웠고, 그제서야 형설교도소 대강당은 3천명 수인이 내뿜는 열기와 환호소리가, 누구보다 초조하게 결과를 기다리며 애를 태우고 있었던 면회실을 가득 메운 재소자 가족들로 인해,

이제는 비지땀이 폭포처럼 흘러내릴 수밖에 없는 촌각을 다투는 4강을 향한 절박함과 8인의 도전이 잠시 후 또 죽음의 레이스처럼 펼쳐진다. 누구하나 낙마할 수 없었고 만만하게 볼 수 없었던 '징역내공'이 충만한 빵잽이들이었기에 여상길과 김칠한은 서로를 응시하지 않았으며, 이준과 노상서는 계속 종교적 주술을 빠뜨리지 않았고, 이인배와 차철수는 그래도 웃음을 잃지 않은 채 악수를 나눴지만, 복태오와 최우열만은 유독 신경전과 기싸움을 멈추지 않는다. 전국구 최고 주먹이었던 복태오야 모르는 재소자가 없었지만 최우열을 처음 접한 수형자들은 수군수군 거린다.

수백억 돈을 삼키고 6선의원으로 국회를 장악했으나 그래도 나가고 싶어서 윷놀이대회에 참석했다는 비아냥과, 그런데 노친네가 기술과 능력도 좋다는 부러움이 최우열의 귓전에까지 들릴 만큼 강당을

소용돌이 치게 한다.

보안과장의 수신호에 따라 4강으로 가기 위한 8인의 척사대회가 바로 시작되었으며, 아깝게 탈락하고 말았던 황영돌은 급히 악대 지정 좌석으로 돌아와 '개선행진곡'을 편곡한 '승리의 함성'을 다른 7인의 밴드연주자들과 함께 트럼벳으로 음률을 맞춰 갔다.

탄성과 아쉬움이 교차하는 가운데도 응원의 데시벨은 단연 "복태오 선수!"를 외치는 열기로 중계팀의 카메라가 더욱 바빠진 가운데 그가 말을 잡고 윷을 던질 때 마다 '보스'를 추종하는 건달 아우들은 목청껏 굉음을 내지르면서 "형님 파이팅!!"을 소리쳤지만,

6선의원 최우열이 '모'라도 던질 때면 미리 약속이라도 한 듯 "우~"하는 김을 빼고,

기를 죽이는 제스추어를 동원해 실수를 유도하면서 교란전술을 교도관의 제지에도 아랑 곳 하지 않고 사용했다.

여덟명이 일합을 겨룬 4강을 향한 대결에서 마침내 〈김칠한〉과 〈노상서〉와 〈차철수〉, 〈복태오〉가 4인의 '최종주자'로 승부가 일단 가려졌다.

김칠한의 표정은 여전히 변함이 없었고

노상서는 울먹이고 있었으며,

차철수는 무릎을 꿇은 채 계속 기도를 읊조렸으며

복태오는 마치 결승에서라도 승리한 우승자처럼 감격적인 포스와 웃음으로 여유를 나타냈다.

더욱 고조된 열기와 강당 안의 분위기!

이게— 오늘의 척사대회가— 사회에서— 시군구 읍면이나 동 또는

마을에서 직장이나 학교에서 노인정에서라도 펼쳐졌다면 어땠을까?

아마 그들은 한마음으로 축제처럼 뭉쳐 모자람 없이 풍족하게 웃고 떠들며 먹거리도 나누면서 십시일반 '돼지멱따는' 작업이라도 간단히 전개했을 것이었다.

그러나 형설교도소에서 지금 벌어지고 진행되고 있는 윷놀이는 차가운 시멘트바닥을 탈출하기 위한, 감옥을 벗어나기 위한, 지긋지긋한 징역과 형벌을 떨쳐버리기 위한, 오직 자유를 향해 승부를 걸 수밖에 없는 그야말로 목숨을 건 결전이고 도전이었으며 사투였다.

두 번 다시 오지 않을...

마치 하늘의 별을 따기보다 어려울 수밖에 없는 바늘구멍을 통과하기 위해 4강에 진출한 네 수형자는 주자들은 이 순간을 이 날만을 기다려 왔다.

악대의 연주가 다시 잔잔한 리듬으로 바뀌었다.

노상서는 이 선율이 분명 EPM엔터테인먼트에서 길러 낸 작곡가와 가수에게서 들은 것 같기도 하다는 기염을 토하면서, 한때 국내 연예계를 휩쓸었던 어제와 과거의 추억을 되짚 듯 평온한 올드팝의 영감(靈感) 때문에 감미롭게 지난날이 회상되었고,

김칠한은 무언지 모를 감동으로 엔딩을 장식했던 영화 '쇼생크탈출'을 떠올렸으며,

고도의 섬에 갇힌 두 죄수가 교감을 나눈 채 자유를 찾아 바다에서 뗏목위로 떨어지던 '빠삐용'의 한 장면을 차철수는 현실이 되게 기도하면서,

전율이 흐르는 긴장감속에서도 그래도 멋진 조직의 세계를 리얼하

게 스크린으로 재현한 '대부' 의 시리즈를 복태오는 리듬속에서 찾아
내고야 만다.

하나의 선율이 4명의 4강자 사이에서 이렇게 달라지며 받아들이는
감정에서 차이가 나는 긴박하고 그 무엇이라도 상상할 수 없었던 숨
막히는 현장이 바로 지금 네 사람의 수형자가 재소자가 이마에 등에
식은땀을 쏟아내면서 승부를 겨루고 있는 형설교도소 척사대회장이
었다. 여지없이 네사람은 4강전 선수들은 '결승' 에 안착하기 위한,
오르기 위한 승리의 주사위를 주저없이 던져 올렸으며,

축복의 여신은 자유의 큐피터화살은 레이더에도 잡히지 않는다는
행운의 스텔스기는 결국 로또의 1등 과녁과 당첨은 〈김칠한〉 이라는
재소자와 〈복태오〉 라는 특별한 이름을 가졌던 두 수형자를 '맨꼭대
기' 위로 어느덧 밀어버리면서 '결승자' 로 올려 놓고 만다.

김칠한과 복태오 —

복태오와 김칠한 —

대형 멀티비전에 새롭게 찍힌 〈대진표〉 의 결승전 두 사람 이름 외
에 나머지 탈락자 14명의 명단과 수번이 어느틈엔가 삭제되면서 이제
운명을 건 최종승리자 한 사람을 위한 축제가 카니발이, 파티가 시작
될 것이었다.

"여러분 마침내 결승에 오른 두 사람을 우리는 눈으로 확인하면서
지금까지 지켜 보았습니다."

마종기소장이 드디어 마이크를 잡는다.

"한사람의 특별 가석방자를 위해 척사대회라는 교정역사상 어디에
고 있을 수 없었던 윷놀이대회를 열었지만 과연 누가 우승자로 결정

되고 행운이 찾아올지, 설령 이 규칙에서 탈락하더라도 우리 수용자들은 이를 받아 들여야 합니다. 오늘의 대회가 단 1회로 끝날게 아니라 저희 형설교도소가 존재하는 한 또 모범 교정기관으로 선정되고 장관님께서 관심을 가져 주신다면 다시한번 출소의 기회가 찾아 올수도 있다는 사실을 잊지 말고 마지막 끝까지 질서를 지키면서 결승전을 참관해 주시기를 소장으로서 당부합니다."

마종기소장이 간단하게 인사말을 마치며 의자에 착석하자 이번에는 용도과장이 마이크를 넘겨 받는다.

"용도과장입니다... 오늘 저녁 배식은 특식으로 우리 소에서 황소 3마리와 여러분이 먹고도 남을 돼지고기를 준비했으니 많이 취식하시고 배탈나지 않도록 신경 써 주시기 바랍니다."

소고기에다 돼지고기라?

얏호... 이게 왠 떡이냐, 웬 갈비냐... 고기냐... 어헝헝 저헝헝... 영철아, 성욱아, 길섭아, 윤호야, 뺑코야, 빨대야, 점박아, 하마야, 종태야... 또칠아, 억식아, 푼수야, 야 이 팔푼아, 미친놈아 사기꾼아, 접시야 ~ ~

재소자들은 그냥 저냥 옆에 앉아 있는 누구라도 덥석 부둥켜 안으면서 환호성을 지른다.

징역에서 교도소에서 감옥에서 얻는 빵맛은 그 얼마나 고귀하고 성스럽던가!

눈물에 젖은 빵을 먹어 본 적이 있는가?

이 흔하디 흔한 아무나 지껄이던 갈망(渴望)의 수식어는 그러나 아무곳에서나 아무 장소에서나 사용하는 게 아니었다. 당연히도 한번

배가 터지더라도 먹고 싶었던 고기를 육류를 질겅질겅 씹어서 목구멍 속으로 넘기면서 아랫도리를 불끈 솟구치게 만들어 주던 에너지의 원천! '육질고기'를 마음대로 집어 넣을 수도 먹을 수 없는 현실이 교도소요 재소자들이었다.

"이노무 척사대회 맨날했으면 좋겠다!"

"맞다 맞다 니나 나나 떨어져도 좋고 못나가도 좋으니... 괴기한번 실컷 뜯어 먹었으면 소원이 없것다."

칠한은 눈을 감는다. 그리고 진실로 지난날을 되돌아보면서 성찰과 회개의 기도를 올린다.

천하의 복태오라도 이제 윷을 던져서 단 한판의 향배와 튀는 방향에 따라서 죽느냐 사느냐가 결정되고 마는데 마냥 여유로운 함박웃음으로 감격에 젖어들 수 만은 없었다. 저녀석 김칠한 저 놈이 얼마나 대단한 인간인가? 감옥에서 두 개의 학사고시를 석권했던 수번 864 김칠한을 복태오도 무한신뢰하며 성원했고 박수를 쳤던 가장 모범적인 수형자의 표준과 전형일 재소자가 김칠한 임을 복태오는 늘 아우들에게 입이 아프도록 칭찬했고 일장연설을 해왔다.

걸어왔고 밟고 지나온 궤적은 분명 달랐지만 "나이도 어린 칠한이는 학사고시로 일을 낸 것처럼 형기를 마치고 사회에 나가더라도 더더욱 세상을 깜짝 놀라게 할 본 받을 수형자며 재소자!"라고 침을 튀기던 그 '상대'가 바로 김칠한이었다.

그러나 마지막 남은 최후의 일전과 KTX고속열차를 집어탈 수 있는 행운의 오리엔탈 특급티켓이라면 복태오도 절대로 물러 설 수 없었다. 이건 누구를 배려하고 양보하면서 내일을 다음을 훗날을 미래를 기약하는 어리석은 미덕의 문제가 아니었다. 오로지 승리외엔 우승외엔 타이틀외엔 생각할 수 없는 최종 결전의 자리에 결승의 척사대회에 김칠한, 복태오 두 수형자가 드디어 맞붙게 된 것이었다.

그런데 864번 김칠한은 왜 무엇 때문에 '살인'의 죄명으로 무기를 언도받았고 법정난동사건까지 저질렀을까?

그가 입을 열지 않는 한 김칠한의 사건을 알 수 없었던 재소자들의 궁금증과 호기심과 의문과 미스터리 한 의혹도 바로 그 점이었다. 공범이 있다고 만 했지 김칠한 스스로 자신의 사건에 대해서 말을 한 적은, 입으로 털어놓은 적은 한 번도 없었기 때문이다.

9년전. 스무살의 칠한에게 운명의 사건이 다가오고 만 것은 그가 일을 하고 있던 '편의점'에서 퇴근 할 무렵이었다. 버스정류장을 향해 걸음을 옮기던 칠한에게 다짜고짜 '경찰'의 신분증을 들이 민 형사들은 이유도 묻지 않고 그를 경찰차에 태워 강력반으로 끌고 간다.

그러면서 "도준규를 왜 죽였냐?"고 마른하늘의 날벼락 같은 폭탄과 협박을 쏟아 놓는다.

도준규- 그는 칠한도 잘 알고 있는 선배 셋과 함께 얼마 전 '저녁내기'를 하면서 볼링을 같이 친 적이 있었다. 도준규가 게임에 져서 저녁을 샀고 2차를 간답시고 노래주점으로 장소를 옮겨 칠한이 적당하다 싶을 때 혼자 빠져 나온 것 밖에 없는데 그를 도준규를, 칠한더러 왜 죽였냐고 한다면 칠한은 무슨 대답을 해야 하는가?

도무지 영문을 알 수 없었고 퇴근과 동시에 집으로 가 환자인 어머니를 돌봐야 했지만 돌아가는 분위기가, 상황이 영 이상하기만 하였으며 칠한의 다급한 사정은 아랑곳하지 않은 채 경찰은 그에게 '살인 범'의 조서를 꾸미려고만 했다.

세상에 이런 미칠 일이 어디에 있는가? 다만 그때 도준규가 저녁을 먹으면서 가방을 끌어 당기며 아버지 소유의 경기도 이천 과수원을 처분했는데 6억 밖에 받지 못했다면서 이돈으로 장사를 해보고 싶다 는 의지를 피력했던 것을 칠한은 물론 선배들도 들었다. 장사를 하 든 사업을 하든 그건 어디까지나 남의 이야기였고 편의점에서 알바를 하고 있는 가난했던 스무살 김칠한에겐 꿈 조차 꿔볼 수 없었던 다른 세상의 이야기요 생활이었다.

도준규와 노영대, 오세욱과 조완철 네사람은 스물넷의 나이로 친구 사이였으며 게임의 규칙상 옵서버의 짝과 관전자가 한명 더 필요해서 마침 그때도 편의점 일을 마치고 퇴근중이었던, 평소 볼링을 좋아했 던 칠한에게 동행을 요구 한 것이었다.

그러나 그 합류가, 잠시 그들과 섞였던 몇시간 때문에 김칠한의 운 명은 완전히 뒤바뀌고 만다. 어쩌면 범죄라는, 돈이 오고가는 메마른 세상에서 친구가 친구를, 부모가 자식을, 자식이 부모를, 형제와 자매 가 돈에 의해 필연적으로 등을 돌리고 무서운 음모를 드러내고 마는, 그러면서 발생할 수밖에 없는 '강력사건'이 뉴스와 전파를 탈때마다 사람들은 얼마나 탄식을 하는가!

그걸 익히 안다면 착하고 순수한 스무살 청년을 후려쳐 후배든 선 배든 내 이익을 위해, 나의 등식을 굳이 채워나가기 위해 상대를 물 먹이고 욕보인다는 것은 엿 먹인다는 것은 그리 멀리서 일어나는 남 의 얘기가 공식이 아니었다. 내가 살기 위해 아무 잘못도 없는, 전혀 사건과 관련이 없는 평범한 이를 구렁텅이로 몰아가는 것은, 무서운 흉계가— 계략과 전략과 날카로운 음모와 창검의 이빨이— 그 야욕을 드러냈을 때는 언제라도 지금이라도 어느 곳의 주변이라도 사람이 사는 곳이라면 당연히 가능하다.

그러던 도준규가 동해안 어느 방파제 아래에서 시체로 발견되었다. 수사에 들어간 경찰은 도준규가 과수원을 처분해 가지고 있었던 4억의 수표와 2억의 현금 중 4억의 수표가 도저히 식별할 수 없는 CC-TV의 용의자에 의해 전액 현금으로 인출되어 증발되었으며, 이에 따라 누군가 돈을 노리고 그를 살해한 것으로– 처음엔 우발적인 강도살인 사건으로 수사와 탐문을 시작하다가– 곧 면식범의 소행으로 일단 선회하면서 포위망을 좁혀 가는데...

친구라고는 했지만 평소 외제차를 몰고 다니면서 노영대와 오세욱, 조완철을 깔아 뭉개던, 거드름을 피웠던 도준규에게 6억의 돈이 있다는 사실을 알게 된 세사람은 돈을 빼앗기로 계획을 세우고 영문을 알 수 없었던 김칠한을 볼링을 핑계로 끌어 들인다.

그리고 식사를 마친 후 옮긴 주점에서 도준규 몰래 술에 약을 털어 넣었고 그 시각을 전후해서 칠한이 주점을 나왔지만 도준규로부터 돈을 빼앗고 그를 죽여 버리자는 모사(謀死)를 계획했던 자는 조완철이었다. 술에다 어떤 성분인지 조완철만 알고 있는 약까지 함께 섞어 이를 마셔버린 도준규는 이내 축 늘어져 버린다. 친구들 끼리 술을 마시러 와서 한사람이 의식을 잃는 것은 흔하디 흔한 일이었다. 주점을 나와 차로 도준규를 옮겨 실었던 세사람은 도준규의 가방을 나눠 챈 후 고속도로를 달려 긴 방파제끝에서 의식을 완전히 잃은 도준규의 몸에 바위를 단단히 묶어 바다로 밀어 넣었다.

이제 수표만 바꾼다면 세사람이 똑같이 2억을 나눠 가질수 가 있었다. 애초 이들이 친구를 죽여야 하는 과정과 이유에 대해 고민했을 때 조완철은 "2억의 돈은 쉽게 얻을 수 없는 것이며 도준규의 도를 넘는 사치와 방탕한 생활, 어쩔때는 친구가 아니라 하인을 부리듯 허세로 무장했던 녀석을 보내게 되어 괴롭긴 하지만 그 반대급부로 돈을 빼앗는다면 우린 뭘 하든 기초를 다질 수 있다"는 말로 주저하던 오세욱과 노영대를 안심시킨다.

아울러 국내에서 보이스피싱 대금을 전문으로 취득하고 있었던 중국인을 알고 있다면서 그가 위조하고 합법적인 신분증으로 사용하고 있는 제 3의 인물 조직을 통해 깨끗이 수표를 현금으로 바꿀 수 있다고 두사람을 진정시켰다. 곧 다시 중국으로 돌아가야 한다는 중국인에게 1000만원을 일단 쥐어주고 그를 통해 조완철은 수표를 현금으로 바꿀수 있었다.

본래 의심많고 혹 나중을 생각해 신상을 자꾸 캐묻는 중국인에게 조완철은 이름은 '김칠한' 이며, 직장은 '편의점' 이라는 큰일 날 인적사항을 알려주게 되며, 도준규의 사망시점부터 바위를 묶었던 밧줄이 끊어져 시체가 방파제에 떠오르고, 과수원을 팔았던 돈이 사라진 정황 등 여러갈래로 사건을 좁혀가던 경찰과 수사팀에 마침 보이스피싱으로 어리숙한 시골 노인네 통장을 사기쳐 5천만원의 돈을 강탈했던 중국인 '편쉐린' 이 한국 땅을 막 벗어나기 직전 검거된다.

그는 경찰조사에서 "지금 당장이라도 풀어준다면 '좋은사건' 을 하나 제보하겠으며 그렇지 않다면 법대로 처벌하라"고 중국인 다운 배짱으로 '협상' 에 들어갔는데...

놀랍게도 편쇄린의 제보는 '살인사건' 이었다.

까짓거 보이스피싱 사건액수로는 그리 크지 않은 5천만원의 피해 금액이고 이걸 눈감아준다면 살인사건을 해결 할수 있는데 아무리 법에 의해 움직이는 경찰이라고 하지만 그들은 어떤 일에, 어떠한 사건에 신명을 바쳐야 하는지를 너무나 잘 알고 있는 사람들이었다.

꼭 이럴때를, 만약의 위급상황을 예감하고 예상하며 대비해 평소 협박을 일삼던 조완철로부터 몇 가지 신변잡기를 메모 한 다음 수표를 현금으로 바꿔주었으며, 그 자가 '김칠한' 임을 털어버린 편쇄린은 팬티에 오줌을 지리며 하마터면 큰일날뻔 했던 경찰서를 쏜살같이 빠져 나온 뒤, 뒤도 돌아보지 않은 채 인천공항으로 발걸음을 옮겨 비행기에 몸을 실었다.

이미 조완철은 "이민을 가고 싶다" 던 평소의 바람대로 노영대와 오세욱 보다 많은 2억4천의 돈을 챙겨 남미 어디에 붙어 있다던 볼리비아로 떠난 후였다.

여기에서 경찰이 꼭 확보해야 했던 증인은 편쇄린이었다. 그러나 도준규의 살인사건에서 결정적인 소스를 준 편쇄린에 대해 그 다음까지 생각해 볼 경찰의 치밀한 대응과 과학적인 시스템과 양식(良識)과 동선은 여력은 없었다.

아니면 어리석은 그들만의 말 못할 음모가 개입했는지도...

만약 편쇄린을 다시는 찾을 수 없고 조완철이 사건이 묻히기를 기대하면서 밀림속으로라도 사라져 버린다면, 그리고 나머지 두 사람 노영대와 오세욱이 양심과 진실보다 무엇이, 어떠한 태도와 진술과 증언이 자신들에게 유리하면서 돈을 빼앗기지 않고 무사히 지킬 수 있는가를 고민한다면 한사람의 가엾은 죄 없는 인생은 그야말로 절망이고 치유불가의 나락(奈落)으로 벼랑끝으로 떨어지는 것이었다.

그 만들어져서는 안되는 가정이, 억측이 착한 사마리아인을 욕보이게 한 소설과 시나리오가 액션이, 바로 칠한이 가슴을 졸이면서 감명 깊게 스크린속으로 빨려 들어갔던 '쇼생크탈출'의 억울했던 은행원이, 주인공이, 누명을 뒤집어 쓴 가혹하기만 한 시련과 절망의 사건전개가, 그만 그에게 스무살 청년 김칠한에게 도래한 것이었다.

도준규를 살해하고 그의 돈을 절취하였다는 죄명으로 꼼짝없이 법정에 서게 된 김칠한은 "공소사실을 인정하고 법의 처벌을 받아야 한다"는 오직 판에 박힌 언변만을 되풀이하고 있었던 재판장에게 마침내 몸을 던지고 말았다.

그때의 '법정난동사건'을 당시 언론은 다음과 같이 보도 한다.

"살인혐의로 심리를 받고 있는 김ㅇㅇ씨가 재판결과에 불복해 판사에게 달려 들었으며 법원 정리(廷吏)와 교도관에게 곧 제압당했으나 법정은 아수라장으로 변해 이날 예정됐던 모든 재판이 연기 또는 취소되었으며, 주심판사인 권상팔재판장은 충격을 받아 법원에 입원하였고... 법정검사가 어디선가 날아온 깨진 플라스틱 파편에 손등을 맞아 가벼운 찰과상을 입었다."

는 대략의 기사를 전한다.

더불어 '난동사건의 주범 김ㅇㅇ씨'라는 표현은 실제 법정을 볼

수 없었던 취재기자들의 조금은 앞서간 부풀린 과장이었으며, 노영대와 오세욱은 여느 심리때와 마찬가지로 사실과 진실을 털어놓지 못하는 기회주의적 '침묵모드'로 일관하여 착한 청년 김칠한을 결과적으로 불 같이 일어서게 만들었다.

그들과 같이 저녁을 먹고 볼링을 한 채 주점에 같이 갔다가 먼저 빠져 나왔음을 누누이 설명하고 애원을 했지만 도준규의 돈을 절취하기 위해 그를 죽여 돌에 묶어서 바다에 빠뜨린 범인은, 편쇄린에게 수표를 건네주고 이를 바꾸게 한 당사자가 '칠한'이라는 경찰과 검찰과 법원의 똑 같은 "시인하라!"는 자백과 요구에 청년은 가위에 눌린 것마냥 극심한 절망과 공포를 느끼고 만다.

"돈이 오간적도 없으니 계좌를 들쑤시든 집안을 샅샅이 뒤져서라도 그렇다면 도준규로 부터 뺐었다는 돈을 내놔 보라"고 주먹으로 책상을 수십차례나 가격했으나 "니 놈이 어디 감춰놓고 딴소릴 한다"는 기가막힌 답변만이 그럴듯한 입맞춤 '변'만이 돌아올 뿐이었다.

정말 인간같지도 않는 노영대와 오세욱은 결과적으로 돈 때문에 돈의 위력 때문에 오로지 돈의 '이유'만으로 한때 함께 어울리던 친구를 죽였는데 이제와서 그걸 사실대로 밝혀 버리면 그 돈의 압수는 물론 선고에 지대한 영향이 미칠 것이 뻔하기 때문에 '모르쇠'로만 일관했다. 결국 다시 편쇄린을 찾아내지 못하는 현실에서 그에게 심부름 값을 주고 수표를 건넸던 진짜 '김칠한'의 이름을 가지고 있었던 죄 없는 젊은이가 청년이 '범인'으로 몰리는 궁극의 어이없는 결과와 사태가 벌어지고 만 것이었다.

칠한이 형설교도소로 넘어와 1년이 지났을 무렵 어머니가 사망한다. 그는 그 소식을 듣고 두달 여 동안 밥을 목으로 넘길 수 가 없었다. 갇혀있는 죄수! 사람을 죽였다는 수인이 어떤 방법으로 방식으로 분명 눈을 감지 못 한채 하늘나라로 가고 말았을 어머니를 소리쳐 부르짖고 찾을 수 있단 말인가?

김칠한은 오열했고 통곡했으며 참혹한 곡성(哭聲)으로 갇혀 있는, 죄없이 죄를 뒤집어 쓰고, 덮어 쓰게 된 참담하였던 이 기막힌 현실을 증오하며 저주한다.

20년 징역형을 선고받았던 노영대와 오세욱과는 달리 "사법부의 존엄을 능멸했다" 는 '법정난동사태' 의 책임까지 덧 씌워져 무기징역을 선고 받은 채 수번 864번을 이름표에 붙인 김칠한은 미친듯이 책을 읽었고 공부를 했으며, 고졸검정고시 합격과 졸업에 이어 학사고시 '경영학과' 와 국문학과 '전국수석' 이라는 최고의 타이틀을 마침내 거머쥐게 된다.

'쇼생크탈출' 의 역사가 스크린만이 아닌, 어쩌면 '척사대회' 의 우승으로 만들어 질수도 있다는 확신과 기도로 9년을 견뎌온 김칠한 앞에 운명의 여신은, 하늘나라에서 칠한을 내려다 보고 있는 어머니의 형상은, 그를 알고 있는 수형자와 사회인들은 다시한번 인간승리와 기적이 일어나길 발현되길, 간절히 바라면서 소망하고 있었다.

* * *

3위탁 97명의 공장인원은 하나같이 정용진의 선창아래
『우승! 1인특별 가석방자 김칠한!』

이라고 크게 적은 플래카드를 어느틈엔가 꺼내 흔들기 시작했으며,

『우승은 당연히 태오 성님!! 우리 아우들과 식구들은 성님의 1인 특별가석방을 믿어 의심치 않습니다』

라는, 쐐기를 박으려는, 구호를 즉석에서 매직으로 제작해 역시 그들 아우들끼리 말아 올리기 시작했다.

이 날을 얼마나 기대했던가!

아니 이 순간이 올지 불어 닥칠지, 그 기회가, 결승의 정상등정이 정복이 과연 오기나 할지 꿈엔 들 상상이나 하고 소설이나 시나리오라도 생각한 적이 있었던가! 20년 징역에 운 좋아야 1~2년 가석방이었고 무기수가 출소하기 위해선 감형과 함께 족히 20수년을 복역해야만 가출소의 대상 명단에 그나마 이름을 올릴 수 있었다.

주먹으로 전국을 제패하였던 복태오는 생전 아우들이 보지 못한 '형님'의 인간적인 모습과 참회와 성찰과 자성의 모습과 현장을 멀티비전으로 생생하게 추종자들에게 보여주고 있었다.

보스 복태오가 무릎을 꿇고서 기도를 올리는 장면은 경건하였고 수도승처럼 오랫동안 화면속에서 지워지지 않았다. 오직 땀과 노력으로 밤잠을 설친 채 가공할 한과 독기만으로 '학사고시'의 전국제패를 달성하고야 말았던 864번 김칠한 역시 쉬지않고 기도를, 기원을, 이제 남은 단 한판 장애물을 극복하기 위한 승부의 '승리'를 쉼 없이 주절거린다.

무엇을 생각하고 그 어떤 후회와 미련으로 지난날을, 과거를 돌아볼 것인가!

그럴 필요가 없었다.

김칠한과 복태오! — 복태오와 김칠한! —

두사람은 상대를 쓰러뜨리고 보란 듯이 빠삐용이 찾았던 자유를 향해 항해를 위해, 옥문을, 형설교도소를 걸어 나가면 그걸로 끝이었다. 빌어 먹든 굶어 죽든 그 다음을 걱정할 하등의 이유가 없었다.

카메라앵글이 마종기소장과 김칠한과 복태오의 구도를 연속으로 렌즈에 담을 때 다시 1인특별가석방자 선발을 위한 최종 척사대회 '결승전'의 막이 브라스밴드의 웅장한 관악기연주와 함께 굉음의 팡파레가 축포가 강당을 또 한번 쿵쾅쿵쾅 요동치듯 메아리 친다.

결승전의 심판은 '보안과장'이었으며 가위 바위 보를 먼저 해서 바위로 가위를 물리쳤던 복태오가 선착으로 '말'을 공중으로 날려 올렸다.

'걸'

이번엔 김칠한이었다.

'도'

다시 복태오가 윷을 던졌고 역시 '걸'이 떨어진다. 잠시 고민하던 복태오는 '퐁당'으로 말을 빼지 않은 채 두 개로 말을 겹쳤다. 칠한의 차례. 이번에는 '개'가 나와서 복태오의 '걸'에 있는 두동을 잡았으나 다시 던진 윷에서 '모'가 나온다. 일단 '사리'니까 한번 더 윷을 던졌지만 이번엔 '개'였다. '모'가 '+1' 임신에 가니 말을 하나 더 올리고 그게 '개'로 연결되어 '임신×2', 여덟 개의 말에서 4동을 대체로 안전한 곳에 절반을 올려 놓은 김칠한은 두 주먹에 힘을 가하며 환호성을 지른다.

잠시 굳어졌던 복태오가 윷을 던지자 '모'가 나오는데 '사리' 기

때문에 또 던진 윷에서 연속 모가 4번이나 '세탁'에서 특별히 제작한 담요위에 떨어지고, 이어 '걸'이 나온다.

'네모'에다 '걸'이라 ~

복태오의 머리가 복잡해졌다.

4동이나 엎어서 유리한 고지를 점하고 있는 칠한의 말을 잡아야 했지만 당연하게 규칙으로 '사리'를 먼저 사용해야 한다는 척사대회의 룰 때문에 어쩔 수 없이 3개의 말을 '모'에 올린 후 '걸'로 와서 나머지 '한모'로 3동을 먼저 나 버렸다. 물론 '사리'를 먼저 사용해야 하는 순서지만 윷놀이의 특성상 꺾어지는 부분, 즉 꺾기에서는 '모'에서 '걸'로 와 나머지 '한 모'의 말을 임의대로 끝내 버릴수 가 있었다.

다소 여유를 되찾은 복태오의 미소가 강당에 흐르면서 칠한이 다시 말을 높이 던졌는데 이번에는 '도'가 나오고 만다. 새로운 말을 '도'에 올릴 것인가 네동을 한칸 아래로 내릴 것인가 실익을 계산하던 칠한은 말을 올리지 않고 네동을 '도'로 한 칸을 내리며,

다시 태오의 차례. 그런데 이게 웬일인가?

'징역내공'이야 따라 올 자가 없다고 자부하던 전국구 최고의 주먹답게 '사리'가 또 쏟아진다. 이번엔 '윷'과 '모''개'였다. 복태오는 주저없이 '윷'에서 '모'로 말을 옮겨 '임신'으로 두동을 만들었고 '개'를 사용해서 순식간에 4동의 말을 칠한 바로 뒤에 포진시킨다. 이미 3동이나 먼저 빼냈던 그가 아닌가!

강당안은 팽팽한 줄다리기가, 힘의 균형이 시소게임이 연출되고 있었다. 누구라도 이제는 긴장감 때문에 함부로 승운을 먼저 선점했다

고 볼 수 없는 그야말로 하늘이 선택할 때나 찜해줄 때나 여유를 부릴 수 있는 긴박한 순간이 절박한 시차가, 져서는 안되는 마지막 행운의 찬스가 결승에서 맞붙고 있는 두 선수 모두에게 똑 같이 '수'의 접전으로 찾아온 것이었다.

칠한은 눈을 감고 윷을 높이 던져 올렸다.

문득 그가 온몸의 에너지와 정신의 기를 모아 한의 옥살이를 찰나처럼 생각했을 때는 어디로 도망갔다던 조완철이 나타난 듯 했고 두 손을 꼭 쥔채 기도를 하고 있는 어머니의 환영(幻影)이, 그의 결백과 주장을 무조건 외면하면서 묵살하고 거부로 일관하던 경찰과 검찰과 법원의 숨막혔던 전경이 순간순간 오버랩 되었다가 구름처럼 흩어지면서 사라진다.

"빽도다!"

김칠한이 깜박 딴 세상에 갖다 온 것일까? 그는 자신이 뭘 던졌는지도 잊고 있는 사람처럼 멍하니 윷을 바라 보았다.

"김칠한... 빽도야 말을 써야지!"

안경을 매만지면서 두 눈을 윷판으로 고정시킨채 심판위원장의 자격으로 결승전 심사를 맡고 있는 보안과장이 실룩 미소를 내보이며 칠한의 다음 동작을 재촉했다. 복태오의 표정은 그야말로 완전히 얼어붙은 얼음장의 계곡으로 추락하는 크레바스의 절망이 다시한번 대형 화면속에 긴 여운처럼 캡처되면서 강당에 비치고 만다.

4동을 올렸던 복태오의 회심의 말이 그대로 김칠한에게 먹히면서 윷판의 규정상 김칠한은 달리 어떻게 해볼 수 도 없이 'x2' 원칙에 따라 8동 전부의 말을 다시 높이 쌓아야 했다.

그 순간 3천여 재소자들의 불을 뿜는 괴성과 환호성이 터졌고 이제 복태오의 운명이 어떻게 결정될지 마종기소장과 교도관, 재소자 모두가 더 더욱 크게 눈을 부릅 뜬채 화면에서 시선을 떼지 않으면서 손에 땀을, 긴장을 움켜 쥔다.

복태오가 던질 차례였다.

또 다시 '모'.

과연 내공의 지존답게 복태오는 연속해서 '두윷'과 '두모', '걸'을 담요위에 올려 놓았다. 그가 말을 어떻게 취하느냐에 따라 사용하느냐에 따라, 쓰는 방법에 따라 우승의 향방은 쉽게 가려질수가 있었다. 여덟동이 한꺼번에 붙어 있는데 이쯤에서 승부를 걸지 않으면 승산이 없다고 생각했던 것일까?

잠시 턱을 괴던 복태오가 먼저 '두 윷'을 올려 '+1=임신'으로 두동의 말을 만들었고 용감하게도 또 두동의 말을 '모'로 합쳐 '걸'에다 갖다 박는다.

칠한의 여덟동이 바로 위에 버티고 있었지만 '걸'이 나올 확률보다는 그걸 피하기만 하면 '개'를 던져 '자폭'으로 상대와 함께 자멸로 유도하고 말겠다는 최후의 카드를 꺼내들고 만 것이었다. 이러한 당당한 말 운용은 흔히 재소자들이 가볍게 뭐라도 내기를 하면서 상대를 우습게 여길 때 혹은 쫓아가기엔 때가 늦었다고 판단될 때 마지막 히든으로 사용하는 '말쓰기고전' 그대로 징역의 '필살기'였다.

그렇지만 전혀 개의치 않는 김칠한.

이미 그는 마음을 비운 듯 했다. 이어 칠한이 던진 윷에서 '개'가 나와 '-1' 때문에 한동을 덜어냈지만, 곧이어 던진 복태오가 그만 홍분을 해 낙(落)을 하고 마는 중차대한 실수를 저질렀고, 다시 칠한이 던진 윷에서 '모' 가 나오는가 싶더니 '사리' 때문에 한 번 더 던진 윷이 '빽도' 에서 그대로 정지하고 만다.

이럴수가?

현장중계를 실시간 접하면서 화면으로 한 장면도 빼놓지 않은 채 척사대회 결승전을 주시하고 있던 형설교도소 교도관들과 3천명의 재소자들은 경악한다.

복태오의 땀구멍은 이제 막을 수 도 없이 강도 높은 염분 진액이 철철 넘쳐 흐르고 있었다. 만약 '자폭' 을 하거나 '빽도' 의 특권 때문에 칸을 전부 돌지 않고도 바로 뺄 수 있는 '출발칸' 에 올려 진 마지막 한 동 남은 김칠한의 말을 잡지 못한다면 우승과 함께 자유의 행운은 녀석에게 돌아가고 만다.

절체절명의 순간이 드디어 복태오의 '윷' 에서 결정되는 것이었다.

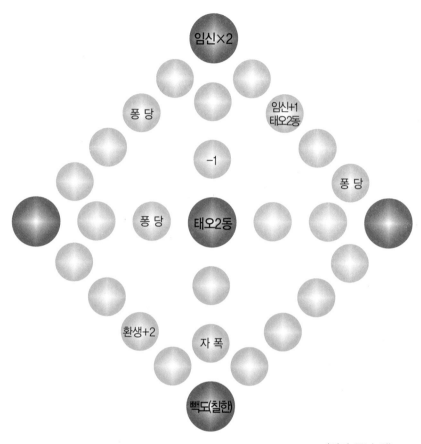

(이미 끝난 말)

◉ 김칠한 7동

◎ 복태오 3동

숨소리 하나 들리지 않는 척사대회장에서 복태오는 회심의 일격을 가했고 마지막 남은 에너지와 혼을 불어넣어 윷을 공중으로 던져 올렸으며, 그런데 바닥으로 떨어진 윷은 '도' 에서 마지막 주술이 걸린 것처럼 결정적 '패' 가, 일말의 희망이 순식간에 단 한번의 실수에 의해 헝클어지고 말았다.

복태오는 경악한다.

이 럴 수 가?

도·개·걸·윷·모 다섯 개의 행운의 변수 중에서 절대 나와서는 안 될 '도' 가,

어떡하든 피해가야 살 수 있었던 '도' 가 땅에 떨어진 것이었다. 이번에는 칠한의 우승예감이 굳어졌고 그가 원을 그리면서 던진 말은 '개' 에서 멈춰서며,

형설교도소 3천여 재소자가 경합을 벌였던 「제1회 척사대회 결승전」 은— 한 수형자를— 무기수를— '대표' 로 뽑은 채— 승부를 가린 채, 그렇게 결국 마무리가 된다.

우승!! 김칠한이었다.

김칠한, 수번 864 김칠한… …

이건 이건 정녕 꿈이었다.

진정 생시가 아니었다.

꽃보라 휘날리는 룸비니동산의 오색꽃종이가 쉴새없이 그의 머리 위로 떨어졌다.

마종기소장을 비롯 전 교도관이 김칠한에게 거수경례 후 박수를 끊지 않았고, 3천명 형설교도소 재소자들은 한 목소리로 "김칠한… 김

칠한"을 연호했다.

16강에 진출했던 수형자의 가족들은 면회장에서 떠나갈 듯 864번을 축하하였고 그 시각 형설교도소 척사대회를 시청하고 있던 케이블 TV 시청자들 역시 뜨거운 격려와 지지와 성원을 우승자에게 빠뜨리지 않는다.

이날, 이 순간을 위해 수인 864번 김칠한은 그렇게 달려 왔던가! 죄를 짓고 아니고를 떠나 강당은 감동의 물결로 뒤 덮였다. 누구보다 칠한의 우승과 석방을 기도했던 그의 학사고시 동료 정용진은 감격의 눈물을 회한의 격정을 그칠수가 없었으며, 애초 모범 수형자! 형설교도소를 빛낸 '전국수석'의 영광을 형설교도소로 가지고 온 김칠한에게— 1인가석방자로— 택해줄 것을 간절하게 소망했던 '교무과장'의 볼에도 복 받치는 감정이 감동이 그득하다.

생사를 넘나 든 사건에 연루되어 어리디 어린 스무살의 나이로 살인을 저질렀다는 누명을 뒤집어 쓴 채, 무기징역을 선고받았던 864번 김칠한의 내일과 미래는 다음 여정은 자유를 찾아 낭떠러지 절벽에서 바다위로 몸을 던진 한 수인의 전철과 도전과 삶의 희비와 성공과 좌절과는 어떻게 다를지, 어떤 모습으로 사회에 정착해 훗날을 살아갈지 그것은 누구도 알 수 없었다.

"여러분... 사랑하는 수용자 여러분!"

마종기소장은 자신도 감격에 목소리가 떨리고 있다는 사실을 애써 감추고 싶지 않았다.

"오늘 우린 척사대회의 우승자를 우리 손으로 만들어 이 자리에 세웠습니다. 그 수형자가 864번 김칠한이라는데 이 소장도 감격스러울 뿐입니다. 김칠한이가 누굽니까? 864번이 누굽니까?! 바로 여러분의 동료이며 학사고시로 전국수석을 쟁패하였던 자랑스러운 우리 형설교도소의 모범수형자요 기대를 한 몸에 받고 있던 기결수의 희망! 바로 그 주인공입니다. 본 소장은 그가 어떻게 구속이 되었고 현재 이곳에 있는지를 알고 싶지 않습니다. 말하고 싶지도 않습니다. 다만 누구보다 각고의 노력을 기울여 보통의 집념이라면 엄두조차 낼수 없었던 도전과 불굴의 의지 끝에 인간승리의 기적을 이룬 864번 김칠한 수용자에게 신의 가호가 함께 하길 소망하면서 그를 김칠한을 이시간 장관님의 분부대로, 지침대로 형설교도소 1인 특별가석방자로 공식 발표합니다."

빰~ 빠빰~ 빰 빠 라 빰~ ~ 빠 라 빠 빰~ ~ ~

칠한은 정신을 차릴수가 없었다.
도대체 무슨 일이 벌어진 겐가?
조금 전 까지만 해도 복태오와 겨뤘던 척사대회 결승전을 그는 그만 까맣게 잊고 있었다. 얼이 빠져 버린, 혼과 넋이 그 어떤 강력한 충격과 쇼크로 인해 그의 몸에서 분리되어 나간 것 같은 유체이탈의 몽롱한 기분이 엄습하는데... 직원들이 우승자에게 선물하기 위해 십시일반으로 모금했던 하얀봉투가 부소장의 손을 거쳐 칠한에게 전달되었고, 올림픽 메달과 견주어도 하등 뒤떨어질리 없는 금빛메달이 그의 목에 걸렸으며, 엄청나게 큰 우승트로피가 마종기소장에 의해 마지막으로 칠한에게 넘겨진다.

빰~ 빠빰~ 빰 빠 라 빰~ ~ 빠 라 빠 빰~ ~ ~

한없이 한없이 눈물이 쏟아지고 있었다. 한없이 한없이 칠한은 그저 울고 있었다. 폭포수 같은 이슬을...

세상이 무너져도 지구가 대폭발로 사라져도 도저히 생성될 수 없었던, 만들어 질 수 없었던 석방과 출소의 대 로망무비 프로젝트가 행운이 신의 계시가 마침표가, 척사대회로 현실이 되고 말았다.

"어머니, 어머니... 이 모습이 보이시나요... 어머니의 아들 당신의 아들 칠한이가 이제 자유의 몸이 되려하고 있습니다. 도저히 형언 못할 9년의 시간과 아픔을 묻어 버린 채 어머니께 달려 갈 것이예요... 가난 때문에 내 아들 공부 못시켰다며 늘 자책하셨지만 걱정마셔요 어머니... 이곳에서 이빨을 질끙 씹으면서 공부를 하였고 대학까지 마쳤답니다 어머니, 어머니... 어머니 당신의 아들이 자랑스럽지 않나요... 어머니..."

칠한의 얼굴은 오열로 흠뻑 젖었다. 눈물로 흠뻑 젖었다. 그것은 실로 감동이었다.

누가 그에게 돌을 던질 수 있단 말인가!

그 많은 인간승리자들! 시련과 좌절을 극복하면서 성공의 에필로그와 인생 2막과 3막 4막을 열어간 영웅과 위인과 신화는 즐비하였지만 캄캄한 고도에 갇혀 사방이 회색 담벼락의 가위눌림속에서 이를 이겨내고 극복한 철인의 현재를 그대로 생생하게 보여주고 있었던 극본의 주인공은 당연히 김칠한이었다.

언젠가는 전모가 밝혀 질 수도 있을, 진범이 검거될 수도 있을, 아니 밝혀지고 검거돼야만 하는 '살인사건'의 폭풍과 해일에 연루되어 억울하게 무기징역을 선고받았으나 그 갇힌 세월을, 처연한 시간을, 질곡과 낙담을 절망으로 좌절로만 그는 흘려버리지 않았다. 더욱 인내하고 지난날을 돌이켜 성찰하면서 희망의 끈을 놓지 않아 마침내 성취의 학사고시를 무난하게 패스하면서 이제 1인특별가석방자의 웅장한 대관식속에서 우승자에게 주어진 행운과 기쁨으로 월계관을 쓴 채 당당하게 형설교도소의 정문을 빠져 나갈 것이었다.

복태오는 그만 정신줄을 놓고 있는 칠한에게 다가와 그의 두 팔을 위로 번쩍 치켜 올려 세운다. 찰나의 순간에 만들어진 운명의 주사위로 인해 바로 그 운명이 헛돌게 되었지만 그래도 복태오는 누가 뭐래도 최고의 주먹이요 건달이었으며 남자였다. 깨끗이 승복한채 칠한의 가석방을 진정으로 축하하였다.

"칠한아... 잘 살어... 열씸이... 징역에서 최고가 됐듯이 사회에 나가 불더라도 최고가 되길 내 진심으로 빌란다... 넌 충분히 자격이 있제... 아우에게 말을 혀서 니 직장도 내가 신경 쓸 것이여"

복태오의 눈시울 또한 붉게 충혈되었다.

"태오형님... 그동안 고마웠습니다... 남들은 형님을 조폭 두목이라고 수군거렸지만 전 형님이야 말로 순수한 협객의 피가 흐른다고 생각했습니다... 늘 건강하시길 빌께요!"

"고... 고맙다 칠한아"

복태오는 그와 일합을 겨뤘던 척사대회 우승자 칠한을 긴 팔로 꼬옥 끌어 안는다.

어디서부터 인지, 누구에게서 인지... 분명 어딘가에서 시작됐을 홀

쩍임이 급속하게 퍼지는가 싶더니 3천 명 전 재소자가 동시에 그만 코흘리개들 처럼 훌쩍훌쩍 거리기 시작했다. 방송카메라는 이 장면을 놓치지 않았고 강당에 모여 있는 교도관들과 함께 엉킨 채 감격적인 순간을 만들어가고 있었던 제1회 형설교도소장배 척사대회는 기자들의 민첩한 동작과 숙련된 취재 송고로 인해 내일이면 큰 제목을 달고 신문의 헤드라인을 장식 할 것이었다.

오늘의 이 순간은 단지 누구 하나를 출소시킨다는 목적에만 국한하거나 부합되지 않는, 비록 교도소라는 절망의 공간이지만 이곳에서도 엄연하게 분명히 사람이 살고 있었고 인간의 냄새와 축복과 격려와 나눔의 정이, 함께 시련을 겪고 있다는 동류의식이 동료수형자들의 동병상련이 틀림없이 상존하면서 존재하였기에 다같이 모여 축제처럼 즐기고 파티를 열어 간다는 기분에는 어느 이도 방해를 하거나 비판을 가하거나 이의제기를 할 수가 없었다. 다만 아쉽기도 하고 기쁘기도 하였지만 좀 더 자주 행운의 '공문' 이 도래하길 소망하며 형설교도소 전 가족들은 식구들은 3천 명 재소자들은 교도관들은 다시한번 엉키고 설키며 '파이팅!' 을 합창한다.

파이팅!

파이팅!!

에라 니기미 파이팅!!!

4. 조정아기자

여성월간지 〈환타지아〉 취재부 팀장인 조정아기자는 원고 마감 시한을 5일여 앞두고 회사로 출근하자 말자 긴급 호출되어 편집장에게 불려갔다.

"조기자... 어제 뉴스봤어?"

"못 봤는데요."

"못보다니... 우리 기자들한테 뉴스만큼 생생한 취재거리가 어딨어... 무기수가 척사대횐가 뭔가로 출소했는데... '꺼리'로는 감이 좋아, 조기자가 급히 취재를 다녀와야 겠어"

"팀원 중 누구를 보내시는 게..."

"안돼! 장난하는 거야... 시간도 없고... 그래도 한 미모하는 조기자가 출동해야만 손사래 치던 사람들도 마음의 문을 연다구... 게다가 교도소측과 석방된 무기수를 취재하려면 노련한 조기자가 딱이야..."

예전에도 취재를 했었지... 당장 다녀오도록 해”

“...알겠습니다.”

성질급한 편집장의 닦달때문에 책상위에 놓여진 조간신문과 겨우 인터넷을 뒤져 ‘김칠한’ 의 동정(動靜)을 대략 살펴 보았던 조정아기자는 “아무리 기자라도 출소한 재소자의 거처나 연락처를 확인해 줄 수는 없다” 는 형설교도소 측 답변에 “그렇다면 직접 교도소로 찾아 가겠다” 는 취재요청을 법무부를 통해 다시 공식적으로 교도소측에 전달하였고 회사와는 1시간 20분 거리에 있었던 경기도 북부지역에 위치하고 있는 형설교도소로 차를 유턴한다.

편집장의 지시를 처음 들었을 때 만 해도 교도소와 무기수라는 용어에 심한 거부감을 감출 수 없었던 조기자가 어제 저녁 척사대회 우승인가 뭔가로 형설교도소 옥문을 빠져나오는 김칠한의 사진이 실려 있는 기사를 읽어 보고서야 그가 확실히 보통의 수형자와는 뭔가가 다르다는 예감을 굳히게 된다.

이미 기사로 실을 원고를 충분히 넉넉하게 넘겼음에도 여성잡지의 특성상 속성상, 다음 달로 중요한 스케치를 묻었다는 상대 경쟁지들과의 싸움에서 버텨낼수가 없었다. ‘때를 놓치면 큰일’ 이라는 모토가 〈환타지아〉 뿐만 아니라 모든 인쇄간행물과 정보를 필요로 하는 매스미디어의 공통된 철칙이었고 직업의식이었다.

몇 년전 어느 여죄수를 취재하기 위해 조기자는 청주여자교도소를 방문한 적이 있었다. 보험금을 노리고 남편을 청부살해 한채 정부(情夫)와 밀월여행을 떠났다가 그 남자마저도 독살시켰던, 언론의 가십란에서도 쉽게 보기 힘들었던 무서운 여자였다. 그녀가 남편에 이어

독살로 죽인 정부의 애를 순산했다는 게 취재의 주요 포인트였는데...
출소를 하면서 기자들의 인터뷰 성화에도 일체의 코멘트없이 교도소
측에서 미리 준비한 차로 형설교도소를 떠났다는 김칠한을 만날 수
있을지도 의문이었으나, 그것은 또 "부딪치면 열린다" 는 악바리기자
들의 집념과 근성이라면 오히려 쉽게 취재대상을 구할 수 있는 행운
의 기회가 조건이 찾아 올지도 몰랐다.

더구나 지금 형설교도소 소장으로 버티고 있는 이사관 마종기는 조
기자가 청주여자교도소를 취재했을 당시 많은 편리를 봐주었던 보안
과장이 아니었던가!

한번 인연을 맺고 인사를 나누기가 어려워서 그렇지 돌고 도는 공
직사회란, 시간에 의해 수레바퀴 같은 윤회(輪廻)의 법칙에 의해 우주
의 궤도처럼 틀림없이 자전하고 공전(公轉)했다. 교도소 앞에다 차를
정차시킨 조정아는 곧 바로 마종기소장이 집무실로 사용하고 있는 별
관 소장실로 직행한다.

"안녕하세요 소장님!"

"아니 이게 누군가요... 조기자가 아닌가?"

마종기소장이 서류철을 뒤적이다 말고 마치 오래전부터 알고 지냈
던 지인처럼 반갑게 그녀를 맞이 한다.

"과장님으로 뵌지가 엊그제 같은데 언제 이렇게 최고의 자리에 오
르셨나요 소장님!"

"하하하... 다 조기자같은 인덕 덕분이지... 조기자야 말로 직장에서
승승장구할 능력자가 아닌가... 우선 누구도 따라올 수 없을 패션감각
에다 늘씬한 키, 똑소리 나는 글 실력까지... 그런데 아직도 미혼인가

요 조기자!"

조정아는 대답대신 가벼운 목례와 미소로 마종기소장의 물음을 대신했다.

"사실 오늘 출근하자 말자 혼난 채 이곳으로 달려오게 되었죠!"

"왜?"

"대단한 재소자가 어제 출소한 사실을 저는 몰랐어요... 모임에 참석했다가 늦게 집에 들어갔는데... 그래서 부랴부랴..."

"오호... 그래서 그 바쁜 조기자가 우리 소로 행차를 하셨구만 그래... 일단 자리에 앉아요... 내가 차를 내오지"

"고맙습니다."

마종기소장이 커피를 젓는 동안 조정아는 얼른 노트북을 펼쳤고 새로이 인터넷에 올라오고 있는 김칠한의 기사와 댓글들을 빠른 속도로 검색한다.

"자 일단 숨이라도 고르게 차를 한잔 들어요."

"늘 이렇게 친절하셔서..."

"아니야 친절은... 나를 찾아온 손님에게 당연히 예를 갖추는 게 순서가 아닌가... 그런데 우리같은 녹을 먹는 사람들이 가장 무서워하는 직업군이 바로 글 쓰는 사람들이야 기자들... 장관님이 내려오셔도 떨리지가 않는데 기자들이 떴다하면 왠지 몸이 움츠러 들거든... 아마도 공직자의 팔잔가 보지 뭐... 게다가 조기자 같은 미인이 불쑥 들이 닥쳤는데 내 안 떨수 있겠는가 하하하"

"소장님두..."

마소장은 껄껄 웃었다.

"예전 임성혜 재소자는 어떻게 되었나요... 아기가..."

"아, 임성혜씨... 핏덩이를 한동안 키우다가 결국 외국으로 입양을 보냈어"

"그랬군요."

"그때 조기자가 쓴 글로 인해 임성혜가 동정을 받기도 했지만 아기의 아빠가 정부였던 것이 문제였고... 아무리 천사같은 핏덩이지만 누가 정부와 놀아나다 남편을 죽인 여자에게 관심이라도 가져 주겠어... 결국 그 남자마저 저세상으로 보내버렸던 임성혜의 의도를 내가 짐작할 수는 없지만... 아직도 청주에서 꿋꿋이 생활하고 있다네... 언제 한번 후속기사라도 쓸 겸 해서 직접 찾아 가 보지"

"네... 그렇게 하도록 노력해 볼게요."

유복한 가정에서 태어나 엘리트 교육까지 마쳤던, 단아하게만 비쳤던 여인이 보험금 때문에 남편을 죽이고 또 그녀와 정을 통하고 있던 남자마저 살해 한 채 그의 아기를 잉태했다는 사실 자체가 용서를 하거나 용납할 수 없었던 패륜적 범죄였지만 임성혜는 담담하게 자신을 찾아온 환타지아 조정아기자에게 심경을 털어 놓았으며, 아기만은 어떡하든 혼자의 힘으로라도 키우고 싶다던 속내를 감추지 않았는데 교도소에 갇힌 수인의 아기가 무기수인 그녀와 함께 커 나갈 수는 없었다. 불륜의 씨앗이라는 단죄와 패륜적 마각의 산물이었다는 냉엄한 시선 때문에 누구도 아이를 돌 볼 수는 없었으며 결국 보육원을 거쳐 먼 이국나라로 입양되고 만 것이었다.

무기수로 청주여자교도소에 수감되어 있는 임성혜 재소자의 이야기에 마종기소장도 사실 마음이 편치가 않았다. 그녀의 출산과 핏덩이가 젖을 물고 아장아장 걸음을 옮기며 엄마와 재롱을 떨면서 함께 생활하던 지난날이 어제의 일이 바로 보안과장 마종기가 수번 5027 임성혜를 가까이에서 지켜보았던 실무책임자였기도 했고 산증인이었기에, 더구나 아이를 빼앗다시피 엄마와 분리시킨채, 그 아이가 결국 외국으로 입양되었던 부득이 한 조치 때문에라도 마종기의 후유증은 아픔은 오히려 오래 지속되었다.

'죄와 벌'의 평행(平行)과 함수관계에서 늘 고민하던 교정공무원 마종기였다.

"김칠한씨는 어떤 사람이었나요 소장님!"

조정아는 이쯤에서 화제를 김칠한으로 돌렸다.

"김칠한은 나무랄데가 없는 젊은이지... 조기자 나이가 올해..."

"스물 아홉입니다."

"그~래... 그렇다면 칠한이와 동갑이구만 그래... 조기잔 연애를 하는 남자친구라도 있는가?"

마소장의 '연애'라는 말에 그만 기자의 신분도 잊어 버린채 붉은 홍조가 조정아의 양쪽 뺨에 맺혔다.

"수줍어 하기는... 당찬 조기자가 연애를 해도 아주 잘할 것 같다는 생각이 들어... 김칠한의 사건은 내가 언급할 부분이 아니지만... 여하튼 교정기관에 몸담았던 이래 그렇게 명석한 지혜로운 수형자를 나는 일찍이 보지를 못했어. 칠한이가 구속되고 혼자 남아있던 모친이 결국 세상을 떠나고 말았는데... 그때부터 이를 악물고 공부를 했다고 하더군... 맺힌 한이 너무 많아서 일거야... 이 일을 하다보면 왜 구속되었는지도 모를, 억울한 사건에 연루되어 본인의 의지와는 상관없이 머리를 깎게 되는 수형자를 가끔 보게 되는데 김칠한이가 바로 그런 경우였어... 만약 조기자가 치열한 기자정신으로 필력의 힘으로 칠한이의 맺힌 한을, 쌓인 원(怨)을 풀어줄지 그건 아무도 모르는 일 아니겠어? 마침 형설교도소가 전국 최우수 교정기관으로 선정되어 한사람을 출소시키라는 본부의 지시가 떨어져서 척사대회를 개최하게 되었는데... 공정한 룰과 게임을 해서 '우승자'에게 석방을 시킨다는 공고를 내었고 3천명 우리 소 재소자가 모두 시합에 참여했지만 결국 김칠한이 최종승리를 하고 말았어... 그래서 어제 저녁 거 무슨 첩보 영화처럼 칠한이를 모처로 보내긴 했지만..."

조정아는 마소장의 눈을 똑 바로 응시했다.

"워낙 기자들이 달라 붙어서 말이야"

"모처라는 곳이?"

".....'

"소장님 답지 않게 왜 이러세요?"

더욱 친근한 눈빛으로 다시 마소장을 바라보는 그녀였다.

"누구에게도 칠한이의 거처를 알려주지 않으려고 했는데... 사회와 오랫동안 격리된 생활을 하다보면 직업적으로 아주 자연스럽게 가볍게 달려 드는 언론계 인사들이 상당히 부담스러워요... 일단 세상을 알 수 없는 그들이기에 표현 하나라도 다르게 보도되는 기사에 출소자들이 매우 당혹스러워 한다는 거지... 조기자!"

"네 소장님"

"만약 조기자를 내가 칠한이와 연결시켜 준다면 조기자는 내게 뭘 해줄텐가?"

"무슨 말씀인지..."

"칠한이를 만나게 해준다면 조기자는 어떤 선물을 줄 것인가 물었어"

"그게..."

"지금 칠한이에겐 아무 가족도 존재하지 않아, 너무 외로운 것은 자명한 일이고... 이시간 쯤이면 어머니 위패가 모셔져 있는 공원묘역에 가있지 않을까 생각되는데... 조기자가 친구가 돼 줄수 없을까?"

"....."

"여길 방문한 것이 기자의 신분으로 직업의식 때문에 찾아 온 것이라면, 내 주문은 그게 아닌 피붙이 하나 없는 칠한이에게 친구처럼 또는 연인처럼 조기자가 다가 설수 없을까 하는 바램같은 것이야... 어때 조기자, 내 말뜻 이해하겠어!"

조정아는 마소장의 갑작스런 주문에 순간 당황하였으나 이내 침착하게 기자의 본분으로 정신으로 본래의 모습으로 되돌아 온다. 취재와 인터뷰를 반복하다 보면 데이트 신청과 며느리 삼고 싶다는 평범한 이들의 우스갯 소리 같은 유머와 대면과 요구를 수없이 마주하지 않던가!

그러나 마소장의 인사치레 일 수 없는 간절한 눈빛은 조정아에게도 사실 의례적인 인사로 받고 그냥 웃어 넘 길 사안은 아닌 듯 보였다. 그것은 그 상대가, 대상이 오랜 시간동안 오랫동안 옥고를 치르다가 이제 갓 세상으로 튀어 나온, 부활되고 만 햇병아리였기에 더 더욱 평소의 조정아기자가 생각하지 못했던 느낌으로도 가질 수 없었던 알 수 없는 이상한 모성애적 감정이, 여성만의 미세할 수 있는 혼합된 기류들이 한꺼번에 그녀의 몸에서 그녀도 모르게 분출되었다.

또한 기사의 사진으로 보긴 했지만 김칠한의 얼굴은 생김새는 얼마나 그 만의 매력을 뿜어내고 있었던가! 마치 시간과 세월이 역류해서 스물아홉이라고는 믿기지 않는 동안(童顔)의 얼굴과 맑은 눈을 가진 때묻지 않은 영혼을 보여주고 있었다.

"칠한이의 친구가 돼 달랬더니 그만 조기자의 얼굴이 벌겋게 붉어지고 말았네... 역시 결혼을 하지 않은 아가씨들은 '남자친구' 라는 말만 들어도 제까닥 반응한다니까"

"아휴 소장님두... 왜 이리 짓궂으세요... 김칠한씨와 지금 당장 친구의 서약이라도 맺는 깍지라도 낄까요? 누구와 어느 사람과도 친구를 할 수 있는 게 또 기자의 운명이라고 저는 평소에 말해 왔어요. 그런데 친구의 글자 앞에 붙어야 하는 '남자' 라는 용어에는 글쎄요... 그건 누가 등을 떼민다고 되는 것이 아니며 멍석을 깔아준다고 쉽게 인연이 만들어지는 것도 물론 아니겠지요. 다만 친구사이라도 상대에게 호감이 가거나 마음의 문이 열릴 때 자연스럽게 남녀 간의 이성관과 만남이 이어지지 않을까요 소장님!"

"하하하 조기자가 딱 자르지 않고 말을 덧붙이는 걸 보니 싫지는 않은가 보군 그래..."

조정아는 커피잔을 다시 입으로 가져가다 그만 실수로 작은 양의 커피를 탁자위에 쬐끔 흘리고 말았다.

"괜찮아 괜찮아... 나중 여직원이 닦을 거야... 내가 교정공무원으로 발을 들인지가 올해로 30년이야 조기자! 그런데 김칠한이는 수형자였긴 하지만 말끔하게 죄수복을 벗고 우리가 마련해준 옷을 갈아 입은

채 나갈 때 모습은 영락없는 영화배우 같은 젠틀한 옷매무새였다구... 마치 군복무중 사고로 일찍 저세상으로 가고 말았던 내 아들놈 같다는 생각이 드는 건 또 뭔가. 이 미묘한 감정을 나도 실은 잘 몰라... 그래서라도 더욱 예쁜 조기자가, 칠한이를 취재하러온 조기자가 그이의 친구가 됐다면 좋겠다는 생각을 한 것이야. 오해는 말구... 사실 그 친구가 출소해도 갈 곳이 없는 걸 뻔히 아는 우리가 어찌 9년만에 석방되는 칠한이를 내버려 두겠나... 그래서 사업을 하는 내 오랜지기에게 부탁해 하룻밤을 묵게 했지만 칠한이도 편하진 않았겠지... 조금전 연락이 왔는데 양평에 있는 어머니 공원묘지에 다녀 온다고 했어... 지금 바로 가면 칠한이를 볼수 있을 거야... 혹시라도 다른 기자들한테 절대 알려서는 안돼! 비밀이라구..."

"잘 알겠습니다 소장님!"

여성잡지 〈환타지아〉 팀장이며 취재기자인 조정아는 마종기소장에게 고맙다는 인사를 수차례 던지면서 소장실을 빠져 나와 내비게이션의 전원을 켜고 승용차를 이번에는 양평공원 묘지쪽으로 강력한 드라이브를 걸면서 핸들을 다시 힘차게 좌로 꺾는다.

* * *

맑은 하늘이었다.

오곡백과가 무르익는 천고마비의 계절 가을바람을 타고 이름 모를 새들이, 곤충들이 저 멀리 저 멀리로 날아가고 있었다. 산야엔 짙푸른 녹음이 어느새 옷을 갈아 입은 듯 했고 키 큰 해바라기와 코스모스의 잎단장이, 은은한 국화의 향기가 수많은 영혼이 잠들어 있는 묘역에 살포시 내려 앉는다.

몇시간째 무릎을 꿇고 어머니의 위패와 영정사진을 매만지던 칠한은 그제서야 큰절을 세 번씩이나 엄숙하게 올린 후 뒷 걸음 질로 조용히 묘역을 빠져 나온다. 이미 공원묘역에 도착한지가 1시간이나 흘렀지만 조정아기자는 오늘의 취재대상인 김칠한에게 가까이 다가 갈수가 없었다.

그것은 너무나도 숙연한 조의(弔意)와 예배와 묵념의 시간을 깨뜨려서는 '해서는 안 될' 지켜야 할 예의와 행동으로 그녀는 자각했기 때문이었다. 더불어 그녀가 이곳에 온 목적과 김칠한이라는 주인공을 취재하러 찾게 되었다는 직업의식이 왠지 경건해야 할 묘역에서는 그간의 수형생활을 충분히 감안하더라도 적절하거나 합리적이지 않을 것 같다는 생각이 들었다.

마종기소장의 말처럼 오히려 친구처럼 자연스럽게 상대에 젖어들, 동화되는 인간적 접근과 조우와 연결이 정직함이 결론적으로 기사를 작성하는데도 도움이 되고 효율적이지 않을까? 그렇게 생각하자 조정아의 마음이 오히려 편해졌다.

"김 칠 한 씨!"

" ..... "

"칠한씨"

"누 구 시 죠?"

"조정아라고 해요."

" ..... "

152

"기도하는 모습을 쭉 지켜 봤어요... 누가 모셔져 있 길래..."

"어머니입니다."

"조금 당황스러우시더라도 양해해 주세요... 어제 뉴스를 봤답니다."

"아 네..."

조정아는 꼭 그렇게 말해야만 할 것 같아서 뉴스를 둘러댔다.

"다른 건 잘 몰라서 머리에 넣지 않았지만 김칠한씨 얼굴과 이름만 기억해 뒀는데 이렇게 만나 뵐 수 있어서 너무 기뻐요. 나이도 저랑 같던데... 우리 친구할래요."

9년을 교도소에 갇혔다가 어머니 묘역을 찾은 첫 외출에서 그를 누가 알아보고 있다는 사실도 놀라 울 뿐이었지만 "친구를 하자" 는 낱말을 스스럼없이 아무 거리낌 없이 칠한에게 던져주고 있는 상대는 눈이 부실만큼 매력적인 아름다운 비너스요 여신이 아닌가! 칠한은 또 한번 꿈을 꾸고 있는 듯 했다.

"에휴 뭐 해요... 제가 먼저 친구하자고 했는데..."

"조... 좋습니다."

이번에는 칠한이 생각하고 말고도 없이 "좋다"고 대답해야 만 할 것 같아서 엉겁결에 그렇게 반응을 하고 만다.

"마침 제가 아직 점심을 먹지 않아서 배가 고픈데... 칠한씨도 그렇죠?"

"그... 그렇습니다."

"잘됐다... 우리 밥 먹으러 가요. 내가 닭갈비 맛있게 하는 곳을 알 거든요.... 오늘은 제가 쏠 테니까 다음엔 칠한씨가 밥 사셔야 해요."

조기자는 미리 준비해둔 언어처럼 정말 칠한이 정신을 차릴 수 없을 만큼 빨리 말을 내뱉었고 결정 또한 그녀 혼자 틈을 주지 않고 일방적으로 내려 버리고 만다.

　"이야 날씨 참 좋다... 주차장까지 같이 걸어요... 나 칠한씨 손잡고 싶어"

　그러면서 조기자는 손이 아니라 아예 칠한의 오른팔 사이에 그녀의 왼팔을 쿡 끼어 넣고 만다.

　"아유 칠한씨 품이 참 따듯하고 느낌도 좋네... 혹시라도 칠한씨 만날때마다 절 포근하게 만져주면서 안아 달라고 할거 예요... 너무 좋다."

　팔을 뺄 수도 없었고 싫다면서 뿌리 칠 수도 없었다. 칠한의 겨드랑이에는 땀샘이 터진 듯 했고 송골송골 맺히기 시작한 이슬방울이 벌써부터 코밑으로 한두 방울 씩 떨어진다. 그럴 수밖에 없는 게 스무살의 나이로 구속돼 어제저녁 교도소를 벗어난 그였다. 사춘기랄 것도 없이 칠한의 10대 시절은 한 푼이라도 더 돈을 벌어야 했던 가난이 가져온 벗어날 수 없었던 노동이 이어졌고, 쉴 틈도 없이 몸을 가누지 못하는 병환중의 어머니를 언제나 곁에서 돌봐야 만 했다. 여자친구와 데이트는 물론 "손을 잡았니", "키스를 했니" 는 배부르고 등따신 여유있는 아이들의 방정식이었고 라이프였을뿐 김칠한의 것은, 그의 10대의 시간은 절대 되지 못했다.

　그러한 소년이 강산이 변한 날짜동안 딴 세상에 갔다가 되돌아온 사회는, 돌려진 과거와 현실은 여전히 적응을 하기도 어려운 아직 아무것도 알 수 없는 초보자일 뿐 인데, 조금 전 까지 만 해도 통곡의 미로를 건너가 망각의 강을 헤엄치고 묵념을 한 채 슬픔을 삭이면서 뒤돌아 나오는 그를 결코 만 난 적도 본 적도, 꿈에서 조차도 향내를 냄새를 맡을 수 없었던 눈이 부신 아가씨가 친구처럼 정말 연인처럼 다가와 몸을 부딪치고 10대의 과거에서 그대로 회귀하게 만드는, 깨끗한 마음을 도리질 치게 해 대는 이 요술과 마술같은 현실을 그는 칠한은 아직도 쉽사리 미몽(迷夢)처럼 받아 들이지 못한다.

실제 나이만 29세일뿐 스무살의 모습 그대로 정지해 버렸던 과거가 지난날이 오늘의 칠한임에 틀림없었다.

"땀을 삘삘 흘리는 걸로 봐서 분명히 초짜인데... 칠한씨 애인 있어요 없어요."

"....."

조정아의 질문에 막힘없이 대답을 한다면 정상인의 연애와 생활패턴 일 것이었다. 그러나 그 말조차도 지금 칠한이 받아들이기에는 어렵고 버거운 부분이 있었다.

"에이 뭐예요... 알려 주지도 않고... 좋아요 칠한씨, 내 인심 좀 써서 칠한씨가 원한다면 애인이 돼 드릴수도 있는데... 제 말 어떻게 생각해요?"

"...제가 아름다운 정아씨 애인이 될수 있을까요? 부족한게 많아서..."

"후훗... 제 남자친구가 될 수 있는 자격과 조건은 일단 잘생겨야 하고... 키가 커야 하며 건강해야 한다는 것, 또 마음씨가 깨끗해야 하구 성실하며 정직할 것, 비록 지금은 세상을 두루 경험하고 있더라도 나중 포부가 커야 한다는 것, 돈을 잘 벌진 못해도 미래의 비전이 확고

하다면 전 대만족이예요... 이게 실은 제 요구조건이라기 보다는 엄마의 카탈스런 사위 면접기준이라서 킥킥킥..."

"정말요?"

그제서야 칠한의 표정이 환하게 밝아 졌다.

지금까지 살아오면서 여자라고는 어머니의 손 외에는 젖가슴 외에는 전혀 만져 본 적도 기대어 본 적도 없었던 그가 나무랄데 없이 훌륭한 빼어난 여성지 팀장인 〈환타지아〉 조정아기자의 명연기와 뭉클하게 목안을 적시면서 막힌 장벽을 걷어 내는 사랑스런 애교와 연출로 인해 한 인간을, 어제 세상으로 갓 나온 재소자를 구하면서 어루만져 주고 있었다.

그 얼마나 사람이 그리웠던, 정이 보고팠던, 사랑이 애달팠던 혹형(酷刑)의 수용자 김칠한이었던가!

"저의 애마예요... 귀엽죠."

주차장으로 함께 걸어 내려온 칠한앞에는 그녀만큼이나 깜찍해 보이는 빨간색 스포츠카가 주차되어 있었다. 조정아는 능숙한 운전솜씨로 드라이브라도 시켜줄 요량인지 빙빙 차를 외곽으로 돌리면서 알 수 없는 곳으로 곡예 운전을 한다. 묘역을 이미 많이 벗어난 도로변에는 벼들이 익어 황금들녘을 이루고 있었으며 차창을 조금 열자 아까와는 또 다른 맑은 공기가 신선한 산소가 칠한의 머리칼을 날리게 한다.

아

평화로운 전경! 자유와 자연이 조화를 이룬 가을동화의 눈부심은 차라리 한 폭의 그림이었으며 동양화(東洋畵)였다. 모든게 새롭고 처음일 수 밖에 없는 칠한이지만 당차고도 섹시한 '여자친구'가 운전대를 잡고 있는 승용차를 타 본 것도 그는 처음이었다.

　음악이 흘러 나왔는데 그 리듬과 멜로디는 실로 잔잔한 칠한의 심
장을 방망이질 치게 한다.

El Condor Pasa

I'd rather be a sparrow than a snail

Yds I would, if I could, I surely would

I'd rather be a hammer than a nail

Yes I would, if I on-ly could, I surely would

Away, I'd rather sail away Like a swan that's here and gone

A man gets tied up to the ground

He gives the world its saddest sound

Its saddest sound

I'd rather be a forest than a street

Yes I would, if I could, I surely would

I'd rather feel the earth beneath my feet

Yes I would, if I on-ly could, I surely would

달팽이가 되기보다는 참새가 되어야지

그래 할 수만 있다면 그게 좋겠지

못이 되기보다는 망치가 되어야지

그래 할 수만 있다면 그게 좋겠지

날아가 버린 백조처럼

나도 멀리 떠나가고 싶어라

인간은 땅에 얽매여

세상에서 가장 슬픈 소리를 낸다네

가장 슬픈 소리를

길보다는 숲이 되어야지

그래 할 수만 있다면 그게 좋겠지

세상을 발밑에 두어야지

그래 할 수만 있다면 그게 좋겠지

"어머 우리 칠한씨 눈을 감은 채 명상에 잠겨 있는 것 좀 봐!"

조기자는 옆자리에서 폴사이먼과 아트가펑클의 조화가 만들어낸 안데스 산맥에서 발원하는 인디오들의 애환과 고전을 심오하게 음미하면서 몰입하고 있는 칠한이 여간 신기스럽지가 않았다. 영롱한 가락만큼이나 신비스런 행동양식을 있는 그대로 보여주고 있는 김칠한이었다.

"칠한씨... 어차피 우리 오늘 화끈하게 만났는데 이따가 맥주도 한잔하면서 같이 노래방 가요... 칠한씨 노래 부르는 모습도 보고 싶구... 제가 한 템포 하거든요."

"괜찮을까요?"

"괜찮다 마다요. 칠한씨가 원한다면 뭐든지 할수 있지만... 그렇지만...그렇지만..."

말을 해놓고 보니 조기자도 이상하다는 느낌이 들었는지 '그렇지만'에서 멈췄고, 나중 다시 날을 잡자며 칠한이 정중하게 '노래방데이트' 신청을 다음 약속으로 미룬다.

"지금은 좀 그래요... 제가 아직은..."

"그렇군요."

그의 입장을 배려하고자 나름의 전략을 짜서 접근한 것이지만 너무 앞섰거나 무리수를 둔 것 같아 조정아는 칠한에게 한편으로 미안한 마음이 일었다.

"다 왔어요. 조 오기... 닭갈비집!"

조기자의 빨간 애마가 멈춰 선 곳은 물레방아가 정겹게 돌아가고 있는 「원조 춘천닭갈비」라는 간판이 붙어있는 곳이었다. 조정아가 적극적인 태도를 취하는데 반해서 칠한 역시 이것저것 생각할 것 없이 더 더욱 가까이 그녀에게 다가가고 싶었으나 감옥의 여정(旅程)이, 사람과 사람의 괴리가, 특히 조금 전 처음 공원묘지에서 만났을 뿐이지만 황홀할 만치 아름다운 미모와 자태를 간직하고 있는 섹시하기 그지없는 대담한 아가씨의 저돌성에 왠지 칠한은 기가 죽었고 어깨역시 움츠러들 수 밖에 없었다.

분명 꿈이 아니라면 그녀의 입술이라도 훔치고 싶었던 솔직한 감정의 칠한이었다.

또한 원래 세상이 사회가, 젊은 여성의 트랜드와 최근의 변모한 데이트관이 그런 것인지 억세게도 운 좋게 형설교도소를 벗어나면서 탈출한 것처럼, 억센 행운이- 놓쳐서는 안 될 프리마돈나가- 갑자기 눈앞에 떨어진 것처럼 닥친 것처럼- 그도 갈피를 잡을 수 없었고, 어떡해야 할지도 쉽사리 판단할 수가 없었다.

그리하여 조정아의 전략과 지금의 사회를 알리 없는 김칠한의 다소 무딘 대처가 절묘한 화학 반응을 일으키며 두 남녀는 먹음직스럽게 지글지글 익어가는 닭갈비앞에서 일단 입가심처럼 맥주 한잔씩을 추가로 주문해 그것도 '건배' 랍시고 서로의 잔을 마주 쨍하고 부딪친다.

"위하여"

"……"

"아니 왜 아무말도 않으세요?"

"…어색해서요… 그냥 정아씨의 건강을 빌 게요… 위하여"

"치 그런게 어딨어요. 잔을 부딪쳤으면 같이 '위하여'를 외쳐야죠!"

"미안해요… 그런데 계산은 제가 할게요."

"안돼요… 분명하게 제가 산다고 했으니까 내게 맡겨두시고… 그런데 칠한씨 돈 있어요."

"네 있어요."

"얼마나 있는데요?"

"음… 저 여기에…"

아가씨가 돈이 있냐고 하면 가진게 있든 없든 그냥 남자답게 넘어가버리면 될테지만 순진한 청년 칠한은 기어이 수트의 안주머니에 손을 넣어 하얀봉투를 꺼낸다.

꺄르륵 웃음을 짓는 조기자.

"그렇다고 봉투를 꺼내면 어떡해요… 누가 달라고 하면 그냥 줘버릴 사람같아… 그러면 안돼요 칠한씨… 이제부턴 세상을 약게 사셔야해요. 제가 감옥은 잘 모르지만 사회는 치열하거든요… 이 사람이 좀

160

어리숙하다 싶으면 눈 코, 다 베어가 버리는게 현실이예요... 근데 봉투에 얼마가 들었어요."

별다른 호기심도 아닌 칠한의 손에 들려있는 봉투를 받아들고 내용물을 꺼낸 조정아기자는 그만 화들짝 놀라고 만다.

"어머... 이게 얼마야... 세상에!"

수표엔 '24,570,000' 이라는 숫자가 찍혀 있었다. 놀라기는 칠한도 마찬가지였다. 직원들이 모은 '척사대회 우승상금' 이라는 부소장의 언질을 얼떨결에 흘려 들었지만 얼마가 봉투안에 들어 있었는지 내용물이 무엇인지 아직까지 열어보지 않았던 그였다. 속독으로 배달된 신문을 읽어 내려가다가 "격려의 성금을 전달했다" 는 글귀를 발견했던 조정아는 마소장을 비롯해 형설교도소 전 교도관들이 척사대회 우승자인 출소자 김칠한에게 전해주었다는 돈의 출처를 확인하게 되어 그만 계면쩍기도 한 야릇한 미소를 살짝 눈꼬리와 함께 치켜 올린다.

"자 칠한씨 이 닭갈비 다 드셔야 해요... 아 해 봐요."

조정아는 아직 고기를 씹고 있는 칠한의 입에 다시 가득 애정이 듬뿍 담겨있는 닭고기를 밀어 넣었다.

"정아씨두"

"당연하죠... 제가 줬으니까 이번엔 받아 먹을거야... 아!"

입을 크게 벌리면서 어서 구운 닭갈비를 넣어달라고 손짓을 하는 그녀가 칠한은 그렇게 예뻐 보일수가 없었다. 도저히 겪을 수 없었던 마음의 동요가 감정이, 부럽게만 비쳤던 드라마속 청춘남여의 사랑이 그 자신에게도 찾아온 것 같은, 가까이 다가온 것 같은 착각이 착시가 여전히 꿈속을 헤매이고 있는 청년의 등줄기를 내리친다.

"칠한씨"

"네 정아씨"

"아유 이젠 대답도 잘하시네요. 잘생긴 칠한씨가 밥도 씩씩하게 잘 먹어서 너무 보기가 좋아요... 그런데 어제밤 잠은 어디서 주무셨어요."

"호텔이었어요..."

"호텔요?"

"소장님의 친구 분이 하신다는 곳이었어요."

"그래요... 잠은 잘 주무셨나요?"

"아뇨 잘 못잤습니다."

"왜죠?"

칠한이 꾸물거리는 사이 조정아는 아차 싶었다. 간혹 취재를 나갈 때 마다 본의 아닌 실수를 그 후 발견하곤 하지만 9년동안 불이 켜진 좁은 방에서 생활하던 그가 모든 시설이 완벽하게 꾸며져 있는 호텔에 투숙했을 때 어떻게 적응이 될 수 있겠는가! 이 부분은 사람이나 동물이나 똑같이 적용되었다. 갑작스런 환경변화에는 누구라도 쉽게 긴장을 놓아버린 것처럼 대처를 할 수가 없다. 여자라서가 아니라 다큐멘터리 기록영화를 보더라도 그 정도의 상식은 수인을 배려하는 차원에서라도 기본적으로 조기자는 알고 있어야 했다.

"그렇다면 오늘밤은..."

"한달 쯤 묵으시라고 했지만 그 곳은 왠지 제게 불편해요. 너무 화려하기도 하고 방도 커서... 그래서 얘긴데 정아씨가 제가 방을 구하는데 도움을 줬으면 좋겠습니다... 어머니 묘역을 갈 때도 차편을 몰라서 택시를 타고 갔거든요... 형설교도소 직원들이 주신 돈으로 우선 조그만 방이라도 하나 얻고 싶어요."

"구속되기 전에 살던 집은 어떻게 되었나요?"

"그땐 어머니와 함께 월세를 살고 있었고 어머니가 돌아 가시자 집주인이 가재도구들을 다 불태웠다고 들었어요... 그래서..."

조정아의 눈에서 동글동글한 것이 맺혔다. 웬만해선 기자의 직분때문이라도 상대에게 흐트러진 모습을 절대 보이지 않는 그녀였으나 이미 김칠한을 만나서 그의 눈을 똑바로 응시하는 순간부터 미묘한 울림과 가슴의 통증이 경련이 아픔이 회오리처럼 메아리치며 그녀에게 엄습하였으나 극구 참으면서 인내하던 조정아가 칠한의 몇마디에 마침내 무너지고 만 것이었다.

아

그리고 이 감정은 또 무엇인가!

직장 그만 다니고 빨리 시집가서 손주를 보자며 채근하던 엄마에게 "미쳤냐"며 아직도 쌩쌩하게 돈 잘 벌면서 열심히 일을 하고 있는데... 내 눈은 높아서 장동건 쯤이 아니면 누구라도 관심없다고 변명 아닌 변명으로 일관하며 돌아서던 그녀가 왜 하필 정말 여자친구처럼 연인처럼 애인처럼 가까스로 회색담벼락의 정글에서 탈출한 뛰쳐나온, 피붙이 하나없는 순박한 청년에게 젊은이에게 그와 함께 밥을 먹다가 그만 슬픈 눈물을 보이고 말았을까?

조기자는 이제 아무 말도 말라며 칠한의 가슴속으로 뛰어들고 싶었다. 파고들고 싶었다. 누구나 내뱉을 수 있는 쉬운 이성의 감정만이 아니었다. 불쌍했고 가엾은 어린 양이, 과연 거친 바다와 세상을 헤쳐

나가 제자리를 찾은 채 살아갈지도 걱정스러웠고 멀리서라도 그를 지켜 보면서 하루의 일과마저도 직접 손수 챙겨주고 싶었다. 꼭 그렇게 해야만, 조기자의 손때가 칠한에게 묻고 가해져야만 아무래도 편히 잠자리나마, 밥이라도 뜰 수 있지 않을까?

디구나 수번 864 김칠한은 살인범의 누명을 뒤집어 쓴 채 억울하게 아직도 공포와 피해의식으로— 어머니의 사망에서— 그 충격을 뛰어 넘고자 극복하고자 학사고시에 매진하였다는— 당시 그의 인터뷰 신문기사를 그녀도 조정아도 수긍한채 인정하려고 연민(憐閔)의 감정과 연모(戀慕)를 품지 않았던가!

그에게 인간승리의 기적이 없었다면 불굴의 의지가 보이지 않았다면 단순한 한 재소자의 출소로, 석방으로, 운 좋게 척사대회 우승으로 교도소를 벗어나는 평범한 인물의 동정과 르뽀기사에서 이야기와 스토리는 틀림없이 매듭되고 완결되었을 것이었다.

"알겠어요... 힘들겠지만 며칠만 더 호텔에 묵고 계세요... 제가 칠한씨가 거처할 곳을 한 번 알아 볼게요."

"고마워요 정아씨!"

칠한은 조기자에게 진심으로 고마움을 표한다.

"혹시 앞으로의 계획같은 것은 있나요 칠한씨!"

"...예고되지 않은 일로 갑작스럽게 출소하는 바람에 미처 그것을 생각하지 못했습니다... 프로그램을 짜서 차차 적응해 보려고 해요."

"사람들과 부대끼고 살아가기 위해선 기본적인 커뮤니케이션도 갖춰야 하구 칠한씨의 이름으로 된 주소나 계좌 등도 소지해야 해요... 일단 제가 오늘 휴대폰을 칠한씨에게 선물할게요... 금방 만들 수 있으니까 같이 대리점으로 가요."

"그럴 것 까지야"

"호홋... 이건 일종의 펀드나 투자같은 것으로 생각하면 돼요. 대신 칠한씨는 가치를 높이셔야 하구..."

"제가 무슨..."

"아무도 가보지 못한 신대륙을 제일 먼저 찜했다든가, 다른 세계에서 지구로 귀환한 단 한사람의 우주인에겐 보통사람들과는 다른, 기존의 땅덩어리와는 차별화된 희소성의 가치가 있어요. 돈으로 환산할 수 없는... 칠한씨야 말로 누구도 경험할 수 없었던 난관을 뚫고 생환한 주인공이기에 누가 넘보기 전에, 저보다 훨씬 섹시한 여성이 자기 것이라며 서둘러 뺏어가기 전에 제가 먼저 손을 쓴 것 뿐이죠... 물론 칠한씨가 맑은 눈을 가진 순수한 매력을 소유하지 않았다면 이러한 계약(?)도 쉽게 파기될수 있지만 전 오랫동안 칠한씨와 좋은 친구로 지내고 싶어요."

"....."

그저 고맙다는 말밖에는, 고맙다고 또 인사와 답례라도 시늉이라도 하고 싶었지만 그것은 이제 칠한의 입안에서 목구멍속에서 맴돌 뿐이었다.

그는 꼭 천사가 하늘에서 내려와 앞에 앉아있는 것이라고 생각했다. 천사는 너무 예뻤고 너무 섹시했으며 도도해 보일 정도로 당당한 신세대 여성의 이미지와 커리어우먼의 아름다움을 지녔으나 무슨 일을 하고 있는지를 칠한도 묻지 않았고 그녀도 굳이 설명하지 않았다. 식사를 마친 두사람은 식당을 나와 함께 차를 탔고 조정아의 말대로

'투자를 위한' 의식과 요식행위를 낄낄낄 주고 받으면서 예쁜 휴대폰을 칠한은 그녀로부터 선물받는다.

호텔에서 잠을 잤다고 하면 남들이야 "웬 떡이냐" 하겠지만 겨우 3평 정도 되는 공간에서 10여명이 어깨를 부딪친채 일상을 견뎌내야 하는 결코 짧지 않은 수형생활을 했고, 또한 왠지 그곳은 처음부터 작은 월세방을 얻어 성장했던 그 자신의 적성에도 맞지 않았기에 편안하게 몸만 누일 곳이 있다면 칠한에겐 최고의 숙소가 틀림없이 될 터였다.

그가 묵고 있다는 호텔까지 차를 운전한 조정아기자는 이제는 상사의 지침으로 직업으로 되돌아와 어떻게 김칠한과의 만남을 기사로 옮길지를 궁리했고, 영리한 똑똑한 그녀답게 획일적인 산문(散文)보다는 한 수형자의 사회복귀를 자연스럽게 관찰하면서 쫓아가는 인간적인 접근과 구성으로 문맥이 정리될 것 임을 대략 머리속으로 그려 넣는다.

* * *

그리하여 기자로 축적했던 인맥을 최대한 활용한 (조정아의 연락을 받은) 지인의 부동산중개업소로부터, 칠한이 혼자 살만한 아담한 방을 구할 수 있었는데 출소와 동시에 나흘 간 신세졌던(마소장이 특별하게 부탁했던) 호텔에서 빠져나와 그가 마침내 몸을 누이게 될 혼자만의 공간을 생각보다 쉽게 확보하게 된다.

조기자가 아직 칠한에게 의사를 묻진 않았지만 편집장은 기존의 편

집방향에서 진일보해 취재로 쓰는 기사도 좋지만 아직까지 국내언론
과 잡지에서는 어느 곳에서도 찾아볼 수 없었던 전례가 없는 '김칠한
의 옥중수기' 같은 글을 직접 "당사자의 원고작성으로 받아 〈환타지
아〉에 연재를 했음이 어떻겠느냐"는 조기자도 생각지 못한 파격적
인 제안을 넌지시 조정아에게 내비쳤다.

다른 무엇보다 검정고시에 이어 학사고시를 두 차례나 제패하였던
무기수의 인간승리를 일궈낸 그를 직장여성과 주부들이 주 구독층인
잡지의 판로와 성장세 제고에 충분히 이용하겠다는 일종의 마케팅 전
략이기도 했다.

퇴근과 동시에 칠한이 세를 얻은 집으로 가 함께 집안 정리를 하기
로 약속했던 조정아 팀장에게 그때 알 수 없는 곳에서 전화가 걸려 온
다.

"팀장님... 전화가"

"어디..."

"글쎄요 어딘가를 밝히지는 않은 채 자꾸 바꿔 달라고만 해서요."

"그래... 이리 줘 봐"

조기자에게 연결된 목소리의 남자는 굵은 바리톤 음을 사용하고 있
었다.

"여보시오."

"네 전화 바꿨습니다."

"아이고마 조정아기자님 이신 갑 소!"

"그런데요... 누구신지?"

"아 거 성님한테 연락받고 백방으로 수소문해서 인자 겨우 조기자

님과 통화가 되어 부렀네요... 거시기 뭐냐 형살교도소 소장이 조기자
님 회사를 가르쳐 줬당께요."

"아 네"

"우리 태오성님이 김칠한 인가 뭔가 하는 출소자를 각별하게 신경
쓰라고 지시하는 바람에 전화 했잖소... 취직시켜 줄라꼬..."

"정말요?... 아 너무 고맙습니다."

조기자는 영문을 모른 채 전화를 받았지만 김칠한의 취직 때문에
연락을 하게 되었다는 상대 남성에게 무조건 감사의 고개를 숙였다.

"요긴 강남에 있는 줄리엣 나이트 니 께 김칠한이에게 조기자님이
전화왔다고 연락 좀 해주시오."

"다시한번 그곳의 상호를?"

"아 줄리엣 나이트클럽... 요즘 젊은 것 들 한테 최고로 물 좋은 곳
으로 소문자자 한 업소지라"

"네 그런데 누굴 찾으시라고 할까요?"

"그랑께 사장겸 전무, 영업부장까지 나가 다 맡고 있으니께 연락 주
시요... 내일 좀 보자고 허요."

"...잘 알겠습니다 사장님, 그리고 전무님... 꼭 전해 드릴게요."

덜컥하고 수화기를 내려 놓았지만 조정아기자는 흥분이 가시지 않
았다.

'태오성님' 이라는 자가 뭘하는 사람인지는 칠한에게 물어보면 될
사안이었으나 '나이트클럽' 이라니... 칠한의 과거를 되짚더라도 그
와는 전혀 관련이 없을 것 같은 유흥업소로 생각되었고, 한편으로 차
분하게 진정을 해도 직장을 구하지 못해 일을 하지 못해 방황하는 대

졸자와 피플들이 젊은 사람들이 어디 이시간 한 둘 이던가!

　취업의 '전성시대' 는 과거였지만 요즘은 취업의 '전쟁시대' 였다. 좀더 건전한 곳에서 전화가 왔었다면 더 좋았을 것이지만 그래도 편집장이 운을 뗀 '수기' 건과 방금 받은 전화의 '내용' 을 칠한에게 알려야겠다는 일로 바로 회사를 빠져나온 조기자는 그가 칠한이 지금 구슬땀을 흘리고 있는 손이 많이 갈, 자그마한 삶의 보금자리로 차의 방향을 튼다.

＊ ＊ ＊

　"칠한씨"

　"오 정아씨... 기다리고 있었어요."

　"도배를 해봤나 봐요... 아주 깔끔 해요."

　조기자는 벽지를 바르고 있는 칠한의 도배솜씨에 후한 점수를 주었다.

　"그 안에서도 방은 본인들이 꾸며야 하기 때문에..."

　"일단 뭘 좀 먹고 저랑같이 마무리를 해요... 떡볶이 하구 순대를 사왔어요"

　풀과 도배지가 널려 있는 방안에서 조기자가 사온 떡볶이와 순대로 다정스럽게만 보이는 두 사람의 '친구' 는 대충 신문지를 밥상삼아 자리를 깔고 앉았다.

　"칠한씨"

　"네 정아씨"

"만약 어느 잡지나 매체에서 칠한씨 더러 '옥중수기' 같은 걸 써보라고 권유한다면 응할 수 있나요?"

"옥중수기라면?"

"그러니까 칠한씨가 구속될 당시의 사건과 심경을 묶어서 척사대회 우승으로 출소하기까지 를 사실 그대로 글로 옮기는 것이예요... 가장 중요한 것은 문맥과 표현의 정도가 아니라 직접 연재하는 수기를 통해 칠한씨의 억울한 부분, 누명을 쓰게 된 사건의 실체와 정황을 독자들에게 일반 대중들에게 알릴수가 있어요... 요즘은 인터넷의 발달로 누구라도 쉽게 접속해서 자신들의 할 말과 입장을 넷상에 토로하곤 하지만 칠한씨에게 온 주문은 공신력있는 월간지에 한 달에 한 번씩 그 '수기'를 연재하는 것이지요... 그러니까 다른 일을 하면서도 한 달 후 라는 연재의 기간이 있기 때문에 일종의 '투잡'을 무리없이 소화하면서 이뤄낼 수 있다는 겁니다."

"제가 글을 써보지는 않았지만 하고 싶은 의사전달이, 지난날의 악몽들을 제 손으로 변호 할 수 있다는 말에는 혹하기도 하고 저도 글을 써보고 싶다는 욕심이 은근히 생겨요... 그렇지만 연재라면... 제가 작가도 아닌데..."

"아니예요... 칠한씨의 '옥중수기' 는 작가가 필요없어요... 그리고 꼭 글을 작가가 써야만 한다는 규정도 없어요... 대중이 좋아하면, 독자가 그 글을 읽고서 감명을 받거나 환호를 하면 그걸로 글의 의미는 충분하게 충족이 된답니다... 머리를 싸매고 학사고시에 매진하셨던 지난날 보다는 오히려 쉬울 수가 있어요... 제가 칠한씨 곁에서 도울게요... 그렇게 할 수 있는 거죠?"

떡볶이를 입으로 가져가다 말고 조기자는 칠한의 두손을 움켜 잡았고 더욱 애절하고도 간절한 눈빛으로 그를 응시한다.

"정아씨"

"칠한씨"

"정아씨"

"...실은 저도 제 마음을 잘 모르겠어요... 처음엔 지시대로 어쩔수 없이 교도소를 찾아갔지만... 내가 칠한씨 곁에 자꾸만 있고 싶어하고 관심을 갖는 이유도 일 때문만은 아닌 것 같아요. 뭐랄까? 지금까지 보지 못했던, 만날 수 없었던 '내 남자 친구'라고 자신있게 말할 수 있었던 그 '훈남'을 찾지 못해서 였는지... 떡볶이를 사가지고 오면서도 많이 떨렸거든요. 일 외에는 누구를 위해 제 시간을 낸 적이 없었는데... 그런데..."

"....."

이 분위기라면 청춘남여는 거의 반사적이면서도 동시에 상호작용에 의한 불기둥의 마찰로 입술을 부딪쳤을 것임이 분명했지만 여전히 인간세계로 갓 나온 김칠한은 그러한 발상조차도 죄를 짓는 것으로, 두려움의 잔재가 의식이 뇌 속에 깊이 자리하고 있었다.

"방이 정리가 되면 가재도구도 들여 놔야 하구... 일단 컴퓨터를 구입해서 인터넷을 이용할 수 있어야 해요."

"그건 내일 할게요."

"아뇨 칠한씨 그것보다 '태오성님'이 뭐하시는 분인가요?"

"태오성님?"

"퇴근하기 전에 전화를 받았어요... 태오성님의 분부에 따라 칠한씨의 일자리를 주겠다는 곳이었는데..."

"그 게"

"나이트클럽이었어요."

"나이트클럽?"

전국구 조직의 보스답게 배포도 큰 복태오는 칠한에게 허투루 말을 던지지 않았고 척사대회 결승을 마친 채 공장으로 돌아갔다가 바로 접견을 온 아우들에게 일러 출소를 하는 김칠한에게 일자리를 챙겨주라고 지시한 것이었다.

그런데 많은 직업과 일자리 중에서도 술과 여자, 음악이 어우러지는 유흥의 세계를, 밤 문화를 유독 집착하는 군락(群落)이 바로 주먹들이었다. 그들의 선호도가 어느 정도인가는 과거로부터 현재까지 '밤의 세계'를 차지하기 위해 지배하기 위해, 정복하기 위해 끊임없이 이전투구(泥田闘狗)를 벌여왔던 조직의 전쟁이 이를 증명한다. 삿 갓파의 행동대장이면서 복태오를 주군(主君)으로 모셨던 사장겸 전무, 영업부장 '왕기두'의 감독아래 전국에서 운영 중인 '줄리엣나이트클럽' 체인만 12곳이었다.

아울러 대형 룸싸롱 4곳과 복태오가 따로 지분 25%를 가지고 있는 '태복건설'의 사업확장을 감안한다면 현금이 그날그날 쏟아지는 노른자위 골드러쉬가 삿갓파의 '유흥업소'에서 매일 만들어 졌다. 어쨌든 복태오는 조직의 수하가 아닌, 칠한의 정직과 성실함을 인정하고 믿었기에 그에게 적당한 일자리를 내주라고 왕기두에게 보스의 명령을 하달한 것이었다.

"어떡하실 건 가요?"

"내일 찾아가 볼 게요."

"괜찮겠어요."

많은 일자리가 있지만 그것도 하필 강남에 위치한 '나이트클럽'이라고 해서 조기자도 조금은 염려 스러웠다.

"저와 함께 척사대회 결승에서 맞붙었던 상대가 태오형님이었어요. 범죄단체 조직등의 죄명으로 20년을 선고받으셨지만, 그리고 무서울 것 같지만 보기보다 너그럽고 여린 마음의 소유자가 태오형님이었어요. 제 손을 꼭 잡고 열심히 살라면서 직장을 얘기해 주겠다고 하셨는데... 그래서 정아씨께 연락이 갔나 봐요... 그런데 정아씨"

"네 칠한씨"

"정아씨가 하는 일 을 질문드려도 될까요?"

감출게 뭐가 있다고, 하지 못할 말이 뭐가 있다고 조기자가 눈치를 보겠는가! 그녀는 씩 웃었다.

"여성잡지 환타지아 기자예요."

"정말요?"

"그렇답니다."

"저도 형설교도소에서 환타지아를 간혹 읽었는데 누가 썼는지는 잘 보지를 못했어요... 보통의 여성들이 갖는 직업과는 좀 다를 것이라는 추측을 하긴 했지만 기자라고 하시니 정아씨가 더욱 예뻐 보이고 존경스러워요."

조정아의 실체와 정체가 그녀의 입을 통해 밝혀진 순간 왠지 그때부터 칠한의 얼굴과 눈자위는 조금 전 보다 훨씬 더 환하게 밝아 지면서 펴졌다.

"칠한씨가 직접 연재하는 '옥중수기' 가 환타지아에 실릴 거랍니다. 자신있죠?"

"흠... 자신을 말하기는 좀 그렇지만 최선을 다해 볼게요. 정아씨가 계신데 뭘 못하겠어요."

"어머머 제게 너무 기대시는 건 아닌가요?"

"아뇨... 기대지는 않지만... 실은 쬐끔은 의지하고 싶어요."

하하하하

호호호호

남아있는 순대와 떡볶이를 서로 먹여 주면서 조기자가 풀칠을 하면 칠한이 아직 도배지가 채워지지 않은 모서리와 천장에 벽지를 조심스럽게 붙였다.

"나중에 일이 늦게 끝나면 나 칠한씨 집에 자러 올거예요. 그래도 괜찮죠?"

"...저야 상관없지만... 정아씨가 그래도 되나요. 부모님이 걱정하시잖아요."

"우리엄만 매일 저보고 빨리 사위 데려오라고 성화예요... 엄마가 칠한씨 보면 너무 좋아 할 것 같은데..."

갑자기 목이 콱 메어 왔다.

사위라는 표현은 어느 나라 글귀인가. 혹이라도 지나가는 말이라도 농담이라도 그것은 '김칠한' 이라는 한 수형자가 마주할 수 없었던, 들어볼 수 없었던, 소설속의 이야기요 스토리였으며 영화나 드라마에서 종종 발견되던 이웃집 건너편의 후렴구와 대사가 아닌가! 그러한 언어가 말이 사랑스럽기 그지없는 예쁜 조정아기자의 입에서 거침없

174

이 칠한에게, 그가 보는 앞에서 자연스럽게 그의 두 귀로 전해졌다는 전달되었다는 사실이 지금이 칠한은 그저 꿈만 같을 뿐이었다.

"자 마지막 종이예요... 조기만 붙이면"

"정아씨 덕분에 도배가 쉽게 끝났네요... 나중 제가 선물을 드릴게요."

"무슨 선물을"

"제 마음을 담아 '사랑하는 친구 조정아기자님께 드립니다' 라는 선물"

"그게 뭘까요... 기대가 돼요."

그렇게 정리를 대강 끝낸 후 조정아는 집으로 돌아갔고 칠한은 그제서야 임시방편으로 잠자리 대용으로 찢어서 만든 사과박스를 바닥에 깐채 그 위에 지친 몸과 마음을 자유롭게 누인다.

그때 문자가 떴는데 집에 도착했던 조정아가 보내 온 사랑의 '♥'가 시공을 뚫고 칠한에게 날아온 것이었다.

♥ ♥ ♥ ♥ ♥ ♥ ♥ ♥ ♥ ♥ ♥ ♥ ♥

5. 줄러엣나이트룰럽

　다음날. 일찍 잠에서 깨어난 칠한은 시장에 들려 필요한 가재도구와 이불, 침대 등을 집안으로 들여 놓았으며, 중고매장에서 싼값으로 컴퓨터와 TV, 앙증스럽고도 자그만 냉장고와 세탁기를 구입했다. 아울러 인터넷 선을 케이블방송에 신청했으며 대충 구비조건을 갖춘 세간살이들이 깔끔하게 도배를 끝낸 방안에 진열되자 그제서야 사람이 사는 것 같은 형태가 만들어 진다.

　시장으로 중고 가전 매장으로 이리저리 바삐 움직이다 보니 어느새 시계는 조정아기자의 퇴근시간대에 맞춰져 있었다. 그녀가 그에게 선물했던 휴대폰 속에 유일하게 저장되어 있는 '친구' 라는 낱말을 손가락으로 지그시 눌러보는 칠한.

　"여보세요."

　"칠한씨"

"퇴근하실 때가 된 것 같아서"

"조금 이따가요... 그런데 오늘 어떻게 지냈어요."

"하루종일 바빴어요... 이것 저것 준비하고 인터넷도 신청했어요. 내일이면 가능하대요... 뭘 좀 먹고 곧 바로 어제 얘기하셨던 그곳으로 가보려구요."

"어쩜... 그런 걸 혼자 장만하셨다니... 무척 대견스럽네요... 제가 칠한씨 곁에 있어야 했지만..."

"정아씨는 일하시잖아요... 내일 우리 파티해요... 조촐한 집들이 파티!"

"정말요... 말만으로도 너무 좋아요... 그럼 내가 뭘 장만해야 하죠?"

"장만할거 없어요. 예쁘고 섹시한 정아씨를 보는 것 만으로도 전 너무 행복할 것 같아요... 그럼 조심해서 퇴근하시고 내일 뵐게요."

"...안녕 칠한씨"

조기자는 하마터면 "사랑해요 칠한씨!" 라고 내 뱉 을뻔 했다. 아니 그렇게 표현했더라도 거짓 심경은 아니었다. '지켜줘야 할' 남자에서 어느덧 '함께 하고픈' 남자로 며칠만에 그녀의 순위와 시각과 청각은 마음은 소리없이 바뀌면서 칠한에게 함몰되어 갔다.

순수한 남자=착한 남자!

비록 모든 사람들이 저주하고 증오하는 교도소에서 출소한 수형자였으나 김칠한은 누구라도 부정할 수 없었던 해맑은 눈동자와 미소와 영혼을 소유하고 있었다.

조기자와 통화를 마친 칠한은 된장찌개를 시켜 요기를 끝낸 후 대충 거울을 보고 택시를 집어 탔다. 일종의 취업을 위한 면접이고 면담이었지만 복태오의 고마운 배려와 관심을 물리칠 수 없었고 나이트클럽의 영업이 밤에 시작되는 관계로 직장인들이 퇴근하는 시간에 맞춰 칠한이 한강을 넘게 된 것이었다.

강남역 부근에 위치한 줄리엣나이트클럽.

과연 그 외관과 규모는 눈이 부셨고 어머 어마 했다. 꼼짝없이 나이트클럽의 위용과 치장에 압도당한 칠한은 출입구에서 '왕기두사장'을 입에 올렸으며, 검정제복을 입은 건장한 사내의 인솔에 따라 어느 VIP룸으로 안내되었다.

"어만마... 자네가 김칠한이여"

"그렇습니다."

"키도 훤칠하고 인물도 반반허네 그려... 나가 왕기두 여"

"반갑습니다."

"태오성님과는 어떤 사이여..."

"출소하기 전까지 함께 형설교도소에서 복역했으며 척사대회 결승에서 그만 제가 우승을 하는 바람에..."

"뭣이라... 그렇게 우리 태오성님을 이겨 부러고 엊그제 교도소를 나온 쥔공이 자네라는 말씀이여"

"그게..."

"워메 워메 얼척이 없네... 이보게 칠한 인가 하는 젊은이... 우리 성님을 이겨버린 사람이 아즉까지는 아무도 없었는디... 그게 싸움이 됐든 장기가 됐든, 달리기와 그 먼 대결이라 하더라도 태오성님은 져본

적이 없어야... 나가 우리성님 승부근성과 깡다구를 잘 알제... 그란디 이겨불면 우리 태오성님은 언제 햇볕을 볼 거여... 에구 양보 좀 하제... 그려 징역은 얼마를 받았어"

"무기를..."

"뭣이여... 무기라고라... 워메 워메 악착같이 윷을 던질 수밖에 없었것네 그려... 나 왕기두도 소시적에 빵좀 들락 거렸제이... 그란디 성님이 자네를 얼마나 잘봤시롬 알뜰이 살뜰이 챙겨주라고 나한테 지시를 하나 말이여... 징역 가기 전에는 뭔 일 해봤어..."

"편의점에서 알바를 했습니다."

"편의점에서 알바?... 그라면 돈 받고 하는 계산같은 것은 쪼마 하것구만..."

"네"

칠한은 호화스런 룸에 강제로 끌려온 죄 없는 시민이 거구의 사내들에게 둘러 싸여 취조와 집단린치를 당하는 장면이 언뜻 머릿속에 스크린의 화면처럼 그려진다. 우악스럽게 생긴 왕기두는 내뱉는 말조차도 부드러움이라곤 전혀 없었는데, 비록 아무런 세상물정 모르고 조직의 상하관계를 직시하지 못하면서 스무살에 구속되었다가 9년만에 자유의 햇살을 맞긴 했으나 칠한은 닳고 닳은 인간군상들의 3천명 형틀속에서 인내와 내공을 키우며 마침내 그들을 제압한채 당당하게 옥문을 걸어나온 사람이었다.

조정아 앞에서는 순박한 청년으로 비쳤을지 모르지만 상황에 따라서 여건에 따라서 처해진 환경과 변화에 따라 그때마다 능동적으로 대처할 수 있었던 순발력과 총명한 머리와 기개 또한 '1인특별가석방자'의 타이틀을 차지하고 석방된 칠한의 감춰진 내면과 자산이며 무기였다.

"성님 말씸이... 사법고신가 학사고신가 뭔가를 따버렸다고 하던디..."

"그렇습니다."

"아따 그라 몬 자녠 대단 하구만 그려... 옥살이 함씨롱 책장 넘긴다는 게 얼매나 힘든 것이여... 나가 딴 건 몰라도 태오성님처럼 열씸히 공부하는 인간 헌테는 최대한 지원을 아끼지 않는 사람이제... 우리 웨타들 중에서도 스카이, 그랑께 S·K·Y가 뭔 줄 알제. 최고로 학벌좋은 그거 말이여... 여글 다니는 놈들도 있고 또 앞으로 다닐 꿈을 꾸는 놈들도 있어야... 요놈들은 손님이 많아서 돈도 잘 범씨롱 낮에는 학교와 학원에서 공부도 하제... 이것들 중에서 나중에 판 검사가 몇놈 불쑥 나와야 하는 디... 그래야 우리 업소가 진짜 '짱'이 되는 디 말이여"

긴장으로 땀을 흘리고 있으면서도 칠한은 왕기두의 제스추어에 터져 나오려는 웃음을 억지로 참았다.

"자 정식으로 우리 악수 한번 혀... 나 왕기두 성깔은 뭐 같아도 우리 태오성님 명령이라면 하늘의 별이라도 따다가 바치는 사람이여... 그란디 동상처럼 잘 대해주라고 한 자네를 섭섭하게 해버렸다간 내목이 그냥 달아나 버린다고... 알 것어... 우리 업소와 전국의 체인점은 모두 태오성님이 일군 밭이고 사장님이며 회장님 인디 성님이 안 계신 고로 내가 사장도 했다가 전무도 했다가 영업부장도 혀... 내 맘이니께... 최대한 태오성님이 자네를 배려해주라고 했응 께 우리 나이트가 새벽 4시까지가 영업시간인디 그라믄 저녁 8시부터 12시까지만 근무하고 또 거... 아 야 총무부장이 월급이 얼만 큼 되냐..."

칠한을 VIP룸까지 데려온 사내에게 왕기두가 총무부장의 봉급을 물었다.

"800만원이 넘는 걸로 알고 있습니다 형님!"

"그려 그럼 첫달이니 께 700만원을 받는 걸로 하고 돈 계산 하는 일을 혀... 그리고... 아그야 안되것다 총무부장 오라고 혀..."

성질 급한 왕기두도 지시가 이행되지 않거나 지체될 때 또한 몇 개의 결제라인을 거치는 의례적인 관습을 싫어하는 타입이었다.

바로 총무부장이 달려 왔다.

"총무부장"

"옛 사장님!"

"거 뭐시냐... 요 친구 인자부터 우리 식구여... 잘 가르쳐 주고... 자네는 오래 일했지만 칠한이 이 친구는 태오성님의 특별지시로 채용하는 것인께롱 만약 선배랍시고 군기잡다간 그 날로 모가지여 알 것어"

"옛 사장님!"

"그리고 총무부장 밑에 뭐가 있어..."

"과장이라는 직책이..."

"돼 버렸어... 김칠한이를 총무과장 시켜"

"잘 알겠습니다 사장님!"

총무부장이야 말로 군기가 확실히 잡혀있는 사람이었다. 하기야 전국구 최고의 주먹만이 살아 남을 수 있었던 강남 중심가의 금싸라기 땅 줄리엣나이트클럽을 운영하고 있는 회장겸 사장 복태오를 대신한 업소의 책임을 총괄하고 있었던 왕기두 앞에선 누구라도 오줌을 질끈 쌀 수밖에 없었다.

"아야 재단사 왔냐"

"넷 형님 대기중입니다."

"오라고 혀"

총무부장이 나가고 줄자를 들고 나타난 재단사가 들어섰다.

"우리 업소는 대한민국 내에서 최고로 물 좋은 곳이여. 돈 있다고 누구나 입장 안시키제... 연예인도 최고들만 쓰고 규모를 따라 올데가 없어... 직원이든 누구든 웨타 든 깔끔해야 혀... 서비스의 첫째가 뭣이냐 바로 주름이제... 삐딱한 놈들은 그냥 내가 구둣발로 차버링께... 이봐 재단사... 우리 총무과장 잘 재서 3벌을 아예 만들어 와 버려"

"알겠습니다 사장님!"

줄자를 들고 온 재단사도 군기가 바짝 들었는지 거의 몇 초 만에 숙련된 동작으로 칠한의 치수를 잰 후 룸을 빠져 나갔다.

"총무과장, 어쪄 해볼만 혀"

"아직은 얼떨떨 하지만 열심히 일을 배우겠습니다."

"내일부터 출근 혀..."

"...실은... 제가 정리할게 좀 남아서요... 모레부터 출근을 허락해 주신다면 감사하겠습니다."

"그려... 어렵지 않제... 모레부터 나와... 운전은 혀"

"아직 면허를 취득하지 못했습니다."

"빨리 만들 랑 께?"

"알겠습니다."

"그라면 내가 일주일에 한 번씩 성님한테 보고하러 가는 디 자네 채용했다고 말씀 올릴 것이여... 열심히 혀"

"고맙습니다 사장님!"

"아녀... 성님이 들으면 섭섭한께... 앞으로는 총무과장만 나한테 전무라고 혀"

"감사합니다 전무님!"

면접을 마치고 홀과 무대를 거쳐서 줄리엣나이트클럽을 빠져 나온 칠한은 정신이 없었다. 괜찮을까 하는 우려도 있었고 귀청이 떨어져 나갈 만큼 쾅쾅 울려대는 음악의 굉음에 놀라지 않을 수 없었으며 이른 시간임에도 플로어를 가득 메운 손님들과 낯 익은 가수의 출연이 무엇보다 젊은 시기를 감옥에서 다 보내고만 그에게는 쉽지 않은 문화의 충격으로 간격의 충격으로 이것 역시도 극복해야 할 직업의 충격으로 어느틈엔가 다가왔다.

그리하여 일단 집으로 돌아온 칠한은 편안하게 잠을 청할 수 있었으며, 날이 밝자 인터넷 마저 설치를 완료하고 앞으로 해야 할 일들과 주어진 막중한 책임과 의무를 다시한번 차근차근 설계한다.

왕기두의 호의가 고맙기는 저녁 8시부터 자정인 12시까지의 나이트클럽 근무가 지난날 편의점 알바와 비교를 한다면 아예 견줄 수 없었던, 비교가 불가능한, 많고도 두둑한 일반적 액수를 뛰어넘는 보수가 책정됐으며, 거기에 비례해서는 너무나도 짧은 달리 어떻게 감사를 표해야 할지도 민망스런 충분하게 '투잡' 을 할 수 있는 배려의 근무시간이었다.

시급으로 몇 푼을 챙겼던게 과거의 칠한이 아니었는가!

밤엔 줄리엣으로 출근해 회계 일을 하고 낮엔 조기자가 언급했던 '수기'를 써야겠다는 쪽으로 마음의 방향과 가닥이 각오가 잡혀졌다. 조기자는 퇴근과 함께 백화점에 들러 칠한에게 줄 뭔가의 선물을 샀고 이어 식품코너로 내려가 케이크와 과일바구니를 양손에 가득 든 채 빨간색 그녀의 애마에 조심스럽게 '선물'들을 옮겨 싣는다.

* * *

사람은 어느때 운명(運命)이 갈리는가?

어떤 예기치 못한 사고가 발생했을 때 사건에 연루되었을 때 상상할 수 없는 심해(深海)의 뻘 속으로 끌려가게 되는가?

영화사에 길이 회자되고 있는 《빠삐용》과 《쇼생크탈출》은 억울한 누명을 쓴 채 감옥에 수용됐으나 결국은 이를 이겨내고 주인공이 자유를 찾는 것으로 스크린의 대단원은 끝을 맺는다.

'부자는 망해도 3년을 간다'는 말이 있다.

《빠삐용》과 《쇼생크탈출》은 아니지만 전혀 그렇지 않은 운명의 토네이도에 걸려 쓰나미의 해일과 지진으로 잔재로 '운명이 갈린' 사례를 나는 직접 교도소에서 보았다.

삼풍백화점 붕괴사고 –

한국인의 뇌리에 충격적인 사건으로 기록되며 깊이 각인되어 있는 '대참사'로 인해 502명의 사망자와 실종 6명, 937명의 중·상해 부상자가 발생한다.

당장 사망자의 위로금과 병원에 입원했던 부상자의 치료비를 마련할 길이 없어 서울시가 돈을 융통했고 무너져 내린 백화점을 비롯, 삼풍의 부동산과 자산은 동결된다.

'부자는 망해도 3년은 간다' 는 속설이 맞아 떨어지든 증명이 불가하든 삼풍의 최고 경영자였던 그 아들과 아버지가 함께 중형을 선고받고 서울구치소에 수감되면서 당시의 사례를 나는 수인의 눈으로 바라본 모습 그대로를『집행유예』에 기록하기도 했지만,

김칠한이 복태오와 '척사대회' 의 결승에서 만나 '1인가석방자' 로 선정되면서 그의 인간성을 누누이 격찬하고 있었던 복태오의 유흥업소 '줄리엣나이트클럽' 으로 바로 그 복태오를 물리친 김칠한이 출근하게 되는,

게다가 편의점 알바 일을 했던 것이 그의 이력의 전부였으나, 학사고시에 매진하였다는 열의와 열성을 듣고 현금이 오가는 총무과장의 직책을 맡기게 되며,

그러한 운명의 갈림으로 인해 찰나처럼 느껴질 수 있었던 선택과 결정의 주사위로 인해 억울하게 누명을 쓴 채 무기형을 언도받았다가 가까스로 교도소를 빠져 나오게 된 청년에게 어쩌면 바로 그 운명의 '갈림' 은 처절하게 짓밟혔던 육신을 뛰어 넘어 회복하고 극복하면서 한 인간의 좌절이 통쾌하게 '승리자' 로 변신할 수 있는, 누명을 벗을 수 있는,

고리와 매개체가 나이트클럽 줄리엣의 '근무' 로 인해 접점(接點)을 정점(定點)을 가를 수 있는 환경과 '직업' 이 조성될 수 있을지는,

그것은 그 누구도 아무도 어떠한 연(緣)에 의해 분자와 입자가 생성되고 만들어지는 진화(進化)의 기적이 몰려 올지라도 이 다가오고 소

멸되는 자연 발생적인 운명의 역사를 사람들은 추론하고 입에 올리면서 재단할 수는 없었다.

인간사의 드라마가

생로병사(生老病死)의 자연회귀가

선인선과(善因善果) 악인악과(惡因惡果)의 순리와 자명함이

죄와 벌의 섭리와 갈림으로 과연 판도라의 두꺼운 상자가 현자(賢者)의 손에 의해 열릴 수 있을지는 또 그것은 미제(未濟)와 숙제(宿題)로 당사자인 김칠한에게 주어지고 남겨진 온전히 그의 유산과 남겨진 '몫' 일 뿐이었다.

* * *

"칠한씨"

"어서오세요 정아씨!"

"자 이걸 좀..."

그녀는 낑낑거리면서 차에서 내린 과일 바구니와 쇼핑백과 케익등을 칠한에게 건넸다.

"뭘 이렇게 많이 사오셨어요."

"집들이인데... 여느 사람들이 이사 한 것과 같나요... 처음 가져보는 칠한씨의 보금자리 라서 이것저것 구입해 넣었어요."

조기자가 방으로 들어서자 깨끗하게 붙어있는 벽지와 더불어 낮 동안 칠한이 정신없이 가져다 날랐다는 가재도구들의 배치가 적재적소의 공간을 차지한채 멋진 균형과 조화를 이루고 있었다. 여자인 그녀

가 봐도 놀랄 만치 미적 감각과 집안의 인테리어 소품 배열은 가히 우등생 수준이었다.

"그곳 생활이 어떻기에 제가 봐도 한 눈에 반할만큼 멋진 솜씨를 보이시나요?"

"그건... 여러 사람들이 좁은 실내에서 북적이다 보면 청결이라든가 정리정돈이 돼 있지 않을 때 생활하기가 힘들어요. 이건 특별할 것도 없이 교도소에 비하면 운동장 같은 곳이고 전부 제가 돈을 주고 산 물건들이잖아요. 소장님을 비롯한 직원분들이 거둬주신 성금이 고맙기도 해서... 아직 갖춰야 할 게 많아요."

"전 오면서도 뭘 할까 걱정만 했는데 이미 칠한씨가 청소며 살림살이를 다 장만하신 것 같아서 미안할 뿐이예요."

"정아씨가 왜요... 정아씨 땜에, 정아씨 덕분에 이렇게 좋은 집을 싸게 얻어서 올수 있었잖아요. 생각했던 것 보다도 빨리 제가 묵을 방을 마련할 수 있었던 건 다 정아씨의 배려와 고마움 때문이예요."

"치... 제가 뭘 했다구... 이 건 칠한씨한테 주는 선물!"

조기자는 쇼핑백에서 예쁘게 포장을 입힌 선물상자를 꺼냈다.

"이건?"

"열어보세요."

칠한이 포장지를 뜯자 상자속에는 고급넥타이와 향수, 남성용 스킨과 호피무늬의 스카프가 들어 있었고, 또 다시 그녀가 꺼낸 다른 포장상자에선 세련된 디자인의 밤색구두가 마치 맞춤 제작한 특수 수공업 제품처럼 칠한의 발사이즈를 정확히 맞춰 선물이라는 걸 받아 본 적이 없었던 그를 당혹케 한다.

"......"

"칠한씨"

"...제가 이런 걸 받아도 될 는지... 그리고 왠 선물을 이렇게 많이 준비했어요... 너무 고마워서 어떻게 답례해야 할지도 모르겠네요. 정아씨 고마워요... 저두 이제 취직이 됐으니까 첫 월급 받으면 정아씨께 선물을 할게요."

"정말요... 참으로 잘 됐네요... 나이트클럽이라고 해서 사실 걱정을 많이 했었어요. 그런데 칠한씨는 무슨 일을 하시는 거죠?"

"회계일요... 돈 계산 같은 거..."

"그런 건 잘 하실수 있잖아요."

"열심히 해볼게요."

"봉급은 얘기가 됐나요?"

아무래도 조기자는 그게 궁금했던 모양이었다.

"700만원을..."

"네~에 얼마라구요?"

"700만원"

"아이구... 700백만원이라면 제 월급의 두배예요. 얘길 들어보니까 워낙 술값도 비싼 곳이고 최고의 나이트라고는 하지만... 태오성님의 씀씀이가 정말 크시군요."

조기자는 놀랄 수밖에 없었다. 그런데 봉급쟁이 기자에게 더욱 충격적인 사실은 칠한이 이어서 밝힌 근무시간이었다.

"저녁 8시부터 자정까지만 일을 하기로 했어요."

"세상에... 너무 너무 놀라서 제가 말이 잘 안 나와요. 칠한씨 그런 근무시간과 조건과 월급은 없어요... 순전히 칠한씨를 위한, 칠한씨에 의한, 따듯하게 생각하는 태오성님의 관심과 배려가 아니라면 있을 수 없는 조건이고 취업입니다... 너무 너무 잘됐어요."

그녀는 칠한의 말을 듣고 마치 그녀 자신이 취직이라도 한 것처럼 기뻐했다.

"저녁에는 일을 하고 낮 시간동안 '수기'를 쓰는 걸로 대강 마음의 정리를 하기로 했어요."

"고마워요 칠한씨! 이렇게 좋은 일이 생겨서... 나중 우리 '태오성 님'이란 분에게 면회를 같이 가요... 제가 '우리 칠한씨 취직시켜 줘서 너무 고마워서 찾아왔다'고 할 게요."

"그래도 되겠어요?"

"당연히 그래도 되죠... 간 김에 마소장님 한 테도 들리구요."

아직 제대로 준비가 덜 돼서 쭉 생각과 계획을, 마음만 품고 있었으나 칠한은 다른 걸 제쳐 두고서라도 복태오와 형설교도소 직원들을 찾아가 인사를 올려야 한다는 그에게 던져진 빚과 사람의 도리를 한시도 잊지 않고 있었다.

그가 청춘을 묻었고 절망과 고통의 시련을 이겨내면서 온갖 군상들과 더부살이 생활을 9년간이나 기약없이 해온 형설교도소를 어찌 잊을 수 있겠는가!

"제가 와인과 케이크도 사왔거든요... 우리 파티 해요"

조정아는 케익을 꺼내 초를 꽂았고 붉은 와인을 칠한의 잔과 그녀의 잔에 채운다. 케이크에도 '♥'가 그려져 있었다. 전기스위치를 내리고 초에 불을 붙이자 환상적이면서도 에로틱한 더없이 낭만적인 둘

만의 분위기가 금새 만들어진다.

"칠한씨"

"네 정아씨"

"오늘은 새로운 삶과 미래가 펼쳐지는 칠한씨의 생일이예요. 기쁜 생일... 꼭 귀빠진 날이어야만 케이크를 자른다는 규칙은 없어요... 칠한씨의 앞날에 무한한 영광과 축복만이 가득하길 진심으로 저는 빈답니다."

"정아씨"

"불을 꺼세요."

또다시 혼이 나가버린 칠한이 촛불을 입으로 훅하고 불어서 껐고 조기자는 눈물을 글썽이며 기쁨이 가득한 축하의 악수와 박수의 세리머니를 오랫동안 그치지 않는다.

"칠한씨"

"정아씨"

그리고 두사람은 전기에 감전된 듯 움직이지 않았으며 칠한이 손을 뻗어 그녀의 머릿결을 귓불을 매만지는가 싶더니 누가 먼저랄 것도 없이 뜨겁고도 강렬한 격정적인 '입술부딪치기' 충돌이, 프랜치키스가 기어코 시작되었다.

"칠한씨"

"정아씨"

"사랑해요."

"사랑해요."

"정말루... 사랑해요."

190

"정아씨"

그것은 정녕 꿈이었고 몽상이었으며, 우주를 비행하는 자유로운 날개를 활짝 펼쳤던, 한쌍의 곱고 고운 원앙새는 행복한 보금자리에 비로소 사랑과 축복의 러브하우스 둥지를 틀고 세우며 내리고 앉는다. 그에게 칠한에게 무기수였던 수형자에게 날개를 퍼덕이며 날아온 천사는 여신은 그가 발을 딛고 있는 대지와 지구에서 가장 환상적이며 아름다운 매력적인 여인이었다.

이 순간 누가 인간 김칠한 보다 지금 더 행복할 수 있단 말인가!

칠한은 꿈속을 거닐면서도 날개를 계속해서 퍼덕이고 있는 인형과 밀랍의 비너스를, 유리섬유처럼 감미로운 여인의 천 조각을 한꺼풀씩 한꺼풀씩 벗겨 내리고 있었다. 해본적도 없었던, 징역만 사느라고... 영화에서 눈요기로만 곁눈질로만 했던 남녀배우의 농염한 베드신 연기를 감히 초짜가 겁도 없이 무턱대고 저질러 놓고 보는 용기는 순전히 누구에게나 있는, 내재한 본능 때문이었다.

야수의 본능은 우리에 가둬 둔다고 사라지는 게 아니었다. 태초로부터 이미 있어왔고 잠재하였던 인간내면의 감춰진 심성과 욕망은 예습과 복습과 실습의 학습단계를 거치지 않더라도 그 스스로의 해결책이 지니는, 지능이 가지는 인식하는 본능의 표출에 따라 얼마든지 실전에 투입될 수 있었고 하나의 착오없이도 100% 목표물에 안착하면서 도달하고 접근할수 있었다.

"정아씨"

"칠한씨"

"사랑해요."

"사랑해요."

조정아는 끊임없이 사랑을 갈구했고 칠한은 정염의 피스톤 행위를 멈추지 않았다. 단 한 번도 여성의 육체를 탐해 본 적이 없었던 말 그대로 무색무취의 순하고 고운, 맑은 영혼만을 소유했던 청년은 무색무취의 러브향기를 내뿜으며 그의 가슴을 파고 든 착한 여인을 쉴새 없이 안았으며 주저없이 받아 들였고 급기야 황홀경의 맨홀속으로 그녀를 무자비하게 밀어 넣으면서 빠트린다.

아아아아

아아아아

조정아는 열락(悅樂)의 고공비행에서 천상의 환락과 비경(秘境)을 경험하고 있었다. 무아지경의 오로라는 체험은 그 어떤 반대급부가 행해지더라도 이때의 뜨거운 감정을, 느낌을 다른 것으로 조건으로 결코 대신할 수 없었다.

돈 명예, 권력 그게 다 무엇인가? 왜 그게 필요한가?!

적어도 이 순간만은, 사랑의 느낌표가 몰아칠때 만은 붙을 때 만은 부질없을 뿐이었다.

백마 탄 왕자님을 그리긴 했으나 도도하게 일에 매진하면서 결코 한 눈 팔지 않았던 그녀가, 많은 훈남과 선남의 가슴을 설레이게 만들었던 똑똑한 커리어우먼이, 여성지기자가 그야말로 모성애의 본능처럼 자애로운 자비의 보살처럼 한 무기수를 취재하였고, 그만 그리고 그의 순수성에 정직함에 강단에 때묻지 않았던 청아한 사고(思考)와 미소와 눈빛에 어느틈엔가 그녀조차도 매료되며 매몰되었으며, 일체의 선입견과 편견을 극복하고 털어버리면서 마침내 부정할 수 없이 말려들고 만다.

그녀가 조정아가, 조기자가 그토록 찾아 헤맸던 기사(騎士)는 작위(爵位)의 사랑은 왕자님은 훈남은 깨끗한 눈과 입술과 미소를 감추고 있었던 절대 형체를 보이지않았던 사내는, 과연 며칠전 감옥에서 귀환한 탈출한 김칠한이었단 말인가?

조기자가 사내를 처음 본 순간부터 그렇게 느꼈다면 그녀 또한 운명의 결정적 희비와 인연의 대척점(對蹠點)에서 고지(高地)에 선채 갈림이 출발이 수인과의 조우와 인연으로 대면으로 만들어지게 되는, 희한한 섭리의 역학(力學)과 공식이 절대적 궁합으로 어느덧 가까이 곁에 하고 만다는 천기음양(天氣陰陽)의 조화를 그녀 역시도 체득하고 체험하는 것이었다.

"칠한씨, 칠한씨"

조정아는 칠한만을 부르짖었다.

사랑하는 자에 의해, 사랑하는 사람에 의해, 사랑하는 사내의 품에 안겨 그 사랑을 확인할 수 있다면, 내 몸을 육체를 불태우고 불사르며 불덩이의 진액을 분출할 수 있다면 배출한다면 많은 여성은 이대로 죽어도 여한이 없다고 한 결 같이 말해 왔다. 지금의 조정아에게는 그 무엇도 필요치 않았다.

오직 사랑하는, 사랑해야 만 하는 칠한만이 그녀의 의식을 지배했고 그 사내만이 그녀의 전부요 모든 것 일 뿐이었다. 감미롭고도 황홀한 눈이 부시도록 아름다운 옥구슬 과도 같은 크리스탈의 영롱한 사랑의 행위는 더 오래도록 지속되었으며 강직되었던 사내의 에너지가 윤활유가 힘차게 여인의 질속으로 빨려 들면서 솟구쳐 오르자 비너스는 여신은 그녀는 조기자는 신음을 토하며 환희의 비명을 내 지르면서 멀티 오르가슴의 폭포수 같은 잔해(殘骸)를, 기쁨을, 절정의 해일과 눈사태와 급류의 파고(波高)를 맞이 하며 가득히 러브의 체취를 남긴다.

"사랑해. 사랑해... 사랑해... 사랑해요 칠한씨"

* * *

"총무과장! 오늘 출근을 4시30분으로 땡겨!! 왕기두 –"

그간의 공백을 메우기 위해서도, '수기' 건도 그렇고 앞으로의 활로와 목표에 유용하며 필요한 정보들을 이리저리 살펴 보면서 클릭하던 칠한에게 왕기두. 그러니까 이젠 전무님으로 불러야 할 그의 첫 출근지 줄리엣나이트클럽의 최고 실력자 왕전무의 문자가 떴다.

시계가 3시를 가리키고 있어서 시간적 여유는 있었지만 웬 일 일까?

첫 출근부터 눈 밖에 나면 안되었기에 칠한은 새삼 출근준비와 신 삥이고 초보자로서의 잔뜩 대비를 한 긴장을 늦추지 않았다. 지난밤 무슨 일이 있었는지, 어떠한 과정에 이르러 조정아와 함께 밤을 지샜는지를 묻는다면 그것은 꿈속에서 일어난 꿈결의 정사와 성애여행이 었고 더없이 달콤하고 아직도 쿵쿵 뛰는 심장을 진정시키기도 힘든 몽환의 소용돌이였다.

잊을 수 없는 육체의 합일. 결코 해본적이 없었던 사랑의 도킹과 결합으로 인해 청년과 아가씨는 혹시라도 떨어질 새라 꽁꽁 부둥켜 안은채 서로를 끌어 당기면서 그렇게 함께 밤을 보냈다. 회사 때문에 어쩔수없이 그녀가 먼저 집을 나서야 했지만 칠한은 있는 솜씨 없는 솜씨를 다 발휘해서 맛있는 김치찌개로 또 한번 조정아를 감동시킨다. 배식때 먹고 남은 김치를 모아 무조건 묵히고 삭혀서 닭훈제 몇 마리를 고추장과 함께 뜯어 넣고는 그걸 버무려 최고의 '퓨전식품' 을 만들어서 동료들과 함께 취식하던 감옥의 일상이 잠깐 아침밥상에 적용된 것이었다.

정성스럽게 칠한이 준비한 조반을 먹고 회사로 출근했던 조정아기자가 칠한에게 보내온 첫 메시지는 "사랑해 자기 ♥" 였다. 쉽게 만나 쉽게 헤어질 수 있는 여지를 언제나 남겨가면서 사랑에 골인하고 몰입하며 집착하는 신세대의 연애에티켓과 방정식. 그러나 조정아는 이미 그를 칠한을 남자친구와 애인과 연인에서 꼭 함께 해야 할, 같이 가야 할 평생을 의지하며 걷고 동행할 내일의 부군이요 남편으로까지 위치를 격상시키면서 그의 체액을 깊숙이 받아들였으며 동시에 그녀의 애액을 칠한에게 억지로라도 힘주어 떨어 뜨렸다.

마땅히 보호하고 지켜 줘야 할 대상에서 가까이 하고픈 남자로, 어느새 평생을 동고동락을 이야기하는 '나의 남자' 로 지아비로 분류되며 속도전의 질주처럼 빛의 광선이 요술을 마법을 부리게 된 원인과 이유는 무엇인가!

어떡할까 잠시 망설이다가 그녀의 '문자발신' 을 다시 지긋이 검지로 누르는 칠한.

조기자의 컬러링 '엘리제를 위하여' 가 리듬을 타고 경쾌하게 흘러 나왔다.

"자기야 뭐 하다가..."

"4시30분까지 출근하라는 연락이 와서 요."

"왜? 여덟시라구 해놓고선..."

"첫 출근이라 뭐가 있나 봐요 그래서..."

"자기야..."

"네 정아씨"

"보고 싶어"

"정아씨"

"보고 싶어... 나 지금 자기한테 막 뛰어가서 자기품에 안기고 싶어"

"정아씨"

"왜 이렇게 됐는지 나도 잘 몰라요 칠한씨... 자기 못 보면 나 죽을 것 같아"

"정아씨 이따가 퇴근할 때 문자 줄 게요... 지금 계신 곳은 어딘가요?"

"아 밖에 나와 있어요... 취재 때문에..."

"곧 줄리엣으로 가봐야 할 것 같아요."

"그래요 칠한씨... 아니 자기야... 끊기 전에 자기가 먼저 할게 있어요."

"무엇을"

"키스 해 줘!"

"네 에?"

"빨리 잉... 자기야 빨리"

조정아는 마치 어린애가 앙탈을 부리듯 '키스'를 재촉했다. 머뭇거리던 그도 어쩔 수 없었는지 폰소리 구멍에다 대고 그만 쪽쪽 입술을 크게 두 번 갖다 댄다.

"됐어... 자기 사랑해... 칠한씨 사랑해... 나두 쪽쪽쪽쪽... 일 마치시면 문자 줘요... 안녕!"

사람과 사람과의 단절을 오랜 기간동안 생활로 몸에 익혔던 칠한이었지만 조정아는 도리어 잠깐이라도 하루라도 사랑하는 칠한을 보지 못한다면 곧 숨이 끊어질 듯 호흡이 정지하거나 멈출 만큼의 다급한 흠모와 그리움을, 사랑의 증표와 그래프를 그녀의 행동으로 말투로 그대로 거짓없이 확인을 시켰다.

조기자가 선물한 스카프를 목에 걸고 넥타이를 주머니에 넣은 그는 향수까지 뿌리며 맞춤 신발처럼 편안한 사이즈로 세련미가 넘쳐 흐르는 밤색 구두를 당당하게 발에 걸 친채 첫 출근지 '줄리엣나이트클럽' 으로 가기 위해 성큼성큼 또 집을 나섰다.

* * *

"전체 차~렷!"

척- 척- 척- 척-

"열중 셔~어"

휙- 휙- 휙- 휙-

군대에서나 보던 집단과 조직의 단체 움직임 같은 절도있는 제식훈련이 플로어위에서 펼쳐졌다.

"아즉도 못 나온 놈이 누구여?"

"……"

"웨타 실장"

"옛 사장님!"

"몇 놈이 빠졌어"

"넷 다섯명이 아직 오지 않았습니다."

"뭐여… 요 곳 들이 군기가 확 빠졌구만 그려… 시간을 어겼응께 늦게 오더라도 무조건 벌금 징수혀고, 일주일동안 청소시켜!"

"알겠습니다 사장님"

"홍실장!"

"넷 사장님"

"못 나온 년이 몇이여…"

"다들 시간에 맞춘다고 했지만 미용실도 가고 화장도 해야 하는데 갑자기 빨리 출근하라고 해서 적응이 안 돼 늦는 걸로 생각합니다 사장님!"

"뭐여… 핑계 대지 말고 지각한 것들 모조리 벌금 징수 혀, 손님 테블에도 맨 나중 들여 보내고…"

"알겠습니다 사장님"

"아 야~ 창석아"

"넷 형님!"

"인동이 하고 얼대가 삐지 않는다."

"넷 형님… 5분안에 도착할 것이라는 문자가 왔습니다."

"이 자슥이…"

왕기두는 사정없이 '기도실장' 을 맡고 있는 배창석의 정강이를 걷어 찼다.

그대로 꼬꾸라지고 마는 기도실장.

칠한은 마치 도살장에 끌려온 것 같은 스산한 분위기에 사로 잡힌다.

"웨타하고 저년들이야 늦는다 해도 느거가 내 말을 무시혀야..."

왕기두가 쓱 고개를 젖히자 미리 준비를 하고 있던 꼬맹이가 야구배트를 그의 앞에 불쑥 내밀었다. '꼬맹이'는 기도실장의 수하들을 가리키는 말이었다.

"뻗쳐!"

나이트클럽의 출입구와 영업전반에 관해 조율과 보안을 책임지고 있는 왕기두의 직계부하들- 그러니까 수감 중인 복태오의 충직스런 행동대, 기도들- 현재 참석인원 18명이 "뻗쳐"라는 왕기두의 한마디에 일제히 플로어 바닥에 머리를 들이 박는다.

역시 시차를 두지 않는 왕기두의 눈깜짝 할 매타작에 그대로 나가 떨어지고 마는 배창석과 열 여덟 거구의 사내들이었다.

"전부 차~렷"

척- 척- 척- 척-

"열중 셔~어"

휙- 휙- 휙- 휙-

대충 눈대중으로 만 봐도 1백여 명 넘어 보이는 웨이터와 그들이 데리고 있는 또 백 여명 보조들, 160명에 달하는 여종업원과 주방장을 비롯해 주방 보조요원, 주류 담당자들, 총무과 직원들까지 모두가 줄리엣나이트클럽의 최고 실력자 왕기두의 명령에 따라 평소 출근시

간을 훨씬 앞 당겨 직장으로 달려 왔지만 그중에서도 아직 얼굴을 나타내지 않는 '지각자들' 때문에,

게다가 왕기두의 명령이라면 불구덩이속이라도 뛰어 들어야 할 그에 의해 팔자와 운명이 갈리고 저당 잡힌 똘만이 주먹들 '기도' 까지, 이런 저런 이유로 '집합' 에서 이탈 하자 그만 성격 급한 왕기두도 열불을 참지 못해 '빳다' 를 내리치고 만 것이었다.

민주주의 사회라고는 하지만 직장의 선택역시 강압적인 수단이 아닌 본인의 의지와 의중과 판단에 따라 결정될 사안이나 다른 업소에서는 볼 수 없는,

완전 '수용소군도' 의 얼차렷과 공포를 심심찮게 경험하고 있는 '줄리엣나이트클럽' 에 속으로는 끓는 감정을 삭히면서도 예예 고분고분 또 식솔들처럼 어제 일을 잊어버리고 일터로 기어 나오고 마는 이유는 단 하나 "돈이 된다" 는 것이었다.

어쩌고 저쩌고 해도 '쩐' 이 되는데 잘 벌리고 수익 최고인데 그야말로 대한민국 최대의 규모와 시설을 자랑하는 넘버원 나이트클럽 답게 큰손인 손님들이 물주들이 뿌려대는 매상과 팁이 얼마인데 "군기가 좀 세다!" 는 평판만으로 줄리엣을 떠날 것인가?

그럴수는 없었다. 월급을 받거나 다른 무엇도 업소측으로 부터 댓가가 지급되지 않는 아가씨들 역시 밀려드는 손님을 선별해 입장시키는 줄리엣의 독특한 영업전략에 따라 타업소 와는 비교가 되지 않는 최고의 '팁' 을 벌어 왔다. 모든 밤의 요정들이 모델 뺨치는 각선미의 소유자들이 왕기두의 험상궂은 성깔과 협박에도 굴하지 않은 채 꼬박꼬박 출근도장을 찍고 있는 이유는 바로 그런 줄리엣나이트클럽 만의

짭짤한 돈벌이와 수익배분과 매력 때문이었다.

3,800평 줄리엣나이트클럽의 호화궁전 안에서 400명이 넘는 대식구가 섞인 채 왕기두의 명령에 따라 제식훈련처럼 움직임을 펼쳐가고 있는 군무(群舞)의 장면은 그 자체로서 압권이었다. 워낙 많은 종업원이 생활하는 업소이다 보니 모든 줄리엣 식구들은 명찰을 가슴에 붙이고 일을 해야 했다. 웨이터는 물론이고 총 8명의 마담이 그 아래 새끼마담으로 구성된 20명의 여종업원을 거느리며 총마담을 '실장님'으로 상석에 앉힌 지배계급 구조로서,

그녀들을 찾는 손님 좌석에 아가씨를 데려다 주면서 매상이 일정부분을 초과할 때 마다 10% 즉 1할을 매출을 올린 아가씨에게 되돌려 주는 운영 형태였는데… 그렇기 때문에 '아가씨'는 업소측으로부터 노 돈을 받아 두둑한 팁을 챙기면서 마담역시 수익을 극대화 하는, 웨이터는 웨이터대로 주머니가 두꺼워지고, 줄리엣은 전체 매출을 상향조정 할 수 있다는 타 업소에서는 찾아보기 힘든 특별한 영업전략을 고수, 유지하며 여종업원까지 술과 안주에 신경쓰게 만든 아이디어와 기획안을 나이트클럽 개업 때 부터 최종 채택했던 인물이 바로 복태오였다.

무엇보다 술이 있는 곳에서는 '서비스'가 최고라는 걸 잘 알고 있는 복태오는 서울 장안에서 이름깨나 날리던 웨이터를 빠짐없이 스카웃 했고 여종업원의 기준역시 대략 170cm에 달하는 키와 50kg 전후의 날씬하면서도 볼륨있는 몸매의 아가씨로 채용기준을 맞췄다.

다만 2차— 그러니까 손님과 밖에서 몸을 섞었다는 소문이 들려 올 땐 무조건 퇴출인 동시에— 술 상대를 하는 룸에서는 그 어떠한 선을

넘는 행위가 있더라도 여종업원이 원해서 이뤄진 것이라면 무조건 용인하고 일체의 제재가 없음을 고지하자 '그게' 본래의 목적인 손님들은 그것을, '욕망'을 채워서 좋았고 그녀들은 또한 2차를 따로 나가지 않고도 줄리엣나이트클럽의 '특별한 여종업원'이라는 프리미엄만으로도 하룻밤에 쉬 구경할 수 없는 목돈을 서비스(?)로 챙긴다.

룸마다 화장실과 쉴 수 있는 간이침대를 비치했기 때문에 그 안에서 무슨 일이 벌어지고 있는지는 이름만 대도 알만한 저명인사들이 대다수였던 손님과 아가씨만이 알 뿐이었다.

"나가 말이여... 우리 식구들 보고 빨랑 출근하라는 명령을 왜 하게 돼부렀나 허면..."

400명 대열이 숨소리 하나 들리지 않을 만큼 팽팽한 긴장에 잠겼다.

"바로 중요한 우리 식구가 오늘 들어왔기 때문이지라... 어 이 총무과장!"

"넷!"

"일로 나와?"

칠한은 바짝 군기가 든 차렷 자세로 왕기두의 앞으로 걸어 나왔다.

"오늘부터 우리 줄리엣나이트에서 여러분과 같이 일 허게 될 총무과장이여... 뭐 여 총무과장!"

"아, 안녕하십니까... 김칠한이라고 합니다."

짝짝짝짝

왕기두가 손을 부딪치자 마치 오페라하우스에 입장한 관객이 일시에 내지르는 환호처럼 400여 줄리엣 식구들은 뜨거운 박수로 새로이 등장한 새가족 김칠한을 반갑게 맞이 한다.

짝짝짝짝 짝짝짝짝 짝짝짝짝 짝짝짝짝 ~ ~

"댔어 됐어... 나가 말이여... 나 왕기두는 대통령도 우습게 봐 부러... 나라에 임자인 대통령도 우습게 아는 난 디... 다만 지금도 빵에서 고생허고 있는 우리 태오성님을 생각 해불면 가심이 미어 터지제... 아 야 창석아"

"넷 형님!"

정강이를 걷어 차이며 '빳다' 마저 제1호로 매타작을 당했던 기도실장 배창석이 더욱 큰 목소리로 대답했다.

"성님이 나한 텐 뭣이냐"

"저 그게..."

"태오성님 말이여"

"하늘입니다."

"그려 그려 알긴 아는구만... 바로 성님은 나한테 하느님같은 분이여. 비록 성님이 고생하고 계시지만 나가 아침저녁으로 형살교도소가 있는데를 향해 묵념을 해 쌌는 이유도 다 우리 태오성님의 건강과 무사귀환을 바라는 거지라, 그란디 성님이 바로 여러분 앞에 서 있는 총무과장을 잘 돌봐 주라고 나한테 지시했는디 내가 어쩌 버려것어... 오늘이 첫 출근이니께 우리식구들 한테 인사시켜야 하는 거 아니여... 그란디 뭔 놈에 핑계들이 이러콤 저러콤 만타냐... 나가 나중 오는 년 놈들을 따로 혼낼 것 인 게로 그렇게 알고... 오늘 부로 총무과장 얼굴을 잘 봐둘 것이여... 또 우리 총무과장은 생긴 것도 훤하지만 고생을 좀 많이 했제... 너그 식구들 중에 빵에 갔다 온 것들 어디 손 한번 들어 보랑께"

배창석을 비롯해 하나 둘 팔이 위로 솟구치는 영업팀 기도들이 18명 중 13명이나 되었는데 서로 눈치를 보고 있던 웨이터 대여섯 명과 보조넷, 주방장도 재빨리 손을 들었으며 아가씨들끼리도 서로 쑥덕이면서 동요하는 기색이 역력했다.

"요거 보소... 홍실장!"

"넷 사장님"

"저것들 중에 빵에 갔다 온 인간들 없어"

"왜 없겠어요 사장님... 제가 혼을 내겠습니다."

왕마담 홍실장이 씩씩거리면서 무슨 미인대회 출전선수 들처럼 길게 대열을 형성하고 있는 여종업원 앞으로 다가 갔다.

"이년들아... 조사하면 다 나와... 교도소 갔다 온 년들 냉큼 손들어"

왕기두의 위압과 홍실장의 성질머리에 더 이상 감출 수 없었던 '빵' 출신들이 그만 하나 둘 팔을 올리기 시작했는데 자그마치 20명은 넘어 보였다.

160:20

이건 분명 적은 비율이 아니었다.

가명을 쓰고 있었지만 명찰을 모두 붙이고 있었기 때문에 홍실장은 무작위로 눈에 띄는 가까이 있는 아가씨에게 질문을 퍼 붓는다.

"전수아 넌 뭘로 갔었어"

"뽕으로요... 실장님!"

"뽕이 뭐야, 구체적으로 말해 봐!"

"히로뽕 인데요."

"이년을 그냥..."

"예인이 넌 뭐야"

"...간통으로 잠깐"

"에구 이년아"

"지원이 너는"

"교통사고 때문인데요."

"가은이는 왜 갔어"

"화장품을 사러 갔다가 지갑을 잃어 버려서 그냥 물건을 들고 나오는 바람에 잠깐요."

"그래도 넌 솔직하구나"

마지막으로 누군가의 앞에서 잠시 멈칫했던 홍실장이 그만 질문을 접고 대열에서 돌아서 나왔다.

'유리'는 줄리엣으로 오기 전 까지만 해도 타 업소에서 수많은 연예인들과 섹스를 했다고 자랑하던 '실장들'의 골칫덩이였지만 그러면서도 나이 드신 부모님을 봉양하고 외조카가 다니고 있는 대학의 학비전액을 부담하면서 봉사활동에도 빠지지 않 은채 그녀 자신도 틈틈이 낮에 미용기술을 배우고 있다는 소문을 왕기두가 누군가로 부터 들었던 터였다.

홍실장은 자르자고 했지만 왕기두가 "놔둬!" 라고 하는 바람에 더 이상 유리의 문제를 홍실장도 입에 올릴 수 는 없었다.

"좋아 좋아... 나 왕기두 어렸을제 배가 고파 괴기를 쬐깐 훔쳐 먹다가 빵을 갔다 온 이후로 총 아홉 번이나 구속이 됐 었제... 성님을 만

난 곳이 바로 빵에서 였지만 성님은 아무 가족이 없는 무식했던 나를 거두셨지라... 우리 태오성님을 하느님으로 보는 이유가 바로 그것이여... 누구라도 어느 냄이라도 우리 성님헌테 도전 해 불면 나 왕기두가 못 참제..."

칠한이 찔끔했다.

"...고것은 바로 사망이여... 그랑께 우리 태오성님이 한 식구로 보내준 총무과장을 누구라도 우습게 알거나 나 몰게 함부로 까불었다간 그날로써 사망이여 사망... 알 것어, 총무과장 말이 곧 왕기두의 법이라고 생각 허고 다들 정신 차리도록 혀 알 것어"

"넷 사장님"

"목소리가 쉬었어... 다시"

"넷 사장님!"

줄리엣 전 종업원이 왕기두 앞에서 김칠한의 존재를 확인하는 순간이었다.

"아야 시간이 없다... 우리 식구들이 언제 이렇게 모여 본 다냐... 7시부터 손님이 들어와도 1시간 반은 충분하니 께 빨리 거 뭐냐 부팬가 부펜가 준비 됐 제"

"옛 형님 준비됐습니다."

과연 복태오의 큰 손을 그대로 보고 배웠던 왕기두 답게, 무엇보다 엄청난 일일 매출고를 올리면서 큰 시설과 규모를 자랑하는 최고의 줄리엣나이트클럽 책임자답게 500인분 출장 뷔페가 아직 손님을 받지 않고 있는 테이블 위에 즉시 세팅되었고, 일곱 대의 대형뷔페 차량에서 쏟아져 나온 음식들이 또 출장뷔페 직원과 웨이터들의 합세로 금방 모양새 좋게 긴 자리를 차지 한 채 놓여 졌다.

"자 다들 음식들 들면서 한잔씩 따뤄 봐"

줄리엣 식구들은 예고되지 않았던 신임 총무과장을 환영하면서도 나이트클럽의 특성상 함께 모여 식사를 하거나 대화의 시간을 가질 기회가 거의 없었는데 그걸, 총무과장의 입성을 알리면서 다 함께 음식을 나눌 수 있는 자리를 마련했던 우악스런 왕기두를 왠지 다시한 번 생각하게 된다.

"자 총무과장 한잔 받 어"

"감사합니다."

"우리 식구들은 모두 한 가족이여 가족... 나가 고아로 자라 버렸응께 더 가족이 그립 당께, 태오성님도 가족들 사랑이 지극 하시제... 성님의 가족은 우리 식구들이여... 8시 까정 오면 되는 출근을 빨랑 오라고 했던 것은 총무과장도 소개시키고 우리 식구들 모처럼 고기 좀 먹이자는 취지 였당 께로..."

그때 출연하고 있던 밴드들과 전속오케스트라 단원, 무용수, 사회자와 지각생들이 우르르 떼지어 몰려 들어 온다.

인원은 금새 500여명으로 불었다.

"야들아... 이리 와라 한잔씩들 허구... 늦게 온 것들은 실장들한테 벌금 들 내... 알 것어"

"옛 사장님!"

총무과장의 직책으로 첫 출근한 김칠한은 또 정신 줄을 놓아버릴 만큼 새로운 세계와 업소의 문화를 경험하면서 왕기두의 제창에 따라 잔을 높이 들어 올렸다.

"자 총무과장을 환영 혀고 우리 줄리엣나이트 더 떼돈 벌기 바람시롱 빵에 있는 태오성님도 만수무강하시고 잘 계시길 짬뽕 혀서 여러 가지로 다함께 차차차... 건배 건배 건배..."

"건배!"

"건배!"

"건배!"

줄리엣나이트클럽의 전 식구들이 한자리에 모여 손님을 받기 전까지 함께 외친 "건배!"의 축제소리는 6시50분까지 이어졌으며 웃고 떠들다가도 워낙 빠른 속도로 술과 안주를 내려놓던 종업원들 답게 음악이 시작되기 전 거의 5분여 만에 테이블 위는 본래의 형태 그대로 깨끗하게 정리가 된 모습이었다.

칠한은 왕기두가 주문했던 수트를 거울에 비춰보면서 조정아가 선물한 넥타이를 다시 고쳐 맸다. 나이트클럽이라는 영업장이 영 쑥스럽기는 그가 처음 매 본 넥타이 만큼이나 이상하고 어색했지만 어쨌든 줄리엣의 식구가 된 만큼 최선을 다해야 했고 적응 역시 빨라야만 하였다.

"총무과장님"

"네 부장님"

"손님들이 본격적으로 들이 닥치면 정신이 없습니다... 과장님은 다른 것 보다도 우리업소의 흐름을 잘살펴 보는 게 일하시는데 많은 도움이 돼요. 손님으로부터 주문을 받은 웨이터나 보조들이 전표를 끊으로 오면 도장을 찍어주고 나중 영업이 끝날 때 쯤 주방과 주류판매대의 입·출금 전표를 합산해서 술과 안주를 가져간 종업원과 계산을 맞쳐야 하는 게 저희들 일입니다. 그렇지만 총무과장님의 근무시간을 12시에서 1분이라도 초과시키면 벼락이 떨어질 것이라는 사장님의 특별한 지시가 있어서 과장님은 바쁠 때 만 우리 일을 도와 주면 됩니다."

"잘 알겠습니다 부장님... 그런데 '님' 자를 붙여 주시니 제가 굉장히 부담이 됩니다. 그냥 총무과장으로 불러 주십시오."

"하하하 그렇게 하지요... 우리 회계 일을 책임 진 식구가 총무과장까지 여섯명입니다... 인사들 나누세요."

총무부장은 칠한을 같이 일 할 직원들에게 한사람 한사람 앞에서 다시 소개를 시켰는데 네명 모두 아가씨였다.

"지금은 바쁘지 않으니까 홀을 한번 둘러 보시기 바랍니다. 뭐가 있는지도 구경하시고..."

"알겠습니다."

전혀 다른 세상! 가보지 못한 세상이 있다면— 그게 김칠한의 지난 날과 궤적과 결부가 된다면— 그것이야말로 그 사람이야 말로 누구나 돈을 내고 입장할 수 있었던 밤의 세계!— 환락의 공간이— 나이트클럽 같은 뮤직과 사이키 조명이 얼을 빼고 마는 현란한 무도장이— 그에게는 칠한에게는 틀림없이 별나라의 환타지이며 공간이었고 신천지(新天地)가 될 수 밖에 없었다.

말이 3,800평이지 동양최대의 시설을 자랑하고 있는 줄리엣의 실내장식은 최고급 인테리어와 마감재로 대리석을 내부에 입혔으며 마치 UFO가 하늘에서 직각으로 하강하는 것처럼 엄청난 크기의 샹들리에가 수십명의 손님을 태운 채 비행을 하면서 춤을 출 수 있도록 고안, 설계되었다.

무대 옆으로는 수직분수가 뿜어져 올라왔으며, 한창 절정의 피크타임때엔 원하는 풍선을 매점에서 구입한 특히 젊은 커플들이 서로의 사랑을 확인하듯 그들만의 애틋한 애정의 글을 풍선에 적어 돔구장처럼 지붕이 개방되는 하늘을 향해 소원과 소망을 날려 올렸다. 줄리엣나이트클럽을 찾는 손님들은 유명 뮤지션과 특별한 이벤트와 체험을 즐기면서 감상할 수 있는 프로그램에 열렬한 환호와 줄리엣만의 '전속폐인'이, '줄루족'이 된 것을 지극히 지지, 자랑하면서 비싼 술값임에도 주저없이 약속과 만남과 미팅의 장소로 이 나이트클럽을 이용하고 활용해 왔다.

그러나 이것 저것 그 모든 이유를 다 가져다 붙여도 줄리엣나이트클럽은 대형유흥주점이면서 최고급 전문무도업소였다. 어쩌면 '공공의 정서'에 반하는 업장으로 전락할 수 도 있는 세태의 시선을 결국 완벽하게 돌려 놓은 채, 더불어 소외된 이웃과 함께 한다는 모토를 실시하고 실천한 계기가 사건이 바로 삿갓파의 두목이며 줄리엣나이트클럽의 실질적인 소유주였던 복태오의 구속이었다.

짧게 1~2년 들어 갈 땐 몰랐지만 막상 '범죄단체조직' 등의 죄명으로 20년 형이 최종 확정되자 복태오는 그제서야 그가 걸어온 길을, 현재 처한 그 자신을 지난날을 돌이켜 반성하면서 이유불문하고 한 달에 한번씩 불우노인과 소년소녀가장을 초청해 다과를 베풀 수 있도록 왕기두에게 지시한다. 그리고 매출의 일정액을 떼어내 가정형편은 어렵지만 열심히 공부를 하고 있는 초·중·고 대학생들에게 장학금을 지급하도록 함께 명령을 하달했다.

깡패와 건달소리를 들어가면서 오늘의 줄리엣왕국을 건설했으나 복태오의 내면은 그 가족의 계보는, 독립유공자의 손주였고 월남정글에서 목숨을 걸고 베트콩과 맞서 싸웠던 자랑스런 국가유공자인 아버지— 대장부의 아들이 분명했던— 뼈대있는 가정의 후손이었다.

다른 기업의 후원이라면 더 좋았을 테나 그래도 가진 자가 더 많이 내놓기를 주저하는, 꺼려하는 사회분위기와 풍토에서 강남본점 줄리엣나이트클럽에서 한 달에 한 번씩 펼쳐가고 있는 나눔과 베품의 선행현장은 방송과 입소문을 타고 마침내 밤에 신분을 감춘 채 줄리엣을 노크하고 있는 저명인사들에게 까지도 "기왕이면 줄리엣으로!" 라는 구호와 발걸음을 옮기게 만들었으며, 세무당국과 경찰과 관할구청에서도 「모범업소」로 지정하며 칭찬할 만 큼 대외적인 평판과 이미지들이 노력들이 줄리엣의 가치를 급상승 시킨다.

젊은 피플들에게는 꼭 한번 가고 싶은 나이트클럽 순위 1위와, 업소출연이 연예인 인기순위를 가늠할 만큼 누구에게나 함부로 무대를 허락하지 않는 까다로운 '줄리엣' 중앙 스테이지에 서보기를 원하는 슈퍼스타급 그룹사운드와 인기가수는 줄을 설 정도였다.

아직은 이른 시간이었지만 미리 좌석을 점거한 채 부킹과 열정적인 춤사위를, 댄싱을 뽐내고 있는 손님들을 젊은 취객들을 칠한은 천천히 내려다 보았다.

그러면서도 그는 다시한번 복태오의 경영전략에 탄복하고 만다. 경영학을 공부했던 칠한이었지만 말도 많고 탈도 많은 수익구조와 배분의 잉여가치(剩餘價値)와 "줘야 한다"는 사회 환원을 누구보다 앞장서서 실천하고 있는 인물이 복태오이지 않은가! 비록 '술'이라는 개념에서 머뭇거리거나 주저할 뿐이지만 주세(酒稅)에서 소비되고 걷는 세금은 당연히 국가재정으로 흡입되며 500명 종업원이라면 이건 아무나 할 수 없는 중소기업의 고용 숫자였다.

흔히 혼동되기 쉬운 서비스의 끝자락이 비록 은밀하게 이뤄지는 난잡하거나 타락하기 일보직전인 밤 문화 혹은 '성문화' 의 잘못된 근원이나 굴절로 몰고 가서 비약이 되지만 대한민국 어느 '서비스업소' 가 국가에서 받은 허가증만으로 규정대로, 정석대로 교과서 적인 장사를 하든가?

그렇더라도 엄청난 자본이 바탕되는 대형무도장을 하나도 아닌 12곳이나 운영하면서 다른 사업체까지 거느리고 있는 복태오의 배포와 사업수완에 경영철학에 칠한은 거듭 놀라움을 감추지 못한다. 음악소리 때문에 들리지 않았지만 룸과 가까운 복도로 내려 오자 휴대폰이 쉬지 않고 울려 댔다.

조기자였다.

전화를 받거나 걸어도 누가 나무랄 사람이 없었지만 대신 "일하고 있어요" 라는 문자를 얼른 그녀에게 전송하는 칠한.

대충 내부를 둘러보고 근무지로 서둘러 돌아오자 다양한 메뉴의 안주가 쉴 새 없이 주방에서 만들어져 웨이터에게 공급되었고 총무과 여직원들은 전표를 전산망에 입력하면서 혹 착오는 없는지 평소의 반복되고도 능수능란한 손 놀림과 책임과 주어진 임무에 최선을 다하는 모습이었다.

"총무과장"

"네 부장님"

"손님의 주문에서 술과 안주가 빠져 나가기까지, 그리고 그걸 결산

할 때 오차가 없이 금액이 맞아야 만 해요... 오늘은 아무것도 하지 말고 여직원이 일하는 과정과 방법을 잘 숙지하고 지켜 보세요."

"잘 알겠습니다."

말 그대로 밤이 깊어질수록 시간이 갈수록 손님들은 줄리엣나이트 클럽으로 쏟아져 들어왔고 그런 만큼 회계책임을 맡고 있는 총무과와 주류와 안주를 공급하는 주방과 주류판매대는 정신을 차릴 수 없을 만큼 바쁜 시간을 보내고 있었는데, 풍선을 손에 든 젊은 손님들이 하나 둘 눈에 띄는가 싶더니 어느틈엔가 마이크를 든 사회자의 구령과 신호에 따라 마침 개폐되는 지붕위로 각각의 소망을 담은 풍선을 일제히 날려 보내려는 바로 그 순간!

기도실장 배창석이 칠한에게 빠른 걸음으로 다가왔다.

"총무과장님... 12십니다."

"....."

"집까지 모셔야 한다는 사장님의 명령을 받았습니다... 나오십시오."

총무부장과 여직원들이 그만하고 퇴근하라며 칠한의 등을 떼밀었다. 뭘 한 것도 없는데 그만 퇴근하라니 그저 미안할 수밖에 없었으나 이곳에서 누가 감히 왕기두의 명령을 거부할 수 있단 말인가!

밖으로 나온 칠한을 태운 승용차는 기도실장 배창석의 지시를 받은 줄리엣 전속운전기사에 의해 첫 출근으로 혼이 절반쯤 빠져 나갔던가 정신이 절반쯤 나가 있는 총무과장 김칠한의 보금자리가 자리한 청구동의 아담한 골목집까지 조심스럽게 그를 실어다 내려 놓는다.

"칠한씨"

"정아씨"

"어떻게 된 거예요."

"기다리고 있었어요."

"다 크신 숙녀가 골목에 숨어 있으면 어떡해요... 무슨 일 나려구"

"줄리엣에 전화를 했더니 퇴근중이라고 해서 그래서 엄마한테 친구 집에 간다고 말한 채 빠져 나왔어요... 제가 도착한 건 3분도 채 안돼요."

"제가 키를 하나 더 맞춰서 정아씨께 드릴게요... 내가 없더라도 방에 들어가 계셔야지 밖에 있으면 안돼요... 빨리 들어가요."

"네"

칠한이 열쇠로 방문을 열자 조정아는 그 순간을 참지 못하고 그의 입술에 그녀의 입술을 덮쳐 온다.

"정아씨"

"자기... 아무말도 말아요... 보고 싶었어요."

"....."

"왜 문자를 주지 않았어요."

"...첫날이라 정신이 없었어요... 택시를 타든가 버스가 끊기지 않았다면 그걸 타고 오려고 생각하고 있었는데 자정이 되니까 칼처럼 저를 불러 내더니 차에 태웠어요. 지금 시간이 12시 20분이니까 집까지 오는데 15분 밖에 안 걸린 것 같은데요... 밤이라 더 빨랐나..."

"칠한씨"

"정아씨"

"큰 일 났어요."

"왜요?"

"나 이제 칠한씨가 없으면 아무것도 할 수 없을 것 같아요... 오랫동안 자기랑 함께 있고 만 싶어서..."

"·····"

"나 안아 줘"

"정아씨"

또 한번 사랑의 회오리가 몰아 쳤다.

누가 누구를 좋아 한다면 그것은 말릴 수 가 없다. 하물며 처녀총각이 서로를 원한다면 그 무슨 장애가 필요하랴. 칠한은 조정아의 육체를 또 빠짐없이 공략했고 그녀는 사랑하는 칠한의 기와 에너지를 남성의 상징을 주저없이 빨아 들인다. 서스럼없이 상대를 취하며 나를 줄 수 있는 연인의 공식이 며칠사이에 오래 사귄 애정행각처럼 진행되었다는 사실이 두 사람 모두에게 신기할 뿐이었다.

"자기 배 안고파"

"...오늘 환영식을 겸한 뷔페파티가 있었어요... 아직도 배가 꺼지지 않았어요."

"정말?... 자기한테 정말 신경 많이 쓰시는 구나... 엄청난 월급에다 환영식까지... 자기 양복도 그곳에서 만들어 준거야"

"네"

그녀가 칠한에게 선물했던 넥타이를 와이셔츠에 묶은 채 어제와는 다른 수트를 걸치고 차에서 내리는 모습을 골목에서 지켜보며 의아하게 생각했던 조정아였다.

"칠한씨"

편안한 자세로 알몸의 나신 그대로 칠한의 팔 베개를 뿌리치면서 조기자는 그의 코앞에다 큰 눈망울을 들이 민다.

"나는 자기한테... 말을 짧게도 하고 애교도 부리는데 자기는 왜 자꾸 '예, 네, 그래요, 그렇습니다' 이렇게 대답하는 거야... 자기 칠한씨... 그렇게 하지마... 난 이제... 칠한씨 거구... 칠한씨 밖에 생각 안 하는데... 그래서 자기만 바라보면서 살아갈 것 인데... 집에서 그냥 잘려고도 했지만... 자기 얼굴이 자꾸 떠올라서 보고 싶어서 견딜 수가 없었어... 그래서 달려 온 거야. 자기야 알았지... 지금부터 '그래요, 예' 하기 없기다... 이름을 불러 줘"

"....."

누가 보더라도 객관적인 평가와 기준에서 그가 김칠한이 조기자를 앞설수는 없었지만 조정아는 김칠한을 우둔한 인간을 어제까지만 해도 무기수였던 어리석고도 끔찍한 자를 진정으로 포용하면서 사랑하고 있었다.

"다음달 환타지아부터 자기 옥중수기를 연재할 계획인데 준비는..."

조정아는 그 말을 뱉어 놓고도 또 칠한의 입술 속으로 그녀의 달콤한 혀를 밀어 넣었다.

"내일부터 써볼 생각이예요... 잘할 수 있을지 모르겠지만..."

"마종기 소장님실을 방문했을 때 '새길' 인가 하는 문예잡지가 꽂혀 있던데 그건 뭐예요 칠한씨"

기자의 예리함으로 조정아는 칠한의 소재를 묻기 위해 찾아 갔던 형설교도소 마종기소장 집무실에서 신간도서 들 중《새길》이라는 제목의 이름으로 책꽂이에 꽂혀있던 한 번도 본 적이 없었던 잡지를 기억해 냈다.

"구속된 재소자들이 시와 수필, 독후감 등을 발표할 수 있는 교도소에서만 읽을 수 있는 문예지예요."

"그런게 있었나요?"

"일반인들은 잘 몰라요."

"그렇다면 칠한씨가 썼던 글도 있어요?"

"네... 있긴 하지만... 오래 돼서..."

"뭘 썼었죠?"

"시도 있구... 수필도 있어요."

"정말요?... 그렇다면 수기를 쓰는 것도 문제될게 없어요... 보통의 사람들은 방법을 몰라서 어렵다고 말하지만 칠한씨는... 자기는 이미 시도 썼고 수필도 글로 옮겼던 예전의 전력이 있잖아요. 그것이면 충분해요... 그냥 어렵다는 생각을 버리고 차분하게 무엇을, 어떤 서두로서 도입부 첫 글귀가 진행될 것인지를 잘 염두에 둔다면 훌륭한 수기가 만들어질 것으로 저는 믿어 의심치 않아요... 칠한씨... 자기야... 사랑해, 사랑해요..."

그녀는 또 한번 칠한의 가슴을 파고 들면서 귀여운 앙탈을 부린다. 엎치락 뒤치락 하던 몸뚱이가 침대위에서 금새 하나가 되는 듯 했다가 여지없이 불 붙고만 격정적인 섹스의 환희와 즐거움은, 조정아가 비명을 내지를 때 까지, 행위가 끝난 뒤에도 오르가슴의 너울에 여운에 몸을 부르르 떨면서 그녀가 마침내 훌쩍임을 보일때까지도, 그는 묵묵하게 '임무' 에 충실 할 뿐이었다.

"정아씨"

"자기"

"정아씨"

"칠한씨 사랑해요... 나 자기 아기 갖고 싶어... 예쁜... 자기를 닮은..."

"......"

"......"

아무말도 할 수 없었던 사내는 사랑의 여신을 더욱 억세게 끌어 당겼으며 떨어지지 않은 채 꼬옥 엉킨 형태로 잠이 들었다가 예의 오랫동안 몸에 익은 담벼락 기상시간대 6시를 전후해서 눈을 뜬 그의 정성어린 '밥상차림' 에 따라, 행복한 아침식사를 만들어 함께 서로에게 먹여 주면서 그녀는 조정아기자는 또 월간지 환타지아 직장으로 향한다.

9년간이나 해왔던 숙련된 조교의 솜씨로 깔끔하게 설거지 마저 끝낸 그는 집과 1백여미터 아래 떨어져 있는 조그만 공원에서 한참을 서성이며 거닐다가 상념과 사색을 털어 놓아 버린 뒤 돌아와 주저없이 컴퓨터의 전원을 켰다.

한 수인(囚人)의 교도소 탈출기! ─

인간 김칠한이 겪었던 몸소 체험했던 악몽의 시간들이 편린들이 궤적들이 거울이 자화상이, 그의 손에 의해 그의 고백에 의해 그려지고 독자들에게 바로 가까이 다가가면서 접근하는 순간이었다.

혹자들이 '인권'을 입에 올린다면 그것은 두 번 다시 재현돼서는, 되풀이 되어서는 안되는 나약하고 가엾은 인간의 정체성을 삶을 영혼을 송두리째 파괴한 무거운 폭거(暴擧)요 잔악스런 광기(狂氣)였기에 무기형의 굴레를 벗어 던지고 교도소를 탈출한 석방된, 어제까지만 해도 수번 864를 주홍글씨처럼 끼고 살았던 청년 김칠한은 곧은 자세로 맑은 눈빛으로 찬찬히 운명을 갈랐던 수인의 과거를 지난 시절의 처연했던 심경들을 하나 하나 워드 '한컴 2007'에 적어 나간다.

6. 북태오

조정아기자는 내비게이션의 방향을 '청주여자교도소'로 입력하고
애마의 속력을 높였다. 〈환타지아〉에 입사해 교도소라고는 처음 발
을 디뎠던 여성전용 구금시설 청주여자교도소를 4년 만에 다시 찾아
가는 길이었다.

한동안 잊고 있었지만 칠한의 일로 형설교도소를 노크했다가 역시
무기수였던 임성혜를 과거 인터뷰하는 과정에서 마종기보안과장의
도움을 받았던 인연이 자연스레 다시한번 청주행을 결심하게 만든 결
정적 이유와 계기가 됐지만, 당시 미처 질문하지 못했던 의문점을 이
번에는 빠뜨리지 않을 것이라고 취재수첩에 메모하였고 이달의 〈환타
지아〉에 무기수인 임성혜를 거론·언급하면서 김칠한의 '옥중고백
수기'를 연계시켜 하나의 테마형식으로 미리 독자들에게 '연재'의

시도를 알리며— 그 목적의 '운'을 떼고자 한— 의중과 의도가 숨어 있었다.

그렇지만 당시의 자유로운 인터뷰가 허용되었던 '특별접견'의 방식이 아닌 평범한 지인이 면회를 하는 '일반접견'으로 국한해서 10분 동안 만 짧게 질문을 던지고 돌아올 예정이었다.

E대 영문학과 출신으로 빼어난 미색을 겸비했던 임성혜는 중·상류층 이상만이 가입할 수 있는 회원제 결혼중개업소 싱글파티에서 남편을 만났으며 1년간의 연애 끝에 가족들과 친구들의 축하 속에 모 특급호텔 웨딩홀에서 성대한 결혼식을 올린다. 그녀의 남편은 대기업에 근무하며 집과 직장밖에 몰랐지만 결혼 5년차가 넘어가도록 아이가 생기지 않자 서서히 균열과 위험의 징후가 곳곳에서 포착된다.

부부가 싸움을 하는 거야 일상적인 가정의 일로 치부할 수 있었지만 서로가 외도와 불륜을 의심하게 된다면 그 얘기는 분명 달라진다. 게다가 시어머니까지 들고 일어서는 바람에 임성혜의 입지와 스트레스는 말이 아니었다. 우울증 약을 복용하면서 그녀가 탈출구로 삼았던 유일한 위안의 공간이 카바레 출입이었다.

이미 여고시절부터 스포츠댄스를 익혔던 임성혜가 카바레 음악과 그곳 분위기와는 어울리지 않게도 정통 라틴댄스를 추기 위해 무도장을 출입하는 것도 이상했고 격이 달랐지만 뭔가 특별하고도 튀는 의상을 걸친 채 플로어를 휘젓는 그녀에게 어느날 '장도석'이라는 '전문제비'가 드디어 추파를 던진다. 훤칠한 키와 외모에다 명품 수트와 금장시계를 유독 눈에 띄게 소매 끝에 감춘 장도석은 임성혜와의 부킹에서 거의 2시간이 넘도록 깔리는 배경음악에 따라 발바닥을 맞추었으며 길어봐야 보통 서 너곡의 뮤직 향배에 의해 파트너가 체인징되던 카바레의 특성상, 2시간동안 목을 축이고 나가서 계속해서 서로를 탐색했다는 것은 그 세계에서는 이미 "당신이 좋다" 는 의미이며 퍼포먼스요 무언의 몸짓이었고 춤사위가 틀림없었다.

그날 제비와 가정주부 임성혜는 함께 춤을 춘 시간만큼이나 긴 여정의 섹스와 정염에 함몰된다. 그가 어떤 인간이고 명사수인지를 결코 알 수 없었던 임성혜는 남편과는 비교가 되지 않을 강인한 체력과 완력으로 그녀의 클리토리스와 음핵을 짓누르면서 돌진하는 장도석의 현란한 조준과 압박에 수없이 기절했다가 깨어나곤 했다. 함께 붙어있는 동안은 그저 기쁨에 넘치고 격정에 몸을 내던졌지만 또 집으로 돌아오면 그가 생각났고 무료했으며 자식이 없었으니 그녀가 신경쓸 일은 아무것도 없었다.

그즈음 임성혜는 무슨 꿍꿍이 속에서 였는지 보험설계사로 일하고 있던 대학동창을 통해 모 보험사에 남편 이름으로 된 각기 다른 두 개의 '상해' 와 '사망보험' 에 가입한다. 장도석과의 만남이 잦아 질수록 정사의 횟수가 많아 질수록 남편의 곁에 다가 가기가 싫었으며 장도석은 '직업' 의 본색으로 돌아와 사업자금을 핑계로 이런 저런 돈을 임성혜에게 요구했다.

어느날 남편과 아침을 함께 먹던 그녀는 평소 좋아하던 두부찌개에 수저를 올리다가 심한 역겨움을 토하면서 숟갈을 내려 놓고 만다. 이것은 그녀가 한 번도 경험하지 못했던 신체의 반응이었다. 남편이 출근한 다음 조심스럽게 병원을 찾았지만 의사는 임신초기로 최종 진단을 내렸다.

임신.

아기를 가졌다면 임성혜도 그렇고 남편도 그렇고 시댁이며 가족모두가 기뻐하고 축하 할 경사였으나 아기의 아빠가 남편이 아니라는 걸 그녀는 체감으로 직감으로 여성의 본질적 느낌으로 누구보다 먼저 잘 알고 있었다. 며칠을 고민하던 그녀는 이 사실을 장도석에게 털어놓았고 남편이 사망보험에 가입돼 있다는 '보험증서'를 증거물처럼 직접 그의 눈앞에 펼쳐 보여주기 까지 한다.

한편 경찰이 폭음을 한 채 퇴근하다 비명횡사했던 임성혜의 남편 사민철을 부검했을 때는 목 부위가 예리한 흉기에 깊이 찔려 살해되었다는, 지갑이 사라진 점 등으로 보아 "강도에 의한 피습일 개연성이 높다"는 부검의의 소견서를 그녀와 남편의 가족에게 전달한다.

이대로만 일이 진행된다면, 경찰의 발표대로 만 의도한 바가 이루어졌다면 또 임성혜의 운명이 어찌될지는 누구도 알 수 없었다.

누가 가입하고 누가 어디를 얼마 만 큼 다치거나 사망했을 때 그저 처음의 '계약서'대로 보험금을 일괄 지급하던 보험사의 수동적 자세는 옛 말이었다.

워낙 '사고'로 위장한, 급증하면서 빈발하고 있었던 '보험사기'에 대비해 오히려 경찰을 능가하는 전문인력이 보강되어 상주하는 집단이 또한 작금의 보험회사의 현실 인 바, 그들은 남편의 사망확인서를 첨부해서 보험금을 청구했던 임성혜의 뒷조사를 그녀 모르게 실시하였고, 장도석이라는 제비가 그녀의 주변에 얼쩡거리면서 보험회사에 청구된 돈이 지급되어 나오면 "그걸 모두 당신에게 주겠다"고 한 임성혜의 육성을 그녀 몰래 녹음하는데 성공한다.

그러나 이것만 가지고는 미심쩍은 '장도석'의 '강도살인'으로 위장된 사건을 뒤 집을 수는 없었다. 남편 몰래 불륜으로 몸을 섞다가 결국 남편을 죽이고 사망보험금까지 탈 수 있는 기회를 노리고 있었던 임성혜와 제비 장도석의 지향점과 목표와 머리속과 계산은 또 서로 판이 했다.

장도석은 그녀로부터 돈을 건네 받고 사라져 버리면 그만이었으나 임성혜는 "당신의 아이를 가졌으며 남편도 죽고 없으니 우리 같이 외국에 나가서 함께 살자" 며 장도석에게 매달린다.

그렇지만 남편이 살아있을 때 와는 달리 태도가 돌변하면서 무엇보다 당장 병원에 가서 아기를 지우라고 채근하며 싸늘하게 반응하는 제비의 몰상식을 노려 보면서 임성혜는 치밀어 오르는 분노를 증오를 삭일 수 없었다.

그제서야 제 정신으로 돌아 왔는지 장도석의 뻣뻣한 흉골에서 가증스럽게도 변한 것이 없음을 감지하며 재차 확인한 임성혜는 아침에 일어나면 꼭 오렌지쥬스를 입으로 가져가던 장도석의 쥬스잔에 청산가리를 집어 넣었으며, 전문제비 장도석은 그녀와 함께 떠났던 온천여행에서 곧 사지가 마비되는 경련속에 피를 토하며 그녀가 보는 앞에서 숨을 거두고 만다.

그녀의 남편을 죽인 범인이 임성혜의 사주를 받았던 장도석이었고 장도석 또한 그녀의 손에 의해 목숨을, 생명을 마감하게 되는 종말과 비극이 그리해서 만들어진 것이었다.

임성혜는 곧 바로 자수를 했다.

'살인' 과 '살인교사' 라는 죄명으로 무기형을 선고받았지만 왜 끝까지 장도석의 아이만큼은 낳으려고 했는지, 그 물음을 질문을 차마 던지지 못하고 돌아섰던 4년전의 조정아기자였다.

충청북도 청주시 흥덕구 청남로 청주여자교도소.

국내 유일의 여성전용교도소였으며 조정아기자는 접견명부에 '지인' 으로 면회자 이름을 표기 한 채 수번 5027 임성혜의 접견쪽지를 창구로 밀어 넣었다. 그리고 20여분이 흘렀을까 예약시간에 맞춘 방송호명에 따라 7호실로 배정되었던 면회실의 문을 열고 들어서자 아직도 4년 전의 기품과 고운자태를 잃지 않은 모습 그대로 5027 임성혜가 반가운 얼굴로 그녀를 맞이 한다.

"안녕하세요."

"안녕하세요. 조기자님!"

"피부가 예전보다 더 좋아 지신 것 같아요."

"...그럴 리가 있나요... 아마 세상을 잊고 신앙에 귀의해서 그러한 것은 아닌지... 조기자님의 화색은 더 밝아지신 것 같은데... 더욱 예뻐졌어요... 무슨 좋은 일이라도 있나요?"

"좋은 일은 요... 전 그저 주어진 일을 열심히 하면서 지낼 뿐이예요... 이곳으로 오면서도 혹시 저를 기억하실까, 면회를 받아 주시지 않으면 어떡하나 걱정 많이 했습니다."

"호호... 그랬던가요? 여기있는 재소자들은 주변에서 일어났던 일과 과거에 인연을 맺었던 사람들을 절대로 잊어 버리지 않는 답니다... 찾아오는 사람이 없어서도 더 그래요."

애써 웃는 표정을 하고는 있었지만 임성혜의 현재를 조기자는 충분히 이해하고도 남았다. 언제까지 형을 복역해야 한다는 내일이 보이지 않는 막막했던 무기수 신분이었고 그렇게도 태어난 아기를 위해 수인의 처지도 잊은채 빼앗기지 않으려고 피눈물을 쏟았던 산모며 그녀가 아니었나!

영화 〈하모니〉를 관람하면서도 그녀의 '아기' 생각 때문에 조정아는 펑펑 참을 수 없을 만큼의 눈물과 오열을 토했었다. 스크린의 첫과 끝을 장식했던 영화의 주인공이 틀림없는— 아이의 천진난만했던 재롱이 청아한 눈동자가 환각과 착시로 되돌아 와 꼭 그녀의— 임성혜의 일기와 스토리와 줄거리가 스크린에 옮겨져 복원이 된 듯 펼쳐진 듯— 환상의 장면처럼 얼룩처럼 조기자를 감동시켰기 때문이었다.

"영화 하모니를 보셨나요?"

"예... 이곳에서 봤습니다."

"아기의 이름은"

임성혜는 잠시 머뭇거렸지만 이내 생각을 정리하고 입을 열었다.

" '태양'이라고 제가 지었어요... 그렇지만 멀리 입양이 됐으니까 그곳 부모들을 만나서 새 이름으로 잘 지내고 있겠지요."

울컥하는 뭔가가 조정아에게도 밀려 왔지만 지금 그러한 기분과 감상에 젖어 들때가 아니었다. 10분의 접견시간이라는 게 보고 싶었던 가족들에게는 몇마디 인사말을 나누며 주고 받다가 그만 벨이 울리고 마는, 단 몇초라도 엉뚱한 질문과 답변에 쏟을 만큼 여유로운 시간책정이 아니었다.

그래서 재소자나 면회객은 꼭 볼펜을 챙겨야 했고 중요한 대화는 메모를 미리 해가지고 면회신청을 하는 것이 한번이라도 접견을 가서 짧은 면회시간 때문에 낭패를 당했던 사람들의 노하우가 된다.

"궁금한게 있었지만 예전에는 질문드리지 못했던 것이 또 있었어요."

"무엇을?"

"...장도석씨의 아이를 꼭 왜 낳으셔야만 했는지..."

결코 해서는 안 될 질문이었지만 기자의 신분으로 면회를 신청한 조정아앞에서 임성혜는 당황하는 기색이 역력했으나 겨우 진정을 하면서 침묵을 유지하다가 무겁게 운을 뗀다.

"조기자님"

"네"

"...세상 사람들이 저를 욕하고 손가락질 하겠지만 그 인간을 만났을 때 만큼은 저도 그를 좋아했고 사랑했답니다... 어느날 보니 저의 정신은 황폐해 있었지만 육체적으로 포근하게 감싸주면서 다가오는 그 자를 내안의 또 다른 욕망이 갈증이 물리치지 못했던 것 같아요... 결국 이렇게 되고 말았지만 아이가, 핏줄이 집안에 없었기 때문에 모든 것이 헝클어져 버렸고 파괴되었으며 재앙으로 이어지지 않았나 생각해요... 내게 있어 핏덩이는 아이는 그 무엇과도 비교할 수 없는 생명이고 목숨이며 저의 전부예요. 비록 남편의 핏줄이 아닌 호색한의 아이를 제가 가졌더라도 아이를 순산하는 순간만큼은 모든 것을 얻은 듯 했고 다 내 것이 된 듯 기뻤지요... 세상 이... 조 기자님... 조 기자님도 애기를 낳는다면 저와 같은 심경이 될 겁니다 아마도..."

"....."

더 질문 할 것이 없었다.

건드려서는 안되는 아픈 부위를 야멸차게도 송곳으로 찔렀지만 임성혜는 입을 열었고 조정아는 미안하고도 안타까운 마음을 가눌 수가 없었다.

"영치금과 접견물을 조금 넣었습니다... 언제나 건강하시고 좋은 소식 있기를 빌게요."

"조기자님도 건강하세요... 환타지아를 꼬박꼬박 구독해서 읽고 있답니다... 결혼은..."

"아직"

계면쩍은 미소만을 살짝 임성혜에게 내 보인 조기자는 교도소를 빠져 나와 차의 시동을 걸었다.

내리고 있던 빗줄기가 그 새 점차 굵어지면서 떨어지는 속도가 빨라지고 있었다.

아

조정아는 뭔지 모를 서글픔을 비애를, 탄식만을 되뇌인다.

* * *

줄리엣에 출근하면서 낮 시간 동안 원고작업에 혼신의 에너지를 쏟아 붓던 김칠한의 옥중수기 『나는 말한다』 첫 연재분이 마침내 세상에 공개되었다.

200자 원고지 50매 분량으로 월간지 〈환타지아〉에 삽입된 부제(副題) '어느 무기수의 교도소탈출기' 는 여느 작가들의 인생관과는 확실히 차별화 된 '호기심' 으로 독자들의 반향과 서점가의 센세이션을 불러 일으킨다.

이미 학사고시 전국수석과 척사대회 우승으로 수인의 멍에를 떨어뜨린채 형설교도소를 빠져 나오는 순간을 기억하고 있었던, 이슈에는 누구보다 발 빠른 행보를 보이는 언론매체들이 독자들 보다 오히려 더 극성이었으며 취재요청이 환타지아로 물밀 듯이 밀려 들어 왔다.

조기자는 편집장이 전권을 부여했던 김칠한의 매니저임을 부인하지 않으면서 김칠한과 관련된 보도요청과 인터뷰기사를 그녀를 통해서만 접촉할 수 있도록 교류와 소통의 연결과 취재로 만날 수 있는 교섭의 창구를 그녀 '조기자'에게로 단일화 시켰다.

만일 그렇게 하지 않는다면 밤일의 나이트 출근과 낮일의 두 번째 원고작업이 차질을 빚을 수도 있었고, 험한 곳에서 빠져 나오면서 겨우 사회에 안착한 그가 잘못 휘둘리기라도 했다가는 논쟁의 대상과 조롱의 주인공으로, 집요한 안티팬들의 표적이 될 수도 있기 때문이었다. 민감하든 그렇지 않든 할 일 없고 정신 나간 사이코들이 컴퓨터에 앉아 어처구니 없는 악담과 기사거리를 제공하고 이를 퍼 나르면서 결국 지목이 된 당사자가 스스로 목숨을 끊게 되는 사례까지 벌어지고 있는 것이 작금의 넷상의 현실이었다.

정치 경제 사회 문화의 단면과 잘 됨을 건전한 비판이 아닌 인신공격과 사회적 매장으로 이용하며 유도하고 마는 익명의 좀 벌레들은 결코 입에 올려서는 안 될 순수한 스포츠행사에 까지도 이념과 정치를 들이 밀면서 마음에 들지 않는다고 부모에게도 하지 않는 사이버폭력과 폭거와 폭언을, 극언을 서슴치 않았다.

너무나 그걸 잘 알고 있는, 이제는 김칠한 만을 24시간 생각하면서 살아가고 떠올리는 연인 인 그녀가 조정아기자가 이를 미리 차단하지 않거나 방치를 한다면, 고스란히 훗날 또 받게 될 당사자의 상처가 어떻게 머리를 쳐들게 될지 예단할 수 없었다.

특히 조기자는 척사대회 결승전을 중계하였던 몇몇 케이블 방송과 지상파 다큐멘터리 보도제작국의 촬영과 편성협조 요청에 난감한 입장을 취하지 않을 수 없었는데 그것은 총 6부작으로 구성될 김칠한의 사회 안착기와 적응기를 다큐멘터리로 제작하고 싶다는 방송제작팀의 집요한 부탁을 마냥 거절할 수 만은 없었기 때문이었다.

마종기소장을 통해 환타지아에 전달 된, 제작의사를 밝혔던 지상파 교양제작국의 의지는 집요했다. 무기수의 신분으로 학사고시를 넘어 척사대회 우승으로 출소하는 과정은 더없이 훌륭하고 멋진 인간드라마라면서 이걸 시청자들에게 보여주지 않는다면 언론의 사명과 교양제작국의 취지와 자신들의 임무를 방기하는 결과가 되기 때문에 어떡하든 김칠한의 일정을 카메라렌즈가 따라 갈 수 있도록, 김칠한이 응하게 끔 형설교도소 마종기소장에게 압력(?)을 넣은 것이었다.

벌써부터 인터넷에 떠 돌기 시작하는

" '나는 말한다'의 주연배우 김칠한의 소재를 찾아라!" 같은 다소 황당스럽기 까지 한 폭발적인 관심과 반응을 어떻게 물리쳐야 할 것인가!!

관심과 반응으로부터 물러나 있고 거리를 둬야 할 대상의 사람이 틀림없이 있었다.

김칠한이 바로 그런 경우였다.

환타지아에 올린 '옥중고백' 이야 자신의 입장을 충분히 변호하면

서 과거를 지난날을 회상하며 돌아보는 연재형태이고 글이기에 집에
서도 쓸수 있었고 먼나라 외국에 나가서도 원고를 작성할 수 있었지
만 전 국민이 시청하는 '그' 만을 위한 TV노출은 아직 세상을 제대로
알지 못하는 칠한에게 상처를 줄 개연성과 위험부담이 너무 컸다. 그
렇지만 마종기소장이 세 번씩이나 조정아 팀장에게 직접 전화를 걸어
협조와 양해를 구했던 사실때문에라도 조기자는 일단 칠한의 의사를
물어보고 확인하지 않으면 안되었다.

"자기 뭐 해?"

"공원에 있어요."

"공원에서 뭘"

"햇볕이 너무 좋아서 이걸 열심히 쬐고 있는 중이랍니다."

"....."

"에너지 충전 같은 거"

햇볕이 싫다며 피하는 사람이 한 둘이 아니지만 갇힌 세월을 오랫
동안 경험했던 그에게는 정말 간절 할 만치 그리웠던 서광(瑞光)의 빛
일 수도 있었다. 그래서 그녀는 한마디 더 붙여 보았다.

"햇볕의 고마움이 자기한테 얼마 정도 인거야"

"...정도에서 감히 재단할 계제가 아니며 교도소에 있을 때 이런 일
이 있었어요 정아씨... 그곳에서 유일하게 돈을 주면 사먹 을 수 있는
육류가 닭고기예요. 돈이 없으면 먹을 수가 없어요... 그래서 한번은
공장 식구들끼리 내기를 했는데 30분 동안 운동장을 거닐 것인가 닭
훈제 1마리를 뜯어 먹을 것인가 가 싸움처럼 논쟁이 되었지만 다들 닭
훈제를 먹는다고 손을 들 때 전 운동장으로 걸음을 옮겼답니다... 그

날따라 태양도 쨍쨍 내리 쬐서요... 햇빛은 제게 정말 산소만큼이나 고마운 에너지의 원천이랍니다. 고기를 먹는 게 문제가 아니예요."

"호호호 알았어요 자기 첫 연재가 끝났으니 이젠 주말마다 트래킹을 가기로 해요. 산과 바다... 자전거를 타면서... 자기가 원하는 곳으로..."

"정말요? 그렇다면 당장 이번 주말부터 서울에서 가까운 여행지부터 가요 우리... 어디든 가보고 싶었으나 그렇게 하질 못했어요... 말만 들어도 두근대네..."

"자기... 마소장님 전화를 받았어요."

"마 소장님?"

"어느 TV채널에서 자기의 얘기를 다큐멘터리로 제작하고 싶은데 쉽게 답을 주지 않으니까 마소장님한테 부탁한 모양이예요."

"그래서 정아씨가 뭐라고 했어요."

"전 그저 기다려 달라고만 했지만... 자기 생각은 어때요."

"글쎄요... 제가 그걸 어떻게... 그것도 정아씨가 알아서 처리해줘요."

"알았어요... 제가 쬐끔 더 고민해 볼 께요... 칠한씨!"

"예 정아씨"

"자기의 글을 읽고 참을 수 없다면서 사무실로 걸려오는 전화 때문에 업무가 마비될 정도랍니다... 책임져야 해요."

"...그게 무슨 뜻이예요."

"호홋... 그 책임은 내가 칠한씨 곁에 있을 때 확실하게 물을 게요."

"그럼 안되는데..."

"호호 조심해서 운동하시다가 들어가요."

"알겠습니다 정아씨"

햇볕을 쬔다고는 했지만 쉬지않고 스트레칭으로 몸을 풀면서 공원을 몇바퀴고 돈다는 말을 했던 칠한의 시간개념을 잊지 않았던 그녀였다. 그와의 통화를 끊내기가 무섭게 호랑이 편집장이 어느틈엔가 조팀장 앞으로 다가와 김이 모락모락 피어 오르는 커피잔을 그녀의 책상위에 내려 놓는다.

"이야... 아예 이젠 '자기' 라는 닭살을 눈치도 보지 않고 사용하네... 조기자 곧 국수 먹는 거야"

대답대신 붉어지는 홍조가 더욱 도드라지는 그녀.

"잘 해봐... 내 팍팍 밀어 줄테니... 김작가의 수기 건을 처음 기획했을 때만 해도 이렇게 폭발적인 반응이 나올 줄은 몰랐다구... 우리 환타지아가 발행되고 나서 바로 재판(再版)에 들어간 사례가 없었지만 김작가가 드디어 우리 잡지사의 구원투수가 되고 마네..."

흡족한 표정을 감추지 않고 있는 편집장은 칠한을 아예 '김작가' 로 높이 호칭하면서 대우해서 입에 올렸다.

"방송국에서 자꾸 연락이 오는데 어떡했으면 좋을 까요 편집장님!"

"글쎄... TV에 김작가가 나온다고 우리 환타지아가 손해를 보는 건 아니며 오히려 홍보와 마케팅에도 도움이 될 것이지만 문제는 조용히 살아가야 하는 사람을 자꾸 방송에서 들쑤시면 결코 김작가에게도 득이 될게 없다는 것인데... 그럼 방송국의 제작형태는 어떤 프로그램을 말하는 건지 확실하게 알아 봤어?"

"다큐멘터리로 제작하고 싶다고 합니다."

"거 뭐더라... 인간극장 같은 거"

"그렇습니다."

"그건 괜찮잖아... 미리 각색을 하거나 연출되는 장면이 아니고 평범한 사람들의 생활상을 카메라에 담는다면 나는 나쁘게 없다고 생각해... 그리고 보니까 혹시 조기자! 김작가하고 많이 붙어 있어야 하지만 방송국 사람들이 따라 붙으면 그걸 못하니까 괜히 주저하는 거 아니야"

"아 아니예요 편집장님... 그럴 리가 있나요. 전 다만 여러 가지를 종합해서..."

"알았어... 그건 김작가 하고 조팀장이 잘 판단해서 결정해... 내가 관여할 일도 아니구..."

"알겠습니다."

다시한번 조정아의 볼이 붉어 지는 듯 했으나 또 방송국이라면서 지상파 채널의 담당책임자가 그녀에게 전화를 걸어 왔다.

"조정아 기자님인가요?"

"네 접니다."

"여러차례 저희들 입장을 말씀드렸는데 회신이 없어서요... 김칠한 씨께 저희 방송국의 취재협조를 설명 드렸습니까?"

"아직 설명하지 못했습니다."

"절대 그분에게 해가 가지 않는 방향에서 우수 프로그램으로 만들 것임을 제가 담당책임자로서 약속드립니다... 아울러 최고의 출연료를 지급할 것이며 환타지아에 실린 '나는 말한다' 를 읽었던 많은 시청자들의 프로그램 제작 요구를 저희도 무시해 버리거나 거절할 수가

없음을 헤아려 주십시오... 형설교도소 마종기소장님은 조기자님에게
연락드리면 틀림없이 승낙 할 것이라고 말했어요."

"....."

"조기자님... 협조 부탁드립니다."

"...알겠습니다... 저희도 고마운 호의를 무조건 물리치기가 정말 어
렵네요... 그럼 어떤 구성과 취재방식으로 프로그램을 제작할 생각이
신지요?"

"준비된 시나리오는 없습니다... 김칠한씨가 하고 있는 일상을 우리
카메라맨들이 따라가기만 하면 되니까요... 그 세부사항을 알려 드리
기 위해 다큐멘터리 작가가 먼저 김칠한씨 댁으로 방문하겠습니다"

"알겠어요... 부디 좋은 프로그램을 만들어서 좋은 반응을 얻길 기
대 할게요... 김칠한씨 께도 연락하면서요."

"고맙습니다 조기자님"

몇차례 리허설 삼아 방송작가가 칠한과 조기자를 찾아 오면서 드디
어 무기수의 교도소탈출기! 사회안착과 적응기- '김칠한의 생활상'
이- 다큐멘터리가 제작에 돌입한다.

다만 프로그램의 주인공인 김칠한의 강력한 요청에 따라 환타지아
팀장이며 『나는 말한다』 연재를 성사시켰던 조정아기자가 친구처럼
자연스럽게 김칠한의 사회적응기 여행에 간헐적으로 참여하고 동행
한다는 구도와 조정아래 아침에 잠에서 깨어난 김칠한의 기상시간부
터 줄리엣나이트클럽 출근과 퇴근까지 카메라를 조준하고 6부작이
완성될 때 까지 약 4주간을 그들과 함께 고락(苦樂)을 함께 하면서 일
정을 지켜야 한다는 명제가 붙는다.

아울러 김칠한의 프로그램을 교도소 동료들이 시청할 수 있도록 '교정본부' 와도 얘기가 될 것 임을 제작팀은 조정아기자와 김칠한에 게 알렸다.

* * *

"자기... 사실 내가 자기 TV출연에 주저했던 것은 편집장이 정확하 게 꼬집었듯이 촬영팀들이 프로그램이 끝날 때 까지 붙어 있다 보면 자기와 함께 할 수 있는 시간이 없잖아... 자유롭지도 못하구... 그래 서 쬐끔 고민했었어... 하지만 이미 결정되었고 내일 아침부터 시작할 텐데 이따가 늦게라도 집으로 돌아 가야 해... 자기야 칠한씨 사랑해"

하나 더 만들었던 칠한의 방문열쇠를 보물처럼 핸드백에 넣어 두고 소중하게 간직하던 조정아는 이 밤만 지나면 다큐멘터리 촬영으로 새 벽부터 들이 닥칠 제작진들을 피해 그 새 라도 그 시간 만이라도 칠한 과 더 붙어 있고자 그의 퇴근시간에 맞춰서 미리 집에 도착해 편안한 차림새로 침대에 누워 있었다.

요즘 들어 더 소녀처럼 조기자가 마음이 설레이는 것은 그녀의 손 가락과 김칠한의 똑 같은 마디에 끼어있는 '커플반지' 의 영향이 사 실 무척 큰 탓도 있었다. 9년만의 외출에서 걸음마를 뗀 어느 일요일 날 오후. 칠한과 조기자는 아이들처럼 재잘거리면서 청계천을 함께 걸었고 종로 3가에서 영화티켓 두장을 끊었다. 상영시간이 1시간 정 도 남아 있었기 때문에 일단 밖으로 걸어 나온 두사람은 극장주변에 몰려있는 어느 귀금속 가게를 기웃거리다가 갑자기 무슨 생각이 떠올랐는지 조정아의 팔목을 끌고 칠한이 보석상점으로 용감하게 쳐들어 간다.

그렇지 않아도 그녀에게 안겨줄 '선물'을 늘 고민하고 있었던 칠한인지라 모처럼 만의 휴일데이트에서, 또 통장으로 입금된 첫 월급 때문에라도 반드시 그녀에게 뭔가를 건네주어야 했지만 미리 구상을 했던 것은 아니나 극장을 찾게 되면서 주변의 보석상가에 자연스럽게 눈길이 가게 되었고 초점이 맞춰진 것이었다.

거북해 했고 부담스러워 하였지만 조정아는 기꺼이 칠한이 손가락에 걸어주는 사랑의 증표를 징표를 작은 다이아몬드가 빛을 띠는 커플반지를, 칠한의 손가락에도 맞춤처럼 들어가는 똑 같은 두 개의 '연인'과 애정의 표식(表式)에 주저하지 않고 각자 입을 맞춘 후 손가락을 또 걸고 영화를 보러 극장으로 발걸음을 옮긴다. 칠한도 그랬지만 조정아는 영화가 상영되는 내내 스크린에 집중할 수가 없었다.

그저 쿵쿵 심장이 뛰었고 반지를 손가락에 걸어준 그가 왠지 더욱 믿음직해 보였으며 신뢰와 누가 뭐래도 이젠 완전히 그녀의 남자가 된 듯 한 흥분에 휩싸인다.

빨리 시집가라며 재촉하는 엄마에게 아직 김칠한의 실체를 알리지는 않았지만 "좋은 친구가 있다"는 언급만으로도 기뻐하면서 행복해 하던 그녀의 가족이었기 때문에 조만간 그 어떤 '대화'가 있어야만 할 것 같았다.

"자기야... 안아 줘"

조정아는 참을 수 없다면서 칠한의 가슴을 또 파고 들었다.

다시한번 불꽃이 인다. 사랑의 불꽃이...

헤어날 수 없는 욕정의 불꽃은 왠지 색깔이, 빛이 바랬지만 칠한과 조정아의 결합과 사랑의 불꽃은 맑고도 화려했으며 자수정처럼 고운 영롱한 무지개의 빛깔로 승화되었다. 더 있고 싶었지만 더 칠한의 팔베개에 안겨 꿈나라고 빠져 들고 싶었으나 걱정하고 염려하는 약속된 시각이 다가오는 관계로 어쩔 수 없이 조기자는 돌아가지 않을 수 없었다.

다만 "평소처럼 생활을 하고 조정아기자님도 김칠한씨의 친구라면 감추거나 오버액션을 취할 필요없이 자연스런 감정유입을 세상에 나온 김칠한씨에게 해줄 필요가 있다" 는 제작진의 요구와 주문에 따라 그녀도 조정아도 어떻게 대처해야 할지 좀체 몸가짐과 태도와 확실한 확신의 기준이 서질 않았다. 그의 곁에 있어야 한다는 사실은 틀림 없었으나 그녀 역시도 방송에는 문외한이었고 초짜가 아니던가!

기자라는 직업 때문이라도 카메라 앞에 직접 나서는 걸 꺼려 했지만 결국 그 '오버액션' 조차도 수인의 겉옷을 벗은 김칠한에게 유용하며 유익한 결과가 도출되는 것이라면 기꺼이 조기자는 몸뚱이라는 육신조차도 던질 것이라는 각오를 그러면서도 한편으로 결심처럼 굳힌다.

"사랑해... 사랑해 자기... 칠한씨는 내꺼야"

* * *

줄리엣나이트클럽의 최고 실력자이자 '복태오' 라는 보스가 없는 틈을 이용해 '사장' 이라는 대표 직책까지도 마음대로 사용하고 있었던 왕기두는 칠한의 일상을 쫓아가는 다큐멘터리가 제작 될 것이라는 언질을 듣고 즉각 형설교도소를 방문해 이 '문제'를 보스에게 보고한다.

4주간의 촬영기간이라면, 그리고 8시에 출근해서 12시까지 근무하는 시간이라면 아무리 칠한이 회계와 관련된 실무를 담당하고 있다고 해도 클럽 내부 곳곳을 비추면서 파고 들 카메라렌즈를 현실적으로 막을 방법이 없었다.

최고와 명품클럽을 지향하고 있었던 줄리엣이, 외제차를 굴리면서 한껏 돈줄로 감싼채 멋을 부린 피플들의 열화와 성화 때문에 그렇지 않아도 미어 터질 만큼 손님이 몰려 오고, 더 광고할 필요성을 느끼지 않는 클럽내부가 무조건 방송제작팀을 거부할 수 없는 이유는 그 프로그램의 주인공이 '김칠한' 이었기에 왕기두도 섣불리 답변을 주지 못 한채 복태오의 의중을 들어보고자 한 것이었다.

왕기두의 보고를 접한 복태오는 "그걸 고민 했냐!"면서 촬영을 허락하고 최대한 방송제작팀에 지원과 물질적 배려를 아끼지 말 것을 지시했다. 그리고 이 참에 아예 룸에서 벌어지는 아가씨와 손님간의 '접촉강도' 도 조절이 필요하며 굳이 그런 '서비스' 가 없더라도 영업에 지장이 초래되지 않는다면 아예 '지침' 으로 남녀 간의 부정한 '방법' 을 중지시키라고 명령한다.

보스와의 면회를 마치고 돌아온 왕기두는 이를 칠한에게 그대로 통보했으며 칠한의 교도소 접견과정과 줄리엣 근무현황을 필름에 담고 싶어 하던 다큐멘터리 제작팀의 소원과 바람대로 그가 잠자리에서 깨어나 이불을 걷어 젖히는 순간부터 이미 하나 둘 나타나기 시작한 방송기자재와 조명장비들이 창문을 향해 앵글을 맞췄던 구도를 돌려 일제히 그의 방문앞으로 '주연배우'를 담기위해 '밝기'의 불빛을 쏟아 놓는다.

카메라를 의식할 필요도 없이 칠한은 여느 때처럼 간단하게 세면을 끝내고 익숙한 동작으로 밥을 지어 먹었으며 또 공원으로 나갔다가 햇볕에 얼굴을 노출 한 후 돌아와 〈환타지아〉에 두 번째 연재 될 '나는 말한다'의 원고작업에 매진했다.

조기자도 틈틈이 클릭하고 있는 〈환타지아〉 홈페이지에 시시각각 올라오고 있는 '나는 말한다'를 읽었던 독자들의 반향과 감동의 댓글을 일일이 확인하면서 읽어볼 겨를도 없이 원고의 초고작업이 끝나면 줄리엣으로 출근해야 했고 많은 보수를 받는 만큼 그에게 믿음을 준 사람들에게 실망을 줘선 안되었다. 화장실을 가는 것 만 빼고는 방송제작팀이 졸졸 따라 다니는 게 영 어색하고 신경쓰였지만 그것 조차도 칠한은 그 자신을 내세우기 보다는 치러야 하고 겪어야 할, 넘어야만 하는 마땅한 숙명으로 자신의 처지를 받아 들인다.

한편 왕기두의 지시를 받았는지 총무부장은 연산 숫자와 토탈 암기 계산에서는 빠져서는 안되는 '엑셀'을 빨리 익힐 것을 어제 근무시간부터 칠한에게 주문했다. 큰 어려움은 없었지만 사용하는 방법에서 다소 여직원들에 비해 뒤처질 수밖에 없는 '속도'를 언급한 것이었는데 이는 곧 전날의 매출실태를 다음날 꼼꼼히 다시한번 살펴보고 카드전표와 현금, 수표등도 만지면서 이제는 총무과장이 직접 '엑셀'로 각각의 웨이터가 올린 수신고를 나열해 기록 · 검토해야 하는 분류작업이었다. 프로그램이 만들어지기 전 이미 칠한과 조기자의 스케줄과 하루일과를 어떻게 방송에 반영시킬 것인가를 고민하며 손님의 자격으로 미리 줄리엣나이트클럽까지 정찰을 마친 지상파 다큐멘터리 전문작가는 4주간의 촬영기간중 중요한 포인트가 될 대략 몇가지 진행대본을 연출 PD와 칠한에게 알렸는데 그 구성은 다음과 같았다.

● 집에 있는 시간동안 김칠한씨의 원고쓰기와 일상의 모습을 카메라에 담고 나이트클럽에 출근했을때도 근무장면을 가감없이 훑는다.

● 형설교도소장과 복태오씨 등과의 만남과 접견내용을 빠뜨리지 말 것(케이블TV의 협조를 얻어서 척사대회 결승전 필름을 편집해 넣어야 함.... 핵심이 될수 있음.)

● 휴일엔 김칠한씨의 친구인 조정아기자와 함께 산행을 하거나 자전거를 탄채 서울근교로 데이트하는 평범한 모습을(영화관이나 노래방등도) 카메라가 따라 간다.

● 촬영기간중 줄리엣나이트클럽에서 김칠한씨도 참여하는 소년소녀가장 장학금전달식이 있고 특히 이번에 처음 실시하는 『6·25참전용사 초청 다과회』와 인기연예인들이 출연하는 『효도공연』이 펼쳐질 것이므로 절대 놓쳐서는 안됨.

● 김칠한씨가 될지, 조정아기자가 될지 두명중 한사람의 특별한 날이 다행히 촬영기간 안에 들어 있어서 이땐 '이벤트'를 했으면 하며...세부사항은 따로 줄리엣나이트클럽 측과 일정을 조율할 것임.

진행대본을 보여준 작가에게 무슨 '날'이 있고 특별한 이벤트가 뭔지를 알고 싶어 하는 질문을 던졌지만 다큐멘터리 경력만 10년이 넘는다고 응수했던 그녀는 "그건 아직 우리도 알수 없다"는 애매한 답변으로 칠한의 궁금증을 비켜갔다.

시계가 7시15분을 가리킬 때 그는 집에서 걸어 나와 전철에 몸을 싣는다. 가장 빨리 목적지까지 안전하게 타고 갈수 있는 교통수단이 지하철이라는 것을 칠한은 택시와 버스를 이용해 본 후 곧 몸으로 체득했었다. 어제의 출근과 달랐다면 그에게서 잠시도 떨어지지 않은 채 줌렌즈처럼 주인공을 향해 포진하고 에워싼 다큐제작팀들이 같이 전철에 올랐다는게 달랐을 뿐 무슨 일인가 하고 자꾸 사람들이 그를 유심히 쳐다보는 민망함도 잠시 강남역에 하차한 칠한은 개찰구를 빠져나와 밤의 황제! '폐인'과 '줄루족'들이 환호하면서 우글대는 최고의 지존(至尊)임을 늘 확인시켜주었던 대한민국 최대규모와 최상의 VIP나이트클럽 '줄리엣'으로 성큼 빨려 들어갔다.

* * *

유리는 모처럼 때빼고 광을 낸 채 먹고 사는 직장 '가게'로 출근했지만 오늘부터 일체의 부정한 '서비스'를 해서는 안된다는 '명령'에 슬그머니 부아가 치밀어 올랐다. 최고의 나이트답게 최상의 서비스로 봉사해서 최대의 만족과 효과의 덕을 누구보다 많이 누렸던 그녀로서는 만약 왕기두의 '강령'을 위반하거나 이를 어기고 잠깐이라도 나쁜 짓을 했다가는 발견되는 즉시 그 자리에서 집으로 돌려 보낼 것이라는 퇴출의 가혹한 엄포에 담배를 꼬나 물면서 "황금시대는 갔다"며 한탄한다.

손님좌석에 앉아 받아 챙기던 '팁' 말고도 또 다른 팁(?)맛에 이미 물이 들대로 든 그녀들이 두 번째 팁의 성과와 거래를 막아버린다면 돈 때문에 연지곤지로 치장한채 출근한 그녀들은 어떻게 되는가?

이곳 저곳에서 불평 불만이 쏟아져 나오자 눈치라면 백오십단인 홍실장! 이년들 저년들 하면서 왕기두에게 하소연하러 달려 갔다가 거의 1시간이 넘는 '격론' 끝에 아가씨 대기실로 돌아 왔다.

"이년들아 이번 결정은 빵인가 뺑인가에 가 있는 우리 회장님 지시이고 죽어도 번복할 수는 없댄다... 그런고로 살려주십사 간청했더니 지들이 좋아 밖에 나가는 2차는 니년들 맘대로 하래... 그러니까 그거 좋아하는 것 들 궁뎅이 좀 작작 굴려... 다만 우리 업소의 이미지도 있고 해서 여전히 이상한 소문 들려오면 제까닥 자를 줄 알어... 특히 유리... 너 내말 알겠어"

"아... 알았어요 실장님!"

유리는 기어 들어가는 목소리로 최고 댓빵 왕마담 홍실장의 으름장에 짤막하게 대답했다. 전체 아가씨 160명 중에서 홍실장이 유독 유리를 거명하게 된 것은 워낙 그녀의 남성편력이 화려했기 때문이었다. 팝의 디바 마돈나의 흉내를 완벽하게 재현하면서 여왕의 춤과 노래를 감질나게도 소화 할 줄 아는 유리는 연예인의 동정기사라면 일거수일투족을 놓치지 않고 보도하고 있는 스포츠신문 등에 의해 이미 '연예인전문킬러'라는 악명의 닉네임을 용감무쌍하게 떨치고 있었던, 유명탤런트 못지 않는 줄리엣의 인기있는 아가씨 순위 넘버 1·2의 영예(?)를 누려왔다.

가수A, 영화배우B·C, 탤런트D, 모델E, 농구선수F, 프로골프G,

야구선수H 등등 그녀의 몸을 거쳐 간 남성스타들이 즐비하였지만 유리의 편력과 '찐한' 흐름의 성향을 대략 알고 있는 대기업 중역과 고위공직자, 변호사, 건설업체사장과 돈 많은 자영업자들까지도 떼거리로 몰려 와서는 일급모델 뺨치는 아가씨들을 뒷전으로 앉힌 채 가장먼저 찾는 여종업원이 '유리' 였다. 그냥 평범한 이목구비에다 몸매하나는 감탄할 수 밖에 없는 빼어난 S라인을 용케도 탐스럽게 유지하는 그녀에게 어느날 홍실장은 전체 아가씨가 궁금해 하고 의아해 했던 질문을 던진다.

"최유리"

"네 실장님"

"넌 무슨 재주가 있어서 손님들이 너만 찾니?"

"재주가 어딨어요 실장님... 그냥 최선을 다할 뿐이죠."

"그 최선이라는게 뭔지 나한테만 말해봐!"

"저만 하는게 아니고 다들 하고 있는데요 뭘... 똑같을 뿐인데..."

"뭐가?"

"손님들은 술을 마시면 꼭 그 짓을 하려고 해요... 그래서 저는..."

홍실장은 그녀의 다음 말을 주시했다.

"그래서 다음엔..."

"룸의 화장실 문을 걸어 잠그고 거길 정성스럽게 입으로 애무해줘요... 그러면 다들 좋아하면서 제 입에다 사정을 한답니다... 장소가 침대에서 일을 치르는 것보다 불편하지만 싫은 내색없이 제가 응해주면 손님들이 팁을 따로 많이 쥐어 줘요... 그것뿐인데요 뭘..."

줄리엣엔 룸마다 간이 화장실이 설치되어 있었다.

"그럼 니가 따먹었는지 따 먹혔는지 자랑하고 다니는 연예인들은 다 어떻게 된거야"

"에이 실장님두... 걔네들은 오히려 더 단순해요... 야동에 나오는 방법대로 몇 번 자세만 바꿔주면 모두 저한테 여보, 당신했어요."

"유명했던 야구선수도..."

"아뇨 그 사람과는 열 번이 넘게 제가 오르가슴을 느끼면서 까무러쳤는데 자기 와이프하고 이혼할테니 당장 저랑 살림차리자고 하더라구요."

"그래서 네가 뭐라 그랬어?"

"여보슈 정신차리셔유... 착각선수 그랬지요."

"유리 너 대단하구나... 언니는 요즘 통 불감증인데... 그래 넌 몇 번 까지 느낄수 있니..."

"한 스무번 까지..."

"꺄~악"

홍실장은 유리의 신체구조와 은밀한 여성만의 특성을 듣게 된 그 다음부터 어떤 일엔 닦달하면서도 마냥 그녀에 대한 부러움을 열등감을, 살아갈 맛을 상실시킨 패배의식을, 생니를 가는 표정까지도 감추지 않는다. 밴드의 음악소리와 함께 여느때처럼 영업이 시작되었지만 화장실을 가기 위해 대기실을 벗어나다 유리는 한 무리의 카메라맨들과 조명기기들이 누군가를 쫓아 다니면서 촬영중인 현장을 발견하는데 최근 들어 그녀 유리가 더욱 흠모의 연정을 품고 있었던 총무과장이 그 주인공이었다.

"어머나 세상에... 멋진 총무과장님한테 무슨 일이래?"

쪼르륵 촬영팀을 뒤따라가 주위를 아무리 둘러 보았지만 거 무슨 특별한 대사도 없었고 총무과장이 평소 근무하는 모습 그대로를 카메라가 찍으면서 따라갈 뿐이었다. 그렇지만 수 많은 연예인과 관계를 맺어왔던 여유와 관록답게 그녀도 한때 스포트라이트가 집중되는 연기의 세계를 꿈꾼 적이 있었다. 수 많은 팬에 둘러싸여 환상적인 다리 꼬기 포즈를 취한채 레드카펫 위를 걷는 그들을 유리는 얼마나 동경 했던가!

지금도 그 꿈을 버린 것은 아니었지만 외조카의 학업 뒷바라지와 일류 헤어디자이너로서 커가는 상상만으로 대신 미래의 진로와 방향을 살짝 바꾼 후였다.

뭔지는 모르지만 그녀가 하고 싶었던, 꼭 연기(演技)처럼 보이는 실제의 촬영장면이, "총무과장님은 딱 제 스타일이예요!"라며 말 한번 건네지 못했던, 은근히 흑심을 품고 있었던, 김칠한이 주연배우가 된 촬영현장을 눈앞에서 맞닥뜨리자 그만 총무과장에게 향한 짝사랑의 강도와 정염이 불같이 그녀의 몸을 태우면서 급작스럽게 온도를 올리고 말았다.

가수와 영화배우와 농구선수와 모델들이 별거든가? 똑같은 몸뚱이에 똑같이 두 개의 방울을 달고 있었지만 그들의 킬킬대는 접근이 아닌 그녀가 좋아하는, 유리자신이 사내를 택해 "넌 내꺼야" 하면서 대쉬를 해보고 싶다는 욕망이 가끔 부글부글 힙의, 질의 신경을 건드리고 용솟음치게 했지만 하고 있는 일이 그래서인지 술마시러 오는 손님이 질퍽대서인지 염원하던 찬스와 기회는 쉽게 찾아오지 않았다. 룸에 들어가라는 새끼마담의 채근에도 급한 일이 있다면서 순번을 뒤로 돌린 유리는 역시 촬영팀을 잠시 벗어나 화장실로 걸음을 옮기고 있던 총무과장 앞을 "요때다" 면서 사뿐히 막아 선다.

"어머 안녕하셔요 과장님!"

"네 안녕하세요."

"오늘 무슨 촬영이 있나 보죠?"

"아 그저... 간단한 거예요."

"총무과장님을 계속 찍고 있던데요?"

"......"

"저... 사실 과장님과 얘길 나누고 싶었어요... 처음 오실 때 부터 얼마나 가슴이 뛰었는지..."

거의 알몸이다 싶을 만치 주요 부위만 살짝 가린 천조각으로 까무잡잡한 피부를 뇌쇄적으로 꿈틀거리면서 촉촉이 물기 젖은 입술로 윙크의 전류까지 보내오는 그녀앞에 칠한도 순간 심장이 뛰면서 당황하지 않을 수 없었다.

"저는 유리예요... 최유리... 언제 과장님과 밥 한번 먹고 싶어요... 사주실거죠?"

"아 네 사드려야죠..."

"그럼 허락하신 걸로 알고 일 볼게요... 과장님 전번을 알려주세요"

"글쎄... 전번은... 전번은..."

사실 조정아기자를 제외하고 왕기두의 문자가 몇 번 찍혔던 걸 빼버리면 그가 칠한이 누구에게 전화번호를 알려 준 적은 한 번도 없었다.

"빨리요."

"예 저 저... 010-7402-0000입니다."

그런데 폰번호는 칠한의 입력번호가 아니었다. 일부러 거짓으로 가르쳐준 것은 아니지만 급작스럽게 물어보니 칠한도 착각을 하였고 끝자리 숫자 두 개를 혼동해 바꿔서 알려주고 만 것이었다.

"알았어요 저 머리 좋거든요... 총무과장님 안녕!"

유리는 칠한의 휴대폰 번호를 얼른 머릿속에 입력한 후 다시한번 그에게 묘하고도 섹시한 윙크를 살짝 던지면서 누가 볼새라 잽싸게 대기실로 사라졌다. 왕기두의 소집명령으로 예고되지 않았던 이른 오후의 출근에서 김칠한을 처음 마주했던 160명의 줄리엣 소속 아가씨들은 모두 유리와 같은 생각으로 총무과장을 바라 보았으나, 그러면서도 관록의 '전문킬러' 라는 명성답게 가장 먼저 용기를 내어 그에게 말을 붙인, 전화번호까지 따간 여종업원이 방금 전 유리였다. 높이난 자가 쬐끔이라도 더 뛰거나 멀리 볼 수 있다는 격언이 남녀의 세계에서도, '찜' 의 순간적인 판단과 센스에서도 필요하거나 작용하는 것일까?

제작팀의 카메라는 여전히 칠한을 따라 다니면서 틈틈이 무대와 플로어, 온갖 색깔의 빛을 쏘아대는 수직분수의 레이저쇼와 줄리엣 내부전체를 빠뜨리지 않으며 영상으로 기록했다. 또한 12시에 개방되는, 풍선이 치고 올라갈 돔 천장이 그 시간이면 칠한의 퇴근시간대와 겹치게 된다는 보고를 받은 왕기두는 제작팀의 입장을 충분히 배려해서 30분을 앞당겨 11시 30분에 돔이 열리도록 지시했고, 수백 수천개의 희망을 적은 풍선이 하늘로 치고 올라가는 압권의 환상적인 장면을 다큐제작팀은 그리해서 탄성속에 필름에 담을 수가 있었다.

다음날, 또 그 다음날도 칠한의 집에서의 원고쓰기와 줄리엣에서 맡겨진 회계일을 다큐멘터리 제작팀은 열심히 영상에 집어넣고 있었는데 촬영이 4일째 접어 들던 날. 그러니까 소년소녀가장 장학금전달식과 6·25참전용사의 다과회와 효도공연을 하루 앞둔 바로 그 전날이었다.

그날 올린 매상의 카드 전표와 현금, 수표등을 일단 금고에 보관하였다가 다음날 은행마감 시간 전에 먼저 출근한 총무부장의 최종 확인 과정을 거쳐 은행에 예치시키는게 돈관리의 순서였으나 현금이 아닌 수표일 경우 간혹 며칠씩 모았다가 한꺼번에 통장으로 입금을 하는 경우도 있었다. 그런데 아직 은행으로 가져 가지 못한 수표뭉치를 살펴보던 총무과장 김칠한의 눈에 '片瑣燐' 이라고 적힌, 한자의 이름이 사인된 '1,000,000' 권 수표가 눈에 띄었다.

片瑣燐

워낙 동명이인이 많은 사회이고 우연이 필연(必然)으로 뒤바뀌면서 다가오는 사례도 있었지만 그가 김칠한이 '편쇄린' 이라는 망령(亡靈)을 결코 기억에서 지워버리거나 삭제할 수는 없었다.

어느날 편의점 알바 일을 하던 스무살의 그가 아무 죄도 없이 강력반으로 끌려가 일면식도 없는 '중국인' 에게 수표를 건네주고 돈을 바꿨다는 기가 막힌 강요와 억지만으로 음모(陰謀)로 무기형을 선고받아 9년간의 암흑같은 복역생활을 견뎌내던중 거짓말처럼 다가온 극적인 인생대역전극을 연출하면서 척사대회 우승으로 형설교도소를 탈출했던, 빠져나오던 수인이 재소자가 그가 아니던가!

이미 찢어진채 갈가리 벗기운 그의 내장과 영혼은 참상은 회복이 불가한 악몽이었고 '펀쇄린' 이라는 세글자는 경찰과 검찰, 법원에서 수도 없이 기억속으로 집어 넣었던 공포스런 혼령의 이름이었다.

이건 연출이 아닌 실제상황이었다.

그의 근무형태 만을 줄곧 따라가던 카메라도 수표의 뒷장에 이서된 뭔가를 발견하고 갑자기 차갑게 얼굴이 굳어지는 총무과장의 표정에 당황하는 모습이 역력했다. 그러나 여전히 그들이 찍고 있는 프로그램의 주인공은 김칠한이었고 제작팀이 나서서 무엇이라도 간여할 계제는, 해결책은 아무것도 없었다. 총무부장에게 뭔가를 알아볼게 있다면서 수표를 들고 웨이터실장을 먼저 찾은 그는 펀쇄린의 서명 끝에 작은 글씨로 '에릭' 이라는 사인을 첨가했던 담당웨이터를 불러줄 것을 요청했으며 황급히 달려온 웨이터에게 칠한은 '펀쇄린' 이라는 손님이 누구인지를 물었다.

"이 수표의 임자를 알고 있나요?"

"글쎄요 과장님... 저도 처음 모신 손님인데... 신발장사를 한다고 들었습니다."

"신발장사라면 뭘 말하는 건가요?"

"중국사람 같았으며 한국과 중국을 오가면서 사업을 한다고만 얼핏 흘려 들었는데... 무슨 일이라도 있나요 과장님!"

"아... 사고 수표는 아니예요 뭘 좀 알아볼게 있어서... 이 손님이 홀에 계셨나요, 룸에 있었나요..."

"혼자 왔길래 룸으로 안내 할까 했지만 시설도 멋지고 춤추는 걸 구경한다면서 테이블에 앉더니 대신 아가씨를 불러 달라고 했습니다."

"그래서 누굴..."

수표의 주인을 손님으로 받아 좌석에 앉혔던 웨이터 에릭에게 급한 목소리로 칠한이 물었다.

"유리가 앉았던 걸로 기억합니다."

"그래요?"

무엇인가 번개처럼 그의 머릿속을 치고 지나갔지만 칠한은 동요하지 않은채 웨이터 에릭에게 혹시 '편쇄린'이라는 손님이 다시 술을 마시러 오게 되면 그자 몰래 총무과로 재빨리 연락해 달라고 설명했다. 아가씨 관리의 총책임을 맡아 그녀들의 좌석배치와 회전에 따라 수입의 높낮이가 결정되고 달라지던 왕마담 홍실장에게 그는 또 "유리가 어디 있느냐"며 물었지만 예의 가장 잘 나가면서 바쁜 여종업원답게 3군데나 지정 손님의 부름을 받아 정신없이 이룸 저룸에서 시중을 들고 있다는 답을 듣는다.

당장 편쇄린이라는 자의 의문점을 확인하고 싶었으나 1곳도 아닌 룸 3곳을 당차게도 유리 혼자 발로 뛰고 있는데 그녀를 호출해서 어쩌면 개인적 '사정'이 될수도 있는 총무과장의 입장을 질문한다는 것도 사리에 맞지 않았다.

그대로 퇴근했던 다음날. 특별한 행사가 예정된 오늘의 출근시간만큼은 오후 1시였다.

복태오의 지시로 보스의 엄명으로 시작된 「소년소녀가장 장학금전달식」과 줄리엣에서 처음 실시하는 「6 · 25참전용사 다과회 및 위로공연」은 그 의미만큼이나 뜻 깊은 줄리엣나이트클럽의 잔치날이었다.

전종업원이 한명이라도 불참하거나 낙오되었다가는 그야말로 왕기두의 불호령같은 지침에 따라 단칼에 잘려 나가는 공포의 요일이 이

날이었는데, 칠한과 그의 일상을 필름에 담고 있는 다큐제작팀이 클럽에 도착했을 때는 살아온 세월만큼이나 백발의 하얀머리가 낯익은 국방색 모자로 통일된 노구의 참전용사와 그 가족들, 장학금을 지급받게 될 초중고 대학생 소년소녀가장들이 이미 홀을 가득 메운채 수여식과 위로공연이 진행되기만을 기다리고 있었다.

범죄단체 조직등의 죄명과 삿갓파의 수괴로서 20년 징역형이 확정된 복태오는 태복건설과 줄리엣나이트클럽의 고문변호사를 맡고 있는 '길&정 법률사무소' 대표변호사와 상의해 「태오장학재단」을 출범시켰으며 첫 40억원의 출연금이 이제는 제법 어느정도 궤도에 올라 가정형편은 어렵지만 열심히 공부를 하고 있는 학생들에게 든든한 희망의 지렛대가 받침대가 되어 왔다. 특히 복태오는 독립유공자의 후손이면서도 국가관이 투철했던 아버지의 영향을 받아 목숨을 던져 나라를 구하면서 지킨, 이제는 노인으로 전락했던 어제의 역전의 용사들과 어르신들이 제대로 된 보상이나 대접을 받지 못 한채 쓸쓸하게 말년을 보내고 있다는 딱한 현실에 착안, 그가 사회에 있을 때 하지 못했던 장학사업과 경로사상의 고취와 참전용사들에게 향한 위로공연과 식사대접등 따뜻한 손길과 지원을 감옥에 간 힌채 늦게라도 시작하게 된 것이 마냥 안타까울 뿐이었다.

남들의 손가락질을 들어가며 건달의 세계로 진출한채 결국 팔자가 운명이 갈리고 말았으나, 그것 때문에 20년형이라는 상상할 수 없는 선고를 부여받았으며 그가 그동안 걸어왔던 길과 앞으로 추구해야 할 선행과 장학사업의 비전은 확실히 어제의, 지난날의 복태오와는 틀림없이 차별되고 달라야만 하였다. 조직의 세(勢)를 키웠고 부를 얻게 되었지만 그가 교도소에 수감된 처지에서 그것은 물욕의 황금덩어리는 그저 하찮고 가벼운 헛것이며 돌덩어리고 만져보아야 파편처럼 흩날리는 신기루의 형상일 뿐이었다.

왕기두는 복태오를 대신해 장학금 수여식을 착잡하게 바라보았다. 장소만 줄리엣나이트클럽 내부일뿐 수여식의 전달과 모든 진행과정은「태오장학재단」이 주관하고 개최했으며, 또한 그런 예의범절이 필요한 곳에서는 언제나 한걸음 뒤로 물러나 있으라면서 깨우침과 큰 가르침을 준 보스의 명령에 충실하고자 한 받들고자 한 따르고자 한 의중도 함께 바탕처럼 그의 내면에 자리했다.

소녀가장이면서 아랫동생과 함께 꿋꿋하게 고등학교를 다니고 있는 소녀의 장학금전달식에서 사회자는 "총무과장님 김칠한!" 을 호명하였고 칠한은 특유의 미소를 잃지 않으면서 소녀가장에게 태오장학재단이 수여하는 '장학금' 을 기쁜 마음으로 학생에게 전달한다.

다큐팀의 카메라앵글은 이 훈훈한 장면에서 한결 경건해진 느낌이었다. 사회자는 유명 개그맨이었다. 더불어 그는 줄리엣나이트클럽의 전속사회자였으며 손님이 가득 들어찬 절정의 피크타임때 출연가수를 소개하고 디스크쟈키도 하면서 무용단과 발을 맞춰 팩케이지쇼도 가끔 선보였던 만능 재주꾼이었다. 대략 70명에 달하는 장학금수여식이 끝이 나자 본격적인 2부 순서 '보은공연' 의 팡파레가 막을 올린다.

이미 칠한의 첫 출근때도 함께 했던 다양한 뷔페음식이 테이블을 가득 채우면서 홍실장을 비롯한 8명의 새끼마담들과 그 아래 줄리엣 전 여종업원들이 예쁜 한복차림으로 참전용사와 그 가족들, 조금전

장학금을 지급받았던 소년소녀가장에 이르기까지 부족함이 없는 친절한 태도와 자세로, 매너와 몸가짐으로 기꺼이 이 뜻 깊은 행사에 정성껏 참여하고 있었다. 보일락 말락하던 야한 의상을 즐겨입는 유리의 한복패션쇼와 맵시는 대한민국 최고의 업소이며 최고의 아가씨들만 입성할 수 있는 줄리엣에서도 단연 군계일학(群鷄一鶴)처럼 뛰어나 보였는데 어르신들을 위한 무대라서 그런지 평소 줄리엣에서 구경하기 힘든 트로트가수와 코미디언이 등장하였고 전속무용단의 화려한 부채춤과 군무가 더욱 오늘의 행사 '주빈들'의 넋과 얼을 빼앗고 만다.

몇몇 주먹계의 보스들과 함께 지난날 유럽을 관통하고도 프랑스 파리에서 일주일간을 더 여행으로 묵었던 복태오는 그가 구상하고 있었던 거대한 밤의 프로젝트를 위해서도 〈물랭루즈〉의 역사와 변천사를 빼놓지 않고 귀담아 들었으며, 어떻게 이를 '줄리엣'에 접목, 정착시킬 것인가를 고민하다가 대지선정과 클럽인테리어 등을 최고의 건축 디자이너에게 맡겨 마침내 '폐인'과 '줄루족'이라는 신조어까지 탄생시키면서 이 궁전과 왕국과도 같은 웅장한 나이트클럽은 당당하게 강남 중심가에 자리 잡을 수 있게 되었고 급기야 전국적인 체인망으로, 또 확장과 연결이 된다.

다큐팀은 좀처럼 볼수없었던 엄청난 스케일의 환상적인 무대공연과 초청인사들의 면면을 카메라에 옮기기에 바빴다. 김칠한이라는 한 사람을 위해 따라 들어온 영상제작팀이었으나 눈앞에서 벌어지고 펼쳐지고 있었던 경탄하고 말 전속악단의 연주와 공연 퍼레이드에, 미스코리아가 섭섭해 할 만치 쭉쭉빵빵의 미녀와 걸들까지 참여해서 혼연일체가 되어 치러지고 있는 오늘의 진정한 나눔의 행사와 장면이, 모습이, 음식대접이 그 어떤 '업소' 라는 주점이라는, 클럽이라는 냉소적 개념과 편향적 인식을 완전히 불식시키면서 물리치고 잠재우며 바꾼채 그들의 눈빛 하나 하나에도 동작 하나 하나에도 따뜻한 '이웃사랑' 의 정이 가득 담겨 있음을, 분명 그러함을 시청자들에게 각인시키면서 보여줄 수 있다는, 알리게 되었다는 사실이 무엇보다 그들은 기뻤다.

보통 밤에 일을 하는 사람들은 낮의 어느 시간까지 잠을 자야 하지만, 그래야 피로가 풀리면서 원활하게 다시 일터로 나갈 수 있지만 왕기두의 지시가 무서워서 였는지는 몰라도 좋은 행사에, 나눔의 현장에 어찌됐건 동참하고 참여하였다는 의미에서도 잠 잘 시간을 기꺼이 이웃사랑으로 반납했던 줄리엣종업원들은 오히려 흡족하고도 기쁜 눈초리를 표정을 감추지 않는다.

행사가 파하고 외부손님들이 모두 줄리엣나이트클럽을 빠져 나갔을 때 영업시작 전까지 눈이라도 좀 붙이려던 '유리' 를 칠한은 단둘만이 얘기를 나눌 수 있는 조용한 빈룸으로 그녀를 불러냈다.

"엄머... 총무과장님... 왠 일이셔요... 오늘 밥 사시게요?"

"아뇨 유리씨 그게 아니라 밥은 나중에 사겠습니다... 그런데 한복을 입은 모습이 너무 예뻤어요. 뭐랄까 광채가 비쳤다고나 할까요 워낙 미인이시기도 하지만..."

"호호 총무과장님두... 제가 한 맵시 하거든요"

한복을 벗고 홀복으로 갈아입은 후였으나 정말 아름다웠던 유리의 한복패션쇼 환타지아를 칠한은 칭찬했다.

"중국어를 잘 하신다고 그러던데요... 언제 중국어를 배우셨어요."

"한 일년정도 학원에 다녔는데... 총무과장님도 중국어 배우시게 요?"

"아 아뇨... 그게 아니라 전 그저 영어나 일본어를 하는 분들은 많이 봤지만 중국어를 배우신 분을 못 봬서요..."

"호호... 우리 여종업원들만 비교해도 영어나 일본어는 술술 잘도 구사하면서도 중국말은 알아 들 을수가 없어요... 미용을 하기 전까지 1년을 꼬박 그쪽 언어에 투자했던 것은 왠지 다른 외국어보다는 비전 이 있을 것만 같았어요... 중국사람들이 우리나라에 막 관광오는데 나 중에 할게 없으면 가이드라도 해야 할거 아니예요... 총무과장님!"

"네 유리씨"

"잠을 못자서 좀 피곤하긴 하지만 잘생긴 과장님과 단둘이만 있으 려니 살살 졸음이 쏟아지려고 하네... 나 어떡하죠?"

그러면서 또 한번 뜨거운 윙크를 던지며 얼른 몸을 일으켜 칠한의 옆자리로 돌아와 무조건 엉덩이를 갖다 붙이는 그녀였다.

"어머 총무과장님 가슴은 왜 이렇게 따뜻해"

"유... 유리씨"

"에이 싫어요 그냥 가만히 있어요... 나 오늘 과장님하구 찐하게 연 애하고 싶어"

너무나 자연스럽게 손님에게 애교를 떨 듯 부딪혀 오는 그녀에게 적어도 그 세계에서는 신뼹과 초짜가 분명했던 칠한은 어떻게 대처해 야 할지 중심을 잡을수가 없었다.

256

"…저 아주 중요한 문제 때문에 유리씨를 보자구 했어요."

"그게 뭔데요?"

아무도 보는 사람이 없다고 그리고 피곤하다는 핑계를 대면서 그녀는 아예 칠한의 무릎위에다 철퍼덕 머리를 갖다 박는다.

"유… 유리씨"

"…과장님… 제가 힘들어서… 이렇게 누워서도 잘 들려요… 아 너무 좋다… 뭐가 중요한 일이예요."

"저… 며칠 전에 혹시 중국손님 받으신거 기억하세요."

"아 네 그… 편 뭐라고 했던 사람요."

"그래요."

"과장님이 그 손님은 왜요?"

"유리씨"

"……."

"저를 도와주실 수 있죠?"

칠한의 말투에서 갑자기 심각한 징후라도 발견했는지 그만 벌떡 그녀는 몸을 일으켰다.

"무슨 일이신데요 과장님… 제가 알고 있는 것은 다 말씀드릴게요."

사내로서의 총무과장을 은근히 좋아하기도 했지만 한편으로 오랜 기간동안 수감생활을 했다는 그에게 측은한 마음을 떨칠 수 없었던 유리였다.

"아시는대로만… 유리씨가 보고 들은 대로만 말해주면 돼요."

"어떤 걸?"

"편쇄린이라는 분이 술을 마시면서 무슨 얘기를 하던가요?"

"으... 한국에 거의 10년만에 왔고 많이 변했다고 했어요... 우리말을 아주 잘했어요."

"웨이터는 그 자가 신발장사를 한다고 했거든요?"

"아~네 제 하이힐을 보더니 이것도 자기가 중국에서 만든 거라고 했어요... 그래서 옷도 다 중국에서 들여 온다고 하더니 신발까지 수입해요? 그러니까 한국의 임금이 높아 업자들이 중국신발공장에다 주문한다고 했어요... 전 구두까지 중국에서 만드는 줄은 꿈에도 몰랐는데..."

"그러구선요?"

"사업을 하시면 자주 좀 들리시지 왜 10년만에 왔냐니까 뭐라고 하더라 아 맞다 중국에서 사람을 때려서 징역을 갔다 왔다고 했어요... 그럼 사장님은 언제부터 신발을 만들었어요 하니까 처갓집이 오래전부터 신발공장을 운영했는데 그걸 물려 받아서 신발도 만들고 아예 수출도 하는 사업으로 키웠다고 했어요."

"유리씨는 테이블에 들어갈 때 그렇게 궁금증을 꼬치꼬치 손님에게 물어 보시나요?"

영 기특하기도 하고 똑똑하기도 해서 칠한이 중간에 높은 점수를 일단 준다.

"히히... 그렇게 반응을 해줘야 처음 오게 되는 손님은 또 저를 찾아와요... 중국사람이니까 더 제가 신이나서 중국말로 물어 볼수도 있잖아요... 학원에서 강의로 배웠던걸 직접 손과 발을 이용해 말을 갖다 붙이니까 오히려 외국어 습득에도 도움이 되구요... 사실 손님들이 털어놓는 이야기는 관심도 없고 지루할 뿐이지만 조금만 '어머 그래요', '그래서요', '좋겠네요' 해주면 그네들이 더 적극적으로 자신들의 시시콜콜한 집안사정까지 털어 놓으면서 팁도 많이 줘요... 순전히 꼬임인데... 사탕발림 헤헤헤...."

"대단해요 유리씨... 혹시 또 오겠다는 말은 안하든가요?"

"왜 안해요... 기분좋게 술마시고 간 손님들은 거의 다시 찾는다는 인사를 빠뜨리지 않는 답니다."

"언제 또?"

그녀는 칠한의 두 눈을 똑 바로 응시했다. 그리고 둘만 있을 뿐인데 여차하면 당신의 입술이라도 쳐 들어 가겠다는 그녀에겐 일상적이며 별것 아닌 돌격태세의 여유와 준비조짐까지 감추지 않는다.

"사실... 그 사람도 2차를 나가자고 했어요... 외국인이라 딱 끊기가 뭐해서 '제가 좀 몸값이 바싼데요' 하니까 천만원이면 가능하냐고 수표를 겁도 없이 꺼내 들길래 얼른 이다음이라는 여지와 여운을 줘서 가까스로 보냈지만 반드시 다시 올거라고 생각해요."

"어디서 묵고 있는지는 물어보지 않았나요?"

"호텔 어디라고만 해서 정확하게 질문하진 않았지만 자기가 만든 운동화나 구두들이 청계천 신발상가 주변에 쫙 깔렸다고 하던데요?"

"신발상가요?"

막연한 김서방 찾기라면 그야 말로 엉뚱한 곳에 에너지를 뺏기게 되는 어리석은 걸음과 보폭(步幅)이나 당장이라도 신발상가를 뒤져 뭐라도 캐내고 싶었지만, 다시 들리겠다고 한, 남자라면 꼭 한번 품에 안고 싶을 만큼 섹시한 매력의 줄리엣 인기 여우(女優) 유리의 손님이 바로 편쇄린이었기에 입안은 타들어가도 일단 칠한도 초조했으나 기다려보기로 했다.

한번 발을 들인 곳에 다시 가볼 생각을 갖는다면 틀림없이 사람들은 그 의식속에 형성된 그 곳을 장소를, 기억의 공간을 반드시 또 거슬러 올라가게 돼 있었다. 더욱이 미녀와 미인이 그 상대일때는 더 물어볼 필요도 없었다.

"유리씨 됐어요... 유리씨 때문에 귀중한 정보를 얻을 수 있었어요... 편쇄린씨가 다시 줄리엣에 오면 제게 알려 주실 거죠?"

"그럼요 과장님... 무슨 이유때문인지 저야 알 수 없지만 매우 중요한 것 같은데 제가 누구 편이겠어요... 걱정마세요."

"고마워요."

"고맙긴요... 정말 제가 고맙다면 저를 한번만 꼭 끌어 안아 주세요."

난처한 요구는 아니지만 빨갛게 부끄러움을 타는 칠한의 팔을 강제로 당겨 유리는 그의 가슴속으로 돌진하듯 얼굴을 파묻는다.

"아 너무 좋아요... 총무과장님의 몸은 순수 그 자체예요... 너무 좋아"

"유... 유리씨"

"나 정말 과장님 하구 연애하고 싶어요."

"이러시면 안되는데..."

"안될게 뭐가 있어요."

그때 노크소리가 났다. 김칠한의 동태를 쫓아가던 카메라가 여종업원과 함께 룸에 들어가는 그를 보고 그만 카메라를 접을 수밖에 없었으나 빨리 나와야할 다큐멘터리의 주인공과 여종업원의 대화시간이 길어지는 것 같아서 마냥 문이 열리기만을 기다릴 수 없었던 카메라감독이 룸을 두들긴 것이었다.

"유리씨... 유리씨는 너무 예뻐요... 그렇지만 이곳은 일하는 곳이고 저도 일을 해야 하기 때문에..."

"...과장님 전 언제라도 과장님을 받아 들일 준비가 돼 있어요... 그러니까 우리 가까운 시일에 데이트하는 거예요."

"알겠습니다."

또 뭐라고 엉뚱한 구실을 붙였다가는 괜한 오해를 증폭시킬 것만 같아서 "알았다" 면서 진화의 불꽃을 그만 칠한은 끈다.

근무를 마치고 줄리엣에서 퇴근했던 칠한은 쉽게 잠을 이룰수가 없었다.

'편쇄린'

만약 그의 지난날과 삶과 인생을 송두리째 빼앗아 갔던 사건의 '인물' 이 편쇄린이, 수표에 이서된 '편쇄린' 이며 동일인이라면 이걸 어떻게 설명해야 하는가?

남의 나라지만 누구를 두들겨 패서 징역을 가고 신발공장을 운영한다는 것도 어디서부터 어디까지를 그 자신의 '공소장' 에 기재되었던 편쇄린과 결부시키면서 연결하여 상상과 공상의 추측의 나래를 펴야 할지 복잡한 심경만큼이나 쉽게 답안이 내려지지 않았고 또 뿌연 안개처럼 과거를 하나하나 조합해 완벽한 해결책의 시나리오를 써 나가거나 맞춰 나갈 수 있을지도 현재로서는 미궁속을 헤메는 미로찾기의 혼란처럼 아무것도 장담할수 없었다.

시계가 2시를 가리킬 때 조정아의 문자가 그의 폰에 뎅그러니 떴다.

어쩔수없이 응답버튼을 누르고 마는 칠한.

"정아씨"

"자기"

"잠을 아직 안자고 있었어요?"

"막 깼어요... 꿈속에서 자기가 나를 사랑해주고 있었는데 눈을 뜨니 아무도 없잖아... 그래서 자기가 보고 싶어서 문자를 보낸 건데... 자긴 뭘하고 있었길래..."

"이것 저것 생각 좀 했어요."

"낮에 있었다는 행사는 잘 치뤘나요?"

"네 잘했어요."

"피곤하겠다."

"이제 자면 되죠 뭘"

"모레는 형설교도소 가는 프로그램인데... 자긴 어때요."

"크게 걱정하지 않아요... 어차피 한번 찾아가야 할 곳이고 그게 그대로 필름에 담긴다는 것만..."

"알았어요... 자기... 나 때문에 잠을 더 못 잘것 같아서 그만 끊을게요... 자기 사랑해요."

"......"

평소 같았으면 똑같이 "사랑해요 정아씨"라고 했을 그가 조용히 핸드폰을 내려 놓는다. 수표에 이서된 의문의 인물 때문에 확실히 그의 머릿속이 생각이 엉켰으며, 복잡한 혼돈 속으로 빠져든 것이 틀림없어 보였다.

7. 다큐멘터리

다큐멘터리 제작팀이 가장 화면에 담기를 원했던 형설교도소를 찾아가는 아침이 밝았다. 조정아기자는 〈환타지아〉에 일단 출근했다가 칠한과 합류한 다음 형설교도소를 함께 방문한다는 처음의 입안과 구도를 비켜가 편집장의 허락을 받고 곧 바로 칠한에게 달려 왔다.

이미 전날 퇴근하면서 수산시장과 마트에 들려 몇 가지 준비했던 음식재료를 사들고 온 그녀는 그가 자판을 두드리고 있는 동안 큰솥에다 '대게'를 삶았고 전복을 썰어 넣은 다음 정성을 다해 먹음직스러운 김밥을 완성한다. 소풍을 갈때처럼 간단하지만 뭔가 뜻 깊은 선물을 주고 올수는 없을까 고민하던 칠한과 조기자는 교도소라는 특수성 때문에 어느 이라도 예외없이 "아무것도 가지고 들어갈 수 없다"는 통보를 미리 전해 듣고 그렇다면 간단하게 요기를 할 수 있는 '김밥지침'의 동의를 어렵게 얻어 '대게'를 김밥과 함께 끼어 넣은 것이었다.

자유가 박탈된 구금시설에서는 먹는 음식이라고 아무 때나 '자유'가 허용되는 것은 아니었다.

여성잡지 〈환타지아〉의 취재팀장이지만 김칠한의 옥중수기 '나는 말한다' 연재를 계기로 급속하게 친구처럼 가까워진 두사람의 인연을 다큐작가는 프로그램에 넣고자 했으며 그렇지 않아도 마소장에게 할 인사와 칠한을 취직시켜준 고마운 '태오성님'을 보기위해서도 내심 드러내지는 않고 있던 자연스런 스케줄의 교도소행과 합류가 오히려 촬영으로 더 쉽게 기회가 찾아왔고 만들어진 것이었다.

준비가 끝나고 조기자가 운전하는 승용차에 칠한이 올라타면서 이를 뒤따르는 다큐팀의 제작차량이 형설교도소를 향해 시동을 걸었다.

형설교도소.

교정기관 역사상 처음이라는, 전무후무할 '윷놀이대회'라는 발상과 발칙스런 드라마가 펼쳐지기 전까지만 해도 무기수 김칠한의 덫과 운명은 십수년을 더 형설교도소에 파묻혀야 했지만 그는 전혀 상상조차 할수 없었던 회오리의 토네이도 돌풍과 쓰나미의 직격탄을 맞고 어느틈엔가 정신을 차려보니 담 밖의 자유인들과 함께 거닐면서 섞여 있었다. 기적과도 같이 철조망 덩굴을 탈출한 그에게 어쩌면 또 한번의 기적이 일어날지 거품처럼 사라지는 몽환의 꿈으로 그 '기적'은 스러져 갈지 또 내일의 미래는 누구도 알 수 없고 점칠 수 없는 것이었다.

아무말도 없이 밖을 내다보다가 또 눈을 감기를 반복하고 있는 그에게 조기자는 의례적인 말수도 줄이면서 칠한의 동정을 살펴가며 사색의 시간을 깨뜨리지 않으려고 배려하려고 애를 쓴다.

그시각 형설교도소 마종기소장은 계속 시계를 쳐다보면서 반가운 손님들을 기다리고 있었다. 그의 손으로 석방시켰던, 최고의 모범 재소자였던 김칠한이 조정아기자와 함께 방문할것이라는 예고만으로도 더할 나위 없는 축전이요 반가운 전령이며 소식이었으나 간혹 TV채널로 즐겨 시청하던 '평범한 이웃들의 살아가는 이야기'를 영상으로 제작했던 촬영팀이 두사람을 뒤따른다는 언질과 전언에도 아무 거부 없이 만족해 하면서 미소를 잃지 않는 마소장이었다.

　　피붙이 하나없이 홀로 세상과 싸워나갈 그가 염려되어 조기자에게 매달리다시피 친구가 되어줄 것을 요청했고, 취직이 되어 열심히 살고 있다는 김칠한이 '환타지아'에 올렸던 옥중수기 첫 회 분을 읽으며 그 얼마나 마소장의 심금이 울컥했던가!

　　죄와 벌의 최일선에서 누구보다도 어느이보다도 재소자의 심정을 안고 갈 수밖에 없는 마소장이었지만 막힘없이 유려한 필체와 문체로 과거를 회상하면서 독백처럼 시작되는 『나는 말한다』는 과연 그가 김칠한이 왜 보통의 수인과는 다른, 학사고시 제패와 함께 특별했던 모범 수인이었는지를 여실히 여지없이 사람들에게 각인시키면서 확인시키고 진정성을 보여 주었다.

　　"안녕하세요 소장님"

　　"이게 누군가요 어서와요 조기자!"

　　"...소장님!"

　　"엉 이게 누군가... 이게 누구야"

　　마소장은 체면도 잊은 채 뛰어나가 두 팔을 활짝 들어 올리면서 칠한을 포옹했다.

"칠한아 칠한아"

"...소장님"

"조기자"

"소장님..."

마치 이산가족의 재회와 상봉같은 감격스런 장면이 여과없이 연출되었고 다큐팀은 기다렸다는 듯이 이들의 대사와 몸짓 연기를 클로즈업하면서 음향장비를 좀더 가까이 옆으로 갖다 댄다.

"...예쁜 조기자야 말할 것도 없지만 바깥 물을 얼마나 먹었다고 우리 칠한이 이렇게 변했노... 신사가 따로 없구먼... 두사람 정말 잘 어울려요... 자, 자리에 앉지"

"네"

마치 오래전부터 사귀었던, 떨어질 수 없는 커플과 연인처럼 다정스럽게 그 자신을 찾아온 김칠한과 조정아기자에게 마소장은 아버지와 같은 풍모와 넉넉한 인상을, 그러면서도 전율처럼 뿜어져 나오는 감사와 고마움을 애써 감추려 하지 않았다.

"그래 칠한이 생활은 요즘 어떻게 하고 있어?"

"네... 낮에는 원고를 쓰고 있으며 저녁엔 줄리엣클럽에서 회계일을 하고 있습니다."

"복태오의 가게라는..."

"그렇습니다."

"참 사람이 보기보다도 훨씬 통이 넓어... 생각하는 바가 여느 조직들과는 다르다는 걸 내 항상 느낀다고... 척사대회를 시작할 때 무슨 일이 있어서 재소자들 밥을 굶긴 적이 있었는데... 그게 마음이 걸린다면서 다른 사람을 통해 고기와 후원금을 보내온 자가 나중 알고 봤더니 복태오더라구... 우리교정기관이 재소자가 뭐라도 건네려는 걸 금지하고 있지만 워낙 성의가 고마워서 후원금은 가족이 없는 출소자의 자립갱생에 미미하나마 보태고 있다네... 어때 조기자와는 자주 연락하고 있는가?"

마소장의 의미있는 물음에 다큐팀의 카메라렌즈는 칠한의 표정과 조정아기자의 엷은 떨림까지도 근접촬영으로 놓치지 않는다. 그리고도 두사람의 손가락에 똑같은 모양새로 끼어져 있는 반짝이는 커플반지가 그들 '두사람'도 모르는 사이 이미 카메라감독의 앵글에 포착된 후였다.

"수기 작업 때문에 자주 연락을 하고 있습니다."

"아니야... 연락가지고는 안돼... 오늘 아침에 우리 마누라가 뭐라고 한 줄 알어?"

"......."

"......."

"'여보 당신이 나서서 그 조기자라는 처녀하고 김칠한씨를 맺어 줘요' 그러잖아 글쎄... 아니 이 여편네가 뭘 안다고 그런 소릴 하냐니까 다음주부터 방영될 인생극장인가 인간다큐인가 예고편을 봤는데 두사람의 사진이 그만 딱이더라는 거야 연분이라는 거지... 그러면서 나를 찾아오면 잊지 말고 둘이 연애를 할수 있게 다리를 놔주라면서 중매쟁이 같은 소릴 해대는데... 나 참... 세상 일이라는게 하고 싶다고 하고 말고 싶다고 마는 게 아니더라구 아니 당사자들이 좋아해야 얘기가 되는 거지... 누가 시킨다고 일이 진행돼 버리면 얼마나 세상이 재미없겠어... 어쨌든 마누라 얘기가 다 카메라에 녹음되고 있으니까 나한테 더는 그런 주문을 않겠지 뭐... 하하하"

'당사자'라는 두 사람을, 그의 집무실을 찾아온 김칠한과 조정아 기자를 앞에 두고 마종기소장은 하지 않아도 될, 부인의 오버액션과도 같은 연막작전까지 꺼내 들면서 알쏭달쏭한 '의도'를 피력했지만 이미 마소장과 그의 아내도 실상을 알게 되면 놀랄 만큼의 속도와 만남과 교제를 하고 있는 '주인공'들은 TV라는, 강력한 전파력과 입소문의 수단을 보유한 매체와 카메라가 진을 치고 있다는 사실 때문에라도 더 이상의 애매한 반응보다는 그저 보기 좋다는 청춘 피플들에 대한 마소장의 덕담정도로 이를 가볍게 받아 들인다.

칠한도 그랬지만 조기자도 미소만을 지었다.

"살고 있는 집은 불편한게 없나?"

"네 모든 게 잘 갖춰져 있습니다."

"저녁에 하는 일이라 힘들지는 않고..."

"태오형님의 배려가 너무 커서 어려운 점은 없으며 보수도 많이 받고 있습니다."

"그~래... 사실 갑작스런 출소로 인해 어떻게 적응할까 걱정을 많이 했었으나 아무나 할 수 없는 글도 연재를 하고 일도 열심히 해서 생각보다 빨리 성공궤도에 진입할 수 있을 것이라는 예감이 드네... 나의 추측이 앞서가는 것일 수도 있지만 그런 말을 할수 있는 건... 그것은 자네가, 칠한이라는 사람이 매우 특별하기 때문이야 보통이들과는 다른... 어려움을 겪은 자 만이 고통의 시간을 극복한 자 만이 실패의 확률이 줄어 든다는 게 대체적인 우리 사회의 보편적 시각이야...

나야 잘되기만을 기도할 뿐이고…"

"감사합니다 소장님!"

칠한이 똑바로 바라본 마종기소장의 형상은 예전 수인과 감독관의 미묘하고도 경직되었던 위치에서 어느틈엔가 포근한 이웃집아저씨로 편안하면서도 따뜻한 마음씨를 가진 수평적 이미지의 온화한 지원군으로 탈색되고 변신을 한 채 완전히 바뀐 모습으로 가까이 다가왔다.

"조기자는 왜 말이 없는가?"

"소장님두… 제 자리가 아니라서요… 저는 다만 옵서버의 자격일뿐 오늘의 주연배우는 김칠한씹니다."

"청주를 다녀 왔다면서…"

"네 임성혜씨를 면회했습니다."

"건강은"

"좋아 보였어요."

"내가 가장 신경을 쓰는게 재소자들의 건강이예요… 만족할 수는 없겠지만 짜여진 예산으로 알뜰하게 식단을 꾸려 조금이라도 더 먹이려는게 매일 회의에서도 거론된답니다… 과장의 보고가 오늘 가지고 올 음식 때문에 실랑이가 있었다고 하던데 뭘 준비했지요?"

"김밥이예요… 소장님!"

"오호 그래… 그것 참…"

교도소 수장으로서의 그의 한마디 한마디를 카메라가 다 찍고 있는데 이러쿵저러쿵 이래라 저래라 할 수 없는 조직을 지휘하고 있는 공직자의 고뇌가 마소장에게도 나타났다.

"아무래도 나야 말로 아무 존재가 될 수 없지만 만나야 할 대상이 복태오라면 얘기가 달라 지겠지... 더 지체할 필요가 없어... 보안과장!"

"옛 소장님!"

"이 귀중한 손님들을 특별 접견실로 안내해서 면회를 허용하세요."

"알겠습니다 소장님!"

매우 기뻐할 손님들이 올 것이라는 연락을 받고 소장실에 미리와서 대기를 하고 있던 보안과장이 마소장의 지시에 그제서야 침묵을 깨뜨리면서 마종기소장 못지 않은 반가움을, 기쁨을 표시한다. 사실 형설교도소의 식구들중 그의 방문에 눈길을 피하면서 하던 일만을 계속하고 있을 교도관은 아무도 없었다.

그 아무리 최고의 귀빈이라 해도 무기징역형을 복역하다가 기적처럼 출소하였던 형설교도소의 자랑 척사대회의 우승자 김칠한의 생환만큼 극적인 인물도 없었고 드라마틱했던 삶의 주인공도 없었다. 그만큼 귀중하였고 소중한 보물과 보석을 형설의 가치와 자산과 분신을 어느 순간에 떼어 놓고 격리 시키면서 그가 잘되기를, 그의 사회정착과 성공신화가 만들어지길 씌여 지길 기대하며 응원하고 성원하는 것은 추호도 보탬과 꾸밈이 없는, 가식이 있을 수 없는 전 형설교도소 직원과 3000명 재소자들의 한결같은 염원과 소망과 바람이었다.

반가운 손님들과 더 오래 이야길 나누고 싶었지만 교정기관장 회의와 두사람을 쫓아온 다큐제작팀의 촬영스케줄을 위해서도 김칠한과 조정아기자는 마소장과 헤어지며 아쉽지만 다음의 또 다른 선약을 기약하면서 '특별접견실' 로 발걸음을 옮긴다.

"칠 한 아"

"태오... 형님!"

"칠 한 아"

"형님... 건강하시죠?"

두사람은 부둥켜 안은 채 떨어질줄 몰랐다.

"형님 늦게 찾아 봬서 죄송합니다."

"늦다니... 뭔 말이여... 살림살이도 장만 허구 일도 함씨롱 작가들 처럼 글도 써 제끼는 바쁜 니가 나를 면회 와준 것 만도 어디여... 고맙다 칠한아"

"형님... 형님의 따뜻한 배려로 줄리엣에서 열심히 일을 하고 있습니다... 아직도 부족한게 많지만 최선을 다하려고 해요."

"그려 그려... 아우한테 얘길 들었다... 그 곳이 직장이라는 생각은 하덜 말고 맘 편히 내집이라고, 칠한이 네 가게라는 자부심으로 어딜 혀봐... 난 한번 믿음을 주는 사람들을 절대 내치지 않제..."

"고맙습니다. 형님"

"그려 그려 그란디 같이 오신 미녀는 누구여?"

"네 형님... 제 수기가 연재된 잡지 환타지아의 기자면서 여자친구 예요!"

"뭣이라고야... 니 글은 나도 읽어 부렀지만 여자친구라고라... 워따메 우리 칠한이 복도 많고 능력도 좋네... 그 새 언제 미인친굴 다 만들어 불고..."

"안녕하셔요 선생님... 조정아기자라고 합니다."

조기자는 복태오에게 깍듯하게 예를 올렸다.

"워 맘마... 가슴이 찡혀 부네... 나가 이렇게 인살 받아도 되는 것이여... 워따메 왜 이리 곱다냐"

"형님... 정아씨가 형님 드린다고 김밥을 준비했습니다... 이걸 드시면서 얘길 해요."

"김밥이라고라?"

"예"

"관에서 허락했냐?"

"네 소장님이 허락하셨어요."

조정아는 정성스럽게 싸온 김밥 보자기를 풀어서 탁자 위에 조심스럽게 그것을 올렸다.

"형님... 정아씨가 형님 드린다고 만든 거예요... 하나 입에 넣어 보세요."

칠한이 김밥을 젓가락으로 집어 복태오의 입으로 가져 가려는 순간 갑자기 울컥하면서 어딘가 목이 메이려는 복태오였다.

"칠한아..."

"네 태오형님"

"나 가 이걸 그냥 먹어도 되는 것이여... 니 여자 친구라면 곧 또 이 복태오의 식구가 될 수도 있는 디 너무 나가 감격해버리면 어쩐다냐... 가우가 있는디 조명도 눈이 부시고 말이여"

"태오형님... 사실 게도 삶아 왔습니다... 눈치를 봐서 꺼내려고 했지만... 그리고 다큐멘터리 제작팀이 따라 다니고 있어서 형님이 불편하시다면 촬영을 중지시키도록 하겠습니다."

"아녀... 뭔 소리여... 나 복태오 아즉도 안죽었어... 나가 왜 카메라를 피하것냐 거 뭐시냐 교도소 찍는 걸 보면 재소자들 모자이큰가 모자가 큰가 하는 걸 사용하던디 그럴 필요도 없이 내 생긴 실물을 그대로 방송에 다 내보내도 암 상관 없어라... 나 얼굴 모르는 사람도 없어... 그라고 니 칠한이 프로면 나가 당연히 참여 해야제... 거 감독님 요고 필림 편집하지 마쇼잉"

고맙고도 놀라운 복태오의 통 큰 화답에 카메라감독이 얼른 모자를 벗어 감사의 인사를 대신했다.

"게를 삶아 왔음 풀어야제... 어디 꺼내 봐라 칠한아"

"네 형님"

보안과장과 함께 특별접견실을 찾았던 교무과장도 칠한과 복태오의 특별한 만남을 기뻐하면서 카메라팀을 그대로 남겨 놓은 채 소리 나지 않게 뒤돌아서 문을 닫고 접견실을 빠져 나간다.

"워메 이게 뭔 냄새여... 환장 해 부러것네"

"형님 이것도 정아씨가 꼭 형님께 가져가야 한다며서 이곳에 오기 전에 삶아서 김밥과 함께 넣은 것이예요."

"그려 그려 예쁜 기자님... 고맙소 내 우리 착한 칠한이 동생을 잘 둬서 오늘 호강하는 갑네 그려... 나가 철칙이 접대를 받아 부러면 절대 그걸 잊지 않는 사람인디... 형편이 그란 걸 많이 이해해 주소..."

"...선생님의 존함을 전해 듣고 꼭 찾아 뵙고 싶었지만 오늘 그 기회가 만들어져서 아무 준비도 못 한채 빈손으로 오고야 말았습니다... 용서해 주세요 선생님!"

"뭔 소리여 기자양반아가씨... 큰일 날 소리 말랑께... 감옥에는 무조건 아무것도 가져올수 없는 게 여그에 법이여 법... 고걸 설명하자면 한참 걸린 당께... 그란데 요러콤 전복까지 들어간 기가 막힌 김밥에다가 옛날 임금님만 살짝 먹어 부렀다는 박달게를 삶아와서 이노무 뱃구멍이 출소를 한 줄 알고 그만 깜짝 놀라 버러 것는디... 기자 양반도 같이 먹읍시다... 여 칠한아 같이 먹자"

삿갓파의 두목이며 전국구 최고의 주먹이었던, 범죄단체구성 등의 죄목으로 20년을 선고받아 복역중인 복태오는 가식이라고는 모를 어린애처럼 칠한과 조기자도 좋아하는, 어딘지 다가가기 힘든 격식과 체면을 파괴하고 던져 버린채 김밥과 대게 다리를 서로 찢어 나누어 입에 넣어 주면서 그 간의 만나고 싶었던 해후와 보고싶었던 나눔의 정을 마음껏 만끽한다.

"장학금 수여식 허구 참전용사 위로공연을 잘 치렀다고야"

"네 형님"

"나가 아우한테 일렀지만 앞으로 우리가게가 영업보다도 더 신경쓰라고 지시한게 바로 베풀면서 어려운 사람들과 함께 간다는 확실한 방침의 기준을 정해 부렀어... 비록 나가 참석은 못 할 망정 아우의 뒤를 받쳐서 칠한이 니가 그 일을 대신해 나가야 혀... 알 것냐"

"명심하겠습니다 형님!"

"너와의 인연은 여그 형설교도소에서 시작되었지만 난 칠한이 니가 하는 걸로 봐서 내 가게와 건설업체 지분까지도 때가되면 다 넘겨줄 생각을 하고 있다는 걸 잊어 불면 안뎌... 나가 왜 너한테 이런 말을 하는 것이냐면..."

칠한과 조기자는 아무렇지도 않게 속내를 끄집어 내고 있는, 그렇지만 실상은 엄청난 복태오의 치밀한 구상과 전략과 그가 토하는 미래의 마스터플랜에 아무런 대답도 응답도 할 수가 없었다.

"너라면 칠한이라면 나가 하지 못해 부렀던 좋은 일들을, 거 뭐시냐 괜찮은 복지사업들을 대신 해줄 껑께로 믿어 의심치 않기 때문이여..."

"형님... 무슨 말씀을 요... 건강하게 계시다가 빨리 출소하셔서 형님의 생각과 구상을 더 크게 더 넓게 좋은 곳으로 펼치셔야지요... 아직도 늦지 않았습니다"

"아녀 칠한아... 나가 이제 낼 모레면 오십이고 아즉도 만기를 채울라면 계산도 안돼 부러야... 난 너무 늦었제... 진즉에 정신차렸다면 좋았겠지만서도..."

"형님"

조기자도 칠한과 같이 복태오가 안쓰럽기는 마찬가지 였다.

"이 게다리를 보니 생각나네 그려... 칠한아 너 김일선수 기억하고 있냐... 박치기왕!"

"당연히 알고 있지요 형님"

"옛날 어렸을적 어떤때 흑백으로 찍었던 김일선수의 기록영화에서 일본에서 레슬링경기를 앞두고 게껍질이 쩍쩍 벌어지는 '게전문점'에 들어가 맛있게 바로 요 '게'를 먹고 있었던 김일선수가 나가 감옥에 있을 적에 돌아 가셨제... 우리들의 우상이고 영웅이셨는디 말이여... 세월엔 장사가 없어야... 갑자기 게를 먹다 봉께 김일선수가 생각 나 버려야..."

복태오의 '게다리' 비유가 갑자기 무슨 뜻인지 알아 차릴수는 없었으나 이미 칠한이 면회를 신청하기 전부터 복태오는 나름대로 그자신의 결심과 구도를 결론으로 만들어 시나리오를 짜 놓은 듯 했다.

"형님... 검찰에 추가 기소되었던 사건은 잘 마무리 되셨나요?"

"그려 그려... 별 것 아닌 것 때문에 징벌까정 먹고... 척사대회도 하마터면 못나갈뻔 했지라... 벌금 700만원에 다른 건 무죄를 받아 부렀어... 나가 참 망신 톡톡히 당했제..."

"잘 해결이 되어서 다행입니다 형님"

"나가 앞으로는 꿈쩍도 않을 런다... 재수가 없는 넘은 기침만 잘못 캑캑 혀도 누가 꼭 다치고 만당께"

직업훈련과 일반공장을 병행하고 있었던 〈창호〉에서 어느 날 일주일에 한번씩 '때' 를 밀수 있었던 '온수목욕' 시간이 돌아 왔다. 그런데 길어봐야 15분 안팍의 목욕타임도 짧을 판인데 수증기가 가득 들어찬 목욕탕 한쪽 구석에서 우당탕탕 하는 싸움이 벌어 졌다.

온몸에 비누를 칠하고 있던 복태오가 "어느 놈들이여?" 라며 경고를 주었지만 이에 아랑곳 하지 않 은채 기어이 나이가 아들 뻘보다도 더 차이가 나는, 노인네를 구타한 샤워폭행의 주동자이며 원인제공자는 이제 나이 스물한살의 애송이 같은 '존속상해' 로 들어온 햇병아리 재소자였다. 누구의 잘 잘못을 떠나 물기를 닦으면서 애송이를 먼저 불러 세운 복태오는 그 와중에도 녀석의 '거시기' 가 곧게 뻗은 채 강직되어 하늘로 치솟아 있는 '그곳' 을 장난처럼 툭 건드렸다.

"워따 녀석 물건 좀 보소" 가 그때 그가 한 말의 전부였으나 아직 공장에 배치된지 이틀밖에 되지 않아서 복태오가 누군지를 알리 없었던 애송이는 노인을 때린 사실에도 반성의 기색이 없이 "왜 남의 연장을 건드리느냐"며 대들 듯이 복태오의 눈을 째려 본다.

그 순간 워낙 애송이의 당당한 태도에 기가 막혔던 복태오가 "뭐 이런게 다 있냐"면서 발을 쭉 뻗었던 것이 외래병원까지 후송되어 치료를 받고 돌아온 '장기파열'의 사건이 되어 버렸고, 그 전에 살짝 손으로 성기를 건드렸다는 이유와 실수가 '성추행'의 죄명으로 둔갑되어 감히 주먹세계의 천하통일을 한때 노렸던 삿갓파 두목 복태오를 징벌 2달과 함께 독방에 구금, 격리시킨 쉬쉬 소문으로 형설교도소에 퍼졌던 '형님기소' 사태의 전말이 된 것이었다.

어떡하든 척사대회에 출전해 우승을 차지한채 출소하고 싶었으나 그의 역사와 이력과 관록과 누구에게도 뒤지지 않는 내공이 김칠한이라는 커다란 다크호스의 벽에 가로 막혀 석방의 꿈이 좌절돼 버렸지만 평소 김칠한의 사람됨과 노력을 잘 알고 있었던 그는 깨끗하게 승복한채 결승에서 맞붙었던 김칠한의 손을 들어 주었고, 그의 심복 왕기두에게 지시해 줄리엣나이트클럽 총무과장 직책이라는 직장까지도 기꺼이 마련해 출소한 김칠한에게 회계일을 내어 준다.

어찌보면 척사대회의 승부로 인해서 김칠한은 석방되었으나 복태오는 이를 계기로 더욱 냉철하게 그 자신의 지난날과 과거를 되돌아 보면서 자성과 반성의 시간을 갖게 되는, 기도하는 하루로 시작해 나(我)의 화두에 매진하는, 경전(經典)을 읽고 사유하면서 겸허하게 현재의 모습을, 오늘을 오롯이 성찰한다. 아울러 복태오는 주먹세계로 뛰어 들어 얻은 것과 잃은 것의 분명한 '승패'를 다시금 복기(復碁)하며 부질없는 집착과 삶의 천착에도 손을 떼려 하면서 여차하면 그가 쌓아 올렸던 황금성(黃金成)의 영화를 칠한에게 모두 전도(前導)할수도 있다는 충격적인 발언을 굳이 감추지 않는다.

세사람은 이제 카메라도 전혀 의식하지 않 은채 정말 가족과도 같은 분위기와 형제애와 신뢰로 굳건한 믿음을 아낌없이 표현할 뿐이었다.

"워메 기자님... 기자님 덕분에 너무 잘 먹어 버렸소... 여그서 이런 음석은 생각지도 못하는디... 사려를 하고 싶지만... 혹시 우리 가게를 들려줘 버린다면 나가 미리 아우한테 일러지라"

"좋아 하시는 걸 보니 좀 더 여유있게 준비하지 못한 것 같아서 죄송할 뿐입니다."

"뭔 소리여... 김밥에다 박달대게를 먹어서 배가 꽉차 버렸구만... 아니여 잘 먹었소... 고맙기 그지 없어"

"다음주 분 다큐팀의 일정중에 프로그램상의 이벤트가 줄리엣클럽에서 있을 예정입니다. 그땐 저도 참석해야 만 할 것 같아요 선생님!"

"...워메 그~려 잘 돼 부렸네요 잉, 나가 아우한테 당장 말해두지라 칠한아"

"네 형님..."

"기자양반을 자세히 봉께 그 뭐냐 옛날에 그랗게 그...그레이스켈리... 맞아 부러 그레이스켈리가 딱 떠올라 부러야 너무 곱고 참하고... 또 기자라는 신분장은 여자들한테 최고의 직장아니여"

"그...그렇습니다."

"니가 잘해 드려라... 천사같구만... 그라고 두사람한테서 좋은 소식이 생겨 벌면 그때 그때 나한테 연락주면 쓰것다."

"그렇게 하겠습니다."

278

"나가 우리가게 상호를 줄리엣으로 한 이유는 옛날에 그랑께 허리우드극장에서 '로미오와 줄리엣' 이라는 영화를 봤었지라… 워메 그음악하고 줄리엣 때문에 이름도 '줄리엣' 으로 혔고 하루에 한 번씩오리지날 거 뭐시냐 'A time for us' 라는 곡을 부루스 출 때 꼭 연주하라고 지시했제… 로미오라고 혀면 아무려도 좀 그렇제…"

"네 그랬군요 형님"

음악이야 수시로 바뀔 수 있었으나 첫날 근무때부터 대략 밴드가교대하기 전까지 밤 11시경이면 항상 잔잔하게 전속 오케스트라의 선율이 심오한 악상의 파도를 넘나들면서 홀 안을 울려 퍼지던 'A time for us' 가 왜 하루도 빠지지 않고 그의 귓가에 들리게 됐는지를 칠한은 복태오의 입을 통해서 비로소 그 까닭을 알게 된다.

만남이 있다면 반드시 헤어짐이 뒤따르는 법. 몇 개월 동안 재판을함께 받다가도 형이 확정 된 뒤 이감이라도 가게 되면 그들은 재소자들은 못내 아쉬워서 철창너머로 곡소리를 토해 낸다.

짧은 순간이었지만 회자정리(會者定離)의 아픔이 안타까움이 더욱도드라지게 가슴을 치면서 밀려 온 사람은 칠한이었고 조정아였다.엊그제만 해도 무기수의 기약없는 미래가 없는 내일이 보이지 않는까마득한 형기를 복역하던 이가 칠한이었다. 감옥을 교도소를 알리없는 조기자지만 그 두렵고도 무서운 공포의 회색담벼락을 그녀인들어찌 헤아릴 수 없으며 알지 못할까?

전국구 최고의 보스답게 스스로의 인내와 마인드컨트롤로 감정을억제하며 짓누른 듯이 보였으나 조정아기자는 김칠한과 억세게도 또한번 뜨거운 포옹을 나눈채 씁쓸하게 특별접견실을 떠나 교도관의 계호아래 사동으로 돌아가는, 퇴장하는 복태오의 그림자와 눈가에서 뭔가 하얀 이슬을, 가늘고 엷은 물줄기를 비침을 발견한다. 그리고 무뚝뚝해야만 하였고 조직폭력배라고 낙인 찍혀서 인간성 상실의 몹쓸 언어도단을 가져다 붙이는 실례도 왠지 적절하지 않았다.

그에게서 복태오의 말투와 표정에서, 김밥을 입에 넣으며 대게를 발라 먹으면서 솔직하게 나타나고 보여진 보스의 이미지는 아무리 주관적 또는 객관의 시각을 멀티스크린처럼 활짝 펼쳐가며 조이면서 검증 · 첨부하더라도 평범한, 또는 좋은사람으로 만 그저 조기자의 눈에 비칠 뿐이었다.

칠한은 2시간이 넘게 '특별접견'을 허락해준 마종기소장의 배려도 있고 해서 '일반접견'으로 다시 면회를 신청해 학사고시 공부를 함께 하던 어제의 동료 '정용진'을 면회하고 갈까 하다가, 생각을 바꿔 '접견서신'으로 정용진에게 안부의 인사를 대신 남기면서 "언제나 건강하고 꿈을 포기하지 말 것"을 마지막으로 '서신란'에 적었다.

한편 칠한과 조정아기자가 그를 따르던 다큐팀과 면회를 마친 후 형설교도소를 막 벗어나고 있을 때 '오복떡집'이라는 떡집 로고를 부착한 차량이 아직도 김이 모락모락 피어오르고 있는 10,000개의 '백설기' 상품떡을 차에 싣고 교도소 취사장까지 진입을 시도했는데 그 많은 떡을 주문한 자도 없었고 받는 이들도 잠시 헷갈렸지만 이 해프닝의 파장과 연출의 일단락은 조기자의 옆자리에 동승했던 김칠한의 전화 한통으로 떡을 싣고 온 차량과 교도소직원과의 옥신각신하던 실랑이와 궁금증이 금새 해소되었다.

조정아기자가 복태오를 위해 김밥과 대게를 준비했다면 어제의 그의 동료들, 형설교도소 3천명 전 수용자에게 그리고 직원들에게 고마움과 감사함을 전하기 위해서도 칠한은 반드시 뭔가를 선물해야 했는데 거창하거나 그럴듯한 포장과 외연보다는 각종 종교집회나 자매행사 등에서 재소자들이 가장 선호하면서 좋아했던 '백설기' 떡이 머릿속에서 최종 결정되었으며, 인터넷을 뒤져 구매자가 주문하는 양에 따라 신속하게 배달까지 해준다는 '오복떡집' 으로 돈을 송금하면서 특별접견이 끝날 시간을 계산해 형설교도소까지 운반을 부탁한 것이었다.

가격을 떠나 한때 생사고락을 함께 했던 동료 재소자들에게, 어쩌면 그들의 지지와 성원으로 석방될 수 있었던 김칠한이 그들 수인들에게 작은 성의 나마, 마음이나마 표시했다는 것이 어쨌든 뿌듯하였고 그러한 칠한을 조정아기자는 더욱 가슴 뭉클해하면서 다시금 새롭게 연인을, 줄리엣나이트클럽 총무과장 김칠한을, 이제는 놓칠 수 없는 그를 동그란 눈으로 바라 볼 뿐이었다.

"자기"

"……"

"자기야"

대답대신 운전대를 잡고 있는 그녀쪽으로 고개를 돌리는 칠한.

"자기가 그런 좋은 일을 계획하고 있었는지 미처 몰랐어"

"……"

"군대에 있는 동생이 휴가 나올 때 마다 떡을 맞춰서 무거운 걸 손에 쥐어 준다던 기자가 우리 환타지아에도 있다?"

"……"

"자기야... 칠한씨"

"……"

"...복선생님을 뵙고 놀란 점이 많지만... 내가 한가지만 질문할게 대답해줘!"

"뭘..."

"선생님의 가족은 어떻게 되는 거야... 부인과 자녀가 있을게 아니야?"

"...아무도 없어"

"없다니? 그게 무슨 말이야... 그 나이에 그 호탕한 성격과 바탕에 그 많은 재산을 모으신 분이 왜 아무도 없어"

"...결혼을 하지 않았어"

"뭐라구?"

뭔가가 망치로 타당하면서 그녀의 머리를 내려치는 충격을 받고야 마는 조기자였다. 적잖이 이해할 수 없는 삿갓파 두목 복태오의 개인사가 아닌가?

"왜? 그 이유를 자기는 알고 있어"

"어렸을 적에..."

"어렸을 적에?"

"...한동네에서 같이 살던 사랑하는 여자친구가 있었는데..."

"...그랬는데"

"형님이 나중에 주먹세계로 뛰어 들자 이 다음에 커서 결혼까지 약속했던 그 형수님이 '깡패는 싫다' 면서 유학을 가게 되고..."

"그래서?"

"그곳에서 공부를 하던 도중 불의의 교통사고로 사망을 하고 말어"

"세상에?"

"...교통사고가 나기 며칠전에 유학을 가서 처음으로 보내온 형수님의 편지가 나중 태오형님에게 배달 되었는데... 외국에 나오니까 더욱 형님이 보고싶고 생각이 난다는 구구절절한 그리움을 적은 러브레터였다고 해... 공부를 마치고 귀국하면 어릴 때 했던 약속처럼 당신과 결혼을 하겠노라는 내용이었대... 형수님의 사고소식을 듣고 그 편지를 받아 보았던 태오형님은 거의 몇 달간을 술에 젖어 사셨다고 했어... 만약 나라면 어땠을까?"

"......"

"지금까지 혼자 살아오신 이유가 아마도 그때의 충격때문이었는지 몰라... 형님의 얘기는 재소자들 사이에서 전설처럼 전해지고 있어..."

"아"

"정아씨... 나도 지금 현재의 내마음을 잘 몰라요... 아직도 꿈속과 현실을 혼동하거나 방황하는 것 같기도 하고... 잠에서 깨어나면 늘 꽉 막혔던 좁은 공간이었는데... 아직도 적응이 덜된 것 같기도 하구... 한때는 태오형님 뿐만 아니라 형설교도소라는 건물과 구조자체가 나의 집이었고 내가 밥을 먹으면서 숨을 쉬던 막장의 시설이었는데... 당연해야 할 자유와 아무것도 아닌 생활의 한 부분이 형님의 처지와 남은 형기를 생각해서 내 몸의 어느 한구석이, 짠한 마음이 그래도 많이 미안해 하는 것 같아... 정아씨... 미안해요 정말 미안해요"

시야가 갑자기 흐려졌다.

조정아기자의 눈에서도 뭔가 맺힌 듯 글썽거렸고 곧 그것은 두 볼을 타고 보조개 아래까지 소리없이 흘러 내린다. 20년 징역형을 받아 씩씩하게 김밥과 대게를 집어 삼키던 말로만 들었던 전국구 최고의 주먹 복태오의 생김새가, 꾸밈이 없었던 모습이, 오히려 칠한을 생각하면서 과거와 과오(過誤)를 벗어나려고 발버둥을 치던 내면과 솔직했던 보스의 폼새가 한 여인을 떠나보낸 지고지순하기 까지 한 애끓는 연가(戀歌)의 메아리가 슬픔이, 홀로 감옥에 갇힌채 스스로의 모순을 질책하며 성찰의 반열에 기꺼이 아픔을, 소외된 이웃을 감싸 안는 포용의 자세와, 사업으로 눈을 돌리면서 승화시키는 결단에 거룩함에, 본래의 심성과 인간적 됨됨이에 사고에 조정아는 더욱 슬펐고 더욱 눈물이 쏟아졌으며, 그 참혹하였던 지옥의 레이스에서 랠리의 경기에서 최후의 승자로 살아남아 헤쳐 나와 세상을 향해 우주를 향해 두 팔을 높이 들어 올린 '감옥탈출' 의 극적인 주인공이 비련의 화자(話者)가, 그녀가 사랑하고 있는 칠한이- 아직도 현실과 미몽을 미물을 미혹의 실체를 제대로 규명하지 못하고 떨쳐 버리지 못한채- 방황하고 있다는 역설과 기준이 상처가 더 더욱 그녀를 조기자를 칠한을 사랑하고 있는 환타지아 조정아팀장을 애끓게, 힘들게 할 뿐이었다.

"자기야 칠한씨 김칠한씨... 그래도 난 당신을 사랑하고 있어요. 무슨 일이 있어도 내가 자기를 보호할 것이며 끝까지 자기 곁에 함께 할 꺼야... 사랑해 사랑해 사랑해요 칠한씨... I love you..."

조기자의 눈물방울은 슬픔의 구슬이고 아픔의 결정체가 아니라 아무래도 인간 김칠한에게 다가가는, 달려가는 그에게 모든 걸 투자하면서 올인하려는 그녀 조정아기자의 격정(激情)이며 사랑의 증표가 감정의 몰입과 유입이, 본능적 모성애(母性愛)의 지혜로운 자비가 아닌지 혹시 몰랐다.

* * *

그 어떤 멋진 산하(山河)나 절경보다도 필름에 쉽게 넣기 힘들었던 형설교도소 '특별접견' 실황을 카메라에 담을 수 있었던 다큐 제작팀은 시청자들에게 보여주기 위한 '볼거리'를 위해서도 일요일 오전 김칠한과 조정아기자가 산뜻한 트레이닝복 차림으로 페달을 밟는 사이클 질주의 역동적인 모습을 뒤를 쫓아가며 촬영할수 있었고 이어 놀이공원으로 장소를 옮겨 다양한 기구에 몸을 싣고서 비명을 지르면서도 즐거워하는 두사람의 데이트현장을 한 장면도 빠뜨리지 않은 채 필름에 담는다. 4주간에 걸쳐서 진행된 출연배우 김칠한에게 포커스를 맞췄던 다큐 촬영일정 마지막 날이었다.

복태오로부터 조정아기자가 프로그램상의 '이벤트' 때문에 줄리엣에 들릴 것이라는 예정과 '사후처리'를 지시받은 왕기두는 촬영팀과 항상 붙어 다니는 다큐작가로부터 그게 조정아기자의 생일때문이며, 기왕이면 음악과 분위기가 있는 줄리엣나이트클럽에서 김칠한에게 깜짝고백과 함께 그로부터 축하의 화환과 포옹을 받고자 한, 그러면서도 함께 프로그램의 피날레를 멋지게 장식하는 보기좋은 커플과 연인의 전경을 필름에 넣고자 했던 다큐제작팀— 보스의 지시를 받은 왕기두— 다소 놀래킬 의도가 분명했던 조정아기자와— 김칠한의 환상적인 궁합과 조합과 세리머니를 본인들도 모르게 왕기두는 정말 복태오를 빼다 박은 '왕아우' 답게 연예부장을 불러 구체적인 임무와 역할과 작전까지 하달한다.

팀원 기자의 취재원고를 사무실에서 검토중이던 조정아는 다시한 번 왕기두로부터 걸려온 전화를 받고 깜짝 놀라지만 다짜고짜 "오늘이 귀 빠진날 인걸 알고 있는디 아무 준비도 하덜 말고 퇴근후에 클럽에 들리기만 혀라" 는 대구의 기회조차 봉쇄하며 막아 버린 퉁명스런 일방적인 언어와 넋두리에 당혹스럽고도 한참동안 어리둥절 할 뿐이었다.

조기자의 입장에서 깜짝파티나 이벤트의 홍수가 매일밤마다 줄리 엣에서 열리고 있다는 사실을, 그들이 그 분야에서는 따라 올 자가 없을 만치 '전문가들' 이라는 현실을 직업이 기자라는 조정아도 간과할 수밖에 없었고, 그들의 능력을 알수도 없었을 뿐 더러 그런 만큼 그저 조그만 케익이나 촛불을 하나 사들고 가서 "칠한씨 오늘이 내가 세상에 나온 날이야" 라는 고백을 토로한 다음 샴페인을 터트리며 웨이터에게 적어준 쪽지가 무대에 올려져 "축하합니다 happy birthday to you" 가 연주되던 그림과 방식이 그녀가 과거 대학친구들과 경험했던 나이트클럽의 풍경이며 모습이었다.

삿갓파 두목 복태오야 '특별접견' 으로 만나 볼 수 있었지만 칠한을 위해서도 애써 줄리엣클럽과는 거리를 뒀고 조기자가 쉬는 휴일을 빼면 칠한이 퇴근한 후에나 자정을 넘겨 그를 만날 수 있었던게 하는 일이 틀렸던 직업이 달랐던 사랑하는 사람과의 시간과 시차의 딜레마였으나, 다큐팀의 강력한 요구로 인해 촬영보다는 '특별한 날' 의 '특별한이벤트' 를 접목하길 원했던, 다큐팀과 분명 생일이라는 말에 누구보다 기뻐하면서 축하해줄 칠한을 위해서도 어쩔수없이 다큐작가의 빠져 나갈 수 없는 그물망 독촉에 동의를 하고 만다.

오늘밤의 마지막 촬영분만 줄리엣에서 채운다면 지상파로 방영될 6부작 그의 영상제작이 끝나는 줄 알고 출근했던 총무과장 김칠한에게 연예부장이 헐레벌떡 달려 왔다.

"총무과장... 나 좀 살려주게"

"무슨 일이십니까?"

"오늘 뭔가가 홀에서 벌어질 모양인데 총무과장이 노래를 한곡해야 한다구?"

"노래라뇨... 그게 갑자기 무슨 말씀이십니까?"

이 바닥을 30년 동안 훑고 다녔다고 의기양양 해 하면서 그가 키워 낸 '별' 들만 해도 수백명에 이를 것이라는 자부심으로 줄리엣의 모든 출연진 섭외와 악단과 그룹사운드, 무용단의 관리감독까지 책임지고 있었던 머리가 벗겨진 연예부장은 가타부타의 설명도 없이 칠한에게 냅다 뛰어와 내뱉는 다는 소리가 생뚱 맞을 '노래' 타령이었다.

"사장님의 지시라서 그 내용을 말할 수가 없어... 그랬다간 내 목이 당장 이거라고... 그러니까 나 좀 살려주게..."

"?"

"아마 총무과장이 찍고 있는 프로그램과도 관련이 있는 것 같아... 괜찮겠지"

"아뇨... 부를 수 없습니다"

"왜 이래 총무과장? 자네 여자친구한테 노래도 못 불러주나... 특별한 날이라는데..."

"네~에 특별한 날이라니요?"

"아 글쎄... 거기 까지만... 더 이상은 절대로 안돼... 내가 알아보니까 총무과장 18번이 '낙엽따라 가버린사랑' 이라고 하던데... 그것도 엘비스가 부른 오리지날로..."

"누가 그래요?"

"내 다 알아봤지... 그럼 그 곡으로 하는 걸고 알고 나 가네... 오늘 예정된 가수 어떤놈이 지방으로 공연을 내려 갔어... 스케줄을 땜방해야 하니까... 미안 미안... 그만 바빠서..."

어쩔줄 몰라하며 "어 어" 하기만 했던 칠한의 대답도 듣지 않고 일을 핑계대면서 연예부장은 쏜살같이 자리를 뜬다.

'낙엽따라 가버린사랑'

차중락이라는 가수가 불렀던 번안곡 노래지만 형설교도소로 이감을 온 수번 864 무기수 김칠한은 '낙엽따라 가버린사랑' 을 '낙엽따라 가버린인생' 으로 개사해 처음 이 노래를 주절거린다.

어느날 가을녘에 강력반으로 끌려가 모진 고초가 시작된 수인의 삶이 떨어지는 낙엽처럼 가버린 청춘과 인생으로 비화(飛火), 비유되어 나락으로 추락한 그의 질곡과 굴곡과 전환과 고비가, 상처가 한이 노래에 점철된 것이었다.

그건 특별할 것도 없었던 흥얼거림이기도 했으나 엄청나게 눈이 내리 퍼붓던 어느해 크리스마스를 며칠 앞두고 몇몇 연예인이 가세하여 형설교도소를 찾았던 「연말 재소자 위문공연」 팀이 각 공장별로 한명씩 재소자 합류를 요청해 고시반대표로 무대에 올라가서 그가 칠한이 그때 읊조렸던 노래가 'anything that's part of you' 였는데 그걸, 엘비스프레슬리가 불렀던 노래제목을 연예부장이 입에 올린 것이었다.

전 수용자가 강당에 운집했었기 때문에 '18번'이라고 말했던 연예부장의 정보도 복태오로부터 전해 들었을 가능성이 높았다. 마지막 촬영이며 조정아가 온다는 것을 알고 있었지만, 줄리엣나이트클럽의 모든 공연 스케줄을 책임지고 있었던 연예부장까지 달려와 "노래 어쩌고..." 해도 괘념하지 않고 신경쓰지 않은채 칠한이 전날의 매상기록을 하나하나 다시 검토하면서 전산에 입력하던 중이었다.

삐거덕 대던 스피커의 음향교정 소리가 있고 난후 무대설치가 완료되었다는 조명기사의 마이크 목소리가 그의 귀에 까지 들려 왔으며 평소와는 다른 종업원들의 움직임도 어쩐지 감지되었다. 이미 손님들이 들이 닥쳐 술과 안주가 쉴새없이 빠져 나가고 있었지만 무슨 일이 지금 홀안에서 벌어지고 있는지를 전혀 알 수 없었던 총무과장 앞에 홍실장이 한아름 향기짙은 꽃바구니를 들고 나타났다.

"총무과장님!"

"어쩐 일이세요 홍실장님"

"지금이 아홉시 사십분이니까 이십분 후에 중요한 손님이 오실 것이라는 예약을 받았습니다"

"누 구 시 길 래"

"글쎄 저도 그 얘기만 듣고서 총무과장님을 찾아 왔지요... 이 꽃을 전해드리러..."

카메라감독의 앵글이 유난히 오랫동안 총무과장의 표정을 떠나지 않는다. 10시 정각에 조기자가 올것이라고 했지만 줄리엣에서 크게 비중을 둘 만큼의 손님접대는 아닐텐데 왜 그럴까 라는 의아심이 일

었으나 20분이 훨씬 지나 다시 그를 데리러 온 홍실장을 따라서 그녀
가 건네준 꽃을 들고 플로어와 가장 가까운 VIP석에 다 다른 칠한의
눈 앞에 조정아기자가 활짝 미소를 지은채 앉아 있었다.

"총무과장님... 오늘이 기자님의 생일이시랍니다."

"뭐라구요?"

"자 이 꽃을..."

그 말을 던진 후 홍실장도 누가 붙잡을 새라 잽싸게 자리를 떴다.

전혀 준비되지 않았지만 그리고 준비할수도 없었으나 예정된 수순
처럼 그가 칠한이 손에 들고 있는 것은 아름다운 마음의 선물, 라일락
향이 가득한 싱그런 꽃이었다. 다른 누구도 아닌, 사랑하는 조정아기
자의 생일이라면, 그녀의 귀빠진 날이라면 마땅히도 칠한이 그가 관
심과 정성을 모두 쏟아야 했고 뭔가를 준비하는게 당연했을 테나 꼭
무엇에 홀린 것처럼 대비도 못하고 엉겁결에 처음으로 그가 근무를
하고 있는 줄리엣을 방문해준 조기자에게 미안하고도 한편으로 아쉬
움이 가시지 않는 낭패감으로, 떼밀리듯 그녀의 생일을 축하하면서
홍실장이 건넨 '축하꽃다발'을 칠한은 조정아의 품에 안긴다.

"고마워요."

"왜 오늘이 생일이시라고 미리 알려주지 않았어요."

"칠한씨... 놀래키려구요."

"...정아씨의 생일을 진심으로 축하드립니다."

"감사합니다."

카메라 때문에, 그걸 의식하느라고, 의식할 수밖에 없는 의례적인
인사만 오갔으나 계속 손님들은 클럽으로 밀려 들어 왔고 조기자와

칠한이 점유하면서 착석하고 있는 테이블의 반경 5m 이내에는 다른 어떤 손님들과도 부딪칠 일이 없게 줄리엣측에서 안전하게 이미 좌석 배치를 끝내 놓은 후였다. 신나는 디스코음악이 블루스 연주로 바뀌면서 춤을 추던 손님들이 자기 자리를 차지하고 앉았는데 그 순간 조명이 하나 둘 꺼지기 시작하면서 온갖 화려한 일곱무지개의 색깔로 물줄기가 뻗어 올라가던 수직분수마저 가동을 멈추었다.

예고되지도 않았고 정전처럼 갑작스런 불빛의 소등과 정지된 분수쇼에 손님들과 일부 여종업원들까지도 우왕좌왕해 했으나 이윽고 빛이 새어 나오는 움직임의 굴절된 표적은 8명의 사내가 앞 뒤에 붙어 도르레처럼 생긴 뭔가를 끌어다 플로어 가운데에서 그걸 내려 놓으며 고정시키면서 음악마저 그대로 스톱돼 버린다.

찰나의 공황(恐慌)이 일 때

"케~익이다"

어딘가의 좌석에서 '케익' 이라는 고함과 비명이 터져 나왔다. 모든 이들의 시선이 집중된 플로어가운데 자리엔 칠한도 그렇고 조정아 기자도 쩌억 입을 벌릴 수밖에 없는 엄청나면서도 거대한 9단 케익이 아무도 없는 플로어 가장자리를 차지하며 트로이의 목마와도 같은 우렁찬 위용으로 객석의 냉기를 빨아 들이면서 함부로 근접할 수 없는 위엄을 풍채를 풍기고 있었다.

케이크의 크기는 대략 눈 짐작 만으로도 4~5m 는 넘어 보였다. 줄리엣을 찾아온 손님뿐 만 아니라 이 같은 광경을 처음 접해 본 종업원들도 놀라기는 마찬가지 였다.

"대한민국 최고의 클럽! 동양최대의 나이트클럽인 저희 줄리엣 업소를 찾아 주신 신사 숙녀 여러분에게 진심으로 감사를 올립니다."

플로어 가운데 거대한 케이크를 향해 빛을 쏘아대던 레이저마저도 멈추어 버렸으나 어둠속에서 손님들은 개그프로를 통해서도 자주 접해 친숙했던 사회자의 다음 진행 멘트를 땀을 닦으며 기다린다.

"오늘 저희 줄리엣에서는 평소 여러분들이 볼수 없었던 특별한 이벤트가 준비되었습니다... 조크를 던지자면 줄리엣왕국을 만드셨던 회장님이 셔터를 내려서라도 이 행사만큼은 완벽하게 진행시키라는 분부를 직접 보내 오셨습니다.

존경하는 신사 숙녀 여러분!

지금 무대를 향해 불꽃이 날아 갑니다. 모두 주목해 주십시오."

어디서부터 연결이 된 것인지 정신을 차릴 수 없을 만큼의 불꽃이 동시에 빠른 속도로 한가운데 무대를 향해 날아 갔고 손님들의 환성과 탄성이, 박수소리가 끊이지 않는 중앙에는 『Happy Birthday To You 조정아님, 당신의 생일을 추카 추카!!』 라는 입체글귀가 폭죽이 놀라운 광선(光線)과 레이저 전구 불빛에 싸여 번쩍이면서 점등(點燈)했다.

와 와 와 와 휘이이익~ 짝짝짝짝 짝짝짝짝.......

그것은 경이로운 에메랄드 별빛이었다.

모든 손님과 줄리엣나이트클럽의 전 종업원이 기립해 한사람도 빠짐없이 예외없이 축하의 박수를 아끼지 않았으며 총무과 직원들과 주방식구들도 하던 일을 멈추고 홀로 나와 특별한 세리머니가 연출되는 생일파티에 기꺼이 동참하고 있었다.

유리는 왕마담 홍실장 옆에 꼭 붙어서 우아하면서도 격조 높은 그러면서도 충격적인 축하의식을, 불꽃쇼를 한순간도 놓치지 않는다. 그녀가 속으로 찍어 놓고 있었던 총무과장만 자리하지 않았다면 더욱 크게 손바닥을 두들겼을테지만 안타깝게도 비누방울처럼 쏟아져 내리는 환상적인 컬러 결정무늬의 연무(煙霧)는 김칠한과 그의 여자친구에게 각도가 맞춰졌고 집중되고 있었다. 거의 4주동안 틈틈이 봐왔던 카메라맨의 숫자도 오늘은 웬일인지 더욱 많이 눈에 띄었고 평소와는 달리 호랑이사장 왕기두가 가장 높은 발코니 위에 올라 선채 홀을 내려다보면서 총감독자의 지휘자 모습으로 짐짓 뭔가를 골똘히 구상하고 있는 광경도 유리는 의아할 뿐이었다.

칠한은 거의 넋을 잃을 만치 갈피를 잡지 못하면서 더 더욱 정신이 달아나 버린 조정아기자의 두 손을 꼬옥 잡아 준다.

"정아씨 진정해요."

"너무너무 놀라워서... 숨이 막혀 버릴 것 같아요."

"저도 마찬가지예요... 그렇지만 정신을 차리셔야죠."

"오늘 생일을 맞이 하신 조정아님은 저희 회장님이 가장 아끼시고 사랑하시는 총무과장님의 단 하나 친구이시며 또 두 분이 연인의 관계를 맺고 있을지는 귀신도, 척하면 저인 노들도, 그리고 누구도 여러 분들도 그것은 알지를 못하며 알수가 없습니다... 에 헴"

얼굴을 나타내지 않은채 야릇한 조크를 개그맨 특유의 입담으로 섞어 궁금증과 호기심을 유발시킨 줄리엣의 전속사회자이자 개그맨이었던 '노들' 금동백이 마침내 스테이지에 모습을 드러 낸다. '노들'은 '노들강변'을 데뷔당시 웃기게 불러서 심사위원들의 배꼽을 잡게 만들었다고 그에게 덧 씌워진 팬들의 애칭이었다.

"조정아님의 생일을 축하해주실 내빈 여러분들, 아니 우리 줄리엣 가족 대표여러분은 플로어로 집합해 주시기 바랍니다."

홍실장이 젖가슴이 훤히 드러난 유리의 호피무늬 튜브톱원피스 끈을 끌고 가장 먼저 사회자의 요구에 부응했고 웨이터를 대표해 웨이터실장과 총무부장을 비롯, 영업전반의 질서를 담당하고 있었던 기도실장 배창석과 주방장에다가 연예부장도 흐뭇한 미소를 지으며 거대한 케익옆에 옹기종기 섰는데 마지막 참석자이자 줄리엣나이트클럽의 실질적 대표인 왕기두가 나타나자 전종업원과 그의 막강한 파워를 알고 있는 '폐인' 과 '줄루족' 식구들이 허리를 굽히며 깍듯하게 예를 갖추었다.

"먼저 밝힐게 있습니다... 우왕좌왕 하기도 하고 내 돈 내고 술마시러 왔는데 거 무슨 해괴한 짓거리고 각설이 타령이냐며 색안경 끼고 보실 분들을 배려해서라도 저희 클럽의 복태오회장님께서 직접 적어주신 '밀명' 을 여러분께 이 자리에서 먼저 공개하도록 하겠습니다."

칠한도 그렇고 조기자도 홍실장도 총무부장과 연예부장 주방장조차도 웨이터와 아가씨들도 과연 베일에 가린 신비스럽기까지 했던, 구금돼 있으면서도 대외적인 자선활동에 주력하고 있었던 삿갓파보스 복회장의 '뜻' 과 '말씀' 에 귀를 기울인다.

'아 야 야 그라고 생일파티를 끝내 버리고 우리업소 찾아온 모든 손님들 술값을 받지 말아라... 고걸 뭣이라고 하나 그랑께, 그려 골든벨인가 해싸턴데... 아우 니가 종 한번 크게 처버러 알 것어...'

"요것이 무슨 말씸인고 하면 그랑께 우리 복회장님은 오늘밤 술값을 일체 받지 말고 우리업소를 찾아 주신 모든 손님들 즐겁게 노시다 가시라고 엄명을 내렸다 요겁니다... 공짜... 공짜... 공짜!!!"

그 순간 정말 보신각 종소리 만큼이나 큰 '골든벨'을 알리는 굉음이 '데엥~뎅' 하고 크게 3번을 울렸으며, 그제서야 사태파악이 된 노들의 말 뜻을 이해한 손님들은 이게 웬 떡이냐면서 날 제대로 잡았다며 서로 부둥켜 안은채 횡재의 기분을, 축제의 유희를 오늘 생일을 맞이한 '조정아님'에게 그대로 아낌없이 감사의 '흥'을 되돌려 주는 환호의 축하파티와 인사에 동참한다. 포장마차에서 마시는 깡술도 아니고 엄청난 스케일과 최고의 연예인이 등장하는 최고의 나이트클럽에서 공짜라니 골든벨이라니... 이게 이게 보통, 함부로, 어디서나 또 볼 수 있는, 내 생애 두 번 다시 찾아올 기회인가? 워메 워메 ~

복태오의 지시를 코믹하게 흉내 내었던 노들의 발표가 끝이 나자 클럽내부의 흥분과 열기는 제어할수 없을 만큼 폭발적인 에너지의 분출과 축하뮤직으로 귀가 멍할 만큼 '날 제대로 잡은' 페인과 줄루족에게 더할 나위없는 축복의 감동을 준다. 칠한과 조기자도 줄리엣을 대표한 가족들과 플로어에 자리했으며 높은 의자를 두 개나 밑에 받치고 사다리를 밟고 올라가 힘들게 촛불을 끈 거대한 케이크만큼이나 거대하게 제작된 장군들이나 옆구리에 찰 길다란 '장검'이 해피버스데이의 주인공 조정아의 손에 쥐어졌다.

짝짝짝짝 짝짝짝짝 짝짝짝짝 짝짝짝짝 – – –

축하의 박수물결은 쉼없이 계속되었다.

샴페인 뚜껑이 동서남북에서 터져 올랐고 분수쇼의 절정과 황홀함이 재가동되었으며, 어느새 풍선들을 나눠 가졌는지 남녀 종업원과 남녀 손님들이 청춘커플들이, 연인들이 골든벨의 행운을 차지했던 억세게 재수좋은 사람들이 돔의 지붕이 열리기만을 뚫리기 만을 터지기만을 하나 둘 카운트다운을 외쳐가면서 학수고대한다. 36인조 전속악단의 오케스트라 축하연주가 팡파레를 울리면서 UFO를 타고 하늘에서 하강하는 무용단 천사들이 꽃가루를 내빈들 머리위로 뿌려 댈 때,

카메라감독조차 이 엄청난 군무와 의식을, 전종업원과 손님들이 미리 예행연습이라도 가진 것처럼 자연스럽게 '파티'에 동참하고 있는 실전과 현장상황을 렌즈에 다 담기가 힘들 정도였다.

조정아는 감격했다.

눈앞에서 펼쳐지고 있는 가슴벅차고도 가공할 입체마술쇼에 매직쇼에 혼과 넋을 빼앗기기는 총무과장 김칠한도 마찬가지였다.

"축하... 축하... 합니다 조정아님의 스물아홉번째 생일을 진심으로 축하드립니다. 지금 저희들 눈앞에서 벌어지고 있는 향연은 모두 촬영되어 다큐멘터리로 방영 될 것이며 이 사회자도 결코 마주 한 적이 없었던 엄청난 생일케익은 최고의 케이크전문가 장인께서 몇날 며칠 동안 수제자들과 함께 특별히 제작, 협찬한 것이며 모두 조각내어 홀 안에 있는 손님들이 그 맛을 보실수 있습니다. 특히 이 케이크를 입안에 넣고 삼킨자 만이 사업에도 성공하시고 아들을 잘 낳는다고 합니다... 판단은 여러분이 하시구요... 자 오늘의 하이라이트!

조정아님의 생일 축하쑈를 더욱 빛내 주실 조정아님의 친구이며 연인이 되실 저희 줄리엣나이트클럽 총무과장님, 김칠한과장님의 '생일축가'를 큰 박수로 환영해 주십시오"

노들의 멘트가 떨어지자 말자, 악단의 연주가 시작되려는 찰나 김칠한은 연주대앞으로 번개처럼 뛰어 나갔으며, 예정된 곡을 급히 번복하고 수정하면서 가쁜 숨을 몰아 쉬던 그가 마이크를 잡고 내빈과 손님들을 향해 몸의 방향을 돌렸다.

그가 총무과장이, 연예부장에게 반응을 하거나 확실한 언질을 주지 못했던, 뭐라고 말할 새도 없이— 교도소에 갇혀 참담한 심정으로 주절거렸던— '낙엽따라 가버린사랑' 또는 '낙엽따라 가버린인생' 은 읊조릴 장소가 따로 있고 부를 시기가 틀림없이 찾아 올테지만 그가 가장 사랑하는 조정아를 앞에다 놓고 귀빠진 생일 축가랍시고 의미가 남다를 노래를 어찌 '18번' 이라는 개념만으로 부를 수 있단 말인가!

그가 뛰쳐 나갔던 건 바로 그런 이유에서였다.

'러브미텐터'

역시 로큰롤의 제왕으로 추앙되었던 엘비스프레슬리의 곡이었다.

Love me tender

Love me tender love me sweet

Never let me go

You have made my life complete

And I love you so

Love me tender love me true

All my dreams fulfill

For my darlin I love you

And I always will

Love me tender love me long

Take me to your heart

For it' s there that I belong

And we' ll never part

Love me tender love me dear

Tell me you are mine

I' ll be yours through all the years

Till the end of time

부드럽게 그리고 달콤하게 사랑해주세요

나를 떠나가게 내버려두지 마세요

당신이 내 인생을 완성시켰기에

나는 당신을 진정 사랑하니까요

부드럽게 그리고 진실하게 사랑해주세요

나의 꿈이 실현되도록

당신을 사랑하는 내 마음은 변함없으니까요

부드럽게 그리고 영원히 사랑해줘요

당신의 마음속에 나를 받아주세요

그 마음에 내가 있고
그러므로 우린 떨어질 수 없어요

부드럽게 그리고 귀엽게 사랑해주세요
당신의 마음속에 내가 있다고 말해주세요
나의 전 생애 동안 난 당신 것이며
이 세상 끝날까지 그러할 거예요

　조정아기자는 심장을 억제하며 가슴을 움켜 쥐면서 칠한의 '러브미
텐더'에 하염없는 감동과 감격의 눈물을 쏟아 내고 있었다. 왕기두는
놀란 표정을 감추지 않았으며 연예부장은 아예 스케줄로 속썩이는
'스타'들을 섭외하기보다는 콧대높은 것들을 내 처 버리고 그들을
뛰어넘는 가창력과 준수한 외모로 홀안의 손님들을 경탄하게 만들고
있는 휘어잡고 있는 총무과장을 어쩐지 무대에 올려봤으면 하는 기대
와 망상이, '땜빵'의 자격을 줘버릴까도 한 욕심역시 오랜 바닥경험
과 눈썰미로 그만의 연예시장 노하우가 바탕이 된 '필' 잡히는 번개
구상이 지금 이순간 복잡한 계산과 시나리오로 심경으로 꽉꽉 그의
머릿속에 어지럽게 얽히면서 돌아 간다. 스타는 키우고 가꾸는 것이
었다. 하늘에서 떨어지는 것이 아닌....
　"어머 어머" 하면서 벌어진 입을 닫지 못하고 있는 홍실장옆에서
줄리엣의 섹시마돈나 유리는 감탄과 탄복을, 지지와 성원을 흐느끼듯
소리내면서 "총무과장님 총무과장님!"을 쉴새없이 연호했다. 노래를
한 적도 없었고 노래를 부를 기회와 공간조차 없었을 그가 김칠한이

전설의 로큰롤 제왕을 흉내 내면서 그대로 따라하자 그야말로 호흡을 멈추며 숨을 죽이면서 경청하고 가운데 스테이지를 주시하고 있는 손님들과 종업원들은 또 한번 충격과 심금을 울려준 사랑의 세레나데에 멜로디에 연가에 열창에 격정의 박수를 아끼지 않는다.

그때 왕기두가 연예부장의 귀에 뭐라고 소곤대는 모습이 카메라에 포착되었는데 급히 케이크를 실은 도르레가 플로어를 벗어나면서 '노들' 의 멘트가 마지막으로 또 이어졌다.

"신사 숙녀 여러분 '러브미텐더' 로 우리를 감동시켰던 총무과장님과 오늘 생일을 맞으신 조정아님의 멋진 커플댄스가 이어집니다. 뜨거운 박수로 환영해 주십시오"

이건 또 무슨 황당무계 시츄에이션이며 레크리에이션인가?

즉석에서 당사자의 의사도 묻지 않고 급조된 '토탈서비스' 였으나 이 분위기와 용광로같은 열기속에서 손사래를 치거나 빠져 나갈 수 있는 사람은 아무도 없을 터였다. 만능엔터테이너는 타고나는 것이 아니라 만들어 질 뿐이었다. 환경에서, 분위기에서, 등을 떼미는 열기 때문에라도....

엉겁결에 칠한의 손에 이끌려 플로어로 붙잡혀 나온 조정아기자와 총무과장의 머리위로 다시한번 꽃가루가 뿌려졌고 레이저가 목표물처럼 두사람을 관통하면서 오케스트라의 연주는 익히 많은 마니아층을 만들어냈던 '넬라환타지아' 의 영혼이 음율이 선율이 리듬이 아리아가 홀 안에 울려 퍼진다.

아~아~아~아~

아~아~아~아~

거대한 클럽에서 거대한 플로어 위에 둘이 손을 잡 은채 거대한 청각의 현(絃)이 레이저가, 사랑의 폭죽이 터지며— 수직분수가, 샹들리에의 낙하와 UFO가 등장하면서 마침내 최고의 나이트클럽 줄리엣의 돔이 천장이 웅장하게 열리는, 벌어지고 갈라지는— 하늘을 향해— 별을 따라 구름과 달님을 조준하면서 각자 손에 든 희망과 소망을 적어 넣었던 글귀들이 '풍선' 이 비행선처럼 우주로 솟구쳐 올라갈 때,

누구는 통일을 떠들었으며, LG팬인데... 롯데를 적었고, 월드컵 얘기가 나오더니... 서울대에 꼭 들어가야 한다는 학구파와 돈 많이 벌게 해달라고 했으며... 장가를 가고 싶다는 하소연과 바람을 피운 애인을 원망하면서, 아픈 동생과 형의 건강한 쾌유를 빌었고, 할머니 할아버지 조카와 직장상사의 트러블과 대표에게 감사한다는 격언과 주문까지 각양각색의 염원을 담은 풍선이 헬륨가스가, 줄리엣의 지붕을 뚫고 하늘로 두둥실 올라 갈 때—

사랑하는 연인, 김칠한의 품에 안 긴채 '넬라환타지아' 의 음률과 곡조에 모든 걸 맡기며 던졌던 조정아는 조기자는 정녕 지금의 이 순간이 현실이 그저 가상(假像)이기만을 몽환이기만을 바랄뿐이었다. 그녀가 이 세상에서 가장 사랑하고 있는 인간 김칠한씨만 다만 곁에 있어준다면 함께한다면 그 모든 부귀영화를 몽땅 버리고서라도 그 이와 함께 오두막을 짓고 풀벌레소리를 들으면서 그 속에서 그 평안속에서 살아가는 조그맣고도 소박한 애틋한 동화(童畵)만을, 넬라환타지아의 환상과 경계(境界)를, 물고기처럼 유영하는 춤을 추는 영상을, 그 와중에서도 조기자는 그림을 그리고 꿈을 꿀 뿐이었다.... 그걸.

8. 암행감사

　여성지 〈환타지아〉에 처음 연재되었던 김칠한의 옥중수기 『나는 말한다』 2회분 두 번째 글이 서점에 배포되기 시작했고, 방영시기와 제목을 놓고 고심을 거듭했던 그의 사회복귀 과정을 추적, 쫓아간 지상파 다큐멘터리 6부작 「척사대회&러브미텐더」가 막 방송을 시작했다.

　'나는 말한다' 야 예정되었고 예고된 연재물이었으나 「한 수인의 교도소탈출기」라는 〈가제〉로 처음 기획되었던 다큐물은 「한 수인의 사회적응기」와 「어느 무기수의 고백」, 「스물아홉해의 초상」이라는 임시제목에서 계속 바뀌어 최종 피날레의 감동의 여운을 떨칠 수 없었던 줄리엣나이트클럽의 마지막 촬영 하이라이트 때문에 결국 「척사대회&러브미텐더」로 방영 하루 전 제목이 교체되었다.

　그러나 반응과 반향은 『나는 말한다』를 읽었던 독자들로부터 먼저 터져 나온다. '옥중수기' 첫 연재물이 말을 하고 입을 연 서두요 운을 떼었던 김칠한의 기지개였다면 아예 작심을 한 채 본격적으로 한 인간이 짓밟히고 무너져 내린 수난사와 꺾이고 만 좌절과 인권을 고발했던 두 번째 글은 크나 큰 파장과 파문을 몰고 오면서「총무과장 김칠한을 구출하라!」는 '총·김·구'의 연합체 팬카페가 만들어질 만큼 '옥중수기'의 후폭풍은 거세었다.

특히 인권단체들과 사회단체들이 연대하여 사건의 재수사를 촉구하면서 자칫 이 '문제'의 여파와 불똥이 어디로 튈 것인가도 관심과 '논쟁거리'와 주시의 사실적 '팩트'가 된다.

「척사대회&러브미텐더」의 첫방송 시청률은 31.7%로 잠정 집계되었으며 형설교도소에서 열띤 라운드를 거듭하였던 척사대회 화면이 '러브미텐더'에 수록·편집되어 누가 이기고 지고를 떠나 교도소에서 수용자들의 '피가 튀기는' 경기내용을 담았다는 파격적인 영상만으로도 특별한 화면전송에 시청자들은 환호하였고 다음 방송을 또 손꼽아 기다린다.

매체의 위력, 특히 지상파 방송의 영향력은 가히 상상을 초월한다. 그가 직접 글을 쓴〈옥중수기〉와 함께 감옥에서 튕겨져 나온, 어제까지만 해도 무기수였던 주인공의 일상을 카메라가 따라 간 그 자체만으로도 이미 호기심과 궁금증이, 무슨 일 때문에 스무살의 그가 살인자의 멍에를 안고서 구속되었으며 극적으로 9년만에 출소를 하게 되는지 더 광고를 하거나 홍보를 할 필요도 없이 자연발생적으로 줄리엣나이트클럽의 총무과장 김칠한은 유명인사가 되어 갔고 의혹과 증폭된 궁금증은 더욱 김칠한을 신비의 검색어 인기 이름으로 순위다툼을 만들어 간다.

당장 그에게 줄리엣나이트클럽 총무과장 김칠한에게 닥쳐온 현실은 바로 근무지 직장에서였다.

처음 이 손님 저 손님, 이 아가씨 저 아가씨로 부터 시작되었던 궁금증과 호기심의 일회성멘트가 아예 거나하게 술이 한잔 들어가면 "총무과장 김칠한씨를 꼭 데려와야만 술 값을 내겠다" 는 으름장으로 어느새 바뀌고 변해가면서 이젠 대놓고 웨이터 이름대신 "총무과장 김칠한!" 을 '지명' 하고 윙크를 던지면서 입장하는 여성손님들의 숫자가 점점 많아지며 늘어만 갔다. 그렇지않아도 미어터질 만큼 대한민국 어느 클럽도 흉내를 낼 수 없을 만치 최고의 시설과 최대의 규모로 최상의 출연진과 서비스에 수천명의 '꾼' 들과 '족' 들의 성원에 의해 매일 밤마다 축제와 파티가 벌어지며 점거당하고 점령당한 지존의 킹클럽이 이제는 가히 '신드롬' 이라고 불러도 틀리지 않을 순전히 돈 계산만을 하고 있는 총무과장을 웨이터 지명하듯 난감하게 불러대 버리니 이를 또 어떻게 헤쳐 나가야 할지 왕기두의 결코 '싫지만은 않은' 고민은, 해결책을 내 놔야 할 만큼 종업원들의 민원으로 최고 책임자 사장에 까지 올라 온다.

왕기두가 보스 복태오의 단 한마디 명령에 따라 꼼짝없이 분부를 이행하고 말았지만 조정아기자의 '해피버스데이' 때문에 골든벨 종소리 3번 땡땡땡으로 그날 거둬 들이지 못했던 매상은 대략 9억원을 상회했다.

'9억'. 대한민국 어느 무도장이 하루 9억의 매출을 올릴 수 있을까?

아무리 고급을 지향하면서 규모와 시설을 자랑한다고 해도 하루 평균 9억 이상의 성과급을 올릴 수 있는 나이트클럽은 '줄리엣' 말고는 없었다. 100명의 웨이터가 1인당 평균 500만원의 전표를 끊었다면 5억이며, 1000만원의 술을 팔게 되었을 때 10억의 숫자가 집계되는 것이 또 줄리엣이었지만, 다른 곳에서는 볼 수 없는 전속무용단과 전속 오케스트라까지 살림을 꾸리면서 〈물랭루즈〉를 뛰어넘고 능가하는 최고의 클럽을 손수 만들었던 복태오의 야심과 포부와 꺾이지 않는 기개와 배짱에 답례하기라도 하듯 당당하게 납세의 의무를 이행하면서 전국 12개 체인에서 거둬들이는 수익을 또 쪼개 장학사업과 소외된 이웃에 사랑을 실천하는 것으로 이젠 누가 뭐라고 하든 보스의 의지대로 보스의 신념대로 운영철학과 경영이념은 그렇게 굴러 간다. 이젠 완전하게 돈의 흐름을 파악하고 능숙하게 회계 일을 총무과장도 숙지하게 되었다.

웨이터가 내민 전표들은 실무를 담당하고 있는 총무과 아가씨 4명이 분담하였고 총무부장은 은행거래와 관련된 최종결재만을, 칠한은 이미 하루 지난 매상통계와 잘못 입력된 사례들은 없는지를 찾아내고 확인하며 바로잡는 역할 조정으로 총무과장의 임무가 대략 구분되고 있었는데.....

"총무과장님... 지금 사장님이 모시고 오시랍니다"

"저를 요?"

"그렇습니다"

보기보다는 엄격하리만치 평소 총무과장을 호출하지 않던 왕기두가 기도실장을 통해 칠한을 불렀다. 그에게만 '전무님'으로 호칭하라고 해서 눈치를 보다가도 다른 종업원들과의 형평성과 직원으로서 가져야 할 자세와 입장의 미묘함 때문에 아무도 모르게 "앞으로 저도 사장님으로 부르게 해달라"고 졸라서 칠한도 왕기두를 어느시점부터 사장님으로 격을 높여 존칭하고 있었다. 보스를 생각하는 신념과 주군을 떠받드는 의지가 남달랐기 때문에 복태오의 추천으로 처음 줄리엣에서 마주쳤을 때 칠한더러 '전무' 라는 사장아래의 직급을 일상용어로 사용하라고 먼저 운을 떼었던 왕기두였다.

룸넘버 44호실.

이곳은 왕기두가 휴식을 취하면서 최고 VIP손님들만 선별해서 들여 보내는, 완벽하게 부대시설이 갖춰져 있는 사장실겸 초 호화 손님 접대룸이었다. 88평 공간에 술을 마시면서도 기업인들이 회의까지 열 수 있는 좌석을 갖춰 그야말로 클럽 줄리엣 속의 별천지 스위트룸이었고 아방궁이었다. 주로 비즈니스 차원의 VIP고객관리 때문에 특별한 지위나 신분이 아니라면 구경조차 할 수 없는 그 방안에서 왕기두가 혼자 술을 마시고 있었다.

"어 총무과장 왔어... 앉 어 불어"

"네 사장님"

"자네도 한 잔 할랑가?"

"아 아뇨... 전..."

"암만 말고 받어..."

"...네... 그럼...저..."

독한 위스키를 털어 넣으면서도 왕기두는 칠한의 스트레이트 잔에 술을 가득 채웠다. 영업시간중에는 그 어떠한 허점이라든가 빈틈을 보이지 않는 그가 술을 마시고 있다는 것도 이상했지만 지금 왕기두의 포스나 태도는 도리어 편안하고 안정되면서도 여유있는 2인자의 모습만이 느껴질 뿐이었다.

"총무과장"

"넷 사장님!"

"나 가 오늘 낮에 형님 면휠 갔다 왔어"

"...그 러셨군요"

"우리 불쌍한 태오성님 얼굴만 보면 나가 참 죽을 만치로 고개도 못 듬 시롱 죄인이 되어 버리는디... 오늘 성님은 너무 기뻐해 버리셨고 표정이 밝았당께..."

"......"

"...그랑께 나가 왜 성님 평소 뵐 수 없었던 기쁜 얼굴을 하시고 계 시냐니까 성님이 뭐라고 해버린지 알어..."

"글 쎄요..."

"바로 자네... 총무과장, 김칠한이 때문이여... 성님이 속 맴을 말해 불때면 반드시 혈색이 빨갛게 붉어 지시제... 나가 인사를 올리니까 뻘겋게 되더니... 총무과장 칠한이 자네가 이제는 자석같기도 하고 어 린 피붙이 같다고도 했단 말이여... 자석도 없는 성님이 그런 말을 항 께 나가 그만 가슴이 미어 불면서 눈물이 앞을 가려 부렀제... 어떡할 거여 총무과장... 우리 성님을 울려 버렸응께 끝까지 책임져 버러... 알 것어"

"......"

"나 왕기두는 태오성님없이는 그 다음을 생각할 수 없어... 성님이 죽어뿌라고 허면 목심을 끊을 수 있는게 바로 나여... 그만큼 성님은 나 왕기두 헌테 위대하신 존재시제..."

"……"

"고상하시는 성님이 우리 김칠한 총무과장을 자석처럼 피붙이로 생각해버리는디 나라고 남일 수 있 것냐 말이여... 거 뭣이냐 책에 뭐라고 뭐라고 수긴가를 써버렸다는 걸 읽고 성님은 더 총무과장한테 감격했당께... 그라고 요즘 우리가게... 이거 이거 어떡할거여... 입구서부터 아예 총무과장을 지명해 불고 손님이 몰려 오는디... 웨타하면 금새 떼돈 벌어 불제... 그 야길 했더니 성님이 또 많이 흡족해 하셨당께... 알것어... 칠한아!"

"넷 사장님!"

"성님한테 니가 자석같으면 나 한테도 한 핏줄이고 형제여... 우리 세계에서는 의리로 뭉쳐 버렸지만 너는 빵간에서 성님하고 피처롬 인연이 얽혀 버렸잖어... 그거나 이거나 다 무시 할 수 없제... 나 한잔 더 주라 칠한아..."

"넷 사장님"

무척 기분이 좋아 보이는 왕기두의 잔에 조심스럽게 칠한이 술을 채웠다.

"우리 업소가 전국에 몽땅 몇 개여?"

"12곳으로 들었습니다"

"그려 그려... 태오성님이 꼭 아홉 개 업소 오픈식때 커팅을 하셨는디 나머지 3개는 교도소 가버려서 참석을 못 하셨제... 칠한아"

"넷 사장님!"

"나 가 태오성님을 생각하듯 니도 성님이 하시는 일에 주저말고 니 몸땡이를 던 질수 있것어?"

"그게..."

"아따... 우리 세계에 있는 전쟁을 하라는게 아니여... 거 뭣이냐 성님을 믿고 니가 구상해버리는 걸 그 꿈을 펼칠 수 있겠느냐 그 말이여... 인자 성님하는 일이란 것이 좋은 일 뿐이제... 험한 옛날 주먹세계는 다 지나 왔당께"

"...늘 부족한 것을 느끼지만 태오형님의 기대를 언제나 저버리지 않겠습니다"

"그려 그려... 그라면 됐다... 나 태오성님처럼 오늘 기분이 매우 좋당께... 총무과장!"

"넷 사장님!"

"면허증은 땄어?"

"아직은..."

"이~그 고까짓 걸 뭘 꾸물뎌... 당장 출장 끝나고 따 버러... 젤로 큰차 사줄텡께..."

"빨리 운전면허를 취득하겠습니다"

"그려 그려... 그건 그렇고... 낼부터 칠한이 너는... 총무과장은 출근을 하지말고 20일간을 기간으로 잡아서 우리 줄리엣 체인을 방문혀야 혀... 요곤 태오성님의 특별엄명이면서 특수임무 잉께 거부할 수 없당께..."

"그게 무슨 말씀이신지요?"

"이따가 총무부장이 자세한걸 알려 줄 것이여... 그렇게 알고서 암행어사처럼 천천히 여행함시룸 업소들을 둘러봐... 운전을 할 줄 알면 당장 차 한 대 빼불라꼬 혔는디 못 굴려버링께 어짤수 없제... 비행기

를 타거나 열차를 이용혀... 빠른 걸로... 총무부장이 '카드'를 줄 것
이여 마패랑... 고것이 무슨 암행어사 마패가 아니고 삿갓이 들어간
우리업소 암행문패제... 요거 보고 자빠지는 놈들 많당께... 이곳이 줄
리엣 본점이라면 부산 대구 인천 제주도까지 12곳을 다 다녀와야
혀... 룸싸롱 4곳은 나중에 하기로 하고... 태오성님이 지분을 많이 갖
고 있는 건설회사 주주총회때도 이제는 칠한이 널 대표로 보내라고
성님이 지시 하셨당께... 전국에 있는 우리 줄리엣업소는 지금... 내
아우들이 임시 대표직을 맡고 있응께 서울에서 내려 왔다 불면 고것
들은 깨갱이여 깨갱... 알 것제... 1년에 꼭 한차례씩 있는 우리 내부
회계감사지만... 이번은 처음이고 예비감사로 생각혀고 머리도 식힐
겸 둘러보고 와... 알 것어"

"넷... 사장님!"

짧게 대답은 하고 말았으나 전국을 도는 감사라니... 한번도 해본적
이 없었던, 가본적도 없었던, 가까운 이웃집 가게를 들리는 것도 아닌
전국투어의 '내부감사'와 막중한 중책을 사실 아무것도 모르는 총무
과장 김칠한에게 떼어밀 듯 업무와 임무를 맡길 만큼 칠한에 대한 복
태오의 기대와 믿음과 신뢰는 컸고 무한정이었다. 그러나 그렇더라도
두렵거나 공포가 엄습하더라도 미션을 준, 과제를 준, 형설교도소 수
인번호 2135를 달고 수감중인 태오형님을 봐서라도... 그곳에서 모
든 것을 놓아버린채 우여곡절 끝에 탈출하였던 김칠한은 포기를 하거
나 좌절하는 모습을 보여서는 절대 안되었다. 더욱 앙칼지고 똑소리
나게 형님의 기대를 저버리지 않는 지혜로운 성숙한 결과를 책임을
다해 창출해내야 했고 만들어야 만 하였다.

44호실을 나와 총무과로 돌아오자 바로 총무부장이 줄리엣 법인 '골드카드'와 삿갓이 그려진 '암행마패'를 그의 손에 쥐어 준다.

더불어 총무부장은 서울, 부산, 인천, 대구, 광주, 울산, 대전, 강릉, 목포, 제주도와 포항과 천안에 분포돼 있었던 전국체인망 줄리엣 나이트클럽의 약도와 전화번호, 지도를 총무과장에게 알려 주면서 20일을 기준으로 매출과 지출금액을 뺀, 줄리엣 강남본점으로 송금했던 금액의 산출방법에서 하자가 없었는지 정확한 줄리엣의 회계률에 의해 정산, 운영되고 있는지를 집중 감시(監視), 감사(監査), 감독(監督), 감리(監理)라는 지침을 하달하면서 전국 줄리엣업소 체인별로 자치단체 혹은 지역특성에 따라 서울 본점에서 하는 것과 같은 소외계층을 아우를 수 있는 식사나 다과회를 가질 수 있도록 나눔과 포용의 자리를 꾸준히 마련할 것이며, 때로는 생계비 지원과 후원까지도 가능한 협약식을 체결, 삿갓파 보스이며 줄리엣나이트클럽의 회장인 복역 중인 복태오의 의중을 반드시 각 업소 지역 책임자에게 전하고 빠뜨리지 않는 것도 칠한을 '암행감사'로 결정하면서 적격자로 파견하여 임무를 주게 된, 부여한 가장 큰 요인과 원인이기도 했다.

감옥에서 맺은, 그것도 3000:1의 결승전까지 치르면서 희비가 운명이 교차되었던 결전(決戰)의 승패와 인연 때문에 김칠한은 지금 자유의 몸이 되어 있었고 높은 봉급을 받으면서 옥중수기를 연재하고 여차하면 복태오의 피땀으로 건설되었던 줄리엣제국까지 복태오의 건설사 지분까지, 그의 오랜 숙원과 바람이 반영된 장학사업까지, 총무과장 김칠한 그 자신의 정직한 입장과 의사와는 상관없이 운명과는 상관없이 태도와 자세와는 상관없이 하나의 '인연'과 '믿음'과

'신뢰' 때문에, 한때 같은 길을 걸었던 수인의 동질감 때문에, 동류의식(同類意識) 때문에, 바로 그것 때문에 그 이유 때문에 뭔가의 지도가 성(城)이 궁(宮)이 하나하나 퍼즐처럼 형태를 문양을 그림을 맞추어나가고 있는 듯 했다.

그의 순수한 생각과는 전혀 별개로... 전혀 다른 모양새로........

* * *

'회계감사' 라는 막중한 임무를 복태오로부터 부여받아 줄리엣나이트클럽의 12곳 전국체인점을 빠짐없이 순회하며 점검하는 순례지-전국투어 첫 업소로 총무과장 김칠한이 가장 먼저 '암행감사' 를 지점으로 택한 곳은 제주시내에 있는 '줄리엣나이트클럽 제주지점' 이었다.

20일간의 행군이라면 가장 먼거리에 있는 지점부터 훑어가며 올라오는 것이 효율적이고 시간을 단축시키면서 절약할 수 있는 능률적인 레이스임을 또 그는 총무부장으로부터 전해 들었다. 갑작스런 지방출장 소식에 조정아기자가 당혹해 하였지만 그렇다고 복회장으로부터 왕기두의 손을 거친 엄연하고도 중요한 책무의 결재라인에 가타부타 토를 달수는 없는 것이었다. 독자와의 약속인 『나는 말한다』 는 투어를 감행하면서 숙소에서 틈틈이 원고작업을 계속해서 USB에 저장하였다가 조정아팀장의 메일로 보내줄 것 임을 설명했고, 서울에서 거리상 가까이 있는 인천지점과 천안지점만 하루동안 '암행감사' 를 해버린다면 서울을 뺀 부산, 대구, 광주, 울산, 대전, 강릉, 목포, 제주,

포항은 이틀의 회계일정에서 그리 낙폭을 두지 않고 12곳 업소를 차례로 방문해서 모두 20일을 정확하게 채울수가 있었는데, 요는 운전을 하지 못하는 총무과장이 여행은 물론 지방도시를 거의 가보지 않았기에 어떻게 도시와 도시를 연결, 이동하면서 무난하게 회계감사를 마무리할 것인가 가 그에겐 최대 고민이었고 어려움의 관건이었다.

007가방을 든 모습으로 검은 수트에 검은 선글라스를 눈에 낀 총무과장 칠한을 김포공항까지 배웅했던 조기자는 "자기 아무리 봐도 멋지고 영화배우 같다" 는 평범함을 벗어난 그의 옷 맵시와 패션에 격찬을 아끼지 않는다. "우리자기 누가 채가 버리면 어떡해?" 라는 앙증맞은 멘트를 뒤로 하며 제주행 비행기에 탑승하자 말자 바다가 보이는 듯 하더니 잠깐 사색과 딴 생각에 잠겼는데 금새 "제주도착!" 이라는 기내방송이 흘러 나왔다.

제주도 서귀포시에 위치한 줄리엣나이트클럽 제주지점.

사전 예고되지 않은 '암행감사' 이기 때문에 누가 어디에서 어떠한 복회장의 '밀명' 을 안고 갑자기 들이 닥칠지 제주지점의 책임자 역시 알 턱이 없었다.

삿갓을 머리에 두른 모습 그대로 주먹들의 전쟁에 나타나 '삿갓파' 의 영예를 얻었듯이 삿갓파보스 복태오의 취향은 남다른 데가 있었다. 언제인가 왕기두를 호출했던 복태오는 주물공장을 이 잡듯이 수소문해서라도 최고의 장인에게 마패에 삿갓을 그려 넣은 '줄리엣' 만의 고유 문형(紋形)과 문양을 제작하라고 지시한다.

그래서 어렵게 어렵게 기술자에게 부탁해서 황금 5냥이 금맥으로 입혀진 줄족표 '줄리엣마패' 가 만들어 질수 있었다. 줄리엣지점 각

업소의 회계담당자나 지역책임자, 즉 왕기두의 충성스런 부하와 아우들은 '금빛마패' 의 삿갓빛깔만 눈에 띄거나 비치거나 스쳐도 그 자리에서 바지 가랑이가 벌어지고 오줌을 질질싸는, 큰덩치들이 무색하게 삭신을 꼼짝없이 옭아 매면서 얼어붙게 만드는 신비한 영험력과 효험의 요술같은 기운을 발산시키는 것이 곧 조선시대 암행어사 누군가가 차고 다녔다는 임금님이 준 마패도 아닌 오야붕 복태오가 하사한 '줄리엣마패' 였다.

'마패' 를 소지한 자에게 무례하게 굴거나 눈 밖에 날 때 그것은 이유여하를 막론하고 보스 복회장의 명령을 거부하는 것으로 간주되어 보고가 올라가는 즉시 삿갓파의 조직체계와 명단에서 제외되고 퇴출돼 버리는 것이 '암행감사' 의 위력과 공포와 두려움과 무서움이었다.

복태오는 그의 동생들, 아우들— 종업원이나 식구 누구라도 줄리엣 가족들은 최대한 배려하고 많은 보수를 쥐어주면서 대우를 하였지만— 그의 아성이라든가 존재자체에 도전을 해버리는 술수와 위협의 무례한 상명하복 '딴지' 에는 예외없는 조직보스의 철퇴와 단칼과 단죄를 보여 왔다. 그런 만큼 '마패' 에 대한 위력이 어느 정도인지도 체감하지 못한채 제대로 인지하지도 못한채 칠한은 그저 "그렇게 하라" 는 지시만을 듣고서 일단 가장 먼거리에 있었던 제주지점부터 날아오게 된 것이었다.

비행기가 활주로에서 멎었고 그 즉시 택시를 집어 타고 제주공항을 빠져 나온 그는 나이트클럽이 위치하고 있는 서귀포시 외곽에 숙소를 잡아 허기졌던 배를 일단 채운 다음 제주 줄리엣의 영업형태와 손님의 양(量)과 질을 직접 눈으로 확인하기 위해서도 피크타임대를 맞추기 위해 일부러 업소 잠입의 시간을 뒤로 늦추었다.

총무부장은 출장을 떠나는 총무과장 김칠한에게 또 중요 정보라면서 귀띔을 하기를 "나중에 있을 '정기감사' 를 미리 답사 · 체험하는 예비성격으로 받아 들이고 꼬치꼬치 결산내역을 들여다 보기 보다는 견문을 넓히는 정도로 가볍게 둘러보고 오라" 는 요령과 방법을 알려 주었으나 그의 말처럼 아무래도 일년에 한 차례씩 빠짐없이 해오던 줄리엣 내부의 정기적인 '암행감사' 라는 수식어와 무게보다는 일단 12개 업소를 훑어 보면서 영업의 흐름을 살핀 뒤 '총무과장 김칠한' 이라는 마패 소지자의 위상과 영향력을 그의 아우들에게 지역 책임자들에게 알리며 보여주고자 했던 복태오의 깊은 뜻과 의중이 사실 더 많이 들어 있었고 배여 있었다.

단순한 '회계문제' 만을 가지고 마패가 곧 '법' 인 보스의 얼굴과 흉상처럼 예전 '전쟁' 에도 참여해서 게릴라전에도 투입되었던, 이제는 지역책임자로 당당하게 자리를 차지하고 있는 그들 아우들과 업소를 풋내기 총무과장이 '암행감사' 라는 이름으로 둘러 본다는 것은 보통의 지원과 비호와 뒷 배경만 가지고는 불가능했지만 어쩌면 이번 지역투어는 총무과장 김칠한의 카리스마와 현명한 지혜와 담력과 그를, 복태오를 대신해 조직은 아니더라도 경영전반에 관해 전체적 구도를 아우를수 있는지를 리더십을 발휘할수 있는지를 눈여겨 보고 살피면서 시험하는 복태오의 또 다른 관찰자로서의 테스트며 전술과 전략인지도 몰랐다.

'제주' 라면, 제주만의 매력과 신비스러움 때문에 그 섬 자체로 좋았으나 칠한이 내려 온 건 일때문이었으며 달리 어딜 둘러 본다거나 여행이라는 생각은 애초부터 가질 수 없었다.

밤 10시.

칠한은 여느 나이트 손님처럼 줄리엣에 입장하였고 술을 시켰다.

한시간 정도 살펴보자는게 그의 계산과 의도였지만 책임자를 불러 마패를 보여주고 겁을 먹게 만드는 '암행감사' 는 합리적이지도 적절하지 않다는 것이 그의 판단이었다.

무대에서 음악을 연주하고 있는 그룹사운드는 '온고지신' 이었는데 지금 서울본점에서 전속악단의 휴식시간에 무대에 올려지는 '트리플스카이' 와는 다음달 예정으로 서울과 제주도에서 서로 순환 교차될 밴드이기도 했다. 칠한은 마약으로 구속되었던 아이돌스타 황영돌이 복태오앞에서 일명 '오디션' 을 받다가 그대로 쫓겨나는 장면을 형설교도소 운동장에서 목격한 적이 있었다.

복회장의 능력과 엄청난 사업 스케일 때문에 출소를 하게 되면 줄리엣 서울본점 무대에 서고 싶었던 가수 황영돌은 복태오를 졸라 운동시간에 맞춰 제법 안무까지 곁들이면서 그의 히트곡《높이 왕창 날아라》를 기세좋게 불렀는데 노래의 중간쯤에서 손을 저은 복태오는 "꺼져버러!" 라는 차가운 한마디를 던진채 그러잖아도 짧은 운동시간 몇분을 아깝게 버렸다며 운동화를 고쳐 신고 뒤도 돌아보지 않은채 그 자리를 벗어난다.

나중 공장으로 돌아와 샤워를 끝내고 목을 축이던 그에게 아우 한 명이 "형님 왜 아까 영돌이 노래를 중단시켰습니까?" 하고 질문을 던지자

"뭐여... 고것이 노래냐... 국어책 읽어 부는디... 노래 못하는 것들

316

이 랩인가 랍인가 해싸튼데 그런 것들은 우리업소를 밟아 볼수가 없어야... 자고로 노래하고 음악이라는 것은 감미롭거나 신나야 혀... 멜로디가 반주가 말이제... 그란디 요즘 것들은 거 뭣이냐 내가 바깥에 있을 때 물어 봉께 작곡하는 것들이 컴퓨터작업을 함씨롱 거기에다 음을 집어 넣는다고 하더라고... 안돼제... 빵빵해야 혀 빵빵 신나불게... 고것이 생음악이여 생음악... 랩으로 지껄이는 것들은 말만 빨라부렀지 신나는 것도 없고 들리는 감동도 없어야... 아까 부른 그놈 그게 뭔 놈의 노래여... 국어책 읽었제....."

아우의 궁금증을 천하의 복태오답게 단칼에 그렇게 해석시켜준 복태오를 황영돌은 악대에서 음악을 담당하면서도 복회장이 집회 때문에 나타나기라도 하면 쥐구멍이라도 숨어 들어갈 만큼 공황장애를 보이면서 초조함과 안절부절 몸을 떠는 대인기피증의 심각한 피해의식에 사로 잡힌다. 나이트클럽하면 곧 음악인데... 그런만큼 음악을 좋아했던 복회장이었기에 줄리엣무대에 오르기 위해서는 치열한 경쟁과 접전을 뚫고서 점수를 획득해야 만 대망의 연주를 넓은 스테이지에서 마음껏 뿜어 낼수가 있었다.

물론 개런티 역시 타업소와는 비교가 안되는 최고 액수이며 길어봐야 몇 개월인 업소마다의 계약이 전국체인으로 12곳이나 깔려 있었던 줄리엣의 공급라인과 네트워크 때문에 어떡하든 '입성' 만 할수 있다면 걱정하지 않고도 높은 개런티를 받으면서 전문뮤지션의 길로 가수로, 유명그룹으로 도약할수 있었던 무대가 곧 줄리엣이라는 행운의 '골든스테이지' 였다. 제주도라는 이미지 때문에, 관광지라서 그런지 피부색과 머리색깔이 다른 외국인 손님들이 유독 눈에 많이 띄었다.

그때 웨이터가 허리를 굽히며 다가와 그의 귀에 뭐라고 소곤댄다.

"저 사장님... 저쪽에 계신 일행중에서 사장님과 춤을 추고 싶어하시는 분이 계십니다."

"...제가 부킹은 일체 말라고 미리 얘기했는데..."

"네 분명히 그렇게 말씀하셨지만 여성손님들이 먼저 요구를 해올때는 저희들도 거절하기가 쉽지 않습니다... 한번 응해 주시는 것도... 호주에서 오셨다고 하더라고요?"

웨이터가 손 짓을 하면서 가리키는 좌석엔 금발의 미녀 3명이 내기라도 했는지 깔깔 거리면서 그녀들이 지목한 칠한의 테이블을 노려보며 곧 벌어질 일들을 재미있게 감상하듯 다음의 상황을 예의 주시하고 있었다. 열기가 있는 클럽에선 별 것도 아닌 상식선의 초대이며 유혹이고 접근이었지만, 더욱이 외국인 미녀가 먼저 청을 했더라도 총무과장 김칠한은 분명 술은 마시되 여흥을 즐기거나 놀러 온 것이 아니었다.

제주지점의 영업흐름을 관찰하기 위해, 살펴보기 위해 '암행감사'의 중차대한 밀명을 복태오로부터 받아 일부러 손님이 북적이는 시간을 택해 여행객을 가장해서 자리에 앉은 것 뿐이었다. 그도 미안했고 관광객인 호주 미녀들도 아쉬웠을테나 어쩔수가 없었다.

"오늘은 좀 그렇네요."

"네 그러시다면 어쩔수 없죠!"

"그런데 웨이터씨... 저는 오늘 여길 처음 들렸지만 평소에도 오늘처럼 손님이 많습니까?"

"그럼요... 늦게 오시면 자리가 없습니다... 제주도에서 가장 물 좋은 데가 우리업소입니다... 아마 전국체인 모두가 그렇다고 하던데요... 줄리엣 브랜드 가치가 높대요."

"아~네"

그순간 칠한은 속으로 전율이 일었다. 하나 둘이 될 수 없는 그 많은 업소와 무도장의 난립속에서도 단연 뛰어난 성적과 실력을 기록하면서 매출의 신기록행진을 멈추지 않고 있는 '줄리엣나이트클럽'의 승승장구 비결과 포인트와 경쟁력과 파워는 무엇이란 말인가?

다시한번 그는 복태오의 저력과 위력과 스케일과 통 큰 스타일에 주눅이 들 뿐이었다. 돌아가려는 웨이터 손을 나꿔챈 칠한이 그제서야 이곳에 온 흑심을 그에게 털어 놓는다.

"사장님을 좀 뵐수 있을까요?"

"사장님은 쉽게 만날수가 없는데요... 실례지만 어디서 오셨습니까?"

사장이라는 소리에 금새 경계의 눈초리로 바뀌는 웨이터였다.

"제 자리를 룸으로 좀 옮겨 주십시오."

칠한의 말투가 예사롭지 않다고 생각했는지 웨이터가 이곳저곳에 보고를 올리는 모습이 관찰되면서 곧 "룸으로 자리를 옮기겠습니다"라는 공손한 태도가 이어서 칠한에게 전달된다.

3,800평이라는 거대한 궁궐과 궁전을 연상시켰던 강남의 줄리엣 본점보다는 규모가 작았지만 제주 줄리엣나이트클럽은 2,000평 면적으로 적어도 제주도섬에서는 따라올 수 없는 시설과 규모를 자랑하고 있었다. 술을 많이 하는 칠한은 아니었으나 술을 들이키는 것도 일종

의 '비즈니스의 한축' 이라고 늘 타령처럼 외쳐댔던 복태오와 왕기두의 거짓없는 표현방식에 따라 마시고 싶어서가 아니라 그에게 총무과장에게 할당된 배정된 비즈니스의 계보를 잇기 위해서도 술집에서 무도장에서 술을 주문한 것 뿐이었다. 막 옮긴 룸에서 잔을 비우려는 찰나 "똑똑" 하고 누가 문을 두드렸다.

"들어 오세요."

"실례합니다."

엄청나게 큰 키와 체격을 지닌 육중한 사내가 긴 머리를 고무줄로 묶어 늘어뜨린채 넥타이를 맨 정장차림으로 들어 섰다.

"누구신지…"

"전 이곳의 대표입니다… 강시륜이라고 합니다."

"아 그러시군요… 전 김칠한이라고 합니다… 앉으십시오."

'김칠한' 이라는 인사에 강시륜의 낯빛이 갑자기 굳어졌다.

"혹시 저를 알고 계시는지요?"

"…이름을 들어 보기는 했습니다 여러 경로를 통해서… 정확하게는 모르지만 말이지요."

상대가 그를 이미 조금이라도 알고 있거나 파악하고 있다면 더 이상 감추거나 숨길 필요가 없었다. 칠한이 수트에 손을 넣어 '금빛마패' 를 꺼내 테이블 위에 올려 놓는다.

"서울에서 왔습니다."

그 순간! 그가 서울에서 내려왔다는 실토와 신호를 내뱉는 것과 함께 프로레슬러도 두렵지 않을 거구의 강시륜이 번쩍 몸을 일으키며 90도 각도로 허리를 꺾어 칠한에게 넓죽 큰 제스추어로 엎드린다.

하심(下心)의 표현이었다.

"하이고 이거... 큰 결례를 저지르고 말았습니다 환영합니다 감사님... 어서 오십시오."

"저는 복역중인 회장님의 지시에 의해 제주지점을 살펴 보려고 내려 왔습니다. 아마도 이틀 정도는 회계자료를 검증하면서 암행감사의 룰을 적용해야 만 할 것 같습니다... 전산자료 말고도 기록해 둔 매출장부를 제게 내주시고 오늘 제가 이곳에 왔다는 걸 누구에게도 알려드리면 안됩니다... 비밀을 유지해 주십시오."

"알겠습니다 당연히 그렇게 해야 지요."

"현재 종업원의 수와 매출은 평균 어느정도 올리고 있습니까?"

"웨이터가 75명에다가... 보조도 그렇구요... 아가씨는 관광지이다 보니까 영어를 잘 구사하는 필리핀, 러시아, 일본인 아가씨를 합쳐서 대략 100여명 정도를 두고 있으며 그룹사운드 3팀과 영업활동을 돕는 기도 10여명이 가족으로 참여하고 있습니다... 매출에서 조금 편차가 나타나는 것은 관광객이 한꺼번에 몰릴때는 정신이 없다가도 태풍이라든가 기상이변 때문에 제주공항이 결항을 하거나 폐쇄되고 여행객의 발이 묶일때는 어쩔수없이 좋은 일기(日氣)를 기다려야 하는 섬의 특수성이 많이 작용되기도 함을 널리 감안하시고 헤아려 주십시오."

"혹시 제주지점의 종업원들 중에서도 학교에서 사회복지학을 전공했거나 이수한 사람과 사례들은 없는지요?"

"웨이터들도 영어나 일본어 중국어까지 유창하게 구사하는 사람들만 뽑고 있으며 아가씨도 마찬가지나 사회복지학을 공부했는 것 까지는 확인을 해볼수 없었습니다... 관광객을 상대하다 보니까 웨이터나 아가씨 모두 저희 업소는 대졸자가 많을 수 밖에 없는데 찾아보면 비슷한 유형의 학업을 한 사례들이 어쩌면 발견되지 않을까도 생각됩니다."

"지금까지는 줄리엣의 매출과 영업전반에 관해서만 노력을 하셨다면 앞으로는 제주지역 유관기관 과의 협조와 소외된 이웃에 얼마만큼 공을 들이고 선행을 베풀었는가의 지도역량에 따라 지점대표의 자격과 성과가 복회장님이 생각하시는 책임자의 기준으로 재고되고 전환될 것이니 이 점을 늘 유념하였으면 합니다... 앞으로는 매출에서 올린 순익의 1할, 즉 10%를 어느 어려운 이웃들을 돕고 살피는데 사용할 것인지 많은 연구와 프로그램과 프로젝트가 있었으면 합니다... 지금 서울본점에서 하고 있는 '선행사업'들을 벤치마킹하셔도 좋습니다... 오늘은 이만하고 돌아가겠으며 기록해둔 회계장부를 제게 넘겨주십시오... 숙소에서 검토해 보겠습니다."

"아이구 당연히 드려야지요... 어디에서 묵고 계시는지 말씀해 주십시오..."

"그냥 조용한 곳을 정했습니다... 거기까지 만..."

"네..."

강시륜은 아쉽기도 하고 씁쓸하였지만 어쩔수가 없었다. 술값으로 '카드'를 건넸으나 웨이터는 "이걸 받게 되면 당장 모가지!"라는 읍소와 사정으로 "제발 살려 달라"고 떼를 쓰는데 그것만은 총무과장 김칠한이 한 걸음 뒤로 물러 설 수밖에 없었다. 강시륜이 가져온 몇권의 장부책을 가방에 넣은 칠한은 내일은 일찍 들려서 볼 일을 볼 것이라는 언질만을 던져주며 첫 방문 감사지 제주줄리엣클럽을 빠져 나온다. 이틀씩 잡은 투어일정은 하루는 어디로 '이동'을 하고 하루는 "살펴본다"고 해야 맞을 만큼 짧은 일정과 촉박한 시간 여정이었으나 제주도처럼 멀다고 오래 눌러 있어서도 안되었고 거리가 짧고 가깝다는 이유만으로 대충 살펴보고 가는 형식적인 모습도 어쩐지 '감사'의 전권을 부여받은 총무과장의 합리적인 입장과 태도가 될 수 없었다.

특급호텔은 아니더라도 최소한 무궁화가 몇 개 그려진 관광호텔급 이상에서 투숙하라며 '골드카드'를 건네 준 총무부장의 부연설명이 있었지만 굳이 그럴 필요가 있을까 싶어서 모텔에 여장을 풀었던 칠한이었다.

"보고싶다"며 먼저 전화를 걸어온 조정아기자와 통화를 끝낸 그는 제주지점의 '회계장부'를 펼쳐놓고 수입과 지출을 꼼꼼하게 살피면서 마치 고요한 수행의 선(禪)과 같은 몰입을 유지하고 있었는데 시계가 새벽 4시를 가리킬 때 누가 그의 방문을 "똑똑" 두 번 두드린다. 잘못 들었는가 싶어서 가만 있었지만 재차 누군가 문을 흔들었다.

"누구십니까?"

칠한의 반응에도 응답이 없어 어쩔수없이 그가 침대에서 일어나 문을 열었다.

"안뇽하세요."

"...누구신지요."

키가 180정도는 돼 보이는 늘씬한 금발미녀가 모피코트를 걸 친채 그의 방문 앞에 서 있었다.

"싸장님... 안으로 들어 갈래요... 저는 세실리아라고 해요."

그러면서 금발미녀는 팬티만을 입고 있는 칠한을 아랑곳하지 않은

채 방문을 닫고 도어 가운데 잠금장치를 쿡 눌렀다. 갑작스러운 외부 침입자의 돌발사태에 당혹스럽고도 황당해 한 사람은 칠한이었다. 게다가 느닷없이 들이 닥친 침입자는 눈이 부실만큼 아름다운 금발미녀가 아닌가!

"어디서 왔으며 누구신지 말하세요?"

약간 톤이 높은, 칠한의 애써 충격을 억제하는 반응에도 미소를 잃지 않는 미녀는 "저는 우즈베키스탄에서 왔어요... 나이는 23살이며 모델일을 하고 있고... 오늘 싸장님을 잘 모시라는 분부를 받고 여길 찾게 되었씁니다"

다소 더듬 거리긴 했지만 미녀의 입에서 터져 나오는 정확한 한국어발음과 어투에 칠한은 더욱 놀랄 뿐이었다.

"외국분이 왜 그렇게 우리 말을 잘하세요"

"아 네... 우즈벡에서 한국어 공부를 했으며 제 형부가 한국사람이라 한국말이 아주 친근하답니다... 싸장님!"

그러면서 칠한이 장부책을 뒤적이고 있는 침대로 걸어와 가운데 전등의 불을 끄면서 세실리아가 입고 있는, 걸치고 있었던 모피를 휙 벗어 던졌는데... 상당한 무게가 나가보이는 모피가 팽개쳐지면서 그만 그만 그녀는 세실리아는 노팬티와 노브라차림으로 금발의 머리에 윤이 날만큼 하얗고 매끄러운 피부그대로 선 굵은 백색라인의 풍만한 젖가슴과 탄력있는 허리와 힙을 움직이며 총무과장 김칠한이 팬티만을 걸치고 있는 '그곳' 에 덥썩 얼굴을 파묻고 만다.

아

아

324

피할새도 없었고 피할수도 없었다.

누군들 몸을 감출수 있을까!

아

아

갑자기 나타난 금발의 요정은 관능미의 미녀와 여신은 모델은 '69' 자세에서 입으로 혀로 총무과장의 거추장스런 팬티를 벗겨 내리면서 능숙한 솜씨로 그의 페니스를 부드럽게 물었고, 그녀의 촉촉한 입으로 혀로 눈으로 마구 정신없이 그것을 집어 삼킨다. 그녀가 방에 침입한지 거의 2분도 채 지나지 않아서 발생하고 만, 벌어진 에로틱의 실체였고 '급변사태' 였다.

거 무슨 영문이라도 알고서 사연이라도 듣고서 시작된 정사요 성애의 불꽃이라면 그 이유때문이라도 수긍하고 이해하면서 남녀사이기에 비록 외국의 금발미녀라 할지라도 타당한 명분이 만들어 질수 있었으나, 그걸 캐거나 묻기도 전에 미녀는 사내에게 돌격하였으며 사내는 모피가 몸에서 떨어져 나가는 바로 그 순간, 전혀 상상하지 못했던, 알몸에 대비하지 못한, 무방비 상태로 그 실오라기 하나 걸치지 않은 포커스 때문에 저항한번 하지 못 한채 그녀의 이끌림에 손 놀림에 혀와 이빨의 어눌하긴 하지만 맑고 고운 목소리에 눈이 부신 팔등신 각선미에 꼼짝없이 노예처럼 포로처럼 순응하며 정복될 뿐이었다.

좋고 싫고가 없이 사내의 페니스가 일어서고 상대여성의 버자이너에서 샘물이 흘러나오면 남녀사이는 그걸로 끝이었다. 어쩌고 저쩌고의 이유와 말이 필요없는....

본능의 모터를 이미 건드려 버렸기 때문에 배터리가 중지되기 위해선 멈추기 위해선 추진체의 발사(發射)만이 속도조절에 용이했고, 샘물이 흘러내리는 그녀의 완급장치를 조절하기 위해서도 크나큰 격변이, 무아지경에 이를 만큼의 환희의 오르가슴세계가 펼쳐져야만 둘의 도킹은 두사람의 흥분과 성애여행은 탐사를, 진군을, 전쟁과 질주를 끝내면서 중단시킬수가 있었다. 엉겁결에 들이 닥친 우즈벡 미녀의 육탄돌격에 여지없이 허물어지면서 총무과장 칠한도 새로운 4차원의 트래킹코스와 환상적인 육체의 세계와 비경(秘境)의 살을 섞는 몰입의 경험을 찐하게 짜릿하게 체험하고 만다.

분명 이것은 그가 '원해서도 거부해서도' 라는 상투적이며 상반된 견해와 주장을 배격하면서 마치 이름없는 무인도에 서로 알지도 못하는 남녀 두사람이 표류해와 그저 본능적으로 엉키고 설키면서 관계를 가졌다고 둘러 대는게 말하는게 차라리 정직했고 그나마 나을 것 같았다. 세실리아가 뭐라고 뭐라고 입을 열고 싶어 했으나 칠한이 그녀의 입을 자신의 입술로 막아서 봉쇄하면서 정말 거짓말처럼, 꿈결에서 꿈을 꾸다가 환각상태에서나 몽환의 정신상태에서 벌어질뻔 했던, 있을 법한 시나리오 같은 현실의 금발미녀는 예고도 없이 들어왔던 처음처럼 노팬티와 노브라차림의 하얀 알몸위에 두꺼운 모피를 다시 걸치고 그걸 한손으로 잡 은채 만족의 윙크를 찡그리면서 칠한의 방을 빠져 나갔다.

아마 이런 일이 경우가 생긴다면 발생한다면 누구라도 도망칠 사람이 있을까?

남자라면 당연히 없다는게 정신분석학자와 성보고서를 펴낸 연구자들이고 보면 총무과장의 행태역시 남자의 세계에서는 지탄보다는 그 어떤 판타지와도 같은 소설로 드라마로 입에서 무용담처럼 전해질 것이었다.

그 역시도 사내였기에……

다음날 밤새 뒤적거렸던 '매출장부'를 가방에 넣은 뒤 아침식사를 하고 이어서 모텔에 있는 컴퓨터로 작업했던 〈옥중수기〉를 USB에 저장하면서 오후 3시경에 제주줄리엣지점을 다시 칠한이 찾았으나 낮시간 인데도 불구하고 웨이터와 아가씨, 음악을 담당하는 그룹사운드 일부를 빼고는 대부분의 줄리엣식구들이 미리 출근해서 그들 나름대로의 준비를 기울이며 갑작스럽게 들이 닥친 '암행감사'에 대비하는 분주한 모습이 여지없이 관찰된다. 보통 직장인들이 잠자리에서 일어나는 시간에 반대로 퇴근을 해야 하는 사람들이고 보면 분명 휴식을 취해야 할 몸상태 일텐데도 일찍 출근해서 기꺼이 희생을 감내하며 감수한다는 것은 그 만큼 '암행감사'의 위력과 공포를 두려움을 그들 스스로 확인시키면서 증명하는 것이었다.

강시륜의 시각의 초점도 다소 어제와는 달리 나타났다. 칠한은 위생점검을 나온 관공서 공무원처럼 이곳 저곳 내부시설과 주방까지 점검하며 회계담당자의 수입과 지출, 전산자료를 꼼꼼하게 살폈다.

'회계'라는 특정한 부문만을 집중 감사하기 보다는 예비성격이었기 때문에 업소의 전체적 효율성과 이미지와 구도와 윤곽을 머릿속에 집어넣고 입력하기 위해서도 시설점검을, 안전과 보안대책 등을 절대 빠뜨려서는 안되었다. 줄리엣 강남본점을 제외하고는 아직까지 '선행사업'에는 초보적일 전국 체인망에 차후 복회장의 '자선프로젝트'를 제대로 인지·학습시키면서 전달하는 것이 또 이번 투어의 정확한

의도와 목적이었으나 이미 어제 이곳 책임자인 강시륜에게 고지하였기 때문에 더 이상 제주지점에서 시간을 허비할 필요가 없었다.

실무자들에게 '감사'를 맡겨 놓고 뒷전에서 초조하게 결과를 기다리고 있던 거구의 강시륜에게 삿갓파보스 복태오의 밀명으로 '암행감사'를 내려온 칠한이 먼저 입을 열었다.

"대표님!... 전체적으로 살펴 본 제주지점의 현황과 재무상태, 매출기준도 매우 양호합니다... 이를 회장님께 보고할 것이고요... 그것보다 대표님의 키가 대체 몇센티나 되시는지 굉장히 궁금합니다."

강시륜의 표정에서 화색이 돌았다.

"감사합니다... 감사님... 오신다는 걸 미리 알았더라면 대비라도 좀 했을텐데 아쉽기도 하고요... 키는 1m 97입니다... 140킬로에... 한때 레스링을 했었지요."

"아~네 역시 그랬군요."

"태오형님이 일체 면회가는 걸 거절하셔서... 또 섬에 갇혀 있다 보니 더 형님이 계신 곳과 멀게 느껴지지만 우리 제주지점의 전체 식구들은 한결 같이 형님을 생각하면서 최선을 다해 근무하고 있음을 안부로 꼭 좀 전해 주십시오... 부탁드립니다 감사님!"

"물론입니다... 제 눈으로 직접보고 확인했던 그대로를 말씀올리겠습니다."

"감사합니다."

'삿갓파'에 몸을 담기 전까지 젊은시절 한때는 레슬링에 청춘을 불사르기도 했던 줄리엣제주지점 책임자 강시륜은 '암행감사'로 내려온 서울본점 총무과장 김칠한앞에서 연신 고개를 떨구고 만다.

"저희들이 조촐한 식사를 준비했습니다... 같이 동행해 주십시오."

잠시 망설였지만 그도 밥을 먹자는 것 까지 "감사운운" 의 덜 떨어진 잣대를 들이댄다는 것은 예의와 정서에도 어긋나며 태도가 아니라고 생각했다.

"좋습니다."

그리하여 줄리엣가족은 "모두 한식구" 라며 늘 자부심을 가졌던 복회장의 언급처럼 총무과장 김칠한과 제주지점 책임자 강시륜과 주방장, 회계담당자와 웨이터를 대표해서 참석했던 웨이터실장과 아가씨 관리를 맡고 있는 왕마담 등이 합세하고 어울려서 횟집으로 자리를 옮겼는데, 그야말로 펄떡이는 활어의 진수성찬에 상다리가 휘어질 만치 보는 눈을 즐겁게 만드는 고급횟감이 맘 졸였던 '암행감사' 를 무사히 끝낸 오늘의 줄리엣식구들을, 손님들을 기쁘게 맞이 한다.

"위하여!"

"위하여!"

이심전심이라고 했던가!

잔을 함께 높이 쳐 들었으나 총무과장 김칠한과 제주대표 강시륜의 부딪치는 술잔과 그래도 서로가 살펴보면서 탐색을 하듯 마주치는 신뢰의 눈빛에는 남성의 세계에서만 이해될 수 있는, 남자들이어야만 상식이 통하는 무언(無言)의 뭔가가 오갔지만 그것은 그냥 그대로 묻혀지고 잊혀지면서 사라질뿐이었다.

특히 배꼽아래의 문제들은.....

첫 잠행지 줄리엣나이트클럽 서귀포지점 회계감사를 무사히 마치고 두 번째 감사장소 목포 줄리엣지점을 방문하기 위해 카페리호에 몸을 실은 총무과장 김칠한은 더없이 펼쳐져 짙푸른 고요한 바다에 한없이 도취되었다. 비행기도 처음 타보았고 배도 처음이었지만 바다는 모든 것을 포용하고 받아들일 만큼 그의 마음을 공허를 충족시켜준다.

카페리호를 따라 유유히 날갯짓을 젓고 있는 갈매기를 바라보면서 문득 칠한은 어제의 그자신과 현재 지금의 그의 모습을 반추했다.

형설교도소라는, 무기수라는, 이유야 어찌되었건 감옥의 연(緣)과 업보(業報)와 과(果)에 의해 많은 사람들......

또 복태오라는 주먹세계의 대부를 만나지 못했다면, 오늘도 뉘우치고 있는 그 인간에게 선택되지 않았다면, 척사대회라는 기적이 어느 날 찾아왔고, 우승을 하면서 출소를 하게 되며, 그가 이 세상에서 가장 사랑하는 조정아기자를...

'나는 말한다'를 연재하며, 암행어사와도 같은 거침없는 무소불위(無所不爲)의 위력으로 완력으로 권력으로, 전국일주 투어를 도는 감행하는, 총무과장 김칠한의 존재가 만약 만약 과거와 지난날 편의점 아르바이트를 하면서 어머니를 모시고 살던, 가난에 발버둥치던 어제의 스무살의 그로 되돌아 간다면... 설령 그 이후라고 하더라도, 완전한 의식의 개조와 변신과 변모와 혁명적 불길을 당기고만 활화산과 지식탐구와 학구열의 학사고시 도전은, 결코 그에게 편의점 알바생에게 급류를 뒤바꾼 과한 풍요가 오늘처럼 만들어지거나 찾아오지 않았을 것 같았다.

좌절과 추락의 끝에서 참담하였던 절망의 의기소침과 설움을 곱씹으며 나락으로 떨어지고 갇혀 본자 만이 빠져 본자 만이 푸른바다와 갈매기의 날갯짓과 비상(飛上)의 몸짓에 자유로움에 이토록 감격하며 감동하고도 감사할수 있는 것인가!

비록 한때나마 세상을 저주하고 증오하였더라도 결과적으로 슬기롭게 어둠을 헤쳐나온, 터널을 빠져 나온 광명을 쟁취한 광기의 불의를 물리친, 타파한 광휘(光輝)의 빛과 오로라 광채는 9년의, 9년간의 까마득한 철조망 담벼락 넝쿨과 헤어나올수 없었던 덫과 늪에, 그가 칠한이 더욱 높은 세계와 넓은 우주를 막힘없는 창공을 비행하고 유영하고자 도약의 발판을 마련키 위해 그토록 숨을 죽이고 한을 삼키면서 피울음으로 인내했던, 도리어 소중하고도 귀중한 성찰과 성숙(成熟)의 자성의 시간들이 아픔들이 조각들과 파편이, 편린들이 아니었는가!

생각하는 바 해석에 따라 결과가 달라 진다지만 운명이 결정된다지만 그동안 전혀 판단하지 못했던 우주의 철리를 자연의 섭리를 시간의 개념을 인과의 보은을, 사람의 정과 냄새를, 여유로움까지도 정체성을 푸른바다에 자신을 내던지면서 칠한은 그는 지금 철학적 사고에 사상에 관념과 관조에 사유와 깨달음에 미혹의 땅굴에서 그를 끄집어 내고 새 생명을 잉태시킨, 구출하였던 가르침에 깊이 함몰되면서 빠져 들고 있었다.

아아

아아

바다여!

바다여!!

칠한은 그렇게 '바다'를 노래했다.

몇시간을 유영하던 카페리호가 항구에 접안하면서 목포여객터미널을 빠져 나온 총무과장 김칠한은 제주 줄리엣지점과 마찬가지로 '암행감사'의 자격으로 목포체인망을 급습했으나 놀랍게도 목포지점에는 형설교도소에서 그와 함께 복역했던 '구본무'가 그곳 책임자로 근무하고 있었다. 칠한보다 여덟살이나 위였던 구본무는 또 검정고시를 칠한과 함께 준비했고 "건달이 왠 공부냐"는 주위의 시선에도 개의치 않은채 열심히 노력하고 복습하는 모습을 보였는데 복태오가 그렇고 왕기두가 그렇듯이 최고의 아이돌스타 황영돌이 복회장의 "꺼져버려"라는 한마디에 주눅이 들었듯, 뭔가 적고 부족하더라도 그걸 채우기 위해, 극복하기 위해 인내하며 거짓없이 땀흘리는 자들에게 그걸 눈으로 확인했던 복태오는 비록 교도소라는 제약많은 환경이라 할지라도 노력하는 만큼의 댓가를 보스의 입지에서 반드시 채우고 충족시켜주는 제왕의 격려와 메시지와 자비를 빠뜨리지 않는다. 그게 큰형님의 할 일인 것처럼... 책임인 것처럼... 구본무의 줄리엣 목포지점 장악과 자리와 경영은 바로 복태오의 의중과 입맛과 그의 노력과 선택에 따른 당연한 보너스였고 결과였다.

그러나 공·사는 엄연하게 구분되는 것이 '감사'의 법칙이고 보면, 누구라도 예외없이, 그 어떤 줄리엣지점이라도 이 '법칙'에서 제외되거나 빠져 나갈수가 없었다. 칠한은 제주지점과 마찬가지로 서비스의 질과 화재사태 등에 대비한 소방시설 완비를 주문하였고 마지막으로 역시 복회장의 자선사업 즉, 지역 소외계층에 눈을 돌릴수있도록 그 방법과 구체적인 실천요강을 설파하며 보스의 의지를 재차 강조하면서 세 번째 감사지 부산으로 가기위해 고속버스에 몸을 싣는다.

* * *

부산광역시 해운대구에 위치한 줄리엣나이트클럽 부산지점.

해운대해수욕장을 끼고 돈 최고의 입지조건이었다. 그런데 줄리엣 부산지점에는 늘 호시탐탐 기회를 노리고 있었던 지역 폭력배들이 줄리엣으로 흡수되고 있는 상권을 되찾기 위해 크고 작은 충돌을 일으켜 왔다. 복태오가 교도소에 있다는 하늘이 내려준 천우신조의 황금찬스를 왜 그들이 놓치려 하겠는가?

군소조직을 통합시켜 끊임없이 영업의 침탈과 도전을 감행하는 이들을 제압하고 있었던 복태오와 왕기두 다음의 삿갓파 조직서열 3위인 부산줄리엣 책임자는 한때 동양챔피언에 도전하기도 했던 프로복서 출신 '라이트박'이었다.

그의 가공할 오른손 주먹을 맞고 버텨낸 자는 아직까지는 아무도 없었다. 황소를 쓰려 뜨렸다는 믿기지 않는 전설과 신화로 주먹세계의 엄연한 족보와 계보를 잇고 있었던 박무환, 라이트박은 왕기두와 대적할만치 보스 복태오에 대한 충성심의 무게만큼은 불변할수 없었던 절대적인 것이었다. 대체적으로 조직세계라는 것이 우두머리가 사라지거나 재기불능이 되었을 때 너도나도 군침을 흘리면서 '넘버1'을 향해 가우를 잡았던 것이 흐름이었고 전체적인 '암투'의 인식이었다면, 보스가 감옥에 가 있는데도 불구하고 철옹성처럼 오히려 견고해지며 더욱 강한 세력으로 힘이 배가 되는 삿갓파 조직의 명성과 이유를 타 조직들은 의아해 하며 부러워 한다.

그래서 복태오의 존재는 그가 비록 수감중인 신분일지라도 그 파워나 인맥과 조직의 실체와 부의 동원 능력과 밤의 세계를 장악하고 지배하는 영향력이 결코 쇠퇴하거나 줄어 들지 않았다. 비록 복회장의 업소에서 일을 하면서 줄리엣에서 벌어 들이는 녹을 얻어 먹고 있으나 총무과장 칠한은 결코 조직이라든가 그들 세계를 동경하거나 우러러 본적이 한번도 없었다. 그것은 검정고시에 이어 학사고시를 두들기면서 꽁꽁 언 손을 호호 불어가며 연필을 굴렸고 질곡의 상처와 독기의 책장을 넘겼던 바로 그 자신— 당시 수인번호 864 김칠한의 존재자체와 정체성을 간단하게 부정해버리는 것이기 때문이었다.

그렇기에 '그 세계' 와 직장은 '일' 은 별개이며 철저하게 구분을 하고 있었지만, '회계감사' 라는 막중한 미션을 부여받아 종종 '문제' 가 발생하고 있는 '부산지점' 의 영업현황과 상황을 모른척 외면하면서 그냥 어물쩍 넘어갈수는 없었다. 이럴 땐 더 독해져야만 하는 것이 진정 삿갓파 보스 복회장의 칠한에 대한 기대와 여망과 원했던 주문과 바람이었는지도 몰랐다.

"주변에서 저희 줄리엣에 걸어오는 방해가 어느 정도입니까?"

"마 거 뭐라케야 되노... 쌩거마 어거지를 들이대문서 가짜 양주를 안판다카나... 아가씨를 보고 완월동 출신이라 카잔나... 마 세금을 빼먹고 바가지를 씌운다꼬 경찰서에 구청에 이리저리 민원을 넣는다 카이... 마 미치겠심더 감사님... 요노무 자슥들이 홀에서 까불다가 번번히 우리 아덜한테 쫓겨나는 것 때민에 인자는 마 힘있는 기관에 다가 투서 같은 걸 넣어 갖고 아주 우리업소를 곤란하게 빠트린다 카이...

해결책 좀 세워 주소..."

'암행감사'를 내려온 총무과장 김칠한에게 부산 줄리엣책임자 라이트박은 이 참에 영업에 지대한 손실을 끼치고 있는 성가신 지역 군소조직의 도전과 할거를 잠재우고 막아 줄 것을 거꾸로 칠한에게 요청한다.

"대표님... 진정하시구요... 음... 제가 보기엔 술을 파는 나이트클럽의 특성상 저희들이 관할 경찰서나 구청을 절대로 무시할 수는 없습니다... 세무자료를 살펴보니 납세 역시 흠잡을 데 없이 우수했지만, 세금 잘내는 것만 가지고는 지역 민심을 얻기가 힘든 실정이 되었습니다... 부산은 서울 다음의 큰 도시이고 잘사는 사람이 있는 반면에 빈곤층도 상당하리라 생각됩니다... 구청과 관내 경찰서의 협조를 받아 소년소녀 장학사업과 불우이웃 다과회나 식사등을 이제 부산지점에서도 추진하고 펼칠때가 되었다고 판단됩니다... 만약 부산지점의 '선행사업'이 지금 서울 강남점에서 하고 있는 것과 같이 본 궤도에 오르게 된다면 자연 이곳 패거리들의 방해공작도 줄어 들면서 소멸될 것으로 확신합니다... 달리 표현드린다면 그것은 국가에 성실하게 세금을 내면서 수입을 쪼개 지역주민을 돕고 인심을 얻는데 경찰과 구청사람들이 나몰라라 하지 않는다는 것이지요... 공직자의 습성은 그 어떠한 사유라도 '공공성'이 발견되거나 '좋은 일'이라는 취지를 알게 될 때 그들 스스로의 책임의식으로 공직자의 신분으로 똑바로 정신을 차리면서 음해나 거짓 진정에 대응을 한다는 것이지요... 바로 부산 줄리엣의 영업에 자연 도움이 되면서 줄리엣나이트클럽에 대한 선입견과 인식이 완전히 바뀌게 될 것입니다... 복회장님의 생각도 바로 그런 것이구요... 이 문제를 당장 적용할수 있도록 대표님의 의지와 노력을 당부 드립니다."

"아이고마... 고거마... 듣고 보이마... 감사님 말이 하나도 틀린 게 없네요 마... 우리는 그동안 그저 마 매상마이 올리는 것만 신경썼고 요것들 요거 댐비는거 골치만 앓았는데 그저마 속 시원한 답을 얻은 것 같 심더... 그래 정말 그런 일을 진행해도 괜찮겠심미꺼...."

"물론입니다... 한달을 기준으로 순 수익의 10% 즉 1할을 따로 떼어내 회계장부에 기록하시고 '선행사업'에 사용하십시오... 서울에서도 지금 그렇게 하고 있습니다."

"마 알겠심더... 우리 감사님 얼굴도 잘 생기꼬 훤 한데 오늘 스케줄을 우리가 책임지겠심더... 그렇게 하게 해주이소..."

"아닙니다... 제가 할 일이 많습니다... 나중에 또 기회가 있겠지요."

"아이고마 아쉬버라... 그라몬 낼 식사라도 함께 하입시다... 그거는 물리치지 마이소..."

"알겠습니다."

칠한은 부산 줄리엣지점을 빠져 나온면서 휘황찬란한 조명아래 셀 수도 없을 만치 쏟아져 들어가는 남녀손님들을 물끄러미 바라보았다. 사람이 몰리면 돈이 벌리고 돈의 냄새와 향배에 따라 하이에나처럼 군침을 삼키는 집단이 생기는게 또 이 바닥의 쓸쓸한 생리였다.

서울본점에서 곧 바로 제주로 내려가 목포를 순례한 다음 부산까지 왔으나 전국 12개 줄리엣체인점의 종업원 숫자는 대략 4000명을 넘어 섰는데 어찌보면 중소기업을 능가하는 대기업집단이 될수도 있었다. 무도장이라는 경계를, 편협성을 제외하면 줄리엣의 가치는 결코 다른 산업과 경제인프라에 비해 저조하거나 부족할 이유가 없었다. 서비스의 개념이 식당과 숙박업소에만 국한될리는 없었으며 제주지점을 보더라도 외국인의 통계수치는 갈수록 늘어만 갔다.

많은 고용인원의 창출과 납세의 의무를 충실히 이행하고 있다는 것에서 총무과장 김칠한은 문득 '경영의 이론과 실체'를 공부했던 지난날 형설교도소 학사고시생의 열정이 떠 올라 피식 웃고 만다. 일부러 해운대 백사장까지 걸음을 옮겨 밤바다를 감상하면서 또 조정아와 통화를 하였고 다음날도 줄리엣 부산지점 이곳 저곳을 둘러보면서 한 배를 탄 식구들끼리 기분좋은 식사를 마치고 악수를 한 후 네 번째 '감사지' 울산으로 지그시 임무와 순례의 방향을 그는 튼다.

* * *

줄리엣나이트클럽 울산지점.

조선, 자동차, 석유화학, 중공업 등의 최대 국가산업 기반시설이 밀집된 수출도시였다. 총무과장 김칠한은 지역사회의 분명한 일조를 나열하면서도 울산지역 책임자에게 울산 줄리엣이 꼭 가져야 하며 실천할 사업 '성과'를 피력하는데 그것은 제주나 목포 부산과는 또 다른 차별성이 있는 '울산'이라는 도시만의 특화(特化)된 맞춤 주문이었다.

삶의 질에 대한 자부심 하나는 견줄 도시가 없을 울산에서 다른 줄리엣지점이 지향해 나갈 프로그램을 적용하고 유도하는 것은 적절치가 않았다. 마패를 꺼내 든 김칠한은 다음과 같이 입을 연다.

"울산 줄리엣지점이 존재하는 이유와 또 발전할 수 있는 토대와 원동력은 모두 이 지역 산업현장에서 땀을 흘려가며 외화를 벌어들이고 있는 고마운 산업역군들이, 엔지니어들이 있기 때문입니다. 이들이 우리 줄리엣을 찾아오는 고객중의 한 명이 틀림없다면 최고와 최상의 예의를 갖춰 친절하게 모시는 것이 당연한 도리이며 언제나 고마운 마음을 잃지 말아야 합니다. 줄리엣이 있어 이들이 온다? 그건 절대 아닙니다... 훌륭하신 울산의 산업역군들이 존재하기에 줄리엣업소가 지탱하고 있음을 절대로 망각하지 마십시오... 더불어 수출로 벌어 들이는 외화덕분에 우리 국민전체가, 대한민국이, 저도 그렇고 대표님도, 줄리엣식구들이 틀림없이 나은 삶과 덕을 보고 있다는 사실을 언제나 잊지 말아야 할 것입니다... 하여 대표님께서는 울산지점 매출의 1할을 따로 적립해 두셨다가 고마운 근로자들에게 사례를 표시한다는 의미에서도 그들을 선별해 우리업소로 초청해서 다과회를 열어주시고 감사의 위문공연 또한 정기적인 프로그램으로 이어갈수 있도록 만반의 준비를 해주시기를 부탁드립니다... 공연 등에 관해서 연예인 섭외 등은 저희 강남본점 연예부장에게 언제든지 연락주시면 되고요... 무용단과 악단이 필요할때도 초청만 하십시오... 무엇보다 유흥업소라는 고정된 색깔과 이미지를 불식시키기 위해서도 전 종업원이 참여하는 울산시내 거리청소, 구청과 시가 요구하는 캠페인 등에 줄리엣의 어깨띠를 두르고 식구들이 가족들이 함께 거닐며 행진하는 모습이 보여지길 기대합니다... 이땐 여종업원아가씨들의 상냥한 미소와 친절이 절대적으로 필요하구요... 더불어 사는 사회, 공존의 사회란 곧 나눔과 베품을 의미합니다. 혼자 살고자 하던 시대는 지나 갔어요. 저희가 울산의 산업역군들로부터 기업으로부터 오히려 사랑과 나눔을 받았기에 성의를 다해서 보은을 해야 하며 그래서 더욱 베품의 팔걷이에 인색하지 않으셔야 합니다…. 이것이 수감중이신 복태오회장님이 저를 울산 줄리엣지점으로 암행감사를 내려보낸 분명한 목적과 이유입니다."

하나 흐트러짐이 없는 일목요연한 총무과장 김칠한의 간단명료하면서도 전혀 다른, 그러나 줄리엣의 사회적 배치와 공헌도를 얘기하는 공적인 부분에서 울산 줄리엣대표 허경영은 감탄을 연발 할 뿐이었다. 이전의 회계감사와는 확연하게 구분되었고, 따지고 윽박지르기보다는 매출기준만을 타령삼던 과거와는 비교할 수 없는 인간적인 훈훈함과 상식선의 절제된 요구와 언급만이, 줄리엣이 더욱 안정적으로 발전할 수 있는 대외적인 청사진과 공적인 의무만이, 그의 청각과 느낌으로 후련하게 부드럽게 들렸지만 그래도 허경영의 눈에는 김칠한 총무과장이 당당해 보여서 더없이 기분좋았고 , 그런만큼 수사(修辭)와 의례적인 인사치레보다는 솔직한 토로와 보스의 입장전달에, 업소대표의 자부심이 자신감이, 한층 믿음과 충직한 신뢰가, 예고없이 들이 닥친 '암행감사'의 접목으로 인해서 더욱 두터워지고 견고해지며 깊어지는 느낌이었다.

줄리엣나이트클럽 울산지점 '감사'를 무사히 마치고 삿갓파의 표징(標徵)이 그려진 금빛마패를 품속에 넣은채 다섯 번째 회계감사지로 칠한이 택한 곳은 줄리엣 광주지점이었다. 복회장과 왕기두의 고향이기도 한 광주에 도착해서 여장을 풀고 또 손님이 한창 입장할 시간을 택해 줄리엣의 테이블을 차지하고 앉았지만 "사장님을 불러달라" 고 요청을 해도 이러쿵저러쿵 대답이 없이 "만날 수 없다" 는 애매한 빈 말만 되풀이 되어 돌아왔다.

급기야 칠한이 화를 내면서 룸으로 좌석을 옮겨 줄 것을 요구했고 재차 책임자 면담을 언급하였지만 기도실장이라는 자가 나타나 허리를 굽히는게 그들이 할 수 있는 끝말과 대화의 전부였다. 일을 해야 할 근무시간에, 또 볼일이 있더라도 줄리엣근처에서 벌어지는 광주지점 책임자의 업소이탈이라면 그까짓 것은 문제될게 없었다. 하지만 —

기어코 총무과장 김칠한은 마패를 꺼내 들었고 그야말로 광주줄리엣 지점은 그 시각부터, 마패가 탁자에 놓인 그 순간부터 핵폭탄이 투하된 전시와 비상체제의 긴급사태에 돌입하고 만다.

광주지역 책임자 표남원이 '암행감사' 가 들이 닥쳤다는 기도실장의 SOS 문자와 전화를 받았을 때 그는 정선 카지노에서 한창 바카라 게임에 빠져 있었다. 부모로부터 물려 받은 부동산이 많아서 그런지 아직까지는 줄리엣지점에서 도박자금등을 인출하거나 횡령한 흔적은 발견되지 않았지만 근무시간에 강원도까지 날아가서 카지노라니... 이 소식을 전말을 사태를 만약 감옥에 있는 삿갓파보스 복태오가 알게 된다면 어떻게 될까? 복회장의 성깔로 보아 내치고 물리치고가 아닌 끔찍한 재앙이 표남원에게 닥칠 것임은 자명한 일이었다.

기도실장의 보고를 접한 표남원이 칩이고 현금이고 나발이고 모두를 팽개친채 눈자위가 풀린 모습으로 황급히 카지노를 빠져 나와 차의 시동을 걸었으나 강원도 정선과 광주와의 도로와 거리는 시차는 너무나 멀고 간격이 컸다. 다른 일이라면 그 어떠한 비상상황이라도 그의 아우들을 시켜 막아 볼수 있었으나 반드시 업소 책임자가 자리

를 지켜야 하는, 붙어 있어야만 하는 회계감사, 곧 '암행감사' 는 그
것들과 주변의 일들과 차원이 같을수가 없었다. 보스의 밀명이 암행
감사가 아닌가?

교도소에 수감중인 복회장을 우습게 알고 엿먹인 사실이 먼저 왕기
두나 라이트박의 귀에 접수만 돼도 표남원의 명줄은 복회장에게 보고
가 올라가기도 전에 삿갓파의 규약과 강령에 따라 끔찍한 결과로 결
말이 날 것이었다. 그것이 바로 조직의 세계였다. 두려움의.....

이미 광주지점을 훑어보고 매출장부를 건네받아 숙소로 돌아온 칠
한이 꼼꼼하게 수입과 지출을 대조하며 강남본점으로 송금된 계좌금
액 등을 확인하면서 일단 마악 취침에 들었는데....

똑똑똑

첫 감사지 제주지점을 찾았다가 숙소에서 발생했던 노크소리가 그
대로 문밖에서 났다. 계속되는 인기척소리에 역시 눈을 비비면서 팬
티차림으로 일어나 도어 손잡이를 돌렸으나 이번에는 금발의 미녀가
아닌, 앳되어 보이면서도 초롱초롱한 눈동자를 굴리면서 미소를 짓고
있는 긴 생머리의 아리따운 아가씨가 다소곳하게 칠한을 바라 본다.

"안녕하세요 오빠!... 일단 저 좀 안으로 들어 갈게요"

그러면서 칠한을 밀치고 방으로 들어와 다짜고짜 침대에 걸터 앉으
면서 담배를 꺼내 불을 붙이는 묘령의 긴머리아가씨 정체와 생김새는
어딘지 낯설지가 않아 보였다.

"어디서 온 누구예요 아가씨는?"

대답이 없는 그녀에게 다시 칠한이 "아가씨?" 라고 목소리에 힘을
가하자 연기를 후~하며 내뱉으면서 유난히 하얀 치아가 매력적인 그

녀가 담뱃불을 탁자 위 재떨이에 짓이기며 입을 연다.

"오빠... 저 수진이예요?"

"수진이...?"

"걸 그룹... '새파란' 의 수진이..."

"오~호 그래 맞아요... 어쩐지 낯이 익다 했더니... 수진양이 어쩐 일입니까 이 야심한 밤에... 그것도 제게..."

칠한은 당황할 수밖에 없었다.

'새파란' 은 다섯명의 멤버로 구성되어 3집까지 발표하면서 지금 최고의 인기그룹으로 세몰이를 하고 있었던 한류스타의 선두였고 수진은 걸그룹 '새파란' 의 리더보컬임과 동시에 팀의 마스코트일 정도로 예능프로 등에서 빼어난 미모와 끼로 연일 인기몰이와 함께 상종가를 치고 있는 중이었다.

1초가 아깝고 빡빡한 공연스케줄에 빈틈이 없을 그녀가 매니저도 없이 혼자 몸으로 그의 방문을 두드렸다는 것도 쉽게 납득이 가지 않았지만 지금 총무과장 김칠한 앞에서 담배까지 입에 물었다가 그걸 끄고 앉아 있다는게 도대체가 이해되지 않았고 신기할 뿐이었다.

"무슨 일이 있었는지 제게 솔직하게 말하세요"

그제서야 칠한도 숙녀앞에서 천조각만 걸치고 있는 자신의 모습을 발견하며 비치된 가운을 급히 상체에 둘러 맨다.

"오늘 오빠한테 가서 수청들라는 지시를 받았어요"

빤히 칠한을 응시하는 수진의 도톰한 입술은 그가 원하기라도 하면 당장이라도 팬티를 내리고 칠한에게 돌진할 태세였다.

"수청이라뇨? 무슨 조선시대 춘향이적 얘길 하세요... 그래 무슨일입니까 수진씨!"

"...행사 때문에 지방공연을 내려갔다가 서울로 올라오는 중이었는데... 갑자기 매니저오빠한테 몇통의 전화가 걸려 오더니 방향을 바꿔서 차를 이곳으로 몰고 왔어요... 그러면서 저 보고는 아무 소리 말래요... 대단한 사람이 있는데 우리 사장님도 도움을 받고 있다고 하면서, 만약 마음에 안들더라도 두시간 정도는 오빠하고 같이 시간을 보내다 나오라고 했어요"

"그래서요?"

어이가 없고 기가 막혀서 칠한이 내뱉는 다는 말이 "그래서요"였다.

"근데... 근데... 오빠를 보니까 왠지 제 심장이 막 뛰는 것 같아요... 저도 숙소생활만 해서 이성이 그리웠거든요... 워낙 사장님이 감시하구 통제가 심해서 따로 누굴 만난다는게 불가능했었는데... 오빠를 직접보니 좋은 사람 같아요... 오빠 저 오늘 진짜 수청 들어도 되죠... 그러고 싶어"

걸그룹 '새파란'의 리더보컬이자 마스코트인 수진은 그러면서 주저없이 가죽 스키니진의 지퍼를 밑으로 내렸다.

"잠깐... 잠깐만 수진씨... 그대로 계세요... 옷을 벗으면 안됩니다... 진정하시구... 사장님이라고 하셨는데 수진씨가 소속된 기획사 사장을 말하는 것인가요?"

"네 그래요 오빠"

"그 사장한테 도움을 줬다는 사람이 누굽니까?"

"제가 알기로는... 광주에서 큰 나이트클럽을 운영한다고 들었어요... 우리 사무실에도 오신적이 있는데..."

"그 자의 이름이 '표남원' 인가요?"

"맞아요 오빠... 표 남... 뭐라고 했어요... 근데 오빠가 그사람을 어떻게 알아요"

"쬐끔 들었어요... 지금 나가기 곤란하다면 두시간 정도 있다가 가도 돼요... 전 수진씨와 함께 있었다는 것 만으로도 족합니다"

"싫어요 오빠... 나 진짜루 오빠랑 연애하고 싶은데... 섹스를 해본지가 너무 오래 됐어요... 제가 언제 마음에 드는 남자랑 같이 지낼수 있겠어요... 은퇴한 뒤라면 모를까... 오빠?"

처음엔 영문을 모른채 지시에 의한 타의와 강제력에 의해 칠한의 방으로 들어서고 말았지만 이젠 그녀의 마음이 변해 수진이 노골적인 육체의 도킹을 시작하려고 준비를 하고 있었다.

아무리 최대시속으로 주파하면서 내비게이션의 입력을 광주로 고정시켰지만 거리상 도저히 빨리 이동을 할수 없었던 표남원은 적어도 그들의 세계에서는 쉽게 통용되던 '히든카드'를 떠올리면서 '윈·윈'의 관계 때문에 자금지원도 서슴치 안았던 'KKM연예기획사'에 도움을 요청한다. 지방행사차 경남 진주를 내려 갔다가 귀경중이었던 수진의 매니저가 사장의 전화호출을 받았던 시점이 표남원과 통화가 끝난 후이고 마침 광주와 지역적으로 가까이 있던 시간까지 겹쳐 칠한의 숙소를 알아낸 기도실장의 보고를 접수한 표남원이 다시 기획사 사장에게 회계감사자의 신원을 알렸으며, 결국 '수진'이 수청의 제물로 총무과장 칠한의 숙소에 잠입하면서 '상납'의 절차를 거치게 된 것이었다.

그러나 미인계(美人計)의 역사는 뿌리는 실체는 고대로부터 현대에 이르기까지 작금의 시점까지 정치 경제 사회 문화 그 모든 인간세상에서 인간의 시장에서 사회와 구석에서 뒷골목에서도 계속 진화되어 왔다. 가장 은밀하면서도 가장 스릴 넘치고 가장 목표와 목적에 만족스런 결과를 가져다 주면서 깔끔하게 비즈니스를, 로비의 형태를 충족시켜주는 것이 황금보다 효과적이었던 육체의 '이용수단' 이었다.

여기에서도 회계감사를 내려온 총무과장 김칠한이 걸그룹이 되었던 창녀가 되었던 누군가를— 수진을 '취' 하였다면— 표남원의 미인계와 작전은 성공을 하는 것이며, 반대로 이를 '취' 하지 않았거나 물리쳤다면 말 그대로 회심의 히든카드 심야의 미인계 작전은 수포로 돌아가는 것이었다. 더욱 궁지에 몰리는....

'좋은 오빠' 라는 감정으로 수진이 자꾸 칠한의 가슴을 파고 들었지만 팔베개만으로 더 이상의 신체접촉을 막은채 피곤했던 그녀의 눈을 붙이게 하고 또 두시간 여 후 밖으로 그녀를 밀어서 내보냈던 칠한은 그 후부터 깊은 숙면에 빠졌다가 본래의 주어진 임무와 책임자로 돌아가 식사를 마치고 오후 3시쯤 광주줄리엣지점으로 다시 어제처럼 다들 공포에 떠는 회계감사 곧 '암행감사' 를 나선다.

제주에서 서울로 돌아오는 12곳 체인망을 모두 돌게 되면 별의별 일을 겪게 된다면서 그러나 그것들에 크게 괘념하지 말고 복회장의 명령을 암행감사를, 충실히 수행하면 된다고 일러주던 총무부장의 말이 새삼 상기되었으나 제주에서의 일은 정말 엉겁결에 대처할 새도 없이 벌어진 특별한 경험이었다면, 광주줄리엣 '책임자공백사태' 는 쉬 넘어 갈 수 없었던 중차대한 오류였고 사건이었다.

마침내 룸에서 칠한과 표남원이 마주 앉았다.

"...얼마나 업소를 이탈하고 신경을 쓰지 않 길래 종업원들이 책임자가 어디 있는지도 모릅니까?"

"...죄송합니다."

"한 두 번이 아닌 것 같은데... 그래 카지노에서 돈은 많이 땄습니까?"

"저... 그게..."

"왜요? 책임자가 영업도 팽개치고 강원도로 날아갔으면 영업 손실분과 빼앗긴 시간까지 합쳐서 많은 수익을 거뒀어야 정상이 아닙니까?"

"...죄송합니다."

"만약 회장님께서 이 사실을 보고 받게 되면 어떤 일이 벌어질지를 예상하십니까?"

"......"

표남원의 안색이 하얗게 변했다.

"최고의 걸그룹인 멤버까지 제게 보낼수 있다니 대표님의 능력을 새삼 실감할 수가 있네요... 수진양 말고 다른 연예인 톱스타를 제가 먼저 주문하거나 요구해도 그걸 해결해 주실 수 있는지요?"

"......"

"회장님은 지금 20년이라는 장기징역을 선고받아 교도소에 계시는데... 특히 대표님과도 같은 동향이라고 믿고 맡겼던 업소의 영업을 팽개치면서 카지노에서 도박을 하는 것도 모자라 그걸, 잘못을 오히려 덮고 감추기 위해 미인계를 써요? 표남원대표님!"

"예 예... 감사님"

"도박을 하다가 가진 돈을 다 탕진하게 되면, 그리고서도 돈을 융통할데가 없을 때 광주지점 책임자이신 대표님께서 결국 줄리엣 공금을 횡령하시거나 유용하게 될지 그걸 누가 압니까? 아니라고 그럴 리가 없다고 자신있게 장담할수 있습니까?"

"……"

"도대체가 사고방식이 틀렸어요... 어떻게 복회장님이 감옥에 있는데도 불구하고 도박판에 앉아 있을 수 있단 말입니까? 그것도 강원도까지 가서...."

"……"

"……"

표남원의 눈에서 뭔가가 맺혔다. 그리고 그는 한 참 아래뻘인 칠한의 앞에서 주저없이 두 무릎을 꿇는다.

"일어서세요."

"...잘못했습니다 감사님!..."

"……"

"...죽어 마땅 할 만치 죄를 짓고 말았습니다... 변명이 통하지 않는다는 것을 잘 압니다... 그 어떠한 추궁과 형벌이라도 달게 받겠습니다... 다만 다만... 태오형님께 만은... 회장님께 만은 절대로 이 사실을 알리지 말아 주십시오... 그것만은 견딜수가 없습니다... 부탁드립니다 감사님... 감사님..."

건달의 세계에서 상대에게 무릎을 꿇는다는 것은 투항이상의 의미를 가지고 있다. 차라리 목에 칼이 들어와도 '가우' 만은 낮출 수 없다는 것이 조직세계의 또한 상징적 불문율이라면 표남원의 태도는 그 어떠한 징벌적 고통이나 참수라도 견뎌낼 것이지만 그래도 자신을 믿고서 광주 줄리엣지점의 책임자로 지위의 다리를 놓아주고 키워주며 인정하였던 보스 복태오에 대한 최소한의 예의와 인간적인 고민과 양식과 속죄와 회개의 본심과 자세와 표시였다.

그 역시도 목숨이라도 바쳐 옹위해야 할 받들어야 할 보스가 갇혀 있는데 그에게 복회장에게 쓰라린 아픔과 상처를, 배신의 낙인을 여기에서 찍고 만다면 결코 머리를 쳐들고 살아 갈 수 없는, 견딜수 없었던 모순과 모질지 못한 못난 치부를 보이는 것이기에 깨끗이 사나이로서 책임은 지되 보스에게 올라가는 '급보' 만은 다시한번 재고해 달라면서 매달리고 애원하는 그였다. '암행감사' 라는 마패를 휘두르며 어느 이라도 줄리엣가족이라면 범접할 수 없는 위엄으로 전국지점을 순회하고 있으나 강남 줄리엣 본점 총무과장 김칠한은 다른 곳도 아닌 교도소에서 무기수라는 꼬리표를 단채 오랫동안 복역했던 수형자였다.

온갖 군상들! 그 용납할 수 없는 패륜적인 범죄를 저지르고 수감된 죄수들과 부대끼며 살아 온, 견뎌온, 버텨낸 기간만 9년이었다. 억울한 누명의 멍에를 쓴채……

공과 사의 구분과 호랑이 같은 암행감사도 중요하였지만 한 인간으로 돌아서서 그의 내면을 들여다 본다면 칠한은 여리고 여린 감성과 감정을 소유한 이세상에 혼자 버려진 외톨이였다. 그 어떠한 권력을 내세워서도 안되었고 상대의 실수나 약점에 치명타를 가하는 것도 그가 그 많은 소위 '꼴통' 들과 함께 수형생활을 하며 뼛속 깊숙까지 절감하고도 체득한, 깨닫게 된, 도출된 그 어떤 초정밀 과학과도 같은 절대 섭리요 철리(哲理)였다.

잘못을 지적하고 그가 받아 들이면서 성찰과 회개의 모습을 보일 때 어둠의 싹을 떨쳐 버리며 비로소 갱생의 새로운 삶이 도래하는 것이 아닌가? 표남원이 또 다른 무리한 '수'를 감행하였다면 절대 용서할수 없었으나 그의 모순과 잘못을 뉘우치고 복회장을 다시금 생각하고 있는데 이 정도면 그가 행한 도박의 늪도 뻘도, 줄리엣매출도 아닌, 본인의 자산으로 카지노행을 결정한 것이기에 더 이상 문제를 제기하지 않기로 칠한은 결심한다.

다만 어떻게 추락한 표남원의 위상과 명예를 슬기롭고 지혜롭게 회복할 것인지의 과제와 화두를 숙제로 던져주면서 그것은 역시 주위를 둘러보는 '선행사업'의 온도조절과 치수에서만, 그래프로만 그 정답과 해답을 찾을수 있다는 다소 애매하고도 막연한 '의제'를 안겨 주면서 총무과장 김칠한은 다음의 행선지 포항으로 또 감사의 '표적'을 조준, 동해쪽으로 발길을 돌린다.

* * *

비릿한 바다내음이 한층 정겨웠던 제철의 도시 포항을 거쳐 대구줄리엣지점까지 처음 계획대로 순조로운 '암행감사'를 순례하고 있었던 칠한의 허름한 숙소모텔에 그의 공식연인 조정아기자가 나타난 것은 대구줄리엣지점 이틀째 감사가 시작 될 무렵이었다.

"정아씨"

"자기야"

"어떻게 된거예요?"

"나 일주일 휴가를 받았어... 닷새만 줄려는 걸 취재를 핑계로 이틀을 더 늘렸어. 자기 보고 싶어서 얼마나 죽을 뻔 했는데... 자기야 나 뽀뽀 해 줘!"

지켜보는 이만 없다면 그녀는 온갖 칭얼거림으로 개구쟁이 어린 소녀로 아기공룡 둘리로 돌아가고 만다. 피서철도 아닌데 휴가라는 구실을 대고 그를 만나러 온 것도 20일간 진행되고 있었던 회계감사 기간을 도저히 기다릴수 없었기 때문이었다.

칠한과 함께 그녀의 얼굴이 공개되었던 「척사대회&러브미텐더」까지 TV방송이 끝난 마당에 "이것 저것 기자의 얼굴까지 다 팔렸다"고 넋두리하면서 빈 커피잔만 만지작 거리며 눈치를 보던 편집장의 허락을 기어코 얻어내, 대구에 와 있다는 문자신호를 접한 직후 곧 바로 고속도로로 차를 몰아 전속력으로 대구까지 달려온 그녀였다.

"대구라면... 그동안 자긴 어디어디 몇군데나 다녔는데..."

"제주로 해서 목포를 거쳐 부산, 광주, 포항, 그리고 여기까지..."

"우 와 대단하다 우리자기... 난 내 자기를 누가 자꾸 뺐어가는 꿈만 꾸었어... 보고 싶으니까 그런 꿈을 꾸게 되나 봐... 칠한씨 거 뭐라고 했지? 아 그래 암행어사가 차고 다니는 마패같은 황금보석이 있다면서 그거 한번 보여줘봐... 사진은 안찍을 게... 빨리 자기야"

조정아는 몸을 비비 꼬았다. 사랑하는 사람 사랑하는 이와 함께 같이 있다는게 이렇게도 좋을 까? 그녀의 목소리가 마냥 떨리고 있다는 사실만 봐도 얼마나 그녀가 칠한을 보고 싶어 했고 사랑하고 있는지를 여실히 증명하는 것이었다. 양복주머니에서 칠한이 마패를 꺼낸다.

"어머머머 세상에... 자기야 이거 완전히 금덩이 같아... 올림픽금메달 같구... 근데 왠 삿갓 같은 게 그려져 있네?"

피식웃음으로 대답을 대신한 그에게 조기자는 와락 달려들어 목을 끌어 안았고 머리를 어루만지면서 애태웠던 사랑의 키스를, 부딪치고 싶었던 딥키스의 흔적을 그의 입속으로 깊숙하게 밀어 넣는다.

"자기"

"......"

"엄마가 자길 만났으면 해"

"어머니가?"

"응... 자기 '러브미텐더'를 하나도 빼놓지 않고 다 보셨는데... 교도소 간 것에다 놀이공원, 줄리엣에서 있었던 생일축하쇼와 잠깐 화면에 잡혔던 손가락의 커플반지까지 다 보았어... 특히 자기 노래하는 거 보고 엄마 까물어 쳤다?"

"그~래"

"벌써부터 엄만 친구들한테 '우리 사위 될 사람'이라고 자랑하고 다닌단 말이야... 어떡해"

그 말을 던져 놓고는 슬그머니 칠한의 표정을 살펴보는 그녀였다.

"...회계감사가 끝난 다음 적당한 시기에 찾아 뵙기로 해... 그럼 되지"

"정말? 알았어 자기말 그대로 전할게... 엄만 자기 TV모습만 보고도 무조건 오케이였단 말이야... 나보다도 이젠 자길 더 좋아해... 섭섭하게 시리..."

줄리엣지점을 순회하면서 책임과 의무를 줄 곧 입에 올렸던 칠한이었다. 하물며 아무런 가족도 없이 교도소를 빠져 나온 그에게 천사처럼 다가와 사랑을 안겨준 여자는, 그의 부족한 실생활의 모든 부분을 기꺼이 포용하면서 채워주었던 고맙고도 소중한 인연과 반쪽의 대상이 조정아였다.

"수기작업은 어느만큼 진척되었어?"

"곧 세 번째 원고를 넘겨 줄게... 한 90% 정도..."

"대단해... 난 걱정했었어... 일 때문에 지방출장을 다니고 있으면서 과연 시간을 쪼개서라도 자기가 '수기'를 이어갈수 있을지 많이 염려가 됐다구... 우리 칠한씨 책임감 하나는 최고야... 그래서 자기가 더 믿음직스러워... 혹시 자기 얼굴 알아보는 사람없었어..."

"얼굴?"

"응... 다큐까지 방송을 타면서 지금 우리 사무실엔 자기 팬레터가 엄청 폭주하고 있어... 팬카페도 난리구... 나중에 한꺼번에 보여줄게!"

"서울이라면 모를까... 지방이라서 전혀 몰라... 아마 다큐 프로가 전파를 탈때는 클럽마다 손님이 북적일 시간이라... 게다가 밤에 일을 하는 업소의 입장이 그래서 TV를 볼수 없기 때문에 내가 누군지 모를 거야... 내겐 오히려 그것이 더 좋아... 시끄러운 것 보다는..."

"그렇구나... 그럼 자기 감산가 그것 때문에 줄리엣으로 갈 때 나도 자기와 함께 동행하고 싶어... 자기 비서라고 해도 되잖아"

"...비서는 무슨..."

조기자의 속내는 회계감사라는 일 때문에 오후시간을 모두 그것에다 빼앗겨 버린다면 이곳 대구까지 그를 만나려고 내려온 그녀는 꼼짝없이 숙소에서 칠한이 돌아올때까지 기다려야 하는 정말 생각하고 싶지 않은 '끔찍스런' 상황이 발생하기 때문이었다.

"알았어... 같이 가도록 해"

"정말? 야 호... 야 호... 이젠 살았다... 너무 좋아... 나 정말... 정말 자기와 떨어지기 싫단 말이야"

또 한번 몸을 날려 그의 품에 안기면서 걱정을 덜게 된 기쁨을 만끽하는 조기자의 눈에는 하얀 이슬까지 그렁하고 맺혀 있었다.

"바보... 그렇게 좋아"

"응... 너무 좋아... 자기를 너무 사랑해... 나 자기 없으면 못사는거 알지... 거기다가 '그래요 맞습니다 예예' 하지 않으니까 더욱 기가 막혀... 나를 더 아끼고 위하는 걸로, 사랑하는 걸로 들린단 말이야..."

"치..."

어제는 혼자였지만 오늘 줄리엣 대구지점을 다시 찾게 된 총무과장 김칠한의 곁에는 정말 비서인지 연인인지 헷갈리기만 하는 미모의 여성이 동행하였고 그녀까지 검은 선글라스를 눈에다 부착하고 있었기 때문에 대구지점 식구들은 더욱 조심스럽게 '회계감사'에 임할 수밖에 없었다. 몇시간에 걸쳐서 진행되었던 '암행감사'를 무사히 마치고 대구줄리엣지점 식구들로부터 융숭한 칙사대접까지, 모자람이 없는 환대와 음식을 제공받았던 두사람은 조정아기자의 운전으로 또 다음 감사지 대전 줄리엣지점으로 행선지를 유턴하며 조절한다.

사랑하는 연인끼리 손을 잡고 뽀뽀를 하면서 수다를 떨다가 엉키고 떨어지기를 반복하면서 말 그대로 멋진 전국투어의 회계여행에 동행한 칠한과 조정아기자의 승용차안에서는 행복한 웃음이 사랑의 전주 (前奏)가 맑고 고운 멜로디가 끊이지 않고 흘러 나왔다.

9. 결백프로젝트

　행복한 웃음, 사랑의 전주— 맑고 고운 멜로디가 끊이지 않고 흘러나왔던 것은 조정아기자의 깜짝등장으로 인해 회계여행에 보태어진 플러스와도 같은 상큼한 보너스요 선물이었다면— 총무과장 김칠한이 섹시마돈나 유리로부터 숨이 넘어갈 만치 다급한 긴급통신 전화를 받게 된 것은 막 줄리엣 대전지점의 1차 감사를 끝내고 조기자와 함께 숙소로 잡았던 모텔로 돌아 올 때였다.

　"총무과장님... 그 자가 왔어요... 중국사람!"

　시끄러운 음향소음과 밴드연주 때문에 악을 써대는 목소리가 틀림없었지만 전화가 끊기자 말자 "내가 시간을 끌어 볼게요 총무과장님이 빨리 오셔야 돼요" 라는 비상 '메시지' 가 뜬다.

　생각하고 말고가 없었다. 그나마 자정이 다 된 시각에 제주도도 아닌 대전으로 올라와 있다는게 천만다행이었고 든든한 지원군— 그가 이 세상에서 가장 사랑하고 있는 조정아기자가 함께 동행하면서 곁에 있지 아니한가?

"정아씨! 가면서 설명할게... 빨리 서울로... 운전 부탁해"

무슨 일인지는 알 수 없었지만 위급한 사태를 감지했던 조기자는 바로 차의 시동을 걸었고 곧 대전시내를 벗어난 승용차는 서울로 올라가는 외곽고속도로에 빠르게 진입했다.

"자기 무슨 일인데..."

"과 거... 내 사건 당시 참고인 조사를 받다가 사라졌던 증인이 나타났어... 줄리엣에..."

"정~말?"

"응... 종업원중에는 유리라는 아가씨가 그 자의 파트너였었는데 혹시라도 다시 오게 되면 바로 내게 연락달라고 했었어"

"...그나마 다행이다 자기... 대전이 아니라 부산쯤이면 어떡할뻔 했어... 무리하면 큰일나지만 그래도 속도를 좀 올려야 겠다."

조기자는 잔뜩 긴장을 하면서 차의 속력을 높였고 계기판은 '150'이라는 숫자를 거뜬하게 넘기고 만다.

"괜찮겠어 정아씨"

"응 자기야 괜찮아... 다행히 차들이 별로 다니지 않는 시간때라 나도 처음 무리를 하는 거지만... 너무나도 자기한테 중요한 일인데... 놓쳐 버리면 안되잖아... 이 정도면 한시간 후엔 도착할수 있을거야"

"고마워 정아씨"

"뭐가 고마워... 자기의 일은 곧 내일이야... 당연한 걸 가지구... '나는 말한다'를 읽어보고 나두 많은 생각을 했단 말이야... 자기의 억울함이 밝혀 졌음 좋겠어..."

편쇄린.

마침내 그가 다시 나타났다.

어떻게 그의 입을 열고 9년전의 악몽과 지난날을 회상시켜 무사히 칠한이 의도하는 바대로 질문과 진술을 이끌어 낼 수 있을까?

모르는 일이라거나 생사람을 잡지 말라며 도리어 적반하장격으로 나온다면 더욱 사건의 실체를 밝히고 캐내는 일은 어려워 질 수밖에 없었다. 칠한이 자동차의 속력을 높여 서울로 달려가고 있는 것과는 반대로, 편쇄린은 어떡하면 유리와 함께 밤을 보낼 수 있을까를 고민하다가 일단 주문했던 술값 계산을 마치면서 그녀에게 속닥거린다.

"지금 나가야 하는데... 같이 갈 수 있을까?"

노련한 유리길래 평소같으면 편쇄린의 작업이 쉽지 않았을 테지만 의외로 그녀가 반응을 했다.

"영업시간에는 못 빠져 나가지만... 다시 저를 찾아온 사장님 인상이 좋아서 저도 같이 있고 싶어요... 그런데 사장님... 나 조용한데로 가서 한잔 더 마시고 싶은데... 괜찮겠어요?"

"괜찮고 말고... 암 암... 무조건 좋지... 띵호아야... 그래 어디서 더 술을..."

"그건 제가 안내할게요... 잠깐 기다리세요 사장님! 옷을 갈아 입어야 하니까"

그렇게 테이블을 빠져 나온 유리는 칠한에게 다시 전화를 걸었다.

"네 유리씨... 약 20분 후면 도착할 것 같아요."

"지금 그 분이 계산을 마치고 나가려는 중이예요... 제가 따라가서 일단 우리가게와 가까이 있는 '와인바' 로 유도를 할테니까 과장님이 그리로 오세요... 그리구 중국사람들 의심이 많다고 들었는데 과장님이 제 친오빠로 위장을 한 채 나타나시라구요... 유리는 과장님의 친동생이구요. 무슨 뜻인지 알겠어요..."

"네 네 유리씨 실수하지 않을 게요."

"그리고 필요한 것, 그러니까 작은 녹음기나 촬영용 디카라도 있으면 빠뜨리지 말고 과장님이 준비해서 나타나세요... 제가 그런 걸 잘 만지니까요."

통화를 하면서도 뭘 뭘 가지고 오라는 그녀의 순발력과 지혜에 칠한은 감탄을 연발할 뿐이었다.

"근데 제 전화번호는 어떻게 아셨나요 유리씨?"

궁금했던 질문을 이제야 칠한이 던졌다.

"편쇄린씨가 다시 손님으로 저를 찾아 왔길래 바로 총무부장님 한테 가서 과장님 전화번호를 알려 달라고 했어요... 매우 중요한 일이라면서... 전에 제게 알려주신 번호는 맞지 않았구... 그것두 모르고 계셨죠?... 저 지금 그 손님한테 가봐야 하니까 도착하시면 또 바로 문자를 주세요... 남매처럼 굴어야 그 사람이 의심을 않을 것이고 또 쉽게 자리에 합석할수 있잖아요. 핑계야 만들면 되는 거고... 그만 끊을게요 사랑하는 과장님!"

"네 고마워요 유리씨"

그를 위해, 칠한을 위해, 총무과장을 지키고 구하기 위해, 그녀가 점찍었던 훈남이 자꾸 눈에 밟혀서도, 감옥에서 출소하였다는 불쌍한 인간을 살려내기 위해서도... 비록 생일파티때 같이 사진에 찍혀 화면으로 방송된 아름다운 여자 조정아기자가 그의 곁에 있더라도, 이미 그 여자가 시린 옆구리를 차지했더라도 유리는 마치 그녀 자신에게 하달받은 막중한 책임과 임무처럼 의무처럼 마땅하게 수행해야 할 업무와 과제처럼 편쇄린과 마주쳤을때의 민망스런 장면까지도 가정하고 고려해서 이를 미리 계산에 넣고 오히려 침착하라며 준비물까지도 설명하면서 칠한에게 당부와 주의까지 주었다.

와인바 '청사초롱'

모델집합체도 아니지만 아무 여종업원이나 함부로 입성할 수 없는 줄리엣나이트클럽에서도 단연 두각을 나타내며 돋보이는 위치에 있었던 섹시디바 유리는 편쇄린의 혼을 빼면서 아예 그를 쥐락펴락 마음대로 주물러 대고 있었다.

누가 됐든, 그의 상대가, 또한 높고 낮음은 신분과 계급과 지위의 차이는, 그러한 무게와 저울과 카테고리는 적어도 프로페셔널로 무장하였던 '전문서비스걸' 들에게는 우스웠고 어려울게 없었던, 하나같이 콧물을 닦아주는 '어린애다루기' 의 손쉬운 먹잇감이며 과제였다.

조정아는 차에서 대기하였고 총무과장 칠한이 조기자의 카메라를 목에 건 모습으로 문자로 전송돼온 와인바 '청사초롱' 의 문을 밀치고 들어 섰을때는 유리는 그녀의 애칭에도 걸 맞는 섹시디바, 팝의 여왕! 마돈나— 아니 셀린디온으로 변신을 한 채 타이타닉의 호화 유람선을 타고 'my heart will go on' 의 고요와 대양을, 저녁노을을 판타지아의 장엄한 영역과 경계를, 지평선을 가로지르고 있었다.

편쇄린은 다물어지지 않는 입을 더욱 크게 벌려 손뼉을 쳐댔고 유리는 타이타닉호의 감미로운 멜로디를 완벽하게 소화하고 흉내내면서 기다리고 있었던 칠한의 출몰을 반갑게 발견한다. 노래를 끝 낸채 좌석으로 돌아온 그녀가 편쇄린과 소곤대는 모습이 더욱 안심이 될 만큼 그는 유리에게 진탕 빠져 있었다. 종업원이 칠한에게 다가온 건 그로부터 그리 지체된 시간이 소요되지 않았다.

"오빠 어서와"

"오 유리야 아직도 일이 안 끝났어?"

"응 오빠! 오늘 스케줄이 그렇게 되었어... 생일이라 멋진 장면을 찍어 준다고 했는데 가게일 때문에 오빠와의 약속을 어기고 말았네... 편사장님... 우리 친오빠!"

"안녕하십니까"

"오 반갑습니다... 편쇄린이라고 합니다"

"홍길중이라고 합니다"

마땅하게 댈 이름이 없어서 그는 홍길중이라고 둘러댔다.

"우리오빠 사진 잘 찍는데 오빠 사진 좀 찍어줘... 편사장님 하구 꼭 껴안은채 찍을 거야 빨리"

"그래두 돼?"

"그럼 되구 말구... 사장님 좋지... 뽀뽀도 할꺼야"

유리는 편쇄린의 무릎위에 올라 탄채 포즈를 취했다가 그의 볼에 입을 맞추기도 했고 어깨동무를 하면서 안주를 먹여주고 그걸 받아먹는 장면까지 자연스러운 모양과 자세로 직업모델이상의 목표물낚기와 또렷한 윤곽의 얼굴을 칠한의 필름에 담아 낸다.

술잔까지 돌려가면서 웃고 떠들던 세사람의 합석좌석에서 더욱 놀라운 장면은 그 다음 유리의 허를 찌르는 공세적인 '설정' 과 주문이었다. 사전에 칠한과는 그 어떠한 시나리오나 대비를 한, 입을 맞춘 적도 없었고 조율을 거치지 않은 순전히 유리— 그녀 개인의 재치와 센스와 판단만으로 짐작하는 추측과 액션만으로 이미 총무과장의 의중을, 과거까지도 꿰뚫어보는 냉철한 머리와 지혜와 혜안과 총명한 연기력을 아낌없이 발산하며 꺼내 보인다.

오빠라는 관계까지도 한국에서는 돈을 버는 일이라면 나이트클럽의 '서비스걸' 일 쯤은 아무런 장애가 되지 않음을 설명하고 이해시키면서 편쇄린을 안심시켰다.

"편사장님... 울 오빠도 징역 많이 살았어요... 그래서 저하구 떨어져 지낸지도 6년이 더 넘었어요."

무슨 생각에서였는지 눈치를 살피던 유리가 마침내 '징역'의 화두와 카드를 여지없이 꺼내 들고 말았다.

"그래요?"

편쇄린의 표정이 바뀌었다.

"아빤 돌아가시고 하나뿐인 오빨 기다리면서 학교를 다녔어요... 사장님도 전에 오셨을 때 감옥에 들어 간 적이 있다고 했잖아요... 그때 고생한 것과 기억을 떠올리면 너무 눈물이 나서..."

"오 호... 해 맑은 유리양 한테 그런 아픈 과거가 있었다는 게 믿겨지지가 않는 구만 그래... 무슨 일 때문에 6년이 넘게 그런 곳에서 지내게 됐는지 질문을 드려도 되겠습니까 홍선생!"

의외일 정도로 그가 관심을 나타냈고 유리의 눈물연기는 그야말로 최고의 연기파 배우도 흉내 내기 어려운, 즉흥적으로 만들어내기는 더구나 불가능 할 것처럼 보였다.

"아 네 나쁜친구들과 좀 어울려 다니다보니까 그렇게 되고 말았습니다... 유리가 고생을 많이 했지요... 사장님은 무슨 일로써... '편'이라는 성을 처음 저는 접하기도 하거든요."

"하하하 그런가요... 전 국적이 중국입니다. 사업상 한국에 온 것이고... 한국에 관심을 갖다 보니 또 한국사람들과 비즈니스 때문에 지내는 시간이 많다 보니 이제는 내 말투나 억양이 완전히 한국사람이 다 돼 버린 것 같아요... 징역을 가게 된 것도 중국에서 누구 손을 좀 봤습니다. 장인이 큰 신발공장을 운영했는데... 납품을 하던 자가 미리 돈만 가로챈채 물건을 제때 장인공장으로 넘겨주지 않아서 막대한 손해를 입었지요... 사업이라는게 신용인데 말입니다... 그래서 그 자를 두들겨 팼다가 2년간 중국교도소에서 뼈저린 후회의 시간을 보냈습니다... 밖에 있을때는 몰랐지만 막상 저도 죄수복을 입고 갇힌 생활을 하다 보니까 느낀 점이 참 많습디다... 2년 후에 출소해서 돌아가신 장인의 공장을 고스란히 물려 받았어요... 지금 한국에서 신고 다니는 신발들 중 우리공장에서 만들어 내보낸 것이 아주 많답니다... 나라는 다르지만 나도 교도소에서 징역을 살아 봤기 때문에 홍선생의 고초와 내 아내가 겪었을 기다림의 아픔을 고스란히 홍선생의 가족인 유리양한테서도 발견할 수가 있어요."

"...사장님의 말씀을 듣고 보니 더욱 지난 시절이 악몽처럼 떠오르기도 합니다... 그런데 만약 사장님의 좋은 말씀으로, 사장님께는 전혀 해가 가지 않는 선에서 한 인간이 구제될 수 있다면, 그것에 사장님도 호응 하실 수 있는지요. 동의같은 것을 말이지요... 예를 들어서 사장님의 훌륭하신 의견으로 누가 누명을 벗는다든가 고생했던 징역살이를 청산할수 있다면 기꺼이 훌륭하신 고언을 아끼지 않으실수 있겠는지요?... 물론 예를 든 것이며 가정일 뿐입니다."

그러면서 칠한은 편쇄린이 뭔가 깊은 생각에 잠겨있는 틈을 이용해서 마패 대신 주머니에 넣고 왔던 소형녹음기의 녹음버튼을 힘껏 눌렀다. 가만히 두사람의 대화를 지켜보던 유리도 슬쩍 자리를 빠져 나와 마침 손님도 없으니 음악을 끄고 최대한 조용하게 정숙을 유지해 줄 것을 와인바 지배인에게 요청을 하는데.....

"...홍선생의 질문을 내가 당장 이해할 수가 없군요... 나 편쇄린 아까도 말했다시피 교도소에 갇히게 되면서 많은 깨우침을 얻었던 사람 이외다... 나 한테 하는 질문을 구체적으로 확실하게 설명하십시오 괜찮아요... 저야 뭐 사업가이고 홍선생은 귀엽고 섹시한 유리양의 친오빠인데... 내가 혹시라도 귀담아 들을 말이라도 있습니까?... 그냥 자연스럽게 설명해보세요."

"편사장님... 동생의 말로는 10년 만에 한국을 방문하셨다고 하더라구요... 전에 클럽을 찾으셨을 때..."

"아 그랬지요 10년이 아니고 9년인가 지나버린 시간이 그렇게 흘렀습니다."

"그렇다면 혹시 그때는 무슨 일로 방문하셨는지 질문드려도 되겠습니까... 저는 처음 뵙지만 유리는 사장님이 참 솔직하시고 거짓이 없다고 하던데요... 그래서 이왕이면 오늘 또 사장님을 모시게 되었으니 끝까지 최선을 다해서 서비스걸의 정신을 확실하게 또 화끈하게 보여주라고 주문하려고 합니다... 동생은 제 말을 곧 법으로 알거든요?"

말도 안되는, 어처구니가 없는, 그러나 '작전'을 위해서는 어쩔수 없었던 고육지책의 방법처럼 그는 편쇄린이 완전히 넋을 잃고 있는 '유리'를 흥정하듯 그만 '팔고' 말았다. 그래선 안되지만, 위험천만하고 큰일 날 '액션'이나 그녀에게 눈을 찡그리며 용서를 구하면서....

"하하하... 그때는 나도 좀 놀던 때였지요... 요즘도 한국에서는 심심찮게 명맥이 이어진다고 하던데, 촌사람들이 많이 당하곤 했던 '보이스피싱'을 했습니다... 난 한국에서 수금사원이었어요."

"정말 이십니까?... 대단 하셨네요... 우리나라 사람들도 함부로 할 수 없는 매우 치밀하고도 조직적이면서 과학적이어야만 가능한 그런 분야를 사장님이 한때 구사하셨다는게 놀라울 뿐입니다."

"이젠 내가 엄연한 사업가니까 거칠것이 없지만 그때 그래서 귀국하기 전에 한국경찰에서 구속될 뻔 했어요... 다행히 빠져 나왔지만..."

"정말이십니까?... 굉장한 호기심과 궁금증이입니다... 스릴까지 넘쳐요... 상대의 마음을 제압하고 돈을 계좌로 가로 챈다는게 어디 쉬운 일인가요?... 구속되실 뻔한 사유를 가지고 그걸 모면까지 하셨다면 편사장님은 우리 말로 한국언어로 '달인' 이시네요... 배우고 싶습니다 비법을..."

"예끼 거 무슨... 아무짝에도 쓸모없는 것인데..."

"경찰에서 빠져 나오실때는 어떻게 해서 무사할수 있었습니까?"

6년간이나 교도소에 갇혀 수감생활을 했다는 칠한이 질문을 좁혀오자 편쇄린은 그것이 혹시라도 유리의 오빠인 홍길중이 아직도 범죄라든가 교도소라는 그런 곳에 미련을 버리지 못하고 있다가 경찰에 잡히게 되는 상황을 가정해서 미리 대비책이라도 세워 놓으려는 것으로, 지레 그러할 것으로 아무런 의심이나 거부감없이 쉽게 받아 들인다.

"...간혹 '카드놀이' 때문에 만나기도 하면서 안면을 익혔던 한국인 누군가가 나한테 부탁했던 '거래내용'을 경찰에 알려주고 빠져 나올 수 있었지요... 은행에서 수표를 바꿔 준 것인데 내가 중국에서 온 '수금사원'이라는 걸 그자가 알고 자꾸 협박을 했어요... 돈만 바꿔주면 없던 일로 해주겠다고 미봉책을 제시해서 그렇게 부탁을 들어 줬는데... 내가 보기엔 분명 어떤 '사건'에 연루가 된 수표로 보였으며, 그걸 경찰에다 이실직고 하고 보이스피싱으로 체포되었던 육신을 빠져 나올수가 있었지요... 그땐 일단 구속을 벗어나야 한다는 절박함 때문에 수표를 바꿔달라고 했던 자들이 무슨 일을 벌였는지도 모르면서 그저 짐작만으로 형사들한테 털어 놓았지만... 말하자면 그들이 더 큰 사건을, 중요한 문제를 해결하기 위해서 저를 그때 풀어 준 경우가 결국 돼 버린 것입니다. 그 사람들한테는 매우 유익한 정보였는지 성과가 있었는지는 알 턱이 없으나 나중에 '고맙다'는 말을 하면서 '그만 가도 좋다'고 하더라고요."

"혹시 수표를 바꿔 달라고 부탁했던 분의 이름을 기억하고 계시는지요."

"그건... 오래된 일이라서... 경찰에다 알려주고 난 중국으로 바로 떴어요... 이젠 기억에도 없어서..."

"혹시 '김·칠·한'은 아니었는지요... 편의점에서 아르바이트를 했다던..."

그 순간 칠한은 '김 칠 한'을 언급했고, 편쇄린은 주저없이 맞장구를 쳤다.

"맞아요... 그랬던 것 같아요... 김 칠 한... 그렇다면..."

편쇄린의 술잔이 다시한번 그의 입으로 들어가려는 찰나

"그렇습니다 편사장님... 제가 바로 '김칠한'입니다."

"에이~ 에이..."

그가 팔을 휘저었다.

"...에이 거 무슨 말을... 농담도... 유리양의 오빠가 장난이 심하시구만... 그때 수표를 바꿔줬던 김칠한은 홍선생과는 많이 틀려요. 완전히... 전혀 다른 홍선생의 말을 내가 어떻게 믿습니까?"

"편사장님... 제가 김칠한입니다... 유리의 오빠라고 했던 것은 사정상 그렇게 연극을 꾸민 것이고요... 전 그 당시 누명을 쓰고 구속이 되어서 무기징역을 선고받았다가 얼마전 기적적으로 석방되었습니다."

"뭐라고요?"

편쇄린이 눈을 감았다가 뜨기를 반복했다.

술이 취했는지 도무지 지금 유리의 오빠라며 횡설수설 대는 '홍길중'이— '김칠한'이라고 우기면서 주절대고 넋두리를 늘어 놓는 그의 말이— 귓전에서 귓가에서 맴돌기만 할 뿐, 현실적으로 체감으로 마음속으로 피부로 어느것 하나라도 받아 들일수가 없었으며 받아 들여 지지가 않았다. 이미 지나간 과거의 기억을 흔적을, 마음에 쏙든 유리의 오빠라면서 나타난 홍길중이 끄집어 내는 바람에 거리낄게 없어서 어쩔수없이 예의상 질문에 응하고 답했지만,

보이스피싱의 약점을 잡아 무마의 조건으로 수표를 바꿔준, 편의점

에서 종업원으로 아르바이트 일을 했다던 그 김칠한을 9년이 지나 떠올려 봤자 눈을 더 크게 뜨고 앞에 앉아 있는 인간을 요리조리 살펴 봤자 일단 가장 중요한 '닮은구석'에서 포인트가, 윤곽이 그때의 '김칠한' 과는 (홍길중이) 어디 단 한군데도 일치하거나 맞춰 지는 데가 없었다.

비록 9년전의 일이라 하더라도 흡사하거나 유사한 부분이 조금도 발견되지 않았는데, 그런데 무기징역은 무슨 말이고 기적적으로 출소하였다는 경천동지(驚天動地)할 발언의 진위는 또 무엇이란 말인가?

그로부터 다시 한시간여 동안 —

내공이 충돌하는 고수(高手)들의 신경전이 팽팽하게 벌어지고, 펼쳐지면서— 탐색의 강도가 더욱 거세어지면서— 어느덧 진정을 하는가 싶더니—— 편쇄린은 유리의 친오빠라는 홍길중, 아니 누명을 쓴 채 억울한 징역살이를 했다는 '줄리엣나이트클럽' 총무과장 김칠한으로부터 당시의 모든 상황과 그가 한국을 떠난 뒤 한 젊은이가 수표를 바꿔 달라고 했던, 필설로는 형언키 어려운, 엉뚱한 '김칠한' 으로 둔갑되고 지목되어 상상조차 불가능한 철창에 갇힌채 오랏줄같은 동아줄의 형벌과 고초를 겪으면서 고통속에 허우적거리다가—— 결국 이를 악물고 인간한계에, 초인적 장벽에 도전하여 마침내 형설교도소를 빠져 나오기까지의— 탈출하기까지의 전 과정과 적나라한 흉계의 풀스토리를 장면을 에피소드를 이야기를 실체를 혹형(酷刑)의 교도소 모습을, 수인의 한을, 심경을, 과거지사를 눈물을 쏟으면서 하나 남김 없이 그는 토로하며 고백을 하였고 —

김칠한이라는 편의점 종업원을 수표의 임자로 지목해서 경찰에 알려 준 뒤 무사히 중국으로 돌아 갈 수 있었던 편쇄린은, 그 무시무시한 가공스럽고도 경악스런 음모와 계략에 의해 아무 죄도 없는 스무 살의 젊은이가 무기수라는 미명과 명에와 신분으로 추락하여 주홍글씨를 이마에 붙이고 단채 수인번호를 찍은채 심장을 쳤을 전율에 떨었을 피멍의 상처와 질곡의 시련과 회한과 아픔에, 명암에 파편에 진실로 그의 잘못처럼 그 자신의 크나큰 범죄와 실수처럼 한 인간, 한 생명을 짓 밟고 만 치유가 불가능한 암세포와 덩어리를 모질게도 던져 준 것처럼, 마치 대하드라마처럼 소설처럼 만들어지고 그려진 운명의 장난앞에 비통함에, 결코 진실과 양심을 물을 수 없었던 그도, 갇혀본 뒤에서야 수인의 심정을 비로소 알게 되었다는 편쇄린도, 중국인도— 결국 주머니에서 손수건을 꺼내 촉촉하게 물기가 젖은 눈가를 콧등을 얼굴을 이슬을 그렇게 찍으면서 훔치고 닦아 내고야 만다.

아 아

아 아

이토록 아프고 이토록 치떨린, 가슴시린 저주스런

처절하기 그지없는 난도질 당한 실례가 실체가 운명이 또 어디에 있는가?

유리는 통곡을 하였으며 칠한과 편쇄린은 급기야 함께 부둥켜 안은채 서로를 끌어 당기면서 포옹의 형태를 원통함을 응어리진 매듭과 가시면류관의 질긴 악연(惡緣)을 대면(對面)을 인연을 오랫동안 놓지 않았고 풀지 않았다.

"김선생... 김선생!"

"네 편사장님"

"...빠른 시일내에 한국법원에다가 재심을 신청하십시오... 내가 알고 있는 걸 모두 증언할 것이며 힘닿는데 까지 김선생을 돕겠습니다... 소송비용이 필요하다면 그것까지도 제가 부담하겠습니다... 모든 잘못과 원인은 곧 나로부터 편쇄린으로부터 시작되었고 이를 본래대로 바로 잡는 일도 역시 내 몫이며 남은 짐이고 책임입니다... 다시한번 김선생께 용서를 구하지요... 다만 나한테 수표를 건넸던 그때 가짜 김칠한은 무엇을 하면서 어디에서 살고 있는지요?"

"...그 사건의 공범 두사람은 20년 징역형을 받아 한국의 교도소에서 복역하고 있으며 저를 거짓 분장하고 빙자했던 실제의 이름과 주범 '조완철'은 남미 볼리비아로 제가 구속되기 전에 미리 도망을 갔다고 들었습니다... 현재로서는 행방을 알 수 없는 상태입니다"

"그 나쁜놈 조완철이를 꼭 잡아야 합니다... 세상에 이런 엄청난 일을 꾸미다니요... 어쩌면 나 편쇄린도 그녀석의 피해자 일수 있어요... 나로인해 김선생이 그렇게 고통을 겪었는데... 인터폴이나 그곳 나라의 대사관에 연락을 해서라도 잡아다가 족쳐야 합니다... 다시한번 사죄를 구하면서 용서의 잘못을 빕니다... 미안합니다 김선생!"

섹시디바 유리 때문에 줄리엣나이트클럽에 들렸다가, 호감을 나타내는 그녀의 마법에 걸려 와인바 까지 장소를 옮기면서 오빠라는 제3의 인물이 나타나 사진을 찍고, 그가 결국 홍길중이, 김칠한이 편쇄린이 9년전 수술대 위에 올린, 마취약을 뿌리고 먹인, 옭아맨 인간이 될 줄은, 나락으로 빠뜨렸던 피해자가 될 줄은, 빠져 나오거나 헤어 나올 수 없는 낭떠러지 끝에서 생명의 노끈마저 잘라 버린 참혹하고 절망의 늪에 빠져 허우적 댄 운명의 가엾은 사내였다는 게 젊은이였다는 게 '그렇다는' 사실에 더 더욱 그는 편쇄린은 놀랍고도 충격적일 뿐이었다.

그 어떤 인간의 절규가 논픽션이 비화가 이토록 극적이며 또 그의 눈으로 직접 마주 본채 확인하면서 그대로 증명되고 있는 가혹한 시련의 주인공이 스스로의 힘으로 쇠사슬을 끊고 탈출하여 당당한 고비의 전환으로 올라서면서 과거의 얼룩과 아픔을 기억을 파편을 흔적을 잔영(殘影)과 그림자를 상처없이 꿰메고 봉합한채 깨끗하게 털어 낼 수 있을지도 극복할수 있을지도 가여울 만치 안타까울 만치 처연한 애끓는, 비감어린 동정과 의문이 일었다.

편쇄린은 중국에 있는 그의 자택과 공장사무실, 한국의 거래처들 연락장소가 적힌 명함을 서너장 칠한에게 건네주며 언제든지 전화를 해달라는 당부를 빠뜨리지 않았다.

아울러 예쁜 유리 때문에, 그녀의 지혜로움과 총명함 때문에 멋진 '연기' 때문에, 사랑스러움 때문에 그 어떤 만남과도 비교할 수 없는 속죄의 시간과 양심을 찾고 회복할수 있었다면서 오히려 그녀 유리에게 감사해 하며 전에도 꺼냈던 큰 액수의 수표를 주저없이 지갑에서 다시 빼내 그녀의 핸드백을 열고 수표를 안으로 밀어 넣는다.

편쇄린이 먼저 '와인바'를 나와 숙소가 있는 호텔로 돌아 갔고, 초조하게 칠한을 기다리며 몇시간째 차에서 대기를 하던 조정아기자는 칠한이 '청사초롱'에서 나오는 모습을 발견하고 반가움에 소리를 지르려다가 이어 그를 뒤따라 총무과장 김칠한과 함께 '바'의 문을 나서고 있는 그녀 '유리'를 발견하고 그만 속으로 반가움의 구호를 감정을 살그머니 집어 삼킨다.

'유리씨 너무 예뻐요... 그리구 고마워요... 생일땐 제대로 인사도 못드렸는데... 나중에 칠한씨를 대신해서 맛있는 밥을 살게요... 제가 요!'

* * *

쉬지도 못한채 시간의 제약상 어쩔수없이 다시 대전으로 차를 몰았던 조기자와 김칠한은 숙소에서 잠깐 눈을 붙였다가 곧 자리에서 일어나 식사를 마치고, 줄리엣 대전지점의 최종 '회계감사'를 마무리하기 위해 클럽에 들렀다가 뜻하지 않은 호의의 '마사지' 선물을 받고 기분좋게 몸을 푼다음, 다음의 예정 감사지 강릉으로 또 방향을 튼다.

얼마나 눈치가 빠르고 총명하며 예쁜 '유리' 길래 자연스럽게 칠한과 편쇄린의 만남과 합석의 자리와 조우를, 엄청난 과거지사의 흑막과 감춰진 X파일의 비밀을, 사건의 전말과 내막을 밝혀내고 캐내는데 가장 중요한 참고인이며 증인일 편쇄린을 찾는데 최고의 수훈갑을 세웠고, 일등공신이 막후역할자가 조정자가 배석자가 신데렐라가 틀림없이 그녀였고 그녀 때문이었으며, 기지(機智)가 더욱 생생하게 빛을 발한 유리의 진가(眞價)때문이었으나, '와인바'를 빠져 나오면서 섹시디바 유리는 왕기두에게 그녀가 보고 들은, 함께 있었던 총무과장의 '현재'를 대략적이나마 개요적으로 설명하였다.

아무래도 회계감사중인, 전국을 순회하고 있는 칠한의 스케줄과 건강 또한 염려돼서 정황을 알린 것인데... 이미 복태오가 그렇듯, 직원이라는 소속계급과 개념을 떠나 친동생처럼 보살펴줘야 할 의무를 그 스스로 자각하고 있었던 왕기두가 그 즉시 대전줄리엣으로 전화를 걸어서 상태를 물었고 오후에 다시 총무과장과 그의 연인 조정아기자가 '감사' 차 나타나게 되면 이유를 묻지 말고 미리 준비를 했다가 '마사지'라도 가능하게 해주라는 분부를 직접 하달한다.

왕기두의 지시를 받은 대전지점 책임자 '이장후'가 평소 자주 이용하던 마사지업소에 연락해서 긴급투입된 남녀 마사지사가, 출장마사지의 형태로 대전 줄리엣종업원들이 만들어 놓은 VIP룸에 들어가 이른바 '커플마사지' 서비스를 마사지업소도 아닌 클럽 VIP룸에서 진행할수 있었다.

술을 마시는 공간에서, 또 '암행감사'라는 비밀을 안고 찾아온 클럽내에서 '마사지'라는 어휘자체가 웃기는 사건이었지만 난감해 하면서 서로 얼굴만 쳐다보던 칠한과 조정아도 곧 그것이 따뜻한 배려의 한 부분이라는 마음씨라는 고마운 취지와 선물로 받아 들이면서 기꺼이 간이침대에 피곤한 몸을 눕힐수 있었다.

'회계감사'라는 밀명을 받아 전국 12개 줄리엣체인을 순회하고 있는, 평정심을 잃어서도 안되었고 냉철 할 만치 암행어사 같이 책임과 과제에 충실해야 하였으나 그 역시도 총무과장 김칠한도 인간이었던지라, 편쇄린과의 전격적인 해후와 대좌(對坐)와 합석과 도킹이후 머리가 생각이 심경이 매우 복잡해졌다.

그나마 그가 가장 사랑하고 있는 조정아기자가 곁을 지키면서 동행하고 있다는 사실만이 큰 위안과 위로와 더할나위 없는 에너지의 버팀목과 힘이 되어 준다.

강릉 줄리엣을 방문하고 일정상 내일 하루를 더 찾게 될 것이라는 언질을 던져 준 후 칠한은 조기자와 함께 모래사장이 길게 뻗어 있는 경포대해수욕장으로 빠져 나와 송림 숲과 모래언덕을 아무 말없이 침묵모드로 걸었다. 그의 사건에 있어 편쇄린의 출몰과 등장은 완벽한 '재심청구'의 사안이었고 사유였으며, 완벽하게 '승리'를 확신하면서 '무죄'를 도출할수 있는 더없는 기회이고 조건과 찬스였으나 과연 그 어떠한 '결과'가 최종 법리(法理)가 해석과 심판이 내려지고 만들어질지는 그 자신도 칠한도 장담하거나 자신할 수는 없었다.

그러면서 칠한은 역시 명석한 두뇌를 소유하고 있는, 그의 포근한 어깨에 의지한채 경포해수욕장의 모래바닥을 함께 거닐고 있는 조정아기자에게 형설교도소에서부터 오랫동안 그가 관심을 기울이며 추적했던 이른바《결백프로젝트》의 탄생과 추진과 배경과 취지와 딴나라 실태의 이야기를, 억장무너지는 사실을 하나 하나 남김없이 고백하듯 사례를 털어 놓는다.

"정아씨"

"자기"

"...2011년 9월. 전세계가 구명운동에 참여하였던 미국의 흑인 사형수 트로이데이비스(43)의 사건을 기억해?"

"그럼... 그때 교황과 미국대통령까지 나서서 그 사람을 살릴려고 노력했었잖아... 촛불시위처럼 지지자들이 교도소앞에서 진을 치기도 했었고... 뉴스를 몇차례 녹화해서 봤었어... 워낙 유명했던 사건이라 생생하게 기억해"

372

"데이비스는 1989년 조지아주 사바나에 있는 어느 주차장에서 마크맥페일(당시 27세)이라는 경찰관을 권총으로 살해했다는 죄명으로 체포됐으나 아홉명의 증인 중 일곱명이 경찰이 강압적 분위기 속에서 죄가 없는 데이비스를 범인으로 몰아갔다며 진술을 번복해 논란 끝에 사형집행이 4차례나 연기되면서 무죄를 주장했던 그도 결국 I am innocence 즉 '나는 결백합니다' 라는 최후의 일성을 마지막으로 남기고 독극물 주사에 의해 숨을 거둬.

데이비스의 사형소식에 그를 구출하고자 노력했던 국제사회가 경악했으며 인권을 유린했다는 비난과 비판이 미국에 쏟아졌고 '사형제폐지'의 촉발과 논쟁이 재점화되었어"

"세상에..."

"데이비스의 사형이 집행되고 나서 한 달여 후 듀이보젤라(52)라는 또 다른 흑인이 로스엔젤레스 스테이플스센터에서 열린 세계 라이트헤비급 챔피언전에 앞서 가진 논타이틀 4회전 경기에서 상대선수 래리홉킨스(30)에게 심판전원일치 판정승을 거두며 프로복싱 데뷔전을 화려하게 장식하는데, 그렇지만 2년전 까지만 해도 듀이보젤라는 살인누명을 쓰고 26년 동안이나 교도소에서 복역했던 아픈 과거가 있었지... 불가능 할 것 같은 쉰 두살의 나이로 어린시절 동경했던 복서로서의 꿈을 이뤄냈고 쟁취했다지만 26년 동안 억울한 옥살이를 그가 감내하였다는 사실에 난 피가 거꾸로 솟고 몸서리가 쳐질 뿐이야..."

"이를 어째?"

"...내가 하는 말을 잘 들어"

"응"

"1992년 어느날 미국 뉴욕에 있는 예시바대학 법대안에서 검찰과 사법당국에 의해 억울하게 구금된 이들을 구제하고 구출하기 위한 이른바 비영리기구단체 '결백프로젝트'(Innocence Project)가 만들어지게 돼"

"그런게 있었어?"

"응... 이 프로젝트가 가동을 시작한 처음 한 두해 동안은 미미한 숫자의 '억울한수감자' 를 교도소에서 빼내 오는데 그쳤으나 17년 후인 2009년에는 누명을 쓴채 억울한 옥살이를 하던 22명의 재소자가 미국 각주의 교도소에서 풀려 날수 있었어"

"정말?"

"더욱 충격적인 사실은 '결백프로젝트' 에 의해 석방된 재소자들 대부분이 아무 죄도 없이 잡혀 들어가 무기징역 이상의 장기형을 선고받았던 수감자들이었어"

"...너무 너무 충격적이야 자기... 데이비스의 사건도 그렇지만 민주주의 국가라는 미국에서, 인권에 관한 문제라면 언제나 호들갑을 떨어대는 아메리카에서 그런 사태가 벌어지고 있었다는 사실이 도저히 난 믿어지지가 않구 이해가 안가"

"나를 봐... 이 못난 김칠한을... 나만 홀로 외로이 격리된 법의 희생양이 된 것이 틀림없다면 기꺼이 내마음속으로 업보처럼 받아들이며 삭일수 있지만 과거에도 그랬고 오늘날까지도 아무리 과학수사와 법의학이 진일보하면서 발전했더라도 사람이 사람을 구속시키고 재단하는 이상, 완벽하며 합리적인 사법시스템은 존재할 수가 없어... 인간이기에 그들도 실수할 수 있고 때로는 공명심 때문이라도 사건이 만들어지고 범인이 조작될 수 있는 것이야"

조정아는 더욱 칠한의 어깨 아래를 파고 들었다.

"이노센스 프로젝트 즉 결백프로그램의 홈페이지에는 매년 3000 통 이상의 탄원서가 접수되고 있으며 그들 자원 봉사자들이 검토중인 자료만도 8000개가 넘는다고 알려져 있어... 이 프로젝트를 통해 18 년만에 무죄가 판명된 사건을 스크린으로 재현한 '컨빅션' (Conviction)이라는 영화가 또 다인종 국가 미국에서 개봉되었는데, 대부분 잘못 본 증인과 잘못 전달된 증언하나로 2010년 까지 264명 의 장기수형자들이 '결백프로젝트' 의 도움을 받아서 출소할수 있었 단 말이야 18년동안..."

"...말이 안 나와... 어떻게..."

"베티워터스라는 미국 여성의 오빠가 살인혐의로 유죄판결을 받고 수감됐을 때, 그녀는 자신의 오빠가 삼류사기꾼이나 성깔있는 건달정 도로 까지는 이해하고 받아 들 일수 있었지만 사람을 살해할 만큼 사 악한 인간이 되지 못한다는 걸 누구보다 그녀 스스로 잘 인지·판단 하고 있었는데... 오빠의 결백을 직감한 베티워터스는 술집여종업원 으로 일을 하면서도 오빠를 구해내기 위해 30대가 넘어 전문대학에 등록했고 이어 로스쿨자격을 취득해 변호사자격을 따내기까지 12년 의 세월동안 오로지 법학서적을 뒤적이고 소송서류와 씨름하는 극한 의 노력과 열정을 경주하면서 이혼과 두아이를 양육하는 어려움속에 서 사건발생 18년 만인 1999년 범죄현장에서 채취된 혈흔과 교도소 에 있는 오빠의 DNA를 분석, 마침내 오빠의 옛 여자친구들로부터 경 찰의 협박과 회유 때문에 재판당시 위증을 했다는 자백까지 이끌어

내.

그러나 무죄로 출소했던 그녀의 오빠 '케니' 는 석방된 후 6개월만에 담벼락을 오르다가 떨어져 뇌출혈로 사망하고 말어. 영화 '컨빅션' 은 미국 매사추세츠에서 변호사로 활동하고 있는 베티워터스(57)의 실화와, 살인혐의를 받고 복역중 무죄로 풀려 난 그녀 오빠의 이야기를 다룬 내용이야"

"...숨을 쉴수가 없어"

"...우리나라에서도 구속되었다가 풀려난 사람들의 생생한 증언과 옥중기록을 내가 따로 또 기록해 둔게 있어"

"...언제 그런 걸 자긴 다 했는데..."

"......"

운을 뗀 건 칠한이었지만 그녀의 물음에 답을 해야 한다고 생각하니 그는 침이 넘어가지가 않았다. 그걸 어찌, 그게 어찌, 도대체가—지나가는 말로, 대화로, 이야기로— 구술(口述)로만 결코 질문에 답하고 털어 놓을 사안인가 말이다.

몸서리칠 '결백프로젝트' 의 도입원인이 분명 이땅에도 존재한다면, 대한민국에서도 엄연히 자행되었고 진행되었으며 벌어지고 있다는 실제요 경우라면 당장 경찰과 검찰이, 법원이 난리를 치면서 몸을 떨 것이었다.

주둥이 닥치라고... 시나리오 그만 쓰라고...

그러나 칠한이 예를 든 것은 일단 거대한 민주주의 나라! 'POLICE' 의 나라 미국이었다. 엄청난 범죄가 횡행하는 대국답게, 평균 1년마다 100명 이상의 사형집행을 준비하고 완료하는 국가답게,

13억 중국에서 170만명의 기결수가 형 확정자가 교도소에 갇혀 있다면, 3억 인구가 우스울 통계인 200만명을 간단히 초과하는 수감자가 50개주에 흩어져 요새처럼 버티고 있는 미연방 구금시설에서 교도소에서 수형생활을 하고 있는 '배포도 큰 나라' 가 미국이었다.

"...인구비례를 따지고 똑 같은 비율을 적용해도 '범죄국가' 미국을 능가하는 흉악범죄집단은 없으며 5천만의 우리나라 인구기준을 감안해서 미국의 규격에 들이 댄다면 수치가 불가능한 결과가 바로 나타나... 지금 한국교도소 기결수형자들은 기껏해야 5만에서 6만을 헤아리고 있는데 이 인구를 3억으로 부풀린다면 우리나라에서 복역해야 할 30만명의 전체 형 확정자 재소자 숫자가 미국에서는 200만명이나 더 불게 되는 것이야... 가장 많은 범죄자를 수용하고 있는 캘리포니아주에는 현재 33개의 교도소가 있어... 또 이 계산대로라면 대한민국 국민이 20억명이 넘는 인구를 보유해야만 겨우 미국의 교정시설에서 복역중인 수용인원을 비슷하게 맞출수가 있어... 130만명의 변호사숫자와 2만명(2014) 수준이라는 법조력자 통계역시 미국과 대한민국의 차이와 현실이지... 어찌보면 비교나 비유하는 것 자체가 넌센스일지도 모르지만 총기와 마약이 넘실대는 곳이기에 이들의 국가와 사회는 매일 전쟁이야... 내부에서는..."

"자기야 나 너무 무서워..."

"264개 무죄사건을 취합해서 '결백프로젝트' 가 분류하고 분석한 내용 중에는 사형선고를 받았던 사람만도 17명이나 섞여 있었고, 대략 10명의 형 확정 재소자중 7명 이상이 그릇된 증언과 잘못된 목격자의 신원확인으로 유죄판결을 받았으며, 경찰의 회유와 협박에 못이겨 허위자백을 한 경우도 30%나 차지했지!"

"그... 결백프로젝트 때문에 풀려난 사람들의 사례를 자긴 알고 있어?"

무섭다고 하면서도 조정아는 귀를 쫑긋 세우면서 칠한의 말을 오히려 유도한다.

누가 쏴 올리는 것인지 로케트탄 같은 불꽃이 경포해수욕장의 밤하늘로 솟구쳐 올랐다가 '펑' 하고 이내 산화하며 바다쪽으로 떨어지고 있었다.

"...우리에게 '청양의 해'로 잘 알려진 을미년 새해가 마악 시작될 즈음(2015.1.12) 뉴욕타임스 등 미국의 유력언론 매체들은 살인누명을 쓰고 도합 60년이 넘는 억울한 옥살이를 이어간 엘비나제닛, 대릴오스틴, 로버트힐등 3명의 이복형제에게 '잘못된 유죄선고의 법적책임을 인정해 모두 1700만달러에 달하는 배상금을 지급하기로 결정했다'고 일제히 보도하는데 1980년 대에 발생한 살인사건으로 대릴오스틴은 복역중 사망했고 엘비나제닛은 2007년 가석방되었으며, 회한 어린 감옥생활로 발작까지 일으키던 로버트힐은 무죄가 입증되면서 27년만에 전격적으로 교도소에서 풀려 나오지만 그러나 누구보다 우애깊었던 이들 이복형제 세사람을 구속, 수사했던 '루이스 스카셀라'라는 당시 뉴욕경찰관은 힐이 석방될 때 이미 공직에서 퇴직한 후였어. 스카셀라가 1980~1990년대 주도·개입했던 강력사건 130여건 가운데 절반이 넘는 70건이 '수사기법' 등의 문제가 드러나 재조사 중이야... 또한 2011년 1월4일 미 텍사스주 댈러스의 법정에서 강간범으로 몰려 75년의 실형을 선고받았던 커닐리어스 뒤프레(51)라는 흑인남자가 DNA검사를 통해 무죄를 선고받고 풀려 났는데, 30년동안 우리가 예전하던 언어로 모든 걸 빼앗기고 영혼마저도 파괴된채 '콩징역'을 살고 말았지만 뒤프레는 '그 어떤 댓가도 내가 잃은 것을 보상해 줄 수 없다' 는 억장이 무너지는 비수의 일침을 남기면서 법원을 떠나. 피해여성과 남자친구를 총으로 위협했던 강도가 여성을 성폭행한 사건이었는데 경찰이 깔아 놓았던 여러사건 용의자들의 사진을 살펴보던 피해여성의 애인은 절대 뒤프레가 범인이 아니라고 주장했지만 넉달 후에 열린 재판에서 여성과 그녀의 남자친구는 '입을 맞춰' 뒤프레를 범인으로 지목했어... 여기에서의 음모를 잘 생각해봐... 왜 진술이 바뀌고 있는가를... 경찰과 검찰, 법원에서 전개된 재판내내 그는 무죄를, 억울함을, 누명을 호소했으나 피해자가 뒤프레를 가리키는데야 그가 빠져 나갈 수 있는 길은 어느곳에서도 없었어... 75년 징역형을 받아 꼬박 30년 동안 복역하다가 '결백프로젝트' 의 도움으로 교도소를 나오게 되면서 사건이 일어나던 당시 1979년 11월에 채취해 놓았던 피해여성의 가해자 정액이 뒤프레의 것과 일치하지 않는다는 사실을 30년이나 지나서야 비교, 확인할수 있었다는 현실이 슬프고, 그것도 뜻있는 자들이 힘을 모아 만들었던 '이노센스프로젝트' 가 탄생하지 않았다면, 뒤프레나 현재까지 수백명의 억울한, 누명을 쓴, 죄없는 자들을 무엇으로 밝혀 낼수 있었겠어... 그나마 이 사건들은 DNA를 비교, 검토, 합치 내지는 분류·검증하는 방법이었기에 확실한 증명을 도출할수 있었지만, 다른 예나 류의 사건들이라면 진범을 찾아낼수가 없었다는 것이 문제인거야"

"정말 정말... 말이 안 나와? 말이 안돼?!"

"또 1970년대 말 미국 뉴올리온스의 주택가에서 한 여성이 성폭행 당한 뒤 잔인하게 살해되었어. 두 아이를 둔 그녀를 죽인 혐의로 당시 19세였던 러핀과 필립비븐스(28), 딕슨(22)이 범인으로 체포되었는데 이들 세사람에겐 각각 '강간살인죄' 가 적용되어 무기징역이 선고되었어. 러핀은 1992년 심장마비를 일으켜 옥중에서 사망하고 필립비븐스와 딕슨은 구속된지 31년 만인 2010년 9월 사법당국에 의해 무죄가 증명되어 교도소에서 석방되는데... 경찰에 의해 증거물로 보관된 성폭행 현장의 범인이 남긴 정액이 유전자검사 결과 피해여성과 이웃해 살던 또 다른 남성의 것으로 확인되었고 그가 진범으로 밝혀진 것이야... 딕슨은 무죄가 선고된 직후 기자회견을 통해 '구속당시 경찰은 범행을 인정하지 않으면 사형이 선고될수 있다고 협박했다' 면서 '교도소에 갇혀 있었던 세월동안 거짓자백한 스스로의 선택에 대해 무수히 후회하였다' 고 눈물을 흘려... 친딸을 살해했다는 억지죄명으로 25년간이나 감옥에 구금되었던 재미동포 이한탁씨가 '문화적 시각의 차이와 비과학적 수사 때문에 구속되었다' 는 〈재심사유〉로 석방(2014년) 되었으며, 그 전 과거엔 소위 '이철수사건' 이라는 피맺힌 한 한국인 수감자의 분노와 절규가 미국의 우리 동포사회를 결집시켰어. 이철수사건은 특히 아웃사이더로 내몰리던 70년대 아시아인의 인권신장 고취와 인종차별적 저항운동의 기폭제가 됐었어... 지금 '결백프로젝트' 는 전세계 50여개 도시로 급속하게 확산되고 있어"

"왜 죄도 없는 사람들을 그렇게 수십년씩 감옥에 가둬 둔거야... 난 도저히 납득을 할 수가 없어"

"예를 들어 누가 잘못 본, 또는 잘못 둘러 댄 증인과 증언으로 인해 어느 한사람을 법정에 세웠다면 예전에는 꼼짝없이 구속될 수밖에 없었어. 미국이나 한국이나 세계 어느나라 라도 이건 마찬가지야 그런데 요즘엔 유전자검사, 즉 DNA로 판결을 내리는 과학적인 방법이 수사에 도입되고 활용되면서 성폭행 현장의 정액채취 같은, 다른 유사한 강력사건 들에서도 적용되는 수사기법들이 이제는 보편화 되어 움직일 수 없는, 완벽한 증거와 증거물이 채택되는 시대가 오고야 말았어... 과거에는 사실 그런 걸 갖고도 범인을 밝혀내기가 힘들었는데..."

"나... 자기 말 들으면서 자기가 우리 '환타지아'에 올린 글을 새삼 다시 곰곰이 씹어보고 있는 중이야... 자기 사건이야 말로 '결백프로젝트'가 꼭 필요한, 누명을 덮어쓴 무죄의 사건이 틀림없어"

손을 꼭 쥔채 모래사장을 걷고 있었지만 그녀의 손바닥에서 흘러나오는 진한 땀의 습기와 냉기가 배어있는 기운을 칠한도 느낄 정도였다.

"...22명이 무죄를 선고받아 법원에서 출소하였던 2009년의 사건 중엔 1974년 목격자의 증언 때문에, 사내아이를 성폭행한 죄로 무기징역형을 언도 받았다가 유전자검사를 통해 혐의를 벗으면서 35년 만에 감옥에서 풀려난 제임스배인(54)의 이야기가 있으며, 살인현장에서 발견된 머리카락을 증거물로 들이민 미연방수사국(FBI)요원의 무리한 강압수사로, 무기징역을 떠 안았다가 27년만에 석방된 도널드게이츠(59)도 결국 '결백프로젝트' 때문에 햇볕을 보게된 사례이며, '결백프로젝트' 264명의 무죄사건 중에는 성폭행 피해자가 '저사람이 틀림없다'고 지목하는 바람에 31년 동안 꼼짝없이 감옥에 갇혀 지내다 결국 유전자검사를 통해 자유를 찾게 된 엄청난 인권유린사태가 경·검찰, 법원까지 삼박자를 이룬 상식이 배제된, 일일이 열거하기 힘든 불가항력적 스토리와 요소들이 밑바닥에 깔려 있어... 변호사 배리세크와 피터뉴펠드가 공동으로 설립했던 비영리단체 'Innocence Project'는 괄목할만한 구명활동과 소송전을 전개하면서 2013년도 3월 기준으로 모두 305명에 이르는 죄 없는, 누명을 쓴 구금자들을 구해냈어. 그렇지만 창고속에 처박혀 있는 과거의 사건들과 탄원서를 통해 접수되는 '구원요청'을 재검토해서 앞으로도 얼마나 많은 누명을 벗게 되는 수형자들이 발생할지는 예상할 수 없어... 내가 지금까지 설명한 것은 미국이었지만 그 외의 국가들, 어느 형사사건에서라도 이와 유사한 일들은 벌어졌고 또 벌어지고 있다는 사실이야... 관련없는 사람들은 상관없는 사람들은 소곤소곤 댈거야... 죄가 있으니 잡혀 들어 갔을 거라고... 내 일이 아니니까 쉽게 단정적으로 말을 해... 당연한 것처럼... 그래서 사실 나도 조심스러우면서도 그게 두려워... 색안경이..."

칠한의 고개가 어느틈엔가 밤바다를 향했다.

북두칠성인지 국자 모양을 한 별자리가 무리를 지어 반짝거렸고 늦은 시간임에도 불구하고 어디선가 은은한 색소폰 연주소리가 처연하게 들려온다.

"자기야..."

조정아는 아예 그녀의 몸을, 두 팔을 얼굴을 새삼 다시 바라보게 되는, 다시 생각할 수밖에 없는 칠한의 스웨터와 옷깃에 신체에 절반쯤 밀어 넣는다.

"자기야... 사랑해... 난 자기의 무죄를, 승리를 믿어 의심치 않아... 기필코 사건의 실체를 밝혀야 해... 그렇지만 너무 무서워... 너무..."

이한탁사건

1978년 아메리칸드림을 안고 가족과 함께 미국뉴욕으로 이민을 간 이한탁씨는 의류업에 종사하면서 큰딸 지연(당시 20세)씨의 우울증을 치료하기 위해 펜실베니아주의 한 교회수양관을 찾았다가 새벽에 발생한 화재로 인해 "아버지가 친딸을 의도적으로 방화·살해했다"는 혐의를 뒤집어 쓴 채 법원으로부터 가석방없는 종신형을 선고(1989년)받는다.

검찰이 그를 용의자로 지목한 것은 사건현장과 이씨의 옷에 일부 묻어 있었던 휘발성 물질 때문이었다. (그러나 이것은 딸을 구하기 위한, 사망한 자식을 대하는 미국과 한국—양국 부모가 가지는 문화의 인식과 차이였다.)

이씨는 결백을 주장하며 억울함을 호소했고 그의 구속직후 뜻있는 재미동포들이 주축이 되어 결성된 〈이한탁구명위원회〉는 8번째 항소까지 간 끈질긴 구명노력 끝에 "당시의 화재감식기법이 용인하기 힘든, 비과학적 절차와 수사였다" 최종판결을 항소법원으로부터 이끌어내면서 딸의 사망으로 발생한, 종신형을 언도받으며 "세상천지 어느곳에서도 이렇게 억울한 일은 없을 것"이라며 분노를 표출했던 이한탁씨(출소당시 79세)는 구속수감후 25년만인 2014년 8월 22일 미 펜실베니아주 하우츠데일 주립교도소에서 석방된다.

이철수사건

1973년 6월 미샌프란시스코 차이나타운에서 갱단원을 총으로 쏴죽인 범인으로 몰려 억울하게 종신형을 선고받았던 이철수씨는 복역중이던 교도소에서 칼을 휘두르며 달려들던 흉포한 수형자를 살해한 추가 '기소건'으로 사형선고를 받게 된다.

엎친데 덮친 격의 벼랑끝 절망이, 참담한 수인의 비애가 이러한 경우일까?

이후 유재건변호사(전국회의원), 그레이스김(전한미연합회장) 등 의식있는 교포들이 힘을 합쳐 〈이철수구명위원회〉를 결성, 구속당시의 재판서류를 샅샅이 뒤져 그가 범인이 아니라는 다른 목격자의 진술이 재판과정에서 무시, 누락된 것을 발견하고 혼신의 구명노력 끝에 1970년대 '억울한 옥살이'의 대명사로 오랫동안 회자되고 있는 '이철수사건'의 피의자 재미교포 이철수씨는 1983년 3월 28일 무죄판결을 받고 10년만에 자유의 몸이 된다.

갱단원 출신 수감자를 교도소에서 살해했던 '사형선고' 역시 만연하던 교정시설내 인종차별에 저항한 마땅한 '정당방위'의 행위로 귀결되었다.

10. 재심청구

강릉지점의 암행감사를 끝낸 다음. 천안 줄리엣지점으로 이동하였
다가 하루만에 '감사' 를 마치며 인천으로 올라간 총무과장 김칠한과
그의 연인 조정아기자는 정확하게 20일 만에 전국투어를 모두 감행
하고 종료한, 회계감사지의 피날레를 왕기두의 축하속에 강남 줄리엣
지점과 인접해 있는 6성급 호텔 '글로리아' 에서 풍성한 디너만찬으
로 '투어' 의 마침표를 찍는다.

"자 총무과장 많이 들어 부러..."

"네 사장님!"

"기자님도 수고하셨응 께 나 왕기두 잔 한번 받으시요 잉!"

"감사합니다."

"아무리 요리보고 저리봐도 두사람 그만 딱이여 딱... 빨랑 날 잡으
랑께... 총무과장... 그렇잖어"

"아... 네 네"

"태오성님이 얼매나 기자님을 잘 보셨으몬 거 뭐라고라 했는디 말이여... 그 그... 그려 외국 영화배운디 왕비로 간 누구 같다고 해버렸당께요... 우리 총무과장 잘생겼고 어디 내놔 뿌러도 빠질 곳이 없지만... 불쌍하당께... 나가있고 성님이 곁에 있어 봐야 마음은 늘 허할 것이여... 예쁜 기자님보다야 백번 못하제..."

조정아의 볼이 붉어졌다.

"그려... 회계감사라는 것이 쉽지 않당께... 뭐니뭐니 해도 성님의 마음속에 백힌걸 그대로 지점에다가 전달해 주는 것이 젤 어렵당께... 그려 칠한이는 중국사람을 만났땀시롱..."

"그렇습니다."

"똘똘한 유리가 제까닥 알려 왔제... 그 사람이 결백을 밝히는디 중요한 인물이라면 우리가 멍놓고 있으면 섭섭하제... 성님께 보고 올링께 당장 고문변호사를 들이 대라고 지시 하셨응께 칠한이 너는 이따가 변호사를 만나고 바로 집으로 돌아가... 기자님이 같이 가도 암 상관없어라... 이자부턴 기록이다 뭐다 생각할게 많을 텡께 기자님이 시간이 허락되 뿌러면 우리 칠한이 곁을 많이 지켜 주소..."

"고맙습니다 대표님" 이라며 말을 하려고 했지만 어쩐 일인지 조기자는 그 인사를 끄집어 내지 못했다.

"성님은 칠한이 헌티 당장 재심인가 뭔가를 신청하라고 혔고 소송비용은 암 걱정말고 우리변호사한테 맡기라고 또 혔다... 거 대학에서 강은지 한다고 외국에도 갔다 오고 부장판사도 했는디... 서초동에서 큰 로펌인가 뭣인가를 하고 있제... 성님과는 사업을 시작할때부터 법률자문을 했던 사람이여... 그리고 소송서류며 여러 가지를 준비할라면 시간이 필요헐텐데 회계감사를 무사히 마무리 하고 온 보너스로 성님께서 무조건 우리 총무과장 일 다보고 출근하라고 했응께 가게 나오고 안 나오고는 이제부턴 니 맘대로여... 자유란 말이여... 헝께 재판준비 잘 혀고 운전면허도 따고 또 거 뭐시냐 글쓰는 거 그것도 많이 갈겨 버려라 그 말이여... 알 것냐 칠한아"

"네 사장님... 새삼 태오형님께... 그리고 사장님께 거듭해서 감사를 드리지 않을 수 없습니다... 고맙습니다."

다시한번 왕기두에게 칠한은 허리를 굽혔다.

"나 왕기두... 그리고 옥에 계신 성님은 한 번 믿음을 준 사람은, 마음을 준 사람은 절대 배신하지 않제... 돈 좀 왕창 쓰라고 카드를 꺼내 줬는디 우리 총무과장 그게 뭣이여... 모텔에서나 잠을 자고 말이여... 카드는 총무부장 헌테 돌려주지 말고 아무 때나 사용해 버러... 그걸로 차 한 대 빼갖고 운전연습해도 되니께 걱정말고 말이여... 칠한이는 내 아우고 성님에게 핏줄처럼 느껴짐씨롱... 그리고도 앞으로 우리 줄리엣 왕국을 물려 받아서 지금보다도 백배 천배 만배 더욱 사업을 확장시키고 번창하게 만들 보배며 주인공이여 주인공... 자 우리 건배혀야지"

"그래야죠."

"기자님도 잔 드시요."

"네 사장님!"

왕기두는 흡족한 감정을 숨기지 않은채 20일 만에 전국투어를 무사히 마치고 돌아온 반가운 칠한과 그의 연인 조정아기자에게 무한신뢰의 애정과 사랑을 믿음을, 격의 없는 속내를 감추지 않는다.

캐비어까지 곁들인 저녁식사를 마친 다음 왕기두는 줄리엣으로 돌아 갔고 총무과장 김칠한과 조정아기자는 글로리아호텔 커피숍으로 자리를 옮겨 '길&정 법률사무소' 를 운영하고 있는 줄리엣 고문변호사 길찬도변호사와 좌담의 성격을 넘어선 밀담의 인사를 나눈다.

"안녕하십니까 길찬도변호삽니다."

"김칠한이라고 합니다."

"저와는 구면이시지요... 대화를 나누지는 못했지만..."

"그렇습니다."

'태오장학재단' 이 주관했던 참전용사다과회 겸 소년소녀가장 장학금전달식때 줄리엣에서 두사람이 마주치긴 했으나 애길 나눌 기회는 없었다.

"미인분은..."

"제 여자친구입니다... '환타지아' 의 기자이구요?"

"안녕하세요."

"반갑습니다... 마침 기자라고 하시니까 저희 법률사무실에서 도움을 청할 기회가 있을 것입니다... 그땐 꼭 좀 도와주십시오!"

조정아는 대답대신 가벼운 목례로 인사를 대신했다.

"복태오회장님으로 부터 김칠한씨의 얘기를 전해 들었습니다... 아픈 과거야 이루 말할수 없겠지만... 법은 언제나 정의로운 사람의 편이니 앞으로는 냉정하게 앞만 바라보십시오... 김칠한씨의 억울한 옥살이를 저희 사무실에서 반드시 밝혀내고 찾아서 문제점을 해결하겠습니다... 그런데 예전 기록중에는 법정에서 벌어진 가벼운 소란사태가 메모되어 있더군요?"

"그런 일이 있었습니다."

"대략 10년전의 일이라면 제가 법관으로 재직중 일 때였는데... 오늘 저와의 만남도 그저 살아가는데 있어서 아이러니의 한 부분으로 흘려 버리시고 깊게 묻어 두시지는 말기를 당부드립니다."

"당연히 그래야지요."

"일단 지난 사건기록을 발췌해서 저희들이 면밀하게 검토한 다음 바로 재심을 신청할까 합니다."

"며칠전 저를 범인으로 잘못 지목했던 '편쇄린' 씨를 만났습니다."

"...저도 왕사장님으로부터 전말을 대략 전해 들었으나 어떻게 그러한 일이 가능할수 있었는지... 만약 그때의 사건이 새로운 증언과 증인에 의해 다시 심리가 진행된다면 기적이 만들어 질수도 있습니다... 당시의 증언과 증인이 김칠한씨가 아닌 제 3자의 개입으로 인해 잘못 기소가 된 경우라면 틀림없이 억울하게 누명을 쓴 과거의 사건이 재조명 될 수 있습니다... 당시 증인이었던 중국인과 나누셨던 대화내용을 녹음하시고 사진으로 촬영까지 하셨다고 하던데 그걸 지금 잠깐이라도 볼 수 있습니까?"

복태오와의 인연으로, 그의 연락을 받자 말자 한달음에 달려온 길찬도변호사는 편쇄린의 사진이 찍힌 동영상과 칠한과 나눈 대화내용을 주저없이 꺼내놓는 재빠른 조정아기자의 순발력에 길변호사 자신이 추측했던 것 이상으로 확실한 정황과 증거자료가 녹음테이프와 필름에서 쏟아지자 그는 놀라움을 감추지 못한다.

"됐습니다 됐어요... 매우 훌륭합니다... 이 정도의 증거자료라면, 게다가 사건 당시의 유력한 증인이 조완철이라는 자의 무고와 기망으

로 김칠한씨를 거짓 지목했기 때문에 재심사유가 법원에서 받아 들여
지기만 한다면 무죄를 이끌어 내는 일은 그리 어렵지 않다고 봅니
다... 그보다 제 법관 경험이라든가 변호사생활을 하면서 체험한 사례
들이지만 이미 대법원 판결까지 끝난 형사사건에서 재심이 다시 받아
들여지거나 무죄를 선고받는 경우는 극히 미미하고 정말 낙타가 바늘
구멍 빠져 나오는 것 만큼이나 어려운게 현실입니다... 우리나라는 또
서구의 법률체계하고는 많이 틀려요. 더욱 보수적이지요. 형사소송에
선... 그러나 저는 김칠한씨 사건과 당시 증인의 동영상과 녹음내용을
보고 그 어떤 확신을 가질수 있게 되었으며, 법을 다루는 일에 종사하
면서 아마도 정말 해보지 않았던 이루지못했던 변호사로서의 성취도
와 희열을, 만족을 아마도 김칠한씨 사건에서 얻을 수 있을 것 만 같
은 예감이 자꾸 듭니다... 감사합니다 김칠한씨... 제가 오히려 고마움
을 표시하고 싶습니다."

직업에 충실한 자들이, 그 직업과 관계된 일에서, 모험과 도전에서
연구에서 실적에서 평가에서 무엇이라도— 꼭 해보고자 했던 물질과
맞닥뜨리게 되면— 꼭 이뤄보고자 했던 싸움과 변론(辯論)에서 그 상
대와 대상을, 발견과 발명에서 원하는 곳까지 도달하게 된다면, 그야
말로 최고의 모험이고 최고의 도전이며 최고의 성취와 수확이 된다.

칠한의 사건과 증인의 동정 등을 살펴보면서 환호하고 있는 길찬도
변호사의 거짓없는 미소와 당당한 자신감과 여유있는 확신이 바로 그
런 경우였다. 재판이 진행되고 증거자료와 증인으로 편쇄린의 출석이
통지가 된다면 바로 중국으로 연락해서 편쇄린을 다시 증인으로 법정
에 참석할수 있게 하겠다는 가상시나리오까지 주고 받으면서 길찬도

변호사와 칠한과 조기자는 매우 중요한 만남과 미팅이었던, 어쩌면 생사의 '과거'가 뒤바뀔지도 모를 '재심신청'의 합의를 도출 · 염원 하면서 뜨거운 악수를 나눈 후 글로리아호텔 커피숍을 빠져 나온다.

* * *

그 열흘 후.

「길&정 법률사무소」 직인이 찍힌, 길찬도변호사가 소송서류를 입안하고 새로운 증거자료를 첨부했던, 9년전 발생한 '도준규살인사건'의 무기징역 피의자 '김칠한'의 재심(再審)을 요청하는 증빙서류가 기자들의 플래시 세례속에 법원에 전달되었고, 이 소식은 지상파 뉴스보다도 빠르게 '총김구' 즉 옥중수기 『나는 말한다』와 다큐프로그램을 접하고 자연스럽게 모이면서 결성된 인터넷 팬카페《총무과장 김칠한을 구출하라》는 열성회원과 네티즌들에 의해 넷상에 그의 '재심뉴스'가 도배가 된다.

열혈 '총김구' 팬카페 회원들은 특히 법원에 접수된 김칠한의 '재심청구'가 더뎌지거나 지체되는 일이 없이 서류검토가 끝나는 즉시 곧 바로 재판부가 배정되어 신속한 '재심재판'이 이뤄지도록 그들의 능력이 미치는 곳이라면 어떠한 기관과 사법체계라도 뚫고 들어가서 '무기징역'이라는 억울한 누명의 멍에를 쓴채 '사법살인'을 당한 죄 없는 총무과장 김칠한의 한을 한시라도 빨리 벗겨 달라며 압력과 항의와 시위의 '댓글달기'와 사이버 토론방까지 개설해서 논객들이 참여하는 모의 법정재판을 쉴새없이 전개한다.

'총김구'의 운영자중 한명으로 참여하고 있는 닉네임 '빅토리아'
는 카페지기이면서 회원들의 여론과 결집상태를 주도하고 막후에서
이들을 조종하며 리더하는 제왕의 위치에 있었지만 '총김구' 회원 누
구도 카페지기 '빅토리아'의 얼굴을 보았다는 사람은 지금까지 아무
도 없었다. 다만 '빅토리아'라는 여왕의 칭호와 어느 이도 흉내내기
어려운 독보적인 글솜씨를 갖고 있다는 점에서 눈치 하나는 100단 이
상인 '총김구' 회원들은 그가 여자이고 전문적인 프리랜서 또는 언론
계의 유명인사일 것이라는 막연한 추측과 환상만을 가지면서 '썰'들
만을 풀어 놓을 뿐이었다.

 어쩌면 칠한의 일과는 이제 줄리엣 출근때 보다 더 바빠졌는지도
몰랐다. 재판이라는 막중한, '재심청구'라는 형사소송에선 이례적인
출사표와 주사위를 던지면서 그는 여러 가지 상황전개를 고려하고 적
절한 타이밍과 대처와 지혜를 발휘해야만 했다. 눈하나 꿈쩍하지 않
고 여전히 권력기관의 한 축처럼 도도한 자세를 굽히지 않던 경찰의
상급기관 검찰이 사회인권단체들의 연대적 서명 움직임과 '성명서'
낭독에 태도를 누그러뜨리는가 싶더니 갈수록 회원수가 증가하고 있
었던 '총김구' 맹렬팬들의 집요하고도 적극적인 사이버돌격에 드디
어 방패막을 내리면서 무릎을 꿇고 만다.

 그것은 '재심청구'의 사건이 법원서류에 묻혀 있는 상태에서 더
더욱 이례적일, 전례가 없는 태도변화였고 그저 심증과 여론에 떼밀
리고 마지 못해 응하고 쫓기는 것처럼 '조완철'의 행적과 궤도를 추
적하는 '당김질'을 시작했다는 발걸음과 사실만으로도 이것은 칠한
의 입장으로서는 대단한 성원이며 효과였고 승리를 위한 싸움의 도약

과 진전이, 반전이 아닐수 없었다. 최종 목표지점과 탈환의 고지를 '재판'으로 맞춰 놓은채 안팎으로 신경을 기울이면서 질주의 속도를 조절하고 있던 어느날.

칠한은 꼭 한번은 다시 얼굴을 맞대고 싶었던, 늘 마음 한구석에서 꺼림칙하게 먹물처럼 맺혀 있기만 했던 '공범'이라는 타이틀과 이름표를 강제로 붙이면서 절망의 늪과 나락으로 그를 빠뜨렸던 '노영대'와 '오세욱'을 차례로 찾아 간다.

형이 확정된 수감자들은 '공범' 끼리는 같이 둘 수 없다는 교정기관의 이송규정에 따라 칠한은 형설교도소로 노영대는 마산, 오세욱은 군산에 위치하고 있는 교도소로 흩어져서 복역을 했다. 칠한과 공모해서 도준규의 돈을 빼앗고 그를 살해·유기하였다는 죄명으로 각각 20년의 징역형을 선고받아 죄값을 치르고 있었던 두사람이었다.

한번 엎질러진 물은 주워 담을 수가 없다. 이미 기차가 떠났다면, 정해진 비행기시간을 놓쳐 버렸다면 중요한 약속과 약정이 분명 파기되고 깨어지게 되는데 정작 한사람의 '목숨'을 저당잡아 놓고 가장 중차대한 법정증언에서 최후진술에서 혹시라도 그들에게 해가 갈까 두려워 뒷굼치를 떨면서 입을 닫았던 인간들 때문에 어리석은 자들 때문에 '김칠한피고인'은 결국 '무기징역'이라는 상상조차 할 수 없는 형벌을 받게 되지만...

'결백프로젝트'에서도 드러났듯이... 이미 재판이 끝나고 말았다면 교도소로 이송을 가서 뉘우치고 후회해봤자 불길은 이미 모든 것을 태우고 전소시킨 후였고 뒤였다. 1·2·3심을 거치는 동안 할 말과 양심을 속이지 말았어야지, 어느 죄없는 한사람을 완전히 암굴로 사지로 밀어넣고 매장시키면서 이제와서 후회하고 울고 불고 해봤자 그때 그건 잘못되었다고 토로해 봤자 그것은 더욱 가증스러운 늑대의 속성으로 양면성의 뇌구조로 인간의 환멸로 추악한 못된 인간군상들의 동물적인 해면체(海綿體)와 가식으로 비칠 뿐이었다.

노영대도 그렇고 오세욱 역시 기다렸다는 듯이 칠한의 면회를 반겼지만, 그리고 양심을 속인 그 자신들을 원망했으나 칠한의 표정을, 현재상태를 두 재소자가 읽어 낼수는 꿰뚫어 볼수는 없었다. 다만 복역생활을 하면서도 들려오는 소문으로 형설교도소의 축제에서 '김칠한' 이라는 재소자가 영웅등극을 하고 석방되었다는, 그는 학사고시를 제패하였으며 '옥중수기' 를 잡지에 연재하고 다큐멘터리가 만들어져서 방송을 탔고 어마어마한 줄리엣제국을 어쩌면 물려 받게 될지도 모른다는 충격적인 소식까지, 이감을 오거나 새로 구속되는 신입들에 의해 속속 칠한의 동정과 일상이 교도소로 전해지고 있던 중이었다.

"재심을 청구했으며... 이게 받아 들여지게 되면 다시 법정에서 만나게 될지도 모릅니다... 어떻게 진술을 하든, 그건 자유니까 알아서들 하세요."

노영대에게, 또 오세욱에게 칠한은 똑 같은 말을 던져 주면서 약간의 영치금을 넣어주고 그는 서울로 돌아 왔다.

세상을 알리 없는, 알바를 해서 얻게 되는 돈 몇 푼으로 어머니와 함께 생활하던 순수하고 성실하기만 했던, 난생처음 끌려 가 본 경찰서에서 모진 고초를 치르며, 살려 달라고, 난 죽이지 않았다면서 눈물 흘리면서 통곡을 하던 스무살— 20세의 그는 이미 지난날의 칠한일 뿐이었다. 가공할 인간의 탐욕과 저주는 증오는 한은 과연 한 사내를 어떻게 변모시켰는가?

그에게 닥쳐온 밀어 닥친 쓰나미와 운명에 순응하고 바보처럼 어리석게 그를, 모든 것을 체념하듯 내던졌다면 오늘의 칠한은 총무과장 김칠한은 분명 없었을 것이며, 존재하지도 않고 재탄생 되지 않았을 것이었다. 운전면허를 취득하긴 해야 했지만 그리고 그리 어려운 일도 아니었으나, 지금 잠시의 생각이라도 짬이라도 그 곳에 허비하거나 '면허'라는 자격증에다 투자할 수는 없었다.

특별한 일이 없을 때는 하루종일 방에 틀어 박혀 그는 원고를 썼다. 한달 50매의 연재기준이 아닌 아예 책 한권으로 분량이 늘어날 만치 『나는 말한다』는 최종접전과 진지를, 고지를 향하여 정복하기 위해 마지막 능선을 타넘으며 찾아가고 있는 중이었다.

한편 조정아의 소망대로, 하늘이 내려준 천사의 날개처럼 미래를 함께 할 그녀의 어머니를 가족들을 찾아 뵙고 인사를 올렸으며 칠한은 큰 절로 바닥에 엎드린채 오랫동안 일어서지를 못한다.

"과분하리만치, 황홀할 만치 예쁘고 아름다운 똑똑한 따님과 함께 할수 있다는 것은 너무나도 제겐 큰 축복이고 행운이며 은총"이라면서 "어머니!"라고 또 칠한은 등을 굽히면서 콧등을 훔쳤다.

갑자기 왕기두로부터 걸려온 전화를 받았더니 가쁜 숨소리가 거칠게 들려 온다. 복회장의 일이라면, 복태오와 관련된 사항이라면 지옥이라도 마다치 않을 그가 "형설교도소 위문공연 일정이 잡혔다"면서 그땐 "총무과장 너가 성님 쓰러져 버리시게 노랠 한곡 혀야 한다"며 탁 전화를 끊는데... 이걸 거부하거나 거절할 재간이 그에게 있는가?

조정아도 기뻐했고 기꺼이 자기와 함께 갈 것이라며 설레는 심경을 감추지 않는다.

며칠후 줄리엣 전속악단과 무용단과 출연가수와 코미디언들이, 섹시디바 유리의 맘껏 치장을 곁들인 화려한 외출까지, 4대의 관광버스와 4대의 소품과 악기를, 선물보따리를 또 따로 실은 트럭에, 줄리엣 전용 수송차에 각각 몸을 옮기고 기꺼이 하루동안의 귀중한 시간을 할애하여 위문공연에 참여하였으며, 칠한의 '낙엽따라 가버린사랑'을 그렇게 다시 들어보고 싶어했던 복태오는 정말 왕기두의 표현처럼 보스답지 않게 감격적인 격정과 실타래처럼 흐르는 감동의 눈물을 터트리고야 만다.

'반가운 사람들, 친구들, 어제의 동료들, 그리고 불쌍한 재소자들, 수인들... 모두모두 건강하십시오...'

아무래도 칠한의 소회는 감회는 막 그렇게 떠들고 있는, 지껄여 대고 있는 것만 같았다. 총무과장 김칠한에 이어 조정아기자가 마이크를 넘겨 받았을 때, 그리고 "회장님의 건강을..." 운운했을 때, 복태오는 여한이 없을만치, 평온하고 행복한 모습으로 표정으로 몸짓으로 그녀를, 칠한에게 응시하는, 줄리엣가족들을 바라보는 회한에 잠긴 눈동자를 오랫동안 풀지 않았다.

만약 저녀석, 내 혈육같은, 내 핏줄같은, 내 자식같고 아우일 동생인 칠한이 녀석을 발견하지 못했다면, 녀석에게 지금의 총무과장이라는 자리라도 주지않았다면 그 얼마나 감옥에서 땅을 치고 후회했을까를 거듭 반문하고 물음을 던지면서 턱을 흔들며 가슴을 쓸어 내린다.

공연 마지막 피날레에선 전 출연진의 합창소리에 맞춰 마종기소장과 형설교도소 간부진, 좀체 움직이지 않던 복회장이 끌려나오다시피 무대로 불려져 올라왔고, 함께 어우러져 어울려서 끈끈한 인간의 정을 유대감을 나누는 특별한 하모니가, 아쉬움을 달래는 석별의 노래가, 아리아가— 왕기두와 칠한과 조정아에게 슬픈, 그리고 기쁘기도 하였던 기다림과 만남의 연가(戀歌)— 누가 먼저랄 것도 없이 복회장과 포옹의 재회를— 석별의 안타까움을 나누고 확인하는 비가(悲歌)의 울음으로 또 아쉽게 메아리치면서 되돌아올 뿐이었다.

쓰린... 아픈....

* * *

『나는 말한다』 연재와는 별개로 칠한이 혼신의 노력을 집중했던 '옥중수기' 최종원고가 드디어 탈고를 끝냈으며, 〈환타지아〉 지면에 일단 모두 실은 다음 단행본으로 출간하겠다는 계획이 조정아기자가 접촉하고 있었던 출판사로부터 전해져 왔고, 이미 10여곳 이상의 메이저영화사와 외주드라마 제작업체들이 옥중수기 『나는 말한다』의 판권을 확보하기 위해 쟁탈전을, 총성없는 전쟁과 물밑경쟁에 돌입하였다는, 결코 칠한에게 나쁘리 없는 빅뉴스가 또 속속 '총김구' 팬카페 홈페이지에 접수, 신고, 게재된다.

'재심청구' 라는 것은 억울한, 또는 불합리한 재판과 기소관행에 불복해서 피의자가 법원에 '이의신청' 을 제기하는 소송절차이나 반드시 구속당시와는 또 다른 증거자료나 증인이 변동사항(變動事項)이 적시되고 기재되며 나타나야만 했다. 그렇더라도 사법부가 이미 단죄

하였던 절차와 심리를 무시하고 '재심개시결정'을 선언하기 까지에
는 상당한, 어쩌면 기약할 수 없는 긴 시간과 시일이 소요될수 있었지
만 맹렬 '총·김·구' 회원들의 검·경찰, 사법부를 들쑤시는 무지막
지한 사이버테러같은 포격과, 시민·인권단체들의 연합대항전과 '인
권' 이라는 낱말이 터지기만 하면 자연스레 신문과 방송이 언론매체
가 '김칠한사건'을 인용·보도하고 상징적인 인권유린사태로 몰아
가고 있다는 사실에서 그 아무리 외풍에 흔들릴 수 없는 사법기관이
라 해도 여론의 역풍에 더는 침묵하거나 피해갈수가 없었다.

'길&정 법률사무소' 에서 김칠한사건을 맡아 '재심청구' 를 법원
에 제출한지 8개월 여후 –

마침내 견고하던 열리지 않을 것만 같은 법원의 빗장이 드디어 풀
렸으며, '재심개시결정' 의 통고문과 재판일자가 각각 수신자 김칠한
과 '길&정 법률사무소' 에 전격 서면으로 통지된다.

「본 재판부는 도준규살인사건의 범인으로 무기징역이 확정된 김칠한
피의자의 '재심신청' 을 받아 들여 이의 재판기일을 아래와 같이 지정,
고시합니다.」

총무과장 김칠한은 법원의 통지문을 받자 말자 길찬두변호사가 대
표로 있는 '길&정 법률사무소' 를 방문해 '길&정' 로펌 수석변호사
들이 지켜보고 있는 가운데 중국 칭다오에서 '위령특수제화유한공업
사'(威令特殊製靴有限工業社) 라는 날로 사세를 확장하고 있었던 신

발공장 대표 편쇄린과의 통화에 성공하였으며, 바이어와 마침 상담중이었던 편쇄린은 법원의 통보와 결정을 환영하고 매우 기뻐하면서 "대한민국 법정에... 김칠한씨의 누명을 벗기기 위해 달려 가겠다"고 그에게 힘을 불어 넣는다.

만반의 대비태세를 준비하면서 갖추고자, 각종 사건서류와 과거의 기록과 녹취록 등을 등사(謄寫), 타이핑하고 검토하며 바삐 시간을 나누면서 쪼개던— 한때 수인번호 864번을 왼쪽가슴에 리본처럼 붙인 채— 극한의 환경과 재앙에 맞서 살기위한 독기 하나만으로— 형극의 형설교도소를 빠져 나와— '김·칠·한' 이라는 존재를 이름을, 세인들에게 깊이 각인시키고만— 누구는 그는, 총무과장은 여느때와 다름없이 잠자리에서 일어나 곧 닥쳐올 불어올 광풍(狂風)과 광기(狂氣)의 여운과 서광(瑞光)의 무지개를, 빛을 전기(轉機)를 그의 인생에 있어서 또 다른 시작과 도약을 예견하고 점지하는 맞게 되는 중요한 길일(吉日)이 틀림없을 찬란한 여명(黎明)의 아침과 맞닥 뜨린다.

그시각 기상나팔 소리와 함께 거의 비슷한 초 단위를 두고 잠에서 깨어난 마산의 노영대와 군산의 오세욱은 눈꼽을 뜯어낼 틈도 주지않고 "이송!"이라며 갑자기 불러내는 교도관의 호출에 "도대체 뭔일이냐?"며 따지고 대들었으나 이내 꼬리를 내리고 대충 이감보따리에 개인 침구들을 쑤셔 담는다. 교도소에서 벌어지는 '이송'은 보안이 철칙이며 설령 지방교도소에 수감중인 재소자를 재판 때문에 서울로 압송해 올리더라도 누구누구를 몇시까지 어디로 호송해 오라는 '문건'만 기록으로 첨부할뿐 그를 데리러 온 교도관에게 수형자가 "못

가겠다"고 버티거나 항의 해봤자 힘만 소진되고 결국 끌려 나오게 되는 어설픈 '객기'의 허세만 풍길뿐이었다.

　우달건과 김막동도 법원의 '출석통지'에 난감해 하였으나 만약 법정에 나타나지 않는다면 고스란히 '범죄혐의'를 뒤집어 쓸 수밖에 없는, 인정하게 되는 처지로 귀결될 것 같아서 고민에 고민을 거듭하다가 일단 "가보자"는 쪽으로 두사람은 의견을 모았다.

　눈은 있고 귀가 달렸기에 우달건과 김막동도 시시각각 인터넷에, 방송뉴스와 신문에 보도되고 있는 '김칠한'이라는 인물과 과거의 '사건'에서 자유로울 수가 없었다. "사회정의를 위해서!"라는 사명감하나로 일생을 경찰에 던져 넣었고 투신했으나 그 '정의로운 사회구현'에 간혹 배치되며, 반(反)하는, 정의롭지도 않을뿐더러 "이건 아닌데"라는 자각과 괴리와 무의식속에 용의자로 지목되는, 그러나 범인이 아닐수도 있다는 망령과 우려를 떨칠수없었던, 애매하긴 하였으나 '실적'과 '성과'의 결과를 내놓으라는 눈앞에 닥친 독촉과 재촉에 끌려 가듯 일을 처리한 경우가 없진 않았다.

　단순한 형사사건이라면 크게 고민할 필요가 없었으나 우달건이 김칠한을 체포하고 김막동이 전체 조서를 주도했기에 이미 퇴직해서 치킨점을 운영하고 있는 우달건보다는 아무래도 아직 경찰의 녹을 먹으면서 사건현장에 출동하고 있는 김막동의 걱정과 염려가 훨씬 더 크고 무거우면서 깊었다.

　조정아는 그녀의 애마를 운전하고 직장인 〈환타지아〉로 차를 모는 대신 화원에 먼저 들려 향기짙은 꽃을 한아름 구입해 차 뒷 트렁크에 조심스럽게 실었다. 그리고 칠한에게 가서 그를 태운다음 서초동으로 방향을 돌려 두사람을 기다리고 있는 길찬두변호사와 합류한후 곧 바로 법원에 진입한다는 계획이었다.

법정 개정(開廷)을 앞두고 속속 칠한과 관계된 인사들의 모습이 서초동에 얼굴을 나타냈고 왕기두의 곁에는 아예 기도실장이 보디가드처럼 호위하면서 총무부장과 연예부장, 홍실장, 섹시디바 유리가 무리를 지어 행동통일을 하고 있었는데, 취재를 하기 위해 몰려든 취재차량과 기자들의 민첩하고 분주한 움직임도 어렵잖게 감지되었다.

인천공항에 마악 도착한 편쇄린은 재판 시작 전에 법원에 도착할수 있을 것이라는, 오히려 칠한이 해야 할 고마운 통신문자와 전화를 5분에 한번씩 그의 휴대폰으로 걸어 온다.

11. 무죄

서울시 서초구 서초동 중앙지방법원.

'길&정 법률사무소'에서 '김칠한'을 피의자가 아닌, 피해자로 확증시켜 관련서류를 첨부해서 '재심'을 요청한 '도준규살인사건'의 잘못된 기소(起訴)와 법리적용의 부당성을 따져 묻는 '재심재판'이 시작되었다.

방청석은 이미 만원상태를 넘어서서 수용인원을 초과하고 있었지만 특별하고도 중요한 재판을 참관하러온 그들은 그럴수록 더 정숙을 유지하면서 법대(法臺)를 응시하였다. '총김구' 회원 일부가 오늘 법원에 나타 날 것이라며 조기자가 언질을 주었으나 그들이 누구인지 한 번도 본적이 없었던 칠한으로서는 일일이 인사를 고마움을 표시할 수도 없었다.

수갑을 찬 노영대와 오세욱, 그리고 우달건과 김막동이 검찰측 증인으로 자리했고, 김칠한과 편쇄린은 변호인석에 각각 앉아 '재심' 재판정의 분위기를 살핀다. 가장 표정이 밝은 인사는 세사람의 판사도 검사도 오늘 새벽 정신없이 서초동으로 묶여온 노영대나 오세욱, 혹시 잘못될지도 모른다는 두려움의 살빛을 숨기지 못하고 있는 우달건과 김막동도, 김칠한과 중국에서 막 날아온 편쇄린도 아니었다.

기자들의 감(感)과 후각은 시종 재판이 진행되기도 전에 승리를 낙관한 듯 짐짓 여유로운 얼굴빛을 감추지 않고 있는 길찬두변호사에게 집중되었다.

"김칠한 피고인이 신청한 '재심' 재판을 시작하겠습니다."

법정이 조용해졌다.

"심리진행에 앞서서 본 재판부는 길&정 법률사무소에서 제출한 '이의신청' 기록을 검토한 결과 김칠한피고인 측에서 주장하는 '재심신청' 이 상당한 이유가 있음으로 나타나 오늘 '재심재판' 이 진행될 수 있었음을 먼저 말씀드립니다... 검찰측 의견을 우선 밝히세요!"

소달구검사가 일어섰다.

"...10년전 한 젊은이가 동해안 방파제에서 시체로 발견되었습니다. 그가 소지하고 있던 2억원의 현금과 4억의 수표가 사라진 뒤였고, 죽기 전 그의 행적을 추적하는 수사팀에 어느날 결정적인 제보가 날아옵니다... 그것은 '김칠한' 이라는 편의점 아르바이트를 하는 자가 1천만원의 댓가를 지불하고 4억의 수표를 현금으로 바꿔달라고 했던, 빠져 나갈 수 없는 증거를 털어 놓게 된 것입니다."

왕기두의 인상이 일그러졌다.

"김칠한을 체포했던 우달건, 김막동형사도 수사초기에는 답보상태를 면치 못하고 있는 도준규 살인사건이 단순하게 금품을 노린 우발적인 강도살인으로 위장된 듯 해서 그쪽으로 수사인력과 역량을 집중하다가 곧 면식범에 의한 범행임을 밝혀내고 수사방향을 바꾸게 된 것은 그리 오랜 시일이 소요되지 않았습니다... 도준규와 김칠한 노영대와 오세욱이 사건 전날 만나서 저녁을 함께 먹었고 볼링을 쳤으며 이어서 노래주점으로 장소를 옮겨 의도적인 폭음을 유도해서 도준규의 정신을 잃게 만들어, 완전히 의식을 잃은 피해자의 사망을 확인한 다음 바위에 묶어서 바다속에 밀어 넣은 것입니다... 도준규가 의식을 잃었던 시간을 전후해 피고인 혼자 몰래 주점을 빠져 나갔다는 주점 종업원들의 증언을 당시 수사팀은 확보하였으며, 국립과학수사연구소의 부검결과 바다에서 떠오른 도준규의 사체에서는 치명적인 독극물이 발견되었습니다... 줄이 끊어진 시체가 나중에 떠오르지 않았다면 완전범죄도 가능했을만큼 계획적이고 지능적인 범죄를 저질렀던 김칠한은 구속되어 반성의 빛도 없이 '법정난동사태'를 일으키며 사건을 부인하였고, 도저히 참작의 여지가 발견되지 않았던 그에게 당시 재판부는 '무기징역'을 선고합니다.

그후 비록 그가 법무부장관의 특명으로 무슨 대회가에서 우승을 차지해 석방되었지만, 사람을 죽이고 내심 근신하고 있어야 할 살인사건의 주범이 잡지에 글을 연재하고 방송을 유린하면서 냉엄한 법을 우습게 알고 있다는 점에서 본 검사는 개탄을 금할 수가 없습니다. 비록 재심결정이 받아 들여져서 재판을 다시 시작하게 되었지만 현명한 판결로 추락하고 무너져버린 법의 권위를 되찾고 회복시켜 주시길 검사는 요청합니다... 김칠한측에서 주장하는 '재심신청'은 아무런 근거가 없는, 여론에 호소해 사태의 본질을 호도하려는 기만적인 술책이며 전술임을 아울러 저는 강력하게 주장하는 바입니다"

소달구검사의 말이 끝나자 좌·우심 배석판사가 열심히 사건기록을 뒤적거렸고 주심판사인 신어복재판장이 안경을 벗었다가 땀을 닦은 후 다시 눈가로 가져간다.

길찬두변호사가 검사에 이어 마이크 앞에 섰다.

"...변론에 들어가기에 앞서 본 변호사는 인간의 사악함이 극에 달했을 때, 그 저주스럽고 공포스러운 뭇매가 죄없는 어린 영혼의 팔다리와 코와 입과 눈을 막아 버렸을 때, 숨통을 조이는 잔인한 결과와 참혹스런 후유증을 비통함을 저는 가늠하거나 짐작조차 할 수가 없습니다... 응당 죄를 지은 자가 있다면 벌을 받아야 하는 것이고 사람을 죽인 자가 있다면 마땅히 죄 값을 치러야 합니다... 그게 바로 오늘 재판정에서 논하고 있는 '법'이며 우리사회가 지탱할 수 있는 불변의 규약이며 규칙이기도 합니다... 그러나 만약, 누가 어떤 사람이, 전혀 사건과 관련이 없으며 무관한데도 불구하고, 모략과 계략에 의해, 음모와 위증과 철저한 무고에 의해 범인으로 지목되었다면, 법을 다루는 사람들이나 수사기관은 이를 밝혀내고 바로 잡아야 함에도 불구하고 도리어 순한 양을 구제하기는 커녕 자신을 은폐하며 사납고 표독스런 교활한 늑대로 변질되어갔던 사례를 경우들을 본 변호사는 이번 '도준규살해사건'의 억울한 피해자 '김칠한'의 재심청구 기록과 자료에 일부를 첨부하였습니다.

왜 피해자인 김칠한이, 그의 맑고 순수한 영혼을 모두 빼앗겼던 김칠한이 가해자로 낙인찍혀 무기징역이라는 얼토당토 않은 죄목을 뒤집어 쓴채 감옥에 갇혀 그 많은 시간과 아픔과 시련을 보내야만 했는 지요? 본 변호사는 참담한 심정을 가눌수가 없습니다. 대한민국의 법이 수사기관이 그렇게 물러 터졌나요? 그렇게 완고하고 도도하면서 도덕적으로 타락한 집단입니까?!"

작심을 한 듯 그의 변호사 생명에서도 모두를 올인한, 물러설수 없다는 결연하고도 비장한 각오와 배수진이 길찬두변호사의 몸에서 입에서 표정에서 태도에서 변론에서 제스추어까지, 어제까지만 해도 수인이었던 칠한의 응어리진 분노와 울분과 한이 몸서리칠 경기(驚氣)가 그대로 그에게 길변호사에게 전이되어 포효하듯 재판정에 울려 퍼지고 전파 된다.

냉기가 흘렀다. 차디찬 냉기가... 이렇게 고요할 수가 있을까?

수백명의 방청객이 숨소리까지도 고르면서 길찬두변호사의 다음 입모양을 주시한다.

"아직도 현직 경찰에 몸을 담고 있으면서 피해자 김칠한을 가해자로 둔갑시켜, 도준규살인사건의 주범으로 벼랑 끝에 내 몬 김막동 증인에게 우선 먼저 질문을 던지겠습니다."

김막동의 얼굴이 새파랗게 변했다.

"여전히 도준규를 살해한 주모자가 범인이 김칠한이라는 입장에는 변함이 없는 것입니까?"

"……"

"왜 대답을 못하는 겁니까?... 아예 답변을 할 수 없는, 뒤가 구리기라도 하는 사정이 있나 보군요... 그렇다면 역시 우달건 증인에게 다시한번 질문해 보겠습니다... 만약 당시 수사팀들이 증거자료를 모아 김칠한을 구속시켰던 공소사실과 결정적인 증언과 증인의 진술이 왜곡되었고 모함이었으며 그 사건과는 아무 연관이 없는 한 젊은이의 안타깝고 억울한 옥살이와 누명이었다면 우달건증인은 그 엄청난 사태와 결과에서 결코 자유로울 수가 없으며 실정법을, 공직자의 윤리와 준칙을 위반한 엄중한 책임을 피해갈수가 없습니다.... 본 길찬두 변호사는 궁극적인 법의 존엄성을 확인하기 위해서라도 반드시 사건 조작의 책임을 증인들에게 물을 것입니다."

총명한 유리가, 칠한의 연인 조정아기자가, 왕기두도 그렇고 수많은 방청객들은 귀를 쫑긋 세운채 법리공방의 과녁을 어느덧 벗어나 증인심문처럼 마구 '들이대는' 변호사의 공세와 변론이 마치 부들부들 떨고 있는 증인석의 양심을 되묻고 있는, 그들 스스로의 마지막 남은 도덕적 인간성을, 진실을 보고 싶어하는 최후통첩과 채찍과 경고처럼 들려 왔다.

"본 변호사는 10년전 도준규 살인사건의 범인으로 김칠한을 지목했던 증인 편쇄린씨를 중국에서 오늘 법정까지 다시 모셨습니다."

10년 전의 증인을 또 데리고 왔다는 길변호사의 언급에 법정이 잠시 술렁거렸으나 중요한 진술을 놓치지 않기 위해서는 질서유지를 방청객 스스로 지키는 수밖에 없었다. 에티켓이고 뭐고를 떠나 그들이 당장 제대로 듣기 위해서는....

"편쇄린씨! 양심을 걸고 증언에 협조하시겠습니까?"

"물론입니다... 한치 거짓없이 사실대로 진실을 말하겠습니다."

편쇄린은 주저없이 당당하게 소신을 밝혔다.

"먼저 지금 하고 계시는 일과 어떻게 해서 도준규살해사건의 증인으로 참여하게 되었는지를 소상히 말씀해 주십시오."

"우선 저를... 못난 이사람을 한국의 신성한 법정에 증인으로 참석할수 있게 허락해준 한국의 법원과 한국사람들에게 먼저 사죄를 올리면서 용서를 구하고자 합니다. 아울러 저로 인해서, 저의 잘못된 증언으로 인해서 모든 것을 잃은채 차가운 교도소에 수용되었던 김칠한씨에게 진심으로 사과를 드립니다. 물론 저 때문에 입은, 당했던 고통과 상처가 단순한 사과로는 끝날 수 없는 것임을 저는 잘 알고 있습니다. 그렇지만 그의 결백을 제 입으로, 그를 구렁텅이속으로 빠트렸던 제 손으로 다시금 사건의 실체와 진실을 설명하면서 밝힐 수 있다는게 말할 수 있다는게 더 없는 영광이며 다행일 뿐입니다... 저는 지금 중국에서 신발공장을 운영하고 있으며 저희 회사에서 만든 제품들을 한국을 비롯한 동남아시장으로 유통시키는 사업을 하고 있습니다... 그렇지만 10년전 도준규라는 사람이 죽었을 때 저는 한국에서 일명 '보이스피싱'을 하고 있었습니다."

앞으로 굽어졌던 재판장의 등이 그만 일직선으로 세워졌고, 검사나 길변호사, 방청객들은 증인으로 출석한 중국인사업가 편쇄린의 입에서 튀어져 나온 '보이스피싱'이라는 단어에 놀라움과 쇼킹의, 충격적이라는 반응들을 감추지 못한다.

"사건 자료엔 '보이스피싱'이라는 기록이 전혀 없던데 그건 어떻게 된 일입니까?"

"그 당시 중국사람들이 한국을 무대로 범죄행각을 벌였던 보이스피싱 조직에서 저는 수금사원 역할을 맡았습니다. 사실 그 일이 저의 적성에 맞지 않아 한국을 떠나려는 찰나 경찰에 체포되었었지요..."

"편쇄린씨를 검거한 형사들이 저 사람들입니까?"

길찬두변호사는 때를 놓치지 않고 우달건과 김막동을 가리켰다.

"저 사람들은 아니고 저들 밑에 있는 계급의 형사들이었습니다... 경찰서에 끌려 가니 사무실에 저들도 함께 있었습니다."

순간 누구랄 것도 없었던 동시다발적으로 토해내는 수백명 방청객의 '아' 하는 짧고 굵은 신음이 탄식이 비음(悲吟)이 법정에 울려 퍼진다.

"그렇다면 기소를 하지도 않았고 기록으로 남겨 놓지도 않은 편쇄린씨의 보이스피싱이 어떻게해서 '도준규살인사건'과 연계가 된 것인가요? 이미 지나간 일이니까 편쇄린씨에게 책임을 물을 이유는 없습니다... 상세하게 차분하게 모두를 설명해 주십시오."

우달건의 얼굴에서 비지땀이, 김막동의 안구에선 뭔가가 자꾸 흘러나왔지만 판단력과 분별력 하나는 필적할 자들이 없을 기자들의 손놀림이 더욱 빠르게 움직이고 있다는 사실을 증언석에 자리하고 있는 김칠한도 분명 체감하면서 느낄수가 있었다.

"범죄에 가담해서 잡혀 들어간 사람은 저니까 제가 먼저 살 궁리를 찾아야 했습니다... 그래서 4억원이나 되는 수표를 바꿔줄 때 이름과 직장을 물었었고 그 이름이 '김칠한'이었습니다. 편의점에서 일을 한다던..."

"지금 편쇄린씨의 곁에 있는 김칠한씨 말인가요?"

"아닙니다... 제게 돈을 바꿔 달라고 했던 사람은... 나중에 알게 되었지만 '조완철'이라는 자였고 '김칠한'씨의 이름을 도용한 것이지요... 가짜로 잘못 알려준 것입니다..."

"남에게 죄를 뒤집어 씌우고 빠져 나가기 위해서 말이죠."

"그렇습니다."

"이미 10년 전의 사건이었는데 정말 편쇄린씨는 조완철이라는 존재를 모르고 있었습니까?"

"몰랐습니다... 전혀요... 김칠한 인 줄만 알았지 그 자가 사기를 칠 줄은, 남의 이름을 도용한 줄은 정말 모르고 있었습니다."

"좋습니다... 그래서 경찰과 거래를 하셨나요... 무마를 해주겠다는 조건으로..."

"그렇지요... 저를 내 보내 준다면, 뭔가 큰 사건을 하나 알려 주겠다고 미끼를 던졌는데 그게 도준규사건이었고 저는 풀려 날수가 있었어요."

"조완철이는 어떻게 알게 되셨나요?"

"한국에 왔을 때 '포커'를 한다고 제 동료들과 어울리던 자였습니다. 노름을 말이죠... 제가 은행에서 돈을 찾는 일을 하니까 수표를 바꿔주면 '보이스피싱'을 눈감아 주겠다고 회유를 해서 결국 죄 없는 '김칠한' 씨를 대신 털어놓게 만든 음모를 꾸미고 말았지요."

편쇄린은 하나 막힘없이 지난 일을 과거를 사건을 진실을 심경을 털어 놓았다.

"고맙습니다 편쇄린씨, 우선 숨을 좀 고르십시오... 다시 우달건증인과 김막동증인에게 묻겠습니다... 보이스피싱을 눈감아 주고 사건과는 아무 관련이 없는 김칠한을 체포하였는데 왜 가장 나쁜 인간인, 도준규를 직접 살해하였던 '조완철' 이에 대한 기록과 자료와 범죄혐의는 발견되지 않는 겁니까? 이유가 뭡니까?! 납득이 가게 설명하십시오."

"……"

"……"

길변호사의 재촉과 독촉에도 여전히 우달건과 김막동은 입을 열지 않았다.

"……"

"……"

"명백하고 완벽하면서 이보다 더 확실할 수 없는 편쇄린씨의 진술에 저는 차라리 분노보다는 서글픔이 입니다… 100명의 범인을 놓치더라도 한사람의 억울한 피해자를 만들어서는 안된다며 늘상 주장하고 호언해대던 경찰의 자긍심과 자부심은 다 어디로 가버렸나요? 당신들은 자존심도 없는 사람들입니까?… 당신들이 인간이예요?… 어떻게 생사람을 이렇게 매장시킬수가 있습니까?!"

길변호사는 분노에 떨며 전직경찰 한명과 현직경찰이 또 한명인 증인들에게 삿대질까지 해댔다. 이미 법정에 들어설 때 부터 눈물을 글썽거렸던 조정아의 노란손수건은 홍건하다 못해 물기를 쥐어짤 정도로 젖어 있었는데, 그녀가 조정아기자가 지금 마주하고 있는 법정내부는 피고인은, 피해자는 증인은 총무과장 김칠한은 다른 누구도 아닌, 그녀가 이 세상에서 우주에서 지구에서 대한민국에서 가장 사랑하고 가장 신뢰하며 믿음을 준, 그녀 조정아와 함께 미래로 내일로 발걸음을 맞출 영원히 손을 놓지 않을, 같이 있을, 곁에 있을 사람이었다.

그가, 그런 김칠한이, 미로에 갇혀 처참한 옥살이를 했다는 것도 미치고 환장할 지경인데, 편쇄린의 증언이나 그를 구속시켰던 경찰의 몸을 사리는 태도나 사건의 전체흐름과 맥락과 요지를 보아서는 억울하고 그저 원통할 뿐인 뒤집어 쓴, 뒤집어 씌운 올가미요 덫이며 형벌과 낙인이, '만들어진 죄'가 아닌가?

'총김구' 회원들도, 일반 방청객들도 왕기두와 줄리엣 식구들도 참담하고도 전율이 일만큼의 비감어린 증언과 증인과 그 전말의 현장을 거듭 확인하며 조용히 분노를 공분(公憤)을 안으로 되새김질 한다.

"이번에는 노영대, 오세욱 증인에게 질문을 드리겠습니다... 도준규 살인사건에 가담한 죄로 20년 형을 선고받아 10년째 복역중이시군요... 노영대 증인에게 먼저 묻겠습니다... 지금 여기 앉아있는 김칠한 씨가 도준규를 죽였나요?"

"……"

"무슨 말 못할 사정이 그리 많기에 입을 열지를 못하는 겁니까? 노영대씨에게 분배된, 도준규의 땅을 팔았다는 돈이 김칠한씨에게도 흘러 들어 갔습니까?"

노영대는 아예 눈을 자꾸 감은채 수갑을 찬 손을 들어 귀를 막으려고 애를 썼다.

"변론에 답하기 싫으시다면 입을 닫고 계셔도 상관없습니다... 억지로 몸을 흔들 필요는 없어요... 이번에는 오세욱 증인에게 묻겠습니다... 왜 조완철이와 공모해서 세 사람이 범행을 저질러 놓고 편의점 알바 일을 하면서 어머니와 함께 살고 있었던 스무살의 어린 동생이며 후배인 김칠한 군을 끌어 들여 그에게 살인혐의와 함께 무기징역을 선고받게 한 것입니까! 증인에게도 동생이 있지요?"

412

"......"

"...이것은 다른 어떤 문제가 아닙니다. 바로 인간이라면 사람이라면 팔아서도 안되고 떼어 놓을 수 없는 양식과 양심의 문제입니다... 오세욱씨!..."

길변호사의 참혹한, 그러나 이제는 "어떤 답변도 좋다" 는 다소 수그러든, 누그러진 부드러운 질문과 물음에 잔뜩 긴장에 빠져있던 오세욱이 소달구검사를 쓱 째려보면서 슬그머니 의자에서 엉덩이를 일으켰다.

"...죄송합니다... 갑자기 새벽에 이송되어 오면서 호송차에서 많은 생각을 하였습니다... 결론을 먼저 말씀드리자면, 칠한이는 아무 잘못이 없습니다... 죄를 씌운 것이지요."

오세욱의 답변에 법정이 다시 웅성거리면서 소란스러워졌으나 이를 제지한 것은 신어복 재판장이었다. 길찬두변호사의 증인신문이 자연스럽게 주심판사인 신어복재판장에게로 넘어갔고 재판장이 직접 심문의 바통을 이어받아 질문을 던진다.

"...그 내용이 무엇인지 소상하게 털어 놓으세요."

"...준규를 죽이자며 처음 계획을 세웠던 완철이는 나중 경찰의 혼선을 유도하기 위해 칠한이를 끌어 들이자고 제의하였습니다."

"그걸 왜 구속당시에는 설명하지 않았나요?"

"준규를 죽이고 돈을 찾아온 이가 완철이었는데 지 돈을 챙기자 말자 완철이가 외국으로 도망을 가고 말았습니다... 나중에 칠한이도 잡혀오고 저희들도 검거되었을 때... 사실 돈이 욕심나서 친구를 죽였지만 징역을 살게 되더라도 그 돈을 다시 경찰에게 빼앗기게 된다면 아무런 명분도 희망도 없을 것만 같았습니다... 그래서 경찰수사에서 암묵적으로 칠한이가 개입된 걸 동의해 주면서 나눠가진 돈을 지키기 위해 경찰의 입장에 침묵하게 되었던 것입니다."

'쾅' 하면서 어디선가 벼락이 내려 치는 것 같았다. 전혀 생각지 못했던 새로운 사실이 증언이 범죄혐의가, 그것도 경찰과 노영대와 오세욱 간의 밀월거래가, 커넥션이 바로 오세욱의 입을 통해 법정에서 공개되는 순간이었다. 재판장과 변호사와 칠한과 편쇄린과 조정아와 왕기두가, '총김구'의 회원들이 방청객이 날카로운 비평기사를 업으로 삼고있는 기자들이 또 한번 억장의 가슴을 두드리고 있는 것과는 정반대로 치킨점 사장으로 돌아온 왕년의 민완형사 우달건과 곧 퇴임해서 퇴직금을 받아 아프리카 여행까지 전세계를 순례하고 오겠다던 의욕이 넘친 현직경찰관 김막동 강력반장의 갑자기 변해버린 몰골과 초췌해진 너덜너덜한 옷차림은 분명 법정에 처음 들어올때의 보무도 당당했던 그들의 모습이 아니었다.

그 무엇이 음모가 사람들을 칠한을 재판정을 비탄에 빠져들게 하면서 그로인해 또 다른 운명의 돌개바람은 토네이도는 순리처럼 섭리처럼 업보로 고스란히 또 '짐진자'들에 의해 그 빚과 회오리가 역풍이 책임이 만행이 댓가가 처벌이 가공할 철리(哲理)가 광풍(狂風)이 그래서 다시한번 휘몰아 칠것인가?

소달구검사의 안색이 급격하게 굳어지고 있었다.

법정개정과 함께 4시간이 넘게 진행되었던 도준규살인사건의 무죄를 주장하는 김칠한의 '재심청구' 심리도 막바지에, 마무리로 접어들어야만 했다. 최종 주문에서 검사는 '재심청구'의 부당성을 여전

히 읊조리면서 '기각'을 요청하였고,

변호사는 누가 죄인이고 법을 어겼는지를 또 한번 좌중을 압도하는 달변으로 역설한다.

"마지막으로 본 사건의 재심청구자인 김칠한 피고인의 최후진술을 듣도록 하겠습니다... 김칠한 피고인, 하고 싶은 말을 남김없이 털어 놓으십시오."

재판장의 목소리는 차분했고 훨씬 부드러워져 있었다. 칠한이 일어설 때 수 많은 방청객중에서도 유독 두 손을 꼭 모 은채 기도를 올리고 있는 모습이 형체가 그의 초점에 잡혔지만 그녀가 누구인지는 무얼하는 사람인지는 그도 확인할 수가 없었다. 워낙 찰나였고 순간의 포착이었던지라 그리고 중대한 최종진술의 마지막 타임이며 기회인지라, 그저 천사같은 기도의 주인공을 칠한도 스쳐 지날 수밖에 없었다.

"...어느날 갑자기 경찰서에 끌려가서 결국엔 무기징역이라는 끝이 없는 징역형을 선고받아 제가 교도소로 이송을 간 시기는 10년 전, 제 나이 스무살때였습니다..."

"......"

"......"

"......"

"......"

"재판장님께도 그 당시의 저만한 자녀가 지금 있겠지요?"

"......"

"......"

"......"

"......"

"암울하고 참담하였던 절망에 빠져 추위에 떨고 있을 때 단 한사람, 저를 지켜주시던 어머니가 돌아 가셨습니다... 차라리 제가 죄를 뒤집어 쓴채 교도소에서 복역생활을 하더라도 어머니와는 결코 바꿀수가 없었습니다... 제 어머니를 누가 살려 주신다면 모든 잘못을 저의 업보로 받아 들이면서 기꺼이 저 자신을 던질수도 있습니다. 그러나 그 무엇이 되었던 저 김칠한의 모두였고 전부였던 어머니를 다시 살려 낼수는 없었습니다.

이 고통을, 이 참혹했던 심경을, 처절한 수인의 상처와 멍울을, 가슴을 이해하실런지요?"

더는 견디기 힘들었는지 조정아기자의 허리가 앞으로 꺾였고 유리가 따라했으며 왕기두의 눈시울과 줄리엣가족들이, 열성 '총김구' 회원들과 그를 알고 있는, 그를 응원하기 위해 기꺼이 법정으로 시간을 할애해 모인 방청객들은 오늘 법정에서 진행되고 있었던 '재심청구'의 주연배우며 주인공인 총무과장 김칠한의 최후진술에 다들 들썩이며 흐느낄 뿐이었다.

그것은 거대한 대하드라마의 세트장처럼 곡소리를 토해내는 장면에서 스텝진과 엑스트라가 뒤섞여 만들어 낼 수 있는 압권의 슬픈 이야기가 연기가 멜러물이 법정에서 그대로 재연되면서 리메이크 된 듯했다.

"제가 얽혀 들어간 사건을 직접 제 입으로 말하기보다는 한가지 사례를 말씀드릴까 합니다... 그게 훨씬 '재심청구' 사건을 판결하는데 있어서 이해하는데 있어서 유용하실테니까요."

신어복재판장이 다시한번 안경을 매만졌다.

"...어느날 경찰관인 모씨가 그의 여자친구와 함께 모텔에 투숙을 합니다... 경찰생활이 시작이었던 젊은 그는 교대시간 때문에 새벽에 모텔을 나서게 되었고 경찰관의 여자친구는 모텔종업원에 의해 그 후 변사체로 발견되지요."

기자들은 방청객들은 왕기두도 판사와 검사도 어디서 들어 본 것 같기도 한 사건의 스토리가 칠한의 입에서 흘러나오자 더욱 신경을 곤두세운채— 옥중수기 〈나는 말한다〉와 다큐프로그램 〈척사대회& 러브미텐더〉를 읽고 시청했던 그 줄거리와 내용을 다시금 복기하 듯— 직접 내레이션처럼 깔고 설명하는 총무과장 김칠한의 동작 하나 하나에 무언의 격려만을 성원만을 응원만을, 억울하고 원통한 도준규 살인사건의 무죄를, 누명을 벗게 되는 확신만을, 결정만을 걱정만을 소리칠 뿐이었다.

"함께 잠자리를 가진 애인이 죽었는데 그 다음 경찰관의 운명은 어떻게 되었을까요? 분명 그가 죽이지 않았습니다. 저 같은 일반인도 아닌 신분이 경찰관입니다... 그러나 그 젊은 경찰관은 온갖 회유와 협박에 시달리다가 결국 애인을 살해한 죄로 구속 수감됩니다... 어제까지만 해도 동료였던 경찰식구들은, 그를 기소한 검사도 그 경찰관의 한서리고 피맺힌 진술도, 1·2심 재판부는 모두모두 외면하였고 12년의 징역형을 선고합니다. 억울하다며 최종심에 상고를 하였지만 경찰관의 손을 들어 줄 사람과 법은 어느곳에서도 존재하지 않았습니다... 대법이라고 별 수 있나요? 1·2심 재판부에서 올라 온 사건서류를 검토하는게 전부입니다... 경찰관은 부인해 봤자 손해이고 시인해서 동정을 받으라는, 그래서 꽤나 선심을 쓰는 척 많이 생각해 주는 것처럼 '선택은 당신이 하라' 며 미끼를 던져준 동료경찰과 검사와 재판부를 어느틈엔가 받아들이게 되는, 다시 '경우의 수' 를 따지게 되는, 고개를 흔들게 되는 자신을 발견하고 흠칫 놀라고 맙니다... 애초 죽이지 않았는데, 살해하지 않았는데 뭘 시인하고 동정을 받나요?

그러나 그런 의식조차 마비시키면서 인간의 뇌구조 마저 파괴시키며 바꿔 버리는게 감옥이고 철창입니다... 스스로를 인내하고 이겨낼 수 없다면 미쳐 버리는 공간이 교도소지요... 그런데 뜻하지 않은 일이 벌어 집니다. 기적이라고도 할 수 없는, 확률상으로는 우리 국민 전체를 합친 5000만:1 이라고 하는게 타당할 것 같습니다. 로또 1등 당첨이 800만:1 이라고 들었지만 5000만 사람중에서 누구 한 사람의 경찰관 애인을 살해한 범인이 다른 강력사건 때문에 구속되었다가 양심때문이었는지 영웅심때문인지, 술에 취한 객기때문인지 모든게 귀찮아서였는지 이판사판이었는지 아무튼 본인 스스로 어느 모텔에 들어가 여잘 죽였다고 자백을 합니다... 처음엔 수사관도 '미친소리 말라' 고 했다가 구체적으로 털어 놓는 그의 진술에 마침내 '그런 일이 있었느냐' 면서 피의자에겐 최대의 예우인 담배를 꺼내 불을 붙여 줍니다. 바로 서울 어딘가에서 일어났던 많은 사람들이 기억하고 있는 살인사건이었지요. 당시를 간략하게 풀이 하자면, 경찰관이 동료들과의 교대시간 때문에 모텔을 빠져 나갔을 때, 꽤나 양심적인 담배를 얻어핀 범인이 그 방을 침입했고, 무슨 짓을 벌였는 것 까지는 거론할 필요가 없으나 결국 여자를 살해하고 맙니다.

바로 여기에서, 이 부분에서 중요한 것은, 그가 그 사건을, 여자를 죽인 사실과 내막을 본인 스스로 털어놓지 않았다면 어떻게 되었을까요? 그 12년 징역형의 판결을 만약 재판장님이 하셨고 영장청구를 여기 계시는 검사님이 지휘서신과 기소를 내렸다고 가정한다면, 그렇지 않더라도 세상 사람들은 경찰관을 알고 있는 사람들은 '지 애인을 죽인 살인자!'라며 기가막힌 벼랑으로 떨어진 경찰관을 손가락질 할 것입니다. 검사님은 저를 도준규살인사건의 주범에다가 방송을 유린하고 법의 권위를 훼손한, 기만적인 술책이라고 까지 떠들었으나, 각 인권사회단체들이 들고 일어선 여론이 감당 안되니까 외국으로 도망을 간 조완철이의 행적을 추적하겠다고 검찰수뇌부에서 발표까지 해놓고 살인사건의 진범은 저이며 용서를 할 수가 없다면 이러한 검찰체계의 모순과 자가당착도 없습니다.

만약 저의 무죄가 입증되면 감옥으로 들어가세요. 그리고 무기징역을 사십시오... 제가 저지른 살인사건이 명백하다면 다시 제 발로 형설교도소를 찾아 가겠습니다. 어떻습니까. 공평하지 않습니까? 법의 권위가 그렇게 존엄하고 과학적이라면, 누구누구를 적시할 필요도 없이 검사님과 제가 내기를 해서 정정당당하게 진 사람이, 패한 사람이 존엄한 판결에 끽소리 않은채 순응하고 따르면 이상 없겠지요... 법도 어찌보면 피곤할때가 있어요... 내기를 하면 간단한데 말입니다... 승부에서는 더욱..."

이상한, 이상스럽고 괴기스런 최후 발언으로 칠한이— '승부사' 같은 진술을 마쳤을 때— 그리고 끝까지 진술을 경청해준 재판부를 향해 허리를 숙였을 때— 소달구검사의 안면은 한마디로 봐 줄수 없을 만큼 일그러지고 찌그러져 붉은 빛이 불을 뿜었고— 격앙되어 정신을 못차리고 있었으며 그런 것은 안중에도 없다는 듯이 전 방청객들은 참았던 기지개를 터뜨리며 환호하고 박수를, 힘찬 박수를, 훌륭하게 최후진술의 모두(冒頭)발언을 마쳐준 고마운 박수를 손뼉을, 마음과 마음이 통하는 전류가 흘렀던 찐한 감동의 드라마와 여운을 악수를, 열렬한 성원과 절대지지의 부딪침을 표시를, 경탄을 중단하지 않는다.

4주후 최종 선고때 법정에 다시 부르겠다는 신어복재판장의 논고를 뒤로 하며 칠한과 편쇄린이 정말 더할나위 없는 감사의 악수를 주고 받으면서 법정을 빠져 나오자 왕기두를 비롯해 고마운 줄리엣 식구들이 그를 에워쌌고 그 사이를 기자들이 또 에워 싼채 플래시를 터트린다.

『우리 총·김·구 10만 회원은 당신을 영원히 사랑합니다』
『이제는 완전 무죄예요!』
『법이 두 손을 들었어요!!』

라는 '총김구' 회원들이 펼쳐대고 있는 플래카드를 눈앞에서 바라보고서야 비로소 이들이 '총김구'의 맹렬열성 회원들임을 칠한은 자각한다. 누군가 인파들을 밀쳐내며 그에게 꽃다발을 내밀었는데, 손모양만은 최후진술에서 몸을 일으킬 때 보았던, 두 손을 꼭 모은채 기도를 올리고 있었던 천사와도 닮은 구석이 어딘지 발견되었으나, 그녀는 곧 칠한이 사랑하는, 사랑하고 있는, 사랑해야 할 조정아기자 였다는 것도, 그렇다는 사실도 망각하며 잊어 버릴만치 정말 정신없는 고마운 사람들의 밀고 당김속에 축하속에 그는 한가운데에 그렇게 한 동안 놓여 있었다.

* * *

그날 저녁 각 지상파방송은 정치, 외교, 국방 문제까지도 뒤로 밀어 내면서 톱뉴스로 칠한의 '법정사태'를, '재심청구사건' 을 대대적으로 보도하며―

"10년전에는 '난동사태' 를 일으켰던 피고인 김칠한이 운명을 가를 법정 '포격사태' 를 다시한번 주도했다"고 일제히 포문을 연다.

일간신문의 기사제작도 완료되어 윤전기가 쉼없이 돌아가고 있을 때 대한민국 최고의 무도업소 줄리엣나이트클럽에서는 여느때 와는 또 다른 축하파티가, 가면무도회가, 흥겨운 잔치가, 뒤풀이가 정담들 이 펼쳐지고 벌어지고 있었다.

실력자 왕기두의 현재 기분에 따라서는 여차하면 모두가 부둥켜 안 을 '골든벨' 종소리를 다시한번 들어볼수도 있을 만큼, 이 분위기와 줄리엣 전속 오케스트라의 연주는 음악은 오늘따라 더욱 더 감미로웠 고 부드러웠으며 정겨웠다.

칠한과 조정아를 가운데로 해서 왕기두와 길찬두변호사, 편쇄린과 최유리가, 총무부장과 연예부장, 웨이터실장, 홍마담, 주방장 등이 샴 페인 잔을 높이 쳐든채 월드시리즈의 우승과도 같은 감격을 공유하면 서 기쁨을 함께 나누고 있었는데, 언제나 그랬지만 그 시간 줄리엣을 찾아 온 손님들 중에는 '페인' 과 더불어 법원에서 플래카드를 펼쳐

흔들던 열성 '총김구' 회원들도 상당히 섞여 있어서 칠한과 왕기두의 감사와 고마움은, 기쁨과 반가움은 더욱 컸다. 최종 선고 결과는 4주 후였지만 그런 틀과 정형은 계산은 마지막 열릴 뚜껑은 이미 이들에겐 안중에도 없는 남의 일이었다.

당연한 귀결! 승리는 하나뿐인데 둘까지 생각한다는 것은 그 얼마나 소모적이며 머리아픈 일인가?

UFO가 다시 내려오고 수직분수가 하늘을 향해 분출되면서 레이저가 발사된 오늘밤의 풍선은 좀 더 다른 의미의 테마와 이야기가 적혀 돔을 뚫고 별을 향해 달나라를 지향점으로, 기원과 소망은 열망과 확신은, 승리의 구호와 결백의 제창과 선창은 부풀고 더욱 치솟아 오른다.

완벽한 증언을 마친 편쇄린은 언제라도 칠한의 일정과 스케줄에 따라 며칠이라도 한달이라도 묵을수 있도록 만리장성으로 초대하겠다는 가슴에 담아둔 인사를 건네면서 예쁜 유리 때문에 그녀 때문에, 돌이킬 수 없는 죄를 범했던 지난날의 잘못을 뒤늦게라도 회개하고 씻을수 있었다면서 사업가의 수완답게 줄리엣 실력자 왕기두에게는 전국적으로 12개나 소재하고 있다는 줄리엣제국과 나이트클럽 체인에 감탄을 연발하면서 만약 중국에도 줄리엣지점이 진출할수 있다면 힘껏 그 자신이 도울수 있을 것이라는 묘한 암시를 풀어 놓는다.

4주후에 편쇄린이 법정에 다시 나타날 필요는 없었다.

물론 노영대와 오세욱도 새벽에 압송되어 불려가지 않아도 되었고, 김칠한의 재심 재판부는 피고인 김칠한과 치킨점 사장 우달건과 아직도 사건현장에서 막강 위력을 과시하고 있는 김막동 강력반장만 다시 모이라고 했는데, 그 원인과 이유는 4주 후에 예측으로 결과로 업보로 나타날 것이었다.

왕기두는 줄리엣 고문변호사이며 칠한의 '재심사건'을 맡아서 열심히 성실하게 변론에 임해준 길찬두변호사에게 거듭 감사의 건배를 제의했고, 마침 웅장한 무대와 스테이지에는 최고의 가수가 등장해서 음악에 맞춰 군무와 율동의 리듬을 표출하고 있는 멋진 '김칠한축하쇼' 공연 퍼레이드가 팩케이지의 형태로 연결되면서 공연의 극치를 화려함의 극대화를 장식하고 있었다. 이벤트의 제국답게 홍실장과 유리가 가져온 앙증맞은 가면을 하나씩 얼굴에 쓴 모습으로, 칠한의 가면과 조정아의 가면은 왕기두의 가면과 길변호사의 가면에 편쇄린과 유리까지 거들고 나서는 가면들의 거듭된 요청에 따라 두 가면 남녀는 언젠가 조기자의 생일파티때 가졌던 환상의 커플 형태 그대로 노래의 반주와 선율에 맞춰 '왈츠행진곡'으로 파티의 피날레를 다시한번 갈무리 한다.

오랫동안 열린 상태로 닫히지 않았던 줄리엣 돔 밖의 하늘은 우주는 밤의 세계와 전경은 짧고 굵게 초저녁부터 30여분 정도 거센 빗줄기가 쏟아진 뒤라서 그런지 더욱 더 맑고 청량하였으며, 좀체 마주하기 힘들었던 별님과 달님의 미소가 줄리엣을 정면으로 내려다 보며 살가운 윙크와 화려한 축하쇼에 동참하고 싶다는, 자연의 조화와 순리를 인과(因果)의 법칙을 또 그렇게 인간세상을 굽어보면서 자연은 밤은, 별무리들은 만들어 준다.

환하게, 맑게, 빛나게, 아름답게......

* * *

4주라는 시간은 28일은 생각보다 빨리 흘러 갔다.

김칠한의 옥중수기 『나는 말한다』가 단행본으로 출판되었으며, 조정아기자보다도 어머니와 그 가족들의 적극적인 성화와 움직임 때문에 '결혼식'이라는 낱말이 쉽게쉽게 그들의 주변과 환타지아 사무실, 줄리엣과 왕기두와 형설교도소에서 시시각각 그 내용을 전해 듣고 있었던 복태오에게까지 전달되며 최종 '재심사건'의 선고결과를 초조하게 기다리고 있을 때.

운명의 주사위는 돌개바람은, 수천년전 이미 어느 성인(聖人)이 예견했던 부정할 수 없는 연기설(緣起說)은 어김없이 인간구조와 그들의 세계에 적용되었고— 선악의 결과와 죄와 벌의 등식이 공식이 인과응보의 과보가 한점 그르침이 없이 그릇됨이 없이 틀림이 없이 또 당사자들에게 부메랑의 활시위로 돌아 온다는 것은 '죄'의 우리와 '벌'의 둘레와 공통점을 당연하게 인식하고 있는 사람이라면, 그저 두렵고 소름끼치는 무서울 따름인 거역할 수 없는 저주고 너무나 명백했던 마법이었다.

20살의 나이로 영문도 모른채 밀폐된 공간으로 끌려가 결국 '무기징역'이라는 가혹한, 비참한, 말도 안되는 억울한 살인혐의를 뒤집어쓴채 설움의 옥살이를 하다가 9년만에 기적적으로 교도소를 탈출하였던 김칠한의 '재심청구사건'은 만 10년 만에 그를, 그의 영혼을 송두리째 옭아맸던 법의 굴레에서 풀려나 마침내 《무죄》라는 '죄없음'의 선고 결과로 귀결되었으며, 그를 잡아 들였던 치킨점사장 우달건은 '무고(誣告)와 위증(僞證)과 위계(僞計)에 의한 독직(瀆職)사건 등'의 병합된 죄목으로 법정구속 되었고,

재심선고 공판에 모습을 나타내지 않았던 강력반장 김막동은 그 시각 총기를 휴대하고 경찰서 옥상으로 올라가 문을 걸어 잠근채 머리에 방아쇠를 당기면서 자결한다.

10년전 도준규살인사건이 발생하게 되면서 운명의 희비가 엇갈렸던 인간세상에서 10년 후 또 다른 가공할 섭리에 의해 마침표가, 최후의 방점(傍點)이 왜? 라는 물음이, 느낌표(!)가 화두가 또 던져진 것이었다.

길찬두변호사는 김칠한의 무죄 선고 즉시 '길&정 법률사무소'에서 기자회견을 갖고, 피해자 김칠한을 청구인으로 국가에 보상청구소송을 제기하겠다고 기염을 토하면서 "억울한 죄가 있다면 그 억울함을 풀어주는 것이 당연하게 국가에서 해야 할 일"이라고 기자회견에 함께 배석했던 총무과장 김칠한과 감격의 포옹을 오랫동안 풀지 않는다.

소송 승리후 까지도 코멘트를 던져대는 거듭된 기자들의 쉴새없는 질문에 칠한은 비보도를 전제로 '태오장학재단'을 언급하면서 그의 청년시절과 눈물로 점철되었던 징역살이가 '보상비'로 되돌아온다면 오늘의 그를 있게 한 많은, 또 여러 가지를 숙고하고 생각해보더라도 당연히 '태오장학재단'에 그 금액을 전액 쾌척하는 것이 그동안 자신을 도와준 사람들에 대한 예의와 도리라고 서슴없이 토로한다.

그날 저녁 지상파뉴스는 다시한번 4주전의 '재심청구사건'을 톱뉴스로 올리면서 "피의자 김칠한이 드디어 10년 만에 억울한 누명을 풀고 피해자로 무죄를 선고 받았다"고 일제히 도준규살인사건의 전말과 과정과 학사고시 제패와 척사대회 우승에서 무죄를 선고받기까지의 머나 먼— 기나 긴— 한 젊은이의 굴곡과 시련과 여정과 궤적을—
앞다투어 쫓아가면서 편성, 방송한다.

　다섯명의 기자가 릴레이 주파를 하듯 뉴스로 옮긴「무죄사건」을
인용한 마지막 화면이 경찰서 옥상에서 스스로 목숨을 끊고 만 김막
동강력반장의 빈소로 옮겨 갈 때 시청자들은, 김칠한사건을 어느정도
인지하고 있었던, 식자(識者)들은 위로를 안타까움을 표시하면서도
인생무상에 덧없는 화(禍)와 어리석음과 무모한 수사방식에 쓸쓸한
여운을 또 떨치지 못한다.

　다음날 말끔하게 정장을 한 차림새로 김칠한과 조정아기자의 외출
이 이제는 거꾸로 그들을 뒤쫓는 기자들의 카메라에 '공원묘지'에서
렌즈에 잡히면서 어머니의 무덤앞에 무릎꿇은, 엎드린 그의 한이 피
의 기록이 모두 담긴 옥중수기『나는 말한다』가 영전(靈前)에 조심스
럽게 놓여 진다.

　칠한의 교차하는 만감과 기분과는 달리 조정아는 그치지 않고 흐느
꼈다. 평소 볼수 없었던 사무침으로 슬픔으로 격정으로 통곡으로 그
녀는 칠한의 애끓는 감정마저 혼란에 빠트린다.

　"어머니... 이 장면이 보이시나요 어머니... 당신의 사랑하는 자식이
칠한씨가 마침내 무죄를 선고 받았습니다 어머니... 한 많은 세월을
고통스럽게 보내시다가, 제대로 된 병치료도 받지 못 한채 쓸쓸히 홀
로 숨을 거두신, 외롭고도 처연한 심장을 두드리면서 차마 교도소에
갇힌 아들의 이름을 끝내 놓지 않으신 어머니의 칠한씨가 어머니를
찾아 왔어요 어머니...

왜 아무 말씀이 없으신가요? 대답을 해보세요 어머니... 칠한씨가 어머니를 생각하면서 한칸 한칸 원고지로 메꾼 그리움의 사모곡이 연서가 한의 기록이, 감옥살이의 억울한 상처가 옥중수기에 모두 실려 있어요 어머니... 부디 이제는 편히 눈을 감으시고 행복한 미소를 보여 주셔요 어머니... 그리고 저 많이 부족하고 못난 정아가 이제부터는 어머니를 대신해 칠한씨를 지켜 줄래요. 저를 따뜻하게 며느리로 받아 주실 거죠?

어머니... 어머니... 사랑합니다 어머니!!!"

* * *

도준규살인사건'의 '재심청구사건'이 법원에 의해 '무죄' 판결을 받고 다시 90여일이 흘러간 어느 화창한 날 오후.

6성급 호텔 글로리아 웨딩홀에서는 엄청난 인파가 축하객이 누군가를 환호하고 소리치는 지지자들이 참가자들이 물밀듯이 몰아 닥친다.

우선 형설교도소에 수감중인 보스 복회장의 엄명에 따라 12개 줄리엣 체인점의 실장급 이상은 모두 총무과장 김칠한과 조정아기자의 결혼식에 참석하여야만 하였고, 태복건설 과장급 이상, 룸싸롱의 간부진 전부와 환타지아 발행인과 편집장, 기자들이 맹렬 '총김구' 운영진 열성회원들이 드디어 베일을 벗은 카페지기 '빅토리아'의 결혼피로연에 참석하기위해서라도 전국각지에서 식장으로 몰려 든다.

복태오의 충복 왕기두는 복회장으로부터 전달받은 줄리엣나이트클럽과 룸싸롱, 태복건설의 소유지분 전부를, 김칠한에게 무조건 양도한다는 복회장의 자필사인과 길찬두변호사의 공증확인을 피로연때 빠짐없이 공개할 예정이었다.

홍실장의 지휘아래 미스코리아가 부럽지 않을 200여명으로 불어난 줄리엣 미녀들은, 또 예쁘게 한복으로 갈아 입은 섹시디바 유리와 함께 '결혼도우미'의 역할을 어느 이벤트업체 전문가들 보다도 모델이나 미녀들 보다도 더 훌륭하게 소화해냈다.

감격스럽고 눈물겨운 칠한과 조기자의 결혼식에 복태오가 끝내 함께 할수 없다는게 그를 구금하고 있는 마종기소장으로서의 고충과 고뇌와 가슴이 아픈 현실적인 어려움이었으나, 칠한과 조기자의 '주례사'를 누구보다 기뻐하면서 흔쾌히 수락했던 반겼던 사람이 인사가 마종기였다. 그에 의해 결국 오늘 두 연인이 맺어지지 않았는가!

어느 최고의 슈퍼스타가 국수를 말아 먹는 행차에 36인조 오케스트라가 등장할까? 연예부장은 일찍부터 호텔측과 협의에 들어가 결혼축가와 축하연주를 가능하게 웨딩홀에 연주대 설치를 부탁했고, 어렵지 않게 생생한 라이브음악이 오케스트라의 선율이 하객들의 설렘을 맑게 진정시켜 준다.

그리고 '김칠한'군과 '조정아'양의 백년하례와 혼인서약이 한때 그를, 김칠한을 9년동안 구금하였던 마종기소장의 주례사 낭독으로— 감격적인 울림과 떨림이— 생과 삶의 반전과 아이러니로— 그 어떤 필연과 인연으로— 두사람은 턱시도와 빛나는 면사포를 걸 친채 '결혼행진곡' 리듬에 맞춰 혼례의, 마침내 하나가 되는 부부가 되는 영혼이 합쳐지는 결합(結合)하는 엄숙한 워킹을 시작한다.

　　　　　　　　* * *

나흘후.

결혼식을 마쳤던 김칠한과 조정아의 행복한 모습은 펀쇄린이 가이드와 사진기자를 자청하고 나선 카메라필름에 모두 담겼으며,

이미 어제는 '자금성' 을 둘러 본 뒤였고, 두 한국인 남녀와 중국인 가이드가 친절하게 '만리장성' 의 축조와 역사에 관해 이야기를 주고 받으면서 돌담위를 거닐고 있을 때, 한국에서 급히 걸려온 전화벨 소리가 우주에서도 형체가 보인다는 거대한 인류의 구조물이요 자랑이며 유산인 '만리장성' 위에 뎅그러니 울려 퍼진다.

!@#$%^^&*-=+?~\~~ ~ ~ ~

"길찬두변호삽니다... 지금 조완철이가 체포되어 볼리비아에서 서울로 압송중입니다... 검찰에서 인터폴의 소식을 전해줬어요... 여긴 아무런 걱정말고 조기자님과 행복한 여행을 즐기다가 돌아 오십시오."

■ 일러두기

《옥중소설》Innocence Project(결백프로젝트) 의 外傳 -『더 레전드』는 지은이가 직업훈련(CNC선반: 2011서울남부교도소) 을 수료한 후 그의 본교도소인 안양교도소가 아닌 대구교도소로 갑자기 이감을 가게되는 예측하지 못했던 교정행정의 돌발변수와 급변사태가 발생하면서 더욱 운신의 폭이 좁아지게 된 수인의 비애와 절망감, 참담함 등이 급기야 「대한민국1백년 대중음악가요사 그 명곡—작곡가」라는 또 다른 실험과 모험으로 이어지며 결국 '외전' -『더 레전드』(The Legend) 가 탄생하게 되었음을 조심스럽게 표기합니다.

《더 레전드》

대한민국1백년 대중음악가요사 그 명곡-작곡가
양 하 림

"조기자 잘 다녀왔어"

"네 편집장님 덕분에"

"중국이 워낙 땅 덩어리가 넓어서 웬만해선 신혼여행 며칠정도로는 두루 감상할 수가 없지... 죄가 없는 김작가를 무기수로 만들었던 조완철이가 검찰에 구속되었으니 그 결과야 뻔한 것이고... 아니야 앞으로는 내 우리 김작가를 김회장님으로 존칭해 불러야 겠어"

"무슨?"

"그 엄청난 줄리엣제국을 싹쓸이하듯 몽땅 물려받았는데 당연히 회장님이지"

"아 휴 편집장님두..."

"하하하 농담이야"

"놀랐잖아요"

"미안 미안... 그건 그렇고 요즘 방송에선 오디션프로가 대세던데 '나가수' 니 '위탄' 이니 '슈스케' 니 말이야... 그래서 우리 '환타지아' 에서도 중요한 '미션' 을 한 가지 실행하기로 했어"

"어떤?"

"대한민국 음악사에 길이 남을 불후의 명곡 1곡과 전설의 음악가, 즉 레전드가 되는 대중음악가, 작곡가를 한사람 지정하고 찾아내야 해..."

편집장의 의도를 얼른 알아채지 못한 조기자가 고개를 옆으로 갸웃거렸다

"우리야 가수들이 노래를 부르면 그게 최고인줄 알지만 그 곡을 만든, 한마디로 콩나물대가리를 제대로 그려 넣은 작곡가에 대한 평가가 부족했던게 사실이야 위대한 음악의 탄생은 가수가 아니라 작곡가인데도 말이지... 정통 클래식의 세계에선 베토벤이나 모차르트, 차이코프스키같은 이름이 우선적으로 나오는데 대중음악, 가요는 가수가 먼저더라고... 안돼, 이걸 바꿔야해 그 작업을 우리잡지 환타지아에서 하기로 했고 당연히 말 많은 프로그램과 시시비비가 불러올 프로젝트를 무리없이 소화해갈 최고의 적임자가 '지금 한창 자금성이나 만리장성을 관광하고 있을 조기자!' 라는 데에 의견일치와 동기부여가 편집부직원 전체의 만장일치 박수로써 채택되었어 우리 회사의 룰을 잘 알지... 다수가 원할 땐 수용할 수밖에 없다는... 조기자의 탁월한 능력을 누가 따라 갈수 있겠어? 그러니까 우리 '환타지아' 의 편집방향 때문이라기 보다는 우선 평소 음악을 좋아하면서 노래방 마이크를 절대 뺏기지 않고 나한테도 지독하게 넘기지 않던 조기자의 대중음악에 대한 깊은 사랑과 조예, 관심과 충정만이 이 일을 해낼수가 있다구... 사장님이 어떡하든 OK 싸인을 받아 놓으라고 했단 말이야"

좌우를 쓰윽 둘러보던 편집장이 귓속말을 하듯 허리를 굽히고 속닥

거렸다.

정들었던, 그리고 열심히 일했던 최고의 여성지 〈환타지아〉도 결혼과 함께 이제는 후배들에게 부서팀장의 자리를 물려주고 떠나야한다는 생각을 가지고 신혼여행을 마친 채 보름 만에 회사로 복귀했지만 미리, 그리고 아예 그녀의 결심과 의지에 나타나면서 읽히는 체감의 분위기에서 쐐기라도 박으려는 듯 편집장은 '대중음악-작곡가-불후의 명곡'이라는 들어보지도 못한 일방적 '설정'을 늘어 놓는다.

여성지 기자가 무슨 가요계의 심판관도 아니고 음악평론가도 아닌데 각기 다른 노래의 장르와 멜로디의 취향을, 명멸해간 수 많은 주옥같은 명곡들을 편견없이 객관적 기준으로 취합하고 조절해서 공정하게 평가, 조율, 결집 '노래'와 '노래를 만든사람'을 걸러내야 한다면 이 일을 잡음이 일어나지 않도록 완벽하게 마무리 할 자가 과연 이 시대에 몇이나 있을까? 상사의 지시에 못한다고 떼를 쓸수는 없어서 대충 받아들이는 쪽으로 마음의 정리를 하고 있었지만 조정아기자는 불쑥 큰짐을 예고도 없이 막무가내로 던져놓은 편집장이 못내 원망스러웠다.

조기자는 짙은 카푸치노 원액커피를 가득 빼내 창가에 기대어 선채 숨을 고르면서 그윽한 향기를 몇 모금 들이켰다. 오늘 다시금 직장인 '환타지아'로 출근하기까지, 운무(雲霧)너머 무지개 뒤에 있었던, 가려진 펼쳐진- 그녀에게는- 어제까지 과연 무슨 일이 있었는가?

그것은 꿈이었고 환영(幻影)이었으며 몽환(夢幻)에다 이슬같았던 영롱한 아리아의 수정구슬과 별빛속에서 그녀는 마침내 정신을 차리고 침잠(沈潛)과 혼돈에서 깨어나 본래의 여성지기자 팀장자리로 어느덧 회귀하면서 돌아온 것이었다.

「척사대회」라는 기상천외한 윷놀이대회의 '승자'로 결정되어 3000명 재소자중에서 혼자 출소하게 된 한 무기수 수인을 취재하러 갔다가 그녀도 상상하지 못한, 일찍이 볼수 없었던 온갖 음모와 술수와 시련과 짓밟힌 마각(馬脚)의 인연을 접하며 그 주인공인 사내와 결국 '인륜지대사'의 방점을 찍으면서 부군(夫君)으로 지아비로 상견례를 마치기까지, 식을 치르기까지 조정아는 쉽지않은 시간을 견뎌왔다.

억울하게 누명을 쓰고 살인범으로 낙인찍혀, 게다가 '법정난동사건'의 주범으로 몰리면서, 기막힌 반전 끝에 '학사고시'에 도전, 결국 '전국수석'을 차지한채 '결백프로젝트'의 생생한 산 증인으로 옥중수기 《나는 말한다》를 그녀가 기획팀장으로 있는 여성잡지 〈환타지아〉에 연재하기까지, 조정아기자의 반쪽을 기어코 쟁취하면서 차지했던 운명의 승부사는, 우둔하고도 어리석기 그지 없었던 무지했던 사내는 '척사대회' 결승에서 맞붙었던 전국구 최고의 주먹 '삿갓파' 보스가 운영하고 있는 동양최대의 규모와 시설 줄리엣나이트클럽에 드디어 회계담당자로 영입되었고, 인간적 신뢰를 바탕으로 그 누구도 쉽게 허락할리 없는 보스가 땀 흘려 일군 '줄리엣제국'의 전 부동산과 소유지분과 '장학재단'까지 차례대로 승계하면서 물려받게 된다.

그날 평소보다 두시간이나 일찍 퇴근한 조기자는 아직 강남 나이트클럽 줄리엣으로 출근하기 훨씬 전인, 이젠 완전한 그녀의 남자가 된 총무과장, 아니 줄리엣의 새로운 실력자요 대표이사로 등재된 김칠한을 시내 모처 음식점으로 불러냈다.

직설적으로 그녀는 회사에서 있었던 오늘의 '의제'를 풀어 놓는다.

"자기 18번 낙엽따라 가버린사랑, 그리고 엘비스가 불렀던 러브미 텐더 말고 솔직히 제일 좋아하는 노래가 뭐야?"

"갑자기 그건 왜...?"

"알아야 할 이유가 있어"

"이유라니?"

"회사에서 가장 뛰어난 가요를 만든 대중음악작곡가를 선별해서 발표하려나봐... 물론 노래와 그 곡을 쓴 사람을 함께... 가요프로엔 가수들만 나오지만 가사의 원곡과 멜로디를 만든 작곡가가 누구인지 어떤 음악적 업적과 기여를, 가요사에 뚜렷한 흔적과 발자취를 남겼는지를 확실한 기준으로 점수같은걸 매겨서 특집으로 꾸미려는 모양이야... 나보고 그걸 하래!"

"정말?"

김칠한의 눈동자가 휘둥그레졌다.

"아니 그걸 어떻게 알 수 있어? 노래마다 좋아하는 팬이 다른데..."

"그래서 걱정이야... 제대로 일을 추진할 수 있을지... 그냥 이건 자기가 많이 도와줘야 진행할수 있을 거 같아... 대략 밑줄을 그려보니 〈환타지아〉 홈페이지와 우리 〈총·김·구〉 카페... 그리고 최종적으로 최고의 노래 한곡과 그 어떤 투명한 절차와 집계순서에 의해 작곡가가 결정이 되면 마지막 명곡헌정발표의 스테이지를 아무래도 음악이라는 장르와 장소의 입지 때문에 줄리엣에서 했으면 좋겠어 완벽한 음향시설도 그렇구... 프로그램에 따라 진행될 식의 2부에서는 선정된 작곡가가 그동안 발표했던 명곡들로 릴레이 스페셜무대를 꾸밀 생각이야... 그땐 각 언론매체에도 보도자료를 돌릴 것이며 훌륭한 음악을 들려주고 있는 줄리엣 전속오케스트라 악단이 연주를 해줬으면 싶은데... 그건 어때? 최고의 노래들을 부를 톱가수들은 우리 '환타지아'에서 섭외할게... 자긴 작곡가와 대중가요 오프닝 발표의 그날, 기존의 영업대신 '환타지아'와 '총김구' 사이트에서 미리 배부한 초대권을 들고 입장하는 순수 음악팬들만 받아주면 돼... 하루동안 콘서트홀로 바뀌는 거라구 물론 자기 클럽 영업손실분을 모두 메꿔 주겠다는 통큰 기업협찬을 미리 우리 환타지아에서 받았으며, 사장님의 든든한 지원 약속이 있었어... 아직 어느 TV프로나 신문사에서도 시도하지 않았던 중대한 프로그램을 우리 회사가 기획하였고 업무책임자로 내가 얼렁뚱땅 지목되었어... 자기야 칠한씨... 도와줄 수 있지?"

　사랑하는 그녀를 위해서라면, 어제 까지만 해도 아무것도 가진게 없었던, 부족한 출소자를... 이젠 그의 아내가 된...「총무과장 김칠한을 구출하라!」는 〈총김구〉 인터넷 카페까지 만들어, 〈재심결정〉의 요구와 시위를 검찰과 법원에 가하였고, 모든 것을 던져 포용하면서 따듯하게 어루만져주면서 안아주었던 섹시하기 그지없는 예쁜 조정아 기자인데... 태오형님의 마지막 당부역시 "그레이스켈리 같은 아름다운 기자님이 네 옆에 있은께롱 나가 걱정없이 안심하고 줄리엣업소를 너한테 넘길 수밖에 없다"며 더 더욱 그의 가슴을, 칠한의 심장을 두드리고 조여오면서 압박의 방망이질을 몰아치지 않았었나... 머뭇거리거나 주저하거나 딴생각에서 왔다갔다 갈팡질팡 눈치를 살피거나 먼산만 바라보면서 시간을 끌수는 없었다.

　"흠 흠 내가 뭐라고 대답할거 같어"

"글쎄... 자기 맘을 어떻게..."

"그러니까 결론은 말이야... 단 하나지"

"?"

"무조건 밀고 나가는 거야... 앞으로 전진! 내가 할 수 있는 것은 다 할게!!"

"고 고마워... 자기야"

"실은 내가 제일 좋아하고 제일 점수를 많이 주고있는 노래는 김정호의 《하얀나비》야 《이름모를소녀》와 《님》도... 한 서린, 뭔가 복받친, 절규처럼 토해내는 그의 음악적 재능과 창법이, 천재가 아니라면 만들 수 없는 멜로디가 너무너무 좋았어... 어니언스라는 듀엣이 있는데 그들이 불렀던 《작은새》, 《사랑의 진실》, 《저별과 달을》 등도 모두 생전의 김정호가 곡을 썼었지. 과거 편의점에서 알바 일을 할 때 매일 들었었어... 애조띤, 그리고 우수(憂愁)에 젖은 그의 노래를... 살아 있을때의 가수 김정호 모습은 한번도 본적이 없지만 그가 남긴 위대한 명곡들과 작곡가로서의 유산은 나는 지금도 대단한 걸로 인정해. 어떤 노래와 대중음악가가 최종적으로 선택될지 자못 궁금해지면서도 흥분되네. 내 아내가 정아가 당신이 그 일을 엄청난 프로젝트를 맡고 진행한다고 하니 더욱 그래... 파이팅이야 무조건!!"

칠한은 조정아기자의 살짝 얼어 붙어있는 두 손을 꼬옥 잡아 당겨 포근하게 힘을 주어 눌렀다. 생기있는 미소가 찬찬히 입가에 피어 오르며 밝아지는 그의 아내이자 환타지아편집부 기획팀장 조정아기자!

그 미팅이 있고 나서 열흘 후.

종합일간지 신문 〈전면광고〉 란엔 최고의 여성지(誌)를 지향하고 있었던 잡지 〈환타지아〉에서 특집으로 기획·추진하는 「1백년 대중음악가요사—그 명곡」을 선정·발표코저 한다는 안내카피가 물음표 '?' 와 함께 가운데 지면을 큼직하게 차지한채 각 지역별 지국으로 배포되었고, 노래를 좋아하거나 대중가요 음악을 사랑하는 대한민국 국민이라면 누구라도 어느이라도 '설문' 과 '투표' 에 참가하고, 참여할 수 있다는 친절한 후속기사와 기획프로젝트가 〈환타지아〉 홈페이지와 '김칠한의 무죄사건—기적' 으로 인해 이제 회원 60만으로 급격하게 불어나고 있었던 〈총김구〉 카페에 거침없이 삽입된다.

　설문방법의 특이 한 조항과 부칙이라면 가수가 아닌 노래와 그 곡을 쓴 작곡가에 스포트라이트가 맞춰졌으며, 아무리 한 시대와 역사와 가요계를 섭렵·풍미했을지라도 대중음악 즉 '가요' 라는 곡을 만드는 능력이 결여돼 있다면 무조건 탈락시킬 것이라는 예외없는 단호한 주문과 추첨방식이였다. 다만 그 가수가 곡도 쓰고 노래도 부른, 만능엔터테이너의 소질을 지닌 싱어송라이터 음악가라면 물론 그러한 우위 선점 플러스 요인으로 인해 더욱 높은 열광의 지지와 가산점을 줄 수밖에 없다는 뚜렷한 색깔과 기준이 그간 쉽게 마주하거나 볼 수 없었던 독특하고도 특이한 '환타지아' 만의 기발하기까지 했던 채점방식으로, 작곡가에게 건네받은 곡만으로 인기가수 생활과 커리어만 추구했던 면면의 가수들은 앨범과 팬과 히트곡이 수백, 수천으로 배가될지언정, 그 자는 그런 유명가수는 '환타지아' 에서 산정하고 요구하는 진정한 프로페셔널 「1백년 대중음악가요사—그 명곡」 의 기준에 부합하지 않기에 이름조차 올릴 수 없다는, 거론조차 할수 없다는, 순전히 노래만 부른 가수들에겐 '낭패감' 이 틀림없는 꽤나 도도

한 취지와 기획의도가 그날부터, 광고가 나간 이후부터 온·오프라인에서 폭발적인 화제와 화두로 등장하면서 떠오르고 말았는데……

가수와 작곡가! ― 그 들의 노래라면 목숨이라도 걸 듯이 환호하며 달려들던 팬들과, 기획사와 연계된 아이돌팬카페 사이트는 이 복잡미묘한 흐름과 곡과 노래의 자격요건에 사안에 선정방식에, 중대한 프로젝트에 어찌 대처해야 할지, 그렇지만 왠지 못 본척 또는 대수롭잖게 넘겨버리거나 아예 무시를 해버린다면, 또는 점잖만 빼고 있다가는 경쟁가수나 상대 작곡가 진영으로부터 협공 또는 알게 모르게 가요계에서 퇴출이나 배척, 낙오될 수도 있겠다는 위기의 심정으로 지금까지는 최고라며 자부해온 자존심들을 접고 초조함을 억누르면서 물밑에서 치열하게 전개되고 있는 보이지 않는 전쟁―「1백년 대중음악가요사―그 명곡」의 실험과 도정(道程)에, 소용돌이에 중심에 설문과 투표에 이런저런 실익의 계산속에서 이유속에서 갈등과 고민 끝에 어쩔수없이 다들 눈치 끝에 동참들을 한다.

* * *

○ 당신이 가장 좋아하는 '노래' 는 무엇입니까?
○ 그런데 그 '곡' 은 누가 만들었나요?
○ 여러분의 참여와 선택으로 드디어 비밀의 '문' 이 열립니다.

아래의 설문조사는 '가수' 가 아닌,
「1백년 대중음악가요사―그 명곡」의 작곡가를 추앙하고 선정, 발표하는 행사로서 불후의 명곡과 불멸의 음악세계를 추구했던 위대한 작곡가를 기리며, 대중음악 발전에 혁혁한 공과 영향을 끼친 전설적인 명곡과 예술혼의 아티스트를 발굴, 예우하고자 《환타지아》에서 추진한 기획특집이며,

1백년 대한민국 가요사에 뚜렷하고도 명확한 노선(路線)으로 중심(中心)으로 족적으로 추후 가요계와 음악사의 전설(傳說)로 인용, 참고되길 희망합니다.

○ 당신이 생각하는 최고의 '명곡' 과 진품 '작곡가' 를 선정해 주십시오.

'환타지아' 홈페이지와 인터넷 카페 '총김구' 에 동시에 접속된 「위대한 명곡」 과 「작곡가를 찾는다?」 는 글이 드디어 사이트에 뜨자 숨죽이며 이를 기다리고 있던 노래를 좋아하는 팬들과 작곡가를 기억하고 있는 향수(鄕愁)를 그리는 사람들은 발 빠른 움직임으로 참가와 참여의 함성소리를 드높인다.

* * *

그랬다. 편집장에게 원망을 늘어 놓기 보다 막중한 임무와 책임감으로 중책의 크나큰 과제를 맡게 된 기자 조정아는 노래를 좋아하는 가요계의 팬 입장으로 되돌아와 왜 TV채널의 방향과 궤도가 언제나 노래를 부르는 가수에게만 맞춰져 있는지 어째서 그래야만 하는지 한

결 같았던 편성저의가 사실 좀 불만 스러웠었다.

자연 기자로서 또 음악팬으로서 그녀의 속내와 의구스러움이 틈틈이 그녀가 쓴 기사와 인터뷰에 묻어났으며 눈치빠른 편집장이 잡지사 대표에게 동의와 허락을 얻어내 결국 신혼여행을 떠났다가 갓 돌아온 자신에게 '못할 짓을 안겼다' 고 위안처럼 추론을 해보지만 그렇지만 명곡과 작곡가를 찾아내야 하며 관장하고 관통하는 환타지아의 기획 특집은 아무래도 음악팬들과 가수와 작곡가, 그들이 소속된 전속사와의 미묘하고도 첨예한 매우 복잡한 이해관계와 물러설 수 없는 자존심들이 걸려있어 자칫 이 부분에 신경이라도 썼다가는 어떠한 파장과 후유증이 사단이 도래하거나 생성될지 그것 또한 쉽게 예단할 수 없는 것이었다.

지구상에 인류사에 우주공간에 떠다니는 존재하는 그 모든 예술세계를 통틀어 가장 위대하고 멋지면서도 마법처럼 아름답다고 설파해왔던 음원(音源)과 음역(音域)의 음표(音標)의 음률(音律)의 세계!

그것은 오로지 청각으로만 현(絃)의 조율로만 수사(修辭)와 조합(組合)의 매치에 믹싱에 숨결과 영혼을 불어넣어 때론 생명을 잉태시키고 때론 인간의 뇌를 마비시키는 가장 환상적인 초월적 감성의 유희로 희망과 격정과 감동과 전율을 일으키고 뜨거운 에너지를 용솟음치게 분출시켜 탄성을 자아내게 만드는 활력의 성찬(盛饌)이 오로라 향연이 경계(境界)를 넘나드는 장엄함이 노래며 절로 어깨춤을 들썩이게 해준다는 도레미파솔라시도 딩동뎅 멜로디라고 화음이라고 그녀는 당당하게 주장해왔다.

시(詩)는 누구나 쓸수 있지만

그림의 정의(定義)와 각본은 조형물은 아무라도 창조해 낼수 있지만 그것에 숨결과 영혼을 덧붙여 입히고 투영시켜 종결을 꾀할 수 있는 음악의 장르만은 감각의 구조와 추구만은 노래의 신비만은 곡(曲)의 위대한 탄생과 완성만은 쉽사리 사람들이 대중들이 도전할수 없었다.

그래서 진정한 뮤지션을, 아티스트를 작곡가를 프로듀서를 모든 창작활동의 예술가중에서도 주저없이 제왕이고 지존(至尊)이며 가장 '으뜸' 인 1인자가 될 수밖에 없다고 조정아는 또 맹신처럼 단호하게 내뱉어 왔다.

당연히 가장 행복한 사람들은 직업군은 노래를 생활의 일부분으로 일상의 메커니즘처럼 가까이 곁에서 받아들이는 주체들이었다. 한류 열풍을 타고 이제는 'K-팝' 이라는 가요가 세계의 젊은이들을 매료시키고 있지만 왠지 '감흥의 발산' 을 그것들에서는 'K-팝' 의 중심에서는 곁에서는 찾아볼수 없었다는 아쉬움이 뭔가의 허전함과 부족함이 또한 조정아기자가 끝내 편집장의 요구에 굴복케 된 계기와 원인과 정황과 사유가 될 수도 있었다.

〈환타지아〉 홈페이지와 〈총김구〉 사이트에 속속 올라오고 있는 '명곡' 과 '작곡가' 의 추천조회수와 댓글들은 분 단위로 또는 초 단위로 쪼개져 역전에 역전을 거듭하면서 순위가 요동을 치고 있었는데 「1백년 대중음악가요사―그 명곡」 이 공지 된 후 일주일이 지나 '환타지아' 편집팀이 중간 점검차 일단 간추려본, 가요팬들의 절대적 성원과 열화와 같은 지지의 참여열기는 오직 '노래' 와 '작곡가' 에 국한해서 기준과 표준을 맞춘 산출공식에 따라 대략 다음과 같이 정리되고 윤곽의 흐름이 집계되었다.

대한민국1백년 대중음악가요사 그 명곡 – 작사 작곡가

번호	노래	작사	작곡	가수
1	꽃순이를 아시나요	양인자	김희갑	김국환
2	사랑만은 않겠어요	안치행	안치행	윤수일
3	여자의 일생	한산도	백영호	이미자
4	사랑이 저만치 가네	김정옥	김정옥	김종찬
5	목포의 눈물	문일석	손목인	이난영
6	그때 그 사람	심수봉	심수봉	심수봉
7	어제 그리고 오늘	하지영	조용필	조용필
8	텔미	박진영	박진영	원더걸스
9	J에게	이세건	이세건	이선희
10	하루	채정은	윤일상	김범수
11	봄날은 간다	손로원	박시춘	백설희
12	내게도 사랑이	함중아	함중아	함중아
13	수덕사의 여승	김문응	한동훈	송춘희
14	타향살이	김능인	손목인	고복수
15	가을을 남기고 떠난 사람	박춘석	박춘석	패티김
16	바보처럼 살았군요	김도향	김도향	김도향
17	눈물젖은 두만강	김용호	이시우	김정구
18	갑돌이와 갑순이	김다인	전기현	김세레나
19	거꾸로 강을 거슬러오르는 저 힘찬 연어들처럼	강산에	강산에	강산에
20	킬리만자로의 표범	양인자	김희갑	조용필
21	불효자는 웁니다	김영일	이재호	진방남
22	고해	채정은	임재범	임재범
23	여러분	윤항기	윤항기	윤복희
24	미안해요	최준영	김건모	김건모
25	내 하나의 사람은 가고	백창우	백창우	임희숙
26	백치아다다	홍은원	김동진	나애심
27	날개	조운파	조운파	허영란
28	돌아와요 부산항에	황선우	황선우	조용필
29	석양	신중현	신중현	장현
30	진달래꽃	우지민 루시아	우지민	마야
31	티얼스	정성윤	주태영	소찬휘
32	눈이 내리면	진경환	진경환	백미현

번호	노 래	작 사	작 곡	가 수
33	열애	배경모	최종혁	윤시내
34	무인도	이종택	이봉조	김추자
35	서울의 찬가	길옥윤	길옥윤	패티김
36	내 마음 갈 곳을 잃어	최백호	최종혁	최백호
37	추억속의 재회	최은정	조용필	조용필
38	봄비	신중현	신중현	박인수
39	영원한 사랑	김영아	주태영	핑클
40	희야	양홍섭	양홍섭	이승철
41	길	박진영	박진영	GOD
42	나야나	양인자	차태일	남진
43	환희	박건호	김명곤	정수라
44	아름다운 강산	신중현	신중현	신중현
45	이름모를 소녀	김정호	김정호	김정호
46	스윙베이비	박진영	박진영	박진영
47	풀잎 사랑	최성수	최성수	최성수
48	나 그대에게 모두 드리리	이장희	이장희	이장희
49	만남	박신	최대석	노사연
50	사랑이야	송창식	송창식	송창식
51	누구 없소	윤명윤	윤명윤	한영애
52	그대 그리고 나	정현우	정현우	소리새
53	향수	정지용	김희갑	이동원 박인수
54	꽃밭에서	이종택	이봉조	정훈희
55	아침이슬	김민기	김민기	양희은
56	보고 싶은 얼굴	현암	이봉조	현미
57	홍씨	나훈아	나훈아	나훈아
58	대쉬	이승호	홍재선	백지영
59	미워도 다시 한 번	김진경	이재현	남진
60	홍도야 우지마라	이서구	김준영	김영춘
61	제비처럼	유승엽	유승엽	윤승희
62	어쩌다 마주친 그대	구창모	구창모	송골매
63	잃어버린 30년	박건호	남국인	설운도
64	밤차	유승엽	유승엽	이은하
65	단장의 미아리 고개	반야월	이재호	이해연
66	어머나	윤명선	윤명선	장윤정
67	신라의 달밤	유호	박시춘	현인

번호	노　　래	작 사	작 곡	가 수
68	쿵따리 샤바라	김창환	김창환	클론
69	노란샤쓰의 사나이	손석우	손석우	한명숙
70	안개낀 장춘단 공원	최치수	배상태	배호
71	영원한 친구	장세용	장세용	나미
72	그 얼굴에 햇살을	신명순	김강섭	이용복
73	떠나야할 그 사람	신중현	신중현	펄시스터즈
74	하얀민들레	신봉승	유승엽	진미령
75	그래 늦지 않았어	이희승	김범룡	녹색지대
76	저 꽃 속에 찬란한 빛이	전우	김기웅	박경희
77	천년의 사랑	이현규	유해준	박완규
78	둘이서	김창환	김창환	채연
79	나 어떡해	김창훈	김창훈	샌드페블즈
80	물새 한 마리	이용일	고봉산	하춘화
81	찔레꽃	김영일	김교성	백난아
82	행진	전인권	전인권	들국화
83	대전 부르스	최치수	김부해	안정애
84	멍에	추세호	추세호	김수희
85	소양강처녀	반야월	이호	김태희
86	초우	박춘석	박춘석	패티김
87	비내리는 영동교	정은이	남국인	주현미
88	가난한 연인들의 기도	홍서범	홍서범	옥슨80
89	눈물로 쓴 편지	조해일	정성조	김세화
90	하숙생	김석야	김호길	최희준
91	물레방아도는데	정두수	박춘석	나훈아
92	애심	김용기	김용기	전영록
93	밤이면 밤마다	김정택	김정택	인순이
94	뜨거운 안녕	백영진	서영은	쟈니리
95	밤에 떠난 여인	김성진	김성진	하남석
96	잊혀진 계절	박건호	이범희	이용
97	해변으로 가요	김희갑	김희갑	키보이스
98	사랑은 영원히	길옥윤	길옥윤	패티김
99	처녀뱃사공	윤부길	한복남	금과은
100	곡예사의 첫사랑	정민섭	정민섭	박경애

○ 지면상 1백 곡으로 일단 명곡의 수치를 한정하였으며 1주일간의 설문조사에 나타난 가요 팬들의 명곡 등재요청은 현재 2000곡을 간단하게 넘어섰다.

'명곡' 과 '작곡가' 의 추천조회수와 가요팬들이 올린 그 '이유' 를 설명하는 댓글들을 빠른 속도로 검색하던 조기자는 문득 명곡부분 추천가요중《아름다운 강산》이라는 제목에서 노래를 부른 가수가 〈이선희〉 와 〈신중현과 뮤직파워〉로 동시에 함께 갈리며 겹쳐지는 것을 발견했다.

1984년 '강변가요제' 에서《J에게》로 대상을 차지, 현재까지 최고의 가창력을 인정받고 있는 가수중 한명인 이선희가 물론《아름다운 강산》으로 앨범을 내놓긴 했으나 본래의 그 곡의 주인공은 록의 대부로 잘 알려진 작곡가 신중현이었다.

마치 고요한 바다를 헤엄쳐 대양(大洋)의 항해를 쿵쾅쿵쾅 서핑하듯 경련과 심박동수를 흔들어 볼카노의 용암으로 안내하는 인도하는 젊음과 패기와 민족의 기상을 감각적이고도 영광스러운 뮤직파워로 토해낸 가히 불멸의 명곡중의 명곡이었지만 주로 나이가 어리거나 젊은 추천인 일수록 과거의 오리지널곡을 접하기 어려웠던 현실의 갭 때문에 발생한 일로 보여 조기자는 본래의 가수와 작곡가를 신중현으로 수정한 후《아름다운강산》에서 '이선희' 라는 이름을 삭제한다.

아울러 당대를 주름잡았던 최고의 가수라 할지라도 곡과 만든 이를 선정해야 하는 '노래' 와 '작곡가' 의 추천영역에 까지 함께 '가수' 의 실명을 표기한 경우들은 예외없이 탈락시켰는데 현재까지도 지금도 '삭제된' 그 가수들은 노래로만 최소 수십년씩 대한민국 대중음반사의 역사와 가요반세기를 쥐고 흔들었던 쟁쟁한 실력파 톱 가수들이었다. 다만 명곡의 반열에 직접 작곡의 명패를 올릴 수 없었던 아쉬움만이 남을 뿐......

대충 몇 개월 전의 일이었다.

편집부직원 전체 회식이 끝난 직 후 자리를 옮긴 노래방에서 탬버린으로 몸뚱이 구석구석을 두들겨대던 편집장이 드디어 흥에 겨워 개다리춤과 두루마리 화장지를 찢어 넓은 이마를 칭칭 감을 때였다. 일곱 번째의 노래가 끝나고 이제는 "쉴 것이다"면서 조정아팀장이 마이크를 옆기자에게 넘기려는 찰나 그녀의 '끼'를 잘 알고 있는 누군가가 잽싼 동작으로 소찬휘의《티얼스》번호를 급히 눌렀다. 반주가 깔리자 거의 2초도 안돼 다시 마이크를 나꿔챈 조기자는 정말 미친듯이 몸을 흔들었고, 목이 터져나갈 만큼 강약과 높낮이와 저음과 고음의 가성을 오르내리며 신의 목소리로《티얼스》를 멋지게 불러 제낀다.

그것은 조정아기자의 노래에 대한 카리스마와 진면목을 확실하게 보여준 사건이었는데..... 모두가 이제 "정말 잠깐 좀 쉬자"면서 아예 전원을 꺼버렸을 때 "소찬휘는 최고의 가수이며 아마 티얼스를 능가할 곡이 앞으로 나올지 모르겠다"는 자신감과 너스레로 당돌함으로 얼이 절반쯤 나가있는 편집장에게 조정아는 의미있는 큰 눈을 깜박인다.

그러나 세상은 인간사의 흥망성쇠와 파노라마는, 주연배우와 막장의 행태는 최고의 가수와 디바는 또 언제든지 교체되고 변형되면서 바뀔수 있었다. 조기자가 그렇게 절대적 가치를 부여했던 최고의 가창력 가수 소찬휘가 어느날 한국의 바브라스트라샌드라며 나직하게 칠한이 베갯머리에서 일러주던《꽃밭에서》의 가수 정훈희와 모 TV 프로그램에 함께 출연한 장면이 클로즈업 됐는데..... 그런데 아뿔싸 소찬휘의 노래와 음의 깊이와 크기는 파장(波長)은 정훈희의 7부 능선쯤에서 그만 분명히 멈춰서고 만다.

관록과 경륜의 무서움이란, 원숙과 완숙의 경지와 경도(驚濤)를 경사를, 실체를 그 어떤 철리(哲理)처럼 여지없이 받아들이게 되고 깨닫게 되면서 발견하게 되지만…… 적어도 바브라스트라샌드에 조금도 뒤처지지 않을 깊이와 크기와 높이까지 미모마저 뚜렷하게 차별화를 갖춘 저력의 가수 정훈희 역시《무인도》라는 곡으로 한국인 최초의 칠레국제가요제에 출전, 동등한 음악의 경연과 경쟁을 통해 세계적인 가수들과 실력을 겨룬 후 영예의 입상을 안고 귀국하는데, 그러나 본래《무인도》를 불렀던 임자와 원래의 가수 김추자의 역량과 파워에, 그녀의 노래에 대한 열정과 에너지와 깊이와 크기까지 당대의 가요계 퀸 김추자의 아성과 입지까지 정훈희가 넘어서거나 허물어 뜨렸다고는 결코 말할 수 없었다.

천년의 세월을 견뎌온, 인고의 억겁을 지켜보면서 세속의 탐욕과 아만(我慢)과 허상(虛想)을 묵묵히 질타하며 관조했던 '에밀레종'의 위엄을, 여유와 환희를, 현대의 과학과 자본과 그 어떤 파격의 실험과 빅뱅의 설계와 주물과 균형과 합작의 연구와 첨단테크놀러지 마찰과 계약용역으로도 재현하거나 만들어 낼 수 없다는 세기(世紀)의 역설이 수수께끼와 미스터리의 아이러니가 과연 관록과 역사와 경륜과 풍파와 무조건적인 과거의 지향과 성찰과 향수만이 지난날만이 아날로그적 맹신만이 추종만이 편견만이 정답이며 진리일수는 없었다.

윤회하는 인생은 돌고 도는 우주의 섭리와 이치는 세상살이는 대한민국의 음악과 대중가요계는 결국 김추자를 완벽하게 퇴장시키는, 그녀의 화려했던 운신과 보폭을 능가하려는 등극의 새롭고도 무서운 신예, 신성! 파워풀한 공격적인 목소리의 여주인공을 배출하였으니 그녀의 이름은 '알리'였다.

"나비처럼 날아 벌처럼 쏜다"는 전설의 복서 알리의 푸드웍과 가공할 원투스트레이트를 빼어 닮은.......

허나 「1백년 대중음악가요사—그 명곡」이 원하고 주문하는 요구는 이선희도 소찬휘도 정훈희와 김추자도 알리도 최고의 가수도 그 어떤 뮤지션도 아니었다.

이 등식과 공식에 합당하고 타당한 부합한 타이틀은 영예는 곡을 만드는 노래를 생산하는, 대중가요를 보급시키고 가요팬들에게 기쁨을 주는, 음표를 조절하고 음률의 생명의 찬가를 덧씌워 호흡하며 움직이는 '작곡가'의 자격과 명예와 지위만이 권좌만이 영광만이 음악의 전당에, 음악의 파티와 축제에, 노래의 고지와 능선에, 퍼레이드와 카니발에 그 존귀한 이름을 대신할수 있을 뿐 어쩌면 가요계에 우리 사회에 대한민국의 예술사와 환경에 거대한 폭풍과 잔혹한 토네이도의 쓰나미를, 처절한 포세이돈 해일을 몰고 오며 음원시장을 무참히 초토화 시킬수도 있는 막중한 대업과 임무와 과업을 전권을 모든 권한을 회사로부터 몽땅 부여받은 위임받은 조정아팀장은 치열하게 전개되면서 점차 전쟁터처럼 살기어린 투표논쟁으로 참여회원과 가요팬들의 절대적인 호응과 후원속에 마침내 공지가 나간 후 꼭 한달 여 동안 도합 430만명의 전국적인 추천인원이 열성적으로 가슴을 치며 매달렸던 여성지《환타지아》의 최대 기획특집 —

「그 명곡과 진품작곡가를 찾는다」는 대단원의 막을 스스로 이제는 종료하고 조절하며 결정하여 취합하면서 어려운 종결의 선언을, 그렇지만 가요팬들의 냉엄한 판단과 선택을 공표, 지정, 합계의 수치를 이제는 언급, 발표하지 않을 수 없었다.

그것은 참으로 힘든 '혁명'의 작업이었다.

* * *

노래로만 친다면 가왕 조용필을 능가할 가수가 있을까?

당연히 존재할 수 없다는 것이 대체적인 가요계인사와 팬들의 시각이다. 뭐라고 뭐라고 인상을 찌푸리거나 눈을 내리 깔아도 그가 발표한 수많은 히트곡과 독보적인 제왕의 카리스마와 무대에서 환호하며 열광하고 세대를 아우르는 견고한 지지팬 층은 가수 조용필을 영원한 국민가수 절대적인 가왕(歌王)의 작위(爵位)로 추앙하고 추대하지만, 그리고 노래를 직접 만들어내는 작곡가의 역량과 위치에서도 가왕은 뛰어난 예술적 감각으로 영원한 뮤지션임을 아티스트임을 섬세한 조율사의 소유자임을 그가 발매한 명곡의 앨범으로 여실히 증명을 시켰다.

전문가가 선정한 이시대 최고의 가수임을 결코 부인하거나 부정할 수 없는 조용필도, 대중가요사에 길이 전설로 남을 당대의 가수반열에 당당하게 어깨를 내밀 나훈아, 남진, 이승철, 임재범 등도 노래를 부르는 것만이 아닌 직접 '작곡'이라는 프로듀서의 영역에서 음표의 대중가요를 만들어 내고 생산한 틀림없는 공헌자였다. 허나《환타지아》가 내건 슬로건과 조정아팀장이 취합한, 또 참여팬들의 현명하고도 차가운 냉엄한 선정대상과 방법과 자격은 조건과 요구는

그가 어떠한 '노래'를 만들었고

과연 그 자가 대한민국 대중음악사의 중심과 서막과 명곡의 전당에, 명성의 역할에, 기여와 족적에 발자취에 모든 가요 관계자와 팬들이 수긍하고 인정하며 전설의 불사조로 영원히 남을 만한 궤적을 설계하고 펼쳤으며 활동을 보였느냐 하는 것이었다. 그런 점에서 단순하기 그지없는 '작곡가'의 선정방식은 가왕도 국민오빠도 라이브의 황제도 발라드의 제왕도 R&B의 왕세자도 신화와 그 어떤 수식어도 표현도 적어도 이 부분의 이 약관(約款)의 '명문화'와 미완성과 2%의 부족함과 빈약과 결핍으로 인해 아쉽게도 탈락되었고 또 이러저러한 명제로 탈락될 수밖에 없었다.

그렇다면 '1백년 대중음악가요사—그 명곡'에 합당하는, 최고의 작곡가에 합치되며 부정할수 없이 모든 가요팬들과 전문가들이 인정하고 동의하는 지상최고의 불후의 명곡과 영원불멸의 명프로듀서 작곡가는 과연 어느이며 누구란 말인가?

이 부분에서 '글로벌시대'로 말꼬리를 돌린다면 '비틀스'를, 또는 수면마취제 과다투여로 숨진 '마이클잭슨' 어쩌고 할지 모르겠지만 조정아기자는 비틀스와 같은 국적의 록그룹 '스모키'가 내놓은《아일밑유 미드나잇》이《예스터데이》와《렛잇비》보다 훨씬 훌륭하였고, 또 그네들의 '블랙샤바스'가 발매한《쉬즈곤》이 비틀스가 녹음했던 명곡들보다 음악적으로 훨씬 뛰어나다는, 팝의 황제라 불려왔던 마이클잭슨의 노래야 명곡이랄게 과연 뭐가 있었냐고 어디 들어나 보자면서 질문하는 이가 오히려 얼굴을 붉힐만치 도리어 시큰둥한 반응을 보여왔다.

둘도 허용치 않는, 필요치 않는, 배격하는 오직 단 한사람 -

단 한 존재의 전설적 예인(藝人)과 가인(歌人)을, 이땅 대한민국에서 만든 영웅과 대중가요 명곡의 청취와 노래만이 가요만이 이제 환타지아 홈페이지와 '총김구' 카페 가요팬들과 무시무시한 '전설'을 기획특집으로 내건 잡지 편집장들의 공정한 나열과 경쟁과 순서와 분류와 일목요연한 검증과 분석의 도표와 수치와 집계의 합산과 차례의 매집(買輯)을 통해 조정아기획팀장과 전문가그룹의 감수를 거쳐,

비록 나이트클럽이라는 선입견이 있긴 하나

그 외관과 규모와 실내 인테리어와 좌석배치는 언제든 연회와 행사 크기의 비례에 따라 자유롭게 무대와 내부를 변경할 수 있는 자동시스템을 갖추었고,

여느 창작 뮤지컬공연장을 압도하고도 남는,

범죄단체조직등의 죄명으로 20년 형을 선고받고 복역중인 '삿갓파' 보스 복태오가 유럽각지를 순회하면서 파리까지 날아가 〈물랭루즈〉를 견학 한 후 세계최고의 건축디자이너를 초빙해 비싼 강남땅 사거리 3,800평 대지에 신축해 올린 거대하고도 엄청난 —

일반 클럽에서는 상상조차 할 수 없는 36인조 오케스트라와 전속 라이브밴드, 무용단의 운영에다 무대좌우를 거슬러 치솟아 오르는 수직분수가 온갖 조명과 함께 빨주노초파남보의 영롱한 레이저광선을 내뿜으며 —

마치 UFO를 타고 고공에서 하강하는 수십명의 댄싱퀸들이 백조의 군무를 펼치는 —

자정의 초침을 기해 굉음의 축포와 진동이 종소리와 함께 사랑의

멜로디를 울리면, 중세성곽을 형상화한 줄리엣나이트클럽 궁전의 돔이 서서히 동서로 개폐되면서 —

이때를 기다리고 있던 청춘남여들은 손님들은 피플들은 실내 매점에서 미리 구입한 형형색색의 줄무늬 풍선에 각각의 소망과 기원을 적어 넣은 염원들을 밤하늘, 별들의 랩소디 은하축제에 북극성 광시곡의 초원과 계곡으로 하늘높이 희망을, 미래의 포부들을 써넣은 풍선들을 날려 올린다. 가히 '줄루족' '폐인'을 양산해낼 만큼 꼭 한번 가보고 싶은 성지(?)와 놀이시설 같은 인식으로 모임과 만남과 파티의 신드롬과 역사를 펼쳐가고 있었던,

전국 시도 12곳 체인 클럽마다 발디딜 틈이 없이 들어찬 손님들로 만원사례 문전성시를 이루면서 호황중인,

최고의 무도장과 여흥의 장소! 볼카노의 활화산 유황액이 춤을 추며 흘러내리면서 꿈틀대는, 환상의 팡파레가 울려퍼지는 무대가 줄리엣나이트클럽이었다.

과연 그 어느 콘서트홀에도 뒤지지 않을 수준높은 프로그램과 공간이었기에, 자연스럽게 줄리엣의 운영을 책임지게 된 남편 김칠한에게 조기자는 환타지아 기획특집의 당위성과 협조를 요청한 것이며

스무살의 풋풋한 나이에 살인범이라는 누명으로 엮여 무기징역을 선고받았던 수번 864 김칠한은 옥중에서 절치부심, 각고의 노력 끝에 학사고시 '경영학과' 패스와 '국문학과' 〈전국수석〉이라는 타이틀로 7년연속 전국최우수 모범교도소로 지정된,

그리하여 "소장의 직권으로 한명을 석방·출소시키라"는 장관의 공문에 난리와 사단이 난,

3000명의 재소자들이 맞붙게 된 「척사대회」 결승에서 '삿갓파' 보스 복태오를 꺾고 마침내 탈출의, 자유의 기쁨과 성배를 들게 되지만,

통 넓은 복태오의 포용으로 줄리엣나이트클럽 총무과장으로 영입이 된 그는, 편의점 일을 하던 착한 스무살 어린친구 알바생을 나락으로 구렁텅이로 살인범으로 누명을 씌우고 말았던 중국인 '펀쇄린'을 극적인 반전 끝에 증인으로 법정에 출두시키는데 성공하면서 법률자문과 조력을 거쳐 대법원에 〈재심〉을 신청하여 결국 그를 무고하면서 절망의 사슬로 옭아맸던 경찰관의 자살과 함께 무죄를 선고받으며,

아예 복태오가 세운, 건설한 '줄리엣제국' 전체까지 양도, 승계 받게되는 운명의 순간을 맞이하게 되는데......

* * *

회의에 회의를 거듭하여 이뤄낸,

'최고의 노래'와 '최고의 작곡가'를 선택하고 선정하는 작업과 절차와 미증유의 핵실험은 어려웠던 과정만큼이나 힘든 산고와 진통 끝에 극비리에 합의가 도출되었으며 이제 수차례 예고한대로 최고의 스테이지로 내부구조가 일시 바뀔 젊음의 집합장소! 뉴프런티어들의 해방구 '줄리엣나이트클럽'에서 발표할 최종 시간만을 남겨두고 있었다.

모바일접속을 포함, 투표에 참여했던 전국 430만 가요팬들과 더불어 전 언론과 방송매체가 음악담당 에디터와 기자들이, 특히 엔터테인먼트 산업에 유독 민감하게 대응하고 시끌벅적한 검증작업을 초조

하게 곁눈질처럼 지켜보고 있었던 가요 관계자와 아이돌팬카페 등은 여성지 〈환타지아〉에서 기획특집으로 추진해 이제 공론화 할 불후의 명곡과 제왕의 작곡가 타이틀이 과연 어떤 결과로 취합, 결론으로 나타날지를 한껏 예의 주시하고 있었다.

하나의 레전드 — 단 한명의 전설 —

진정한 예인과 가인 — 이 시대의 위대한 선곡자(選曲者)! —

장장 3시간여에 걸쳐 진행될 절대지존 작곡가에게 헌정되고 증정(贈呈)되며 바쳐지는 전설의 뮤지션이 대중음악사에 남긴, 흩뿌렸던 명곡의 퍼레이드와 카니발축제의 기념공연을 위해 조정아팀장은 국내 최정상급 톱가수들을 비밀리에 접촉하였고 기꺼이 하나하나의 면면으론 최고가 틀림없을 그들은 전설을 위해 예인과 가인을 위해, 영웅을 가요계에 끼친 작곡과 프로듀서의 공로를 위해 바쁜 스케줄들을 펑크내고서라도 가슴 벅찬 감동의 무대에 반드시 오를 것임을 예외없는 약속으로 무조건 적인 동의로써 천명한다.

조기자는 환타지아 기획특집 '노래'와 '작곡가'의 주연배우를, 주인공을, 헌정무대에 올려질 「1백년 대중음악가요사─그 명곡」의 주인(主人)을, 임자의 프로필을 다시한번 꼼꼼하게 메모하고 살펴보면서 그의 '음악과 함께한' 지난(至難)한 이력과 장강(長江)의 편력을, 경이로운 찬탄의 궤적과 기록들을 하나하나 형광펜으로 체크해 나갔다.

1938년생

서울 종로구 명륜동

고교때 이미 기타리스트로 등극

1955년 미8군 무대에 전격 데뷔

기타의 달인이란 칭호(Jackie)를 얻으며 1962년 한국인 최초의 록 그룹 〈에드포〉를 결성.

(비틀스가 알려지기 훨씬 전이었다)

이후 작곡가겸 프로듀서로 나서 당대의 가수들을 길러내고 조련하며 빅히트곡을 줄줄이 발표.

《빗속의 여인》《커피한잔》《나뭇잎이 떨어져서》《님은 먼곳에》《월남에서 돌아온 김상사》《님아》《떠나야할 그사람》《석양》《기다려주오》《나는 너를》《봄비》《햇님》- - - -

김추자, 펄시스터즈, 장현, 박인수, 바니걸스, 장미화, 이정화, 임성훈, 김정미.......

1973년 〈신중현과 엽전들〉로 《미인》을 발표.

1980년 9인조 그룹사운드 〈신중현과 뮤직파워〉로 불후의 명곡 《아름다운 강산》을 발표.

(이 노래는 8분간 연주되는 불멸의 명곡이다)

일생을 한국적 대중음악의 정착과 완성에 혼을 바쳤고 매진하였던 록의 대부 록의 전설 록의 신화! 당대 최고의 뮤지션과 아티스트!!

프로듀서를 겸한 음악의 프로페셔널 장인과 거장에게 세계 최고의 기타 제조 업체인 펜더(Fender)는 록의 전설과 신화로 평생을 작곡가와 연주가로 살아온 신중현에게 자사의 최고 명품 브랜드 기타 〈펜더〉를 헌정(2009년12월)

이것은 아시아인 최초의 기념비적인 사건이었으며,

이전까지 〈펜더〉를 헌정받은 뮤지션은 에릭클랩턴, 제프백, 스티비레이본, 잉베이맘스틴, 에디반헤일런을 포함 모두 5명이었다.

숨겨진 뮤지션과 드러나지 않은 명 아티스트의 희귀음반을 찾아내 전세계 음악팬들에게 숨은 보석과 진주를 알려주고 있는 미국의 음반사 〈라이트인디애틱〉은 그의 명곡 노래중 14곡을 추려

「아름다운 강산: 대한민국 신중현의 사이키델릭 록 사운드」(Beautiful Rivers and Mountains : the Psychedelic Rock Sound dt South Korea' s Shin joong Hyun) 란 긴 제목의 CD와 LP앨범을 만들어 전세계 음악시장에 보란 듯이 출품을 시킨다. 14곡의 CD와 LP판은 1958년부터 1974년까지 발매되어 음악팬들에게도 친숙하고 감미로울뿐 인,

김정미의 햇님(The Sun) 장현의 기다려주오(Please Wait)

박인수의 봄비(Spring Rain) 달마중(Moon Watching) 할말도 없지만(I' ve Got Nothing to Say)등이 수록되었고

세계인의 청각마저도 그의 '영혼의 세계'로 빨아들이는 초대하는 유혹하는 출중한 전설의 뮤직파워 뮤지션이라는 절대음감과 절대존재의 본보기를 보여 주었는데

시대를 앞서가며 고전(古典)을 파괴한 리얼뮤직(Real Music)의 선두주자로서 기타로 보여주는 행위예술가이기도 한 그는 서구사회 곧 유럽에서 태동하고 출발한 록과 소울음악의 본질에 한국인의 정서와 가락을, 한의 신명(身命)과 풍류를, 풍자를 누구도 흉내낼 수 없는 독보적인 카리스마의 '사이키델릭록'이라는 음의 세계로 정화, 변환시키면서 장인의 철학이 가미되지 않은 효과음에, 전자뮤직의 범람과 병폐에, 전파와 공해에 의해 잠식되고 침식당하고 있는 현재의 대중음악사와 음악계에, 가요시장에 살아있는 전설로 진정한 레전드의 표본으로, 귀감의 모델이요 틀림없는 기악(器樂)의 눈높이와 멘토와 로망이었기에, 대한민국 가요사와 대중음악계의 최고의 공헌자와 뮤지션으로서 당연히 '신중현'이 아니라면, 그의 명성이 아니라면 위대한 가요계의 과묵한 실력자요 연주가가 아니었고 전설과 신화가 아니었다면, 수많은 명곡들과 당대 최고의 톱가수들이 그의 손에 의해, 그의 집념과 실험에 의해 실력에 의해 만들어지거나 창조되거나 탄생한 것이 아니었다면 누가 언필칭 감히 결코 '대한민국 대중음악사— 그 명곡'과 '작곡가'의 영예에 영역에 명예에 명성에 영광에 권좌에 왕관에 우두머리에 꼭짓점에 전당에 위용에 역사에 금자탑에 그 찬란한 인증샷과 빅네임의 호칭을 올릴수 있겠는가?

그가 살아있다는 것 자체가 영광이었고

그의 음악을 들을 수 있다는 기쁨이 팬들에겐 영예였으며 그가 발매한, 그가 키워낸, 그가 이룩하고 발전시킨 음악사의 도전과 노정과 여정은 여행은, 길고도 먼 여로(旅路)의 풍상과 초상은 가요계에 흘린 현(絃)의 침전물과 액체와 땀방울은 가히 비교 자체가 불가능한 그 모든 예술혼의 집결체였고 집대성의 총합(總合)이었으며 멜로디와 한의 응어리를 시화(詩畵)로 승화시킨 리듬과 음률의 교향곡에다 심오한 영감(靈感)의 결정체였다.

조정아기자는 거듭하였던 숙의와 숙고 끝에 난산(難産)에 성공한 〈환타지아〉의 의견과 의중을 절충을 한곳으로 모아 기획특집의 실무 자요 책임자답게 깔끔한 일처리와 마무리 준비의 리허설로 총연출자처럼 이제 역사적인 굉음과 위용으로 축포가 포효하며 다시한번 돔의 지붕을 뚫고 우주로 발사될 예행 리셉션까지 완벽하게 마친 상태에서 곧 식의 제1부《전설》의 무대가 펼쳐지기에 앞서 사랑하는 부군- 오늘의 헌정공연과 기념축제가 놓여지기까지, 만들어지기 까지 채택되기까지 결론이 나기까지 최선을 다해 협조를 아끼지 않은,
그를 모를 때 까지만 해도 한낱 무기수에다 수인이었을 뿐 인, 칠한의 뺨에 감사의 입맞춤으로 그 동안의 누적된 피로들을 노고처럼 고마움으로 대신 표시하고 만다.
"자기가 없었다면 이 엄청난 행사는 불가능 했을 거야"

* * *

어떤 방송국과 신문사에서도 입안(立案)하지 않았던, 오로지 최고의 권위와 공인된 판매부수를 자랑하고 있었던 여성잡지 〈환타지아〉에서 추진하고 기획한 「1백년 대중음악가요사-그 명곡」 의 오프닝무대와 카운트다운이 시작됐으며 콘서트홀처럼 내부구조가 완전히 뒤바뀐 객석과 통로마다 빈틈이 보이지 않을 만큼 꽉꽉 들어찬 가요팬들과 방송기자재와 색색의 풍선과 플래카드들이 보도진들이 한데 뒤섞여 단 하나의 전설과 전설의 명곡 퍼레이드를 직접보고 감상하면서 취재하기 위한 치열한 응원전과 신경전과 매체간 구역별 점유쟁탈전이 불꽃처럼 일어나고 있었다.

『언어로 창조할수 있는 최고의 아름다움이 詩라면
그 詩에 영혼을 불어넣어
살아있는 생명으로 승화시키는게 뮤직이다』

보물처럼 간직하고 있는 칠한의 〈옥중노트〉에서 조기자가 발견했던 문구며 글귀였으나 사람들은 대체적으로 자신이 좋아하는 노래를 '명곡' 이라 말해왔으며 이를 부른 가수를 최고의 목소리라 입에 올렸고, 당연하게도 그 노래의 작곡가를 가장 뛰어난 프로듀서라고 칭송하며 찬양해 왔지만 그러나 그 모두의 기준과 사고와 생각을 추천을 입장을 주장하는 바 그대로 냉큼 수용할 수는 없었다.
그런 식의 명곡이라면 수백, 수천, 수십만까지도 카르텔의 강둑을 정비하고 빠짐없이 의중들을 관철해야 하지 않겠는가?
명곡의 조회수와 각기 다른 추천클릭과 댓글만으로도 대략 9000곡을 상회했던 모두 개성이 다른 '명곡'의 열망과 요망사항과 바람과 나열과 집계에서 단 한곡을 걸러내고 추려 낸다는 건 사실 불가능에 가까운 위험한 기획이며 발상이었지만 역으로 그 관계를 찾아 들어간다면 오히려 쉽게 의도한 목적이 목표가 명곡의 산술(算術)이 좁혀지고 측정되며 만들어 질수도 있었다. 수많은 노래들이 분명 '최고의 가요' 반열에 오를 순 있더라도 '작곡가'의 영예와 권좌까지, '전설'의 첨탑과 상징과 아성까지 챔피언의 영광을, 지존의 자리를 그들에게, 9000곡의 작곡가에게 골고루 나눠주거나 배분할 수는 없었다.

그래서 전문가 그룹과 환타지아 기획팀은 전설의 영역과 아성을, 급류와 해류(海流)를 어렵사리 통과한 작곡가를 먼저 분류하였고 노래의 분석과 최종경쟁과 작곡가의 공헌도와 명곡의 발표수와 팬들의 추천과 과연 살아있는 대중가요사의 진정한 '레전드'가 될 수 있느냐에 자격과 의견과 점수를, 비중과 기여도를 따지고 합산해서 결국 오늘의 주연과 전설이, 음악의 영웅이 탄생케 된 것이었다.

"신사 숙녀 여러분!
이 자리를 왕림해주신 진정한 가요팬 여러분!
가요 관계자 여러분!!"

장내가 조용해졌다.
"역사적인 전설의 기념무대와 헌정공연을 취재하고 계시는 언론사 기자여러분과 '1백년 대중음악가요사—그 명곡'에 환호하시고 기꺼이 참여를 아끼지 않으신 전국의 430만 추천인 여러분.... 모두모두 진심으로 감사를 드리며 무한한 애정과 존경을 표하고자 합니다."

조정아팀장은, 그리고 줄리엣나이트클럽 김칠한대표는 지상파 최고의 명아나운서가 진행하고 있는 오프닝무대에 수직분수가 폭포처럼 거꾸로 치솟아 이미 열기를 적시고 참석자들을 한순간에 제압하면서 압도하고 있는 거대한 스테이지 좌우를 응시했다.

"우리 가요계는 음악인들은 오늘의 전설에게 영웅에게 가요사에 쏟은 땀방울 만큼이나 무게에 걸맞는 합당한 예우를 보여주지 못했습니다. 그리하여 최고의 여성지 환타지아에서 노래를 부른 이가 아닌, 만든 이를 대신 추앙하는 특집을 마련하였고, 그가 어떤 위대한 명곡으로 대한민국 대중음악사의 역사와 발전에 기여했는지를 심층분석하면서 비로소 전설에게 영웅에게 바쳐지는 헌정공연과 기념스페셜무대가 힘찬 비상과 날갯짓으로 용의 포효처럼 천계(天界)를 진동시킬 것임을 확신하면서 이시간 이후 오늘의 헌정무대와 함께 영웅은 불멸의 레전드로, 전설의 음악가로, 뮤지션으로 프로듀서로 작곡가로 영원히 우리곁에 가요팬들의 가슴속에 오래도록 기억되게 될 것입니다.

신사 숙녀 여러분!
1백년 대중음악가요사 최고의 명곡과 불멸의 대중가요를 마침내 이 자리에서 공식적으로 공개합니다."

사회자의 수신호와 함께 순간 모든 조명이 꺼졌고, 줄리엣 36인조 전속오케스트라의 연주음이 들리는가 싶더니 어느틈엔가 무대 가운데 중앙에 둥그런 원을 그리는 서치라이트가 자리잡으면서 전설의 음악을 노래하기 위한 가수가 등장했을 때, 그게 잔잔한 전조음과 시그널의 정체가 여운이— 아마도 불멸이 어쩌고 뭐라고 하는 명곡이 틀림없을 것이라는 누군가의 수군거림과 웅성거림으로 예기치 않은 동요(動搖)가 장내에 일시 터졌을 때— 이를 지켜보고 있던 객석은 신음을 토하면서 일제히 몸을 일으켜 기립의 박수와 환성과 탄성의 경이로움으로, 울부짖음으로 전율의 함성을 대합창으로 연주하고야 만다.

아아아아

그것은, 이 천상(天上)의 화음과 메아리는 멜로디는 노래는 가요는 음악과 현의 앙상블과 곡의 오묘하고도 절묘한 접목과 조화는 신비로운 색채의 투영과 농현(弄絃:기타줄을 손으로 누르면서 짚고 흔드는 주법)은 가히 전설만이 전설의 영웅만이 레전드만이 당대의 카리스마와 뮤지션만이 작곡가만이 프로듀서만이 거장만이 선물을 줄 수 있는 팬들에게 건넬 수 있는 안길 수 있는 보일 수 있는 최고의 감동과 기쁨과 격정과 환희의 화환(花環)이며 송가(頌歌)였고 하모니일 터였다.

분명 최고의 가창력을 가진 최고의 가수가 노래를 부르고 있었지만 생방송으로 전국의 시청자들에게 중계되고 있었던 전설의 헌정공연 기념무대를 사람들은 눈을 떼지 못하고 TV속으로 빨려 들어가면서 '빅프로'의 출현에 시선을 끊지 않고 집중한다.

이슬비 나리는 길을 걸으며
봄비에 젖어서 길을 걸으며
나혼자 쓸쓸히 빗방울 소리에

마음을 달래도
외로운 가슴을 달랠 길 없네

한없이 적시는 내 눈 위에는
빗방울 떨어져 눈물이 되었나
한없이 흐르네

봄비 나를 울려주는 봄비
언제까지 나리려나
마음마저 울려주네 봄비

외로운 가슴을 달랠 길 없네
한없이 적시는 내 눈 위에는
빗방울 떨어져 눈물이 되었나
한없이 흐르네

봄비 나를 울려 주는 봄비
언제까지 나리려나
마음마저 울려주네 봄비

외로운 가슴을 달랠 길 없네
한없이 적시는 내 눈 위에는
빗방울 떨어져 눈물이 되었나

한없이 흐르네

봄비가 나리네
봄비가 나리네

나나나나 나나나 나나나
나나나나 나나나 나나나

영혼을 울리는 심오한 소울의 리듬.
경계의 너울이 파도처럼 일렁이는 현과 음의 바다!
애끓는 낭만과 감성이 맞물리며 부딪쳐 인간의 멋스러움으로 존재
의 깊이와 내면과 진짜 가치를 역설로 설명하는 강렬한 반전의 비트!
감미롭고도 환상적인 찬연한, 그러면서도 심장을 들쑤시는 대중음
악의 진수와 정수와 리얼뮤직의 극치!!

불후의 명곡은 《봄비》였고
불멸의 노래는 《전설》의 것이었다.

음악이 있는 세상은 얼마나 고혹적인가
노래가 있는 사회는 얼마나 아름답고 행복한가

갑자기 꽃가루가 흩날리기 시작했고 비행선처럼 하강하는 웅장한

UFO를 타고 줄리엣 전속예술단이 무용단이 허공을 가르는 가운데 레이저조명이 추진체처럼 발사되면서 「1백년 대중음악가요사—명곡」 이라는 글자를 기둥에 새기더니 「봄비」라는 자막이 이어서 스테이지 정면을 불빛으로 조각처럼 영롱하게 아로 새긴다.

〈위대한 노래〉〈불멸의 명곡〉〈록의 신화와 전설〉

「대한민국 1백년 대중가요사의 진정한 레전드 —」

누구는 이 엄청난 축제의 헌정파티를 '짱 왕 킹'의 재림이요 환생이라고 중얼거렸지만《봄비》의 맑고도 매혹적인 선율에 목을 축이면서도 팬들은 가요관계자들은 환타지아 기획팀장 조정아기자와 줄리엣 김칠한대표는 가요제전이 현장실황 중계되고 있었던 TV채널에서 눈을 떼지 못 한채 지켜보고 있었던 시청자들은 하나가 되어 하나의 톤으로 하나의 몸가짐과 입맞춤으로 한마음 한뜻으로 명곡의 탄생과 전설의 등극을 진정으로 축하하였고 성원과 절대 지지를 아낌없이 소리 높인다.

이미 출연을 예고했던 최고의 가수들이 속속 무대를 장악하면서 명곡 퍼레이드와 스페셜기념무대를 관통하는,《봄비》의 에피소드까지 이어졌던 식의 1부가 끝이 나고 전설에게 두손 모아 감사를 올리는 2부의 헌정공연이 시작되면서 대가(大家)가 탄생시켰던《빗속의 여인》이 첫 커팅을 탐색하는 가운데 들을수록 심금을 울렸던《커피한잔》의 추억과 향수에 올드팬들은 당장 눈시울을 적셨고《님은 먼곳에》와《떠나야할 그사람》에서 사랑의 치유와 상처를 공감했으며,《석양》과《나는 너를》을 같이 읊조리면서 덧없는 인생무상에 팬들은 명상과 사색의 광휘(光輝)에 빠졌다가도《미인》의 돌출과 록의 부활과 승천의 격랑으로 사지를 뒤틀었으며, 오케스트라와는 별도로 음악을 담당하고 있었던 줄리엣 전속그룹사운드 〈온고지신〉과의 협연이 이중주로 뇌관을 터뜨릴 때

불후의 명곡, 불멸의 레전드와 뮤지션이, 아티스트가 내 놓은《아름다운강산》이 요동을 치며 굉음으로 폭발하면서 고조된 열기와 전설의 스페셜 헌정공연은 진정 스펙타클처럼 광기처럼 광란처럼 절정으로 수직폭포의 찬란한 '분수쇼' 유영과 함께 더욱 판타지의 경지로 객석을 몰아 넣었는데.....

장장 3시간에 걸쳐 충격과 경악을 안겨주고 선사한 열창의 하모니와 피날레 헌정무대의 엔딩 기념공연은 열광의 감탄 스테이지는 서서히 조금씩 개폐되고 있었던 돔의 골격과 상층부의 톱니가 완전히 정지되면서 총총한 별무리가 순식간에 지붕을 뚫고 하늘에서 쏟아져 떨어지는 은하축제의 도킹과 비경과 맞물리면서 일찌감치 이미 소망과 기원을 적은, 염원을 담아 한껏 낙서처럼 치장을 메모했던, 전설과 거장과 영웅의 탄생을 손꼽아 기다리고 있었던, 설문과 투표에도 참여한, 기어이 한풀이 같은, 살풀이와도 비견될 이벤트로 헬륨풍선이라도 높이 하늘로 날려 보내겠다는 광팬들의 못말리는 충정과 의욕과 축하와 동조와 기쁨이 찬탄이 한데 어우러져 줄리엣의 영공을 비집고 수만개의 장식들이 사연들이 풍선들이 폭죽들이 꽃무늬가 종소리와 함께 일제히 솟구쳐 오르기 시작했을 때......

지상 최고 최대의 버라이어티뮤직쇼!!!

필경 희망의 '백두대간' 삼천리금수강산을 노래했을 전설을 위한 풍선날리기 우주비행 스페이스 기념 헌정공연은 이를 놓치지 않고 따

라간 줌렌즈의 끈질긴 카메라에 명확하게 포착되어 생생하게 안방으로 입체화면처럼 중계되었고

사랑해요 전설!
사랑해요 전설!!
우린 당신을 사랑합니다!!!
〈총 김 구〉

라는 어느 '총김구카페' 열혈회원이 매단, 단순했던 ─

간단명료하면서도 진정성이 듬뿍 묻어있는 매직으로 쓴 글씨가 반복되어 시청자의 기억속으로 전달되었다.

살짝 나타났을 뿐인 영상의 그림 뒤엔 조정아기자와 김칠한대표가 혹시라도 떨어질새라 꼭 서로를 밀착시킨채 감격에 겨워 전율하는, 감동의 기념무대에 열광하는, 천진난만하게 미소를 짓고 있는 모습 그대로가 번개처럼 스쳤지만 「1백년 대중음악가요사─그 명곡」의 최종 라스트씬 카메라 구도와 명암은 세리머니와 렌즈의 각도와 밀도와 정점은 《전설》이라는, 오로지 위대한 레전드의 표시와 표식(標式)에만 고정되었고 《전설》의 그림자만이 환영(幻影)만이 클로즈업되었던 채널에서 지워지지 않은 채 그렇게 꽤 오랫동안 희미하게나마 흔적이 뿌옇게 남는다.

'전설'의 영상만이.........

〈끝〉